萌妃七七

MENG
FEI
QIQI

忘记呼吸的猫 著

[上册]

青岛出版社
QINGDAO PUBLISHING HOUSE

图书在版编目（CIP）数据

萌妃七七 / 忘记呼吸的猫著. --青岛：青岛出版社，2019.9
ISBN 978-7-5552-8326-3

Ⅰ. ①萌… Ⅱ. ①忘… Ⅲ. ①言情小说－中国－当代 Ⅳ. ①I247.5

中国版本图书馆CIP数据核字(2019)第130789号

书　　名　萌妃七七
著　　者　忘记呼吸的猫
出版发行　青岛出版社
社　　址　青岛市海尔路182号（266061）
本社网址　http://www.qdpub.com
邮购电话　010-85787680-8015　13335059110
　　　　　0532-85814750（传真）　0532-68068026
责任编辑　贺　林
特约编辑　孙红彦
校　　对　耿道川
装帧设计　小　贾
照　　排　梁　霞
印　　刷　三河市良远印务有限公司
出版日期　2019年9月第1版　2019年9月第1次印刷
开　　本　16开（700mm×980mm）
印　　张　37.5
字　　数　450千
书　　号　ISBN 978-7-5552-8326-3
定　　价　68.00元

编校印装质量、盗版监督服务电话　4006532017　0532-68068638

建议陈列类别:畅销·古代言情

目录

[上册]

目录

[下册]

第一章　初次相遇

傍晚时分，夕阳在天空中洒下一抹橘色的余晖，暖意融融的光芒将远处连绵起伏的青山也染上了一层淡淡的金黄色。几只灵巧的燕子在空中划出一道道优雅的弧线，掠过树梢，然后消失不见。波光粼粼的水面上，蔚蓝与橘红交相辉映，点点跳动的光晕仿佛坠落的繁星，宁静又美好。

此刻，隐藏于乐清山上的飞鹤山庄内却传来一阵阵不和谐的大呼小叫声——

“小小姐，你赶紧下来吧，这要是被庄主看到了，我们又要被骂了。”

“小小姐，你昨天不是答应了我们不再爬树的吗，这……这怎么又爬上去了啊？”

“哎哎哎！小心点啊！可千万不能从树上掉下来啊！”

飞鹤山庄的前院里，枝繁叶茂的老榕树上，一个穿着浅粉色纱裙的娇小可爱身影，正晃悠着双腿，坐在一根只有胳膊粗细的枝丫上。

老榕树下，围着树干站了一圈身穿淡青色服饰的丫鬟，她们脸上满满都是焦急的神情。

“别担心，我天天都爬这棵老榕树，从来没有掉下去过！”叶七七那张白皙粉嫩的小圆脸上挂满笑容，她一边晃着小短腿，一边朝山庄外面张望，声音清脆地道，“天天都在山庄里面，一点意思都没有，爷爷什么时候才能让我下山啊？”

“哎哟，我的小祖宗啊，你赶紧下来吧，要是再不下来，庄主就要把我们赶下山了……”那群丫鬟看着叶七七若无其事地在树干上晃着双腿，只觉得自己的心也在半空中晃来晃去。

“不会的，要是爷爷赶你们的话，我就帮……”叶七七说着说着突然停住了，目光落在山庄外正沿着蜿蜒山路缓缓行来的两个身影上。走在前面的那个人一身黑色劲装，应该是护卫，跟在护卫后面的人看起来不过八九岁，明显还是个孩子。

“有人来了，有人来了！”叶七七顿时激动地朝着树下那帮丫鬟喊道，“我看到有两个人朝着咱们山庄来了！”

夕阳的余晖给那一大一小两个身影洒上一层暖橘色的光晕，因为隔得太远，叶七七看不到后面那个人的样子。可是他穿着一身月白色的衣袍，微风吹过，他衣袂翩然从花丛中缓缓走过的画面，实在太美。

叶七七忍不住屏住呼吸。

今年不过五岁的叶七七从有记忆开始，便一直待在飞鹤山庄内，从未去过山庄以外的地方，也从未见过任何人来。这还是她第一次看到有人拜访飞鹤山庄，并且来人之中还有个跟她差不多年纪的孩子，这是不是意味着……她终于有玩伴了？！

“有人来了？”围在树下的几个丫鬟看着叶七七坐在枝丫上朝远处眺望的样子，怔了一下，随即更加焦灼地道，“那小小姐还不赶紧下来……这要是被外人看见，我们更得挨骂了……”

“哎呀，知道了，知道了，这就下来……”叶七七不乐意地扁了扁嘴，眨着一双灵动的大眼睛，看了一眼树下的丫鬟，正准备起身，便听到身下传来咔嚓一声。

一瞬间，所有人都僵住了。咔嚓！又是一声响。几个丫鬟对视一眼，然后年长一点的丫鬟慌乱地道：“小小姐，你千万别乱动，我……我这就去喊庄主过来！”话音刚落，她便转身朝着庄内跑去。

叶七七还没来得及应一声，便觉得身下的树枝又往下歪了一些。

“小小姐，小心啊……”树下的丫鬟围成一圈，忍不住惊呼出声。

叶七七只觉得欲哭无泪，早知道会这样，她刚才就乖乖地从树上下来好了，这下完了，离云去找爷爷，她少不得又要挨骂……

墨寒卿带着他的护卫走进飞鹤山庄，看到一帮穿着淡青色衣衫的丫鬟站在院子中间的老榕树下，正抬头朝树上张望，满院子的人竟然没有一个发现他们进来。

走在墨寒卿前面的那个护卫，进门以后已经自动站到他的身后，见那些丫鬟抬头看天，他也忍不住抬头朝天空看了一眼，可是除了渐渐西沉的太阳，他什么都没看到。

墨寒卿眉头皱了皱，带着护卫走上前去，正准备开口，突然听得自己头顶咔嚓一声响，紧接着一道粉色的身影从半空落了下来。

“小小姐！”身影落下的瞬间，满院子的丫鬟忍不住惊呼一声。

电光石火之间，墨寒卿感觉有东西朝自己砸过来，心中一惊，正准备躲开，便听得咚的一声，那东西直接砸在他的身上。突如其来的重量一下子便将他压倒在地，那身月白色的衣袍在接触地面的瞬间，沾染上灰尘。

“公子！”跟在墨寒卿身后的护卫大吃一惊，情况发生得太突然，他尚未来得及拉自家主子一把，主子已经趴在地上。

叶七七掉下来的瞬间忍不住闭紧了眼睛，可是想象中的疼痛没有来临。周围一片寂静，一点声音都没有，反倒是手掌下有一片温热的触感。紧接着，一道严厉苍老的声音由远及近：“七七！”

叶七七身子一抖，倏地睁开眼睛。看着在离云的陪同下匆忙而来的爷爷，她忍不住缩了缩脖子，尴尬地笑了一下：“爷爷……您来了……”

叶珏大师眼看着自己唯一的小徒儿就这么毫无形象地压在墨寒卿身上，还笑嘻嘻地跟自己打招呼，顿时气得白胡子都飞了起来：“七七，你这样子成何体统！还不赶紧从墨公子身上下来！”

墨公子？叶七七眨巴眨巴眼睛，怔了一下，缓缓低下头，这才看到原来身下还压着一个人。

“不好意思，不好意思……”叶七七赶紧一边尴尬地笑着，一边从墨寒卿的身上爬起来。

站在他们身后的黑衣护卫眼看七七下来了，赶紧上前把自家主子扶起来。被七七压在地上的墨寒卿阴沉着一张脸，借着自家护卫手扶的力道，缓缓地站起来。

叶七七按捺不住心中好奇，偷偷瞥了他一眼，这一瞥却是整个人彻底怔住。眼前的少年看起来不过八九岁的样子，却全身上下散发着高贵的气质，那白皙如玉的脸颊上一双墨玉般的眼眸正闪烁着璀璨的星芒。

叶七七盯着他看了许久，全然不曾发现眼前那人的神情越来越难看。

墨寒卿微微眯起眼睛，死死地瞪着站在面前的穿淡粉色衣衫的小女孩。他身为墨国皇帝最受宠的弟弟，从小到大从未有人敢伤他半分，那些宫女、侍卫就算远远地看见了他，也要赶紧低下头向他请安问好。

叶珏大师赶紧轻咳一声，严厉地道："七七！还站着干吗？还不赶紧向客人道歉！"

"啊？"叶七七转过头来，疑惑地道，"我为什么要跟他道歉啊？"

"你……"叶珏大师顿时差点气炸，"你不听为师的话，天天爬我这前院中的老榕树，此为一错；你不听这满院丫鬟的话，固执地坐在树上不愿下来，此为二错；你从这树上掉下来，砸在墨公子身上，此为三错；你都已经砸在人家身上了，还不跟他道歉，此为四错。你……"

"好了，好了，爷爷，我知道错了！"叶七七赶紧截住叶珏大师的话，要是再让自家爷爷这么说下去，指不定要数落她到什么时候呢。

她深吸一口气，转过身，对墨寒卿不太情愿地低声道："那什么，对不起啊。我不是故意要砸在你身上的，只是你正好走到树下面，不然的话，其实我掉在地上也没关系。"

墨寒卿听着这些话，脸色越来越难看。

叶七七自顾自说完后，长长地舒了一口气，然后转过身来朝叶珏大师笑嘻嘻地道："好了，爷爷，我道完歉了。"

叶珏大师忍不住伸手扶额。这就好了？我的小祖宗啊，你这话怎么听都不像是在道歉啊……唉……罢了罢了……谁让他当年欠了这个小祖宗的爹爹一个人情呢！这么多年，帮她爹带这个小祖宗，真的是要了他的老命啊……

叶珏大师拼命给自己顺气，努力朝墨寒卿挤出一个笑脸道：“墨公子，这个……丫头年幼，缺少管教，多有得罪，还望您……”

墨寒卿目光淡淡地扫了叶珏大师一眼，径直打断他的话，喊了一声：“十二。”

“属下在。”一直跟在墨寒卿身后的黑衣护卫上前一步，双手抱拳，朝着他恭恭敬敬地作了个揖。

“揍她。”墨寒卿薄唇轻启，吐出两个字来。

“是！呃……啊？”那个被叫十二的黑衣护卫听到命令后，刚刚应了一声便怔住了。揍……她？还是揍……他？他的目光在叶珏大师和叶七七两个人之间来回转悠了几圈，忍不住伸手擦了一把脑门上的冷汗。

他家主子到底是要他揍谁啊？揍叶珏大师的话……这天下间应该还没有人打得过他。揍叶七七的话……对方只是个四五岁的小丫头，他这五大三粗的汉子也不好意思对着一个小女娃下手啊……

墨寒卿眼看十二迟迟没有下手，白皙如玉的手指自宽大的衣袍中抬了起来，朝着叶七七指了一下，一字一顿道：“给、我、揍、她！”

“这个……”十二额头上的汗水瞬间如同倾盆大雨，直往下淌，他弯着身子双手作揖地僵在自家主子跟前，完全不知道作何反应。

叶七七瞪大了眼睛，看着墨寒卿指在自己眼前的手，惊奇道：“你要揍我？”

别开玩笑了，从小到大，她爷爷都舍不得碰她一根手指，这小子竟然要让他的护卫揍她？亏她刚才还觉得他长得好看，哼，想不到人这么坏！

墨寒卿说完，等了片刻，也没发现自己的护卫有任何动静，不过是一瞬间，他周身的气息便全部凝结起来。

十二只觉周遭空气一冷，仿佛置身冰窖，冷彻心扉的寒意自脚底缓缓往上蔓延。他偷偷朝叶珏大师瞥了一眼，心中盘算着自己若是对叶七七出手，活下去的可能性为多少。

他还没盘算出来，便听得叶珏大师长长叹了一口气道：“今日之事，确实是我这小徒不对，平日里也是我把她宠坏了，墨公子若是能替老朽教训她一二，老朽真是感激不尽……”

啥？十二只觉冷汗淋漓，还没来得及开口，便听到墨寒卿阴冷的声音在头顶响了起来：“听见没有？还不给我上？难道要我亲自动手吗？”

十二咬了咬牙，总觉得自己动手，然后被叶珏大师打死，好过让公子动手，然后被叶珏大师打死……于是，他深吸一口气，走到个子刚刚到他腰间的叶七七跟前，双手抱拳，朝着她声音响亮地道：“在下墨国冷卫，名十二，请多赐教！”

叶七七眨巴眨巴眼睛，看看身形壮得如同一堵墙的十二，又看看站在旁边不停叹气的爷爷，顿时两眼发光，学着对手的样子，有模有样地双手抱拳道：“在下叶七七，请赐教！”话音刚落，她便双脚点地，一个纵身跃到半空，招式凌厉地朝十二的面门劈了下去。

十二心中一惊，只觉眼前一花，一道杀气已迎面而来。多年的训练以及实战经验，让他的身形条件反射一般朝着后方迅速退去。待他站定，再朝自己刚才站着的地方看过去，只见地面铺着的青石板已经裂开一道极深的口子。

而叶七七便站在口子旁，一脸惋惜地看着离自己一丈远的十二，嘟哝道：“哎呀……好可惜……差一点点就能打到他了……”

十二看着她的眼神越发震惊。刚才叶七七出招的一瞬间，他甚至没有看到她的动作，只是凭借多年实战经验，才堪堪躲过她刚才的攻击。若是换了旁人，后果不堪设想。

而这种仅凭一招便让他察觉到危险，进而条件反射一般躲避的人，在墨国也不过是排在他前面的那十一人。可是此刻，站在他对面的明明只是个四五岁的小女娃而已！

叶七七惋惜完之后，笑眯眯地抬起头来，朝着十二清脆悦耳地道：“不过没关系，接下来，还有机会。”她说着，身形如同风影，飞快地朝十二扑了过去。

十二只觉自己根本看不清叶七七的动作，也看不到她下一招要出什么，只是凭借身体的本能，躲过叶七七一招又一招凌厉的攻击。

墨寒卿眯起一双眼眸站在旁边，聪慧如他，又如何看不出自己的护卫已经十分勉强地在应付叶七七。

那小女孩虽然身形娇小，速度却是极快，伴随着不断的出手，那淡粉色的衣衫宛若盛开在空中的一朵桃花，长长的衣袖是桃花的花蕊，飘逸的裙摆是桃花娇柔的花瓣，一招一式之间带着凌厉的杀气，却又仿佛随风飘摇的花朵，在空气中划出一道道美丽的弧度。

这样的身手，即便是排名前十的冷卫，也未必能够在她身上讨到好处，更不用说只是排名第十二的十二了……

十二招架了一会儿，便觉得体力正在急速消耗。

眼前这小姑娘虽然招式凶猛，却也只是寻常可见的套路，勉强躲开并不成问题，关键在于，她的速度实在是太快了。在如此快速又迅猛的攻势下，还想完美躲避攻击，需要极大提高自己的注意力，而别人和他过一招的时间，在她身上已经过了七八招了……所以，虽然他二人交手的时间不长，此刻已是几百招过去……

叶七七眼看十二的动作越来越缓慢，抓住一个空隙，佯装要双拳攻击他的腹部，却堪堪在空中直接来了一个后翻，双脚朝他的胸口处猛地用力一踹。

这一次，十二完全没有反应过来，只觉胸口处传来一阵剧痛，身体已经不受控制地朝后方飞了出去。

十二拼命稳住身形，双脚在地面拖出长长的两道印记，这才勉强停了下来。他单手捂住胸口，一口鲜血直喷而出，朝着墨寒卿跪下道："属下无能。"

墨寒卿的脸色阴沉得几乎可以滴出水来。

叶七七在空中漂亮地旋了个身，慢悠悠地落地，朝十二双手抱拳，声音清脆道："承让。"

叶珏大师眼看着这一幕，只觉自己气得心脏病都快犯了。他原本是想这小丫头平日里被他惯得有些无法无天，让人教训教训也好，没想到，她竟然直接把人家的护卫打成了重伤。

按理说，她身为自己的爱徒，此刻战胜了墨国排名第十二位的冷卫，应该高兴才对，可是眼下这情况，他怎么就是高兴不起来呢……

叶珏大师忍不住在心中连连哀叹，唉……都怪自己平时太宠着她了！

叶珏大师捋了捋自己的长胡子，走上前去，朝着十二满眼关切地问道：“阁下感觉如何，身体要不要紧？”

“在下……咳……无事。”十二刚一开口，一口鲜血就喷了出来。

叶珏大师一脸同情地看着他，赶紧招手唤了几个在旁边围观的丫鬟，扶十二进山庄休息。眼看十二被丫鬟扶走，他才转过身，一脸严厉地看着叶七七，怒斥道：“臭丫头，还不赶紧过来给墨公子道歉！你说你，刚才砸到墨公子身上的事还没了，眼下又把人家的护卫打伤，看为师等会儿怎么收拾你！”

“爷爷，刚才明明是他让他的护卫来揍我的，他护卫揍不过我，干吗也是我的错啊……”叶七七顿时垮了一张小脸，声音可怜兮兮的，“再说，您不是一直都教育我，人不犯我，我不犯人，人若犯我，我必揍得他满地找牙吗？”

“你……”叶珏大师气得胡子都翘了起来，他平时是这样说的没错，但也只是私下里说说，此刻被她这么冠冕堂皇地说出来，他这天下第一高手的脸面要往哪里搁！

“别管我平时说什么，今天这事就是你的错，赶紧给我道歉！”叶珏大师凶巴巴地瞪了叶七七一眼，“不然今天晚上不许吃饭！”

“好吧。”叶七七极其不情愿地走到墨寒卿跟前，抬头看了一眼他那张冰冻得没有一丝温度的俊秀脸庞，声音细微地道，“对不起。”

“大点声！”叶珏大师站在她身后，怒其不争地吼道。

“对不起！”叶七七挺直了小腰板，扯着嗓子朝墨寒卿大声道。

“……”墨寒卿伸手抹了一把喷溅到脸上的口水，只觉十分无语。

叶珏大师有些尴尬地看了一眼墨寒卿的动作，然后转过头，假装什么都没看见，朝着叶七七继续道：“有诚意一点！”

“啊？”叶七七转过头去看着叶珏大师。

这样还不够有诚意？实在不行，只能拿出她对付爷爷的撒手锏了！思及此，她抬起头来，摆出一脸英勇就义的神情，朝着墨寒卿走了过去。

墨寒卿微微皱眉，眼看叶七七离自己越来越近，刚准备问她要干吗，便感觉自己的衣领被粗鲁地拽住，紧接着一个软软的、暖暖的触感落在了他的脸颊上。

穿着粉色衣衫的小女孩，身高还不到他的肩膀。她刚一靠近，便有阵阵微风吹来她身上的香甜气息。

墨寒卿整个人都愣住了，只觉得脸颊上那被碰触到的地方，仿佛是一根洁白柔软的羽毛，又仿佛清晨刚刚盛开的花朵上滚落的一颗晶莹露珠。

不过一瞬间，墨寒卿觉得过了许久。

叶珏大师瞪大眼睛，看着自家乖巧可爱的小徒儿竟然直接拽着墨公子的领子在他脸上亲了一口！顿时身形微动，一阵狂风卷过，下一秒，叶七七已经被他拦腰抱走。

"爷爷？"叶七七挂在叶珏大师的胳膊上，满眼疑惑地回过头去看着他。

叶珏大师气得头发、胡子都竖了起来："臭丫头，你在干什么？！怎可对墨公子做出如此无礼的事情？"

"不是你让我道歉得有诚意点吗……"叶七七扁了扁嘴，一脸不高兴地看着自家爷爷，"平时我犯了大错，爷爷不愿意原谅我，不是只要七七亲爷爷的脸一下，爷爷就不生气了吗？"

"我是你爷爷！"叶珏大师气急败坏地朝着叶七七吼道，"平时让你亲一下没关系，但是他……喀……他是我们飞鹤山庄的贵客，你却如此对待他，简直太无礼了！"

叶七七有些无语地看着爷爷，不是很能理解里面的逻辑。

墨寒卿回过神来，一双深邃的眼眸瞪着叶七七许久，恨不得眼神变作刀子，将她千刀万剐。

"给我回去关禁闭！"叶珏大师将叶七七放到地上，瞪了她一眼，朝山庄内的方向指了一下。

叶七七一脸悲情，垂着脑袋，转身朝山庄里面走去。

眼看叶七七瘦小的身影消失在山庄大门内，叶珏大师这才转过头来，调整好表情，露出和蔼慈祥的笑容，缓缓道："墨公子，真是抱歉，这丫头平日里被我惯得有些无法无天，不过我已经罚她关禁闭去了。不管怎么说，她毕竟还是个小孩子，希望你不要放在心上。”

墨寒卿沉默地看着叶珏大师许久。叶珏大师忍不住有些冒汗，谁不知道眼前这人在墨国都是横着走，宫内宫外敢惹他不高兴的，几乎没什么好下场。说白了，他在墨国简直就跟他家叶七七在飞鹤山庄一样，都是无法无天的小霸王。

虽说他这飞鹤山庄隐于世外、不问世事，但万一这小霸王生起气来，回去让他那皇帝哥哥领上十万大军前来，把飞鹤山庄踏为平地，也是一件麻烦事啊……

好在墨寒卿沉默了片刻，只是伸手掸了掸衣袍上的灰尘，然后从宽大的袖子中拿出用蜜蜡封口的信，道：“这是皇兄让我带给大师的信。”

叶珏大师松了一口气，伸手接过信封，拆开封口，将里面的信纸拿出来，打开，目光快速在信纸上扫过，然后将信纸折起来，笑眯眯地道：“陛下在公子来之前，已经命人与老朽说明公子此次的来意。公子不必担心，一切事宜已安排妥当，公子只需安心在我这飞鹤山庄内休息。”

“嗯。”墨寒卿淡淡点了点头。

叶珏大师笑着转过身去，做了一个“请”的姿势，道：“公子请随我来，住处已经为您安排好了，老朽带你去看一下。”

“好。”墨寒卿应了一声之后，便抬脚跟在叶珏大师身后朝飞鹤山庄内走去。

刚走了几步，墨寒卿突然停下来。

叶珏大师有些不明所以。

“我在皇宫的时候，便曾听禁卫军的士兵提过，叶珏大师武功天下第一。”墨寒卿抬起头，声音清冷地道，“今日一见，果然名不虚传。”

“呃……不敢当，不敢当。”叶珏大师怔了一下，笑着摆摆手道。

“刚才那个小丫头，明明比我还小，却打得我身边的冷卫毫无还手之力。”墨寒卿眯起眼睛，沉吟片刻，然后朝叶珏大师道，“不知大师有空时，是否可以指点我一二？”

“那是当然。”叶珏大师笑眯眯地看着墨寒卿道，“公子既然来了我这飞鹤山庄，按照老朽与贵国陛下的交情，只要是公子提出的要求，老朽都尽量满足。”

“哦……”墨寒卿淡淡地应了一声，目光在叶珏大师脸上转了几圈，随口问道，“那大师可否帮我揍刚才那小丫头一顿？”

“啊？这……”叶珏大师脸上的笑容一下子便有些挂不住。

“呵，我开玩笑的。”墨寒卿盯着叶珏大师好一会儿，不慌不忙地甩出几个字。之后，他一甩袍袖，自顾自朝飞鹤山庄内边走边道，“大师，走吧。”

叶珏大师扯了扯嘴角，只得跟上。

用过晚膳后，天已完全黑了。

飞鹤山庄内，一盏盏挂在长廊上的灯笼在夜色中散发出昏黄柔和的光芒。

墨寒卿此番前来飞鹤山庄，只带了十二一个护卫，眼下这唯一的护卫被叶七七打伤了……看着躺在床榻上休息的十二，墨寒卿只觉心里堵得慌，要多郁闷有多郁闷。

虽说在这飞鹤山庄完全不用担心人身安全，但他在皇宫内外向来是横着走，能让他栽跟头的人……墨寒卿的眼中闪过一道寒光。

十二躺在床榻上，只觉自家主子看着自己的眼神，好像是在打量砧板上的肉，他忍不住打了个寒战。

“那个，公子……”十二斟酌了片刻，终于小心翼翼地开口道，“属下身上的伤势并无大碍，公子还是请回自己房间休息吧，属下实在不敢劳烦公子守着……”

墨寒卿回过神，又看了一眼十二，点点头，转身便从他的房间出去。

外面夜色正好，新月如钩，挂在缀满星光的夜空中，映衬着院子中昏黄温暖的灯光，在地面照出淡淡的竹影。春日的夜风带着一丝微凉，拂过面颊，吹入心坎，仿佛也吹散了积郁在心中的不快。

在这静谧的夜色中，一道黑影掠过房梁。

墨寒卿神色一正，眼看那道黑影掠过偏房，窜入主屋，顿时心中冷笑，想不到在飞鹤山庄内，也有人想夺他性命。

当下，他摸向腰间的佩剑，放轻脚步，朝主屋缓缓走去。

透过纸糊的窗子，隐约有摇曳的烛光流泻而出。主屋里静悄悄的，若不是他刚才亲眼看到一道黑影掠进去，只怕真会中敌人的埋伏。

墨寒卿握着佩剑的手紧了紧，另一只手轻轻推开房门。

就在他打开房门的瞬间，一道粉色身影掠过眼前，紧接着他手中的佩剑已经消失不见。墨寒卿心中一惊，下一秒，他已经被人从身后反剪住双手，一阵清甜的气息掠过鼻间。

“听说你想让我爷爷教你武功？”一道清脆甜美的声音在他身后响起。

墨寒卿回过头去，果然看到叶七七黑白分明的大眼睛正盯着自己。明明是比自己矮那么多又小那么多的女孩，可她扣着他双手手腕的力道，却让他无论如何也无法挣脱。

“松手。”他声音清冷地朝着叶七七命令道。

“不松。”叶七七朝他做了个鬼脸，加重力道，“你连我都打不过，还敢让我爷爷教你，哼！想得美！”

墨寒卿顿时脸色铁青。他的武功在墨国虽然算不上数一数二，但好歹也在十二之上，想不到竟被这个小丫头一招制伏，从小到大，他从未如此憋屈过。

“给我放手！”墨寒卿声音冰冷，又重复了一遍。

“我就不放。”叶七七那双水润的眼眸转了转，突然坏笑道，“除非……”

墨寒卿冷眼看着她，完全不理会她故意的停顿。

“除非你喊我一声师父！”叶七七仰着一颗小脑袋，声音软软地朝他道。

墨寒卿周身的温度瞬间降了下来。他瞪着寒潭般的眼眸，用几乎可以杀人的目光看着叶七七，冰冷地回复了两个字：“做梦！”

“你不喊我师父？”叶七七皱着粉嘟嘟的小脸，眼睛滴溜溜转了转，突然靠近道，“你不喊我师父，我可要亲你了……”

墨寒卿皱着眉，眼看叶七七那张粉嫩的小脸离自己越来越近，寒冰似的脸颊终于露出一丝窘迫。她宛若凝脂的肌肤就在眼前，隔着这么近的距离，仿佛能看到她脸颊上细小柔软的绒毛，那双水润清澈的眼眸带着一丝狡黠的笑意，正一眨不眨地盯着他。

墨寒卿不由自主地将头往旁边让了让道："你再不放开我，我就对你不客气了。"

"哦……你能对我怎么不客气啊？"叶七七眨巴眨巴黑白分明的大眼睛，笑嘻嘻地问道。

话音刚落，她便听到破空而来的衣袂翻飞声，紧接着，六个着装统一的护卫破窗而入，瞬间将她跟墨寒卿包围起来。

"属下护卫来迟，还望公子……"几个护卫进来便朝墨寒卿单膝跪下，一个脸上蒙着面罩的护卫双手抱拳抬起头来，刚说了几个字，便被眼前的情景惊住了。他他他……他们家主子竟然被一个看起来只有四五岁的小丫头给死死抱着……而且……而且那个小丫头离他家主子这么近……

其他几个护卫在他说话的时候抬起头来，看着眼前的场景，也震惊了。

"抱歉，打扰了。"脸上蒙着面罩的护卫回过神来，立刻从地上站起来，然后朝其他几个护卫打了个手势，打算带着人离开。

"给我站住！"墨寒卿眼看自己的护卫准备转身离开，脸色极其难看地开口命令道。

"主子。"几个护卫赶紧停住脚步，同时转过身来，却是低着头不敢看他们。

"冷六、冷七、冷八、冷九、冷十，还有十一……"墨寒卿的目光在他们脸上一一扫过，一字一顿地念出他们的名字。

"属下在！"六个护卫异口同声地应了一声。

"给我狠狠地揍她！"墨寒卿声音清冷，咬牙切齿道。

"揍……揍谁？"冷六一时间没有反应过来，一脸疑惑地抬头看向自家主子。

"难道是揍我？"墨寒卿眯着眼睛，声音阴冷地反问道。

"这……"冷六回过神来，目光在比自家主子还要矮上许多的小姑娘身上扫过，然后伸手抹了一把额头上的汗水道，"属下遵命。"

其他几个冷卫顿时将鄙视的目光投向冷六。那么娇小可爱的姑娘，你也下得去手？简直太禽兽了！简直胜之不武！

冷六微微迟疑一下，终究清了清嗓子，大声道："哪来的女流氓！竟敢非礼我家公子！"话毕，冷六运起轻功，一点地，朝叶七七飞了过去。

冷六原本想着只要将这小姑娘从自家公子身上拽开便好，还没等他飞到叶七七跟前，叶七七已经一个转身，躲在墨寒卿身后。冷六伸出去打算抓叶七七的手，硬生生在距离自家主子的胸口还有一寸远的地方停了下来。

"喂，你！"叶七七戳了戳墨寒卿的背，不高兴地道，"你怎么老是让人家揍我啊？我哪里得罪你了，不就是从树上掉下来砸在你身上吗？我都已经跟你道歉了，你还让你的护卫打我，打不过我，晚上就喊这么多人过来一起打我，你怎么这样啊？"

"我乐意。"墨寒卿背对着她，看都不看她一眼，声音冷冰冰的。

旁边几个冷卫听到叶七七的话以后，全部怔住了。他们家主子让十二打人家小姑娘，还没打过？不会吧！十二啊，那可是他们这群人里体型最大最壮的一个！跟眼前这小姑娘一比，十二就像一头熊……就这样，十二还没打过人家？该不会是看人家姑娘太小，不忍心下手，故意让着吧？

几个冷卫互相看了一眼，心中顿时了然。

"主子你……放了信号弹召我们几个过来……"冷六表情有些僵硬，低声问道，"说是有危险，其实就是为了让我们几个一起揍这个小姑娘？"

"嗯。"墨寒卿闷闷地哼了一声，神色有些不自在。这话说出来……确实有些丢人……

那几个冷卫你看看我，我看看你，一时之间，连冷六都没有下一步的动作。

"你们还站着干吗？揍她啊。"墨寒卿微微挑眉，朝着几个冷卫下令道。

虽然觉得这做法不太光彩，但主子的命令还是得执行的。几个冷卫轻轻叹了口气，神色一凛，朝着叶七七同时飞过去。

“你们……以大欺小！以多欺少！”叶七七一看六个人同时朝自己飞过来，当下也顾不得墨寒卿，脚尖一点，便从他们的包围圈中飞出去。

那六人当即朝叶七七飞走的方向追过去。

若论单打独斗，叶七七肯定不输他们中的任何一人，可眼下是六人联手攻击她，即便叶七七武功再高，也扛不住六人一起下手。更何况，她不过是个半大的孩子，实战经验怎么可能有这些刀里来剑里去的冷卫丰富。

不过片刻工夫，叶七七便有些招架不住。眼看那些冷卫就要抓到自己，她干脆放弃抵抗，忽地一下转过身来，一双圆溜溜的大眼睛死死瞪着那些冷卫。

众冷卫也一下子停住动作，不明所以地看着她。

就在六个冷卫跟叶七七大眼瞪小眼的时候，叶七七突然扁了扁嘴，豆大的眼泪瞬间从眼睛里落了下来：“呜哇——不公平！你们这么多人欺负我一个！我才五岁，你们怎么忍心！我要告诉爷爷，让爷爷帮我揍你们！呜呜呜——”

房间里顿时死一般地寂静。

六个冷卫傻了眼。以前执行任务的时候，对手基本都是武功高手，即便不是高手，也都是十恶不赦的坏人，那些人杀一个算一个。当然也不是没人跪在他们眼前求他们放过，不过他们基本上都是眼睛都不眨一下，就把对方抹脖子了。

可是眼下，他们家公子让他们联手对付一个小姑娘，这种任务……咯咯……主子下的命令，执行就执行吧……但主子也没说要弄死这小姑娘啊，只说揍她……对于向来杀人不眨眼的冷卫而言，还真没尝试过不杀人只揍人的……

怎么揍人……这是个问题。他们几个都是大老爷们儿，万一下手重了，把人家小姑娘揍个半死怎么办？要是叶七七一直到处闪躲也就算了，他们还可以借口说自己追不上她，可这会儿她竟然就这么停住，并且哭得梨花带大雨的……这……下不去手啊……

几个冷卫心里明白，他们家主子估计也就是因为被小姑娘调戏，所以恼羞成怒，想要出口气，可眼下的问题是，这里是乐清山上的飞鹤山庄，能在飞鹤山庄里出现的人物，肯定都是大有来头的。

以前就听闻飞鹤山庄的庄主叶珏大师，人到晚年才得一孙女，且那小姑娘长得玲珑可爱，叶珏大师对她自是捧在手里怕摔了，含在口里怕化了。眼前这小姑娘，看这年纪，估摸就是叶珏大师的孙女了……他们家主子此次来飞鹤山庄，本就有求于叶珏大师，要是把人家的孙女给打了……

几个冷卫扯了扯嘴角，实在不知怎么办才好……

“还站着干吗？揍她！”墨寒卿看着叶七七哭得小脸皱了起来，心中闪过一丝异样的情绪，嘴上却是依然朝着几个冷卫下命令。

主子啊！你这样子不好啊！俗话说，好男不跟女斗，更何况对方是个秀气可爱的小姑娘。你要是一直这么不懂怜香惜玉，以后会娶不到王妃的，你知道吗……

几个冷卫在心里默默念叨着，却没人敢将这些话说出来。

主子既然下了命令，好歹先把小姑娘抓住再说……思及此，几个冷卫刚准备动作，突然觉得脚下一软，几个人竟同时跪了下来。

“你们……”墨寒卿眼看六个冷卫竟然齐刷刷朝着叶七七跪下来，忍不住皱起眉头。

“嘿嘿嘿……”叶七七一脸得意地看着跪在自己面前的几个冷卫，伸手从宽大的袍袖里掏出一个小小的香炉道，“想不到吧，这可是爷爷给我防身用的软筋散，无色无味不易察觉，只要我按下香炉上的开关，只需半炷香的工夫，便可让人浑身无力，无法反抗！”

“我们……”冷六只觉浑身上下软绵绵的，一点力气都用不上。

刚才他们几个还是跪在地上的，不过几秒钟，便已经躺倒下来。

青石板地面上，冰凉的感觉隔着布料传过来，却没有刺骨的寒意。

冷六猛地提起一口气，想凭借内力冲散身体里那阵阵绵软的感觉，然而内力刚从丹田流出，便如同石沉大海，瞬间消散在经脉中。

“好啦，不要再挣扎了，没用的。”叶七七看着冷六他们还想挣扎却力不从心的样子，好心地解释，“这可是爷爷特地为我制作的，药效比江湖上那些乱七八糟的迷魂香厉害多了，除了爷爷自制的解药，别的都不管用。”

“主……主子……”冷六转过头，看向自家主子，只觉自己的舌根有些发麻，连说话都有些费力。

墨寒卿神色更加难看。叶七七却是一脸惊奇地看着他，道：“哎？你怎么没事呢？爷爷给我的软筋散不应该没用啊。”

“哼……”墨寒卿冷冷地瞥了她一眼，显然十分不屑于回答她的问题。

“不可能……”叶七七凑到墨寒卿跟前，软绵绵的小手一把抓住他的手腕，搭了一下脉，更加惊讶道，“爷爷炼制的软筋散对你竟然没有用？”

墨寒卿眼眸微垂，看着她白白嫩嫩的小手搭在自己的手腕上，柔软的指尖在他的皮肤上轻轻划过，仿佛晴朗的天空中飞过一只灵巧的青鸟，不留一丝痕迹。

“怎么会这样！”叶七七搭着他的脉搏，除了觉得他在刚才那一瞬脉象稍微快了一点之外，竟然感觉不到任何中了软筋散的痕迹。

“你的迷魂药，对我没用的。”墨寒卿冷清地看着她，声音淡淡道。

“好吧，没用就没用。”叶七七抬起头来，依然一脸笑嘻嘻地看着他道，“反正你也打不过我，只要你的几个护卫动弹不了就行了。”

“……”

“来，快叫我师父。”叶七七凑上前去，假装又要亲他。

墨寒卿有些窘迫地将脸转过去，声音中终于带着一丝慌乱，道：“不可能。”

“哦……你不叫的话，我可真要亲了啊……”叶七七又朝他靠近了一些。

“死心吧。”墨寒卿脸颊微红，冷冷地道。

哎呀！他们家主子被调戏了啊！

躺在地上的几个冷卫以看好戏的眼神盯着主子。

“真不叫师父？”

“不叫。”

“确定不叫？”

"哼……"

"再不叫我真要亲了啊！"叶七七红润的小嘴已经离墨寒卿白净的脸颊很近，近到几乎可以感觉到他皮肤的温度。

墨寒卿身子有些僵硬，脸上的红晕也越来越明显。

哎呀，亲啊，亲啊，还跟主子废话什么啊！赶紧上啊！吧唧一口亲上去不就完事了！躺在地上的几个冷卫眼睁睁看着，干着急。

叶七七保持这个姿势许久，终于眨了眨眼睛，往后退了一步，有些失望地道："真是的，没意思，让你喊我一声师父能怎么样啊，用得着这么宁死不屈吗？"

竟然没亲上！这是地上几个冷卫共同的感叹。

墨寒卿眼看叶七七退后一步，终于松了一口气。他沉吟片刻，声音冷清地道："你把解药给我的几个冷卫，今天的事情，我就不追究了。"

"凭什么呀，就算你追究，也不能把我怎么样！"叶七七转过身，冲他做了个鬼脸，然后自顾自走到墨寒卿房间的太师椅前坐下来。

墨寒卿无语。

叶七七黑白分明的大眼睛滴溜溜转了一圈，声音软软地问道："对了，我还不知道你叫什么名字呢。"

"……"

"你不说话，我就不给你解药，你的护卫可就要在地上躺一整夜哦。"叶七七的目光在冷六几个身上扫了一圈，"对了，我还没跟你讲这软筋散的副作用呢。凡是中了软筋散的人……不能控制自己的行动，你是知道的，可除了这个吧，他们还不能控制住自己的……"

叶七七说着说着突然停下来，一脸幸灾乐祸地看着墨寒卿，声音中带着一丝坏坏的笑意道："还不能控制自己的嘘嘘和臭臭，哈哈哈哈……"

她刚一说完，墨寒卿和躺在地上的六个冷卫瞬间变了脸色。

"叶七七！"墨寒卿觉得自己这辈子都没这么抓狂过。

"嗯，干吗？"叶七七止住笑意，白皙粉嫩的小圆脸上，一双黑白分明的大眼睛十分无辜。

"你……"墨寒卿觉得自己要吐血了。

“我什么呀，你告诉我你的名字不就好了。”叶七七摊了摊小手，歪着脑袋看着他道。

墨寒卿深吸一口气，双手紧紧地握起又松开，如此反复几次后，终于一字一顿地道：“公子，我叫墨公子。”

“哦……好奇怪的名字……”叶七七怔了一下，伸手挠了挠脑袋。

躺在地上的几个冷卫瞬间瞪大眼睛。主子，你怎么能这样！怎么能欺负对方年纪小，不懂“公子”其实只是一个称谓呢?

“这有什么奇怪的。”墨寒卿十分淡定地看着叶七七，声音清冷地道，“你爷爷不也喊我墨公子嘛。”

“好吧。”叶七七不疑有他，笑嘻嘻地道，“我叫叶七七，你以后可以喊我七七。”

墨寒卿面无表情，眸中却闪过一道不易察觉的光芒：“现在可以把解药给他们几个了吗？”

“不着急，你再回答我几个问题！”叶七七坐在太师椅上，水润的眼眸里写满对他的好奇，“你今年多大了？”

“九岁。”墨寒卿冷冷地回答道。

“你们……是从山下走上来的吗？”

“不然是滚上来的？”墨寒卿忍不住翻了个白眼，反问道。

“那……山下是什么样子的，和山上一样吗？”

“等你以后自己下山，不就知道了。”墨寒卿对于她的问题已经有些隐隐的不耐烦。

叶七七却在他说完这句话后不吭声了，歪着一颗小脑袋，有些出神地看着窗外的夜色，不知道在想什么。

“现在可以把解药给他们了吗？”墨寒卿等了片刻，见她没有继续问的打算，皱着眉头道。

“可以啊。”叶七七回过神，十分爽快地点点头，起身走到冷六几人身边，伸手从袍袖中摸出一个白玉瓷瓶，打开瓶塞，从里面倒出几粒药丸，然后一颗一颗塞进他们嘴里。

不过片刻，那帮瘫在地上不能动弹的冷卫又生龙活虎地站了起来。

“多谢七七姑娘手下留情。”冷六站起来后，活动活动筋骨，朝叶七七双手抱拳，恭恭敬敬道。

“不客气。”叶七七摆了摆手，一脸“这都不是事儿”的表情，对他们笑了笑。

“天色已晚，七七姑娘若是没有什么要紧事，就请回吧。”墨寒卿依旧板着帅气的脸庞，毫不客气地下逐客令。

“唔……好吧。”叶七七站在原地，似乎思考了一会儿，才点头答应了。

临走之前，她还不忘回头朝墨寒卿笑道：“公子，明天我再来找你一起玩啊！”

“知道了，知道了。”墨寒卿一边点着头，一边将叶七七推出门去。

紧接着，砰的一声，房门被他用力地关上。

叶七七看着眼前的朱色木门，伸手摸了摸鼻子。这家伙好像……还是心情不太好啊……不过没关系，她已经想好明天要做什么了。思及此，叶七七欢快地、蹦蹦跳跳地走了。

等门外的脚步声越来越远，站在墨寒卿身后的冷六终于小声道：“主子……您就这么赶七七姑娘走了？”

“不然呢？”墨寒卿转身的一瞬袍袖翻飞，径直走到叶七七刚才坐过的太师椅上坐下，挑眉看着冷六问道。

“呃……属下的意思是……那什么，主子您听说过‘怜香惜玉’这个词儿吗？”

“没听过。”墨寒卿面无表情地回答道。

“好嘞，当属下什么都没说。”冷六点点头，十分干脆地退下去。

夜色渐沉，飞鹤山庄内的屋子渐渐熄了灯火。

第二章　压寨夫人

第二日，破晓的晨光慢慢给地面染上一层金色的光芒。

万籁俱寂中，春日的空气带着丝丝清冷，暗灰色的苍穹一点点淡下来，逐渐变成与地平线接壤的淡淡青烟，烟雾将一切渲染得朦胧而迷幻。

墨寒卿正安静地躺在床榻上睡觉，忽然听到自己房间的房门被砰的一下撞开，紧接着，一个软萌清脆的声音在他床榻边大声响起："公子！公子！起床啦！"

墨寒卿闭着双眼，内心生出想死的冲动。

"咦，还在睡觉啊……"叶七七趴在墨寒卿的床榻边，眨着漂亮的大眼睛，细细地打量他。少年墨色的长发散在床榻上，衬得他的脸颊越发白皙如玉，眉毛在睡梦中舒展开，完全不似醒着时总是皱着的模样。他眼眸紧紧闭着，长而卷翘的睫毛在眼窝处投下淡淡的阴影。

嗯……墨公子长得真好看。叶七七盯着他许久，在心里留下这么一条评价。

倒是墨寒卿，自叶七七进来便一直在装睡，想看看这家伙到底想做什么。结果装着装着，他发现这家伙竟然一点声音都没有了。

墨寒卿迟疑片刻，缓缓转过头，睁开眼睛，一张娇艳如花的小脸带着灿烂的笑容毫无征兆地映入眼帘。

墨寒卿怔了片刻，还没来得及说话，便听到叶七七高兴地喊道："公子，你醒了？"

事已至此，他自然是不能继续装睡了。墨寒卿只得缓缓从床榻上坐起，白皙修长的手指拽着身上的被子，眼眸中绽放出一丝冷冽，看向叶七七，声音清冷地道："你来找我，是有何事？"

"公子，我们一起下山玩吧！"叶七七黑白分明的大眼睛里满是兴奋。

墨寒卿看着她一脸激动的样子，忍不住怀疑自己是不是听错了。下山？玩？玩什么，他昨天才在护卫的护送下上山好不好！

"公子，你们昨天是从山下来的，所以肯定知道上山的路，对不对？知道上山的路，那肯定也知道下山的路。"叶七七眼眸发亮地看着墨寒卿，抑制不住内心的兴奋，"你带我下山去玩好不好？我长这么大，还从来没有下山过呢，山下的世界是什么样，我好想去看看啊！"

"不去。"墨寒卿淡淡地瞥了她一眼，伸手拽过挂在床边的外袍，不慌不忙地开始穿衣服。

"为什么……"叶七七一把拽住墨寒卿的胳膊，皱着圆润的小脸，可怜兮兮地问道。

"不为什么。"墨寒卿淡淡地瞥了她一眼，胳膊动了动，却没能摆脱她的魔爪，于是只得皱着眉头道，"松手。"

"不要。"叶七七挽着墨寒卿的胳膊，不过片刻，水润的眸中便浮出晶莹剔透的泪珠，"你就带我下山看看嘛，我保证就看一眼，要是跟山上没什么差别，咱们立刻回来，好不好？"

"装可怜对我没用。"墨寒卿低头，看着她要哭的模样，直接道。他可没有忘记叶七七昨天在冷卫面前装可怜，结果用迷魂香放倒六个人的英勇事迹。

果然，眼看眼泪攻势对墨寒卿无效，叶七七马上收起可怜无害的形象，凶巴巴地威胁道："我才不管，你今天不想下山也得陪我下山。"

“哦……可是脚长在我身上，你有什么办法让它们动起来？”墨寒卿有些好笑地微微挑眉，看着她问道。

叶七七咬了咬嘴唇，拽着他胳膊的小手也松了下来。

正当墨寒卿得意于终于扳回一局的时候，一条吐着芯子的长蛇突然倒挂在他面前。长蛇通体翠绿，一颗倒三角的脑袋上，金黄色的眼睛正直直地盯着他。墨寒卿心中一惊，下意识后退了一步。

“咝咝——”翠绿的长蛇吐着芯子，仰着蛇头，朝着他又靠近一点。

“小青，缠住他！”站在长蛇后面的叶七七突然笑眯眯地朝那条蛇命令道。

“咝咝——”翠绿的长蛇点了点倒三角形的脑袋，以迅雷不及掩耳之势扑向墨寒卿。

“别过来！”墨寒卿只看到眼前翠绿的光线一闪，慌乱之中，刚转身想跑，整个人已经被那条青蛇牢牢缠住。冰凉滑腻的蛇鳞隔着他月白色衣袍的布料，缓缓往上绕行。

墨寒卿那张俊秀的脸颊瞬间一片惨白。

“嘿嘿，墨公子，你别乱动哦，小青的全名叫竹叶青，可是有毒的哦。”叶七七眼看小青将墨寒卿整个人像缠麻花一样缠起来，这才走到他面前，“而且它只听我的话，我让它咬谁就咬谁。”

墨寒卿惨白着脸，目光愤怒地瞪着叶七七道：“你到底要干吗？”

“你带不带我下山？”叶七七凑到他跟前，眨眨眼睛，又问了一次。

那条竹叶青蛇仿佛知道叶七七在说什么，配合着她的问话，将自己的脑袋凑到墨寒卿白皙俊秀的脸颊旁，又细又长的芯子伴随着咝咝声，似有若无地吐在他的皮肤上。墨寒卿只觉整个身子都僵住了，沉默半晌，终于心不甘情不愿地吐出一个字：“带。”

“对呀，这就对了嘛！”叶七七高兴地点点头，朝着绕在墨寒卿身上的竹叶青伸手道，“小青，回来。”小青立刻松开他，哧溜一下绕上叶七七的胳膊。

“乖，自己去玩吧。”叶七七用另一只手轻轻拍了拍小青的脑袋，蹲下身，将胳膊朝地面伸去。小青吐了吐芯子，朝叶七七点点头，沿着地面蜿蜒游走了。

等到墨寒卿穿好衣衫，又洗漱完毕，叶七七十分欢快地拽着他的手，朝山庄后门奔了过去。

“我们这是去哪儿？”墨寒卿微微皱眉，有些不解地看着叶七七狂奔而去的方向。他们昨天是从山庄大门进来的，怎么这会儿要从后门出去？

“爷爷平时不许我下山，所以咱们不能从大门出去，我带你从后门走。”叶七七拖着墨寒卿，专挑山庄里人少的地方走。

两人个子不高，一路躲躲藏藏，倒是没被发现。

墨寒卿翻了个白眼，已经不想跟她说话。

一路顺利地出了飞鹤山庄的后门，叶七七看着眼前的山林，兴奋地道：“好了，咱们出来了，走吧，从哪里下山？”

墨寒卿仔细打量着眼前的景色，蔚蓝的天空映衬着翠绿的树林，地上开满粉色的花朵，翩翩飞舞的白色蝴蝶绕着花瓣忽上忽下地飞着，偶尔有一两只兔子从花丛中窜过，瞬间消失不见。

叶七七眨着水润的眼眸站在他身边，满眼期待地盯着他。墨寒卿沉吟片刻，随手一指道：“往那边走。”

他昨天是跟着十二过来的，只认识从前门上山的那条路，此刻站在后门，他完全不知道该怎么走，但这一点并不妨碍他随便找条路给叶七七，谁让她用毒蛇来恐吓自己。呵，想下山去玩？想得美！

“好，那我们出发吧！”叶七七牵着墨寒卿的手，欢快地顺着他指的方向走去。

墨寒卿皱了皱眉，想要将她的手甩掉，奈何她肉嘟嘟的小手死死地拽着他不放。

这一路往山下走，刚开始叶七七还很新奇，觉得这棵树也特别，那朵花也极美，就连头顶的蓝天看起来都比飞鹤山庄里看到的漂亮许多。然而当他们走了一个时辰后，面对大同小异的风景，叶七七便有些审美疲劳。

“公子，你确定下山是这个方向吗？怎么到现在还没看到村庄啊？”叶七七满眼疑惑地转过头来，朝着墨寒卿问道。

“确定。”墨寒卿一脸淡定地看着前面的路，“我们刚才出山庄后门的时候，太阳在我们的右边，上北下南左西右东，所以我们一直是朝着北边走的，现在太阳依然在我们的右边，并且在中午之前，太阳是不会到左边的，这说明我们走的方向没有错。”

叶七七眼睛里写满问号。上北下南左西右东是什么东西？为什么中午之前，太阳不会到左边？虽然完全没有听懂，不过这些话好像很高深莫测。他说得似乎也非常有道理，那应该没错吧……叶七七晃了晃小脑袋，朝墨寒卿笑眯眯地点头道：“方向没错就好，那咱们再走一会儿看看吧。”

“嗯。”墨寒卿认真地点点头，微微勾起的嘴角却出卖了他此刻的心情。呵呵呵呵……继续往北走，走到天黑，你也不会看到村庄的！

这乐清山隐藏于群山之中，周围虽然有些小小的村落，却十分稀少，没有地图，基本是找不到的，更何况他们是这样瞎走一气。想到这儿，墨寒卿就觉得这两天憋的气，终于舒散了一些。

两个小小的身影继续朝山下走，直走到正午时分，叶七七也没看到村庄的影子。眼看前不着村后不着店的，她伸手擦了一把额头上的汗水，又摸摸早已饿得咕咕叫的肚子，终于忍不住问道：“我们还要多久才能下山啊？我好饿啊……走不动了。”

墨寒卿站在她身边，白皙如玉的脸颊上一点汗意也没有，一身月白色的衣袍从林中穿过，也没有落上一点灰尘。只是此刻，他神色有些尴尬地看着叶七七，憋了半天，终于憋出几个字道：“好像……迷路了……”

啥？叶七七瞪大眼睛，不可思议地看着他。

墨寒卿有些尴尬地摸了摸自己的鼻子。

就在他们大眼瞪小眼的时候，树林里突然传来窸窸窣窣的响声。紧接着，一个嘹亮的声音在头上响起：“哈哈哈哈，今天没等着商队，倒是等来两个小家伙。”

“大哥，这两个小家伙穿的衣服都挺好的，说不定身上还揣着银子呢。”另一个尖细猥琐的声音从另一边响起来。

“去，抓了他们！”嘹亮的声音一声令下，周围树丛里顿时蹿出好多身影。

叶七七和墨寒卿肩并肩站着，看着忽然将自己围住的一群人，眉头紧皱。

对方大概有二三十人，穿的都是粗布衣服，衣服上有些补丁，脑袋上扎着黑色的头巾，手上拿着菜刀、斧头、铁棍之类的武器，看起来凶神恶煞的。

“你们是什么人？”墨寒卿不动声色地观察着眼前的这帮人，冷静地问道。

“哟，大哥，这小子问我们是什么人呢。”一个脸颊细长、胡子拉碴的瘦子朝站在树枝上的人怪声怪气道。

“瘦猴，你告诉他们。”那站在树枝上的人，膀大腰圆、膘肥体壮，脸上还有一道长长的刀疤，看起来似乎是他们的头目。

“喀喀，你们听好了，我们是这乐清山脚下的雄霸帮，小兔崽子们，快把身上值钱的东西交出来！”瘦子双手叉腰，朝叶七七和墨寒卿喊道。

叶七七和墨寒卿对视一眼——

你能打过他们吗？

废话，打不赢你，我还打不赢山贼吗？

你说山贼窝里有没有什么好吃的东西？要不咱们去山贼窝看看？

拒绝。

墨寒卿直接朝叶七七翻了个白眼，正准备动手，叶七七突然伸手拽住他的胳膊，转过头来，一双黑白分明的大眼睛瞬间蒙上一层晶莹剔透的泪水，可怜兮兮道：“我们……我们身上没有值钱的东西啊……”

“骗谁呢，小鬼！”那个叫瘦猴的山贼将叼在嘴里的狗尾巴草吐掉，甩着斧头走到叶七七跟前，弯腰打量她道，“看你们穿得这么好，肯定是有钱人家的小孩，怎么，兄妹两个在这山上迷路了？”

“我们……我们不是兄妹……”叶七七下意识朝墨寒卿身后退了一步，一双肉嘟嘟的小手拽着墨寒卿的袖子，脸上露出害怕的神情。

“哟，不是兄妹，难不成是一对小情人？”那瘦猴顿时猥琐地笑了。

那些围着他们的山贼也不怀好意地笑了出来。

墨寒卿秀气的眉毛紧紧皱起，眸中绽出冷冽的光芒。要不是叶七七死死拽着他的胳膊，他早就上去把这些山贼打趴下了。

“少跟他们废话。”山贼头头朝瘦猴训斥了一声，想了想道，“先把他们绑回寨子，然后想办法问出住哪儿，叫人送信过去，让他们家人带着银子来救人。”

“哈哈，还是老大英明！”瘦猴赶紧转过头来，一脸狗腿地道，又朝周围那些山贼招了招手，“兄弟们上，把他俩给我绑起来。”

围着他们的山贼呼啦一下凑了上来，三下五除二地把墨寒卿和叶七七两个人绑好。

“走，带回寨子去！”瘦猴朝着那帮弟兄大吼一声，山贼们便推搡着叶七七跟墨寒卿走了。

此处离他们的山贼窝并不很远，走了不过一炷香的工夫，便看到前面有一排削尖了的木头矗立成的围墙，门口还有两个手拿长矛的山贼在站岗。

两个站岗的山贼看到他们回来，顿时高兴地大喊：“老大，你们回来了！”

“嗯。”走在最前面的刀疤脸老大漫不经心地点了点头，转身朝后面的人招了招手道，“动作快点，老子饿死了，先把这两个小毛孩丢到柴房里去。”

“好嘞，老大！”瘦猴连连点头哈腰，转身便神气活现地朝后面的人大声道，“去，把他们扔柴房里。”

两个山贼立刻推着叶七七跟墨寒卿走了。到了柴房前，两个山贼把他俩朝门里一推，说“好好在这儿待着吧”，便锁上门走了。

叶七七转头打量着这间柴房。屋子里乱七八糟地堆着一些木头和树枝，地上还有一些稻草，靠墙的地方有一个大灶台，落满了灰尘和蛛网，看起来已经很久不用了。

墨寒卿眯着眼睛，想他堂堂墨国小王爷，何时见过条件这么差的地方？

阳光从破纸糊的窗户上射入，每一道光线中都有肆意飞舞的灰尘。

“哈……哈啾……”叶七七被那些灰尘弄得鼻子痒，忍不住打了个喷嚏。

墨寒卿回过头来，眼神冰冷地看着被反绑了双手的叶七七：“这就是你想来的地方？”

叶七七吸了吸鼻子，抬头看着墨寒卿，眼睛里闪烁着璀璨的光芒道：“对啊，我从来没有见过山贼窝哎！公子，你见过吗？”

墨寒卿沉默片刻，声音冷冽道：“没见过，也不想见。”

“哎呀，别这样。”叶七七朝他笑了笑，走到他跟前，背过身，把反绑的双手对着他道，“来，帮我把绳子解开。”

墨寒卿微微垂眸，看着她被五花大绑的小手，忍不住抽了抽嘴角，道：“怎么解？”

“用牙帮我咬开啊。”叶七七转过头来，一脸理所当然。

用牙？墨寒卿看着脏兮兮的麻绳，顿时一阵嫌恶。

“不要。”他转过头，想都没想便拒绝了她。

“哦……”叶七七转过身，在他身上打量片刻，声音糯糯道，“那你转过身，我先帮你解开绳子，你再帮我，这样可以吧？”

墨寒卿低头，仔细看着比自己矮了一大截的叶七七，确定她没有什么阴谋诡计，这才缓缓地转过身去，背对她。

叶七七低头，毫不客气地咬住绑在他手上的绳子，试图将它解开。墨寒卿看不到她的动作，却能感觉到她温热的呼吸喷洒在自己的手腕上，那种小动物般的气息掠过他的皮肤。还有她额前细碎的头发，也在一下又一下划过他的手心。

说不上为什么，墨寒卿突然觉得有些不自在，忍不住催促道：“好了没？”

“唔……快了……”叶七七咬着绳子，含混不清地回了一句。

片刻之后，墨寒卿活动了一下终于解放的双手，漫不经心地看着依然被绑的叶七七，态度傲慢地问道：“想要我帮你把绳子解开？”

“嗯。”叶七七背着双手站在他跟前，仰着小脸看他。

“呵。”墨寒卿扯了扯嘴角，弯下腰，凑到叶七七跟前，一字一顿道，“叫我师父。”

叶七七眨巴着水润的大眼睛，看着他，怔了一下。

“不叫我师父，我就不帮你解绳子。”墨寒卿看着她有些惊愕的表情，顿时觉得心里舒服多了。

“你！”叶七七瞪着他，一时之间竟然不知道该说什么。

“乖，叫我师父。”墨寒卿直起身子，居高临下地看着她，嘴角带着一丝欠扁的笑意。

叶七七低下头，不知道在想些什么。墨寒卿好整以暇地看着她，反正眼前这小家伙双手被绑，就算想使坏，也使不出来。

然而，他的得意算盘还没打好，便看到叶七七抬起头来直直地瞪着他，朝他冲了过来。

“你……干吗……”墨寒卿话还没问完，叶七七毛茸茸的小脑袋便撞在他的胸口。只听得咚一声闷响，墨寒卿胸口上传来痛感，脚下一个不稳，直直朝后面仰下去。砰的一声，墨寒卿摔倒在地，而叶七七正好一屁股坐在他的肚子上。

“你给不给我解开绳子？”叶七七坐在墨寒卿身上，居高临下地看着他。

墨寒卿白皙的脸庞闪过一丝痛苦。

“别以为我双手被绑着就打不过你！”叶七七脆生生的声音在他耳边响起，低头一口咬在他修长的脖颈上。

“咝——”墨寒卿顿时疼得倒抽一口凉气。

叶七七狠狠地咬了他一会儿，抬起头来，直直地瞪着他道：“给不给我解开绳子？”

“给。”墨寒卿生无可恋地看着她。

“哼。”叶七七朝着他做了个鬼脸，坐在他肚子上转了个身，背对着他，将手送到他面前。

墨寒卿深深吸了口气，抬起双手，帮她将绳子解开。她也终于从他身上爬了起来。两人整理了一下因为打闹而弄乱的衣服，朝柴房大门走去。墨寒卿靠近大门，从门缝朝外看，只见一条又粗又黑的锁链绕在大门上，上面挂着一把大铜锁。

“门被锁住了。”他仔细观察了一下，转过头来，朝叶七七冷冷道，“出不去。”

“让我看看。”叶七七推开墨寒卿，踮着脚尖朝门缝外看了一眼。

墨寒卿抚了抚衣袍，静静地站在她旁边，不说话。

“唔……好像确实出不去。”叶七七试着推了推柴房门，外面的锁链发出咔啦啦的响声。她转过身，忍不住推了推他的胳膊道，“公子，现在怎么办？”

“是你自己要来这山贼窝的，自己想办法。”墨寒卿眼眸微垂，看着她无辜的小脸，轻哼了一声。

“唔……”叶七七皱着眉头，在柴房里转了一圈，目光突然落在墙角的灶台上。正对着灶台的是一扇破木窗，窗纸破了几个大洞，显然很久没有翻修。

“有了，咱们从那儿出去！”叶七七一拍小手，两眼发光地朝着灶台跑去。

墨寒卿顺着她小小的身影看去，看到落满灰尘和蛛网的灶台时，忍不住皱了皱眉。

然而叶七七已经手脚并用地爬上灶台，扶着墙，走到破木窗前，还没等墨寒卿出声提醒，便一脚踹向窗户。只听得哗啦一阵响，碎掉的木头屑混着破旧的窗户纸还有灰尘，掉得满地都是。

灶台上灰蒙蒙的。

等灰尘落定，墨寒卿才放下掩住口鼻的衣袖，朝叶七七看了过去。一片杂乱中，叶七七身上的粉色衣衫已经沾染了不少灰尘，小脸也蹭上一道道灰痕，乌黑的长发上，碎纸屑夹在她的头饰里，看起来十分狼狈。

墨寒卿看着眼前的叶七七，唇角不由自主勾起一抹浅浅的弧度。

“哈啾——”叶七七忍不住打了个喷嚏，伸手揉了揉小鼻子，顺道又在脸上留下一条灰痕，她看着依然站在柴房中没动的墨寒卿道，“走啊，咱们从这儿出去。”

墨寒卿上下打量她半天，表情上还是嫌弃，走到灶台旁，脚下一点，便漂亮地上了灶台。

“哎呀，我刚才怎么忘了用轻功呢！”叶七七一拍脑袋。

“呵，智障。”墨寒卿冷笑一声，没等叶七七反应过来，便从破了大洞的窗户飞出去。

叶七七紧跟其后，飞了出去。

出了又小又破的柴房，叶七七朝四周打量了一圈。他们是在山贼窝的寨子里，不远处寨子的正中央，有一栋占地面积最大的屋子，看起来是山贼头头的住所，四周零零散散围着一些小木屋，每个小木屋门口都放着一排排兵器。

主屋后面有个很大的棚子，里面摆着桌子，刚才那些抓他们的山贼就坐在棚子里，正一边吃吃喝喝一边大声聊天。

叶七七摸了摸饿得扁扁的肚子，可怜兮兮地转头看着身边的墨寒卿，她今天一整个上午都没有吃东西啊！

这会儿，墨寒卿也有些饿，眯眼看着山贼，朝叶七七打了个手势，两人偷偷朝棚子靠近。快到棚子旁，叶七七便听到刚才让人绑他们的瘦猴大着嗓子朝山贼头头道：“老大，那两个娃怎么处理？”

“看他们两个的穿着，肯定是有钱人家的孩子。”山贼头头思索片刻，朝瘦猴道，“有钱估计就有势，咱们要是贸然送消息，说让他们带钱换人，估计会惹来官府的人。”

“老大说得是！”瘦猴连连点头。

“我看那小丫头长得挺漂亮，不如就留着给我儿子做压寨夫人吧。”山贼头头的眼睛里有精光闪过，“至于那臭小子，有钱人家的孩子，肯定都读过书，让他教你们多识点字，下次别再把灵车当成镖车给劫了。”

“是是是！老大英明！”瘦猴一鼓掌，周围的山贼赶紧放下饭碗，一起鼓掌。

叶七七偷听了一会儿，忍不住转头看着墨寒卿问道：“什么是压寨夫人？”

“就是……除山贼头头之外，第二厉害的人。”墨寒卿沉吟片刻，给出解释。

“哦……”叶七七似懂非懂地点点头。

“那我们现在……”墨寒卿话还没说完，便觉得眼前一道粉色身影晃过，刚才还蹲在身边的叶七七已经直直朝山贼头头飞去。

手里端着饭碗的山贼头头尚未反应过来，脖子上已经抵上一把斧头。

“什么人？！”

其他山贼只觉眼前一花，一道影子朝着老大飞了过去。等他们定睛一看，竟是今天被绑回来的粉色衣衫的小女孩。小女孩脸上一道灰一道白的，俨然成了一只小花猫，手中却握着锋利的斧头，正对着他们老大的脖子。

墨寒卿怔了一下。这家伙，什么时候顺手牵了一把斧子过来?

“想活命就不许动！”叶七七用斧子顶着山贼头头的脖子，声音清脆道。

“我……我不动……”山贼头头大概从没被威胁过，端着饭碗的手竟然不停地发抖。

“都让你不要动，你还抖什么？”叶七七看着山贼头头不停地抖手，忍不住用另一只手在他背上用力砸了一拳。

“喀喀……我这……这……控制不住啊……”山贼头头被叶七七猛砸一拳，呛了一口饭，顿时剧烈咳嗽起来。

“你你你……你要对我们老大做什么？”那帮山贼喽啰眼看老大被叶七七毫无人性地猛砸，忍不住问道。

叶七七看了一眼坐在棚子里的山贼们。刚才她跟墨寒卿在后面看得不是很清楚，此刻站在山贼头头的背后她才发现，这里竟然坐了百来号人。

那些山贼看着她，都很紧张，似乎生怕老大出什么事。

“你就是这帮山贼的老大？”叶七七打量了一圈，低头朝被自己挟持的山贼头头问道。

“是……我是……”山贼头头连忙点头。

“他们所有人都听你的？”

“对……”山贼头头颤巍巍地回答道。

“那想要当他们的头头，有什么条件？”叶七七继续朝他问道。

这一次，山贼头头总算听出叶七七话里的意思：“小……少侠，您是想当我们这雄霸帮的头儿吗？”

“嗯！”叶七七点点头，稚嫩的声音跟她此刻的动作完全不配。

“那个……少侠你要是想当头儿，只要……只要我把帮主的位子让给你就行……”

那山贼头头实力并不差，平日里带着帮里的兄弟在乐清山上四处劫持镖车，也干下不少惊天动地的事儿。可是眼下，他竟然毫无防备就被叶七七一招掐住了死穴，心中大惊的同时，却也明白过来，自己绝不是这小丫头的对手。

俗话说得好，识时务者为俊杰，他们本就是贪生怕死的山贼，又不是坚强不屈的军人，在生命受到威胁的时候，自然要拿一切可以交换的东西来保住性命。

“那你快把帮主的位子让给我！”叶七七手里的斧头又朝山贼头头的脖子贴近了一点，冰冷的斧刃几乎割破他的血管。

“少侠淡定！淡定啊！”山贼头头只觉脖子上传来凉意，立刻抬头看着眼前百来号手下，大声道，“你们听着，从今天开始，我们雄霸帮的帮主就是这位……这位……少侠，敢问大名？”

“叶七七。”

“我们雄霸帮的帮主从今天开始，就是叶七七少侠，你们还不赶紧拜见新帮主？”山贼头头声嘶力竭地朝手下喊道。

山贼喽啰你看看我，我看看你，半晌，唰一声从凳子上站起身来，齐刷刷朝着叶七七跪下来，大声呼道：“拜见新帮主！”

墨寒卿躲在暗处，看着眼前这一幕，只觉十分……无语……

“这就好了？”叶七七低头，看向被自己挟持的山贼头头，满眼疑惑地问道。

“好了，好了，那什么……要是帮主愿意将手中斧头放下，小的也立刻跪下拜见您！”山贼头头立马点头。

“难道当帮主就没有什么特别的标志？”叶七七继续问道。

山贼头头愣了一下，赶紧回答：“有的，有的，少侠您看，我这雄霸帮中的帮众头上都扎着黑色的头巾，而身为帮主的我，黑色头巾上还镶着几根雄鹰的羽毛，少侠若是不嫌弃，我就把头巾拿下来给您，就是……您这斧头……能不能稍微挪一挪？”

叶七七抬头，看向山贼头头的脑袋，果然看到脏兮兮的黑色头巾，上面插着三根棕色的长羽，想来是那什么雄鹰的羽毛：“不要，不好看。”她十分干脆地拒绝了。

叶七七撤回顶在山贼头头脖子上的斧头，随口问道：“你叫什么？”

“小的就叫雄鹰。”山贼头头赶紧低声下气地回答道。

“哦……”叶七七点点头，目光扫向一大片雄霸帮的帮众，歪着脑袋想了想，“从现在开始，我就是你们的帮主，你们都得听我的，知道吗？”

“一切谨遵帮主吩咐。”跪在地上的山贼喽啰异口同声道。

“嗯，不过雄霸帮这个名字太难听了，我觉得应该把名字换掉。”叶七七随手将斧头扔了出去，斧头不偏不倚地砸在不远处挂在树干上的一个靶子的正中心。

那帮小喽啰看着新任帮主彪悍的实力，忍不住咽了咽口水，没有一个敢表示异议。

“唔……不如就叫孔雀帮吧！”叶七七一拍小手，两眼发光道，“孔雀最漂亮！”

整个棚子里死一般寂静，小喽啰的眼睛里浮现出绝望。试想日后，若有其他帮派的山贼来到乐清山，自报家门的时候，便会出现这样的情景——

“在下来自猛虎帮！”

“在下来自野熊帮！”

“在下来自猎豹帮！”

“在下……在下来自……孔雀帮……”

光是想到这一幕，他们就觉得无比耻辱，根本一点底气都没有！喽啰们将求救的眼神投向原来的老大，却没想到，老大竟谄媚地笑着：“是是是，孔雀帮，这名字好听！”

噗——在场山贼顿时吐血三升。

“好，那就这样定了，去，再拿两副碗筷过来，我跟墨公子还没吃午饭呢。”叶七七十分满意地看着雄鹰的反应，然后朝躲在暗处的墨寒卿招了招手。

墨寒卿沉默片刻，终究甩了甩衣袖，不慌不忙地朝叶七七走去。

待到谪仙一般的墨寒卿站在一身脏兮兮、已成小花猫的叶七七身边时，地上跪着的帮众，有了自戳双眼的冲动。眼前这位穿着月白色衣衫的少年，不过这么安安静静地站在自家新任帮主身边，顿时便将新任帮主比下去一大截。事实上，他们新任帮主除了气质上矮人家一大截之外，身高上也矮了人家一大截。

“愣着干吗？赶紧给我俩弄吃的啊！”叶七七眼看帮众跪在地上不动，忍不住催促他们。

“是是是，小的这就去！”山贼们赶紧四下逃散。

不过片刻工夫，雄鹰身边便多了两张凳子，还有两副新的碗筷。

墨寒卿坐在叶七七身边，低头看着眼前的饭菜。一碗粥，一个黄不溜秋的窝窝头，还有几碟腌咸菜。想他墨寒卿自小在皇宫长大，什么锦衣玉食、山珍海味没见过，竟要他吃这么简陋的饭菜……墨寒卿深深吸了一口气，实在不想拿筷子。

倒是叶七七，虽在山庄内吃得也不差，但还是个小孩，管它眼前是什么，只要能填饱肚子就行。她端着那碗粥，呼哧呼哧喝了几口，然后开始啃窝窝头。

墨寒卿看着她凶残的吃相，忍不住颤了颤。

叶七七在墨寒卿的注视下，三下五除二地将眼前的东西一扫而光。待她满足地摸了摸小肚子，转过头来，看着墨寒卿一口没动的食物，忍不住奇怪道：“公子，你怎么不吃？”

“我……不饿……”墨寒卿十分艰难地回答道。

“哦，好吧。”叶七七点点头，吃饱喝足后便有些困，毕竟一整个上午都在走路。

“去，找个房间，让我睡个午觉。”叶七七转头朝坐在身边的雄鹰命令道。

“这个……”雄鹰迟疑一下，挠了挠后脑勺，朝叶七七道，“不是小的不给您安排房间，主要是……咱们这个寨子里吧，总共十几间屋子，每个屋子里睡着六七个兄弟，您要是不嫌弃的话，小的把自己的屋子先让给您睡，您看如何？”

“你的屋子？”叶七七目光转向寨子正中央最大的房子，连连点头道，“没问题！”

当下，雄鹰便转头朝几个手下道：“去，赶紧给新帮主拿一床干净的被褥换上。”

“是，小的遵命。”几个山贼赶紧屁颠屁颠地去铺床了。

叶七七打了个哈欠，看着坐在另一边的墨寒卿，这家伙自始至终没有动过饭菜。

“公子，你要不要跟我一起午睡？”叶七七困得泛出泪花。

“不用。”墨寒卿淡定地看着她脏兮兮的衣服，还有满是灰尘的小花脸，想都不想便拒绝了她。

“哦，那我先去睡一会儿啊！”叶七七懒得劝他，朝他摆了摆手，便朝寨子最中央的那间屋子去了。

被抢了屋子，雄鹰倒是一点都不恼，随便拽了个山贼兄弟，就去别人的屋子凑合。

墨寒卿迟疑了一下，纵身飞上离主屋不远的高树，从树上可以看到整个寨子的情况，就算有人想有什么动作，也逃不出他的视线。这样想着，他便靠在树枝上，微微闭起眼睛。

春日午后，温暖的阳光照耀在大地上，山贼三三两两回自己的房间休息，只留下几个站岗的守着寨子的重要据点。

一个极不显眼的身影正偷偷朝寨子中间的主屋靠近。感觉底下有鬼鬼祟祟的气息，靠在树上假寐的墨寒卿倏地睁开双眼。只见之前绑他们回来的瘦猴正东张西望，朝着主屋缓缓靠近。墨寒卿微微皱眉，却是藏在树枝之间，按兵不动。

瘦猴在门锁前摆弄了片刻，一个闪身进了门内。

叶七七正躺在雄鹰新铺的床上呼呼大睡，满是灰痕的小脸蹭得床铺上到处脏兮兮的。瘦猴的眼中闪烁着精光，将一把匕首攥在手里，朝叶七七扎了下去。躺在床上的叶七七一个翻身，径直滚向另一边。瘦猴手里的匕首扎进厚厚的床板。叶七七被这声巨响震醒，猛地睁开眼睛，看到瘦猴正龇牙咧嘴地拔着插进床板的匕首。一时间，两个人大眼瞪小眼。

“你干吗？”叶七七打了个哈欠，揉了揉眼睛，从床上坐起来，语气不爽地问道。

瘦猴双手用力，将匕首拔出来，整个人也顺着那股力道朝后退了好几步。等到他站稳身子，便凶恶地挥舞匕首，朝着叶七七道：“臭丫头，给我下来。”

叶七七满眼疑惑地看着他。瘦猴却是没管那么多，径直扑过去，一只手拽过叶七七的胳膊，另一只手将匕首顶在她的脖子上道：“少废话，敢乱动我就杀了你。”

“哦……”叶七七老实地应了一声。

她话音刚落，房间大门便被一阵狂风吹开，一身月白色衣袍的墨寒卿直接飞了进来。瘦猴赶紧拽着叶七七朝后退了两步，惊慌地道：“什么人？”

墨寒卿站在房间内，看着眼前的一幕，忍不住微微眯起眼睛。衣衫凌乱的叶七七被瘦猴挟持在怀，一双黑白分明的眼睛闪烁着璀璨的光芒。

“你敢挟持帮主？”墨寒卿瞪着瘦猴，声音冷冷道。

“呸，什么帮主，就是个小丫头片子，她今天要是乖乖听我的话，把帮主位子让给我，我还能留她一条狗命。她要是不听话，我一刀了结她！”瘦猴一边拽着叶七七朝屋子外面走，一边声音嘹亮地喊道。

这般动静，自然把那些睡午觉的山贼都惊醒了。山贼们从屋子里跑出来，发现自家新帮主竟被瘦猴劫持，忍不住瞪大眼睛。雄鹰也揉着眼睛跑出来，看到这一幕，忍不住张大嘴道：“瘦猴，你在干什么？！”

瘦猴一脸阴鸷道：“老大，这家伙就是个小丫头片子，她不过拿斧头威胁了你两下，你就乖乖把帮主让给她了，早知道我也这么做。”

“瘦猴！”雄鹰一脸震惊地看着他。

“不过没关系，对付她总比对付你容易。”瘦猴一边怪笑，一边拖着叶七七站在主屋台阶上，朝围过来的众人道，“都别乱动，不然我把新任帮主杀了。”山贼喽啰们顿时不动弹了。

墨寒卿脸色阴郁地走出来，看着叶七七一脸兴奋的神情，只觉自己十分想揍人。这家伙还没意识到，他能够继续在这里嚣张，不是因为叶七七打不过他，而是因为叶七七对于第一次被人劫持，很！新！奇！

“快！跟他们说，你要把帮主的位子让给我！不然，我就一刀捅死你！”瘦猴完全没有察觉墨寒卿已从屋子里走出来，就站在身后不远的地方。

叶七七打了个哈欠，声音带着困意道：“你把我吵醒，就为了这个事？”

“少废话！”瘦猴手里的匕首又朝叶七七的脖子靠了靠，声音粗暴道。

“想从我这儿拿走帮主的位子，也得看你有没有这个本事。”叶七七转过头，一双黑白分明的大眼睛直直地看着瘦猴。

“什么……意……”瘦猴看到她目光的瞬间，有些呆住。被自己挟持的这个小鬼，脸上竟然没有一丝慌乱，眼睛里除了写满“我很困”三个字之外，就没有别的了。

上一秒还被他拽着胳膊的叶七七，下一秒竟来到他的身后。紧接着，咔嚓两声响，随着瘦猴惊天动地的惨叫声，帮众们还没看明白怎么回事，瘦猴已经一摊烂泥似的飞了出去。他的身体在空中划出一个弧度，然后撞到寨子围墙边的树上，砰的一声滑落下来。

“噗——”一口又一口鲜血不断从瘦猴口中吐出，染红他的衣服。

叶七七背着一双小手，朝瘦猴掉落的方向走去。帮众们赶紧跟上自家帮主的步伐。

“哎呀，才打了你一拳，怎么就这样了呢？”叶七七十分恶劣地笑着，弯腰看着瘫在地上的瘦猴，“刚才不是还说要用匕首捅死我，你的匕首呢？”

瘦猴耷拉着脑袋，全身的骨头像是都断了，疼痛侵袭着他的身体，鲜血堵在喉咙里，让他发不出一点声音。

叶七七看了他一眼，愤恨地在他身上踢了两脚，这才道："我最恨别人在我睡觉的时候吵醒我！"

山贼们看着身子单薄弱小的叶七七，就这么一拳解决了瘦猴，顿时连大气都不敢出。雄鹰看着瘦猴的惨状则暗自庆幸，还好当初看得明白，不然躺在那里的就是自己了。

"去，把他拖出去，扔河里喂鱼。"叶七七看了一眼手下，十分利落地指挥道。

立刻便有两个小喽啰上去，拖着瘦猴走了。

"还有谁想从我这儿拿走帮主的位子？"叶七七双手叉腰，朝着众人问道。

其他人低着头，一个出声的都没有。

"都没意见吧？"叶七七等了半天也没看到一个人回应自己，满意地拍拍小手道，"没意见就好，我还要宣布一件事。"

"帮主请讲！"一帮小喽啰瞬间冲叶七七跪了下来。

"从今天开始，他！"叶七七小手朝墨寒卿指了一下，一字一顿道，"就是我的压寨夫人。"

啥？一众山贼惊悚地朝墨寒卿看过去。后者俊美非凡的脸上早已阴云密布，墨玉般的眼眸几乎喷出火来。

"你说什么？"墨寒卿阴冷的声音仿佛从地狱飘出来，带着十足寒气，冻住在场每一个人。

唯独叶七七跟没事人一样道："我说让你做我的压寨夫人啊，你不是说压寨夫人是除了帮主以外最厉害的人吗？"

他有说过这种话？他好像确实说过。

"我拒绝。"墨寒卿阴沉着俊秀的脸庞，斩钉截铁地朝叶七七道。

"咝——"跪在地上的山贼们，忍不住倒吸一口凉气。竟然有人能在见识过他们新任帮主的凶残之后，还有勇气拒绝她！小兄弟，我们敬你是条好汉！

"为什么啊？"叶七七歪着脑袋看他，满眼不解。

"压寨夫人……"墨寒卿深深地吸了一口气，淡淡道，"不适合我。”

“我觉得挺适合啊。”叶七七走到墨寒卿跟前，仰着一颗小脑袋看着他，鼓励他道，“公子你绝对是除了我以外，这个山寨里最厉害的人，再也没人比你更适合当压寨夫人了。”

墨寒卿只觉心口积着一口老血，快要喷薄而出。

“你们觉得呢？”叶七七转过头来，朝跪在地上的一帮山贼问道。

那帮山贼你看看我，我看看你，没有一个敢吱声的。这……新任帮主得罪不起，那位公子看起来挺厉害，好像也得罪不起……

“说话……”叶七七眯起眼睛，满眼危险地看着他们。

“适合，适合……这位公子面若冠玉、貌美如花，此人只应天上有，人间哪得几回见。公子当我们帮主的压寨……咳咳，是再适合不过的。”被叶七七这么一恐吓，那帮小喽啰吓得一抖，赶紧拍马屁道。

只是……那位公子的脸色，好像更加难看了。

叶七七却是十分满意地点点头，声音软软地道：“还不拜见我的压寨夫人？”

“小的们拜见大……大……”那帮山贼在称呼一词上，很没骨气地卡住了。

“怎么没声音了？”叶七七微微蹙眉，看着山贼们一脸便秘般的神情，不悦道。

“拜见大姐夫！”一个山贼被叶七七一吓，瞬间脱口而出。

其他山贼听了，顿时大喜。对了，新任老大是个女孩子，平时可以喊大姐，大姐的相公，不就是大姐夫！

于是，一帮喽啰朝墨寒卿齐声喊道：“拜见大姐夫！”

墨寒卿脸色铁青，白皙修长的手指握住腰间佩剑，拼命压制心中怒火，生怕一个没忍住，会让眼前这帮山贼身首异处。

那帮山贼喊完“拜见大姐夫”后，小心翼翼地抬头看了一眼墨寒卿。只一眼，他们又迅速低下头去。太可怕了，太可怕了……大姐夫的眼神好可怕！

倒是叶七七，十分满意眼前的一切，拍拍小手，高兴地朝着众人道：

“好，这件事就这么定了。为了庆祝我们孔雀帮今日的喜事，去，准备准备，晚上咱们庆祝一下。”

“是！”众喽啰赶紧点头应下，迅速逃了。他们总觉得，再在地上多跪一秒，那个脸色阴沉的公子就会用剑斩断他们的脖子。

叶七七清理了瘦猴，又给众山贼安排了任务，原本闹哄哄的院子再次安静下来。

叶七七转头看了一眼墨寒卿，迟疑了一下，声音脆脆地问道：“公子，你看起来好像脸色不是很好？”

他都已经从堂堂墨国的小王爷变成名不见经传的孔雀帮压寨夫人了，脸色能好吗……

墨寒卿眸中透露着冷冽的光芒，看着站在眼前的小姑娘。这家伙绝对是自己的克星！自从他来到乐清山，进了飞鹤山庄，人生就发生了翻天覆地的变化，人生中所有的憋屈在这两天全部爆发！

叶七七见他站在那里半天没有答话，忍不住上前轻轻地拽了拽他的袖子：“公子？”

“别碰我。”冰冷的声音在她头顶缓缓响起。

墨寒卿低头，甩开被她拽在手里的袖子，看都不看她一眼，转身便走。

“哎哎，你去哪儿啊？”叶七七屁颠屁颠地追在他身后，眼巴巴地朝他问道。

“回飞鹤山庄。”墨寒卿目视前方，丢下几个字给她。

“哦……”叶七七倒是没什么反应，顺便问了句，“那你记得回去的路吗？”

简单的一句问话，却让墨寒卿的脚步堪堪停住。回去的路？墨寒卿怔了一下。好像一路下来，他都是带着叶七七随便乱走，根本没有想过怎么回去。他原本的打算是等着天黑以后放一枚信号弹，让冷卫直接过来接自己回去，可这大白天的……

墨寒卿站在原地，神色阴沉不定。最终，他深深地吸了一口气，朝主屋的方向边走边道：“我休息一下再回去。”

“哦……”叶七七一脸迷茫。这意思就是……不回飞鹤山庄了?

“哎，等等我啊……”叶七七赶紧拎起裙角，跟着墨寒卿朝主屋跑去。

然而，她还没跑到大门口，主屋的房门已经被墨寒卿一甩，砰的一声关上。叶七七摸了摸鼻子，想不明白哪里又得罪墨公子了，这人怎么说发火就发火呢。

此时，飞鹤山庄内。

叶珏大师坐在大厅里，看着一众丫鬟侍卫，气得胡子飞了起来。

“小小姐不见了，是什么意思？找不着是什么意思？难道她还能一天之内从乐清山上跑下去吗？！”

“庄主，我们已经找了快一天，乐清山本就地广人稀，小小姐要是有心隐藏……”跪在地上的侍卫只觉满头大汗。

今日大清早，那帮去伺候小小姐起床洗漱的丫鬟说小小姐不见了，整个山庄的侍卫都跑出去找人，就连墨公子身边的几个冷卫也满山跑。可是他们家小小姐跟墨公子两个就跟失踪了一样，一群人找了他们整整一天，还是没有找到。

“庄主，眼看着马上就要天黑了……”那跪在地上的侍卫忍不住咽了一下口水道，“这山里晚上可是有猛虎野兽出没的……万一被小小姐不小心打伤了，那多可怜啊……”

“都什么时候了？你还担心那些猛虎野兽！你怎么就不担心七七被那帮畜生给伤了？”叶珏大师终于一个没忍住，朝跪在地上的侍卫狂吼。

“呃……”那名侍卫忍不住耸了耸肩膀。这……他倒是也想担心自家小小姐啊！小小姐虽然年纪小，可武功实在太彪悍了，山庄里十个侍卫加一起都打不过她，更别说山上那些手无寸铁的野兽了。万一哪个不长眼的野兽跑去打他们家小小姐的主意，到时候被小小姐教训了，这前爪后爪断了，还能接上，要是兽牙被打掉，那以后一辈子只能靠人工喂养了啊！

“赶紧给我继续找！”叶珏大师气得两只手在空中乱舞。

就在这时候，一名冷卫突然冲进来，兴奋地道：“找到了！我们看到公子放的信号弹了！”

“在哪儿？”叶珏大师瞬间便从椅子上站起来，激动地问道。

“就在咱们山庄北边三十里的山脚下。”那冷卫赶紧恭恭敬敬地回答。

“去，赶紧带人去接他们！”叶珏大师手一挥，便让那些侍卫赶紧去。

片刻之后，他朝山庄外一边迈步一边唠叨：“不行不行，你们别去了，你们打不过七七，还是我亲自去吧……”

“呃……这……”那些侍卫你看看我，我看看你，一时之间也不知到底是去好呢，还是不去好。

倒是冷六他们几个，风风火火地跟在叶珏大师后面去了。

他们这帮人找到孔雀帮的寨子时，叶七七正坐在主位上，满眼兴奋地看着寨子里的山贼在院子里表演喷火。墨寒卿一脸铁青地坐在叶七七身边，面色不仅十分不善，阴沉中还透着一点惨白。

咕——又一道叫声从他的肚子里发出来。墨寒卿低头看着放在自己面前的大白馒头、小米粥，还有几片腌腊肉，内心做着激烈的挣扎。即便叶七七说了，晚上要热烈庆祝一下，然而对于山贼窝而言，能有什么好东西庆祝呢？不过是把窝窝头换成白面馒头，大碴子粥换成小米粥，腌咸菜换成腌腊肉，也算是完成了由素菜到荤菜的升级。

然而，这对于墨寒卿来说，还是简陋得令人发指。他身为堂堂墨国的小王爷，怎么能在草棚子里吃腊肉啃馒头！简直辱没他的身份！

然而……已经一整天没吃东西的他，此刻肚子饿得实在厉害。他转头看看叶七七，她吃得倒是欢快，再加上一身一脸的灰，坐在这山贼窝里，竟然真有几分山贼的特征——脏乱差。要不是昨天上山的时候见过她本来的面目，墨寒卿绝对无法相信眼前脏兮兮的小姑娘会是叶珏大师的孙女……

就在这一片热闹中，叶珏大师带着冷六几个，身后跟着一堆飞鹤山庄的侍卫，将这小小的山贼寨子包围起来。听着山贼寨子里一片叫好的欢闹声，叶珏大师忍不住擦了一把额头上的汗。他可怜的小徒儿啊，想不到落入这帮山贼土匪手中。这寨子里热闹的庆祝声，肯定是因为他们绑了他心爱的小徒儿！

冷六、冷七也一个个目露凶光，死死盯着眼前的寨子。怪不得他们家公子会放信号弹求救，原来是被山贼困住了。

虽说叶七七武功高强，但山贼出动的时候，一般都是几十个人一起，还会在沿途布置陷阱，万一中了陷阱，就算叶七七武功再强，也不可能以一抵几十，毕竟……再厉害也是个小孩子啊……

然而那些跟在他们身后的侍卫，却是一脸同情地看着山贼寨子，他们可不觉得自家小小姐是被这帮山贼困住了，搞不好，小小姐已经把这山贼寨子搞得鸡飞狗跳……

叶珏大师埋伏在前，用内力传音给后面的一帮人：过会儿看我手势，一鼓作气冲进去，震慑住那帮山贼，知道吗？！

众人同时点点头。

三、二、一，上！

叶珏大师袍袖一挥，已经带着冷六、冷七几个，脚尖直点，从空中越过寨子的围墙，飞了进去。后面的侍卫也不敢放松，赶紧一个接一个跟上。

“哪里来的小贼，竟敢绑架我飞鹤山庄的小小姐！”叶珏大师刚一落地，便用雄厚的内力朝着寨子里的众人大声吼道。

原本还在寨子里各种表演的山贼一下子怔住，这一个接一个从天而降的人，到底是怎么回事？飞鹤山庄的小小姐？谁？

眼看为首的老头子目露凶光，跟在他后面的几个人又手持武器，那帮山贼倒也反应迅速，抄起家伙，口中嚷着“保护帮主”，便将叶七七跟墨寒卿包围起来。

“来者何人？竟敢来我们……我们……孔雀帮的地盘上撒野！报上名来！”平日里负责叫阵的一个小喽啰双手持斧，凶神恶煞地看着从天而降的人，只是在说到“孔雀帮”三个字的时候，忍不住有点心虚。

叶珏大师气沉丹田，抬起头来，目光沉稳地朝那帮山贼包围圈里坐着的人看过去，想来被围在中间的，肯定就是他们的老大了。然而，抬头的一瞬，看到那抹娇小的身影时，他却是整个人都僵住了。

“七七……”叶珏大师有些不太确定地叫了一声。

“呃……爷爷？”叶七七原本看到有人冲进她这寨子，还以为是别的土匪来打劫，正想又可以痛快地揍人了，却发现进来的竟然是自己的爷爷，于是有些心虚。

一时间，对峙的人有些大眼瞪小眼。倒是那帮站在寨子围墙上的侍卫，一脸“老子早就猜到是这种情况”的神情，看着寨子里的众人。

“公子，你没事吧？”最终还是冷六打破僵局，看着坐在叶七七身边一脸惨白的墨寒卿，忍不住单膝下跪道，“属下护卫来迟，还请主子责罚。”

墨寒卿目光沉冷地看着他，没说话。不是他不想说，实在是饿得没力气说了……

“七七，你怎么会在这里，这是怎么回事？”叶珏大师皱眉看着自家小徒儿，眼下这情形……似乎是他们家七七当了这帮土匪的头头?

“呃……爷爷，那个什么，你听我解释……”叶七七欲哭无泪地看着叶珏大师。爷爷，你要不要来得这么快啊！我才刚刚下山一天，玩得正开心，你怎么就出现了啊！你这个样子，让我还怎么跟墨公子愉快地玩耍啊！

“有什么好解释的，给我回去！你看看你这副样子，成何体统！”叶珏大师远远地瞪了她一眼。他可没有忽略这小家伙身上黑得快要看不出原来颜色的衣裙，还有那张小花猫一般的脸蛋，这哪儿来的小乞丐？那帮山贼都比她干净！

“可是爷爷……”叶七七声音弱弱的，还想开口，却被叶珏大师给瞪回去了。

爷爷？那帮山贼在听到叶七七的称呼之后，忍不住你看看我，我看看你，五秒钟之后，斧头、菜刀、锄头哗啦啦掉了一地，所有人朝着叶珏大师跪下来大声喊道：“拜见祖师爷！”

山贼惊天动地的吼声，倒是把叶珏大师吓了一跳。

祖师爷？谁是你们祖师爷啊！叶珏大师瞪着跪在地上的山贼们，气得胡子直抖："这……这是怎么回事？"

"爷爷……他们都是我的手下……"叶七七十分腼腆地看着站在寨子中央的叶珏大师，声音稚嫩道。

"胡闹！"叶珏大师袍袖一甩，径直飞到叶七七身边，拽着她的小细胳膊道，"走，跟我回山庄。"

"哎……爷爷，可是……我们还没开始庆祝呢！"叶七七有些着急，这帮山贼在落草为寇之前都干过各种各样的工作，有种田的，有卖艺的，有打铁的，甚至还有说书的。这一晚上，他们表演的好多节目都是她从前在山庄里没有见过的。

"庆祝？庆祝什么？"叶珏大师转过身来，皱了皱眉，朝着叶七七问道。

"庆祝雄霸帮正式更名为孔雀帮啊。"叶七七仰起圆溜溜的小脑袋看着自家爷爷，笑嘻嘻道，"顺便庆祝我成为他们的新帮主，墨公子成为我的压寨夫人。"

什么？墨公子？压寨夫人！这下不只是叶珏大师，就连冷卫们也瞪大了眼睛，不敢置信地朝墨寒卿看去。

"胡闹！成何体统！"叶珏大师这次是真的气得胡子飞了起来，"墨公子是何等尊贵的身份，再给我乱说什么压寨夫人，为师打断你的腿！"

叶七七看着叶珏大师怒气冲冲的样子，小心翼翼地低下头来，一脸委屈。

身份尊贵又怎么样啊，他打不过自己是事实啊……总不至于让他来当帮主，自己当压寨夫人吧……其实叶七七很想将最后一句问出来，可是看着自家爷爷黑得跟夜空一样的脸，还是缩了缩肩膀，不说话了。

"走。"叶珏大师实在不想在山贼寨子里多待一秒，跟后面的几个冷卫说了一声，便拽着叶七七飞走了。

冷六跟冷七赶紧过去，将自家主子背在肩膀上，脚下轻功一点，也飞走了。

那帮侍卫见这里没自己什么事，十分干脆地转头，一个个从寨子围墙上跳下去，也撤退了。

只留下山贼们还在原地目瞪口呆。这这这……这是什么情况，他们帮主跟帮主夫人就这么走了？那他们的晚宴怎么办？表演怎么办？还继续吗？那帮山贼下意识地将目光转向自家原来的帮主。

“这个……”雄鹰感觉到弟兄们的目光后，有些尴尬地轻咳了两声道，“那个……既然帮主跟帮主夫人有事出去了，咱们这个……也收拾收拾撤了吧。”

山贼们一脸迷茫地点点头，片刻之后，有人小声问道：“那咱们帮主还会回来吗？”

“我相信帮主一定会回来的！”雄鹰目光炯炯地看着叶七七消失的夜空，声音浑厚地道，“我们孔雀帮一直给帮主留着位子。”

回到飞鹤山庄，叶珏大师把叶七七关到书房里，对她进行了狂风暴雨般的教训，并且严令她以后礼待墨公子，才把她给放了出来。

叶七七觉得有点委屈。她自问除了揍了墨寒卿的冷卫十二一顿之外，并没有对他身边的人造成什么伤害，对他更是没有做过伤天害理的事情……怎么爷爷说得就像自己虐待了他一样呢……还非要自己给他道歉……

叶七七摸摸自己的小鼻子，走到墨寒卿所在的院落前，迟疑了一下，朝主屋走去。

月朗星稀，夜深人静。

叶七七刚走到主屋跟前，便听到墨寒卿冷清的声音传出来：“我吃好了，这些都撤了吧。”

“是。”冷六应了一声，然后便是收拾碗筷的声音。

紧接着，叶七七眼前的房门被吱呀一声打开，端着托盘的冷六看到她的一瞬间，怔了一下，眼神中掠过一丝复杂的光芒，勉强笑了一下道：“七七小姐，你来了啊。”

“嗯。”叶七七探头朝屋子里看了一眼问道，“墨公子在吗？”

“在呢，公子刚刚用过晚膳。”冷六点了点头，便端着托盘走了。

叶七七迟疑了一下，还是迈进屋子里。

终于把肚子填饱的墨寒卿看到某人娇小瘦弱的身影进来，忍不住皱了皱眉，声音冷冷地道：“你怎么来了？”

“我那个……是来跟你道歉的……”叶七七有些不好意思地站在墨寒卿跟前，一双小手拽着衣衫，声音弱弱地道。

墨寒卿眼眸微垂，看着眼前刚回到山庄便被拎去训话的人。这家伙身上的脏衣服还没来得及换，一张小脸还是黑漆漆的。

道歉？有人这样道歉吗？至少道歉之前也该沐浴更衣吧？

墨寒卿冷冷地扫了她一眼，转身朝着内屋边走边道：“不用了。”

“啊？”叶七七抬起头来，满眼疑惑道，“你不生我的气吗？”

“不，我拒绝你道歉。”墨寒卿停下脚步，转头看着依然站在门口的叶七七，声音冷冽，“你还有别的事吗？没有的话，你可以走了。”

“呃……”叶七七愣了一下。拒绝她的道歉？那就是她道歉不成功了……可是爷爷说，今天必须给墨公子道歉……

墨寒卿看她傻站在那儿，沉默了几秒，然后以送客的语气道：“我要沐浴更衣了，你可以出去了。”

沐浴更衣？叶七七听到这四个字，顿时来了精神，一个闪身蹿到墨寒卿跟前，一双水灵灵的大眼睛满是喜悦地看着他。

“你干吗？”墨寒卿看着呈现在眼前的小花脸，总觉得她的眼神给人不好的预感。

“公子，你可知道，这飞鹤山庄内有一处温泉泉眼？”

墨寒卿沉默地看着她，飞鹤山庄的温泉泉眼跟他有半毛钱关系，他为什么要知道这种事情？

“公子，你不是要洗澡吗？”叶七七见他似乎不是很想搭理自己，只得硬着头皮继续问道。

“嗯。”墨寒卿淡淡点头，所以请你赶紧出去好吗。

“不如我带公子去我那里泡温泉吧！”叶七七想着，道歉这种事情，总得拿出一点诚意，既然现在墨公子要洗澡，与其在客房里一桶水一桶水往大浴桶里倒，还不如直接去自己屋子里的温泉池泡呢。

“什么？”

墨寒卿还没反应过来，整个人已经被叶七七拽住。紧接着，他只听到耳边传来飕飕的风声。不过片刻，便被叶七七拽到她的房间里。墨寒卿还没来得及打量叶七七的房间到底长什么样，就被推进屋子后的一个内室中。砰的一声，伴随着巨大的关门声，叶七七终于站定，朝他一脸灿烂地笑着。

“你干吗……”墨寒卿默默打量着眼前的场景。

偌大的内室中，墙壁上镶嵌着一颗颗硕大的夜明珠，珠子散发出柔和明亮的光芒，粉色的纱帐垂于地面，隔绝出一个封闭的空间。隔着纱帐，他隐约可以看到有丝丝雾气缭绕其中。汉白玉的地面上，朦胧倒映出他们两人的身影。

“正好我今天在山贼窝弄了一身灰。”叶七七站在墨寒卿跟前，一边伸手将衣服上的带子解开，一边声音软软地道，“碰巧你也要洗澡，那干脆两个人一起洗好了。”

“谁要跟你一起洗……”墨寒卿脸色大变，眼睁睁看着叶七七在自己面前脱得只剩中衣，赶紧转过身去，不自在地道，“你干吗脱衣服？”

“洗澡啊，难道你洗澡的时候是穿着衣服的？”叶七七三下五除二地把身上的衣服脱掉，探头看着墨寒卿俊秀白皙的脸颊上浮现出来的红晕，道，“公子，你还站着干吗？赶紧脱啊！”

墨寒卿心中一惊，眼角的余光瞥到叶七七已经没有一丝遮拦的身子，赶紧闭上眼睛道：“叶七七，你还知不知道羞耻了，男女有别，你懂吗？”

“呃……不太懂……”叶七七一脸迷茫。这个好像还真的没有人跟她说过……

“来嘛来嘛，你不脱，我帮你啊。”叶七七见墨寒卿站在那里半天没有动静，干脆解开他的衣带，道，“从小到大，这个大浴池就只有我一个人洗澡，我可从来没有带别的人来哦，你是第一个！怎么样，我的道歉很有诚意吧？”

墨寒卿闭着双眼，感觉到一双小手在自己身上乱摸，赶紧护住衣裳，声音冷冽地道：“冷六！冷七！”

“公子，有何吩咐？”隔着屋顶传来冷六跟冷七的声音。

“快点把我从这里弄出去！”墨寒卿的声音虽然听起来冷静，但是仔细分辨的话，已经隐隐约约可以嗅到即将抓狂的气息。

“公子……这个……”冷六跟冷七趴在叶七七的屋顶上，一脸犹豫。这下面……可是飞鹤山庄小小姐御用的沐浴池啊！就是给一百个胆子，他们也不敢往里面闯……万一看到人家小小姐正在换衣服的场景，叶珏大师会把他们剁成肉泥好不好？！

“那个……七七小姐她……她身上的衣服还在吗？”冷六硬着头皮朝屋顶下面问道。要是七七小姐还没开始沐浴，那他们可以考虑一下，把公子带出来。

“不在！叶七七！你这个女流氓，你到底要干什么？！”墨寒卿刚才还算冷静的声音此刻已经有些歇斯底里。

冷六跟冷七忍不住身子一抖。这种情况，他们不能进去，万一看到了什么不该看的……小王爷，您还是自求多福吧！左右您是个男的，也不会吃亏到哪儿去。

内室中，墨寒卿已经顾不上非礼勿视的教条了，死死拽住自己的衣领，就是不让叶七七扒他的衣裳：“叶七七！你知不知道现在在做什么？！你知不知道男女授受不亲？！你知不知道……”

“你好啰唆！”叶七七实在受不了他一直阻拦自己扒他衣服的动作，一怒之下，气沉丹田，双手放在墨寒卿的肩上，内力沿着静脉缓缓倾注到她的掌心。只听得哧哧几声响，墨寒卿身上的衣衫在刹那间化作碎布条，晃晃悠悠地飘落下来。

墨寒卿整个人都愣住了。

“好了！”叶七七满意地拍拍手，拽着墨寒卿直接跳进温泉池中。

暖暖的温泉水将两人包围起来。一样白皙如玉的肌肤，一样的平胸，一样如墨般的秀发披散在身后。唯一的差别，就是两个人一个个子高，一个个子矮。

叶七七透过水面看着自己脏兮兮的小脸，赶紧捧起水，洗了洗，将那脏成小花猫的脸蛋洗出原来的样子。

泉水驱散了一整天的疲劳，叶七七幸福地转过头来，却看到墨寒卿宛如石雕般僵住的身影。

“公子，公子？”叶七七伸手在墨寒卿的眼前挥了挥，小声喊他。

墨寒卿回过神来，墨玉般的眼眸在叶七七一马平川的胸口快速扫过，转过头去，死死地盯着水面，保持沉默。雾气在他俊美非凡的脸上绕过，原本白皙如玉的肌肤，不知是因为窘迫还是因为高温，渐渐浮现出一丝浅浅的红晕。

叶七七看着他越来越红的脸颊，忍不住往前走了两步，用洗得干干净净的小手在他白玉般温润的脸颊上摸了摸，奇怪地道：“公子，你的脸怎么这么红，是不是觉得这温泉太热了？”墨寒卿依然不说话。

其实也不能怪叶七七如此豪放。她自小在山庄生活，身为爷爷加师父的叶珏大师，自她能说会走后，便全心全意教她武功与内力，其他什么礼教，什么男女有别，在天下第一高手的眼中都是浮云！再说了，这山庄中连跟叶七七一般大的男孩都没有，就算叶珏大师想要告诉她男女有别，也不能随便找个侍卫扒光给她上人体构造课啊……所以，关于男女授受不亲什么的，还是等七七长大一点再说吧，毕竟她现在只是小孩子，知道这些也没啥用。

然而，叶珏大师没想到的是，就是因为这些年他对七七男女意识方面的教育疏忽，直接造成了墨寒卿如今生不如死的情形。

“公子，公子？你怎么不说话了？”叶七七走到墨寒卿身边，顺着他的目光看向水面，“你干吗一直盯着水看啊？水面有什么好……”叶七七说着说着，声音突然停住。

就这么来回看了几遍，叶七七终于忍不住伸出手，拽了拽某人的“小萝卜”，奇怪地道：“这是什么？为什么我没有？”

墨寒卿浑身僵硬，脸色铁青，咬牙切齿地瞪着叶七七，声音宛若从十八层地狱飘出来，阴森森地道：“松手！”

“哦。”叶七七十分听话地松开，依然十分好奇地打量那个不明物体。

墨寒卿深深吸了一口气，拼命按捺住内心想要杀人的冲动，不断地告诉自己，人在屋檐下，不得不低头。虽然眼下技不如人，但是君子报仇十年不晚，只要还能活着走出这间沐浴房，总有一天可以将眼前不知死活的臭丫头虐得叫天天不应、叫地地不灵。

“那个……你确定要一直站在这儿吗？要不要我帮你洗一下？”叶七七完全不知道他在想什么，第一次有人陪她一起洗澡，她还是很高兴的，说不定可以玩个泼水游戏。

墨寒卿面色阴晴不定，双眸盯着叶七七，仿佛要把她白皙粉嫩的小脸烙印到灵魂深处。气氛一时有些僵硬，只余袅袅雾气缭绕在水面。

“我洗好了。”墨寒卿转过身去，冷冷地丢下四个字，朝着温泉池的边上走去。

啊？洗好了？叶七七看着他缓缓上岸的背影，忍不住开口道：“公子，你不是刚开始洗吗？”

背对着七七的墨寒卿，一头墨色长发垂于身后，即便只是背对她，也给人气质高贵的感觉。

然而墨寒卿在走到岸上之后，不动了。

他的衣服……刚才……好像被某个臭丫头用内力给……扯碎了……

墨寒卿站在原地，身上的水珠滴滴答答地落下来，垂在身体两侧的拳头握紧又松开，松开又握紧。末了，他深吸一口气，声音森寒地喊了一句：“冷六。”

“属下在！”隔着屋顶，冷六的声音传了过来。

“去给我拿一套新衣服来。”墨寒卿语气中不带一丝感情。

“是。”冷六应了一声，接着是一阵衣袂翻飞的声音，想来是靠轻功飞回去拿新衣服了。

叶七七看着墨寒卿的背影，一张灿烂的笑脸渐渐垮下来：“公子你……是不是又生气了？”墨寒卿没有说话，也没有挪动一步。

不过片刻，冷六便抱着一堆新衣服飞了回来，有些犹豫地朝下面问道：“公子，衣服给你拿来了，但是你……”

“我出去。”墨寒卿冷冷地丢下几个字，便径直朝门边走。

好在沐浴房与外面的卧室之间还有一条通道，墨寒卿刚推开沐浴房的门，便看到冷六已经站在通道那里等他了。看到自家公子出来，冷六赶紧上前，将衣服披在墨寒卿身上。春日夜晚，微风吹过，冷六看着自家主子面色不善的样子，十分自觉地没有多问一句话。

叶七七看着墨寒卿的背影消失在门口，良久才伸出小手，悻悻地摸了摸鼻子。完了完了，爷爷让她道歉，她又给搞砸了……叶七七叹了一口气，蹲下身子，整个沉入水里。这可怎么办才好呢?

第三章　遭遇危险

第二日，一大清早，叶七七兴冲冲地拉开房门，朝墨寒卿的院子飞去。

远远地看见墨寒卿住的院子，叶七七在空中一个漂亮的后空翻，落在主屋屋顶上。她还没来得及开口喊墨公子，便听到屋里冷六的声音：“公子，要不要让陛下安排信使明日来飞鹤山庄提亲？”

“提什么亲？”墨寒卿清冷的声音隔着屋顶传出来。

“公子昨日……和飞鹤山庄的小小姐一起沐浴……这个……虽然七七小姐尚且年幼，可是……毕竟……男女授受不亲，您还看了人家的……所以……”冷六这段话说得结结巴巴、支支吾吾，“再者……七七小姐的身份虽然不及皇亲国戚尊贵，但毕竟是天下第一高手的徒弟……而且……您……您……不是还当了她的压寨……”冷六话没说完，便觉得一阵内力袭来，整个人不由自主地朝门外飞了出去。

叶七七眼睁睁看着冷六像垃圾一样从屋子里被扔出来，他脚尖在地面拖行了好几步，才止住一直后退的趋势。

“在飞鹤山庄发生的事情，谁都不许再提！”墨寒卿袍袖一甩，从屋子里面走出来。

“那提亲的事情……”冷六还是不死心地继续问。

墨寒卿深邃的眼眸冷冰冰地瞪了过去，冷六顿时识相地闭上嘴。

“之前说让叶珏大师教我武功的事，怎么样了？”墨寒卿沉默了一会儿，朝冷六问道。

“这个事情，之前陛下在书信里也跟叶珏大师说过，不过……”冷六迟疑了一下，还是忍不住朝自家主子问道，“公子只打算在飞鹤山庄小住一个月，这么短的时间……”

“这些都不是你该关心的。”墨寒卿冷冷地瞥了他一眼，袍袖一甩，朝屋子里边走边道，“你去问问，叶珏大师什么时候可以开始教我。”

“是，属下这就去。”冷六应了一声，转身匆匆出去了。

叶七七趴在屋顶上，歪着脑袋一脸疑惑。提亲？是啥？她好像又听到了男女授受不亲？到底是啥意思？

先不管这些，她好像还听到墨公子说他今天想学武功？叶七七眼睛转了转，一个翻身便从屋顶上飞下来。

“谁？”感受到有陌生人的气息靠近，冷七、冷八瞬间从屋子里飞出来。

“小七、小八，早上好啊！”叶七七笑眯眯地站在屋子门口，跟两个冷卫打招呼。

冷七跟冷八忍不住同时抽了抽嘴角，双手抱拳恭敬道：“见过七七小姐。”

“不用多礼。”叶七七朝着他俩摆了摆手，便往屋子里边走边道：“墨公子，我来找你……”

可她的话还没说完，脑袋便直接撞上一个硬邦邦的东西：“哎哟……疼……”叶七七捂着鼻子抬起头来，一眼便看到墨寒卿墨玉般的眼眸。

“你来干吗？”墨寒卿看着一进门就撞到自己身上的家伙，一双秀气的眉毛微微皱起，声音如同寒冰。

“我来教你武功啊。”叶七七捂着鼻子，泪汪汪地看着墨寒卿，声音软糯。

“不用。”墨寒卿转身走回太师椅上坐下。

“别这样，你昨天晚上不是……”叶七七赶紧跟上去，话刚说了一半，墨寒卿便眼神一凛，捂住她红润的小嘴。

“叶七七。”墨寒卿咬牙切齿地喊着她的名字。

“唔？”七七眨眨眼睛，看着他。

“我来飞鹤山庄不过暂住一月，后面的时间，希望我们井水不犯河水。”

叶七七微怔地看着墨寒卿。他带着怒意直直地瞪着自己，浑身上下散发出的冷意，堪比数九寒天。可是……

“为什么呀？”叶七七有些不解地问道。

她柔软的唇瓣轻轻擦过他的掌心，带来微痒的感觉。墨寒卿刻意忽略那抹异样的感觉，冷着脸一字一顿道：“不为什么。”

叶七七眨眨眼睛，有些迷茫地看着他。

就在两人僵持的时候，悠扬的笛声飘了过来。墨寒卿神色一凛，捂着叶七七嘴的手飞快放下。

悠扬的笛声仿佛秋日里飘零的落叶，带着难以言喻的凄凉，慢慢悠悠悬浮在空中。叶七七愣了一下，转过头去，看着墨寒卿问道：“公子，你听到笛声了吗？”

墨寒卿有那么一瞬的诧异，低头看着叶七七，有些惊讶地问道：“你能听到？”

“能啊。”叶七七点点头，小脸微微皱起，“可是这笛声……也太难听了，就像在哭一样。”

墨寒卿沉默地看着她，心中已是满满的震惊。他从来没有想到，除了自己，竟然会有第二个人听到那笛声。笛声总在夜深人静的时候在他耳边响起，像是幽灵缠绕在身边，挥之不去。无论多少次，他告诉身边的人笛声又响了起来，身边的人总是一脸迷茫地看着他。他们真的什么都没有听到。

悲伤的笛声一夜又一夜不停地在他入睡时响起，往往持续一夜，让他烦躁得无法入睡。他不远千里来到乐清山，名义上是向叶珏大师拜师学武，实际上是想问问，这天下武学，有没有一种能够让人避开不想听到的声音。

“公子，你又听到笛声了吗？”冷七一脸紧张地看着自家主子。

“嗯。”墨寒卿眼眸微闪，低头看着叶七七，“你能听出那声音是从哪边传来的？”

“唔……”叶七七皱着眉，小手托着下巴，歪着脑袋仔细分辨了一会儿，指着屋外的方向道，“应该是从那边。”

墨寒卿回头看了一眼站在房间里表情迷茫的冷卫们，突然伸手，将叶七七朝怀里一搂，脚尖轻点，便朝她指的方向飞去：“走！”

“哎？去哪儿？”叶七七还没回过神，整个人已经在他怀里了。

耳边风声呼啸，眼前景物飞快向后掠去。叶七七平日都是靠自己的轻功飞来飞去，突然被别人搂在怀里，竟然有些不习惯。

“去看看到底是什么人在吹笛子。”墨寒卿眯了眯眼睛。这世上对他的行动这么了解的人，除了那几位，估计也没有别人了。

叶七七点点头，老老实实地不动了，还乖乖伸出一双小短胳膊，紧紧抱住墨寒卿的腰，生怕他搂不住自己，害她从半空掉下来。

嗯……墨公子身上暖暖的，还带着淡淡的清香，真好闻啊……叶七七将小脑袋埋在他怀中，偷偷地嗅了嗅。

冷七和冷八看着自家主子消失的方向，赶紧朝那边追去。可追了片刻，眼前除了绵延不绝的青山，竟连一个人影都看不到。

墨寒卿搂着叶七七，顺着她指的方向飞了好一会儿，直到感觉笛声离自己越来越近，才放慢了速度。

凄婉的笛声如同破碎的音符，飘在空气中，组成一曲哀怨的叹息。叶七七眉毛紧紧皱起，拽紧墨寒卿的衣服道：“越来越难听了。”

墨寒卿一低头，便看到某人毛茸茸的小脑袋贴在自己胸口，白皙的小手紧紧揪着自己的衣服。迟疑片刻，他终究伸手，将叶七七从怀中拽出来。

“干吗？你不抱着我飞了啊？”突然被揪出来，叶七七抬起头，看着墨寒卿面无表情的脸，声音软软地道。

“你太重了，抱不动。”墨寒卿眼眸微垂，声音冷冷地道。

“都快到了，才说抱不动……”叶七七嘟哝着，一双黑白分明的大眼睛却是机警地朝四周张望。

墨寒卿假装没有听到，淡淡地道：“接下来往哪儿走？”

“那边。”叶七七小手一指，墨寒卿已经朝她手指的方向飞出去。

“哎，等等我啊。”叶七七赶紧提起裙子，脚下轻点，追在他后面飞了过去。

眼前掠过一棵棵茂盛的参天大树，忽然，视野变得开阔起来。墨寒卿停下脚步，落在一大片草地边缘，目光谨慎地四下探视。一直萦绕在耳边的笛声戛然而止，紧接着一声轻笑不远不近地飘过来：“想不到，你竟然能找到我。”

那声音听起来不男不女，忽高忽低，墨寒卿眼中一道寒光闪过，声音冷冷地道：“谁？”

“我是谁并不重要，重要的是，今天你的命就将终结在我手里。”

随着一阵猖狂的笑声，墨寒卿只觉寒意扑面而来。他心中一惊，正准备动作，叶七七上气不接下气的声音从后面飘来：“公子……你……终于停下来了。”

那道寒意瞬间消失。墨寒卿转过头去，看着叶七七拎着裙摆，朝自己飞奔而来的样子，忍不住微微皱眉。

“呵，想不到今日这笛声还引来另一个小家伙。”阴阳怪气的声音又响了起来。

叶七七跑到墨寒卿身边，听到这声音，忍不住大声问：“就是你吹笛子？难听死了！”笑声瞬间停下。

片刻后，一身黑色长袍、头戴斗笠遮住脸颊的男子出现在他们面前：“你说什么？臭丫头，你敢说我的笛声难听？”

“本来就难听，吹得跟家里死了人一样！”叶七七看着眼前的男子，这人浑身上下被黑衣遮住，腰间挂着一支青玉笛子。

“臭丫头，敢说我笛声难听的，可是都去见了阎王。”黑衣男子看着眼前比墨寒卿还矮一个头的叶七七，忍不住怪笑出来，“不过你那双眼睛倒是挺漂亮，放心，等你死了，我会把你的眼睛挖出来，放到瓶子里，好好珍藏。”

墨寒卿眯了眯眼睛，伸手将叶七七护到身后，浑身散发出冷意，道：“谁派你来的？”

“呵，阎罗殿的规矩，委托人的信息可不能随意透露。”男子一步一步缓缓朝墨寒卿走来。每走一步，他身上的杀意便浓一分。在距离他跟叶七七还有一丈远的时候，黑衣男子打了个响指，周围瞬间冒出十几个黑衣人，将他们团团围住。

“虽然目标只是杀小王爷一个人，不过能看到我们阎罗殿杀人现场的，一般也跟着去了。”黑衣男子一声怪笑，从包围圈中跳出，拿起腰间的笛子，阴阳怪气道，“放心，我会为你们吹奏一首安魂曲。”

墨寒卿站在原地，眼中迸发出寒意。

哀怨的笛声又响起来，这一次，听起来让人毛骨悚然。

周围的黑衣人抽出长剑，朝他们砍过来。

“小心！”墨寒卿一手护住叶七七，另一手也抽出腰间佩剑，挡住那些人的攻势。

叶七七躲过一个黑衣人的攻击，声音软软地道：“公子，要我帮忙吗？”

“不用。”墨寒卿沉着冷静地看着眼前的那帮黑衣人，手中的剑在飞快舞动，即便以一对十五，也明显绰绰有余。

好可惜……叶七七摸了摸鼻子。

“你自己找地方躲起来，别在这里碍手碍脚。”墨寒卿一边说着，一边看准时机，手中长剑毫不留情地刺穿一个黑衣人的肩膀。

“不要我帮忙拉倒！”叶七七冲墨寒卿做了个鬼脸，飞出包围圈，找了根树枝蹲下来。在树上，她能够更加清楚地看到整个局势。

墨寒卿把剑舞得如同行云流水，随着衣袍翻飞，快速挡下剩下十四个黑衣人的攻击。

“唔……武功还凑合……”叶七七嘴里念念有词道，“哎呀，刚才出剑的时候慢了一点，不然能把那个人砍掉，还有你躲过了攻击，翻转下身子不就能把右边那个人杀掉了，唉……不行啊，你这技术有待提高……”

就在叶七七念叨的时候，墨寒卿已经解决了六个黑衣人。他锋利的长剑上沾染了黑衣人的鲜血，随着每一次的动作，血水从剑尖被甩出来。

“呵……小鬼，有点本事嘛……”黑衣人停止了吹奏，嘴角扯出一抹邪魅的笑，“看来，还是得我亲自出手，陪你玩一玩。”他一边说一边脚尖轻点，打算朝墨寒卿的方向飞去。

“别乱动。”叶七七一个纵身，飞到黑衣人面前，仰着天真无邪的小脸看着他道，“我家公子还没打好呢！”

黑衣人看着挡在面前的叶七七，忍不住怪笑道：“臭丫头，这么急着送死吗？”

“谁死还不一定呢！”叶七七双手叉腰站在他面前，小小的个子，才刚到他的腰，“你们这么多人欺负我家公子一个，怎么好意思！”

“只要能杀了他，多出几个人又有什么关系。”黑衣人大概第一次见到不怕自己的人，阴森森地上下打量着叶七七，“你是他什么人？新来的丫鬟？”

“你才是丫鬟，你全家都是丫鬟！”叶七七顿时气不打一处来，愤愤地道，“公子是我家压寨夫人！”

黑衣人微怔，忍不住笑道：“想不到小姑娘长得不错，脑袋竟然有问题。”

那边墨寒卿正跟其他黑衣人打着，眼角余光瞥到叶七七挡在长袍黑衣人面前，忍不住眉头微皱，手中长剑利落地放倒两个黑衣人后，找到一个突破口，朝叶七七飞过来，剩下几个黑衣人紧追不舍。

眼看长袍黑衣人飞快从背后抽出一把锋利的匕首，朝着叶七七刺过去，墨寒卿眼眸微眯，胳膊捞向叶七七，瞬间将她带离了原本站着的地方。

长袍黑衣人一刀刺空，抬起头来，看着墨寒卿，怪笑道：“哟，还鹣鲽情深呢，在那么多黑衣人的围攻下，竟然还有兴致过来救你的小娘子。”

墨寒卿眉头紧锁，显然对“小娘子”这个称呼很不满意。倒是叶七七从他怀里抬起头来，满眼无辜地道："你过来干吗？我能解决他呀。"

"我的事，不用你管。"墨寒卿微微垂眸，眼神冰冷地看了她一眼，丢下几个字道，"你只要躲好就行。"

就在两人说话时，剩下的七个黑衣人迅速站到长袍黑衣人身后，手持长剑，一步一步朝他俩靠近。

"躲也是没用的。"那长袍黑衣人站在两人面前，阴阳怪气道，"杀完了你，我照样亲手杀了她。"

墨寒卿看着他，眸中绽出冷冽的杀意。长袍黑衣人又怪笑几声，突然拿起笛子，刺耳的笛音如同飞驰而来的利箭，贯穿耳膜。墨寒卿跟叶七七忍不住捂住耳朵，然而尖锐的笛声无孔不入一般，依旧四处冲撞。

"哈哈哈，堵着耳朵也没用。这笛音只有你们这么大的小孩能听见！"长袍黑衣人一边笑着一边加快节奏。

墨寒卿眉毛皱到一起，尖锐的笛音如同针尖，穿透他的颅骨，扰乱他的大脑。可旁边的几个黑衣人，一点都没有受影响。

"太难听了！"叶七七忍受不了难听的笛声，一个闪身飞到长袍黑衣人面前，以迅雷不及掩耳之势夺过他手中的青玉笛。

长袍黑衣人顿时一惊，眼前闪过一道粉色的影子，原本还在他手中的笛子瞬间消失不见。

刺耳的笛声终于停歇下来，墨寒卿脸颊有些惨白，转头看向拿着青玉笛把玩的叶七七，冷冷地道："不是让你不要插手吗？"

"可他吹得那么难听，我受不了。"叶七七眨着无辜的大眼睛看着他，晃了晃手中的笛子道，"这笛子看起来不错，要不要我吹个曲子给你听？"

墨寒卿瞪了她一眼，没说话。叶七七将笛子凑到嘴边，自顾自吹了起来。墨寒卿听着断断续续的笛声，突然有种想死的感觉。

长袍黑衣人听着她吹的曲子，差点一口血喷出来。他抓狂一般直直朝叶七七飞来，劈手朝笛子抢去："够了！你不要再侮辱我的笛子！"

叶七七眨眨眼睛，一边吹着不成调的曲子，一边快速后退。

其他几个黑衣人觉得这笛声……嗯……确实有点难听……只不过眼下

老大已经出手，他们自然也不能落下。

于是，七个人挥舞着长剑，又朝墨寒卿发动攻击。刀光剑影中，墨寒卿飞快躲闪着七个人的招式，同时寻找他们攻击中的漏洞，一时之间，倒也顾不上叶七七跟长袍黑衣人。

“臭丫头！把笛子还给我！”长袍黑衣人表情已经扭曲。

叶七七将曲调吹得忽高忽低，硬是没让人听出来吹的是什么。

“嘿嘿，有本事你来抢，我就不还你！”叶七七朝他做了个鬼脸，带着笛子满场跑。

长袍黑衣人暗中提气，紧紧跟在她身后，然而他和叶七七之间，似乎永远隔着一臂的距离。几圈下来，墨寒卿已将剩下的七个黑衣人全部解决，提着长剑一个翻身，便朝长袍黑衣人刺去。

“啧，想不到那些废物这么快就没用了。”长袍黑衣人只觉得一股杀气扑面而来。他在半空硬生生转了个方向，看着倒在地上的一堆尸体，眯了眯眼睛，重新在树枝上稳稳站住。

墨寒卿飞到叶七七身边，劈手将她手中的笛子夺了过来。

“干吗？”叶七七吹得正高兴，笛子便被墨寒卿抢走了。

“难听。”墨寒卿皱了皱眉，冷冷地看着她，脸上都是嫌弃。

“有他吹得难听吗？”叶七七有些不服气地指了指站在树枝上的长袍黑衣人。

“有过之而无不及。”墨寒卿瞥了一眼那抹黑色的影子。

叶七七的笑容一下子僵住了。

“你们两个打情骂俏够了没有？够了就来送死！”长袍黑衣人杀气陡增。

数道暗器划破长空，朝着他们两人飞来。

“小心！”叶七七拽着墨寒卿的胳膊纵身一跳，几枚黑色飞镖扎进他们刚才站着的草地。

不过片刻工夫，几枚飞镖周围的青草便以肉眼可见的速度枯萎。

“飞镖上有毒！”叶七七拽着墨寒卿的袖子惊讶地道。

“小姑娘，我可没有刚才那十几个废物好对付。”长袍黑衣人一边怪笑着，一边朝叶七七走过去，道，“你跟你的小情郎，谁先来送死啊？”

“我最讨厌……用毒的人了！”叶七七看着长袍黑衣人缓缓走来的身影，脚尖轻点，便朝他飞去。

“呵……来受死……”长袍黑衣人眼看叶七七朝自己飞来，兴奋地抽出长剑朝她刺了过去。可刹那间，他的剑刃停在半空，刚说了一半的话，也没了下文。

黑色的血一滴又一滴从胸口落下，那长袍黑衣人瞪大眼睛，不敢置信地低头，看着瞬间插进自己胸口的几枚飞镖，几乎能够感觉飞镖上的毒素正在渗入心脏，迅速融入全身血管。

“怎……怎么会……”他抬起头，看着面前身高尚不及自己腰部的叶七七。

墨寒卿看着他直直倒下的身影，皱了皱眉，走到他跟前，在他衣服上摸了一圈，只摸出一块刻着“阎罗殿”三个字的牌子。

“这是什么？”叶七七看到牌子便凑了过去，满眼好奇地问道。

“阎罗殿。”墨寒卿目光微垂，眼中绽放冷意，看着手中的牌子。那些人已经不满足于派普通侍卫来刺杀他，而是寻找江湖帮手了吗……

“阎罗殿是什么？”叶七七还是有些不解。

“一个江湖上的杀手组织。”墨寒卿将手中的牌子正反看了看，然后揣入怀中，冷冷地道，“只要给钱，什么样的任务他们都接，什么样的人都去杀。”

“哦，皇上也可以杀吗？”叶七七依然满眼疑惑。

墨寒卿微微皱眉，低头看着一脸好奇的叶七七，沉默片刻，淡淡地道：“刚才那句话，若是在别人面前说，恐怕你已经死了。”

叶七七满头问号。

“走吧，这一拨人解决了，过不了多久，又会有下一拨过来。”墨寒卿面无表情地扫过一地尸体，袍袖轻甩，转身朝来时路走过去。

“为什么啊？你招惹了什么人？他们为什么要杀你？”叶七七跟在他身后，仿佛有问不完的问题。

“跟你无关。”墨寒卿冷冷地回答。

“怎么会呢，你是我的压寨夫人啊，那就是我的人，我得保护你啊。”叶七七一脸理所当然的表情。

墨寒卿顿时停下来，面色难看地转过头，看着天真无邪的叶七七，咬牙切齿地道：“我再说一遍，我不是你的压寨夫人，以后也不要再让我听到这四个字！”

“哦……”叶七七看着墨寒卿的脸，半晌，试探着问：“那你是我的什么？小情郎？小娘子？”

墨寒卿的脸色更加难看。他转过身，深吸一口气：“我再说一遍，你跟我，什么关系都没有。”说完，他继续往前走。

“可是……”

“闭嘴。”

“我想说……”

“闭嘴。”

“前面是……”

“我让你不要——”墨寒卿转过头来，脸色铁青地朝叶七七说了几个字，便觉得脚下一空，身子不受控制地向下坠去。

“我想说前面是悬崖啊……”叶七七无奈地嘀咕完，飞身向前，小手快速抓住墨寒卿的衣袖，打算将他拽上来。

然而……她竟然……拽不动他！这家伙的重量，竟然在她意料之外。

“啊——”叶七七忍不住尖叫出声，一双小细胳膊紧紧地搂住墨寒卿的脖子，小短腿拼命在空中蹬着，想要借助轻功跳起来。奈何他们两人实在太重，好几次她提起轻功，却无法止住两人下落的趋势。

墨寒卿听着叶七七的尖叫，忍不住皱了皱眉，飞快抽出腰间长剑，手腕用劲，狠狠将剑插向峭壁。不断下坠的两人，终于在半空堪堪停住。叶七七挂在墨寒卿身上，墨寒卿单手握着长剑，两人在空中晃了晃。

“现……现在怎么办？”叶七七低头，看了一眼雾气缭绕的悬崖底部，声音弱弱地朝着墨寒卿问道。

“不知道。”墨寒卿低头看了一眼，冷冷地回答。

“不知道？难道我们一直这么挂着？”叶七七转过头来，看着他近在咫尺的帅气脸庞，声音颤抖地问道。

“不会。”

“不会这么一直挂着？”

“嗯。”

“你确定？”

“确定……”墨寒卿抬头，看着插在峭壁里的长剑，无奈道，“因为，我的长剑快支撑不住了……”

话音刚落，叶七七便听见剑刃划过石土的声音，伴随泥土的脱落，他们的身子又朝悬崖下坠去。

“啊——”叶七七再次尖叫出声。

空旷的悬崖底部，响起一阵阵回声。

“哎哟……”

“唔……”

想象中的疼痛并没有传来，相反，叶七七觉得落在一个温暖的怀抱里。她睁开眼睛，却发现自己被墨寒卿紧紧搂在怀里，而被她压在身下的某人，却是一脸痛苦。

“公子！”叶七七心中一惊，赶紧从他身上爬起来，小手小心翼翼地伸过去，想要将墨寒卿从地上扶起来。

“唔……”墨寒卿左肩似乎受了伤，轻轻动一下，便有钻心的疼痛袭来。

“你的肩膀……”叶七七看着他月白色的衣袍已经沾染了不少尘土，肩膀处的衣衫已经磨坏，血从里面慢慢渗出来。

墨寒卿转头看了一眼左肩，秀气的眉毛微微皱起，声音淡淡道：“没事。”

“都流血了，怎么会没事呢！”叶七七眼睛里顿时蒙上一层雾气，赶紧低头，从袍袖里翻出一只白色的瓷瓶。

瓷瓶里装着治疗跌打损伤的药，平日里她总是淘气闯祸，免不了磕磕绊绊留下一些伤口，这药便是叶珏大师给她的。

“我这里有药……”叶七七将瓷瓶递到墨寒卿眼前，迟疑了一下，又将药收回来道，“你的伤口上蹭了不少尘土，我们还是先找个有水的地方，把伤口清洗一下吧。”她一边说着一边站起来，四下打量。

他们落下的地面铺着厚厚的落叶，被雾气挡住，才形成深不见底的错觉。下面几乎看不到太阳，周围又有浓雾，越往前走，越感觉冷。

“咱们……这是往哪儿走啊？”叶七七只觉能见度越来越低，原本还能看清一丈之内的东西，现在却只能看到站在身边的墨寒卿。

“往前，我听见水流的声音。”墨寒卿抬起头来，目光坚定地回答。

“哦……”叶七七轻轻点了点头，拽着墨寒卿衣袍的手又紧了紧。

两个人在一片浓雾中不知道走了多久，耳边的水流声却是越来越清晰。

“我也听见水流的声音了。”叶七七一脸兴奋地拽着墨寒卿的衣袍道，“快到水源了。”

“嗯。”墨寒卿低低应了一声，继续往前迈步。

上一秒还缭绕在眼前的迷雾，下一秒全部消失不见。眼前是一片蔚蓝天空，璀璨的阳光透过高大的树枝在地面洒下斑驳的光影，翠绿的树叶在暖意融融的微风中摇曳，偶尔有清脆的鸟叫在头顶响起。

叶七七看着眼前的景象，一下子愣了。明明他们刚才……还在一片迷雾中啊！她忍不住回头看去，离自己一寸远的地方，还有一片迷蒙的雾气在盘旋缭绕。

“刚才我们是在迷雾阵法中。”墨寒卿顺着叶七七的目光看了一眼身后的迷雾，沉吟片刻，低声道，“那种阵法可以干扰判断力，许多人到死也走不出阵法。”

“迷雾阵法？”叶七七有些后怕，看着身后的那些白雾，她还是第一次听说这种东西。

“走吧，那边有水源。”墨寒卿转身朝水流走去。

叶七七赶紧追了上去。

几棵枝繁叶茂的大树后面，便是汩汩流淌的小溪。墨寒卿走到溪水旁，慢条斯理地蹲下，将手上的灰尘清洗了一下，这才皱眉看着左肩上的伤口。迟疑片刻，他朝叶七七勾了勾手指，道：“你过来。”

“嗯？”叶七七满眼疑惑地走到墨寒卿身边。

“给我把肩膀上的伤口清洗一下。”墨寒卿想了想，从自己的衣袍上撕下一块布，放在水中浸湿，递到叶七七手中。

叶七七低头看看手中的布条，又看看墨寒卿肩上的伤口，小嘴微微动了动，终究一个字都没说，乖乖走到他身边，小心翼翼地擦拭伤口旁的灰土。

墨寒卿转过头，看着眼前的溪水，不知道在想什么。

半晌，叶七七将伤口周围擦干净，然后将沾染了尘灰和血迹的布条放到一边，从袍袖中拿出刚才那瓶药，动作轻柔地倒在伤口上。白色的药粉碰到伤口的瞬间，迅速融化在伤口中。墨寒卿身子一僵，那药粉带有极强的刺激性，撒在伤口上，是钻心的疼痛。

“是不是很疼？”叶七七小声道，“这个药是爷爷配给我的，因为我以前老淘气，身上总会有擦伤，爷爷就特地在药里加了一些刺激性的东西，撒在伤口上可疼了……他说这是为了让我长记性，下次不许再淘气。”

墨寒卿沉默地听着，半晌，终于淡淡地道：“撒好了？”

“啊？啊……撒好了。”叶七七点点头，将药瓶收起来。

她的目光再次落到墨寒卿的肩膀上，只见他的伤口正以肉眼可见的速度愈合。

“那就暂且在附近休息一会儿。”墨寒卿站起身，肩上除了有些疼痛，已经好多了，“我们——”

话音未落，他突然神色一凛，用没有受伤的右手快速拽过叶七七的胳膊，将她护在身后，转过身去，朝不远处的草丛冷冷地问道：“谁在那里？”

“哎？”叶七七站在墨寒卿身后，疑惑地看向草丛。

“吼——”伴随着震耳欲聋的吼声，草丛被两只黑乎乎的爪子分开，一只壮硕高大的黑熊缓缓走了出来。

墨寒卿脸色一白，眼前的黑熊起码有两个他那么高，黑色的皮毛泛着油亮的光泽。

在凶猛的野生动物面前，什么武功招式都是浮云，唯有力量才是制胜关键。墨寒卿看着眼前的黑熊，低声朝叶七七道：“过会儿我去对付黑熊，你看准机会往旁边跑……”

“啊？为什么啊？”叶七七微微一怔，越过墨寒卿的肩膀，看着眼前的黑熊，顿时眼睛一亮，兴奋地朝黑熊招了招手道，“小黑！”

小黑？墨寒卿一愣，转头看了一眼满眼兴奋的叶七七，又看看眼前的黑熊。他们认识？

黑熊原本散发着危险的气息，可听到叶七七的那声“小黑”后，僵了一下，竟然嗷呜一声，飞快地跑了。

叶七七的笑容瞬间垮了下来。墨寒卿忍不住眯了眯眼，转身看着站在身后的叶七七。

“那个……”叶七七有些尴尬地笑了笑道，“以前，我见过它。”

“它为什么一看见你就跑？”墨寒卿皱着眉头，声音中有一丝疑惑。

叶七七不好意思地挠了挠脑袋，小声道：“我以前把它的一颗牙打掉了……”

墨寒卿无语。

“但我后来在爷爷侍卫的教育下，跟它道歉了啊……”叶七七抬起头来，一双水汪汪的大眼睛直直地看着墨寒卿，眸中闪烁着“我真的没有说谎”的光芒。

墨寒卿淡淡地瞥了她一眼，没有说话。

就在两人说话的时候，一声虎啸传了过来。紧接着，一只黄黑相间的大老虎，一边昂着脑袋，一边朝溪水走来。

闻到陌生人的气息后，大老虎转头朝墨寒卿看去。墨寒卿也瞪着眼睛，看着那只老虎。然而他还没有动作，那只老虎瞥见他身后的身影，竟然呜咽一声，急急忙忙地转身，夹着尾巴跑了。

墨寒卿愣了一下，转过头，看向身边的小人儿，挑了挑眉。

“小黄以前被我打断过前爪……”叶七七尴尬地笑了一下，不好意思地道。

墨寒卿默然。

他们所在的这一处溪水，大概是这片森林中动物们的水源。不过片刻，便又来了一群野狼。这一次，那群野狼看到叶七七倒是没有立刻逃走，野狼头目走上前来，在叶七七的胳膊上蹭了蹭。

“小灰，好久不见啦！”叶七七摸着野狼头目毛茸茸的脑袋，笑眯眯地看着它道。

墨寒卿抬头，不冷不热地问：“怎么，这群狼没有被你揍过？”

“呃……”叶七七脸上的笑容瞬间僵住了。她原本摸着野狼头目的小手尴尬地拿了下来，红着小脸道，“揍过的……”

“那它们看见你竟然没有跑？”墨寒卿微微挑眉，眼神凉凉地看着她。

“因为我揍赢了小灰，所以好像被当成它们的老大了……”叶七七眨着一双黑白分明的大眼睛，有些羞涩地看着墨寒卿道。

墨寒卿顿时噎住。好吧，当他什么都没问。

“去，小灰，去喝水吧。”叶七七拍拍野狼头目的脑袋，走到墨寒卿身边坐下来。

墨寒卿转头看了她一眼，默默朝旁边挪了一下。叶七七跟着挪了一下。墨寒卿眯了眯眼睛，又默默朝旁边挪了一下。叶七七继续跟上。

“不是跟你说了和我保持距离？”墨寒卿皱着秀气的眉，看着锲而不舍的某人，声音不悦地道。

“我有和你保持距离啊，我不是离你一寸远了嘛。”叶七七眨眨眼睛，一脸无辜。

“叶七七。”

“啊？”

“刚才掉落悬崖的时候，我不过是为了感谢你之前想要拽我回去，才搂着你，不让你摔下去的。”墨寒卿眸中绽放着冰冷的光芒，看着叶七七道，“我跟你之间互不相欠，依然是井水不犯河水，所以请你离我远一点。”

叶七七看着他，漂亮的眼眸中浮上一层浅浅的水雾。

“好吧……”她的声音里有说不出的低落和失望，小脑袋耷拉着，默默地朝相反的方向挪了挪。

在溪水边休息了一会儿，墨寒卿抬头看了一眼天空。已是正午时分，与其坐在这里等天黑，不如找一找回去的路。思及此，墨寒卿缓缓站起身。

叶七七立马跟着站起来。

“我去找一找，有没有回去的路。”墨寒卿看了她一眼，声音淡淡地道。

“我跟你一起去。”叶七七生怕他把自己丢下。

墨寒卿淡淡地瞥了她一眼，没说什么，转身朝着溪水的上游走去。叶七七拎着裙摆，亦步亦趋地跟在他身后。

这一处溪水，越往前水面越宽，走着走着，小小的溪流渐渐变成一条小河，岸边的草丛也越来越茂密。

等他们翻过一个小山坡，呈现在眼前的，是一大片蔚蓝平静的湖泊。阳光斜斜地照在波光粼粼的水面，光晕不停跳动。湖泊四周全是繁茂的树木，微风拂过，树叶发出沙沙的响声。鲜艳娇嫩的花朵，静静地盛开。

叶七七看着眼前的美景，忍不住低低地感叹一声：“哇，好美啊！”

墨寒卿却是微微蹙起了眉。远处是绵延不绝的群山，再往前，估计就离飞鹤山庄越来越远了。所以现在……难道要往回走……

就在墨寒卿蹙眉思考的时候，一道清脆的声音在他耳边响起：“公子，洗澡吗？”

“什么？”墨寒卿下意识转过头，便看到叶七七正在将身上那件浅粉色的外袍脱掉。

“刚才从悬崖上掉下来，弄了一身泥土，现在又走了这么远的路，身上出了好多汗，正好这里有湖泊，公子，要一起洗澡吗？”叶七七一边脱衣袍，一边认真地问道。

墨寒卿有些无语，快步走到叶七七跟前，伸手按住她正在解衣带的小手，紧紧地盯着她的脸道：“叶七七，你不能这样。”

“啊？”叶七七迷茫地抬起头来看着他。

“难道叶珏大师从来没有告诉你，不可以在男子面前脱衣服吗？”墨寒卿深吸一口气，努力让自己的声音听起来平静些。

“呃……没有！”叶七七很干脆地摇摇头。

“很好，那我告诉你，不可以在男子面前脱衣服，不可以牵男子的手，不可以亲男子。”墨寒卿声音冷冷地说道。

“为什么？”

“不为什么。”墨寒卿微微皱眉，看着叶七七一脸疑惑的神色，沉吟片刻，然后缓缓地道，“你不是一直都想下山吗，山下的那些人就是这样做的。”

“那我……”叶七七张了张嘴，看着墨寒卿按在自己手上的那只手，嘟哝道，“那我都已经和你一起洗澡、亲过你了，而且咱俩的手……”她说着便停了下来，大眼睛朝墨寒卿的手瞥去。

墨寒卿条件反射一般收回手。

“我们……咯……”墨寒卿有些尴尬地咳了一声，眼睛看着别处，道，“你现在还小，我可以当这些事没有发生过，以后……你稍微注意点就是了。”

“哦……”叶七七茫然地点点头，半晌，才继续道，“那……在任何男子面前都不可以这样吗？”

“以后……在你夫君面前可以。”墨寒卿微微一怔，点点头道，“在别的男人面前不可以。”

“那我可以有几个夫君？”叶七七继续问道。

“一个……”墨寒卿满头黑线地回答道。

“好吧……”叶七七眨眨眼睛，看着眼前的墨寒卿，歪着脑袋思考了片刻，欢快地扑进他的怀里道，“那我以后要让公子做我的夫君！这样，就算我在你面前脱衣服、亲你，也没关系了，对吧？”

“我已经说过，不要你做我的娘子。”墨寒卿一脸嫌弃，将怀里的叶七七推开。

“为什么？我哪里不好了？我武功这么厉害，以后你让我打谁，我就帮你打谁！”叶七七满眼不解地看着他道。

“不为什么。”墨寒卿转过头，看着波光粼粼的湖面，声音冷冷地道。

“那公子你喜欢什么样的女孩子？”叶七七一脸灿烂的笑容，看着他道，“我以后可以努力成为那样的人。”

墨寒卿转过头来，看着叶七七半晌，慢条斯理地淡淡道：“温柔、害羞，需要我保护的那种。”

“啊？”叶七七一下子愣住。

“反正不是你。”墨寒卿又补充了一句。

叶七七觉得委屈，眸子眨了眨，又浮上一层淡淡的雾气。

墨寒卿没来由地觉得心中一阵烦躁。

“好了，天快黑了，你再休息一会儿吧，等天完全黑了，我就放信号弹。”墨寒卿转过身去，不再看叶七七的表情，声音中带着一丝烦闷。

“嗯……”叶七七站在他身后，看着他的背影，低低地应了一声。

最后一抹余晖消失在天际，墨寒卿站在湖边，看着天空中璀璨的星光，从袍袖中拿出信号弹。刺眼的白光快速飞向天际，炸裂成一朵殷红的花。

叶七七仰头看着天空中那抹红光，直到夜空恢复平静，才低下头来，看着墨寒卿问道：“这样就好了？”

“嗯。”墨寒卿点点头，“我们就在这里等冷卫过来。”

“好。”叶七七点点头。

夜风吹过，带来丝丝冷意，湖面的水光随着夜风轻轻晃动。叶七七缩了缩肩膀，太阳一旦下山，气温便降了许多。

墨寒卿瞥了她一眼，沉默片刻，淡淡地道：“你要是嫌冷，可以找个避风的地方躲起来。”

“不要。”叶七七吸了吸鼻子，固执地站在墨寒卿身边，“我就要跟你一起等。”

墨寒卿转头，看了一眼她冻得发红的小鼻子，不说话。

夜风一阵又一阵地吹过，两个人的衣袍被吹得簌簌作响，月白色的衣袍和浅粉色的衣衫在风中缠绕在一起，仿佛两只飞舞的蝴蝶。

阵阵冷风中，叶七七转头瞥了墨寒卿一眼，悄悄朝他身边挪了挪。墨寒卿眼角的余光看到她的靠近，却不动声色地站着。

叶七七挪了几步，小心翼翼地伸出手，拽住墨寒卿的袍袖。

唔……公子好像没有发现她的动作……叶七七想了想，又朝他靠近一些，直到小小的身子整个被他宽大的衣袍包裹住，才感觉到一丝暖意。一声低低的叹息在头上响起来。下一秒，她被搂进一个温暖的怀抱中。

“公子？”叶七七自他怀中仰起头，小脸上满满的都是疑惑。

“嫌冷就少说话。”墨寒卿看向别处，声音不带一丝温度。

“嗯，嘿嘿。”叶七七偷偷地笑了。其实，公子就是面冷心热嘛……她想着想着，干脆紧紧地搂着墨寒卿的腰，又用毛茸茸的小脑袋使劲儿在他胸口上蹭了蹭，这才一脸满足地笑了。

墨寒卿身子微僵，眼角的余光看到缩在自己怀里的叶七七那一脸贼兮兮的笑容，顿觉无语。

距离放信号弹已经过去很久，冷卫们依然没有寻来。墨寒卿皱着眉，看着周围，再看看怀里打瞌睡的叶七七，沉默片刻，低低地喊了一声：“叶七七。”

“嗯？”已经快要睡着的叶七七迷迷糊糊地抬起头来，看着眼前的人。

“去找个休息的地方。”墨寒卿伸手拍拍她毛茸茸的脑袋，从衣袍上撕下一块布条，绑在旁边的树上，沉声道，“今夜估计冷卫不会过来，我们不能一直站在湖边。”

“哦。”叶七七迷迷糊糊地点点头，揉了揉眼睛，然后打着瞌睡去找可以休息的地方了。

墨寒卿依然立在湖边，皱着眉头，似乎在想事情。

片刻后，叶七七拎着裙子跑回来，兴冲冲地道：“公子，前面有一个小木屋！”

木屋外是朦胧的夜色，阵阵冷风拂过，星月清冷。

木屋里，篝火发出噼里啪啦的声响，墨寒卿坐在篝火旁，脑中突然闪过灵光。他推了推叶七七的肩，低声问道：“叶七七，你有没有发现不对劲的地方？”

“什么？”叶七七揉揉眼睛，打了一个哈欠，恍惚地看着墨寒卿道，“什么不对劲的地方？”

“这里。”墨寒卿见她还是没睡醒，伸手捏了捏她肉嘟嘟的小脸，直捏得她眼泪冒了出来，“我们到了这个湖泊后，你没发现什么不对劲的地方？”

“没有啊……哎哟……你快松手……疼死了……”叶七七一边用力拍着某人扯住自己脸颊的手，一边眼泪汪汪地回答道。

“你难道没有发现，这里什么声音都没有……”墨寒卿收回手，坐在地上，直直地看着她问道。

“啊？”叶七七微微一怔。什么声音都没有？她转过头来，朝着小木屋外看去。一阵冷风吹过，树叶发出沙沙的响声。

“有声音啊！不是有风声，还有树叶的响声吗？”叶七七歪着脑袋仔细听了一会儿，不解地看着墨寒卿问道。

“除了这些，就再没有别的声音了。”墨寒卿站起身来，在小木屋里来回走动。

叶七七的眼睛跟着他的身影来回转动。

“之前我们在溪水旁的时候，还能听到鸟鸣声、野兽的叫声，偶尔也有一两只鸟从空中飞过。”墨寒卿转过身来，看着坐在地上的叶七七，缓缓道，“但从我们到达这个湖泊后，什么动物都没有看到。按理说，这么大的湖泊，应该有不少动物过来喝水才是……更何况，现在是夜里，山上的夜从来不会如此安静，连虫鸣都听不到。”

“啊……好像是的……”叶七七恍然大悟，“那我们现在……”

“我们现在应该是在另一个迷阵里。”墨寒卿眼眸中透出一丝寒意，“那些动物会本能地躲避迷阵，只有人类才会轻易相信眼前所见。”

“哦……”叶七七似懂非懂地应了一声。

“所以，无论我们燃放多少信号弹，冷卫都不可能找到我们。”墨寒卿皱了皱眉。

“那等明天天亮，我们从这个迷阵里出去，再放信号弹。”叶七七眨眨眼睛，忍不住又打了个哈欠道，“公子，你都不困吗？”

她一边说着一边拍了拍身边的位子，道："来，我们还是先睡觉吧……"

墨寒卿唇角忍不住扯了扯。她竟然还有心思睡觉?

整个屋子里，只有一个角落铺着稻草，另一个角落堆着柴火。屋子中央是他们刚刚点起的篝火，还在噼里啪啦地烧着。

"你……打算怎么睡？"墨寒卿迟疑片刻，问道。

"啊？"叶七七怔了一下，挠了挠后脑勺，"就这么睡啊，这屋子不是只有一处睡觉的地方吗？"

墨寒卿盯着她，嘴唇动了动，默默地走到地上稻草铺着的最外围，坐了下来："我靠外面睡，你靠里面睡。"

叶七七满眼不解地问道："公子，你不跟我睡在一起吗？"

墨寒卿被问得噎住。半晌，他声音冷淡地道："叶七七……"

"嗯？"

"我们还没到同床共枕的关系。"

叶七七眨了眨眼睛，继续问道："那什么样的关系才是可以同床共枕的？"

"夫妻。"

"夫妻？"

"就是你以后的夫君可以和你同床共枕，我以后的娘子可以和我同床共枕。"墨寒卿深吸一口气，按捺住心中的烦躁，解释道。

"好吧……"叶七七小脸顿时垮了下来。

墨寒卿淡淡地瞥了她一眼，在稻草最外围躺了下来。硬邦邦的地面硌着他的背，带着泥土气息的稻草在他周围。墨寒卿低低地叹了一口气。自小锦衣玉食的他，还是第一次睡在铺着稻草的地上。好像从他来了飞鹤山庄，生活便彻底被颠覆了。

墨寒卿双手枕在脑后，转过头去，正好看到窗外的风景。漆黑的夜空中，一轮明月散发出柔和的光芒，屋外有阵阵风声，屋内有篝火燃烧发出的噼啪声。

片刻安静之后，叶七七软软的声音在他身后响起来："公子……"

“嗯？”墨寒卿淡淡地应了一声，还是看着窗外，没有回过头去。

“只有夫妻才可以同床共枕吗？”叶七七声音里带着一丝小小的期盼。

“嗯。”墨寒卿几不可闻地应了一声。

“那同床共枕的……都是夫妻吗？”

“嗯……”

墨寒卿懒懒地应了一声，闭上眼睛，声音清冷道：“睡吧，时间不早了。”

“好……”叶七七乖乖地答了一句，不说话。

屋子里面生了篝火，还算暖和。

过了一会儿，他听到身后传来均匀的呼吸声。

清晨，当第一抹阳光透过窗户照进小木屋内，墨寒卿眨了眨眼睛，终于从沉沉的睡梦中醒了过来。屋子中间的篝火已经灭掉，但是后半夜，他竟然没觉得冷。墨寒卿深深吸了一口气，深山的清晨，空气里有一种清新的味道，其中夹杂着淡淡的馨香。

等一下……墨寒卿低下头，看着依偎在怀里睡得正香的叶七七，忍不住一阵头疼。这家伙……什么时候睡到自己这边来的？他记得昨晚他是睡在稻草外围的……后来……好像她滚到了自己这边……他又睡到了墙角的位置……再后来……嗯……好像不太记得了……

墨寒卿毫不客气地推醒了叶七七：“叶七七……”他冷漠的声音中带着刚睡醒的沙哑。

“唔……”叶七七依偎在他怀里，动了动身子，毛茸茸的脑袋蹭了蹭，依然没有醒转的意思。

“叶七七！”他忍不住提高声音，又喊了她一声。

这一次，叶七七终于迷迷糊糊地睁开眼睛，抬头看了一眼某人盯着自己的冰凉眼眸，朝他绽放灿烂的笑容道：“公子，早啊……”

墨寒卿伸手将她从自己怀里推了出去，皱眉道：“昨天不是跟你说过，不要跟我睡在一起。”

叶七七一边听着一边点头，翻了个身，揉着眼睛从地上坐起来，道：

“我知道了，夫君。”

墨寒卿仿佛被雷劈中，僵在原地。半晌，他才眨着乌黑深邃的眼眸，不敢置信地看着叶七七，震惊道：“你刚才喊我什么？”

“夫君啊。”叶七七打了个哈欠，理所当然地看着他道。

“谁说我是你夫君！”墨寒卿的声音蒙上了一层冷意。

“昨天……我有问你啊……”叶七七看着墨寒卿，一脸无辜道，“我说，是不是同床共枕的都是夫妻……你就应了我一声啊。那我们已经同床共枕过了，所以……我们现在就是夫妻啦！”叶七七挽住他的胳膊，脑袋在他的袖子上蹭了蹭。

墨寒卿回过神来，将她的小手扒掉，皱着眉头道：“不要乱说！昨天夜里是你自已靠过来的。”

“怎么会……”叶七七嘟着小嘴，“我本来就是睡在角落里的啊！”

墨寒卿突然有种跳进黄河也洗不清的感觉。

“夫君！”叶七七挽着他的胳膊，又在他耳边清脆地喊了一声。

“不许喊我夫君！”墨寒卿皱着眉头，冷冷地说道，“夫妻是要拜堂成亲才算数的。”

“啊？”叶七七微怔，没想到还有拜堂这个说法。

墨寒卿瞪着她，不说话。

“好吧……”叶七七一脸无奈地看着他。

“哼。”

“那你以后一定要跟我拜堂成亲啊。”叶七七拽着他的袍袖，可怜兮兮地看着他。

一阵微风吹过，阵阵花香飘进来。叶七七嗅了嗅，从稻草上跳起来，整理了一下衣袍，便朝小木屋外跑去。

片刻之后，她惊慌地跑了进来，不敢置信地道：“公子，你……你快点来看！”

“怎么了？”墨寒卿微微皱眉，走到叶七七身边，朝门外看了一眼。

昨日屋外蔚蓝的湖泊，不过一夜，已经消失不见。呈现在他们眼前的，是大片花海。五彩缤纷的花朵，在清晨的阳光下盛开。

“公子，这个送给你。”叶七七在花海里转悠了一圈，掐了一朵又大又红的花，递到墨寒卿面前。

墨寒卿回过神，眼眸微垂，看着站在眼前的叶七七。微风吹过，她浅粉色的衣衫在花海上空肆意飞起。

“这种时候，你还有心情摘花？”墨寒卿皱眉看着她，声音清冷，“你难道没有发现，昨天的湖泊已经消失了吗？”

叶七七茫然地看向四周，声音中满是疑惑：“对啊，那片湖呢？昨天没有洗澡，我还想着今天起来洗一下的。”

“我去看看……”叶七七将手里的花塞进墨寒卿手中，转身朝花海跑去。

“叶七七，你……”墨寒卿看了一眼手中的花，再抬头看向叶七七的时候，她的身影竟然消失在眼前。

“公子！”叶七七只觉脚下一空，刚惊呼了一声，整个人便朝地底掉了下去。刚刚裂开的土地，变得完好无缺。

“叶七七！”墨寒卿赶忙丢掉手中的花，朝刚才叶七七站的地方跑了过去。

周围是一片盛开的鲜花，在风中轻轻摇曳。

“叶七七……叶七七！”墨寒卿站在她消失的地方，皱着眉，声音中带着一丝担忧。

回答他的只有阵阵风声。墨寒卿强压下心中的慌乱，仔细观察周围的一切。旁边那朵花，是被叶七七掐过的。他走到花旁，迟疑了一下，伸手摸了一下被掐断的花茎。那一瞬，脚下的土地突然裂开，他也掉了下去。

漆黑的地洞里，叶七七揉着摔疼的屁股，还没来得及抬眼看看周围的环境，一个人影直接砸在她身上。她一怔，随即惊喜地道：“公子！你也掉下来了？”

“嗯……”墨寒卿含糊地应了一声，动作利落地从叶七七身上爬起来。他才不想告诉她，他是为了找她才掉下来的。

墨寒卿站在叶七七身边，打量了一下周围的环境。这里似乎是地道，墙壁上每隔几米就插着一个火把，一眼望去，竟然看不到尽头。

“只能沿着这条路往前走了……”墨寒卿看着眼前的情形，沉吟片刻，朝叶七七说道。

地道很长，也很安静，她软绵绵的小手在他的手心里，带着一丝凉意。墨寒卿牵着她的手，不知往前走了多久，周围还是同样的景色，没有任何变化。

叶七七默默跟着他走了很久，忍不住喊了他：“公子……”

“嗯？”墨寒卿凉凉地应了一声，依然目不斜视。

“公子你……有没有觉得……我们一直在同一个地方绕圈子？”叶七七的声音里带着紧张，手心也渗出汗水。

墨寒卿突然停了下来。他微微挑眉，声音中带着疑惑道：“绕圈子？”

叶七七扯了扯他的衣袖，示意他朝地面看：“这是我们刚才掉下来的地方……你之前砸在我身上，我摔在地上的时候，摔出一个小坑……”

墨寒卿沉默片刻，问道：“我们已经路过这里几次了？”

“这是第三次。”叶七七攥着他的衣袍，没有松手，“刚才路过这里，我以为是自己眼花，可这一次再路过，我特地看了一眼，你看，这里还有一小圈我的手镯磕出来的印记。”她的脸上满是担心，像极了迷路的小狗。

他深吸一口气，强压住烦躁，淡淡道：“不会。”

许是他沉稳冷淡的语气给了叶七七希望，她飞快揉了揉眼睛，抬起头来，朝着他灿烂一笑道：“那咱们再仔细找找吧。”

“嗯。”墨寒卿点点头，看着她笑靥如花的样子，终究忍不住揉了揉她的脑袋，算是给她一点安慰。

自从发现一直在走重复的路后，墨寒卿就把注意力放在地道的墙壁上。叶七七跟在他身后，学着他的样子，有模有样地在这边敲几下，在那边敲几下，末了，再把脑袋凑上去仔细听一听。

许久之后，墨寒卿突然朝她喊道：“叶七七，过来。”

“嗯？”叶七七抬头，随口应了一声，朝他走了过去。

“过来。”墨寒卿朝她招了招手。

待她走近，他伸手敲了敲面前黑漆漆的墙壁，咚咚两声响，听起来有些闷。

“怎么了？”叶七七转过头来，满眼疑惑地问道。

“你不觉得这里的声音听起来跟别处不一样？”墨寒卿微微挑眉，看着她问道。

叶七七愣了一下，学着他的样子，在墙壁上敲了两下。她仔细分辨了一下声音，惊喜地抬头看着墨寒卿道：“确实不一样。”

“嗯……”墨寒卿微微蹙眉，陷入了沉思，指尖在墙壁上四处摸索着道，“这面墙上应该是有机关的……也许后面是另外一条通道，只是我们现在不知道机关在哪儿。”

这墙……墨寒卿皱着眉，心中的烦躁再次浮现。

“找不到机关。”墨寒卿的脸散发着寒意，他用力捶了一下墙面，听着咚咚的响声，“明明墙后可能就是出口。”

“那……要不……我试一试？”叶七七眨巴眨巴眼睛，迟疑了一下，弱弱地朝墨寒卿说道。

墨寒卿转头，目光冷冷地在她身上扫了一圈，甩了甩袍袖，从墙壁前让开。

叶七七打量了一会儿墙壁，又伸手到处敲了敲。就在他想要出声提醒她，这样是没用的时候，叶七七竟然直接一挥拳，朝着墙面砸去。哗啦一声响，墙面瞬间被砸出一个大窟窿，一抹光从洞中透了出来。墨寒卿站在原地，看着眼前的一幕，整个人都石化了。

“公子！你真厉害，后面真的有通道！”叶七七满脸兴奋地转头看着墨寒卿。

墨寒卿回过神，看着眼前被砸了一个窟窿的墙，扯了扯嘴角。算了，算了。毕竟昨天已经见识过那些看见她就跑的野生动物。打穿一面墙，已经不算什么事……

墙壁后果然是长长的通道。跟他们现在所处的通道不同，那墙壁上刻着精美的浮雕，地面也铺着上好的汉白玉，就连照明，都是用的大颗大颗的夜明珠。

墨寒卿转头看了叶七七一眼，又看看那边的通道，低声问："你能……把这个洞再砸大一点吗……"

"能啊。"叶七七点点头。她伸手从自己衣袍上撕下一块长长的布料，认真裹在手上，深吸一口气，站在那面墙壁前，抬手，出拳。

墨寒卿安静地站在旁边，眼看墙壁上的窟窿越来越大，已经足够一个人钻过去，缓缓地出声道："行了。"

"哦……"叶七七停下手，偏过头看着墨寒卿。

"过去吧。"墨寒卿淡淡地说了一声。

人刚走到窟窿前，他突然低下头，朝叶七七的手看去，迟疑了一下，低声问道："你的手没事吗？"

"嗯？"叶七七微怔，随即笑了出来，欢快地问："公子，你是在关心我吗？"

墨寒卿面无表情地看着她，眸中看不出任何波动。叶七七大概已经习惯他这种冷冷的样子，将小手举起来，晃了晃，道："没关系的，我刚才在手上缠了厚厚的一层布，伤不到自己。"

他收回目光，没再说话，直接从大窟窿钻过去。叶七七赶紧跟在他后面钻过去。

站在上好的汉白玉铺成的地面上，叶七七满眼好奇地打量着长长的通道。这里的光线明显比刚才的好太多。刻在墙壁上的图案也栩栩如生。每一幅图似乎都讲述了一个故事，连起来看，仿佛雕刻了某个人的一生。

叶七七看了一会儿，突然跑到某幅图下，指着上面正弯腰朝对方行礼的两人问道："公子，他俩这是在干吗？"

墙上雕着的是一男一女两个穿华服的人，女子头上盖着盖头，男子胸前有朵大花，背景是大堂，堂上坐着两个人，周围站着不少人，案几上烟雾袅袅，摆放着红烛、花生、桂圆等一系列东西。很明显，雕刻的是大婚场景。

墨寒卿沉默片刻，道："他们……就是在互相行礼而已。"

"那为什么她头上要顶着一块布呢？"叶七七满眼不解地指着女子。

"这是一种……习俗。"墨寒卿面无表情道。

“哦……好奇怪的习俗啊……”叶七七看了许久，羡慕道，“她裙子真好看，我也想要这样的裙子。”

“你以后会有的。”墨寒卿不再多说，径直朝前面走去。

“真的吗？我以后真的会有这么漂亮的裙子？”叶七七歪着一颗小脑袋，亦步亦趋地跟在墨寒卿身后，“到时候我一定要穿这么漂亮的裙子朝公子行礼。”

墨寒卿微微顿了一下，走得更快了。

“哎……公子，你等等我啊……”叶七七拎起裙摆，一溜小跑追在墨寒卿的身后。

穿过长长的通道，他们眼前豁然开朗。一座金碧辉煌的大殿呈现在面前。大殿内有九根金镶玉的柱子，每一根上都雕刻着不同的图案。

“哇，这些是什么？好壮观！”叶七七忍不住惊叹出声。

墨寒卿淡淡地道：“这些都是龙的儿子。”

“啊？”

“龙生九子，各不相同，这些柱子上雕刻的便是龙的九个儿子，囚牛、睚眦、嘲风、蒲牢、狻猊、赑屃、狴犴、负屃、螭吻。”墨寒卿声音清冷地缓缓道来。

叶七七眨巴眨巴眼睛，毛茸茸的小脑袋摇了摇，茫然道：“没听说过。”

墨寒卿瞥了她一眼，原本也没指望她能给出什么意见，只是周围的一切，怎么看怎么让人觉得这里是一处……陵墓。

沉默片刻之后，墨寒卿问道：“你怕鬼吗？”

“啊？”叶七七一怔。

“你怕鬼吗？”墨寒卿看着她白皙粉嫩的小脸，捺着性子又问了一遍。

“呃……我还没见过鬼……”叶七七十分老实地回答。

很多东西，见了以后才知道怕不怕，比如说熊……比如说老虎……以前爷爷给她讲故事的时候，总是把这些野兽描述得很可怕，可是真的见了她才发现，反正它们也打不过她，所以也没什么好怕的了。至于鬼……

嗯……山庄里的丫鬟好像挺怕的，可她还没有见过，所以也不知道自己打不打得过。要是她能打过，其实也没什么可怕的吧……

叶七七歪着脑袋想了一遍，抬头朝墨寒卿道："这个，要等我跟鬼打过之后才知道。"

墨寒卿瞬间有些无语。想了想，他又换了个方式问道："那你怕死人吗？"

"不怕啊。"叶七七很快地回答道，"死人有什么好怕的，都死了不能动了。我爷爷说，比死人更可怕的是坏人。坏人会想方设法害你，可是死人不会。"

"嗯……"墨寒卿有些失神。比死人更可怕的，是坏人……似乎，确实是这样。

他想起皇宫里的那几位，忍不住冷笑，再看向叶七七的时候，目光变得柔和很多。她虽然霸道不讲理，凶悍不温柔，但从来没有想过害他。

叶七七眼睛里都是问号，不知道墨公子为什么突然问这样的问题。

"其实……"墨寒卿缓缓开口，声音清冷，"你也不是很讨厌。"

"啊？"

"我的意思是，我也不是很讨厌你。"墨寒卿再次瞥了她一眼，转过身去，继续打量大殿里的情形。

叶七七站在原地，水汪汪的眼睛眨了眨，突然回过神来，红润的小嘴扯出灿烂的微笑。她提着裙子追上墨寒卿，笑眯眯地问道："真的？公子不讨厌我？是不是有一点喜欢我了？"

墨寒卿停了下来。他低头看着凑在眼前的小脸，冷漠道："不。"

叶七七眨眨眼睛，不是很懂他的意思。

"不讨厌你，不代表喜欢你。"墨寒卿声音冷冷地道，"你要是想一直在这座陵墓里，就继续挡着我。"

"陵墓？"叶七七的笑容一下子僵住，"你的意思是，咱们现在……在一座坟墓里？"

"嗯。"墨寒卿缓缓地点头，看着她突然变色的小脸，心里浮现出一丝小小的成就感。

“那……那是不是这里会有很多宝物啊？”叶七七的大眼睛瞬间绽放出璀璨的光芒，“我听说坟墓越大，就代表墓主越有钱，你看这个坟墓，有这么大的大殿，还有这么壮观的柱子，说不定再往前走，会有好多好多金银珠宝等着我们！”

“我们现在在陵墓里，要是找不到出口，这陵墓就是咱们两个的坟墓！”墨寒卿脸上满满都是寒冰一般的冷意。他瞪着叶七七，声音冷冽地道，“就算你找到金银珠宝又如何？带不出去，你是打算让那些金银珠宝当你的陪葬吗？”

“呃……”叶七七被他这么一顿吼，眼睛瞬间蒙上一层薄薄的水雾。她用力抓着自己的衣角，低着脑袋，不说话。

墨寒卿看着她这副委屈的样子，心中更是烦躁。

两个人就这么对站许久，谁也没有先开口。末了，墨寒卿深吸一口气，尽量让自己的声音听起来平缓一点，朝着叶七七道：“先找出口，知道吗？”

“嗯……”叶七七可怜兮兮地点点头，大眼睛抬起来，眼巴巴地看着他，支吾了半天，终于弱弱地朝着他道，“我有点……饿了……”

墨寒卿顿觉头疼。他朝叶七七摊了摊手道：“我身上没有食物。”

“嗯……”叶七七继续可怜兮兮地点头。

“先找出口吧。”墨寒卿叹了一口气，说完便不再看她。

大殿虽然看起来金碧辉煌，里面却是空空荡荡，除了九根金镶玉的柱子，还有一些精美的雕刻，便没有其他东西。墨寒卿沿着大殿墙角仔细探寻了一遍，终于在一个不起眼的角落里发现了一扇门。那扇门上刻着浮雕，镶着宝石，若是不仔细看，只会让人以为是一处装饰。

“叶七七，过来，这儿有扇门。”墨寒卿朝她招了招手。

“来了。”叶七七一溜小跑到他跟前。

这门……叶七七伸手推了推，发现根本推不动，迟疑地看着墨寒卿问道：“公子，你是喊我过来砸门的？”

墨寒卿瞬间满头黑线。

“这门是玉石做的，上面还镶嵌着大量黄金和宝石，你以为是刚才那个小土墙吗？不想要手的话，你就使劲砸。”

叶七七尴尬地笑了笑，朝旁边挪了挪道：“公子你再看看有没有什么机关。”

“我看过了。”墨寒卿淡淡地瞥了她一眼，伸手在一处凸在外面的宝石上摩挲了片刻，然后用力朝后一拉，那扇厚重的玉石门就这么被他轻而易举地拉开了。

“这个……”叶七七目瞪口呆地看着那扇门，一时半会儿没有反应过来。

“这门是朝外拉的，不是朝里推的。”墨寒卿的手还放在那扇门上，另一只手朝着叶七七比了一个“赶紧进去”的姿势，声音冷冷道。

叶七七吐了吐舌头，赶紧从他拉开的门缝钻了进去。玉石门里，看起来像是一间偏殿。空间虽然没有刚才那个大殿那么大，但是这偏殿里面满满当当地放的都是宝物。

叶七七眨着一双大眼睛，看着眼前那堆积成山的珠宝玉石以及黄金，忍不住感慨道：“哇，好多宝贝啊……”

墨寒卿眯了眯眼睛，看着眼前的一切，目光从那些珠宝上缓缓掠过。

“可是这么多宝贝……”叶七七感慨完之后，便顺手拿起一块苹果大小的红宝石，举到头顶对着夜明珠发出来的光芒看了一下，无奈道，“都不能吃啊……”

墨寒卿瞥了她一眼，迈开脚步朝里走，只见偏殿最后面，摆放着一座纯金打造的棺材。

叶七七见他往前走，赶紧将手里的红宝石放下，跟在他身后走去。

被夜明珠照耀得宛如白昼的偏殿内，到处都是绚丽夺目的宝石，相比之下，那口纯金棺材上，没有一丝花纹，没有一点雕刻，就连镶嵌的宝石都没有，看起来竟然显得有些朴素。

“这个是……墓主吗？”叶七七看着那口纯金棺材，迟疑了一下，伸手拽了拽墨寒卿的袖子，小声问道。

墨寒卿眉毛微微蹙起，盯着眼前那口棺材许久，才不太确定地道：“可能……是的吧。”

叶七七转头看看墨寒卿，又看看那口棺材，正准备上前打探一下，便听得身后传来一阵石头与石头摩擦发出的闷响。

“有人来了……”墨寒卿皱眉，一只手飞快拽过叶七七的胳膊，另一只手捂住她的嘴，便闪身躲在一堆珠宝堆成的小山后。

“唔……”叶七七眨了眨眼睛，还没反应过来，便被他搂进怀里。她的脑袋抵在他的胸口，一抬头就能看到他轮廓分明的下巴，那张俊秀帅气的脸上满满的都是紧张。

叶七七垂眸，眼角的余光隐约能看到他修长的手掌捂在自己的嘴上，一丝淡淡的清香随着他的动作，萦绕在鼻息间，就像三月里的清风吹过青草芽。

随着石头摩擦发出的闷响渐渐消失，有脚步声朝他们逼近。叶七七一颗心顿时提到嗓子眼。脚步声在离他们还有一段距离的时候，突然停了下来。墨寒卿搂着叶七七的胳膊微微收紧，此刻出现在墓穴里的人也不知道是敌是友……

第四章　神秘老者

偌大偏殿里，安静片刻之后，有宝石碰撞的声音响起，接着一道苍老的声音缓缓地道："谁在那里？"

墨寒卿低头，见叶七七正无辜地看着自己。

"这偏殿里的每一样东西摆放的位置虽然混乱，但我全部记得。"那道苍老的声音一边朝他们这边而来，一边继续道，"从我进来后，第一眼我就看到有人动了我的东西，或者说……进来的是两个人？"

脚步声最终在墨寒卿他们躲着的宝石后停了下来。

"你们是想自己出来，还是被我揪出来？"苍老的声音带着一丝危险的意味。

"咕……咕咕……"一道奇怪的声音从叶七七的肚子发出来。

墨寒卿有些无语地瞪了她一眼。这种关键时刻，你的肚子乱叫什么！

叶七七眨眨眼睛，可怜兮兮地看着他。这也不是我能控制的啊，人家就是肚子饿了……

"还不出来？"苍老的声音带了一丝杀意，一字一顿地道。

墨寒卿跟叶七七对看了一眼。

你打得过？

我可以打来试试。

墨寒卿放下捂在叶七七嘴巴上的手，然后拽着她的胳膊，缓缓站起来。站在宝石小山前的老者，看到后面的影子晃了晃，眯起眼睛，一只手摸上自己腰间的佩剑，屏住呼吸，等着后面的人现身。

片刻寂静之后，墨寒卿拽着叶七七的袖子，缓缓地从宝石小山后走了出来。

眼看两个小孩走出，那名老者也一下怔住。

叶七七的小手反拽着墨寒卿的袖子，一颗小脑袋垂在胸口，却是偷偷地打量着眼前的人。那人穿着一身青灰色的布衣，佝偻着身子，满头花白的头发扎成发髻，用青色的发带束着。他的眉毛和胡子全部花白，长长地垂下来，就像她曾经在爷爷书房里看到过的老寿星画像。

“是你俩闯进这地宫的？”老者似乎还没回过神来，不敢置信地问。

“嗯。”墨寒卿在那名老者打量自己的时候，也在默默打量着他。

“你们是怎么进来的？”

“就……迷路……掉进来的。”叶七七看老者慈眉善目的样子，感觉跟自家爷爷很像，便脆生生地回答。

“掉进来的？”老者微微皱眉，似乎回想了片刻，然后疑惑道，“我这儿能掉进来的地方只有那处环形地道，但那处是死路，掉进去的人只能不停绕圈，你们是怎么找到出口的？”

叶七七怔了一下，尴尬地笑了笑道：“公子找到一处墙壁，跟别的地方不一样……然后，我们就把那墙壁给砸了……”

“给砸了！”老者一惊，白花花的眉毛跟胡子抖了抖，“你俩砸的？”

“我……一个人砸的。”叶七七低着头，有些不好意思地回答。

老者听到她的话更加惊奇，上下打量着叶七七，奇怪地道：“小女娃，你多大？”

“我五岁。”叶七七老实地回答。

“五岁的女娃就能把我那墙壁给砸个大洞？”老者不相信地看着她。

“这个……”叶七七有些尴尬，半晌憋出一句话，“我不会赔偿你的，我身上没钱。”

偏殿里又是一片寂静。

“哈……哈哈哈哈……”老者听到这句话，忍不住笑出来。

他弯腰笑了半天，终于勉强直起身子，擦了一把眼角的泪花，摇摇头道：“自从我来了这里，已经很久没有听过这么好笑的话了……”

叶七七眨着大眼睛看着眼前的老人，不知为什么，就是觉得他给人的感觉很亲切，她的胆子也大了起来：“爷爷，你就一个人在这里吗？”

“爷爷？”老者低低重复了一遍叶七七的话，轻轻地叹了一口气道，“是啊，我已经在这里十多年了。”

“为什么？”叶七七满眼不解地问道。

“为了建造这个陵墓。”老者又叹一口气，转身看看金碧辉煌的偏殿，还有尚未完成的棺材，摇摇头道，“快了，再有几年就该建好了。”

“建好了你就可以离开了吗？”叶七七追问道。

老者愣了一下，忍不住笑着摇摇头，没有再说什么。

墨寒卿在他跟叶七七对话的时候，一直打量着他。眼前的人似乎是个普通老人，只是腰间的那把佩剑……上面的图腾他以前似乎在哪里见过。

“小姑娘，你叫什么名字？”那名老者似乎对叶七七的兴趣更大。

“我叫叶七七。”叶七七认真地回答道，“叶子的叶，七月七日的七。”

“七月七日……”老人怔了一下。

“是呀，七月七日长生殿，夜半无人私语时。”叶七七晃着小脑袋，声音软软地背了出来。

“我爷爷说，我的名字就是从这里来的哦。”叶七七笑眯眯地看着眼前的老者道。

老者听到刚才那句诗，整个人都僵住了，片刻之后才回过神，震惊地看着叶七七问道：“你爷爷……是谁？”

“我爷爷是叶珏呀！天下第一高手哦。”叶七七一提起爷爷，脸上便满满的都是自豪。

“叶珏啊……”老者神色复杂地看着叶七七，低低重复了一遍那个名字，笑了笑，道，“他现在，确实是天下第一高手了。”

“你认识我爷爷？”叶七七一听他这么说，顿时好奇。

“啊，认识。”老者点了点头，捋了捋花白的胡须，笑着道，“不仅认识，曾经我们还是很好的朋友。”

“真的啊？那爷爷你……”叶七七准备再问点什么，突然肚子又传来一阵咕咕的叫声。她红着脸，有些不好意思地看着老者问，“那个……爷爷你有没有东西吃啊？我好饿……”

“哈哈……哈哈哈……”老者笑出来，转身一边朝偏殿里面走，一边摇着头道，“你这孩子，从刚才起肚子就一直在叫，过来吧，我这儿有些吃的……”

“嘿嘿，谢谢爷爷！”叶七七一听说有吃的，顿时两眼发光，屁颠屁颠地跟在老者身后。

墨寒卿微微皱眉，伸手拽住她的胳膊。

“怎么了？”叶七七回过头来，奇怪道，“公子，你不饿吗？”

“你连他是谁都不知道，就敢吃他给你的东西？”墨寒卿秀气的眉毛紧紧蹙着，看着老者佝偻着背朝里面走去的身影，压低声音朝叶七七问道。

“他认识我爷爷啊。”叶七七伸手挠了挠脑袋道。

这么多年她都是在飞鹤山庄度过的。她从未下过山，也不明白世上人心险恶，她只知道自己的爷爷是天底下最厉害的爷爷，也是最慈祥和蔼的爷爷。所以，能够认识她爷爷、还跟她爷爷是朋友的人，应该也是好人吧……

墨寒卿有些无语地看着她，突然发现竟然不知道怎么跟她解释“人心险恶”四个字，也不知道该怎么告诉她“害人之心不可有，防人之心不可无”。

就在两人僵持不下的时候，一直走在前面的老者打开了偏殿墙壁上的一个暗柜，从里面拿出一些东西，转过身，朝着叶七七招了招手道：“七七，过来。”

“来了！”叶七七高兴地应了一声，挣脱墨寒卿的手，欢快地朝老者跑去。

墨寒卿皱眉看着她的背影，迟疑了一下，还是跟在她身后走了过去。

暗柜里放的是刚摘不久的新鲜蔬果，此刻被老者全部拿了出来，堆在纯金打造的镶嵌着各色宝石的桌子上。叶七七跑到桌前，看了一眼上面的水果，兴高采烈地道了一声谢，便毫不客气地拿起来就吃。老者就站在桌子旁边，笑眯眯地看着她吃。

墨寒卿走到叶七七身边，朝那些蔬果瞥了一眼，确认没有毒，才松了一口气。老者却像此刻才看到墨寒卿，花白细长的眉毛挑了挑，缓缓问道：“这位是……”

叶七七赶紧擦了一把嘴，声音清脆地回答道：“他是墨公子。”

“哦……姓墨啊……”老者意味深长地看着墨寒卿，捋了捋胡子，竟然没有追问他的名字，而是转过头来看着叶七七问道，“你为什么会跟他在一起？”

“唔？墨公子吗？”叶七七一边啃着手中的果子，一边口齿不清地说道，“因为我俩一起迷路了啊。”

“他跟你有什么关系？”老者微微皱眉，捻着胡须，继续问道。

“公子他……”叶七七转过头，看了墨寒卿一眼，笑眯眯地回答道，“是我的压寨夫人！”

墨寒卿脸色一下子变得很难看。

“不过他好像很不喜欢当我的压寨夫人。”叶七七吐了吐舌头，小声道。

“那是自然，压寨夫人一般都是女的。”老者有些好笑地看着叶七七，笑眯眯地解释道。

“是吗？”叶七七一脸迷茫地看着他，歪着脑袋想了想，“那夫君一般是男的还是女的？”

“夫君是男的，娘子是女的。”老者耐心地给叶七七解释。

“哦，那公子是我夫君。”叶七七将剩下的半颗果子丢进嘴里，拍了拍手，口齿不清道。

墨寒卿的脸色……更加难看了。

那名老者看看墨寒卿，又看了看吃得正欢的叶七七，有些怀疑地问道："但是看这位公子的表情，好像不太像啊……"

叶七七转过头看了看墨寒卿，有些尴尬地笑道："那个，他现在还不喜欢我……"她声音顿了顿，急忙补充道，"不过他已经不讨厌我了，所以，我觉得再过一段时间，他应该会喜欢我的。等他喜欢我以后，就可以做我的夫君了。"

老者若有所思地点点头，看着叶七七道："感情的事情，不能强求。"

"没有强求啊。"叶七七眨着黑白分明的大眼睛，"我们已经同床共枕过了，公子说，只有夫妻才能同床共枕，同床共枕的都是夫妻。"

"叶七七！"墨寒卿终于忍不住冷冷喊了她一声。

"哎……"叶七七看着墨寒卿那张宛如千年冰山的脸，忍不住缩了缩脑袋。

"前辈，"墨寒卿瞪了她好一会儿，转身朝老者行了礼，恭恭敬敬道，"不知前辈可否告知我们返回地面的通道？"

"回去的通道啊……"那老者迟疑了一下，看着他二人道，"其实告诉你们也无妨，不过眼下你们是出不去的。"

"为什么？"墨寒卿皱着眉问道。

"这陵墓的入口，只逢初一和十五的清晨才会打开，其他日子是不开的。"老者佝偻着身子，在纯金打造的长桌旁来回踱了几步，轻轻叹了一口气道，"这里既是陵墓，那入口必然不会那么容易被找到，想必你们之前是走进了陵墓外面的迷阵才会迷路，又在因缘巧合下掉进地道，最终找到这里来。"

逢初一和十五才会打开？墨寒卿眉毛微微蹙起，仔细想想，昨晚的月亮几近圆满，这样算的话，今天便是十五。也就是说，要等陵墓的出入口再次打开，得等到下个月初一。那他们岂不是要在陵墓里待上半个月？

"前辈的意思是……我们要在这里等半个月？"墨寒卿迟疑了一下，还是开口问道。

“是。”老者点了点头，也是满脸无奈。

“哎？要在这里等半个月？”叶七七瞪大眼睛看着眼前的老者，正准备往嘴里扔果子的小手一下子便停住，有些焦急地说道，“不行呀，这么长时间不回去，爷爷会着急的。”

“那也没办法啊……”老者摊了摊手，一脸为难，“这本来就是陵墓，所有设计都是为了防止盗墓人打扰死者安息，陵墓出入口只在一个月中的两天打开，就是为了将那些前来盗墓的人困在此处。”

“可是……可是……”叶七七说着说着眼睛便红了起来，“这么长时间不回去，爷爷着急了怎么办，等我回去后，爷爷肯定要骂我的。”

“喀……这个……”老者眼看叶七七的眼泪就要掉下来，赶紧将求救的目光转向墨寒卿。

墨寒卿皱了皱眉，视线落在叶七七身上，低低叹了口气道：“别哭。”

“嗯……”叶七七抬起头来看着他，用力吸了吸鼻子，努力让自己不哭出来，然而一个没忍住，眼泪还是掉了下来。

“七七，你别哭啊……”老者顿时手忙脚乱地朝着她道，“我这儿……我这儿有绝世武功的秘籍，你要不要看？”

叶七七红着眼睛看着老者，吸了吸鼻子，瓮声瓮气道：“我……我又不认识字……”

“这个……”那名老者的嘴巴动了动，似乎打算说点什么，终究一句话都没说。

“再说，我武功已经很好了。”叶七七伸手抹了一把眼睛，眼泪汪汪地看着老者道，“到现在为止，除了我爷爷，还没有我打不过的人。”

“他……你也打得过？”老者怔了一下，伸手指了指站在叶七七身边的墨寒卿，不太相信地问道。

叶七七转头看了墨寒卿一眼，用力地点了点头。

这个……墨寒卿有些尴尬地摸了摸鼻子，看向一旁堆积如山的珠宝。

“啧啧……”老者顿时同情地看着墨寒卿，一边摇头一边嘀咕道，“完了，完了，这以后绝对是一只河东狮啊……”

“爷爷，你在说什么？”叶七七没有听清，歪着脑袋看着他，声音脆脆地问了一句。

“没什么……”老者呵呵一笑，摆了摆手。

叶七七眨了眨眼睛，好不容易收住眼泪，像是想起什么一般，问道：“爷爷，你有绝世武功的秘籍？”

“是啊。”

“是比我爷爷还要厉害的那种绝世武功吗？”叶七七眨巴着大眼睛，眼巴巴地看着他问道。

“那是当然！”老者自豪地挺起身板，用满是皱纹的手捋了捋胡子，骄傲道，“想当年，在你爷爷称霸武林之前，我才是天下第一的高手！”

“真的！”叶七七一脸惊喜地看着他。

“自然是真的。”老者看着叶七七崇拜的神情，顿时来了精神道，“小丫头，我跟你说，想当年我跟你爷爷，那可是黑白双煞、叱咤江湖，我二人联手，从来没有打不过的敌人，也没有过不去的关卡！”

“那你跟我爷爷，谁比较厉害？”

“唔……这个……当年的话，自然是我比较厉害。”老者笑呵呵地看着叶七七，然后摆了摆手道，“不过现在不行喽，我已经多年不练武了。”

叶七七拽了拽他的袍袖，满眼渴望道：“爷爷你可不可以把武功秘籍送给墨公子？”

“送给他？”老者怔了一下，睿智的眼眸在墨寒卿的身上转悠了一圈，疑惑道，“为什么？”

墨寒卿听到叶七七的话，也愣住了，他转过头，看着叶七七的小脸，不明白她为何要这样做。

“因为公子本就是来找我爷爷学习武功的……”叶七七认真看着老者道，“可是眼下我们要在陵墓里待半个月，出去以后，再过十几天，公子就要离开了。”叶七七顿了顿，继续道，“所以，希望爷爷能教他。”

“你这丫头……”那名老者看着叶七七单纯的小脸，一时之间不知道说些什么才好。

绝世武功的秘籍可是武林中人挤破脑袋想要得到的东西，现在就放在小丫头面前，她竟然不要，不仅不要，还要将这秘籍送给别人。

唉……叶珏啊叶珏……

这些年，你到底是怎么教你孙女的……

“而且，公子他好像非常不喜欢被我打败。”叶七七见他没有说话，还以为是自己给出的理由不够充分，于是赶紧补充道，“要是爷爷的武功秘籍能让他变得厉害，说不定公子以后就会喜欢我了。”

呃……这个……老者无语地看着眼前的小丫头，这家伙的脑回路到底是怎么长的，她是怎么把这两样毫无关联的事给搅在一起的呢。

“爷爷，好不好嘛，好不好嘛……”叶七七见他迟迟不答应，干脆拿出平日里对自家爷爷耍赖撒娇的招数，小手拽着老者的袍袖，眨巴着大眼睛，可怜兮兮地看着他。

“好好好……”老者看着叶七七娇憨可爱的模样，想都没想，赶紧点头应下。

“希望你武功长进以后，能够好好保护七七，千万不要欺负她。”老者转过头来，看着墨寒卿，意味深长地说道。

墨寒卿微微蹙眉，看看叶七七又看看老者。他根本就没打算在这什么陵墓里学武功好吗……眼下到底是个什么情况……

“不知前辈如何称呼？”墨寒卿沉默半晌，双手抱拳，朝那花白胡子的老者恭恭敬敬地问道。

“我……”老者迟疑了一下，一双眼睛转了转，笑呵呵地朝着墨寒卿道，“我姓甄。”

“甄老前辈。”墨寒卿淡淡地喊了一声。

老者点点头，又转过头来朝叶七七道：“七七，你可以喊我甄爷爷。”

“真爷爷？”叶七七怔了一下，乖乖地喊道。

甄爷爷顿时喜笑颜开：“想不到在我有生之年还能见到两个大活人。”

甄爷爷似是颇为感慨地轻叹了一声，摇摇脑袋道：“罢了罢了，这就是缘分啊……你们两个跟我过来吧。”他一边说着，一边朝偏殿的另一个角落走去。

角落里堆放着两个一人高的白玉花瓶，瓶上雕刻着精细繁复的花纹。甄爷爷走到花瓶前，将其中一个用力推开，被挡住的暗门顿时露了出来。

“进来吧。”他伸手打开那扇暗门，朝墨寒卿跟叶七七招了招手，示意他俩跟着自己进去。暗门后面又是一条昏暗幽长的通道。

叶七七和墨寒卿跟在甄爷爷身后走了好一会儿，走到一间密室里。密室虽不及偏殿那般奢侈华丽，却也装修得富丽堂皇。密室里整整齐齐摆放着许多书架，上面堆满各种各样的书籍。

甄爷爷领着叶七七和墨寒卿在最后一排书架前停下来，蹲下身，在书架底层找了好一会儿，才找出一本破破烂烂的书。

“来……”甄爷爷将那本书递到墨寒卿跟前道，“这书是我毕生心血，原本我是打算让书陪着我一起下葬，眼下这书就交给你了。”

墨寒卿垂眸看着眼前封面已经破得看不出上面原本写着什么的书，愣了一下，恭恭敬敬地接过书，声音清冷道：“多谢甄老前辈。”

“不客气，不客气，谁让七七喜欢你呢。”甄爷爷伸手捋了捋胡子，笑眯眯地看着他，乐呵呵道，“小伙子，千万别辜负了我们七七啊……”

墨寒卿有些疑惑地看着老前辈。仔细想想……叶七七今年才五岁。而这位老前辈，据他说，已经在此处修建陵墓十多年了……他们两个，根本不可能有认识的机会……难道，真的是因为叶七七是叶珏大师的孙女，所以他爱屋及乌？墨寒卿皱着眉，怎么想都想不通。

“这密室旁有一个房间。”甄老前辈趁他俩打量密室的时候，继续道，“七七，你跟墨公子这段时间就先住在那间房里吧。”

“好！”叶七七毫不犹豫地点点头。

“跟她住一个房间？”墨寒卿怔了一下，皱着眉头冷冷道，“这样……不太好吧……”

“有什么不好的，反正你是她未来的夫君。”甄老前辈淡定地看着墨寒卿，拍拍叶七七的脑袋道，“七七过来，爷爷给你看些好东西。”

“好。”叶七七忙不迭地跟在甄老前辈身后走了。

未来夫君……等到墨寒卿回过神来，叶七七跟甄老前辈已经消失在密室里了。他无奈地叹了一口气，翻开手中的秘籍，看了一眼。只不过一眼，他便被秘籍里的内容深深吸引住。他将书摊在一旁的石桌上，照着书里内容比画起来。

半个月的时间很快过去了。墨寒卿白日里对着武功秘籍认真练习，遇到不懂的地方，便恭恭敬敬地请教甄老前辈。而叶七七则跟在甄爷爷身后，把整个偏殿里的宝物都翻了一遍。甄爷爷似乎特别喜欢她，翻出来的稀世珍宝，他全部堆在旁边，说是等叶七七离开的时候让她带走。

转眼到了他二人离开的日子。

叶七七经过这半个月跟甄爷爷的相处，只觉这个慈祥和蔼的老爷爷跟自家爷爷一样好，甚至比自家爷爷更宠自己，所以此刻，她拽着甄爷爷的衣袖，眼泪汪汪地看着他道："甄爷爷，你不跟我们一起走？"

甄爷爷叹了一口气，摸摸叶七七毛茸茸的小脑袋，声音缓缓道："好孩子，爷爷不能离开这里。"

"为什么啊……"叶七七吸了吸鼻子，依依不舍地看着他。

"有些道理，爷爷现在跟你说，你也不明白。"甄爷爷长长地叹了一口气，眼眸中带着一丝悲凉道，"日后若是有机会，爷爷会去探望你。"

"真的吗？"叶七七眨着大眼睛，眼巴巴地看着他。

"嗯。"甄爷爷点点头，再看看眼前乖巧可爱的叶七七，心里也是满满的不舍。然而再怎么不舍，她跟墨公子也终究要离开。他在有生之年能够见到七七，已经是上天对他的厚爱。

"七七啊……"甄爷爷摸摸她的脑袋，一双满是皱纹的手，颤巍巍地从袍袖中掏出一个挂件，递到她面前道，"爷爷这里除了一堆没用的石头，也没其他东西好送你了，这个东西，爷爷原本打算带进坟墓，眼下，老天既然让我见到了你，那也许意味着，这样东西不该消失在这世界上。"

叶七七眼睛红红地抬起头，看着甄爷爷递到自己面前的挂坠。那坠子看起来像是一把精致小巧的金钥匙，钥匙上雕刻着精美复杂的花纹，镶嵌着各种颜色的宝石。那些宝石看起来并不大，但是每一颗都打磨得很仔细，在夜明珠的照映下，熠熠生辉。

“这钥匙挂坠你且戴着。”甄爷爷将挂坠戴在叶七七的脖子上，认真道，“要贴身戴着，千万不要给别人看，就算是你叶珏爷爷，也不可以给他看，知道吗？”

“为什么呀？”叶七七满眼不解地看着他。

“因为……”甄爷爷眸中闪过浅浅的光芒，“你要是把钥匙给别人看了，甄爷爷以后就不去看你了。”

叶七七眨巴眨巴眼睛，低头看了一下挂在脖子上的钥匙，赶紧将它放到领子里，贴着胸口，又点点头道：“我知道了，肯定不会给别人看的。”

甄爷爷点点头，眼角的余光瞥到叶七七脖子上还挂着一条链子，迟疑片刻，指着链子小心翼翼地问道：“七七，能把你戴的链子给爷爷看看吗？”

“这个吗？”叶七七疑惑地问道。

“是……”甄爷爷看到那条项链下吊着的玉坠时，目光瞬间不动了。

那是一块上好的羊脂白玉，在夜明珠的照耀下泛着温润的光泽。

甄爷爷颤抖着手指，轻轻地抚上那块被雕刻成长命锁样子的羊脂白玉，一双睿智的眼眸瞬间浑浊起来，他凑近了，仔仔细细地端详着那块羊脂玉。

那块锁玉雕琢得精巧绝伦，正面镂刻着双鱼戏水、五福临门的图案，周围环绕着栩栩如生的莲花，中央刻着“福寿万年”四个字。

甄爷爷手指从几个字上缓缓抚过，颤抖着将锁玉翻了过去。暖滑润泽的羊脂玉背面，一圈雕着海棠与寿桃的花纹中央刻着两行字：

七月七日长生殿

夜半无人私语时

甄爷爷目光从字上扫过的时候，只觉眼睛一酸，赶忙将锁玉放下来，别过头去，拍了拍叶七七的脑袋道：“好孩子，以后定是会过得长命富贵的……”

墨寒卿站在一边，默默看着有些反常的甄老前辈，蹙着眉头不说话。

“行了，时间快到了，你们赶紧走吧。”甄爷爷直起身子，领着他们来到地宫的出入口，再次嘱咐道，“切记，你们出去以后，只可说在这山林之中迷了路，千万不能告诉别人你们遇到的一切，知道吗？”

“嗯！”叶七七红着眼睛，用力点了点头。

甄爷爷轻轻拍了拍她的脑袋，长长地叹了一口气，看向地宫出入口。当一抹光线照在雄伟的石门上时，他伸手推了推两个孩子的肩膀，示意他们沿着脚下的光线一直往前走。

“爷爷……”叶七七被墨寒卿拽着手腕，一步三回头地朝甄爷爷看。

“去吧，去吧……”甄爷爷站在昏暗的地宫之中，朝他们摆手，直到他俩的身影消失在光影之中，才忍不住潸然泪下。

但愿今生，还有再见的时候。

墨寒卿拽着叶七七的胳膊，走着走着，不知从什么时候开始，周围又围满浓浓的雾气。那样浓厚的迷雾中，连自己的手掌都看不清楚。若不是他依然牵着叶七七的手，几乎要怀疑叶七七是不是继续跟在自己身后。地面的光线隐隐约约指引着他们前进的方向。

墨寒卿突然听到身后传来低低的啜泣声。他脚步顿了一下，转过头朝叶七七看去。白茫茫的浓雾中，隐约可以看到一个娇小的轮廓。

“叶七七？”他不太确定地喊了一声。

“嗯……”她的声音穿过迷雾低低传过来，带着快要哭出来的腔调。

“怎么了？”他收紧自己的手，将叶七七朝着自己身边拽了拽，另一只手朝那抹模糊的轮廓探过去。下一秒，他的指尖碰到一抹微凉的液体。

“你在哭？”他清冷的声音带着迟疑。

“公子，你都不难过吗……”迷雾之中，叶七七的声音低低传了过来。

“难过什么？”墨寒卿伸手将她拉近自己面前，这才发现，她的小脸上满满的都是泪痕。

“就是，我们跟甄爷爷分别……”叶七七用力吸了吸鼻子，努力想让眼泪止住，然而效果实在可以忽略不计，“公子，你不会舍不得他吗？”

墨寒卿听了她的话，沉默片刻，声音淡淡地应道：“还好，有一点点。”

“嗯？”叶七七不解地抬起头，看向迷雾之中他模糊的脸。

“人和人相处一段时间，总是有点感情的。”墨寒卿沉吟片刻，清冷地回答道，“但是等你长大就会明白，天下没有不散的筵席，你总会和一个人在一起一阵子后又分开，习惯了就好。”

叶七七咬着嘴唇，听着他波澜不惊的话，小巧秀气的鼻子吸了吸，沉默片刻，问道：“公子……你很快也会跟我分别，是吗？”

“嗯。”墨寒卿低低地应了一声。

“那你跟我分别的时候，心里会难过吗？”叶七七睁大眼睛，想要看清墨寒卿脸上的表情，然而一片浓雾之中，除了他的轮廓，她什么都没看到。

墨寒卿听到这句话，怔了一下，沉默。

周围一片安静，安静得几乎能够听到两人缓慢均匀的呼吸声，以及她极低的、压抑的抽泣声。不知道为什么，墨寒卿觉得自己的心又有一点烦乱。

“公子，你离开飞鹤山庄之后，会想我吗？”叶七七软糯的声音响了起来。

墨寒卿握着她手腕的手紧了紧，心底有种说不出来的压抑感。半晌之后，他深深吸了一口气，没有直接回答她的问题，而是拽着她的手道：“走吧，先出去再说。”

“嗯……”叶七七没有得到他的回答，一双眼眸忍不住黯淡下来。她的手腕被墨寒卿拽着，小脑袋低低垂下，就这么乖乖地任由他牵着走。

两个人大约走了一炷香的工夫，环绕在周围的浓雾终于散开。眼前光线明亮起来，一缕微风吹过，送来甜美的花香。不过眨眼间，绿树、蓝天、欢快的鸟叫以及璀璨的阳光再次展现在他们眼前。

墨寒卿终于松了口气，转过头，正准备和一直跟在身后的叶七七说些什么，突然看到她红得跟兔子一样的眼睛。

“叶七七？”他不太确定地喊她的名字。

“嗯。”叶七七吸了吸鼻子，抬起头看向他。

“你怎么还在哭？”他蹙着一双好看的眉毛，语气中隐约带着不耐烦，问道。

“我就是难受……”叶七七看着他宛如寒冰的表情，顿时觉得更委屈，原本好不容易止住的眼泪，啪嗒啪嗒地直往下掉。

墨寒卿无奈地叹了一口气，扯了扯嘴角，轻轻拍了拍叶七七的脑袋，声音温柔道：“好了，别哭了。”

“嗯……”叶七七抬头，此刻他的神情看起来有些别扭，但总算不像之前那么冰冷。

“别哭了……”墨寒卿实在不知该怎么安慰人，迟疑了一下，伸手拽过叶七七的手腕，稍一用力，便将她拽进怀中。他的另一只手从背后环住她瘦小的身子，轻轻拍了拍她的肩。

叶七七小脑袋窝在他胸口处，扯着嗓子大哭起来。墨寒卿忍不住深深地吸了一口气，声音仿佛从牙缝里挤出来的一般，阴沉沉地喊了一声：“叶七七。”

“呜呜呜……”叶七七一边哭一边含糊地应了一声。

“不许哭！”墨寒卿的声音带着一丝冷冽的寒意，朝她低吼一声。

叶七七一下子就被镇住，停止了抽泣。她抬起头，眼角挂着晶莹的泪珠，看向满脸怒意的墨寒卿，下意识缩了缩脖子。

“还哭？”墨寒卿眼神危险地看着她。

叶七七赶紧摇摇头，伸手抹了抹眼睛。

“眼下我们虽已从陵墓中出来了，但依然在群山之中。”墨寒卿看着她低垂的脑袋，咬牙切齿道，“找不着回飞鹤山庄的路，咱们就得继续在山林里待着，你知道吗？”

叶七七赶紧用力点了点头，迟疑一下，小心翼翼地问道：“公子……你那信号弹……还有吗……”

墨寒卿微微蹙眉，从袍袖中掏出几枚尚未用过的信号弹，摊在手心，声音清冷道：“就剩下这几个了，只是不知道我们现在所处的方位离飞鹤山庄到底有多远，也不知到了晚上，我们燃放信号弹，冷卫们能不能顺着方位找过来。”

“那万一咱们离山庄太远，冷卫们看不到怎么办？”叶七七迟疑了一下，小心翼翼地问道。

墨寒卿脸色变了一下，淡定地收回几枚信号弹，缓缓道：“不知道。”

叶七七顿时满头黑线，朝四周张望了一下，直接蹿上旁边一棵大树。

“你干吗？”墨寒卿抬头，眼看叶七七直接跳到树上，便仰起头来，看着树梢间她浅粉色的小小身影，低声问道。

“我找点帮手过来。”叶七七站在树梢，低头看了一眼树下的墨寒卿，单手放到嘴边，长长打了个响哨。

墨寒卿挑了挑眉，不是很明白这家伙在做什么。

片刻之后，周围的丛林里传来一阵窸窸窣窣的响声。浓密的草丛被拨开，一只只动物朝这棵树走来。墨寒卿怔了一下，看着最先出现在自己面前的兔子和小鹿，迟疑了一下，抬头朝树上的叶七七看去。

叶七七站在树梢上，冲他灿烂一笑，声音软软道：“再等会儿，还没来齐呢。”

猴子、松鼠，还有各种各样的鸟朝着他们这边过来。最后过来的，是老虎、黑熊、狼、狐狸之类的大型动物。它们坐在最外围，皆抬起头，朝树上的叶七七看去。

“嘿嘿，都来得差不多了。”叶七七看着树下的动物们，小手一挥，问道，“你们有谁知道我家在哪儿吗？”

墨寒卿顿时有种想要撞树的冲动。她是不是智障？是不是脑袋有问题？亏他刚才还以为她有好办法……

围在树下的动物你看看我，我看看你，抬起屁股，一个接一个转身走了。

“哎，怎么都走了，是不知道我家在哪儿吗……”叶七七站在树上，目光黯淡。

只剩一只黑熊坐在最外围的草丛边，它漆黑的眼睛有些犹豫地看着叶七七。看起来好像有些怕她，却又碍于叶七七的凶残，不敢随便转身离去。

“小黑？”叶七七目光扫到黑熊，顿时一亮。她纵身一跳，直接跳到黑熊的面前，满怀希望地看着它，激动地问道，“你知道我家怎么走吗？”

黑熊在叶七七跳下来的瞬间，吓了一跳，转身想跑。

“别跑！”叶七七一把揪住黑熊脖子后面的一块皮毛，整个人朝它身上一扑，手脚并用地将它抱住。

黑熊一看叶七七又跳到自己背上，瞬间想起上次她打掉自己一颗牙的事，于是，整个熊身朝地上一趴，用毛茸茸的熊爪捂住脑袋，筛糠一般抖个不停。

墨寒卿有些无语地看着眼前的一幕，半晌缓缓走到叶七七身边，扯住她的衣领，将她从黑熊身上拎起来，道：“你没看到它被你吓着了吗？”

叶七七低头，朝趴在地上不停发抖的黑熊看去。然后，她缩了缩脑袋，有些不好意思地吐吐舌头，乖乖地站到一边去了。

那黑熊趴在地上半天，也没感觉到叶七七的拳头落下来，便小心翼翼地从熊爪里露出眼睛，朝外面看去。

黑熊迟疑了一下，撑着爪子从地上爬起来，一屁股坐在两人面前。

“小黑！”叶七七见它终于不害怕了，赶紧抬起头，朝它露出灿烂友善的笑容。

黑熊看到叶七七的笑容时，下意识一哆嗦。

“小黑，你别怕啊，我这次不会打你的。”叶七七赶紧出言安慰，“小黑，你知道从这里怎么回我家吗？”

黑熊瞪着一双乌溜溜的眼睛看着她，过了一会儿，舔了舔熊爪，点了点头。

“太好了，小黑！”叶七七顿时高兴起来，“你带我们回去，以后我给你撑腰，谁要是敢欺负你，我帮你揍它，好不好？”墨寒卿满头黑线。

他看着眼前跟一只黑熊对话的叶七七，只觉这个世界……玄幻了。

黑熊翻了个身，四肢着地，转过头来看着叶七七。

“走，上去！”叶七七一看它这架势，立马一拎裙摆，朝黑熊的背爬去。

墨寒卿眼看她动作利落地爬上熊背，坐在上面，兴高采烈地朝自己招手，他又转头看了看一脸悲催的黑熊，忍不住扯了扯嘴角，摇了摇头道：“你让它在前面带路吧，我跟在你们身后走就好。”黑熊顿时一脸感激地看着他。

叶七七怔了一下，没有多想，点了点头，伸手拍拍黑熊的脑袋道：“小黑，走，送我回家。”

小黑晃了晃脑袋，抬起爪子，晃晃悠悠地往前走。墨寒卿不紧不慢地跟在他们身后。

清晨的阳光温暖和煦，穿过树叶洒下来。

墨寒卿跟在黑熊身后走了一会儿，忍不住朝叶七七问道：“叶七七？”

“啊？”叶七七转过头来，看着跟在黑熊后面的墨寒卿，满眼疑惑地应了一声。

“为什么你一吹口哨，那些动物就都来了？”墨寒卿迟疑了一下，问道。

以前在皇宫的时候，他也见过几个驯兽师。有一吹哨子老鹰就飞过来的，也有一吹笛子毒蛇就跟着晃动的。但那些驯兽师训练的都是比较单一的动物，训练老鹰的，毒蛇不可能听他的话，而训练毒蛇的，老鹰不可能听他的话。所以对于叶七七能够集齐那么多种动物，他觉得……有些不可思议。

“哦，这个啊……”叶七七伸手挠了挠脑袋，笑眯眯地看着他道，“因为，以前我吹口哨的时候，那些不过来的动物都被我揍了。现在它们一听到哨子就赶紧过来了，不过来会被打的。”她说这话的时候，驮着她走路的黑熊，又是下意识一抖。

墨寒卿对于这样的回答，感到有些无语。这么简单粗暴的方式……估计也只有她才做得出了……

两人一熊，走走停停，从清晨走到傍晚，直到快要天黑，才到乐清山的山脚下。黑熊走到山脚下后，嗷了一嗓子，然后一屁股坐在地上，不往前走了。叶七七从它背上下来，抬头看了一眼坐落在山顶的飞鹤山庄，又转头看了一眼黑熊，想问它怎么不继续往前走，黑熊趁着她下来的工夫，一抬屁股，飞也似的逃跑了。

叶七七看着它迅速消失在山林后的身影，愣了一下，转过头朝墨寒卿问道："它怎么跑了？"

墨寒卿直视前方，声音没有一丝波澜："也许它对你有心理阴影。"

叶七七眨眨眼睛，顿时觉得这个话题好像接不下去了。

"哎呀，天都快黑了，走不动了……公子，要不你放个信号弹，让冷卫来接我们吧。"叶七七歪着小脑袋，看着墨寒卿，声音软软地撒娇。

走不动？墨寒卿眼眸微微眯了起来，看着她。是谁坐在黑熊背上一天的？是谁从陵墓出口到乐清山脚下一步都没有走的？现在她竟然跟他说，走不动了？

叶七七眨着一双水汪汪的大眼睛，一脸坦然地看着墨寒卿。

罢了……墨寒卿轻轻叹了口气，从袍袖中拿出一枚信号弹，点燃。绚烂的红光高高蹿起，在尚未黑透的夜空中炸裂开来。

墨寒卿跟叶七七同时抬头看着天空中的红光，直到它完全消失不见。

"冷卫应该马上就过来了。"墨寒卿转头看向叶七七，低声道。

"嗯。"叶七七点点头。一阵夜风吹过，她乌黑的长发在风中轻轻飘动，专属于她的淡淡馨香，也随着微风缓缓飘散在空气中。

片刻沉默后，墨寒卿忽然低低地喊道："叶七七。"

"嗯？"叶七七抬起头来，直直地看着他。

"过会儿他们来了，你知道该怎么说吧？"他看着站在面前的小人儿，声音清冷地问道。

叶七七怔了一下，随即回过神来，点点头道："知道，就说我们两个这些天都在森林里，迷路了。"

"嗯。"墨寒卿应了一声，不说话了。

两人就这么相对而立，站在乐清山山脚下，一时间谁也没有说话。

大约过了一炷香的工夫。七道黑影，齐刷刷地从天而降。叶七七一拽墨寒卿的袖子，激动道："来了！"

紧随在七道黑影之后的，是一道浅灰色的身影。那道身影还未到叶七七跟前，声音已经传了过来："七七！"

叶七七忍不住鼻子一酸，眼睛红红地朝着那道身影扑过去，声音委屈道："爷爷！"

叶珏大师跟在冷六几个身后，循着刚才夜空中燃放的信号弹一路找到这里，看到那道娇小的浅粉色身影时，焦灼了大半个月的心终于放了下来。

"呜呜……爷爷……"叶七七张着一双小手，扑进叶珏大师怀里。

"你这臭丫头！"叶珏大师眼睛一红，下一秒，却是将她从怀里拽出来，严厉道，"这大半个月你跑哪儿去了！啊？你知不知道有多少人在山中四处搜寻你们？"他一边说着，另一只手便朝叶七七的屁股揍去。

随着啪啪两声响，叶七七原本红红的眼睛一下子瞪大了。半晌，她吸了吸鼻子，扯着嗓子大哭起来："呜哇——爷爷！你怎么打我呀！"

"我打你还是轻的！给我回去面壁思过七天！"叶珏大师气得胡子抖了起来，朝叶七七吼道，"看你下次还敢不敢到处乱跑！上次你去土匪窝里蹲着，是不是爷爷罚你太轻？啊？一点记性都不长！你要是出了什么事情，让我怎么跟你爹娘交代！"

叶七七缩了缩脖子，瞬间闭上小嘴，可怜兮兮地一下又一下抽动着肩膀。

叶珏大师瞪着七七半晌，终于无奈地长叹了一口气。他蹲下身来，伸手将叶七七瘦小的身子搂进怀里，声音颤抖着道："下次不准再乱跑了，听到没有？"

"嗯……"叶七七将脑袋搁在叶珏大师的肩膀上，乖乖地应了一声。

那边，冷六、冷七直到十二，七个人将墨寒卿团团围住，十四只眼睛上下打量着他，声音中满是关切：

"主子，你没事吧？"

"主子，这大半个月的时间你都跑哪儿去了，怎么都不放信号弹找我们？"

“主子，你跟七七小姐是不是吃了很多苦，怎么衣服都破烂成这样了？”

叶珏大师听到最后一句，像是突然回过神，将叶七七从自己怀里拉开，上下打量着她。这丫头身上穿着的，还是大半个月前失踪时的衣服。只不过眼下这衣服，几乎没有一处是完好的，钩坏的布条挂在身上，有些地方脏得已经看不出原来的颜色。好在小家伙的脸干干净净的，没有一点伤痕，看起来反而比原来圆润一些。

“这是怎么回事？这大半个月的时间，你们两个跑到哪里去了？”叶珏大师皱着眉，看着眼前的叶七七和墨寒卿。

“我们……”叶七七迟疑了一下，转头看了墨寒卿一眼，然后低垂着脑袋，小声回答道，“我们在森林里迷路了……”

“迷路了？”

“嗯，那天有群黑衣人想要杀了墨公子，我们解决了他们，就掉到山崖下面……然后就迷路了……”

叶珏大师有些无语地看着他俩。被人刺杀都没事，结果自己走路掉下去了？良久，他深深地吸了一口气：“罢了罢了，安全回来就好，走吧，回山庄去。”

“嗯……”叶七七低着脑袋点了点头。

墨寒卿看了叶七七一眼，突然淡淡地喊了一声：“十二。”

“属下在！”十二立刻单膝下跪，朝墨寒卿恭恭敬敬地应了一声。

“去背叶七七。”墨寒卿说完，看都没看他一眼，转身朝飞鹤山庄走去。

十二一下子愣住，半晌回过神来，迟疑地走到叶七七跟前，背对着她蹲下身，低低地喊了一声：“七七小姐？”

叶七七抬头看了一眼渐渐走远的墨寒卿，挠了挠脑袋，扑到十二的背上。十二将叶七七背好，站起身，飞快地朝自家主子追去。

叶珏大师看着眼前一幕，无奈地叹了口气，甩了甩袍袖，也缓缓跟上。

几个冷卫一边走一边聊着，墨寒卿突然清冷地喊了一声：“冷六。”

“属下在！”冷六连忙转过头，双手抱拳，恭恭敬敬地应了一声。

“过来。”墨寒卿转头，瞥了一眼已经趴在十二背上睡着的叶七七。

冷六不明所以地走到墨寒卿跟前，恭敬地等候命令。

“转过去。”墨寒卿命令道。

冷六十分听话地转过去。

“蹲下。”

冷六照着他的命令，蹲下来。

下一秒，墨寒卿直接扑上冷六的背，趴好以后，冷淡道：“好了，继续走吧。”

冷六整个人都僵住了。敢情主子喊自己过来，就是想让自己背他。可他记得主子以前最讨厌别人碰他的啊……

“走啊。”墨寒卿趴好，见冷六一直站在原地不动，声音里便带了一丝不悦。

“是。”冷六回过神，在冷七、冷八震惊的目光中，稳稳当当地背起自家的小霸王，步伐沉稳地朝前走去。

夜色沉沉，微风阵阵。

冷六背着自家主子走了没多远，就听到身后传来均匀的呼吸声。其他几个冷卫立刻识趣地脱去外衣，分别给墨寒卿和叶七七盖上。

叶珏大师走在最后，看着两个睡着的孩子，轻轻摇了摇头。

第二日，叶七七大清早就饿醒了。思量再三，她一个鲤鱼打挺从床上翻起来，飞快跑到房门前，刚一开门，外面守着的丫鬟便围了上来。

“小小姐，你这是要去哪儿？”离云带着一众丫鬟围住叶七七，温柔地问道。

“找吃的！”叶七七眨眨眼睛，摸摸快要饿扁的小肚子，回答道。

“那请小小姐稍等片刻。”离云福了福身子，转过身，沉稳道：“离月、离星，快去给小小姐准备些吃的来。”

“是。”离月、离星柔柔地应了一声，急匆匆地走了。

叶七七便又想着往前跑。

离云再次拦住她，眼角眉梢全是笑意：“小小姐，稍等片刻就好，离月、离星会将早膳端过来。”

“哎，我去看看墨公子起床了没有，顺便喊他来我这儿一块儿用早膳！”叶七七绕过离云就想继续往院子里跑。

“小小姐。”离云挡在她跟前，“庄主下了命令，让您在自己的别院里思过七日，这七日，一步都不许出院子。”

叶七七愣了一下，不敢置信地看着离云道：“你说什么！”

“庄主让小小姐面壁思过七日。”离云重复了一遍。

不会吧……爷爷真的让她在屋子里面壁思过？叶七七一张小脸顿时垮下来，一拎裙摆就想往外冲：“不行，我去找爷爷问问！”

“问什么问，给我好好待着！”洪钟般的声音由远及近，紧接着，叶珏大师的身影便出现在叶七七的院子门口。

“爷爷……”叶七七可怜兮兮地看着叶珏大师，刚想扑过去，就被他一眼给瞪了回来。

“给我好好反思，别一天到晚琢磨着下山！我答应过你爹娘，要保护你到你十四岁，那时你才能下山！”叶珏大师瞪着叶七七，大声吼道。

“可是墨公子……”叶七七缩了缩脖子，嘟哝了一句。墨公子再有十日就要离开飞鹤山庄，她这一面壁就是七日……

“墨公子这几日就要下山了，你给我好好待着。”叶珏大师又瞪了她一眼，甩了甩袖子，气呼呼地走了。

叶七七愣在原地。

“小小姐，您的早膳来了。”离月、离星将叶七七的早膳端来，笑盈盈地看着她道。

叶七七看着琳琅满目的可口早点，不知道为什么，突然没了胃口。

后面的几日，叶七七也偷偷溜出去找过墨公子，可他的院子里空空如也，一个人都没有，她又不敢在山庄里乱跑，生怕遇到爷爷，最终只能闷闷不乐地回到自己的院子。

七日之后，叶七七终于结束了面壁思过的日子，大清早便朝墨寒卿的院子奔去，却发现今日不仅空空如也，连之前房间里的一些摆设也全部收了起来。叶七七心里突然浮现一抹慌乱，连忙拽住一个路过的侍卫，着急地问道：“墨公子呢？”

侍卫赶紧行了个礼道：“小小姐！”

“我问你墨公子呢！？”叶七七脸上满满的都是焦急。

“墨公子今日清晨就下山了。”侍卫怔了一下，恭恭敬敬地道，“跟随他一起前来的冷卫，这几日已经在收拾东西了。”

“下山了？！”叶七七整个人都愣住了。她不过面壁思过了七日，墨公子怎么就不声不响地下山了呢？

“他们从哪条路走的？”

“这个……”侍卫迟疑了一下，知道庄主不让七七小姐随便下山，便不知道该怎么回答她。

下一秒，一条翠绿的小蛇攀上了侍卫的脖颈，鲜红色的芯子在他颈部咝咝吐着。

“不说的话，你现在就会死在这里。”叶七七眼眸里是危险的光芒。

小蛇听到叶七七的话，张大蛇嘴，两枚又尖又长的毒牙瞬间露了出来。

“从正门！从正门出去的那条路一直往下走，半山腰上有一处驿站，墨国派来接墨公子的马车就停在那里。”侍卫话音刚落，便觉得眼前一道粉色身影闪过，刚才还攀在脖颈上的毒蛇，也没了踪影。

叶七七飞快地朝着山下奔去，终于远远地看到半山腰的驿站，一辆华丽的马车被士兵包围，正准备朝山下驶去。

“公子！公子！”叶七七立刻一边喊着一边朝马车奔去。

坐在马车中的墨寒卿，似乎听到一个软糯的声音在喊自己。他微微蹙眉，掀开车帘，朝赶车的冷六淡淡地道：“冷六，等一下。”

“主子？”冷六赶忙勒马，满眼疑惑地转过头。

马车的车帘却已经放了下来。

片刻之后。

“公子！”一道清脆的声音夹杂着喘息声，停在马车外。

墨寒卿心中一动，轻轻掀开马车帘，朝外面看去。一个娇小可爱的身影站在外面。那张白皙的脸颊略微泛红，黑白分明的大眼睛正眨也不眨地看向他，那张红润的小嘴正大口大口地喘息着。

墨寒卿盯了她好一会儿，终于薄唇微动，低低地喊了一声："叶七七。"

"公子，你要走了吗？"叶七七仰着小脑袋，看着端坐于马车里的身影。他一如既往地没有任何表情，深邃的眼眸微微垂下，朝自己看来，墨玉般的瞳仁中映出她小小的身影。

"嗯。"墨寒卿看着她，轻轻点了点头。

"不是说要在这里一个月，怎么……怎么……"怎么这么快就走了……

墨寒卿淡淡地道："那边的事已经解决得差不多了，所以我得回去。"

"哦……"叶七七眼眸中有掩饰不住的失望。

墨寒卿看着她。她不说话，他便也不说。

叶七七勉强扯出一抹笑容道："公子一路保重。"

"好。"墨寒卿淡淡地应了一声。

叶七七咬了咬唇，迟疑片刻，突然从脖子上将那块长命锁玉解下来。她将锁玉举到车窗前，朝墨寒卿道："公子，这个给你。"

阳光下，精致繁复的白玉泛着温润的光泽。

"给我？"他怔了一下，似是有些不解地看着她。

"嗯。"叶七七用力点点头，仰着小脸认真道，"这个是保佑平安的，送给你，反正我在飞鹤山庄很安全，但公子你……"她顿了顿，继续道，"爷爷说，山下世道险恶，公子你又被人追杀……所以，这个给你吧！"

墨寒卿看着她，接过锁玉："谢谢。"

叶七七露出灿烂的笑容。

"时辰不早了，我该走了。"墨寒卿目光沉沉地看着叶七七，清冷地道。

叶七七眨了眨眼睛，小手紧紧地拽着衣襟，大声道："公子，你一定不要忘了我啊。”

墨寒卿沉吟了片刻，没有回答，只是收回目光，朝前面驾车的冷六淡淡地道：“冷六，走吧。”

“是。”冷六应了一声，手中长鞭一甩，喊了一声驾，马车便缓缓地动了。

叶七七看着墨寒卿放下窗帘，心中不免失落。眼看马车即将驶入官道，叶七七深吸一口气，朝快要消失的马车大喊：“公子！你一定不要忘了我啊！”

墨寒卿闭着双眸，身体随马车的前进晃动。

叶七七清脆的声音夹杂着一丝不易察觉的哭腔。

十二陪墨寒卿坐在马车内。

“那个……”十二尴尬地咳了一下，“七七小姐送了定情信物给您，您都不回赠她点什么东西？”

墨寒卿闻言，低头朝长命锁玉看去。锁玉安静地躺在掌心，散发着迷人的光泽。他看了一会儿，将锁玉翻到背面。

“七月七日长生殿，夜半无人私语时……”他低低地念了一遍上面的刻字，然后面无表情地看着十二，声音冷冷地道，“别开玩笑了，那么凶残的女孩子，好不容易摆脱了她，我高兴还来不及。”墨寒卿掀开窗帘，随手将锁玉扔到外面，“这种东西，我不需要。”

“公子……”十二目瞪口呆地看着他。

车厢里恢复了安静。

墨寒卿重新闭起眼睛，眼前不由自主地浮现出那个娇小的身影。

她站在车窗外，带着快要哭出来的神情，眸中浮着一层淡淡的雾气。

她坐在小木屋的角落里，看着自己，兴高采烈地说，公子，你就是我以后的夫君。

她在土匪窝里，满怀豪情地朝众人说，他就是她的压寨夫人。

墨寒卿皱了皱眉，倏地睁开眼睛。他的心莫名有些烦躁。他再次闭上眼睛，那抹浅粉色的身影依然挥之不去。

她从树上掉下来，砸在他身上，一双水润润的眼眸直直地瞪着他。

她用小青蛇威胁他，让他喊她师父。

她不由分说地将他拽去洗澡，甚至还……扒了他的衣服……

墨寒卿再次睁开眼睛，白皙的脸上浮现一抹浅浅的红晕。

“十二。”片刻的沉默之后，他低低地喊了一声。

“属下在。”十二恭恭敬敬地应了一声。

“去给我把那块玉捡回来。”墨寒卿的神色看起来稍微有些不自在。

“啊？”十二满眼疑惑地看着他。

“去。”墨寒卿瞪了他一眼，再次闭上眼睛，脸上的那抹红晕越来越明显。

片刻后，十二捏着锁玉，从车帘钻了进来。

“随意丢弃别人赠予的东西，是不礼貌的行为。”墨寒卿拿过锁玉，面无表情地看着十二，“本王岂是不懂礼节之人。”

“是是是，公子说得极是。”十二连连点头，不敢看墨寒卿的脸。

也不知道是谁，一见面就让人揍一个五岁的小姑娘。这种事情，难道是懂礼节……当然这些话，十二是完全不敢说出来的。

微风拂过，树木的清香与甜美的花香飘过，零乱的花瓣在空中打着旋儿飘落。

墨寒卿握紧手心的白玉，沉默许久，缓缓地将锁玉戴到脖颈上。

第五章　再次相遇

八年后，飞鹤山庄内。

一道灵巧的身影在山庄里飞奔，后面跟着一大群侍卫和丫鬟。

“小小姐，庄主今日真的不在，您……您别过去啊……”

“小小姐，您跑慢点，我们……我们快要跟不上了……”

叶七七的贴身丫鬟离云一边拎着裙摆，一边气喘吁吁地跟在她后面跑着。

“爷爷真的不在山庄里？”叶七七停下来，转过头，疑惑地看着身后的众人。

少女肌肤胜雪，双目似潺潺溪水，小嘴噙着浅浅的笑意，在她转身的瞬间，浅粉色的衣衫轻柔飘动。

“真的！”侍卫和丫鬟同时点头。

“好吧……”叶七七眼眸转了转，有些不乐意地点了点头，这才转身朝着外院的方向边走边道，“那我还是回自己的院子吧。”

今日是她十三岁的生日，爷爷之前明明说会在今天回来陪她过生日，怎么她去找爷爷的路上，却遇到这么多人阻拦……肯定有问题！

叶七七一边悄无声息地朝叶珏大师的院子靠近，一边注意着山庄内的侍卫。

到了叶珏大师的院子外面，叶七七屏住呼吸，一个翻身便飞进院子。叶珏大师屋子的大门紧紧地关着，连窗户也是紧闭的。叶七七怔了一下，难道爷爷今日真的没有回来？

慢慢靠近屋子，她却听到里面隐约传来说话声——

"快点，快点，弄好了没有啊……"这声音听起来，似乎像是平日里跟在爷爷身边的那个侍卫成风的声音。

"马上就好了，你不要催啊……"

叶七七怔了一下，这不是离云的声音吗？

"今日是小小姐的生日，可是庄主自从上次下山之后，便一直没有消息回来……"成风轻轻地叹了一口气，无奈道，"眼下也只能由我来假扮庄主给小小姐过生日了。"

"幸好刚才他们把小小姐拦了下来，不然咱们连准备的时间都没有。"离云附和着，轻声道，"你过会儿可得小心一点，别在小小姐面前露了馅。"

"我知道。"成风应道，"上次我假扮庄主，小小姐不是没发现吗，只是……不知道庄主为何自从去了京城之后，便没了消息……"

"也许是被什么事情给绊住了吧。"离云有些无奈道。

"可能吧……"成风叹了一口气，"听说最近京城那边只是表面看起来比较平和，暗地里风起云涌。"

"墨国的那几位皇子要开始动手了？"

"嗯……"成风顿了顿道，"毕竟墨公子现在的权势已经隐隐要超越他们了。"

"再怎么超越，皇位也是传给皇子的……"

"可是听说，当今皇上对墨公子的宠爱程度远远超过那几个皇子，也难怪那几个皇子……"成风说着说着，便不继续说了。

墨公子？叶七七听到这个名字怔了一下，怎么有些耳熟呢？

"也不知道庄主会不会在墨公子那里……"离云轻轻叹了一口气，拍了拍手道，“好了，易容完成，过会儿你从后门出去，再从正门进来，给小小姐的生日礼物准备好了吧？”

“准备好了。”

叶七七听到这里，赶紧一个转身，从院子围墙上翻了出去。她一边朝着自己的院子飞去，一边在心里想着。爷爷可能在墨公子那里？也不知道他们说的墨公子，是不是当年来飞鹤山庄的那位公子。

想到这个，叶七七便忍不住挥手，一道内力从她的指尖飞散出去，打在不远处的树干上，留下一个拳头大小的窟窿。

当年她竟然傻傻地以为墨公子就是那个人的名字，在他离去之后，还吵着嚷着要下山去找墨公子，还跟爷爷哭着闹着说非要嫁给墨公子不可，结果爷爷却说，墨公子连名字都不曾留下，让他上哪儿找人去……

公子，公子。

他竟然用一个称呼来骗自己，说那是他的名字！而她竟然还把自己的长命锁玉送给了那个连名字都不知道的墨公子！

叶七七气呼呼地回到自己的院子里，在房间里溜达了几圈，一个想法浮上心头。她要下山去京城，然后找到墨公子，要回自己的长命锁玉，再威逼利诱，让墨公子交出爷爷！不然的话……叶七七眯了眯眼睛，反正她记得那位墨公子是打不过自己的，而且他好像很怕蛇……嘿嘿嘿，她要把小青带下山去！

主意已定，叶七七立刻收拾包袱，带上银票和值钱的东西，正准备出门，看了一眼镜子里面自己的影子，眼睛转了转。不行，她要是这个样子下山，肯定会被那帮侍卫找回来。她得易容一下才行！

一炷香之后，一个身穿天青色长袍、玉冠束于头顶的翩翩美少年背着包袱，偷偷地溜出了飞鹤山庄。

半个月后。

叶七七风尘仆仆地站在雄伟巍峨的城门下，仰头看着青灰色石砖砌成的城墙，心中忍不住感慨着——

京城，我来了！

叶七七背着包袱，满心激动地进了城。走在京城宽敞的大道上，她抬起头，四下打量。四周商铺林立，小二站在自家铺子门口大声吆喝，道路两边，除了商铺，还有一些普通的小摊贩，琳琅满目的商品在阳光下反射出耀眼的光泽。

叶七七一边新奇地看着那些商品，一边随着人潮往城里走。

“快快快！武状元的擂台赛今日是最后一天，听说京城四大公子都会去观战，咱们赶紧的！”

“我这不是已经走得很快了，你别催了……”

“你没看京城中的那些女子，一大早就去比赛场地了，就为了占个好位子，你再不快点，咱们都挤不进去了。”

武状元擂台赛？那是什么？

叶七七眨了眨眼睛，飞快追上那两人，跟在他们后面仔细听着。

“听说，凡是在三日之内能够在擂台赛上赢了今年的武状元的人，就能有跟武状元相同的待遇，也不知道今年，会不会有人打败武状元。”

“那怎么可能，要是有那么厉害的人，早就自己去考武状元了。”

“说得也是，这规矩每一年都是这么定的，结果每一年都没人赢得了武状元。”

“哎……他们才不关心武状元的事呢，那帮人就是去看京城四大公子的！”

“要我说的话，将军府的慕容公子肯定能赢武状元！”

“人家都是将军府的公子，还在乎武状元的待遇吗？你真是……”

“哈哈，就是就是！”

叶七七听了好一会儿，总算弄明白怎么回事。打败武状元就能获得武状元的同等待遇？那她岂不是不用去找客栈了？

叶七七眼睛一转，跟着那两人朝擂台赛的场地而去。到了擂台赛的场地，又找人报过名，叶七七便安心地待在候战区，等着擂台赛开始。

比赛还没开始，周围的人便开始骚动。

“我看到丞相府的叶公子了，那边！他骑在一匹白马上！”

“啊啊啊！真的！真的！我也看到了，他后面的是慕容公子！”

"啊啊啊啊！我还看到墨公子了！"

"在哪在哪？你指的是哪位墨公子啊？"

"就是三皇子殿下啊！"

"我还以为你说的是靖安王殿下呢……啊啊啊！我看到靖安王殿下了！"

那帮女子的尖叫声、呐喊声，瞬间充斥在叶七七的耳边，她忍不住掏了掏耳朵，顺着那帮女子尖叫的方向看去。

擂台赛是在城南一大片空地上举行的。

擂台四周是给城内百姓准备的地方，方便观看比赛，而擂台正后方有个搭起来的高台，高台上遮阳伞、太师椅、八仙桌一应俱全，坐在那里的是些锦衣华服的人，一看便知是达官贵人。

城门处，一个高挑秀雅的男子穿着上好的冰蓝色长袍坐于白马之上，眉目如画，气质温润，一路过来，面带微笑，朝那些尖叫呐喊的女子轻轻招手。

"那位就是丞相府的叶公子！"

"啊啊啊啊！叶公子！他在看我！"

叶七七忍不住翻了翻白眼，这京城里的女子，怎会如此疯狂。

跟在叶公子身后的是个眉目俊朗的年轻人，穿着藏青色衣袍，骑在一匹枣红马上，眉毛微微皱起，剑眉入鬓，似乎很不耐烦地看着这些人。

"啊啊啊！是将军府的慕容公子！"

叶七七抬头朝他看去，他就是可以打败武状元的人？

再后面，一个身穿月白色长袍的男子骑于黑马之上，面目俊雅，手执长扇，慢悠悠地跟在慕容公子身后晃了进来。

"墨公子！三皇子殿下！"

这下就连叶七七身边的女人们也尖叫起来，把无数鲜花冲墨公子投过去。

墨公子？叶七七心中一动，下意识便朝那个人看了过去。

就在叶七七思考的时候，走在最后的那个人出来了。他穿着墨色长袍，静坐于一匹黑色的骏马之上，眉毛微微蹙起，墨玉般的眼眸中闪烁着冷冽的寒光，皮肤白皙如玉，鼻梁挺直，淡薄的双唇紧紧抿起，神色同慕容公子一般，写满了不耐烦。

下一秒，叶七七便看到那些拼命往前挤的女人在看到最后那个人的瞬间，全部朝自己的座位跑了回来。很神奇地，没有一个人敢投掷鲜花。

“怎么了？她们好像很怕最后那个人……”叶七七满眼疑惑地看着眼前的情景。

“这位公子，你是第一次来京城吧？”同站在候战区的另一个青年笑眯眯地看着叶七七道，“那是我们靖安王，铁血无情，杀伐决断，据说最讨厌女人……”

“以前有一些爱慕靖安王的女子靠近他，给他送花什么的，每次都会被他身边的侍卫毫不留情地挡住。”那位青年一边看向飞奔回来的女子，一边朝叶七七继续道，“可是那些女子不死心，据说有一个爱慕靖安王许久的女子，每天都守在靖安王府大门前，等着靖安王出入的时候见他一面……”青年顿了顿，压低嗓音道，“某一天，靖安王回府的时候，突然注意到了那个女子，便让她跟着他回了府……”

“然后呢？”叶七七眨眨眼睛，八卦兮兮地看着那个青年问道，“他是不是看上那个女子了？”

“不是。”青年的声音压得更低，“据说那女子被带回府里以后，靖安王让手下把她给揍了一顿。啧啧，对着一个女子啊，他真是一点都不手下留情，揍完以后扔出来，那女子都快看不出是个人了……”

让手下揍人？

叶七七眨了眨眼睛，总觉得这靖安王的作风，跟某人很像啊……

“那后来呢？”叶七七继续问道，“后来就没人敢靠近他吗？”

“当然不是。”青年一脸“你看你猜错了吧”的神情看着叶七七，神秘兮兮道，“靖安王毕竟是墨国四大公子里排名第一的，爱慕他的女性自然也是最多的，虽然靖安王让手下揍了女子一顿，但其他女子却觉得，肯定是那女子做错了什么，惹得靖安王不高兴了，才会被揍，于是后来去靖安王府门前守着的女子越来越多了。”

“这……”叶七七有些无语。

“有一段时间，靖安王府的大门那儿被围得，简直水泄不通啊。”青年一边咂嘴，一边感慨道，“可惜，每一个女子都被靖安王的手下狠揍了一遍，后来没人敢靠近靖安王府的大门了。”青年摊了摊手，惋惜道，“可惜啊可惜，真是不懂怜香惜玉，靖安王今年也十七了，到了成婚的年龄，据说皇上给他挑了不少大户人家的小姐，他都看不上……”

“靖安王今年十七？”叶七七转头看着那青年，眼中闪烁着璀璨的光芒，“靖安王是不是姓墨？”

“是啊。”那青年点点头，“靖安王是当今皇上的弟弟，墨是皇姓，他自然姓墨了。”

“那……那个三皇子呢？”叶七七迟疑了一下，小声问道。

“三皇子怎么了？”

“三皇子今年多大？”

“三皇子也十七岁啊，还有将军府的慕容公子、丞相府的叶公子，他们几个年纪相仿，又都未曾娶妻，所以才被选为墨国四大公子！”

“啊？都是十七岁啊……”叶七七愣了一下，转头又看了一眼那四位骑着骏马徐徐行来的公子，觉得一个头变成两个大。

好在这四个人里，有两个不姓墨，不然她才真的要抓狂……

可是……等等……叶七七皱眉，突然想到一个问题。之前那位墨公子连名字都没告诉自己，该不会他告诉自己的那个姓也是假的吧？万一，他告诉自己的年龄也是假的呢？

叶七七心中一凉，再次朝四个人看去，突然觉得谁都有可能是当年来飞鹤山庄的那位公子。

擂台上一声锣鼓响，比赛正式开始。

说是擂台赛挑战武状元，其实是所有打算挑战武状元的人先行比赛，最后胜出的那个正式对战武状元。

叶七七低头，看着塞进自己手中的一块白布，上面写着三十二。因为她今日报名的时候已经快要截止了，所以她是最后一个挑战者。

不过第一轮比赛是一到十号上场，两两比赛，胜出者进入下一轮。等到一到十号比完，就是十一到二十号，再然后是二十一到三十号，最后是三十一号对战三十二号。

叶七七想了想，反正离自己上场还有很久，干脆找了个座位，悠然自得地坐下来，开始看比赛。

擂台上，一到十号挑战者已经开始比赛，与其说是比武，不如说是混战。

叶七七看了一圈，忍不住摇摇头，这些人功夫也太差了吧，就这样也想挑战武状元？怪不得之前听两个大哥说，这么多年从来没有人能挑战成功呢……要是这种水平都能成功，那墨国的武状元得多菜……

轮到三十一号对战三十二号时，叶七七终于伸展了一下胳膊，慢悠悠地踏上擂台。

三十一号挑战者是个满身肌肉、留着络腮胡的彪形大汉，看起来十分健硕，站在叶七七面前，比她高出整整两个头。叶七七原本就很娇小，此刻又是女扮男装，往他跟前一站，看起来像是十来岁的少年。

彪形大汉满眼不屑地看了一眼叶七七，道："谁家的小孩子，竟然也敢挑战武状元，就不怕被我一拳打得从这擂台上飞出去？"

坐在高台上的叶承安看了一眼擂台，忍不住摇摇头道："这一局真是一点悬念都没有。"

旁边的慕容鸿羽顺着他的目光瞥了一眼，虽然没有说话，神情间却是颇为认同叶承安的话。

"寒卿，你觉得呢？"一直坐在旁边拿着一柄长扇、正优雅扇风的墨修竹转过头来，朝着身边的墨寒卿问道。

墨寒卿端着一个白玉茶杯，不紧不慢地呷了一口，目光淡淡地瞥到墨修竹身上，声音凉凉道："叫我皇叔。"墨修竹的笑容一下子便僵住了。

坐在他俩身边的叶承安和慕容鸿羽一脸见怪不怪的表情，继续喝茶。

"不要。"墨修竹手中的扇子加快了速度，十分干脆地拒绝道，"你明明和我一般大小，我才不要叫你皇叔。"

墨寒卿缓缓放下茶杯，看向坐在身边的墨修竹，嘴角扯出一抹浅浅的弧度，声音中满满的都是凉意道："我不介意一直打到你喊我皇叔为止。"墨修竹脸上的表情更加僵硬。

叶承安和慕容鸿羽笑了出来。

“不许笑！”墨修竹转过头，狠狠地瞪了一眼身边的狐朋狗友。

墨修竹瞪着两个好友，压低声音道：“他怎么了？最近心情又不好？”

“谁知道呢……”叶承安摊了摊手，无奈道，“你老在皇宫里不出来，我跟鸿羽可是被他欺压了将近半个月。”

慕容鸿羽听到叶承安的话，转过头来看着墨修竹，面无表情地点了点头，算是默认。

墨修竹一脸同情地看着他俩，低头喝茶不说话。从小到大的经验告诉他，墨寒卿心情不好的时候，千万千万不要过去惹他……否则，下场只有一个字——惨。

就在他努力降低自己的存在感的时候，一直看着擂台的墨寒卿突然淡淡地喊了一声：“皇侄。”

墨修竹一怔，半晌才反应过来他在喊自己。

“哎，皇叔，什么事？”他赶紧放下手中的茶杯，转过头来，满脸堆笑地看着墨寒卿问道。

“你觉得下面两个人，谁会赢？”墨寒卿转过头来，看着他道。

“啊？”墨修竹一怔，笑眯眯道，“我觉得肯定是那个身强体壮的大汉赢！你看看旁边那个小子，又瘦又小，一副弱不禁风的样子，估计大汉一招就能赢了他。”

墨寒卿目光从他脸上移走，不说话。

“皇叔，你觉得呢？”墨修竹感觉，今日的墨寒卿虽然有点反常，但心情似乎不是特别坏。

“没兴趣。”墨寒卿眼眸微微垂下，随手端起桌上的白玉茶杯，放到嘴边吹了两口，动作优雅地啜了一口道。

墨修竹忍不住扯了扯唇角。就在他各种腹诽的时候，下方擂台传来锣鼓响，主持人大声喊道：“三十二号获胜！”

什么！墨修竹一怔，连忙朝擂台看去，刚才还站在台上对立的两人，此刻只剩下穿着天青色衣袍的少年。而那个身强体壮的彪形大汉，竟然以很诡异的姿势栽在擂台外很远的土地上。

“怎么回事？”墨修竹转过头来，朝身边的叶承安和慕容鸿羽投去疑惑的目光。

“呃……刚才我们光顾着看你跟寒卿了，没注意下面的情况。”叶承安也是一脸疑惑，看着擂台，满眼不解。

墨寒卿眼眸微微抬起，看向擂台上天青色的身影，蹙了蹙眉。

四周的观众在片刻的怔忡之后，瞬间沸腾。

“你们刚才看到了吗？！那个少年只用了一招，便将彪形大汉踹出擂台！”

“看到了看到了！真是人不可貌相啊！”

“这少年如此厉害，说不定能打败其他所有的挑战者呢！”

一片哗然之中，一道黑色的身影落在墨寒卿身边，单膝下跪，双手抱拳，恭敬道：“殿下。”

“怎样了？”墨寒卿姿态优雅地把玩着手中的白玉茶杯，声音随意地问道。

“回殿下的话，七七小姐……还是没找到。”那道黑色的身影正是一直以来跟在墨寒卿身边的冷卫——十二。

“没找到？”墨寒卿微微挑眉，转过头来，目光中绽出冷冽的寒意。

“是……”十二心虚地点了点头。

“半个月前，从她失踪开始，我就让你们四处搜寻她的踪迹，眼下你竟然告诉我，没找到？”墨寒卿看着跪在地上不停冒冷汗的十二，声音幽幽的。

“那个……”十二不敢看墨寒卿此刻的表情，只是伸手擦了一把额头上的冷汗，“属下会继续努力搜寻。”

墨寒卿盯着地面，不知道在思考什么。

“那个……”十二迟疑了一下。

“说。”墨寒卿低着头，冷冷地朝着十二命令道。

“属下派人混入了飞鹤山庄，听说七七小姐失踪的那天，正好是她的十三岁生日，也许，她是发现了叶珏大师失踪的事。”十二赶紧恭恭敬敬地朝着他道。

“她是怎么发现的？”墨寒卿转过头去，看着十二。

“这个属下就不得而知了。”十二满头是汗地回答道。

“叶珏大师……听说最后一次出现在世人眼前，是在京城。”墨寒卿将手中那盏白玉茶杯放到桌子上，沉默片刻问道，“叶七七会不会来京城？”

“有可能。”十二赶紧应道。

“下去吧。”墨寒卿沉吟片刻，朝着十二挥了挥手道，“继续找。”

“是。”十二应了一声，飞离了此处。

坐在墨寒卿身边的那几位，虽然看到他在跟冷卫说话，却完全听不清他们在说什么，只是眼看着墨寒卿的脸色又难看了几分。

十二走了之后，三人赶紧转过头去，死死地盯着下方的擂台，假装刚才什么都没有看到。

墨寒卿淡淡地扫了一眼身边的几个人，突然站起身道：“我先走了。”

叶承安一怔，满眼疑惑地问道：“寒卿，你不继续看了吗？这擂台赛还没结束呢！”

“不看了。”墨寒卿伸手将衣袍拂了拂道，“这么多年也没人打败武状元，看了有什么意思，反正是给鸿羽的兵部选人，与我何干？”

“话是这么说，你不帮着鸿羽参考参考吗？”叶承安也跟在他身后站起来，低声劝慰道。

“我有更重要的事。”墨寒卿淡淡地瞥了他一眼，正准备离去，下方擂台传来阵阵喝彩声。

此刻，擂台上只剩下十六人，那抹天青色的身影站在那么多糙汉子中，显得格外扎眼。

就在墨寒卿重新坐下的瞬间，擂台上的十六个身影便动了起来。

“快看，开始了！”墨修竹将手中的长扇收起，指着下方擂台，大声道。

站在擂台上的十六人可以互相攻击对方，只要有人掉下擂台，就算失败，最后擂台上的那人才是胜出者，可以获得挑战今年武状元的机会。

伴随锣鼓声的敲响，场上的十五个人像是约好一般，同时朝叶七七发动了攻击。叶七七看着扑向自己的这些人，偷偷地笑了。省得她一个一个过去找麻烦。

十五个人只觉眼前一道天青色的光影闪过，还没反应过来怎么回事，已经不受控制地朝着擂台外飞了出去。

砰！砰！砰！

伴随着重物落地的声音，擂台上的人越来越少，而围观的那些百姓只觉一道道黑影从头顶飞过，不过片刻，擂台四周的泥土地上便以开花的姿势，落满了头朝底、脚朝上的汉子。

最后一个糙汉被踹下擂台，叶七七收住身形，稳稳地站在擂台中央。

一旁的主持人看到这一幕，整个人都惊呆了，手中的鼓槌咚的一声掉到了地上。

“宣布结果吧。”叶七七转过头来，朝着主持人仰了仰下巴，神采飞扬地道。

主持人这才回过神来，慌忙捡起地上的鼓槌，用力敲了一下铜锣，大声喊道：“三十二号挑战者胜出！”

“想不到这少年看起来斯斯文文的，下起手来竟然这么狠！”

“说不定这个少年能打赢今年的武状元。”

站在擂台旁的男子忍不住纷纷议论起来。

围在擂台旁的女子却是个个将目光投向叶七七。

“这少年看起来还挺俊美的。”

“对啊！虽然年纪小了点，但日后指不定也是个风流倜傥的人物呢！”

“承让了。”叶七七站在擂台中央，双手抱拳，打算直接下去。

“少年请留步！”主持人眼看叶七七就要下台，赶紧伸手拦住她。

叶七七转过头，满眼疑惑地看向他。

“咳，那个，武状元马上就要上场，在那之前，我想，呃……以我私人的名义问一下，这位少年尊姓大名，家住何处，可曾婚配？”主持人拎着鼓槌，期盼地看着叶七七道。

“我叫小七。”叶七七尴尬地挠了挠后脑勺道，“我家不在京城，我……还没婚配。”

“太好了！”主持人一拍手掌，笑道，“等比赛结束，请少侠留步，在下有事想与少侠详谈！”

“哦……”叶七七满头问号。

坐在高台上的叶承安忍不住笑了出来：“哈！你们快看，少年一战成名，估计擂台赛结束后，就有一堆媒婆去他家说亲了！”

墨寒卿微微垂眸。他叫小七？倒是和叶七七的名字很像……仔细回想一下……他刚才踹人的武功招式，似乎也和叶七七挺像。

“对了，寒卿，第二轮已经结束，你要走了吗？”叶承安转过头看着墨寒卿问道。

墨寒卿伸手端起桌上的白玉茶杯，优哉游哉地啜了一口，声音淡淡道：“不，我再看会儿。”

叶承安一拍大腿道：“对吧，我觉得这少年搞不好能赢那武状元！”

“即便赢了，武状元也依然是武状元。”墨修竹转头看了叶承安一眼，扇着扇子道，“这少年看起来年岁也不大，就算被鸿羽选中去了兵部，估计只能打打下手。”

“这倒未必。”坐在旁边的慕容鸿羽声音沉沉道，“他若是能赢武状元，我必然给他最好的待遇。”

今年的武状元名叫秦弘毅，身长八尺，虎背熊腰，身着黑色劲装，头发以黑色绸带束于头顶，一双眼睛炯炯有神，从他进了场地，所有人的目光便集中在他身上。

叶七七站在擂台中央，眼看他一个鹞子翻身便上了擂台，然后朝自己双手抱拳，声音爽朗道：“在下秦弘毅，幸会！”

“在下小七。”叶七七学着他的模样，也是双手抱拳，声音清脆道。

她必须努力仰头，才能看到他的脸。

“听闻这位小兄弟是胜出者，我们废话不多说，承让了！”秦弘毅朝叶七七哈哈一笑，做了个请的手势。

“承让！”叶七七笑了一下，心中想着，这武状元还算有礼节，也不像刚才那些人一般讨厌，过会儿把他踹下去的时候，可得让他落地的姿势好看点。

说话间，叶七七便已朝秦弘毅发动了攻势。秦弘毅只觉眼前一道身影闪过，凌厉的掌风劈面而来。他赶紧侧身，躲过叶七七的攻击，心中惊叹着好险，朝她反击起来。一时之间，擂台上的两个身影打得难解难分。

“嘿，看不出来，这少年还挺厉害，竟然能在咱们武状元的手下过那么多招！”叶承安瞪大了眼睛，看着擂台感慨道。

墨寒卿秀气的眉毛越皱越紧。那武功招式很眼熟，极其眼熟！跟当年他在飞鹤山庄时，叶珏大师传授他的武功招式几乎一模一样。

难道……擂台上的少年也是叶珏大师的弟子？他会不会是飞鹤山庄的人？难道飞鹤山庄的人为了寻找叶七七，已经寻到京城里来了？

就在他思忖的时候，擂台上的叶七七却是看着眼前的秦弘毅，暗暗想：已经让了他这么多招了，应该算是给足武状元的面子了吧？下一招应该可以把他踹飞了吧……

说时迟，那时快，擂台下的观众刚觉得台上的两人打得难解难分，便看到一道黑影如同流星划过天际，在他们头顶划出完美的弧线，然后砰的一声，掉落在擂台远处的泥土地上。

整个场地一片安静。

片刻的沉寂之后，那帮陪着秦弘毅过来的护卫赶紧将他包围起来，七手八脚地去搀扶他。

“秦状元，您没事吧？”

“秦状元，您还好吗？”

“秦状元，您还站得起来吗？”

秦弘毅在那帮护卫的搀扶下，一只手捂着胸口，艰难地站了起来。他目光越过人群，朝站在擂台正中央的叶七七看去，心中却是惊讶。想不到少年如此厉害，他最后一招踹向自己的时候，根本就没有给他任何反应的机会。难道……这才是少年的真正实力？

秦弘毅又惊又怕，再想想自己刚才在擂台上和他过了几十招，估计都是对方让着自己的，当下更觉羞愧。他双手抱拳，朝站在擂台上的叶七七深深一拜道："是在下技不如人，甘拜下风！"

"承让。"叶七七见他站在台下，更觉此人心胸宽广。

叶承安拍手叫好道："厉害啊！果然自古英雄出少年！也不知那少年跟鸿羽对打，会是谁赢。"

慕容鸿羽顺着叶承安的目光看向站在擂台上的那抹天青色身影，声音低沉道："我未必会赢。"

"鸿羽何出此言？"墨修竹怔了一下，转过头来看着慕容鸿羽，奇怪道，"我看那少年刚才跟秦弘毅也是过了几十招之后才将他打败的，那秦弘毅若是在你手上，根本连十招都过不了！"

慕容鸿羽抬头看了墨修竹一眼，只是摇了摇头，却没有再说话。

墨寒卿远远地看着那抹身影，沉默片刻，缓缓从椅子上站起来，拂了拂衣袍，声音淡淡道："既然比赛结果已经出来了，那咱们不如下去会一会那少年。"

叶承安愣住："寒卿，怎么这会儿又不走了？"

墨寒卿动作优雅地转过头，薄唇轻启，声音冷冷道："怎么，有意见？"

"没，什么意见都没有……"叶承安被他瞪了一眼，忍不住用力吞了一下口水，道，"既然你想下去看看，那咱们就一起下去。"

"嗯。"墨寒卿淡淡地应了一声，袍袖轻甩，转身朝高台下走去。

墨修竹、叶承安、慕容鸿羽紧随其后。

"啊啊啊啊！四大公子下来了啊！"

"听说今日是慕容公子负责的兵部挑选人才，刚才那少年这么厉害，估计要被选入兵部了！"

叶七七站在擂台上，眼看京城四大公子齐刷刷地站在眼前，忍不住眨了眨眼睛，仔仔细细地打量起来。这里面，说不定就有八年前来飞鹤山庄的墨公子……

叶承安伸手握拳，放在唇边轻轻咳了几声。

叶七七再次看了一眼四人，双手抱拳，冲他们朗声道："在下小七，拜见各位公子。”

“无须多礼。”墨修竹看着叶七七，笑了笑，挥挥手道。

到底谁才是当年的墨公子呢？叶七七眨巴着水润的大眼睛，颇有些苦恼地思考着。

墨寒卿蹙眉。这张脸跟他记忆里的那张完全不同，可是不知道为什么，那双眼睛让他有种似曾相识的感觉。

“你就是小七？”思忖片刻后，墨寒卿声音淡淡地问。

“啊？是。”叶七七点了点头，应了一声。

“呵，真矮。”墨寒卿垂眸看着他尚不及自己胸口的身高，清冷地道。

叶七七表情一下子僵住了。墨寒卿上下打量着眼前瘦小的身影，声音凉凉道：“不仅个子矮，长得也像女人。”

“你才长得像个女人，你全家都长得像女人！”叶七七瞪着他欠扁的脸，想都没想便脱口而出。

叶承安跟墨修竹下意识地退了一步。

少年，你果然初生牛犊不怕虎，竟敢当着靖安王的面这样说话！

少年，我们敬你是条汉子！

叶承安、墨修竹、慕容鸿羽看向叶七七的眼神，顿时带上了同情。

良久之后，墨寒卿唇角缓缓勾起一个弧度，看着眼前的叶七七，道：“好，很好。”

叶七七瞪着他唇角的那抹弧度，仿佛听见了繁花盛开的声音。浅浅的笑意噙在他唇边，衬着他眼底的冷意，让她莫名地用力咽了一下口水。

墨寒卿优雅地转过身，朝慕容鸿羽道：“这个人，归我了。”

慕容鸿羽满眼疑惑地看着他。

“武状元，归你的兵部。”墨寒卿朝站在擂台下的秦弘毅仰了仰下巴，修长的手指朝叶七七指了指道，“这个少年，归我。”

“寒卿，你这是明目张胆地抢人啊！”叶承安眼睛里满满的都是震惊。

慕容鸿羽皱着眉，看向站在墨寒卿面前的叶七七，眼底闪过一抹担忧。以墨寒卿的性格，他该不会是想把这个少年带回靖安王府，让府里的冷卫揍他吧。

“可是……”慕容鸿羽迟疑了一下，低低地开口。

“没有可是。”墨寒卿冷冷道，“我看上的人，就是我的。”

慕容鸿羽唇瓣动了动，点点头。

墨寒卿转过头，看着尚不到自己胸口的叶七七，凉凉地问道：“你现在住哪儿？”

叶七七摇摇头道：“我今日刚来京城，还未找到落脚的地方。”

“是吗？”墨寒卿看向她的目光又多了一丝疑惑，“你今年多大？”

“十三。”

墨寒卿的眼睛几不可见地眯了一下。跟叶七七一样大！

“那你便收拾收拾东西，今日搬到我的府上去。”墨寒卿心中闪过一个念头，转身朝擂台外走去，“靖安王府，记住了。”

叶七七迷茫地站在擂台中间，要是没听错，那个靖安王好像是让自己搬去他的府上？

傍晚时分，叶七七背着包袱，站在靖安王府的大门前。

朱红色的大门两旁立着威风凛凛的石狮，四个穿着一致的士兵纹丝不动地站在大门口。

这里就是靖安王府啊？

叶七七抬头看着牌匾上“靖安王府”四个大字，整理了一下衣袍，朝大门走去。待她报上姓名后，一个脸型方方的士兵朝叶七七点了点头，转身朝王府里走。叶七七赶忙跟上。

靖安王府中一片肃静，偶尔有巡逻的士兵走过，看到叶七七的时候，也只是上下打量一番便接着巡逻。

叶七七跟在士兵身后，穿过亭台楼阁、水榭长廊，再沿着花园中鹅卵石铺成的小路前行，在书房门前停了下来。

“到了。”士兵转过头看着叶七七，声音低沉道，“王爷吩咐过，若是你来了，就将你带到此处。”

“多谢！”叶七七朝士兵双手抱拳道。

“不谢。”士兵朝叶七七点了点头，便转身离开。

叶七七打量了一番书房，迟疑了一下，伸手轻轻敲了敲书房门。

“进来。”一道低沉清冷的声音自书房内响起。

叶七七推开书房门，正了正肩上的包袱，缓缓走进去。

书房内弥漫着淡淡的墨汁清香以及书卷气味，书桌后，一道修长挺直的身影坐在那里，此刻他正低着头，墨色的长发垂于脑后，白皙修长的手指握着毛笔，似乎在纸上写着什么。

叶七七轻手轻脚地走到书桌前，见他没什么反应，便站在那里，一动不动地盯着他。

墨寒卿将信写完，抬起头来，看向叶七七。他微微挑眉，声音凉凉道：“来了？”

“嗯。”叶七七点点头，也不知道他让自己来靖安王府是要做什么。

“用过晚膳了？”墨寒卿将信纸放入信封中，随口问道。

“用过了。”叶七七点点头，“京城里好吃的很多。”

墨寒卿低低地应了一声，然后从书桌后走出来：“我还没有用晚膳。陪我一起用膳，我有事情要同你说。”

墨寒卿淡淡地扫了她一眼，径直朝书房门走去。

原本以为他会去正厅或偏厅，没想到走着走着，两人竟然走到一处院落前。叶七七抬起头来，看着“青云阁”三个大字，问道：“你不是要去用晚膳吗？”

墨寒卿脚步顿了一下，转过头来，一双深邃的眼眸淡淡地看着她，声音凉凉道：“怎么了？我回自己的住处用晚膳，有什么问题？”

“你的住处？”叶七七怔了一下，他竟然住在这么偏僻的院落？

房间内，圆桌上已经摆好了几样菜。菜品虽不奢华，却极为精致，看起来也特别可口。叶七七伸手偷偷摸了摸肚子，怎么刚刚才吃饱，这会儿好像又有点饿了呢？

“坐吧。”墨寒卿指了指身边的位子，淡淡地道。

叶七七迟疑一下，在他身边坐下来。

墨寒卿拿起筷子和碗，慢条斯理地用起了晚膳。叶七七眨巴着大眼睛看着他，他吃东西的样子特别斯文，夹菜的动作也很优雅。

“那个，你让我来靖安王府，是有什么事情？”

墨寒卿上下扫了她两眼，薄唇轻启：“食不言，寝不语，你不知道？”

好不容易等到墨寒卿用完晚膳，叶七七百无聊赖地看着他洗手、漱口，又脱去外衫，然后走到会客椅前坐下。

叶七七无语地走到他跟前，未等他开口，便找了张椅子坐下来。

“你叫小七？”墨寒卿紧紧地盯着她清秀俊美的脸庞，冷冷地问道。

“是啊。”叶七七一只手撑着下巴，一只手搁在椅子旁边的扶手上，懒洋洋地回答道。

“为何来京城？”墨寒卿微微蹙眉，在心中计算着从飞鹤山庄到京城的路程，若是日夜兼程，半个月也该到了。

“来找人。”叶七七一听他的问题，顿时来了精神，坐直了身子，盯着墨寒卿回答。

“所找何人？”

“这个我也不知道……”叶七七无奈地摊了摊手，依然盯着他，一字一顿道，“我找的那个人，当年没有告诉我他的名字。”

墨寒卿心中一震，却是不露声色道：“不知道名字，不太好找。既然你在京城暂无住处，那便留在我府上好了。”

叶七七看着他，迟疑了一下，低声道：“是因为我打败了武状元吗？”

呵……墨寒卿目光深沉地看着她，眼眸微微眯了眯。当然不是！叶七七！

墨寒卿轻咳了两声：“正是，我看你武功不错，正好我还缺一个贴身护卫，你就留在靖安王府，做我的护卫吧。”

“做护卫？”叶七七愣了一下，看起来有些不太愿意。

“你可以每天享用王府的美食。”墨寒卿手中端着茶杯，不紧不慢地朝着她道，“工作很轻松，只要跟在我身后就行，我出去玩的话，你也跟着出去玩。我进出皇宫的时候，你也可以跟着自由进出。”他一字一顿道，“最重要的是，我认识户部的人，若是你想找人，通过户部帮你排查，最简单不过。”

“好！成交！”叶七七两眼发光，“不知靖安王还有什么吩咐？”

叶七七第一次当护卫，觉得百般好奇，眼睛眨也不眨地盯着他，声音里满满的都是期盼。

墨寒卿看着她两眼发光的样子，突然想到她当初说要当土匪头头。他从椅子上缓缓地站起身，面无表情道：“以后直接称我殿下即可，不要总是靖安王靖安王。”

“好的，殿下！”叶七七连连点头，跟在他身后站起来道：“那殿下还有什么吩咐？”

“嗯。”墨寒卿淡淡地应了一声，转身朝着屋子的内室走了过去，道，“跟我来。”叶七七赶紧跟上。

到了内室，墨寒卿站在屏风前，优雅地平摊双手道：“伺候本王沐浴更衣。”

叶七七眨了眨眼睛。这种事情，也要护卫来做吗？她怎么记得以前在山庄的时候，这种事情都是丫鬟来做的。

“还愣着干吗？”墨寒卿眼眸微垂，看着叶七七。

叶七七走上前去，一双白皙柔软的小手在他的领口处摸索起来。

“好了没有？”墨寒卿等得有些不耐烦，看着站在面前努力解扣结的人，忍不住冷冷地催促道，“怎么连一个扣子都解不下来？等你把扣子解完，洗澡水都要凉了。”

“抱歉，我……”叶七七一咬牙，正在跟那祥云盘扣斗争的小手便停了下来。

墨寒卿低头看向她，秀气的眉毛微微挑起，刚说了句“你怎么——”的时候，便感觉肩上一阵热流传了过来。他心中一惊，下意识想要抬手阻止，耳边已经传来扑哧的响声。一片片破碎的布条在内力的冲撞下飘散开来。墨寒卿整个人都僵住了，站在布条中没了反应。

叶七七拍了拍双手，满意地看着自己的杰作，抬起头来，朝墨寒卿笑眯眯道："殿下，衣服帮您脱好了。"

夜晚微凉的空气让他忍不住打了个冷战。墨寒卿回过神，眼中燃烧着熊熊烈火。时隔八年！他竟然再一次被这个家伙用内力将身上的衣服撕碎！当时她年幼，他可以当她什么都不知道！可是现在！她已经十三岁了！

叶七七！墨寒卿在心中怒吼着她的名字，声音宛若从十八层地狱飘上来，咬牙切齿道："难道你帮别人脱衣服，都是这么脱的！"

叶七七有些尴尬地看着墨寒卿，弱弱道："小时候，曾经帮一个人这样脱过一次……你是第二个……"

"你就不觉得这样做有什么不妥吗？"墨寒卿声音冷得几乎可以冻死人。

叶七七一脸迷茫地看着他道："有什么不妥？你是男的，我也……我也是男的啊，咱们都是男的，殿下，难道你还不好意思了？"

墨寒卿死死地瞪着她，明知她不是男的，此刻却无法反驳她的话。他深吸一口气，修长的手臂一伸，将挂在屏风上的干净外袍拽下来，动作迅速地穿在身上，转身朝屏风后走去。

"殿下？"叶七七迟疑了一下，尽责地朝着他问道，"需要我帮您洗澡吗？"

"不用！"墨寒卿几乎是咬牙切齿地丢下这两个字。

她竟然要帮他洗澡？她到底有没有羞耻心？！这么些年，叶珏大师到底是怎么教育她的？她还真把自己当成一个男人了？

墨寒卿冷着俊脸，走到屏风后的浴桶旁，随手将披在身上的外袍扯下，走了进去。温热的水漫过他的胸口，水面袅袅升起的雾气模糊了他的容颜。

叶七七站在屏风外，扯着嗓子喊了一声："殿下！您真的不用我帮您擦背吗？"

"滚！"墨寒卿饱含怒气的声音从屏风里传了出来。

哎哟，好凶！叶七七委屈地咬了咬唇瓣，弱弱道："属下先出去了，殿下有什么吩咐，尽管喊我。"

她转身打算往外走，刚迈出一步，便听得身后的屏风内传来一个阴森森的声音："等会儿。"

叶七七赶紧转过身，朝屏风那边答应道："哎，殿下可是还有什么吩咐？"

墨寒卿坐在浴桶中，深吸一口气，勉强克制住想要掐死她的念头，道："以后禁止用内力震碎本王的衣服。"

"啊？"叶七七一愣。

"本王的衣服都是凌霄阁出产，上面的刺绣暗纹都是来自江南织造府，每一件价值百两银子，你若天天给我这么撕下去……"墨寒卿顿在这里，没有继续说下去。

叶七七顿觉汗颜，想不到她这么轻轻一震，就震碎了百两银子啊。再细细回想一下当年那位墨公子，似乎穿得比他还要华贵。也不知道当年她那一下，震碎了多少银子？

"属下以后会注意的。"叶七七伸手擦了一把额头上的汗水，声音弱弱道。

"今日你损坏衣物的钱，就从你的月俸里扣！"墨寒卿眯了眯眼睛，盯着屏风外的身影冷冷道。

叶七七迟疑了一下，疑惑道："敢问属下……月俸是多少啊？"

墨寒卿盯着屏风上的影子看了许久，唇角缓缓勾起一个弧度："五两。"

啥？才五两？叶七七一愣，掰着指头算了一会儿，欲哭无泪地朝墨寒卿问道："那岂不是要扣满二十个月的月俸，才抵得上殿下的一件衣袍？"

"不。"墨寒卿坐在浴桶中，心情大好道，"确切说，那件衣袍价值三百五十两。"

叶七七整个人都僵住了。

"而且……"墨寒卿优哉游哉地继续道，"三百五十两只是一件外袍的价值，若是没记错，刚才本王的中衣、里衣也都被你震碎了。当然，中衣、里衣并没有外袍那么贵。"

“没有外袍那么贵……是多少银子？”叶七七尚未从那七十个月的账单里回过神来，便听到这样一个惊天噩耗。

“哦……加起来的话，大概也就一百五十两银子吧。”墨寒卿修长白皙的手指在水面上轻轻点了一下，立刻有一圈又一圈的波纹扩散开来。

叶七七倒吸一口冷气，她该不会要在靖安王府做满十年的护卫才能离开吧？

“你也无须太过担忧。”墨寒卿唇角勾起一抹浅浅的弧度，指尖划过清澈晶莹的水面，“本王又不是不给你涨月俸，不会让你十年都还不清债务。”

叶七七却仿佛被雷劈了一般，站在原地，一点反应都没有。

“好了，本王沐浴完毕，去拿套干净的衣袍过来。”墨寒卿出掉一口恶气，只觉浑身上下舒爽无比，“记得拿的时候小心点，别再给本王弄坏了。”

“是。”叶七七悲催地应了一声，转身朝房里走去。

待墨寒卿换好衣袍，从屏风后走出来，便看到叶七七皱着脸，可怜兮兮地站在一边。他轻咳了一声，将某人的神思唤了回来。

“殿下。”叶七七抬起头来。

“时辰不早了，本王要就寝。”墨寒卿眼底闪过恶劣的光芒，声音冷冷道。

“那属下告退。”

“等等。”墨寒卿凉凉地喊住她。

“殿下还有何吩咐？”叶七七抬起头来，满眼疑惑地问道。

“如今时令已入夏，夜里有些燥热烦闷。”墨寒卿一边优雅地朝床榻那边走去，一边声音淡淡道，“你去拿把扇子过来，帮本王扇一扇。”

“啊？还要扇扇子？”叶七七眨眨眼睛，嘟哝道，“这活儿听起来不像是护卫做的。”

“扇一次，给你一两银子。”墨寒卿走到床榻旁，缓缓地坐了下来，单手撑着脑袋，斜躺下来。

“好嘞，殿下您等会儿！”叶七七一听可以赚外快，立刻两眼放光，朝墨寒卿欢快地应了一声，急匆匆地转身朝外走，“我去找把扇子来。”

墨寒卿斜躺在床榻上，一双墨玉般的眼眸微微眯起，看着叶七七转身出了房间，唇角忍不住勾起一抹浅浅的笑容。年岁长了不少，但是这智商，似乎没怎么长……他一边想着一边闭起眼睛，心中思索着接下来该怎么恶整她。

等了片刻，房门处传来吱呀的推门声。

墨寒卿闭着眼睛倚在靠枕上，静静地等着她过来。

叶七七拿了把不知道从哪儿找来的破蒲扇，屁颠屁颠地跑到墨寒卿身边，看着他已经闭起眼睛，便迟疑着喊了一声：“殿下？”

“嗯。”墨寒卿淡淡地应了一声，却没有睁开眼睛。

“我找到扇子了，现在就给您扇一扇？”叶七七站在床榻边，认真地问道。

“嗯。”墨寒卿低低地应了一声。

叶七七赶紧左手执起破蒲扇，用力扇起来。那阵猛烈的强风中，还夹杂着一股难闻的烟味。墨寒卿直接咳了出来，倏地睁开眼睛，看着站在床头旁的叶七七，扣住她正在扇风的手腕。

叶七七眼神里满满的都是疑惑：“殿下？”

墨寒卿在她脸上扫了一圈，看向那把扇子。那似乎是把用竹藤编制而成的圆蒲扇，看起来很大，只是边角多有破损，扇面上沾满了灰尘，还有一些不知道是什么的黑色痕迹。她就用这破扇子来给自己扇风？墨寒卿觉得刚才好不容易平复的怒气，又噌的一下蹿了起来。

“这破扇子你是从哪里找来的？”他瞪着叶七七，声音中透出冷彻心扉的寒意，一字一顿地问道。

“呃，柴房啊……”叶七七有些心虚地回答道。

“柴房？”墨寒卿的声音阴森森地从牙缝里飘了出来，“你就用柴房生火的破扇子来给我扇风？”

“这个，我不是没找到正常的扇子嘛……”叶七七下意识后退一步，尴尬地笑着道，“你看你这个院子，连个侍卫、丫鬟都没有，我想找个人问问哪儿有扇子都找不到，正好看到后面有一处屋子有炊烟，我就顺手拿了一把……”

墨寒卿死死地盯着她，径直从她的手中夺过破蒲扇，在她尚未反应过来的时候，一股内力沿着他的经脉传递到掌心。再然后，那把破蒲扇便被他用内力捏成了灰……

墨寒卿一字一顿道：“用这种破扇子给我扇风，扣、工、钱！”

“哎？”叶七七一听到他这么说，顿时急了起来，“你不能这样啊，你刚才还说给我加一两银子呢，怎么转眼就变成扣工钱了！”

“我乐意。”墨寒卿淡淡地扫了她一眼，走到脸盆架前，用清水将掌心的灰尘洗去，这才重新走回叶七七面前。

“你怎么能这样，扇扇子这种事情，原本就不是护卫应该做的，你不给我加工钱就算了，凭什么还要扣钱！”叶七七仰起脑袋，死死地瞪着他，不高兴地道。

这一次，墨寒卿连瞥都没有瞥她一眼，径直走回床榻边，重新躺了下来。叶七七站在床榻前，看着悠然自得躺在床上的墨寒卿，忍不住恨得牙痒痒。想她叶七七在飞鹤山庄向来过着衣来伸手、饭来张口的日子，什么时候被人这样支使过？不就是一不小心震碎了几件破衣服，她都同意用她当护卫的月俸来赔偿了，他还想怎么样？

叶七七一双拳头捏紧又松开，松开又捏紧，咬牙切齿地站在榻边，没动静。

墨寒卿抬起眼眸，看着站在床边的叶七七，声音冷冷道：“还站在这儿干吗？去重找扇子过来给我扇风。”

“我扇你奶奶个腿儿！”叶七七朝他大吼一声，一个翻身上了床，将墨寒卿压在自己身下。她两只手死死地按住他的肩膀，让他无法从床上爬起来，然后瞪着一双黑白分明的大眼睛看着他，气呼呼道，“你别以为我愿意给你当护卫，你就可以为所欲为了！老子要是不高兴，随时可以拍屁股走人！天涯海角，你找都找不到我！”

墨寒卿紧紧地皱着眉头，看着压在自己身上的叶七七，想要坐起身，却发现根本用不上力气。片刻沉默之后，他声音冷冷道：“你想干什么？”

“我刚才给你扇扇子，你给不给我算工钱？”叶七七瞪着他俊美的脸庞，凶巴巴地朝他问道。

墨寒卿有些无语地看着她，不说话。

“算不算？”叶七七瞪了他一眼，又问了一句。

“你要知道，你现在是在靖安王府里。”墨寒卿看着眼前清秀帅气又稍显陌生的脸庞，声音淡淡道，“只要我一声令下，府里的侍卫便能立刻将你包围起来。”

“那又怎么了？”叶七七朝着他扬了扬眉毛，不在乎道，“就算你府里所有的侍卫都过来，凭我的本事，也能从这里杀出去！今日你看了擂台赛，应该知道我的身手。”她声音顿了顿，又继续道，“更何况，我完全可以在你出声之前直接杀了你！”

墨寒卿脸上依然没有什么表情波动，直直地盯着压在自己身上的人，挑眉道：“要是我不同意算你的工钱，你打算怎么办？”

“不同意？”叶七七怔了一下，皱着眉思索了一下，凶恶道，“那我就咬你！”

“你到底算不算我的工钱！”

“不说话我就咬你了！”叶七七一边说一边飞快地俯下身，一张红润的小嘴朝着他白皙修长的脖颈凑过去。

墨寒卿只觉鼻息间一股熟悉的馨香扑面而来。那一瞬，他有一点恍神。气息，是这世上最难描述的东西。很多时候，你会觉得一种气息好闻，可是当你想要描述它的时候，又想不起该用哪些华丽的语言来形容它。

当时间过去，你会慢慢遗忘那种气息，只在脑海里留下关于它的好闻记忆。

然而，当那种气息再次萦绕在鼻息之间，仿佛久远的记忆被勾回，脑海里的画面在快速闪过，刹那间，他似乎看见蔚蓝的天空，悠闲的白云，青翠的树枝，一切在璀璨的阳光下轻轻晃动，树荫下有斑驳的光影，一个浅粉色的身影笑着回过头来看着他。

"我同意。"就在叶七七的牙快要接触到他脖颈的瞬间，他低沉冷淡的声音响了起来。

叶七七抬起头，不太相信地问道："真的同意？"

"嗯。"墨寒卿看着她，墨玉般的眼眸仿佛无边无际的宇宙，深邃又看不到底。他的眼睛仿佛穿过她的身体，看向遥远的地方，神情间带着迷茫，又带着恍然。

这家伙有这么好说话？竟然这么简单就同意了自己的要求？叶七七眼睛转了转，却没有立刻从他身上下来，而是双手压着他的肩膀，恶狠狠地看着他，继续道："我还要涨月俸！"

墨寒卿眉毛微微蹙起，看着眼前张牙舞爪的叶七七，冷冷地问："你要涨到多少？"

叶七七低着脑袋想了想，然后朝他伸出一根手指。

"十两？"墨寒卿看着她宛如削葱根的食指，迟疑了一下，低声问道。

"不，一百两！"叶七七摇了摇手指，朝墨寒卿严肃认真道。

墨寒卿看着她清秀帅气的小脸，忍不住眯起眼睛。一百两？想得美！那她岂不是只要给他当上五个月的护卫就能还清所有债务？

墨寒卿转过头，声音冷淡而毫无商量的余地，缓缓道："不可能。"

"为什么？"叶七七也是第一次从乐清山上下来，对于京城里普通人家一个月赚多少银子并不是很清楚。

"我府里的其他侍卫一个月的月俸不过三两银子，给你五两，已经算是不错了。"

"才三两银子？"叶七七愣了一下，没想到他这靖安王府里的侍卫月俸这么少，她原本还以为他给自己开出的五两银子是故意为难她。

"嗯。"

"那还是十两吧。"叶七七犹豫了一下，最终接受了他的第一个提议。

一个月十两银子，那五百两银子的债务，她应该五十个月就能还清了。

“可以。”墨寒卿思索片刻，点头应了下来。

大概没想到他会这么利索地应了，叶七七一时之间竟然有些发愣。

良久的沉默之后，墨寒卿终于朝她冷冷地道：“你到底还打算在我身上坐多久？你以为自己很轻？还不赶紧给本王下去！”

叶七七被他一吼，瞬间回过神来，赶紧动作利落地爬下来，端端正正地站在床榻旁，问道：“那殿下还有什么吩咐吗？”

“给、我、滚。”墨寒卿瞪着她，一字一顿道。

“属下告退！”叶七七对于他的喜怒无常已经很习惯，一脸云淡风轻地朝他抱拳行礼，然后大大方方地从房门走了出去。临出门前，她还特地转过身，帮他把房门关上，“殿下，生活如此美好，你却如此暴躁，这样不好、不好。”

“滚！”一个金丝软枕瞬间从屋内飞了出来，砰的一声砸上房门，掉落在地上。

叶七七吐了吐舌头，一溜烟朝主屋旁的西厢房跑去。

某人依然保持着躺在床榻上的姿势，用白皙修长的手掌蒙住眼睛。他刚刚到底怎么回事，为什么会在叶七七突然靠近自己的瞬间，有那么片刻的心软？

第二天，天蒙蒙亮的时候，墨寒卿便醒了过来。他盯着榻顶的纱帐，好一会儿才想起来，自己昨天晚上竟然想着关于叶七七的事情，想着想着便睡着了。

晨光从纸糊的窗户朦朦胧胧地透了过来，在室内洒下一层淡淡的光晕。墨寒卿翻了个身，眼眸又闭了闭，这才缓缓地坐了起来。他着一身纯白的里衣，动作优雅地走到房间内的书架旁。

沉默片刻，他伸手将那个锦盒拿了下来。玄青色的锦盒上以银色的丝线绣着松梅竹岁寒三友，看起来淡雅精致。锦盒内部，红色的绸缎上安静地躺着一块羊脂白玉雕成的长命锁。

七月七日长生殿，夜半无人私语时。

墨寒卿目光从那两行字上淡淡扫过，指尖轻触到玉身的时候，感到一丝微凉。他拿起长命锁攥在手心，默默地站在书架前好一会儿，才再次将长命锁放回锦盒，重新置于书架上。

这都什么时辰了，怎么他的贴身护卫还不过来伺候他洗漱更衣？这么想着，他冷冷地唤了一声："小七。"房内一片安静，并没有任何人回答他的呼唤。

墨寒卿提高了声音，再次唤了一声："小七！"依然没有任何回声。

怎么回事？这家伙该不会是趁着夜色浓重，偷偷地从靖安王府溜了出去吧？一想到这里，墨寒卿便径直推开房门，朝西厢房走去。

推开西厢房的门，墨寒卿皱着眉头走了进去。因为这屋子位置偏西，所以光线有些暗。墨寒卿缓缓地走进屋中，依稀看到一个人影睡在床榻上。

"小七。"他站在床榻边，看着某人毫无防备的睡相，声音冷冷地又唤了一声。

睡梦中的叶七七迷迷糊糊地应了一声，便翻了个身继续睡觉。

"小七。"墨寒卿眉头皱得更紧，伸手推了推熟睡的叶七七，声音又大了一些。

"干吗？"叶七七正做着美梦，便感到有人在推自己。

"起床。"墨寒卿眼看无法叫醒她，干脆拽着她的胳膊，将她整个人从床上拎了起来。

"哎哟，疼疼疼……"叶七七只觉胳膊上传来一股力道，大得几乎要把她的胳膊扯断。她猛地睁开眼睛，看着眼前冷峻的脸庞，愣了好一会儿，才反应过来自己现在是在靖安王府中。

"醒了？"墨寒卿眼里冷冽的光芒似乎从未改变。

"嗯，醒了。"叶七七忍不住打了个哈欠，擦了擦眼角的泪花，朝着他嘟哝道。

"既然醒了，就过来伺候本王洗漱更衣。"墨寒卿松开她，转过身朝门外走去。

"哦，马上就来。"叶七七看着他的背影，忍不住又打了个哈欠，这才一个翻身从床榻上爬了起来。

这时，门外突然匆匆跑来一个侍卫，朝墨寒卿单膝跪地，双手抱拳道：“启禀殿下，三皇子、慕容公子和叶公子刚进了王府，此刻正在前厅候着。”

墨寒卿目光淡淡地在侍卫身上扫了一圈：“本王知道了，待我更衣完毕，便直接过去。”

“是，属下这便去通知几位公子。”侍卫恭恭敬敬地应了一声。

“不用通知了，我们也懒得在前厅等，就自己过来了。”叶承安一脸笑眯眯的，朝着那侍卫摆了摆手，声音爽朗地道。

他身后跟着的便是慕容鸿羽，墨修竹则走在最后面。

墨寒卿听到声音，缓缓地转过头，视线在几个人身上扫了一圈，没有说话。

“哎，我说，寒卿看起来好像心情不太好啊！”叶承安的感觉向来灵敏。

慕容鸿羽听到这话，疑惑地朝墨寒卿看去。

倒是墨修竹听到这句话，眼睛一亮，声音中满是关切：“寒卿，你怎么了？”

墨寒卿面无表情地朝着他吐出四个字：“叫我皇叔。”

墨修竹顿时倒吸一口冷气。

“知道他心情差，你还去招惹他，真是的……”叶承安朝着躲在自己身后的墨修竹无奈地摇了摇头，笑眯眯地走到墨寒卿的房门口，看着正帮他穿外袍的叶七七，声音中带着一丝惊讶道：“哟，这不是昨儿在擂台赛中打败武状元的那位少年吗，你竟然还活着？”

叶七七满眼疑惑地转过头去，朝斜倚在门边的叶承安看了一眼。

叶承安看着叶七七，越发震惊，迟疑片刻，然后朝叶七七双手抱拳，客客气气地问道：“这位少侠，你还好吗？”

也许这少年只是外表看起来没有伤痕，其实已经武功尽失、筋脉被废。

“我挺好的啊。”叶七七满眼不解地应了一声，然后转过头来，将墨寒卿的腰封系好，上下左右打量了一番，然后认真道：“殿下，好了。”

慕容鸿羽听着他俩的对话，忍不住好奇起来：“眼下是个什么状况？”

他往墨寒卿身上看了看，又朝叶七七身上看了看，奇怪道：“小七，你在靖安王府是做什么的？”

“我？”叶七七抬起头来，看向慕容鸿羽冷峻的面容，“我现在是靖安王殿下的贴身护卫。”

贴身护卫？三个人顿时惊悚地看向墨寒卿。

叶承安尴尬地咳嗽两声，疑惑道：“那这贴身护卫都做些什么呢？”

“具体的职责我也不是很清楚。”叶七七蹙着眉，“到目前为止，好像就是帮殿下沐浴更衣、睡前给他扇风、早上帮他穿衣服、看着他洗漱之类，然后顺便保护他的安全吧。”

沐浴更衣！睡前扇风！还帮穿衣服！这些应该是贴身丫鬟做的事情吧？！进一步讲，这其实都是侍妾做的事情啊！

墨修竹伸手拽了拽慕容鸿羽和叶承安的袖子，压低声音道：“这好像有点不太正常啊……”

“我也觉得不正常！”叶承安点点头，赞同道。

慕容鸿羽皱了皱眉，思索片刻，点了点头。

“之前就听说寒卿特别讨厌女人……”墨修竹用手中的扇子遮着嘴，声音极轻地继续问道，“该不会，其实他喜欢的是男人吧？”

“什么？”叶承安心中一惊，下意识伸手护住胸口，声音颤抖，“那我们几个岂不是十分危险？”

慕容鸿羽一脸无语地看着他。

“要不，再观察观察？”墨修竹将折扇收了起来，轻轻敲了敲自己的手心道。

“可以。”慕容鸿羽终于说出两个字来。

三个人商量完毕，便带着满脸笑意转过头来。

叶承安看向叶七七，面带微笑地问道：“我们寒卿脾气可能不是很好，这位少侠……”声音顿了顿，继续问道，“这位少侠可还习惯？”

“还行吧。”叶七七想了想，颇为赞同地点了点头道，“殿下确实脾气不太好。”

墨修竹、慕容鸿羽、叶承安心中一惊，下意识朝着墨寒卿看了过去。

墨寒卿一双深邃的眼眸眯了眯，目光冷冽地朝着她看去。

“那你觉得……寒卿脾气怎么不好了？”叶承安突然有些后悔。

叶七七眉毛皱了皱，一只手托着下巴，看向墨寒卿冰冷的俊脸，委婉道：“殿下有那么一点急躁。”

“呼……”叶承安在听到这个答案的时候，忍不住松了一口气，“那倒是，寒卿确实有点性子急。”

“对啊，昨天晚上他让我给他沐浴更衣，他那衣袍扣子很难解开，结果他还在旁边不停地催，我一急之下，唔唔……”叶七七正说着，突然一只大手伸了过来，将她的嘴巴牢牢捂住。

下一秒，一个阴沉寒冷的声音在她背后响起：“你不说话，没人当你是哑巴。”

“你一急之下，怎么了？”叶承安听她说到一半，心里顿时着急。这可是个大八卦啊！看靖安王这么紧张，就知道他昨天晚上肯定是吃瘪了！能让靖安王吃瘪却继续活着的，简直就是绝世珍宝啊！

“唔唔唔……”叶七七想要说话，奈何嘴巴被捂住，什么话都说不出来。

墨寒卿微微低头，看着叶七七。她柔软的唇瓣扫过他的手心，柔软的触觉让他心中有一丝奇异的感觉。

片刻的沉默之后，他抬起头来，目光冷冷地看向那三个人道：“你们很闲吗？一大早就跑来我这靖安王府。”

“我们这不是想关心关心昨天打败武状元的少年，有没有得到公正的待遇吗？”叶承安一听到墨寒卿的这句话，就知道他打算送客，连忙朝他道，“寒卿，你别这样啊，那秦弘毅今日都去兵部报道了，你就真的打算让这少年给你当一辈子的护卫啊？”

“关你何事？”墨寒卿不带一丝感情地看向叶承安。

“我们这不是爱惜人才嘛。”叶承安被他盯得满头是汗，赶紧用袖子擦了擦额头，尴尬道。

墨寒卿淡淡地瞥了他一眼，转过头去，将捂着叶七七嘴巴的手松开，却是不打算理他了。

“报——”就在气氛有些僵持的时候，一个侍卫匆匆忙忙地高喊着跑了进来。

墨寒卿皱眉看着侍卫，声音冷冷道：“何事如此慌张？”

“启禀殿下！”侍卫冲进来之后，直接跪在墨寒卿面前，满头是汗地朝着他恭恭敬敬道，“城郊又发现了一具无名女尸，刑部尚书顾大人此刻正在王府门口候着呢。”

“又发现了一具？”墨寒卿眉头紧紧地锁了起来。

“回殿下的话，顾大人说，这已经是今年开春以来发现的第六具无名女尸了。”那侍卫一脸焦急地继续道，“刚过完年的时候，不过是一个月一具尸体，然而这个月已经发现了两具，刚才城内的百姓不知道从哪儿听来消息，现在人心惶惶，就连圣上都听到风声了。”

“又发现无名女尸了？”墨修竹怔了一下，转过头看了看站在自己身边的几个人。

墨寒卿沉默片刻，然后朝叶承安他们几个道：“我有急事，先走了，你们在府内随意。”

“好。”叶承安知道这事归刑部管，而墨寒卿是刑部负责人，他们几个也帮不上什么忙，便不继续打扰他了。

墨寒卿朝他们点了点头，朝跪在地上的侍卫淡淡道：“走。”

“是！”侍卫赶紧站起来，恭恭敬敬地跟在墨寒卿后面。

叶七七站在原地，看着眼前突然发生的状况，一时之间没有动弹。

墨寒卿往前走了两步，像是突然想起什么，皱着眉转过头来，看着叶七七，声音不悦道：“你还站在那里干吗，跟上来。”

“我？我也去吗？”叶七七伸手指了指自己的鼻子，有些惊讶地问道。

无名女尸啊……听起来好像很恐怖的样子……而且还是好几具……

“不然呢？”难得在叶七七脸上看到畏惧的神情，墨寒卿突然觉得心里畅快了很多，“你以为贴身护卫是干吗的，光跟着本王吃喝玩乐吗？本王处理事务的时候，你依然得跟着。”

“哦……”叶七七低低地应了一声，连忙迈开步子跟上他。

“走。”墨寒卿很满意地看着她跟在自己身后，转身朝侍卫说了一声，便往大门口去了。

第六章　一桩命案

靖安王府的大门外，刑部尚书顾大人正满头是汗地候在门外。

“殿下！老臣无能，求殿下救救老臣！”顾大人一把鼻涕一把泪地跪在地上，朝墨寒卿哭诉道，“此事已惊动了圣驾，圣上下令，若是半月之内无法破了此案，便要摘了老臣的乌纱帽！殿下……殿下……”

墨寒卿微微垂眸，看着王府门口哭得涕泪直下的顾大人，忍不住皱了皱眉头，声音冷冷道：“本王知道了，你先起来吧。”

“谢殿下……”顾大人伸手擦了一把眼泪，拎着衣袍站起来。

叶七七站在墨寒卿身后，有些好奇地朝眼前的顾大人看了一眼。

顾大人看起来五十多岁的样子，头发、胡须白了大半，身子骨还算硬朗，但露在袍袖外的那双手却爬满青筋，皮肤也皱了起来。

就在叶七七打量顾大人的时候，墨寒卿站在王府门口，思索了片刻，然后朝顾大人道：“那无名女尸呢？”

“回殿下的话，尸体老臣已经命人抬去大理寺后院，与之前发现的五具尸体放在一起，现如今，大理寺卿陈大人应该已经吩咐件作在验尸了。”顾大人见墨寒卿开口，赶紧毕恭毕敬地回答道。

“先去大理寺。”墨寒卿听完他的汇报，淡淡地说了一句。

“是。”顾大人连忙让开，伸手做了一个请的姿势道，“老臣已命人备好马车，请殿下随老臣来。”

“嗯。”墨寒卿应了一声，径直朝着停在王府门口的马车走了过去。

叶七七赶紧跟上。

一路行至大理寺，顾大人坐在墨寒卿对面，絮絮叨叨地跟他讲今日清晨是如何发现尸体的。

马车就在顾大人的唠叨中，摇摇晃晃地行至大理寺。

从马车上下来，守在大理寺门口的侍卫看到墨寒卿和顾大人，同时低下头，双手抱拳朝他们行礼。墨寒卿瞥了他们一眼，袍袖轻甩，径直朝大理寺的后院去了。

如今已经入夏，刚一靠近大理寺后院，叶七七便闻到一股尸体腐烂的臭味。她忍不住皱了皱眉，用袖子挡住口鼻。顾大人见状，连忙从袍袖中掏出两块帕子，递到墨寒卿和叶七七的面前道：“殿下，现如今天气炎热，尸体已经腐烂，还请殿下以此物挡住口鼻，以免秽物脏了殿下的视听。”

墨寒卿蹙着眉毛，没有伸手接那帕子，而是转头看着叶七七。叶七七立马意会，伸手将两块帕子拿了过来，将其中一块放进自己的袍袖中，又将另一块帕子对折了一下，这才走到墨寒卿的面前，将叠成倒三角形的帕子放到他的脸颊上。

帕子需要在他脑袋后打个结，叶七七个子矮，胳膊又短，再加上墨寒卿挺直了脊背站在那里，丝毫没有弯腰的意思，她这个结便打得十分费力。

墨寒卿不动声色地站在那里，任凭她娇小柔软的身子朝着自己怀里靠来。他眼眸微垂，冷眼看着她，声音淡淡道：“会不会做事？半天都没系好。”

“你个子这么高，就不能稍微蹲下来一些吗？”叶七七心里一急，忍不住埋怨道。

顾大人下意识缩了缩脑袋。完了完了，靖安王要生气了！这少年要倒霉了！然而，他没想到的是，墨寒卿竟然冷笑一声，缓缓地讽刺道："自己个子矮，还怪别人长得高？"

叶七七瞪着他，又转头看了一眼身边的顾大人，道："顾大人，敢问这附近有没有石块、凳子之类的？"

"这个……"顾大人擦了一把额头上的汗水，朝着叶七七道，"这大理寺的后院，只有石凳，且那石凳重达百斤……这个……估计不太好搬……"

呃……这个……叶七七扯了扯唇角，一脸无奈。

"要不，还是让老臣来帮殿下系吧……"顾大人硬着头皮走上前去，打算拿过那块帕子。

叶七七立即毫不犹豫地将帕子交了出来。墨寒卿一双眼眸眯了眯，冷冷地看着叶七七道："系好帕子，加十两银子。"

"我来我来！"叶七七一听这话，立刻将帕子从顾大人手中抢了回来，殷勤地凑到墨寒卿跟前，继续踮着脚尖，努力地给他系帕子。

"呵。"墨寒卿冷笑一声，全然不顾顾大人的满眼震惊，依旧挺直腰背，看着叶七七使劲踮脚的模样。

再一次尝试失败之后，叶七七有些懊恼地咬着嘴唇，明明今年已经十三岁，不知道为什么，她的身高在这两三年便停止了生长。这直接导致她穿上男装，看起来像个十岁左右的小男孩。

叶七七再次抬头看了墨寒卿一眼，一双黑白分明的大眼睛转了转，想到一个好主意。她紧紧地攥着帕子，快速朝后退了几步，站得离墨寒卿远远的。

顾大人看看她，又看看墨寒卿，眼睛里满满的都是疑惑。然后，他便眼睁睁看着眼前身材瘦小的少年，突然迈开步子，朝他们靖安王加快速度狂奔而去。

"殿下！小心啊！"顾大人眼看叶七七朝墨寒卿撞了过去，忍不住疾声道。

下一秒，只见叶七七脚尖一点，整个人如同袋鼠一般挂在墨寒卿的胸前。墨寒卿被她撞得连连后退好几步，待稳住脚步，下意识抱了一下她纤细的腰肢，然后赶紧松开。

“嘿嘿。”叶七七挂在墨寒卿身上，冲着他灿烂一笑。

墨寒卿皱了皱眉，看着叶七七，声音不悦地道：“你干什么！”

“给你系帕子啊。”叶七七朝他挥了挥手中的帕子，双手绕到他的脑后，开始系帕子。

墨寒卿觉得这样的姿势……很别扭！他抬起头，朝站在旁边的顾大人看去。

顾大人在感觉到他满含杀意的目光后，忍不住浑身一抖，赶紧转过身：“老臣什么都没看见……老臣什么都没看见……”

世人皆知，靖安王极度厌恶女人，难道……难道……

“好了！系好了！”叶七七满脸笑意地拍了拍双手，撑着他的肩膀跳了下来，“殿下，记得十两银子啊。”她落地之后，抬起头来提醒了一句。

墨寒卿神色阴沉得可怕。叶七七看着他不善的脸色，耸了耸肩，算了，反正从她见到他起，他就没有高兴过。这么一想，她便伸手从自己的袍袖中掏出另外一块帕子，动作利索地系好：“顾大人？”

顾大人听到她的声音，转过头来，看了一眼叶七七兴奋的神情，又看了一眼墨寒卿冷冽得可以杀人的目光，瞬间汗如雨下道：“殿下，请随老臣过来。”

墨寒卿冷冷地哼了一声，衣袂翩然地跟在顾大人身后去了。叶七七赶紧跟上。

进了大理寺的后院，叶七七一眼便看到后墙处的阴凉地里摆放着五张木榻。木榻上依稀可见躺着人形的物体，都用白布遮着。而后院正中央，一个穿着官袍的人正和几个仵作模样的人在讨论着什么。

“陈大人！”顾大人一进后院，便朝站在中间的穿着官袍的人喊了一声。

陈大人抬起头来，看到墨寒卿的瞬间，赶紧提着衣袍下摆，一路小跑过来，双手抱拳朝他恭恭敬敬行了个礼道：“下官见过靖安王殿下。”

“嗯。”墨寒卿淡淡地应了一声，声音凉凉地道，“有什么发现？”

“回殿下的话。”陈大人低着头，将一直攥在手里的册子呈到墨寒卿眼前，恭敬道，“刚才几个仵作已经对无名女尸进行了检验，初步判断，死者大概十三四岁，尸体完整，但皮肤上有多处抓痕和青紫色的瘀痕，尸体已经僵硬，死亡时辰大约是昨日傍晚。除此之外……”陈大人顿了顿，似乎在斟酌怎么用词。

“除此之外？”墨寒卿一边翻看着手中的册子，一边声音冷冷地问道，这册子上记录的情况基本和陈大人说的差不多。

“呃……除此之外……”陈大人有些尴尬地看了看后面的几个仵作，又看了看站在墨寒卿身边的顾大人，声音低低道，“这女子生前大概被许多人侵犯过……”

墨寒卿听到这句话，秀气的眉毛微微皱了皱。

“殿下……”顾大人声音严肃道，“其实之前的五具无名女尸，生前都有被侵犯的痕迹，只是这几个月以来，我们四处发布寻人启事，却根本没有人来认领尸体。”

“无人认领？”墨寒卿蹙着眉头，低低地重复。

叶七七乖乖站在他身后，没有出声。

“死者身上可有衣物之类？”墨寒卿朝陈大人和顾大人问道。

“就是什么都没有留下。”陈大人深深地叹了一口气，恭敬道，“别说死者身上有什么衣物了，就连指甲都修剪得干干净净、整整齐齐，头发梳得一丝不苟。我们发现这尸体的时候，她身上就盖了一块普通的白布，喏，就跟那边的那几具尸体上的白布一模一样。”

墨寒卿朝着陈大人手指的方向看了一眼：“过去看看。”

“是。”陈大人赶紧比了一个请的姿势，带他过去。

叶七七看了看几具尸体，迟疑了一下，没有动弹。

“你还站在那儿干吗？”墨寒卿转过头看着叶七七，声音冷冷地问道，“害怕了？”

“怎……怎么可能。”叶七七僵硬地笑了一下，伸手指了指那几个仵作站着的地方，小声道，“我……我过去看看那边的那具尸体。”

墨寒卿瞥了她一眼，转过身，跟着陈大人朝后院墙角走去。

叶七七走到尸体旁，绕着木榻转了一圈，没发现异常，倒是几个仵作毕恭毕敬地朝她抱拳道："大人，需要我们帮您把白布掀开，仔细查看一番吗？"

"不……不用了……"叶七七赶紧道，"我就是随便看看，你们忙你们的吧。"

"是。"几个仵作应了一声，便继续讨论去了。

叶七七只得站在一边，时不时瞥一瞥墨寒卿，再瞥一瞥那具尸体，心中郁闷。在满院难闻的气味中，一丝隐隐约约的香味钻入叶七七的鼻腔。她皱着眉头，细细地辨认那股香味。这味道似乎跟以前山庄里那些丫鬟用的胭脂水粉的味道差不多，她绝对不会弄错。只是……这满院的尸体和大老爷们，怎么会有胭脂水粉的味道呢?

那边，墨寒卿跟陈大人和顾大人看过之前的五具尸体后，朝叶七七这边走来。

"如果这些尸体一直没人认领，京城里也从未有人报过失踪案，那只能说明这些死去的女子都不是京城中人。"陈大人道，"我觉得可以去查查自去年中秋之后入京的女子中，年龄与这些尸体相仿的人现如今都在哪里。"

"对！说得对！"顾大人听着陈大人的话，一下子便好像有了主心骨。

墨寒卿缓缓道："若真是登记在册的入京人员，那在京城中要么是寄宿于亲戚家，要么是在哪家铺子工作，要么便是嫁入京城人家，不论哪一种，一旦失踪，总会引起人们的注意，根本不可能出现尸体无人认领的情况。"

"这……殿下说得也有道理啊……"顾大人顿时又没了主意。

墨寒卿转头看向叶七七，声音淡淡道："怎么样，你去那边看出什么头绪了？"

叶七七抬起头来，怔了一下，迟疑着小声道："我……我闻到一种很淡的香味。"

陈大人微微一怔，看着眼前这瘦小的少年，忍不住嗤笑一声道：

“这满院子都是尸体，哪有什么香味？你一个小孩子懂什么，就在这里乱说。”

顾大人心中一惊，回想起刚才靖安王对这少年的包容态度，便知这少年绝不是一般人，赶紧朝陈大人使眼色。

“陈大人，你少说两句吧……”顾大人忍不住伸手擦了擦额头上的汗。

陈大人转头瞪了顾大人一眼，朝墨寒卿继续道：“殿下！用人要三思啊！这少年……”

墨寒卿不耐烦地蹙起眉毛，冷冷地瞥着陈大人，语气凛冽道：“我的人，不用你管。”

见陈大人终于不说话了，他转过头，看向叶七七，淡淡地问道：“你刚才说闻到一丝香味？”

“对啊。”叶七七顿了顿，一双眼睛转了转道，“就是以前我身边的丫鬟经常用的胭脂水粉的味道。”

“你身边的丫鬟？”墨寒卿皱了皱眉。

“不过我也不是很确定……”叶七七迟疑了一下，有些不好意思道，“虽然味道很相似，但是仔细辨别，还是有些不同的。”

“那我们便——”

墨寒卿想了想，正准备说点什么，便听得身边的陈大人惨叫：“啊——”

“怎么了？”顾大人连忙转过身，朝陈大人看了过去。

只见陈大人弯腰捂着脚腕，痛苦地跌坐在地上，声音颤抖道：“我我我……我刚刚被竹叶青蛇咬了一口！”

“竹叶青蛇？”顾大人摇头道，“陈大人你在说笑吧，那不是南方才存在的毒蛇吗？”

“我……我肯定刚刚咬我的蛇就是竹叶青蛇……”陈大人面色痛苦地继续道，“我看见了，那蛇的身子跟小儿的手腕一般粗，一双眼睛是金黄色的，蛇身是鲜艳的翠绿色，还有那个脑袋，是倒三角形的！”

竹叶青蛇？

墨寒卿转过头，看向站在自己身边的叶七七。

只见某人也正一脸关切地看着陈大人，眼睛里却写满“幸灾乐祸”四个字。

墨寒卿心下已经明了，看来这家伙是把当年在山上威胁自己的绿色小蛇给带下山来了。

正这么想着，他眼角余光便看到一道翠绿色的影子以极快的速度钻进叶七七的袍袖里。

“可是这……这竹叶青蛇都分布在南方啊……咱们这京城在北方，按理说，不应该有竹叶青蛇……”顾大人皱着眉分析道。

“好了。”墨寒卿瞥了他二人一眼，“旁边那么多仵作，去随便喊个人过来，先处理一下伤口。”

不过片刻，一个仵作飞快地来到陈大人面前，帮陈大人将脚腕上的蛇毒吸出。

叶七七站在墨寒卿身后，同情地看着仵作。

顾大人又找了两个侍卫，将陈大人搀扶起来，飞快地朝医馆去了。

处理完这些，顾大人长舒一口气，转身朝墨寒卿恭恭敬敬地问道：“殿下，眼下咱们该怎么办？”

墨寒卿沉默片刻，朝顾大人道：“京城中卖胭脂水粉的铺子，顾大人熟悉否？”

顾大人点点头道：“老臣的夫人和女儿们平日里倒是经常去那些胭脂水粉铺子转悠，老臣大概知道这些铺子位于京城何处，只是里面卖的东西，老臣就不太清楚了。”

墨寒卿点了点头，转身朝叶七七问道：“若是到了胭脂水粉铺子，你能找出和你刚才闻到的香味一样的东西吗？”

叶七七想了想，不太确定道：“我可以试一下。”

“那便去看看。”墨寒卿淡淡地说了一声，转身朝后院大门走去。

早上的马车还停在那里，顾大人请墨寒卿和叶七七先行上车，自己才跟着上去。

车厢里，墨寒卿已在主位上坐好，叶七七坐在他的左首。

顾大人看了看情形，在叶七七的对面坐下来，恭敬道："殿下，咱们京城中，最大的胭脂水粉铺子便是花容阁。平日里老臣的夫人、女儿们最爱逛的也是这家。一般来说，别人家没有的东西，在他家都能找到，而他家有的，别人家却未必有。"

"嗯。"墨寒卿淡淡地应了一声，闭上眼睛养神，对于先去哪家胭脂铺子，并不是很感兴趣。

车厢内一片安静。

就在这时，一道极不和谐的声音响了起来。

咕……咕咕……

叶七七有些窘迫地摸了摸自己的肚子，哎哟……她真的好饿……

墨寒卿墨玉般的眼眸睁开，朝她看了过去。

叶七七有些尴尬地笑了笑，声音弱弱地道："好饿啊……"

顾大人一听这话，连忙开口道："老臣这就下车帮你们买吃的来，也是老臣糊涂了，一大清早就去靖安王府叨扰靖安王殿下，都忘了问殿下有没有用过早膳！"他一边说着，一边钻出车厢，朝车夫说了一句，马车便晃晃悠悠地停了下来。

顾大人跳下马车，朝卖早点的铺子狂奔而去。

不过片刻，他便拎着各式吃食，风风火火地回到了马车上，道："殿下，这街边的吃食多多少少有些简陋，还请殿下莫要嫌弃。"顾大人将手中的食物献到墨寒卿面前。

墨寒卿低头扫了一眼，拈了一块糕点。

"殿下，您不再拿点儿？"顾大人见他只拿了一块糕点，忍不住关切地问道。

"不用了。"墨寒卿淡淡地道，"本王不是很饿，别的给她吧。"

顾大人爽快地应了一声，便将手中的食物全部递给叶七七。

"谢谢顾大人！"叶七七看着顾大人，伸手接过食物。

这顾大人看起来比陈大人靠谱得多！叶七七拿出一个包子，大口咬下，默默地在心里评价着。

墨寒卿慢条斯理地将糕点吃完，便从袍袖中掏出一块帕子，仔仔细细将手指擦拭了一遍，然后转过头去，看向叶七七。那个身形瘦小的少年正欢快地吃着食物。他不过吃了一块糕点，她已经吃下去两个包子、一个烧饼。

察觉到墨寒卿的目光，叶七七转过头来，含混不清地道："殿下，你还要吗？"

"不用。"墨寒卿擦好手指，将帕子放入袍袖中，语气中带着一丝讽刺道，"吃这么多，也不见长个子。"

叶七七一口烧饼吃在嘴里，瞬间便被这句话给噎着了。

马车缓缓行至京城最大的胭脂水粉铺子花容阁门口。

"到了。"顾大人掀开马车窗帘，朝外看了一眼，转头朝墨寒卿恭敬道，"殿下，就是这里了。"

墨寒卿淡淡地应了一声，朝叶七七瞥了一眼，叶七七立刻起身，动作利落地从车厢里跳出去。

顾大人已经站在马车外，毕恭毕敬地等墨寒卿下来。

花容阁门口，来逛街的姑娘们看到墨寒卿从马车中走出的瞬间，眼睛全变成了心形。

"啊啊啊！是靖安王啊！"

"是第一公子靖安王啊！"

"想不到能够在花容阁门口看到靖安王！日后，我一定要天天来花容阁逛！"

姑娘们围在马车四周，却没有一人敢往前半步。

进了花容阁，在铺子里挑东西的姑娘们看到墨寒卿进来，脸上露出惊艳与爱慕的神情，紧接着下一秒，便赶紧将手中的东西放下，提起裙摆四下散开。

叶七七满头黑线地看着眼前一幕，忍不住道："殿下，那帮姑娘似乎非常怕你？"

"哼。"墨寒卿目光从铺子里精美的商品上扫过，只从鼻息间低低地哼了一声，算是应了她的话。

"殿下，你为什么这么讨厌女人？"叶七七满眼不解地看着他。

这次，某人连哼都不高兴哼一声了。叶七七却是已经习惯墨寒卿动不动就要杀人的眼神，继续追问道："殿下，你这样子，以后会不会找不到娘子啊？"

"滚。"墨寒卿咬牙切齿地朝叶七七丢出一个字。

叶七七无所谓地耸耸肩，干吗这么凶……

"别忘了我们来这里的目的。"墨寒卿瞪着她，深吸一口气，努力平复想要掐死她的念头，冷冷地道，"去给我找你刚才在大理寺后院中闻到的味道。"

叶七七点点头，刚准备去看那些商品，便听到一个极其妩媚的声音自楼上道："哟，这不是靖安王殿下吗，殿下今日大驾光临，令我花容阁蓬荜生辉啊！"

叶七七抬起头来，便看到一个穿着火红色衣衫的女子手执团扇，从楼梯上翩然而来。她看起来不过二三十岁，一双眼睛顾盼生辉，脸上浓妆艳抹，走路的样子摇曳生姿。

女子在离墨寒卿一丈远的地方堪堪停住脚步，动作娇柔地朝他福了福身子，娇媚地道："奴家见过靖安王殿下。"

顾大人看着墨寒卿越皱越紧的眉毛，轻咳两声道："殿下，这位便是花容阁的老板娘，花想容。"

花想容手执团扇，轻声低笑道："顾大人下次带夫人来，奴家给顾夫人多优惠一点。"

"多谢老板娘！"顾大人客气道。

"哟，我光顾着和顾大人说话，倒是忽略了靖安王殿下。"花想容转过头来，娇媚地朝着墨寒卿笑了笑道，"敢问殿下，今日光顾我这花容阁，可是想要买点什么？兴许奴家能为殿下推荐一二？"

墨寒卿皱着眉头冷脸看她，半晌不耐地道："给本王好好说话。"

"啊？"花想容一怔，满眼疑惑地看着他。

"不要用这种语气、这种声音和我说话。"墨寒卿阴冷地朝她继续道，"恶心。"

花想容脸色一下子惨白。

“去找。”墨寒卿没有再看花想容一眼，而是转过头，声音冷冷地朝着叶七七命令道。

“哦。”叶七七有些同情地看了一眼花想容，便开始在铺子里转悠。

那些胭脂水粉有用木盒装的，也有用瓷瓶装的，还有用金银珠玉之类的名贵盒子装的。虽然盒子材质不同，但每一个盒子上的花纹、装饰都是精心雕刻的。叶七七一边转悠一边两眼放光。

墨寒卿站在原地，直直地盯着叶七七。

片刻之后，叶七七拿着一个贝壳样的东西走过来，把它递给墨寒卿，道：“殿下，应该就是这个了。”

“这个？”墨寒卿低头看了一眼，那是用青玉雕琢而成的贝壳模样的盒子，上面的纹路很精致，还镶嵌着几颗细小的珍珠。他将贝壳盒子打开，放到鼻子旁轻轻地嗅了嗅，皱着眉头道，“难闻。”

“呃……”叶七七眨眨眼睛，无奈地摊了摊手，道，“确实就是这个。”

顾大人见状，连忙转过身，对花想容说：“这青玉贝壳装着的水粉，平日里都是何人前来购买？”

花想容的脸色一下子古怪起来，迟疑地道：“殿下可是在谁身上闻到过这种味道？其实……与这种香味接近的水粉有好几种，殿下想要找的，恐怕……不该是这种吧。”

墨寒卿转过头来看向叶七七。叶七七也有些不太确定，想了想，朝花想容道：“你能把与这个香味接近的几种水粉都拿过来给我看一下吗？”

“好的，少侠，请稍等。”花想容朝着叶七七福了福身子，娇滴滴地应了一声，便施施然走了。

过了没多久，花想容捧着几个精致的小盒子走了过来。叶七七低头看去，其中最差的是白玉瓷瓶的，另外几个全是金镶玉的盒子。叶七七随手拿起白玉瓷瓶的放到鼻子旁闻了闻，显然这个更加清新淡雅。飞鹤山庄里的丫鬟用的似乎是这种水粉。

叶七七想了想，将盒子放下，又拿起几个金镶玉的盒子分别闻了闻。味道确实相近，但仔细分辨，还是感觉得出香味的不同。

花想容站在一边，笑眯眯地看着叶七七道："这白玉瓷瓶的价格最是实惠，好多大户人家的丫鬟都喜欢这种，另外几个金镶玉盒子的，价格稍微贵一些，那些王公贵族的侍妾、偏房很喜欢。我这儿还有更贵的，不过香味跟这些就不怎么相近了，少侠要不要看看？"

叶七七摇了摇头，放下手中的盒子，转身指着墨寒卿手中的那个，语气肯定地道："就是那个，绝对没错。"

"这……"花想容忍不住扯了扯嘴角，看着叶七七的目光也变得复杂起来。

"买这种水粉的是何人？"墨寒卿举着手中青玉贝壳样的盒子，朝花想容冷冷地问道。

花想容神色变了变，尴尬地回答："实不相瞒……这种盒子的水粉，其实……是醉仙楼特供……"

"醉仙楼？"叶七七满眼疑惑地转头朝着墨寒卿看去，随口问道，"那是什么？"

墨寒卿乌黑深邃的眼眸眯了眯，声音阴冷地道："青楼。"

青楼是用来干吗的，难道是青色的楼阁吗？叶七七依然一脸迷茫。

顾大人却是恍然大悟地看着墨寒卿，道："如此看来，那些失踪的女子都是青楼女子，那些女子身份卑微，就算失踪，也没人在意，怪不得尸体没人前来认领呢。"

"那我们现在是要去青楼调查吗？"叶七七顺着顾大人的话，随口问道。

这话一出，顾大人和墨寒卿同时转过头，用一言难尽的表情看着她。

"怎……怎么了？"叶七七被他俩看得不自在，小声问道。

"这个时辰，醉仙楼应该还没开门。"顾大人尴尬地轻咳两声。

"就算开门，我们也不能光明正大地去。"墨寒卿冷冷地接了一句。

"为什么？"叶七七奇怪地问道。

墨寒卿却是没有回答她的问题，只淡淡瞥了她一眼，转身朝花容阁的大门走去。出了花容阁的大门，墨寒卿朝顾大人道："今日晚上戌时，你去醉仙楼逛一逛，打探一下他们的消息。"

“是。”顾大人双手抱拳，朝墨寒卿弯了弯腰，恭敬地应了一声。

“其他事情我自会安排。”墨寒卿冷冷地丢下这句话，便上了马车。

叶七七跟在他身后，也上去了。

顾大人站在花容阁门口，朝墨寒卿恭敬道：“老臣恭送殿下。”

马车晃晃悠悠地离开花容阁，朝靖安王府驶去。

回去的路上，叶七七坐在车厢里，看着墨寒卿面无表情的脸，终究忍不住开口问道：“殿下，那个醉仙楼到底是干吗的，为什么刚才顾大人和你，看起来那么奇怪呢？”

墨寒卿眼里闪烁着兴味的光芒，盯着她许久，末了，唇角竟然勾起一抹浅浅的弧度道：“到时候你就知道了。”

夜晚，月黑风高。

两道黑色的身影在屋檐上飞快地掠过。

叶七七紧紧地跟在墨寒卿身后，朝京城那片灯火辉煌的地方飞去。

她看着脚下一条灯光璀璨的巷子，暖暖的灯火融化在夜色中，空气里飘着浓烈的香粉味，每一间院子的大门口都挂着红色的灯笼，一个个妖娆美丽的女子挥舞着帕子，不停地朝行人抛着媚眼。

墨寒卿秀气的眉毛紧紧地皱着，要不是为了顾大人的案子，这种地方，他平日里连路过都要绕着走。

那条巷子的尽头，书着“醉仙楼”三个大字的红灯笼在夜风中摇曳。

“殿下，我们是不是到了？”叶七七看着不远处的醉仙楼，压低声音，朝墨寒卿问道。

“嗯。”墨寒卿淡淡地应了一声，身形一晃，便朝醉仙楼后面绕去，“我们从后门进去。”

“好嘞！”叶七七心中满满的都是好奇，这条巷子在灯火的映衬下特别漂亮，那些站在巷子里笑容满面的女子也特别漂亮，甚至在那阵阵醉人的香粉味中，她还闻到食物的香味。

不过片刻，两个人便摸到醉仙楼的后门。

墨寒卿将自己的身影藏在阴暗中，抬头看了一眼站在不远处的叶七七，正准备朝她做出“行动”的手势时，突然听得身后一辆马车轧着泥土，缓缓而来。马车看起来极为简陋，车夫甩着马鞭，却是警惕地看着四周。

墨寒卿动作一下子顿住，盯着车夫看了许久，直到马车缓缓驶入醉仙楼后门，这才脚尖一点，朝叶七七飞了过去。叶七七正准备行动，突然收到墨寒卿的暗号，让她在原地不要动，于是趴在醉仙楼的围墙上，眼睁睁看着一辆破烂马车驶了进去。

就在醉仙楼的后门缓缓关上的时候，她身后突然传来一阵温热的气息。叶七七心中一惊，下意识想要出手，手腕便被一只温暖的大手轻轻扣住，一道低沉清冷的声音在她耳边轻轻响起：“是我。”

“殿下？”叶七七听到他的声音，一颗心终于放下，转过头看着身后的墨寒卿，围墙下方的灯笼散发出暖暖的光芒，那些光芒照在他的脸上，描出完美的轮廓。

“看到刚才那辆马车了？”墨寒卿压低声音朝她问道。

“看到了。”叶七七点点头。

“它往哪个方向去了？”

“那边。”叶七七指了指后院中一条朝左的岔路，小声道。

“走，过去看看。”墨寒卿眯了眯眼睛，松开她，脚尖轻点，从围墙上跃了下去。

“哦。”叶七七点点头，也跟着跳了下去。

醉仙楼后院没有灯火，围墙的阴影遮住两人的身影。叶七七猫着腰，跟在墨寒卿身后轻手轻脚地往前走，大约过了一刻钟，终于看到那辆马车停在一个偏僻的院落前。

车夫已经不在马车上了。

叶七七动作迅速地蹿到马车前，悄悄掀开帘子，朝马车里看了一眼，却发现里面空空如也，什么都没有。她转身朝站在阴影中的墨寒卿做了一个“没有”的手势。墨寒卿皱着眉头思索了片刻，然后脚尖轻点，示意叶七七跟着他翻到院子里面去。

叶七七动作极轻地掀开一块屋顶上的瓦片，朝屋子里看去。里面看起来还算干净，靠墙的位置摆放着一张床榻，昏暗的灯光下，一个长相清秀却衣着破烂的姑娘正倒在床榻上昏睡。

刚刚那位车夫正半跪于床榻前，身旁摆着一个铜盆，手中拿着块蘸了水的帕子，认真仔细地在帮那位姑娘擦拭脸上的灰土。

叶七七疑惑地抬起头，看着墨寒卿。墨寒卿眉毛紧蹙，眼看车夫给那女子擦拭完脸，又轻手轻脚地帮她换了一件干净的外衫，之后便低低地叹了一口气，关上门，转身离开。

“这是……怎么回事？”叶七七凑到墨寒卿身边，小声问道。

“不知道。”墨寒卿沉默片刻，看着屋子里睡容安详的女子，蹙着眉头摇了摇头。

两人又盯着屋子里的女子看了一会儿，还是没有发现异常。墨寒卿伸手将刚才叶七七揭下的那块瓦重新放好，低声道：“走，去前院看看。”

“好。”叶七七两眼放光，兴高采烈地跟着他朝前院飞去。

前院大厅正是人来人往、灯红酒绿的时候。大厅中央有一个戏台子，两个戏子正站在台上唱戏，台下看戏的男人们，每人搂着一个娇俏可人的姑娘，或是低头喝酒，或是轻声私语。

墨寒卿和叶七七趴在前院围墙上，极快地在大厅中扫视了一圈，没有发现顾大人的身影，便知他已经不在前院，便拽着叶七七朝中院飞去。

中院完全不同于前院的热闹，来来往往的丫鬟都轻声细语的，虽然各厢房内的灯火皆亮着，但每间房门口的小巧玲珑的粉色灯笼却是有的点着了，有的没点着。

叶七七有些不解，低声问道：“殿下，那些灯笼是干吗的？为什么有的点着了，有的没点呢？”

墨寒卿顺着她的目光瞥了一眼，面无表情道：“点着的，就是请勿打扰的意思。”

“哎？为什么？”叶七七依然不解。

“不为什么。”

“那咱们……来中院是干吗呢？”

“找找顾大人在哪间屋子里。”墨寒卿拽着叶七七的手腕，动作迅速地跳上长廊中的房梁，紧接着一个翻身，又跳上了屋顶。

夜风中，他二人穿着同样的夜行衣，动作轻快地来到二楼最边上。

“就从这一间开始找吧。”墨寒卿指了指最靠边的第一间厢房，朝叶七七挑了挑眉。

“哦。”叶七七点头应了一声，轻轻地揭开房瓦，低头看下去。

屋子里面，一个大腹便便的中年男子正色眯眯地看着坐在身边的女子，肥手在那女子的腰上到处乱摸：“小美人儿，来，给大爷亲一个……”

“哎呀，讨厌啦……”女子满脸娇羞，却是很乖地将脸凑到男子的嘴边。

叶七七无语地将手中的房瓦重新放好，转过头来，朝墨寒卿摇了摇头道：“不是顾大人。”

“那下一间。”墨寒卿动作优雅地躺在厢房外的长廊房梁上，声音淡淡道。

“哦……”叶七七点点头，迟疑了一下，还是朝墨寒卿问道，“这房间里的二人是夫妻吗？”

“嗯？”墨寒卿微微挑眉。

“我刚刚看见房间里的男子亲了他身边的女子一口。”叶七七眨着眼睛。

“不是。”墨寒卿眼中泛起一抹不易察觉的光芒，声音清冷道。

“那他们……”叶七七满脸迷茫。

“青楼里的女子，只要来的客人肯出钱，就可以随便亲。”墨寒卿答道。

“可是……那些男子应该成婚了吧？”叶七七还是有些不太理解，“他们家中不是有娘子吗，为什么还要出来亲别的女子？”

“家花哪有野花香。”

“那他们的娘子，也可以出去花钱亲别的男子吗？”

“不可以。”

“为什么？”

“不为什么。”

叶七七皱着眉头，沉思了好一会儿，突然问道：“每个男人都是这样吗？”

墨寒卿沉默地看着她，不知道为什么，心中生出一丝懊恼。他原本只是想看她在这里窘迫的样子，可是眼下，她一本正经地问这些乱七八糟的问题，他竟然不知怎么回答。

叶七七盯着他，摇了摇头道：“应该不是每个男人都这样的。”

“哦？你又如何知晓？”墨寒卿冷冷地瞥了她一眼，按捺住心中懊恼的情绪，声音缓缓地问道。

“反正殿下肯定不会这样。”叶七七很认真地看着他道，“你这么讨厌女人，看见有女人靠近，恨不得揍她们一顿，像你这样，将来找不找得到媳妇还是个问题，怎么可能花钱主动靠近别的女子呢。”

墨寒卿唇角扯了扯，原本面无表情的脸一下子便黑了。

“其实殿下，那些女子也只是因为爱慕你才想要接近你，你别对她们抱有那么大的偏见，我觉得——”叶七七趴在房顶上，滔滔不绝地说教起来。

“给我闭嘴！”墨寒卿狠狠地瞪了她一眼，刚才心中生出的一点懊恼也消失得无影无踪，“看完这个房间，就去给我看下一间！赶快把顾大人找出来！”

“哦……”叶七七赶紧朝下一间房的房瓦下手。

揭开下一块房瓦，叶七七还没来得及探头往下看，便听得喘息声传了上来。

“嗯……啊……官人，你轻点……”

“小娘子，这样你就受不住了？”

“唔……别……别这样……”

叶七七满头问号地从屋顶的缝隙朝下看去。房内昏暗，床榻上纱帘被拉了起来，映着烛火，依稀可见两个身影纠缠在一起。

喘息声越来越重，女子嗯嗯啊啊的声音也越来越大。叶七七有些不明所以地看着，转头朝墨寒卿道：“殿下，这房间太昏暗，看不清楚。”

墨寒卿离她有点远，并没有听到那些旖旎之音，只是皱了皱眉，有些不悦地看着她道："看不清楚，你不会想办法去房间里看吗？"

叶七七实诚地点了点头，将房瓦重新放好，漂亮地翻身下到长廊。她背靠着房门，警惕地左右看了看，轻轻将手放在门缝上，稍稍一用内力，便听得里面传来轻微的声音，挂在门上的钩子已经震成两半。

叶七七飞快地推开房门，一个侧身便闪了进去。

刚刚打开的房门重新关好。

墨寒卿躺在长廊房梁上，看着她娇小的身影钻进房里，沉默片刻之后，还是翻了个身，从房梁上跳下来。他走到房间门口，刚准备伸手推门，便听到里面传来令人脸红心跳的喘息声。

"小宝贝儿，这个姿势你喜不喜欢，喜不喜欢？"

"啊……啊……官人，不要了……"

"嘴上说不要，真不要，我可就停了啊。"

"不要……不要……不要停……啊……"

墨寒卿一张白皙如玉的俊脸瞬间黑下来。叶七七那家伙，竟然就这么直接钻进去了。

墨寒卿阴沉着一张脸，强忍着心中不适，推开房门，闪身进去。房间里确实昏暗，只点了两支红烛，阵阵刺鼻的香味弥漫在空气中。借着烛火微弱的光芒，墨寒卿看到叶七七那道瘦小的身影正趴在不停晃动的床榻边，准备去掀床上的纱帘。他心中一惊，赶紧飞身上前，一只手搂住她纤细的腰肢，另一只手捂住她的嘴巴，将她死死地扣住。

"唔……"叶七七下意识地想要回头去看，奈何嘴巴被某人捂住，竟一点声音都发不出来。

"别乱动。"墨寒卿双唇贴在她的耳朵边，压低声音朝她丢下三个字。

叶七七只觉一阵温热的气息喷洒在耳边，他低沉清冷的声音沿着她的耳道缓缓钻进耳中，仿佛一条小蛇，让她忍不住浑身一抖。

墨寒卿搂着叶七七，眼眸微微眯了眯，一个闪身便藏在屏风后。

"我现在松手，你不要乱叫……"他看着叶七七不停朝自己眨眼睛，似乎有话要说，迟疑了一下，在她耳边轻声道。

叶七七眨着黑白分明的眼睛，看着近在咫尺的墨寒卿，将红润的小嘴凑到他的耳边，低声问道：“殿下，他们这是在做什么？”

她身上特有的馨香充斥在他的鼻息间。说话的时候，她离他实在太近，近到唇瓣若有似无地碰到他的耳郭，轻微的碰触一下子便让他整个身体都僵住了。墨寒卿保持着这个姿势，没有动弹，整个人仿佛被定身了一般。他眼眸微微垂下，长而卷的睫毛宛如小扇子，遮住眼中的光华。

他唇瓣紧紧地抿着，脸色看起来不是很好。

“殿下，殿下？”叶七七见他半晌没有反应，便又低低地喊了他两声。

墨寒卿仿佛回过魂，用力一推，将叶七七从怀里推了出去。叶七七被他用力一推，整个人便不受控制地朝后倒去。下一秒，她的背撞在屏风上，发出砰的一声闷响。

不停晃动的床榻，一下子停了下来。

“什么声音？”男人动作一顿，反手将帘子一掀，朝房里看去。昏暗的房间内，一切物品都完好无损，没有变化。

“哎呀……官人……”躺在床榻上的女子，眼神娇媚地看着身上的男人，用白玉般的胳膊将男子的脸搂向自己的胸前，道，“能有什么声音啊，保不准是隔壁房间里的小姐妹……官人，别停啊……”

屏风后面，叶七七怒瞪着墨寒卿，用眼神无声无息地质问：你刚才推我干吗？

墨寒卿神情也是冷冰冰的，没有说话。

说话啊你，刚才推我干吗？叶七七忍不住伸手推了一下墨寒卿的肩，继续怒视着他。

墨寒卿淡淡地瞥了她一眼，转过头，一个飞身，径直从房门又闪出去了。

这家伙竟然跑了！叶七七气极，脚下一点，也跟在他后面飞了出去。

长廊中，叶七七追上墨寒卿，伸手拦住他的去路，气冲冲道：“你刚才为什么推我？”

墨寒卿站在原地，没有说话，幽深的眼眸却是抬了起来，阴沉不定地盯着叶七七，冷冷地道："我讨厌别人离我那么近。"

啊？叶七七一下愣住了，像是想起什么，问道："殿下，刚才房间里的那两人是在做什么？为什么身上没有穿衣服？"

墨寒卿原本面无表情的脸，在听到这句话的时候，完全、彻底、毫无保留地黑了。他语气阴冷地说："这不是你该问的问题。"说完，他转身朝另一个方向走去，"既然确定刚才的人不是顾大人，那便去下一个房间给我找人。"

"为什么？我就是好奇啊！"叶七七一脸不解地跟在他身边，絮絮叨叨继续问道，"我听刚才房间里的那个女子，声音似乎很是痛苦，她明明喊着不要不要，为什么又不准那个男人停下来呢？"

墨寒卿听着她的这番话，只觉得身体里一股无名火噌的一下冒了上来："小、七！"

"嗯？殿下喊我什么事？"

"我带你来这里是找顾大人破解无名女尸案子的，不是让你来研究这些乱七八糟的问题！"墨寒卿瞪着她，声音阴冷地道。

叶七七眨眨眼睛，一脸无辜。

"去找顾大人。"墨寒卿袍袖轻甩，转过身去，继续往前走。

叶七七撇了撇嘴，乖乖地跟上。

接下来，但凡房间门口的粉色灯笼是亮着的，墨寒卿都没让叶七七进去打探。顾大人只是来这里探查消息，谅他也没有胆量在这种时候做这种事情。更何况，听说顾大人家的那位是不折不扣的母老虎，若是被她知道顾大人来这种地方……墨寒卿想到顾大人将来有可能遭遇的悲惨生活，终于感觉心情稍稍好转。

他深邃的目光又落到在屋顶来回奔走的叶七七身上。以这家伙的性格，若是以后成亲，估计也会是只母老虎，只是不知，到时候会是谁遭她毒手了。

等等。成亲？墨寒卿眼睛忍不住微微眯了眯。不知道为什么，他一想到日后可能会有另外一个人搂着她纤细的腰肢，在她耳边低声说话，就觉得心里不舒服。

然而还没等他理清思绪，便听得叶七七惊喜的声音从不远处的房顶上传来：“殿下！我找到了！顾大人在这里！”

墨寒卿低低地应了一声，袍袖轻甩，朝叶七七飞了过去。

下方屋子里，顾大人正一脸窘迫地坐在两个妖艳女子中间，而那两个女子正一边一个，拿着酒杯不停地往顾大人嘴边送。

“别……别……别……老夫不胜酒力……”顾大人一边推辞，一边擦着额头上的汗水。

“哎哟，大官人，您就喝了这一杯嘛，刚才您问我们的问题，我们可都是如实回答了，怎么，现在连一杯酒都不愿意给我们面子？”其中一个女子故作嗔怒地看着顾大人，水蛇般的胳膊攀上顾大人的胸膛。

叶七七躲在屋顶上，看着顾大人不停擦汗的样子，忍不住觉得好笑，就在她打算出手帮顾大人一把的时候，只见顾大人的袍袖中竟然冒出两股白烟。两名围在他身边的妖艳女子先是惊呼了一声，随即便晕倒在桌子上，没了知觉。

“咦，想不到顾大人还有这一招。”叶七七愣了一下，随即反应过来，顾大人袖子里藏的应该是迷魂烟。

“顾大人好歹也是刑部尚书，这么多年他又不是没来青楼打探过消息。”墨寒卿瞥了一眼屋子里的顾大人，声音冷冷道，“走吧，下去。”

“哦。”叶七七老老实实地应了一声，跟在墨寒卿的身后翻下屋顶，闪身进了屋子。

好不容易放倒了两名妖艳女子，顾大人刚松一口气，眼角余光便瞥见门口蹿进两道黑色的影子。

“谁！”顾大人心中一惊，猛地站了起来，握紧匕首，警惕地看着大门。

“顾大人。”叶七七笑眯眯地出声喊他。

顾大人见是墨寒卿和叶七七，松了一口气，收好匕首，朝墨寒卿恭恭敬敬地行了个礼道：“老臣见过殿下。”

“嗯。”墨寒卿淡淡地应了一声，动作优雅地走到顾大人对面的椅子上坐下，瞥了一眼桌上晕倒的两个女子，声音冷冷地问道，“如何？”

“回殿下的话。”顾大人直起身子，皱着眉头，声音中带着一丝不解道，“老臣今天晚上问了这两个女子许多问题，但她们说醉仙楼中这段时间以来，既没有什么新人，也没有什么人失踪，出来接客的还是原来那些女子，一个不多一个不少。”

墨寒卿听着他的话，秀气的眉毛也紧紧蹙起，沉吟片刻，才低声道：“是吗？”

“正是。”顾大人朝他躬了躬身子道，“一开始老臣还不太相信，以为她们是串通来骗我，但来这里之前，老臣特地查阅了一下醉仙楼先前报备在案的人员名单，与老臣今日所见确实没有什么不同。”

“那就是说，这醉仙楼表面上看起来并没有什么古怪？”墨寒卿手指摩挲着下巴，低低地自言自语道。

叶七七转头看了他一眼，又看了看顾大人，开口道：“可是殿下，今日我们从醉仙楼后门进来时，明明看到一辆马车上载着一位姑娘啊。”

“嗯。”墨寒卿低低地应了一声，墨玉般的眼眸忽然抬起，盯着叶七七那张白皙清秀的脸颊道，“小七，你觉得今日那姑娘，为什么会被带进醉仙楼？”

“我不知道。”叶七七茫然地摇了摇头，迟疑道，“可我觉得那姑娘……穿得有些像城外流浪的乞丐。”

“乞丐？”墨寒卿一怔，他身份高贵，自然从未注意过京城外的乞丐是什么样子。

“对。”叶七七很肯定地点了点头道，“我在进京城之前，一路看到过很多这样的乞丐，他们都穿得破破烂烂，脸上很脏，指甲里全是灰，鞋底几乎磨烂，脚指头都露了出来。”

顾大人思索片刻后，不解地看着叶七七道：“少侠的意思是，那些无名女尸可能生前是乞丐吗？可是之前那些仵作检查的时候，老臣有观察，那些女尸的指甲很干净，皮肤虽说不上白嫩，但也绝对不像常年在外乞讨的人。”

“我们在醉仙楼的后院里，有看到那个车夫给带回来的女子擦拭脸上的灰尘……”

叶七七看着顾大人，想了想道：“既然车夫会给女子仔细擦干净脸上的灰尘，又给她换上干净的衣服，也许还会帮她修剪指甲什么的，只是……不知道这醉仙楼把那女子弄过来，到底想要做什么。”

“再观察一段时间不就知道了。”墨寒卿皱了皱眉，房间内的香粉气息实在太浓了，熏得他头晕。

“那老臣便找几个可靠的手下来醉仙楼盯着。”顾大人听他这么一说，赶紧接下这个活。

“嗯。”墨寒卿淡淡地应了一声，便起身准备离开。

叶七七今日晚上在房顶上奔波了许久，这会儿又说了一些话，觉得有些口渴。她低头看了一眼桌子，一个是白玉酒壶，壶嘴细长，精雕细琢，有浓浓的酒香从壶口散发出来。另一个是青花瓷水壶，花纹繁复，比白玉酒壶大上许多。她眨了眨眼睛，自顾自拿起一个尚未用过的杯子，从青花瓷水壶中倒出满满一杯水，然后送到嘴边，喝了下去。

咦？这水怎么带着一丝淡淡的甜味？叶七七喝得又快又急，喝完才发现嘴里有甜甜的感觉。

此刻，墨寒卿已经出了房间，只剩下顾大人目瞪口呆地站在叶七七身边。他张了张嘴，艰难地道：“少……少侠？”

“嗯？”叶七七转过头来，看着顾大人，眼睛里满是问号。

“那……那可是陈年桂花酿啊！”顾大人结结巴巴地道，“后劲很大的。”

“桂花酿？”叶七七重复了一遍，完全忽略了那个酿字，“我说这水喝起来怎么甜丝丝的呢，原来是桂花做的啊！”她说着说着，提着青花瓷水壶，又倒了满满一杯出来，一口气喝了下去。

“少侠……”顾大人一脸担心地看着她道，“这酒不能多喝啊，后劲很大的，你现在没什么反应，可是过一会儿……”

“过一会儿怎么样？”叶七七转过头，露出一个大大的微笑，眼眸仿佛弯弯的月牙儿。

顾大人擦了擦额头上的汗水道：“那个……殿下已经出去了，要不，咱们赶紧跟上？”

“好呀！”叶七七脸上的笑容越来越灿烂，然后脚尖轻点，直接从房间的窗户飞了出去。

不是……这……顾大人转头看看房间的大门，又看了看叶七七飞出去的窗子。罢了，他还是自己回府吧。顾大人一边摇头叹气，一边朝醉仙楼的大门走去。

醉仙楼的大门口，他的马车已经停在路边等着了。顾大人掀起衣袍，爬上马车，刚一掀开车帘，便看到墨寒卿坐在马车内。

“殿下！”顾大人心中一惊，赶忙朝他行礼。

“免礼。”墨寒卿淡淡地瞥了他一眼，声音冷冷道，“本王今晚是和护卫使用轻功飞过来的，回去就蹭一下顾大人的马车了。”

“殿下愿坐老臣的马车，是老臣的荣幸。”顾大人连忙恭恭敬敬道。

“本王的贴身护卫呢？”墨寒卿见顾大人坐好，却没有见到叶七七进来，便皱眉道。

“这个……”顾大人迟疑了一下，声音弱弱道，“方才那位少侠他……他从窗户飞了出去，然后老臣便找不到他的踪影了。”

“窗户？”

墨寒卿正准备继续询问，马车车帘便被一阵风卷了起来，紧接着一道清脆的声音响起：“哎？这不是顾大人的马车吗？借我蹭一下啊！我忘了回靖安王府的路怎么走了。”伴随着那道清脆的声音，一个黑色的人影带着一阵夜风钻了进来。

墨寒卿和顾大人同时朝来人看去。叶七七钻进车厢，发现墨寒卿和顾大人都在车里，于是冲他二人灿烂一笑，道：“殿下，顾大人，你们已经上车了啊！”

顾大人小心翼翼地观察叶七七的反应，也不知现在她醉了没有。

“坐下。”墨寒卿瞥了她一眼，冷冷地朝她命令道，“回王府。”

“走吧。”顾大人正襟危坐，朝车夫喊了一声。

马车晃晃悠悠地开始往前走。

墨寒卿闭上眼，却觉得鼻息间一股甜甜的酒香浮动，于是他睁开眼睛，朝顾大人看了一眼，随口问道："顾大人今晚喝了多少酒？"

"呃……不多，老臣就喝了三杯。"顾大人赶忙回答道。

墨寒卿点点头，问道："喝的什么酒，不过三杯便有如此浓香的酒味？"

"这个……"顾大人有些尴尬地扯了扯嘴角，不由自主地朝对面的叶七七看去，"老臣就喝了三杯水酒。"

墨寒卿微微挑眉。只喝了三杯水酒？按理说车厢里不应该酒气冲天。他又转过头，朝叶七七看了过去，那家伙正低着头，不知道在想些什么。

马车晃晃悠悠地走着，墨寒卿也懒得去管酒气到底是从哪里来的，继续闭目养神。

"顾大人。"一个清脆的声音突然在车厢内响起。

"老臣在。"顾大人抬头便看到叶七七正朝自己傻笑，当下心头一跳，赶紧应了一声。

"听说顾大人经常去青楼？"

顾大人伸手擦了一把额上的汗，僵硬地道："并非常去，就算去，也是查案需要。"

叶七七点头，认真地问："那顾大人能回答我几个问题吗？"

"少侠请问。"

"我方才在屋子里看到一男一女在床榻上晃来晃去，他们到底是在做什么啊？"叶七七眨着一双清澈的眼睛，认真问道。

"这……"顾大人下意识转头朝墨寒卿看去，只见某人的脸色瞬间黑下来。

"还有，为什么那个女子叫得那么痛苦啊？为什么又不让那个男的停呢？"

"呃……"

"我还想问……"

然而，她刚说了几个字，便听得车厢里响起低吼："给本王闭嘴！"

叶七七满眼疑惑地转过头去，看向墨寒卿。

车厢内的气压低了下来。顾大人低着头，不敢看墨寒卿。

叶七七却是歪着脑袋看向脸色阴沉得几乎滴出水来的某人，声音清脆地道："为什么呀？为什么不能问？殿下不回答我的问题，我只能问别人。"

两人互相瞪着，不知为什么，叶七七的表情竟然一点点开始变化。

墨寒卿眼睁睁看着她一脸怒气渐渐地，缓缓地，像是冰山融化一般，慢慢变成一个甜甜的笑容，嘴角的笑意越来越明显，笑容越来越灿烂。他皱着眉头，刚想问她怎么回事，便觉得眼前一黑。一道娇小瘦弱的身影朝他扑来，然后，一个软软的、暖暖的脸蛋贴上他的脸颊。

"殿下，你干吗对我那么凶？"叶七七脆生生地朝他问道，声音像是三月里的黄鹂鸟。她纤细的小胳膊紧紧地搂着墨寒卿的脖子，还在他脸上蹭了蹭。

墨寒卿整个人便僵住了。

"殿下，我觉得你长得真像一个人。"叶七七却是完全不管墨寒卿在想什么，自顾自傻笑着说道，"可我好像都快记不清那个人的样子了……"

墨寒卿听到这句话，心中一惊，回过神来。

叶七七蹙着眉，眨着大眼睛看着墨寒卿，似乎在思考什么。半晌，她朝他露出一个傻笑，道："我想起来了！"

"想起他长什么样了？"墨寒卿眯了眯眼睛，声音中带着一丝紧张道。

"没有啊。"叶七七无辜地摇了摇头，笑嘻嘻道，"我是想起别的事情了，小时候，只要我一凑过去亲那个人，他脸色就会变得很难看！哦……对，就是这样，就跟殿下现在的表情差不多，脸色黑黑的，表情臭臭的……呵呵呵呵……"叶七七又是一阵傻笑。

顾大人跪在地上，汗水跟雨一样直往下落。他斟酌再三，终于开口道："殿……殿下……"

墨寒卿听到顾大人的声音，终于想起来，这车厢里还有一个人。

"殿下，你别推我呀，呵呵呵呵……"叶七七朝着他又是一阵傻笑。

顾大人擦擦额头上的汗，低着脑袋，结结巴巴地道："殿下，老臣……老臣今日晚上多喝了几杯酒，这会儿有点头晕……老臣……老臣想下车吹吹风，散散酒气，还望殿下恩准……”

墨寒卿微微垂眸，看着跪在车上连大气都不敢出的顾大人，沉默片刻，声音冷冷道：“去吧。”

终于得了他恩准的顾大人，连忙转过身，一掀车帘，爬了出去。马车外传来扑通一声重物落地的声音。然后是车夫惊讶的声音：“顾大人，你没事吧？”

“没事，没事，就是喝多了，脚下有点不稳。”顾大人的声音在马车外响起，接着便是匆忙走远的脚步声。

墨寒卿心里绷着的弦终于松了下来。然而还没过两秒，叶七七又攀着他的脖子凑过来：“殿下，你说我要是亲你一口的话，你会不会跟那个人一样生气啊？”

墨寒卿身子一僵，心中没来由便是一阵怒火。她下山以后幸好遇到自己，若是遇到别人，她也要像现在这样，钻在别人的怀里，搂着别人的脖子，凑上去亲别人吗？

“叶七七。”他声音冷冽地喊了一声，“给本王自重！”

“哦……自重是个什么重？”叶七七歪着脑袋，眼睛滴溜溜地转了两圈，迷茫地看着他道，“你刚才喊我什么？”

墨寒卿深吸一口气，俊脸上都是压抑的怒气。他看着眼前的人儿，咬牙切齿、一字一顿地喊了她一声：“叶、七、七。”

叶七七傻笑，摆了摆手道：“什么叶七七呀，我现在是小七呀，我是男的！男的！呵呵呵呵……我是男人呀！”

墨寒卿眼看她说着说着竟然唱了起来，脸色顿时更加难看。

“哦……对了。”叶七七突然停下来，眨着黑白分明的大眼睛，看着眼前的墨寒卿，神色认真地道，“身为一个男人，好像不应该这样钻在别人的怀里，是不是？”

墨寒卿深吸了一口气，拼命压制住想要掐死她的欲望：“你给本王老实点！否则本王就折断你的手！”他声音阴冷地朝着她恐吓道。

“咝——”叶七七倒抽一口冷气，手腕上传来的疼痛让她的眼睛里蒙上一层水雾。

她转过头，看着墨寒卿，声音软软地道：“疼……”

她声音那么轻，那么委屈，那么可怜兮兮，只不过简简单单一个字，便仿佛一片悄然飘落的羽毛，拂过他的心脏。墨寒卿只觉心中一软，扣着她手腕的力道不由自主地便小了下来。

然而，他不过稍微放松了一点警惕，便觉得眼前一阵微风拂过，上一秒还被他扣在手中的手腕已经消失，而他自己的身子刹那间被重物狠狠地撞击了一下，整个人不受控制地朝后倒去。

墨寒卿心中一惊，连忙伸手撑住车厢壁，稳住身形，只见一道瘦小的身影飞快地朝他冲了过来。他侧身一闪，顺手便朝那道娇小的身影劈去，却没想到，自己的手腕被她牢牢抓住。

墨寒卿翻转过身，另一只手扣住叶七七的肩膀，却又在瞬间被她逃脱。

车厢里响起砰砰打斗的声音。

车夫听着身后剧烈的打斗声，只觉车厢都快被他们拆了。他胆战心惊地回头看了一眼，被夜风吹起的车帘后面，靖安王殿下和他的贴身护卫正以极其奇怪、极其扭曲的姿势搏斗。

这车是顾大人府上的，车厢内的空间自然没有靖安王府的马车空间大，是以，在这般狭小的空间内，身形瘦小的叶七七占尽上风。不过片刻，她便将墨寒卿整个压在身下。她一屁股坐在墨寒卿的肚子上，膝盖紧紧压着他的衣袍下摆，两只小手死死地扣住他的手腕，看着他怒火焚烧的眼睛，笑着道：“嘿嘿嘿……殿下，你是打不过我的，我的武功……可是很高的……”

“给本王滚下去！”墨寒卿双眼冒火地瞪着她，咬牙切齿地吼道。

“不要。”叶七七冲他做了个鬼脸，“小美人儿，别反抗，大爷会很温柔的……”

墨寒卿被她气得恨不得一口老血喷在她脸上。这一瞬，墨寒卿觉得简直比八年前还要憋屈。

“叶、七、七！”墨寒卿咬牙切齿地低喊着她的名字。

叶七七朝他灿烂一笑，俯身在他耳边轻声道："都说了，我现在是小七，别老是叶七七、叶七七地喊，万一被殿下听到，穿帮了怎么办？"

墨寒卿死死地瞪着她，隔着她捂在自己嘴上的小手，语气低沉阴寒地道："不然你以为我是谁？"

"你是公子呀。"叶七七继续傻呵呵地笑，小手依然捂在他的唇瓣上，直直地看着他的眼睛，又委屈地问道，"公子，为什么你离开飞鹤山庄之后就再也没有回来看我了？你知不知道你离开后，我每天都在山庄门口等你回来？"

墨寒卿微微一怔，神色复杂地看着她，眸中怒火也弱了许多。

叶七七可怜兮兮地看着他，突然笑着道："嘿嘿，我虽然不太记得你长什么样子，可是总觉得你的眼神好熟悉。殿下，你到底是不是公子呢？"她一边说着一边不等墨寒卿回答，又继续道，"要是被我找到八年前去飞鹤山庄的那个家伙，我一定不会放过他！他竟然用'公子'两个字假冒自己的名字！小美人儿，你说，这世间怎么会有如此狡猾之人？"

叶七七说着说着，红润的嘴唇便不由自主地凑到墨寒卿跟前，然后将捂在他唇瓣上的小手撤走，眼看她的唇瓣即将落在他的嘴唇上，墨寒卿突然冷冷地喊了一声："黑蟒。"

下一秒，一道黑色的影子从墨寒卿袍袖中蹿了出来，快速缠上叶七七。与此同时，一道绿色的影子也从叶七七的袍袖中钻出来。

竹叶青蛇盘踞在叶七七的肩膀上，朝缠绕在主人身上的黑色蟒蛇张大嘴巴，露出两颗又细又长的尖锐毒牙。

叶七七原本打算去亲墨寒卿，谁知眼前突然一黑，紧接着，身子便被一个凉冰冰的东西给缠绕住，不过片刻，她竟然连动都不能动了。她满眼疑惑地低下头去，却见一条长长的黑蟒绕在身上，正不紧不慢地吐着蛇芯子。

"咦，是条小黑蛇呀！"叶七七歪着脑袋上下打量它道，"小黑，你好呀。"

"黑蟒。"墨寒卿喊了它一声。

"咝——"黑蟒连忙转过头，看向主人。

“缠住她，不要让她乱动，也别管她说什么。”墨寒卿淡淡地瞥了一眼依然坐在自己身上的那个家伙，语气冰冷地朝黑蟒命令道。

黑蟒听话地低下头，默默盘绕在叶七七身上，不动弹了。竹叶青蛇见它不再嚣张地朝自家主人示威，便也不再朝它发动攻击。

车厢里面一时之间有些安静。

叶七七看看绕在身上的黑色蟒蛇，又看看被压在身下的墨寒卿，脸上竟然露出一抹悲伤的表情：“你不是公子……”

墨寒卿突然听到她低低地念叨了一句。他抬起头来，用墨玉般的眼眸看着她。

“我记得以前公子很怕小青的。”叶七七依然满脸笑意，声音脆脆地道，“那么小的小青他都怕，又怎么会养一条这么大的黑蛇呢……”

墨寒卿偏过头去，不忍心看她的笑容。

正在此时，车帘被一把掀开，车夫声如洪钟地道：“殿下，到靖安王……府……了。”车夫看到眼前的场景，瞬间僵住。

墨寒卿转过头，眸中绽出要杀人的光芒，看着呆愣的车夫：“愣着干什么，还不赶紧把她给本王弄走？”墨寒卿咬牙切齿地朝车夫道。

“小的遵命！”车夫想要钻进车厢，将压在墨寒卿身上的叶七七给扶下来。

墨寒卿眯了眯眼睛，眼神危险地看着车夫。

“殿……殿下饶命！”车夫一步一挪地走上前，颤抖着双手，将叶七七从墨寒卿的身上扶起来。

“哼。”墨寒卿冷冷地哼了一声，动作优雅地缓缓坐起，看着依然傻笑的叶七七，声音阴寒地喊了一声，“黑蟒。”缠绕在叶七七身上的黑蟒立刻化为一道黑影，重新躲入他的袍袖中。

墨寒卿微微皱眉，手疾眼快地握住叶七七的手腕，稍一用劲，便将她带下马车。出了车厢，夜风拂过，将沾染在两人身上的酒气吹散了不少。

叶七七被他扣住手腕，无法挣脱，干脆眼珠一转，踮起脚，不由分说地朝他的唇瓣凑了过去。吧唧一口，她出其不意地吻上他轮廓分明的下巴。

墨寒卿只觉下巴上传来温热的触感，软软的，暖暖的，一触即离。他眼眸微垂，便看到叶七七清澈的眼眸里闪烁着璀璨的星光。那里除了有星星的影子，还有他浅浅的身影。墨寒卿竟然看得愣住了。

远远地，守在靖安王府门前的侍卫看到他的身影，恭恭敬敬地行礼道：“见过殿下。”

“嗯。”墨寒卿淡淡地应了一声，胳膊夹起叶七七，风一般飞快进了王府。

墨寒卿径直走进西厢房，将叶七七朝床榻上一扔，看都不看一眼，转身离开。

月光透过纸糊的窗子，在地面映出一道极其模糊的影子。

虽已入夏，夜晚还是有些凉。墨寒卿站在房门外，迟疑了一下，终究轻轻地推开房门，又走了进去。刚刚被他丢在床榻上的叶七七，此刻正四仰八叉地睡着。墨寒卿盯着她片刻，伸手将床尾的薄被拉过来给她盖上。

她长而卷翘的睫毛微微颤抖着，秀气的眉毛舒展开来，似乎正做着什么开心的梦。眼前的她一副少年装扮，虽然与他记忆中的样子有很大不同，但那双眼眸几乎没有变化。

墨寒卿突然俯下身，手轻轻触上她软软的脸颊。她的肌肤柔软富有弹性，在指尖留下一片滑腻的触感。墨寒卿怔了一下，随即回过神，指尖在她的下巴处来回摸索，终于摸到一点跟别处皮肤不一样的触感。他用指甲轻轻抠了几下，那处皮肤便翘了起来。呵……原来是易容啊……

墨寒卿细细地打量了她一番，转身离开了。

第七章　贴身侍卫

第二日，清晨。

叶七七终于从沉睡中醒来。

墨寒卿穿着玄黑长袍，双手负于身后，逆光站在叶七七的房间门口。

“呃……殿下，”叶七七怔了一下，赶紧从床榻上起身，满眼迷茫地看着他问道，“现在是什么时辰？”

“已是辰时。”墨寒卿踱步至她面前，“还不快去更衣洗漱？”

“是。”叶七七赶紧朝着他应了一声，准备转身离开的时候，突然有些不好意思地朝着他问道：“那个……殿下？”

“嗯？”

“我昨天晚上……好像喝醉了。”叶七七低着毛茸茸的脑袋，声音小小地道，“我……应该没有做什么出格的事情吧？”

她酒量不好，她是知道的。有一次，她在山庄里偷喝爷爷的酒，喝醉后强吻了屋里一众丫鬟，叶珏大师便严禁她再喝酒。

墨寒卿看着她，周身的气压瞬间降低。才过了一夜，这家伙就不记得昨天晚上做过什么事了？亏他回去之后，还因她的那些举动、那些话而辗转反侧。

叶七七虽然低着头，却能感觉此刻他周身散发出的强大气场，当下心里一惊，下意识抬起头来看着他道："殿下！我真的把你给……"

"没有。"墨寒卿目光阴冷地看着她，迅速否认道。

"哦……还好还好……"叶七七伸手抚了抚胸口，长长地舒了一口气。

等下，她记得昨晚同在醉仙楼的还有顾大人啊！如果她没有把殿下怎么样的话，那该不会把顾大人给怎么样了吧？叶七七刚松一口气又提起来，一个箭步跨到墨寒卿面前，满脸担忧地看着他道："殿下，那该不会昨天晚上……我把顾大人给……"

墨寒卿眼睛微微眯了眯，看来这家伙知道自己喝醉酒是个什么德行……

"呵……"墨寒卿冷笑一声，居高临下地看着叶七七道，"这种事情，你自己去问顾大人不就知道了。"说完，袍袖一甩，他转身往门外边走边道，"赶紧洗漱，来前厅用早膳，今日还有许多事情要做。"

叶七七脑海里不断回放着他临走前那个谜一般的微笑。天哪……她该不会真的把顾大人给……叶七七赶紧摇了摇脑袋，收起涣散的神思，换衣服去了。

一番洗漱完毕，叶七七急匆匆去了前厅。刚一踏进前厅，她就被里面的景象给镇住了。前厅正中央的那张大圆桌旁，此刻已坐了五个人。除了墨寒卿和昨日她见过的慕容鸿羽、叶承安、墨修竹，还有一个白衣的陌生男子。男子大约二十岁，生得眉目如画，气质清隽，颇有谦谦君子、温润如玉的感觉。他坐在墨寒卿身边，不动声色的模样，却让人无法忽略他的存在。

那人在叶七七进来时抬眸瞥了她一眼，朝她露出一个浅浅的笑容。只是刹那，叶七七便觉得眼前仿佛有无数斑斓的花朵在盛开。

墨寒卿微微蹙眉，声音低沉地道："傻站在那儿干吗？"

"哦。"叶七七回过神，不由自主地又朝白衣男子瞥了几眼。

墨寒卿坐在主位上，他的左边是墨修竹，然后是叶承安，右边是那位白衣男子，然后是慕容鸿羽。

叶七七琢磨了一下，走到叶承安身边坐了下来。她这么云淡风轻地一坐，桌上的几人却是瞬间愣住。墨修竹、叶承安、慕容鸿羽三个人，你看看我，我看看你，眼神中传递出同一个问题：

这靖安王的贴身护卫怎么都可以上桌跟他们几个一起用膳了？什么情况？难道真的跟他们昨天猜测的一样，这少年跟墨寒卿有不同寻常的关系？

白衣男子微笑着转头看向墨寒卿道："不知这位小兄弟是？"

"本王的贴身护卫。"墨寒卿淡淡地瞥了他一眼，"墨小七。"

"啊？"叶七七疑惑地抬起头，她什么时候变成墨小七了？

墨修竹他们却是彻底震惊了。这都赐姓了？要知道，墨可是国姓，除了立过功的大臣，便只有各亲王身边的亲信可以获赐此姓。

一时之间，墨修竹几个眼底闪烁着玩味的光芒。

白衣男子对叶七七微微一笑，双手抱拳道："在下白星阑，白色的白，星阑则是取星光阑珊之意。"他的声音宛若三月春风拂面而来，暖人肺腑。

叶七七朝他笑了一下，抱拳回礼道："见过白公子。"

墨寒卿眼神冰冷地看着他二人互相客气，突然转过头，朝身边的墨修竹道："你往那边挪一挪。"

"什么？"墨修竹怔了一下。

墨寒卿眯了眯眼睛，眼中绽出危险的光芒，一字一顿道："听不懂？"

"呃……懂。"墨修竹被他这么一瞪，下意识便伸手推了推身边叶承安的胳膊。叶承安赶紧又推推叶七七的胳膊。

墨寒卿这才冷冷地抬起头，朝叶七七道："墨小七，你坐我身边。"

墨修竹顿时瞪大眼睛。他冷酷的皇叔让他往旁边挪一个位子，就是为了给这个贴身护卫留出空位来？要不要这样！他好歹也是皇子啊！不管怎么说，他的身份应该都比一个护卫要高吧！

叶承安和慕容鸿羽一脸同情地看着墨修竹。在他们眼里，少年的地位已直逼靖安王妃！何况墨寒卿还未娶妻，府里根本就没有王妃，所以眼下，叶七七便是靖安王府里地位第二高的人。既然……墨寒卿已经有了心爱的男子，那他们几个就不用担心自己会被他看上了吧。

叶七七完全不知道他们在想什么，默默地走到墨寒卿身边坐下，有些疑惑地转头看着他，低低地道："殿下，可是有什么吩咐？"

"嗯。"墨寒卿微微垂眸，淡淡地瞥了一眼桌上的菜肴，"给本王试菜。"

试菜？叶七七不解地看着他，试菜是什么？

"咯咯……"叶承安坐在旁边，忍不住咳了几声。谁不知道靖安王府的每一道菜在端上来之前，都有专人试吃，为的是防止有人在菜里下毒。眼下，墨寒卿竟把这少年叫到自己身边，让他再试一次，简直就是欲盖弥彰啊！

慕容鸿羽好心提醒道："靖安王是让你试一下这些菜，看看里面有没有毒。"

"哦……"叶七七恍然大悟。

她飞快从袍袖中取出一根银针，动作迅速地在每个菜上都戳了一遍，这才收起银针，转身朝墨寒卿恭敬道："殿下，都没毒。"

墨寒卿眯了眯眼睛，这样算是试过了？他沉默片刻，冷冷地道："本王要吃……糯米莲藕。"

叶七七微怔，转头看了他一眼。他这是……让自己给他夹菜？

墨寒卿低头，瞥了她一眼，道："怎么，还要本王再说一遍？"

"属下知道了。"叶七七扯了扯嘴角，应了一声，从盘子里夹了一块糯米莲藕放到他的碗里。直到他将糯米莲藕慢条斯理地吃完，她才尽职地问道，"殿下还想吃什么？"

"桂花糕。"墨寒卿放下筷子，声音淡淡道。

"哦。"叶七七点点头，拿着筷子，飞快夹了一块桂花糕到他碗中。

叶承安眼睁睁看着叶七七将上一秒还放在自己嘴里的筷子拿出来，夹了一块桂花糕到墨寒卿的碗里，又眼睁睁看着墨寒卿面无表情地将那块桂花糕送入口中，顿时觉得这个世界玄幻了。

墨修竹和慕容鸿羽的表情也没好到哪里去。倒是那位白公子，颇有兴趣地看着他两人许久，突然道："靖安王与这小兄弟的关系果然非比寻常。"他这话一出口，桌上的几个人同时怔住。

墨寒卿转头看着白星阑，冷冷地道："白公子，此话怎讲？"

"在下看这位小兄弟用自己用过的筷子给靖安王殿下夹菜，靖安王殿下非但没有觉得别扭，反而十分自然地将那些菜都吃了，由此可见，你二人关系应是极其要好的。"

墨修竹、叶承安、慕容鸿羽互相对看一眼，悄悄在桌子下面竖起大拇指。白公子，你可真是敢讲真话啊！

墨寒卿脸色黑下来，看着坐在身边的叶七七，声音阴寒地道："你刚刚，是用自己用过的筷子给我夹菜的？"

叶七七怔了一下，下意识地点了点头，道："好像是的。"

墨寒卿的脸色更加难看了。

"怎么了？"叶七七赶紧道，"殿下，你脸色看起来好像不太好，是不是吃坏肚子了？"

墨寒卿死死地盯着叶七七，咬牙切齿地道："你竟然用你用过的筷子给本王夹菜。"

叶七七眨着清澈的眼眸，无辜地道："我以前给爷爷也是这么夹的。"

墨寒卿深吸一口气："我又不是你爷爷。"

"反正是你叫我夹菜的！"叶七七毫不示弱地道，"再说，就算用我的筷子又怎么了，你嫌弃我啊？"

"我——"墨寒卿脸色由白转青，再由青转绿，再由绿转黑，最后只剩下一抹微红。他张了张嘴，终究没将"我就是嫌弃你"说出口。

倒是其他几人，眼睁睁看着他的脸色变化，如同见鬼。

白星阑盯着叶七七，上下打量了一会儿，双手抱拳朝墨寒卿道："殿下，在下还有要事去办，就不叨扰了。殿下盛情，在下感激万分。"

墨寒卿不动声色地将目光从叶七七身上转到白星阑身上，清冷地道："白公子，若是有事要忙，只管去忙便是。"

“在下告辞。”白星阑站起身来，朝墨寒卿躬了躬身，面带微笑道。

“慢走。”墨寒卿也缓缓地站起来，朝白星阑客气道。

白星阑抚了抚衣袍上的褶皱，绕过墨寒卿，走到叶七七身边时，突然伸出手，轻轻地拍了拍她的肩膀道：“这位小兄弟，很高兴认识你。”

叶七七嘴里正好咬着包子，转过头，疑惑地看了他一眼，赶紧站起身，拿下包子，笑嘻嘻地道：“我也很高兴认识你。”白星阑微微一笑。

啊？叶七七愣了一下，赶紧丢下包子，将小手在衣袍下摆处胡乱擦了擦，这才握住白星阑的手。

墨寒卿看到两人的手握在一起，眯了眯眼睛。

白星阑目光落在叶七七手上。她的手很小，也很软，掌心细滑，没有舞刀弄枪留下的痕迹，骨节摸起来也很小，完全不像男孩子的手。白星阑了然地笑了笑，轻轻握了一下她的手便松开，只留下一句“后会有期”，便转身离开了。

叶七七看着他离开的背影，只觉这位公子犹如春风，完全不似某人。

“人都走了，还看什么？”墨寒卿看着叶七七依依不舍的样子，不知道为什么，就是觉得心里很不舒服。

“关你什么事？”叶七七回过神来，白了墨寒卿一眼，没好气地回答。

墨寒卿又被她给噎住了。

叶承安实在看不下去，沉吟了一下，提示道：“寒卿，你难道……没有一种想要揍人的冲动？”

墨寒卿转过头来，眼神阴冷地看着他道：“有。”

“那你揍啊！”叶承安一边说着，一边朝叶七七的方向挤了挤眼睛。

墨寒卿沉默，墨玉般的眼眸朝叶七七一瞥。揍她？他这靖安王府中，恐怕没有一个人是她的对手吧？当年冷六、冷七几个联手都打不过一个五岁的小女娃，现如今，谁知道这家伙的武功变态到什么地步……至于他自己……墨寒卿心里有点没底，当年在陵墓中，那位老人虽然交给自己一本武功秘籍，但他也是最近几年才参透其中的奥秘。

墨寒卿深深地吸了一口气，缓解了心中的郁闷，然后抬起头，朝叶承安冷冷地道："你行你上啊。"

叶承安正在喝水，此刻听到他这句话，一个没忍住，将口中的茶水喷了出来。他一边用袖子擦拭嘴角，一边惊恐地看向墨寒卿。

还未等他开口，便有侍卫来报，说是顾大人求见。墨寒卿冷冷地说了一句"让他去书房等本王"，便站起身，朝其他几人道："你们慢慢吃，我先去见一下顾大人。"

"不是，我们这天天一大早过来找你，你就这么打发我们啊？"叶承安嘴欠地朝墨寒卿问了一句。

"你们天天来我这靖安王府混早膳吃，还有什么不满？"墨寒卿目光危险地瞥了他一眼，不等他答话，便径直出去了。

叶承安有些尴尬地摸了摸鼻子，转过头来看着墨修竹。墨修竹看了他一眼，继续转过头，看着坐在自己身边大快朵颐的叶七七。

"小兄弟。"墨修竹趁她夹菜时，笑嘻嘻地喊了一声，"你跟我们靖安王……"墨修竹的眼睛转了转，别有深意地问道，"关系很好啊？"

叶七七愣了一下，撇撇嘴道："谁和他关系好了，我明明跟他关系很不好。"

"那你为何要做他的贴身护卫？"墨修竹一脸不解地看着她道，"以你的本领，想要在京城中找个谋生的活儿，应该还是挺容易的吧？"

叶七七沉默了一下，声音弱弱地回答："我欠他钱。"

这话一出口，倒是把在场三个人都给愣住了。慕容鸿羽迟疑了一下，问道："不知这位少侠欠靖安王多少银子？"

"五百两。"叶七七有些郁闷地道。

三个人面面相觑。他们几个都是出身富贵，自小穿金戴银，从未缺过钱花，区区五百两在他们眼中不过是几顿饭钱，可是眼下，这少年竟然为了五百两银子，自愿留在靖安王府做一个小小的护卫。

要知道，那天被她打败的武状元都在兵部谋了个不错的职位，月银三十两，一年三百六十两，换作眼前这个少年，努力一下，大概一年多就能还清债务。

不过，既然她愿意给墨寒卿当贴身护卫，想来月俸应该比武状元高多了吧？这么一想，叶承安便问道："少侠，不知道我们靖安王给你的月俸是多少？"

"五两。"叶七七撇撇嘴，有些闷闷不乐地回答道。

才五两！叶承安瞪大眼睛，一脸不敢置信的表情。

"不过后来在我的威胁下，又给我涨成十两了。"叶七七长长地叹了一口气，道，"就算是这样，我也得用五年时间才能还清这些银子啊……"

禽兽啊！简直就是禽兽！三个家伙咂巴咂巴嘴，实在难以想象，墨寒卿竟然用这么禽兽的方式对待眼前这个面容清秀的小少年。不过话说回来，要是一个月只给十两银子，岂不是可以将这少年留在身边很长时间？

几乎片刻之间，他们三个脑子便转了转，明白了某人的打算。禽兽啊！简直比禽兽还不如！

墨修竹轻咳两声，婉转地朝着叶七七问道："那个，难道你对于靖安王开给你的月俸，没有疑惑与不满吗？"

有是有啊！叶七七一脸苦恼地想着。她倒是想让他把自己的月俸给涨成五十两，可是他不肯啊！

果然胳膊拧不过大腿，这少年就算武功再厉害，也比不上权势滔天的靖安王！一瞬间，三人看向叶七七的眼神充满了同情。

不过，如果这少年有足够的钱来还墨寒卿，那她岂不是不需要当小护卫了？

慕容鸿羽迟疑了一下，道："我这边兵部正好比较忙，人手缺得厉害，这位少侠，你要是愿意，可以来我兵部帮帮忙，我会支付你相应报酬的。"

"对！"叶承安一拍巴掌道，"我这边负责的礼部也需要人。小七，你愿意的话，也可以来我这里帮忙。"

墨修竹当下也一拍桌子，朝叶七七豪迈地道："来，来我户部，我绝对不会亏待你！"

还可以赚外快？叶七七眼睛里瞬间绽出璀璨的光芒。那她岂不是用不了五年就可以赚足五百两，然后将装满银子的钱袋甩到墨寒卿脸上去？这样的画面，她光是想一想都心花怒放。

叶七七连连点头道：“好！等我有空就去你们那里帮忙！”

“少侠放心，银两方面我们绝对不会亏待你！”墨修竹一脸坏笑，朝着叶七七道。

“不要叫我少侠，叫我小七就行。”叶七七有些不好意思地挠了挠后脑勺。

“好，小七。”墨修竹朝着她灿烂一笑，声音温柔地道。

等到墨寒卿和顾大人从书房中走出来，回到前厅，一眼便看到墨修竹正拿着一把折扇，面带微笑、玉树临风地站在叶七七身边给她扇风。而叶承安则端着碗草莓，正一边吃一边笑呵呵地和叶七七聊天。慕容鸿羽坐在叶七七的对面，眼神专注地看着他们。

这画面怎么看怎么和谐，可是不知为什么，墨寒卿觉得越看越扎眼。几乎是在他进门的瞬间，三个家伙便感觉一股浓浓的杀气扑面而来。他们同时转过头，看到门口站着的墨寒卿和顾大人，怔了一下。

叶承安笑嘻嘻地朝墨寒卿招手，道：“寒卿，你回来了啊，来吃草莓啊？”

墨寒卿眯了眯眼睛，声音冷冷道：“怎么，你们很闲？”

“呃……还好还好。”

“尚可尚可。”

“凑合凑合。”

三个家伙皮笑肉不笑地同时应了一句。

倒是叶七七，看到墨寒卿进来的刹那，赶紧站起来，自觉地走到他的身后，努力当一个称职的护卫。她这么主动，让墨寒卿心里的不快消了许多。

顾大人见到叶七七，十分客气地朝她抱拳道：“少侠。”

“顾大人。”叶七七顿时想起早上跟墨寒卿的对话，紧张地道，“那个，在下有一事想要请问顾大人。”

“少侠请讲。”顾大人客气道。

“昨天晚上，我不是喝多了吗？”叶七七硬着头皮，尴尬地笑了笑，

“我……有没有把顾大人给……给怎么样啊？”

“这个……”顾大人一怔，没想到她会问自己这个问题，尴尬地抬头看了一眼墨寒卿。

墨寒卿面无表情地站在那里，眼眸微微垂下，带着一丝杀气与警告，冷冷地看着顾大人。

“咯……这个……老臣并不是很清楚。”顾大人额头上的汗水，瞬间便流了下来。

“啊？”

“不是，不是，老臣的意思是，昨晚老臣喝得有些多，坐马车的时候感觉头晕，于是便下了马车，在路上吹了吹风，散步回府，所以少侠并没有对老臣做什么。”顾大人低着头，汗如雨下。

“哦，那就好。”叶七七松了一口气。

墨寒卿淡淡地瞥了一眼她唇角的笑，转身朝顾大人道：“这个案子，你继续给我盯着醉仙楼那边，一有风吹草动，立刻汇报。”

“是，老臣谨记。”

“若是没有别的事情，你可以回去了。”

“是，老臣告退。”

墨寒卿见他走了，这才朝叶七七道：“去给本王备车，本王今日要进宫面圣。”

“寒卿，你要进宫吗？”墨修竹顿时来了精神道，“那坐我的马车走吧，正好我也要进宫，而且刚才我跟小七聊了一会儿，我俩简直一见如故。”

“一见如故？你刚刚说，你跟我一见如故？”叶七七拽着墨修竹的袖子，兴奋地问道。

墨修竹愣了一下，转过头，满眼不解地看着她。

“啊，抱歉。”叶七七赶紧松开他的袖子，“在下逾越了。”

“没事。”墨修竹朝叶七七露出一个温柔的笑容道，“在我面前你不必这样拘谨，也不必将我当成三皇子。我们……就像是朋友。”

叶七七猛地抬起头，直直地看着他俊秀的脸庞，声音中带着一丝激动："三皇子殿下，你真的对我一见如故？是不是觉得就像以前见过我一样？"

"对，就像多年不见的老朋友。"墨修竹微微一笑，朝叶七七点点头道。

"那三皇子殿下，你——"

叶七七还想再问点什么，墨寒卿冷冷地开口道："墨小七。"

"啊？"

"本王刚才说要进宫面圣，你没听见？"墨寒卿看着少年一脸灿烂无比的笑容，只觉得异常刺眼，"还是说，你想耽搁本王进宫的时间，让圣上怪罪于本王？"

"属下不敢，属下这就去备车！"叶七七赶紧朝外跑。

墨修竹见状，连忙伸手拽住叶七七的手腕。

"嗯？"叶七七转过头来，满眼疑惑地看向他。

墨修竹朝她笑了笑，抬起头看向墨寒卿道："寒卿，刚才不是跟你说了，坐我的马车一起回去，正好路上我还能跟这位小兄弟聊聊天。"

墨寒卿眼眸里瞬间绽出阴冷的光芒，看着墨修竹握住叶七七的手腕，忍不住眯了眯眼睛，声音冷冽道："叫、我、皇、叔。"

墨修竹心中一惊，下意识松开叶七七的手腕："那什么，皇叔你今天又心情不好了？"

墨寒卿冷冷地瞥了他一眼，唇角勾起一抹意味深长的弧度："怎么，皇侄今日是不是特别想跟皇叔同坐一辆马车？"

"不！不不不！"墨修竹赶紧退了一步，一把拽过叶承安挡在身前道，"那个，我突然想起，刚才承安说他想蹭我的马车回府，我先送他一下，不能跟皇叔一同入宫，还望皇叔见谅。"

墨寒卿皮笑肉不笑地朝他勾了勾唇，转头看向叶七七，声音凉凉道："还不去备车？"

"哦。"叶七七点点头，赶忙出去了。

墨寒卿转过头，一双眼睛依然死死地盯着墨修竹。他怎么不知道，他俩才见了三次面，就一见如故了？

墨修竹只觉一道阴冷尖锐的目光一直跟随自己，当下便拽着叶承安的袖子，招呼上慕容鸿羽，一溜小跑逃出前厅。

叶七七给墨寒卿准备的马车，一路晃晃悠悠朝皇宫驶去。

车厢里，叶七七看着他一脸紧绷的神色，迟疑许久，忍不住问道："殿下，您今日……心情不好？"

墨寒卿淡淡地瞥了她一眼，垂下眼眸，注视着地面，不说话。

看这样子，就是心情不好了。

叶七七咬了咬唇，本来还想问问他关于墨修竹的情况，这下只能等他心情好点的时候再问了。

如此一路沉默着到了皇宫，墨寒卿在宫门口换乘辇轿，朝御书房的方向而去。

叶七七默默地跟在他身后，目不斜视地跟去御书房。

到了御书房门口的长廊前，墨寒卿在几个宫人的搀扶下，动作优雅地从辇轿上走下来。他站定身子，玄黑色的衣袍穿在身上，更显得身姿挺拔。

叶七七看了他一眼，默默地走上前，却看到他转过头，朝自己淡淡地吩咐了一声："你就在这儿等我。"叶七七点点头。

墨寒卿瞥了她一眼，这才推开御书房的门进去。

长廊上每隔三五步便有一个士兵把守。太阳高高地挂在空中，阳光将院子里的花草树木晒得无精打采。叶七七百无聊赖地找了个阴凉的地方坐下。

她抵达京城已经三天了，却不知道如何找爷爷。京城这么大，她总不能画一幅爷爷的画像，出去逢人就问吧。

想要打探消息，就该去人多的地方。刚进京城的那天，她记得在城中酒楼里听到不少八卦，说不定那儿会有人知道爷爷的下落。

都怪她，第一天到京城打赢了武状元，光顾着四处逛街，找好吃的，要是那时问问酒楼里的小二有没有见过自家爷爷该多好。

叶七七坐在阴凉地儿里，乱七八糟地想了一堆事情，还没理出头绪来，御书房门便吱呀一声被推开了。

墨寒卿从门内缓缓走出来，转身朝门里的人双手抱拳，声音淡淡道：“皇兄留步。”

“无妨，朕送送你。”一道和蔼的声音自门内响起，紧接着，一个穿明黄色衣衫的中年男子跟在墨寒卿身后，从御书房走出来。

这个人，应该就是当今圣上了。

叶七七赶紧站起身，低下头，恭恭敬敬地站在原地等墨寒卿。

那抹明黄的身影将墨寒卿送到御书房的长廊入口才停下。

墨寒卿再次转身朝中年男子双手抱拳道：“皇兄留步。”

“嗯。”低沉和蔼的声音在叶七七身边响起来，声音中满是关切，“寒卿，有空多进宫来看看太后，她很想念你。”

“是。”墨寒卿点了点头，微微笑道，“下次进宫，一定去拜见母后。”

“好，你回去吧。”皇上见他应下，这才满意地笑了，转头看到站在墨寒卿身边的瘦小身影，忍不住皱了皱眉道，“这位是——”

墨寒卿顺着他的目光看向站在自己身后的叶七七，笑容顿时消失不见。他瞥了她一眼，收回目光，朝皇上恭敬道：“这是我的贴身护卫。”

“贴身护卫？”皇上上下打量着叶七七。眼前的少年看起来不过十来岁，皮肤白皙，面容清秀。只是她又瘦又小，身上虽是靖安王府护卫的制服，那衣服却像挂在衣架子上似的，风一吹，都能飘起来。

皇上越看眉头皱得越紧，不悦地道：“怎么？你们靖安王府都没有人手了吗，竟然找了这么瘦小的少年做贴身护卫，走出去岂不是让人笑话。”

叶七七一听这话，顿时抬起头来，直直地看着眼前的皇上。皇上年近四十，保养得当，看起来不过三十出头，眼眸乍看之下跟墨寒卿有几分相似，只是眼神里多了几分和蔼包容，不像墨寒卿那样冷冰冰的。

墨寒卿眼看叶七七直勾勾地盯着皇上，忍不住暗暗推了一下她的胳膊，轻咳一声。叶七七回过神，学着之前墨寒卿的样子，朝皇上抱拳，低头恭敬地道：“见过皇上。”

皇上更加不满：“你这个小护卫，连行礼都不会，留在寒卿身边有什么用？”

叶七七有些不满地抬起头。

皇上继续不悦地道：“以你的身份，见到朕应行跪拜之礼。怎么，难道你家王爷没有跟你讲过？”

墨寒卿瞪了叶七七一眼，转头朝皇上道：“她刚做臣弟的贴身护卫没几天，对于宫中礼仪并不是很了解，还望皇兄见谅。”

皇上随口应了一声，依然纠结于叶七七的小身板：“就他这瘦弱的身材，保护得了你吗？依朕看，你这贴身护卫不行，回去赶紧换掉，之前在你身边的冷——”

“皇兄！”墨寒卿突然开口，重重地喊了他一声。

“啊？”皇上不解地看向他。

墨寒卿尴尬地轻咳两声，目光在叶七七身上转了两圈：“皇兄不要小看臣弟的护卫，以她的身手，这满院士兵加起来都打不过她。”

“哦？”皇上顿时有了兴趣。他转过头，再次冲叶七七打量了一番，摇摇头道，“朕可看不出这少年有什么特别之处，寒卿，莫要骗朕。”

“皇兄若是不相信，只管叫人来试。”墨寒卿负手站在叶七七身边，下巴仰了仰，声音清冷地道。

“这倒是有趣。”皇上捻了捻胡须，沉声道，“来人。”

“是。”御书房四周的士兵同时朝皇上的方向单膝下跪，应了一句。

“你们去试试这个少年的功夫。”皇上朝叶七七仰了仰下巴，沉声道。

“是。”士兵们恭恭敬敬地应了一声。

不过片刻，便有二十多人将叶七七团团围住。叶七七看看身边的士兵，又看了看墨寒卿，沉默一下，问道：“殿下，这些人可以随便打吗？”

“嗯。”墨寒卿淡淡地扫了一圈，清冷地说，“别打死、打残就行。”

皇上听着他二人的对话，一脸新奇地看着叶七七：“这少年当真如此厉害？”

墨寒卿唇角微勾，声音淡淡地道："皇上试一下不就知道了。"

二十多个士兵每人拿着一把长矛，穿着坚硬的盔甲。反倒是叶七七，两手空空，一身布衣，加上她身材瘦小，被这么多身强体壮的士兵围住，连个影子都看不到。

"需不需要我让他们将手中的武器扔掉？"皇上迟疑了一下，转头朝墨寒卿问道。

"不用。"墨寒卿目光沉沉地注视着院子，"那些武器，留着给你的士兵防身吧。"

皇上转头又看了一眼院子中的众人，怎么也不觉得那瘦小的少年能对二十多个士兵构成威胁。

叶七七站在二十多人中间，气定神闲地看着他们，露出一个灿烂的笑容。她朝那帮人勾了勾手指，声音清脆地道："来，我让着你们，一起上吧。"

"给我上。"士兵领队一声令下，二十多人便低吼着朝叶七七冲去。

叶七七脚尖轻点，轻而易举从他们的包围圈中飞了出来，一个后空翻，在空中点了几下，便轻飘飘地落在不远处的假山上。

叶七七忍不住咂了咂嘴。这皇宫内的卫兵，虽然看起来魁梧壮实，但也只是仗着人多而已，他们各自的身手实在是入不了她的眼。天气这么热，还是速战速决好。想到这里，叶七七眼神一凛，猛地蹬了一下假山，借着力道，朝二十多个士兵飞了过去。

"小心！"士兵领队只觉眼前一花，一道暗红色的身影以极快的速度朝他们飞来，他刚提醒了一句，便听得耳边传来一声声惨叫。

一个个手执长矛、身穿盔甲的士兵宛如流星，从他眼前划过，然后砰砰砰砸在假山上，砸在树干上，砸在鱼池里，砸在地面上。不过片刻，他的手下一个接一个从他眼前消失，直到最后，只剩下他一人。

"你……"领队忍不住握紧手中长矛，一脸紧张地看着眼前瘦弱的少年。

"嘿嘿。"叶七七朝他笑了笑，一双黑白分明的眼睛笑得眯了起来。她飞快地朝他冲了过来，一个漂亮的回旋踢，那个领队便在空中划出完美的弧度，飞了出去。

皇上有些目瞪口呆地看着眼前发生的一幕，从瘦弱的少年出手开始，连半炷香的工夫都没有，他就将这院子里的士兵全部踹趴下了。

墨寒卿的目光停留在叶七七身上，那抹娇俏的身影，总能在不经意间吸引他全部的注意力。

他转过头，看向站在身边的皇上，淡薄的唇角勾起得意的弧度："如何？我这护卫是不是很厉害？"

"这……"皇上顿时有些尴尬。

叶七七将所有的士兵都踹飞之后，身形稳稳地落在院子中央。炽热的阳光照在她瘦小的身子上，镀上一层浅浅的光晕。她朝墨寒卿仰了仰下巴，黑白分明的眼睛里写满了笑意。

看着她神采飞扬地站在一众倒地的士兵中，墨寒卿忍不住笑了一下。那一瞬间，仿佛千万年的冰山在阳光下融化，透明清澈的冰凌反射出耀眼的光芒。

叶七七看着他的笑容，只觉眼前仿佛有大片大片的桃花在盛开。那个人站在漫天飘散的繁花里，露出让人惊艳的笑容来。可惜，墨寒卿唇角的笑转瞬即逝，而叶七七依然傻乎乎地站在院子中央晒太阳。

"还傻站在那儿干吗？过来。"他皱了皱眉，声音又恢复了一贯的清冷，朝着她淡淡地道。

"哦。"叶七七回过神，不好意思地挠了挠后脑勺，脚尖一点，飞到他身边。

墨寒卿转过头来，朝着皇上微微挑眉："皇兄？"

皇上尴尬地轻咳了两声，伸手捻了捻胡子，敷衍着道："是挺厉害的，嗯，人不可貌相。"

"多谢皇兄夸赞。"墨寒卿面无表情地朝着他双手抱拳，毫不客气地应承下来，仿佛皇上刚才夸的是他。

皇上看着躺了一地的士兵，只觉画面惨不忍睹，赶紧转移话题道："寒卿啊，你的年纪也不小了，你母后最近总是在朕耳边念叨，说你该成家了。你看看，这京城中有没有哪家女子是你喜欢的，皇兄帮你牵个线搭个桥，如何？”

墨寒卿脸色瞬间便冷了下来：“没兴趣。”

“怎么会没兴趣呢，朕看那陈太尉家的女儿就挺不错，还有柳侍郎家的小女儿，琴棋书画样样精通，还有那个……”皇上立马滔滔不绝起来。

“皇兄。”

“嗯？”

“时辰不早了，您该用午膳了。”墨寒卿声音冷冷道。

“哦，朕知道了。”皇上随意点了点头，却丝毫没有停下的意思，“那你觉得，到底是哪家的姑娘好？”

墨寒卿抬眸，淡淡地瞥了他一眼，面无表情道：“臣弟觉得那几家的姑娘都挺好的。”

“真的？”皇上顿时两眼发亮，“那朕这就去帮你……”

“臣弟记得，还有好几个皇侄也未曾婚配。”墨寒卿却是打断皇上的话，自顾自说下去，“那几家姑娘也挺适合嫁给皇子。”他目光微微动了动，压低声音道，“今日清晨，三皇子还跟臣弟说，觉得柳侍郎家的小女儿挺漂亮。”

“老三？修竹？”皇上微微愣了一下。

“皇兄若是有空，多关心关心众皇子的婚事。臣弟想，太后应该会更加欣慰。”墨寒卿再次朝皇上双手抱拳，“臣弟告退。”说完，他也没等皇上反应，便带着叶七七径自走了。

这一路走到出了皇宫的大门，叶七七的眼睛都没有从墨寒卿的身上离开过。刚开始的时候，他还能假装没有看到，可直到坐在马车里，她那双清澈漂亮的眼眸还是直勾勾地盯着他。

墨寒卿忍无可忍地抬起头来，看向叶七七，皱眉道：“你盯着本王做什么？”

“哦……属下就是好奇。”叶七七眼睛眨也不眨地看着他回答道。

“好奇什么？”墨寒卿实在受不了被她一直盯着。

“殿下，听说京城里爱慕你的女子能够从靖安王府的大门排到京城外面去。”叶七七一双眼睛转了转，疑惑地问道，“可是你为什么这么讨厌女人啊？”

因为你！墨寒卿默默地白了她一眼，实在懒得回答她这个问题。

“殿下，属下刚才听着，觉得皇上说的那几个姑娘都不错，家里不是太尉就是侍郎，跟殿下很是门当户对。”叶七七好奇地看着他追问道，“殿下，你一个都不考虑吗？”

墨寒卿声音中隐隐带着一丝不悦道：“怎么，听你这意思，好像挺希望本王赶紧挑一个成亲？”

“那倒不是。”叶七七大言不惭道，“属下就是觉得，殿下不能一直这么讨厌女人，你看你年纪也不小了，再这么下去，以后会娶不到王妃的。我觉得你可以从现在开始，试着接触一下女性，这样子的话……”

“给本王闭嘴。”墨寒卿冷着脸，声音从齿缝中冒了出来。

“哦……”叶七七被他这么一凶，闭上了自己的嘴巴。

墨寒卿深深地吸了一口气，只觉心里有种说不上来的挫败感。半晌，车厢里响起他低沉阴冷的声音：“因为女人麻烦。”

“啊？”叶七七不解地看着他。

“自小到大，我身边的女孩子不论出了什么事只会哭，闯祸了会哭，被我凶了会哭，高兴了会哭，不高兴了也哭，每次看见女孩子哭哭啼啼的，我就觉得很烦。”

叶七七伸手挠了挠脑袋，想起飞鹤山庄中的丫鬟。那些丫鬟做错了事情，或者遇到她闯祸，也都是哭哭啼啼的，偶尔看见她耍赖不想吃饭，还会红了眼睛。

“这样……确实是挺麻烦的。”叶七七颇为赞同，点了点头，继续追问道，“可总还有女孩子不爱哭的吧，难道你就没有遇到过？”

遇到过，就是你。

然而……墨寒卿意味深长地看了她一眼，想起小时候被叶七七虐得那么惨，就觉得往事不堪回首。

“没遇到过？遇到过？”叶七七坚持不懈地问道。

“遇到过。”墨寒卿转过头去，看向车外的风景，淡淡道，“太凶悍了，不喜欢。”

“这个……”叶七七忍不住扯了扯嘴角。温柔的吧，你嫌人家爱哭；不爱哭的吧，你嫌人家凶悍。看来殿下想要找个适合的女子，难于登天啊！

叶七七撑着下巴看着墨寒卿，目光从他轮廓分明的脸落到他白皙修长的手掌上。他的手指很漂亮，骨节分明，骨肉均匀，宛如青松翠竹。

“对了！殿下，我来帮你算一卦吧！”叶七七一时兴起，朝墨寒卿道，“我以前还跟着师父学过算卦，看看手相，帮人算算命什么的，我的技术还可以。”

“算命？”墨寒卿朝她兴奋的小脸看了过去。

“对啊，殿下，我帮你算一算吧。”叶七七连连点头，不由分说地抓住他的手掌。

墨寒卿下意识将手抽回，黑着一张脸道：“别乱碰我。”

叶七七一怔，飞快抓住他往回抽的手，固执地道：“怕什么啊，大家都是男的，殿下，你别不好意思。”墨寒卿有些无语地看着她。

叶七七已经抓着他的手掌，低头仔细研究起来，一边研究一边念叨着：“哎，殿下，你的感情线看起来很淡啊……而且也很单一……看来以后你只能娶一个王妃，不能随意纳妾了啊……还有你……”

墨寒卿皱着眉头，她絮絮叨叨的话语落进他的耳朵里，却没有听到心里去。他只是看着她柔软的小手握着自己的大手，纤细的手指碰触在自己手背的皮肤上，暖暖的，带着一丝微痒，像是轻柔的羽毛拂过手背，莫名地，让他心里一软。

“所以，殿下你……”叶七七一边说着一边抬起头，发现他正温柔地看向自己。那样的温柔，仿佛浩渺夜空中闪烁的朦胧星光，微弱却无法忽视。叶七七只看了一眼，便觉得那双眼睛好似会摄人心魄。

车厢里的气氛，变得有些怪异。

许久的沉默之后，墨寒卿突然开口，声音淡淡地道：“算好了？”

“算……算好了……”叶七七回过神，赶紧丢下他的手掌，背对着他端坐好。

她偷偷伸手摸了摸心脏，它飞快地跳着，怎么回事，她不至于紧张成这样吧？叶七七心中纳闷，又伸手摸了摸脸颊，她的脸颊也好烫……该不会是生病了吧？

墨寒卿目光深沉地注视着叶七七的背影，半晌，终于挪开目光，面无表情地朝车窗外面看去。刚才那一瞬，他竟然觉得她，有点可爱？

马车晃晃悠悠地继续往前走，车厢里的两人，却是各怀心事。

回到靖安王府，墨寒卿难得没有任意差遣叶七七，而是打发她去跟别的护卫学习府里的规矩。叶七七乐得清闲，不用一天十二个时辰跟在墨寒卿身后伺候他，她正好可以去京城的各家酒楼转悠，看看能不能搜集一些关于爷爷的消息。

如此相安无事的几天过去之后。

某天清晨，顾大人突然慌慌张张地跑来靖安王府，说有要事求见靖安王。

待叶七七将顾大人从靖安王府门口一路带到书房之后，便看见顾大人扑通一下，朝墨寒卿跪了下来，声音颤抖道："老臣……老臣发现了一些不得了的事情。"

"什么事？"墨寒卿坐在书桌后，一只手拿着毛笔正在低头写信，随口问道。

"殿下……殿下还记得那天您和这位少侠在醉仙楼发现的那位女子吗？"顾大人抬起头，一张皱纹横生的脸上满满的都是惊慌。

墨寒卿手微微顿了一下，秀气的眉毛皱了起来，回想了片刻，点点头道："记得。如何了？"

"老臣前段时间发现，那名女子被醉仙楼好生打扮了一番，送到了当今太子的府上。"顾大人说这话的时候，声音有些颤抖。

"太子？"墨寒卿抬起头，看着跪在下面的顾大人，怔了一下，奇怪道，"人被送到太子府去了？"

"正是。"顾大人伸手擦了擦额头上的汗水，"老臣一直暗地里派人盯着那位姑娘，原本以为太子可能是逛醉仙楼的时候无意发现了她，便想将她带回去做填房或侍妾，可是没想到……没想到……"

"没想到什么？"墨寒卿将毛笔放下，看着顾大人，声音冷冷地问道。

“没想到……”顾大人有些犹豫地转头，看向站在墨寒卿身边的叶七七。

这件事情非同小可，知道的人自然是越少越好……这少年虽说是他们殿下的心头好，但是毕竟跟在殿下身边的时间短，她的底细如何，他还不是特别清楚……

墨寒卿看着他结结巴巴的样子和有些犹豫的眼神，便顺着他的目光看了一眼站在自己身边的叶七七，沉吟了片刻道：“无妨，小七不是外人，你尽管说。”

“是。”顾大人恭恭敬敬地应了一声，跪在地上继续道，“老臣派去跟踪的人发现……太子每日都派人给那位姑娘喂食一些奇怪的药物，那药物到底是什么，老臣不得而知，但是从喂药之后的反应来看，老臣怀疑，太子给那位姑娘喂食的是……是……春药。”

墨寒卿听到这两个字，忍不住皱紧了眉头。

“不过……”顾大人有些尴尬地咳了两声，颤巍巍地继续道，“老臣本以为太子是想让那姑娘做填房的，所以喂食一些……这种药物来助兴……也……也未尝不可。”

“……”

“只是……只是让老臣奇怪的是……”顾大人一张老脸憋得通红，几乎不知道怎么继续说下去。

“说。”墨寒卿冷冷地看着他，声音阴寒道。

“太子他……他并没有与那位姑娘同房。”顾大人低着头，声音弱得几乎听不见，“太子只是每日给那姑娘喂食药物，便……便一直亲吻那位姑娘的……私处……一开始，那姑娘有些反抗，但是后来，在药物的作用下，便也不反抗了，反而有些主动起来……”

墨寒卿的书房一下子变得安静无比。顾大人跪在地上，头埋在两手之间，不敢抬头看他，所以也不知道此刻表情如何。

片刻安静后，墨寒卿有些尴尬地轻咳了两声，然后转过头，朝着叶七七声音淡淡道：“小七，你先出去。”

“啊？为什么？”叶七七怔了一下，满眼不解地看着他。

“让你出去就出去。”墨寒卿脸色一冷，不悦道，“哪来那么多为什么。”

“哦。”叶七七低低地应了一声，看看墨寒卿又看看顾大人，只得转身出去。

墨寒卿这才转头看向跪在地上的顾大人，皱着眉头，声音冷冷道：“你继续说。”

顾大人长长舒了一口气，然后抬起头来，愤慨道：“最近几日，太子每天都对那位姑娘做这种事情，老臣听到属下回报的时候，本以为这只是太子的个人嗜好，谁承想，昨日夜晚……”顾大人迟疑了一下，左右看了看，站起身来，凑到墨寒卿的书桌前，压低了声音道，“昨日夜晚，探子来报，说是有好几位朝中重臣齐聚太子府。”

“哦？”墨寒卿微微挑眉，漫不经心道，“他身为太子，身边有重臣围绕，实属正常。”

“然而几位重臣去了太子府，却并非商议朝事。”顾大人声音压得更低，“探子回报，那几位重臣其实是去和太子一起……玩弄那位姑娘。”

墨寒卿眼眸中绽出冰冷的光芒，朝顾大人看了过去。

“殿下息怒！”顾大人被他冷冷地瞪了一眼，赶紧跪在地上，大气也不敢出地朝着他道，“老臣所言，句句属实，绝不敢有半点编造。”

良久之后，顾大人才听到他低沉阴冷的声音：“继续说。”

“基本……基本就是这样。”顾大人磕磕巴巴地道，“只是昨日他们临走之前，探子还听说……今日夜里他们还要去太子府，说这次……让太子不要给那位姑娘喂药了……”

墨寒卿低低地应了一声，又是许久的沉默。

顾大人跪在地上，心里一个劲地打鼓。

墨寒卿坐了一会儿，缓缓地站起身，在书房里来回踱了几圈。

“既然如此，今晚我们便去太子府探一探消息。”墨寒卿目光微垂，看着跪在地上的顾大人，声音冷冷道。

“是。”顾大人一哆嗦，赶紧磕头应了一声。

送走顾大人，墨寒卿展开信纸，行云流水般地写好几封信，朝门外喊了一声："小七，进来。"

书房门被吱呀一声推开，叶七七规规矩矩地走了进来。

"去备马车，我们去一趟三皇子府。"墨寒卿站起身，将信揣到袍袖里，声音淡淡道。

"哦，好。"叶七七应了一声之后，便准备马车去了。

半个时辰之后。

墨修竹站在三皇子府门口，脸上洋溢着灿烂的笑容，热情道："哎呀，皇叔，是什么风把你吹来了？怎么想起到我这儿来玩？"

墨寒卿淡淡地瞥了他一眼，伸手指了指身边站着的叶七七，清冷道："她自来了京城，还没好好地逛过，今日我有公务在身，你带着她在京城里逛一逛，顺便给她挑几套合身的护卫服饰，明日我再来领人。"

"啊？"墨修竹听到他的话，愣了一下，还没来得及答应，墨寒卿已经上了马车，扬长而去。

墨修竹和叶七七站在一片灰尘之中，茫然地看了对方一眼。

"呃……那个，小七，你不是他的贴身护卫吗？"墨修竹指了指马车消失的方向，扯了扯嘴角看着叶七七问道。

"是啊。"叶七七一脸坦然地站在原地点了点头。

"那你……今天不用跟着他了？"

"看起来好像是这样的。"叶七七歪着脑袋上下打量墨修竹，眼中闪过一道精光，拽着他的袍袖朝三皇子府里走去，"来来来，先带我参观参观你的三皇子府，然后咱们上街买东西去。"

"呃……啊？"墨修竹就这么被她用力地拽走了。

夜晚，月黑风高。

顾大人和墨寒卿各穿一套夜行衣，埋伏在太子府的院墙外。

夜风吹过，蛐蛐的叫声不绝于耳。

顾大人趴在围墙上，看着太子府后门的巷子尽头，低低地开口道："殿下，来了。"

墨寒卿顺着他的目光看去。果然，几辆不起眼的马车正晃晃悠悠地朝这边驶来，车檐上挂着昏黄的小灯笼。

那些马车驶到太子府后门，车厢里下来了几个人。墨寒卿看着那些熟悉的面孔，在心中默默地数着：太子太师，吏部尚书，京兆府尹，太常寺卿，御史大夫……

等他们全部进去之后，墨寒卿朝顾大人低低地说了一句："跟上去。"

他二人进了太子府后，一直趴在太子府外大树上的两个身影也动了动。墨修竹转头看着穿一身夜行衣还戴了黑色面罩的叶七七，满心疑惑地问道："小七，你说晚上带我来看好戏，就是来太子府？"

"是啊。"叶七七注视着墨寒卿的身影，直到他消失不见，这才转过头来，朝墨修竹点头道，"不过你刚才说错了一句话。"

"什么？"

"来看好戏的，只有我一人，而你，嘿嘿。"叶七七朝着他灿烂一笑，一只白皙的小手飞快在他身上点了两下，"你只能在外面待着，等我出来。"

"你——"墨修竹眨了眨眼睛，"你刚才干吗了？"

"没干吗，就是给你点了穴，让你两个时辰不能动而已。"叶七七笑嘻嘻道，"你在这儿待着，我进去看看，要是两个时辰之内我出来了，就给你解穴。要是我没出来，你就自己回去吧。"叶七七说完拍拍他的肩膀，自顾自飞了进去。

"墨小七，你！"墨修竹做梦都没想到，他堂堂三皇子，有一天竟然会被一个小护卫给点了穴，趴在树上不能动弹。

这边，墨寒卿和顾大人跟着一众官员来到太子府西边一个极为偏僻的小院落。院落里只有主楼点了一盏灯，在夜色中散发出昏暗的光芒。那些官员进了主楼后没多久，灯便一盏接着一盏地亮了起来。

片刻之后，所有的灯光瞬间熄灭，整个院落重新陷入黑暗。

顾大人转过头，朝墨寒卿低声解释道："殿下，这小楼的后面有一条地道，太子和那些官员便是沿着地道去了另一处院落，那处院落更为偏僻，周围都是树林，树林之外还有重兵把守。”

“嗯。”墨寒卿淡淡地应了一声。

“我们……是现在就跟过去，还是再过一会儿？”顾大人迟疑了一下，朝着墨寒卿问道。

“再等一会儿。”墨寒卿看着眼前的小楼，“我们先去主楼里探查一下，看看里面都有什么。”

“是。”顾大人低声应了一句，便跟在他身后，偷偷地潜进了小楼。

楼内一片昏暗，没有点灯便什么都看不到。墨寒卿自袍袖中拿出一颗夜明珠，用袖子挡住它的部分光芒，四下查探。

顾大人亦步亦趋地跟在他身后，打量着四周。这小楼看起来像是一座藏书楼，里面立着一排排书架，每一排书架上都放满了书。

“殿下，这似乎是一座藏书楼。”顾大人压低声音道，“之前的探子也在这楼里四处转悠过，并未发现什么异常。”

墨寒卿淡淡点了点头，却在顾大人不注意的时候，将袍袖对着书架，低低地喊了一声：“黑蟒，去。”一道黑色的影子快速从袍袖钻出，瞬间消失不见。

蟒蛇视力不是很好，但能够依靠感觉动物体温的高低来辨别位置。这藏书楼里的书虽然没有温度，但一旦被人拿过之后，书上便会残留那人的体温。趁着余热消失之前，黑蟒可以依靠自己的感应系统，来找到那本被动过的书。

果然，不过片刻，一本装订完整的书便被丢了下来，而黑蟒已经重新钻进墨寒卿的袍袖中。墨寒卿看着躺在地上的那本书，沉默片刻之后，突然朝顾大人道：“顾大人。”

“啊？”顾大人转过头来，恭恭敬敬地看着他。

“地上，有本书。”墨寒卿朝着他仰了仰下巴，注视着地上的那本书。

顾大人顺着他的视线看去，果然，一本书正安静地躺在那里。顾大人连忙蹲下身子，将那本书捡了起来，借着墨寒卿手中夜明珠的光亮翻了翻，顿时一脸震惊。

“怎么了？”墨寒卿看着他的表情，冷冷地问道。

“殿下，这……您看……”顾大人赶忙将书翻开，递到墨寒卿跟前。

那本书上竟然详细记录着何年何月何日何时，太子与哪几位大臣，在树林中的小屋以何种方式凌辱那些从青楼带回的女子。

刚开始，太子与几位大臣只是玩心大起，从街上捡了一位眉清目秀的乞讨女子回来，然后轮番凌辱她，最终女子不堪受辱，咬舌自尽，尸体就埋在小屋旁的树林里。

再后来，太子觉得这样没意思，毕竟比起大哭大闹的女子，乖巧听话又主动的女人更能得到他们的欢心。只是醉仙楼里的那些女子都是受过训练的，自然知道怎样曲意逢迎。于是，太子突发奇想，要亲自将一名良家妇女变成浪荡女子。他们在京城郊外找到一些清秀可爱的女乞丐，先送到醉仙楼清理，收拾打扮干净了，再送到太子府来。

时间长了，他们又觉得在春药作用下，苦苦哀求的女子没什么意思，于是想试试要是没有了春药的催化作用，那些女子会不会主动要求与他们媾合。而那几个女子，恰好是被弃于京郊城外的无名女尸。

墨寒卿捏着书本的手指忍不住用力，指关节微微泛白。

顾大人擦了一把头上的冷汗，颤巍巍地开口道：“殿下，此刻那女子……恐怕凶多吉少了啊。”

“快。”墨寒卿眼眸中绽放出凌厉的光芒，“去救人。”他将那本书放入袍袖之中，转身朝藏书楼的暗道走去。

穿过幽暗的地道，墨寒卿与顾大人终于看到前方不远处那座亮着灯的小屋。小屋外是树林，周围密密麻麻地站着重兵。

墨寒卿眯了眯眼睛，悄无声息地越过那些士兵，朝小屋靠去。小屋内灯影幢幢，一名面容清秀的女子正不着寸缕地躺在屋子中央的床榻上。她的神色中满满的都是惊慌失措，看着那些陌生男子，颤抖着道：“你们……你们是谁……”

站在她面前的几个大臣看着她慌乱的样子，忍不住笑着道：“小娘子，我们是你的相公啊，怎么，你都不记得了？昨儿夜里在这里，是谁哭着求着……嘿嘿嘿嘿……”

太子手里把玩着一个青玉杯子，斜斜地朝床榻上瞥了一眼，扯了扯嘴角道：“怎么，今儿没有喂药，连我都不记得了？”

躺在床上的女子顿时瞪大了眼睛，看着坐在太师椅上的太子。那个人……那个人……她看着太子俊美帅气的脸庞，心中爬上一丝绝望。

当日她被送到太子府中，见到太子之后，原以为自己走了大运，哪怕做牛做马，为奴为婢，她也愿意。然而她没想到的是，太子对她好了几日后，竟然趁她不注意，在茶水中下了药，又那般……那般对她……

女子脸上满满的都是红晕，咬唇看着太子。若是和太子的话，其实她心中是一百二十个愿意的。只是她不明白，为什么每日太子都压在她身上，却只是亲吻她的脖颈、胸口、腹部，甚至是……那里……

她虽然被喂食了一些药物，但意识还能勉强保持清醒。直到昨晚……昨晚于她来说，简直是一场噩梦。不知道为什么，昨夜她被喂食的药物剂量是之前的好几倍，这导致她的意识有些浑浑噩噩。她知道自己依然是完璧之身，那些男子对她做的事跟之前太子对她做的一模一样。然而越是这样，她身体里的燥热越是难以压制。

到后来，那些男子估计觉得累了，有些无趣，便任由她在一边苦苦哀求，各自离去。可是今夜……看着这架势……

“老张，你说这都好几日了，怎么这小娘子还是这般羞怯。”一个大腹便便的中年男子伸手捋了捋胡须，朝着站在身边的人问道。

“这不是还没开始嘛。”那被称为老张的精瘦小老头眼里闪烁着精光，朝中年男子道，“小娘子有些害怕也是正常的，一旦开始，恐怕她都不想喊停。”

“你们……你们别过来……”女子慌乱地扯过被褥，想要将身子挡起来，奈何这床榻上的被褥都是极其透薄的，半遮半掩之间，反而更显风情万种。

“殿下……咱们还是老规矩，您先来？”那精瘦的小老头转过头，看着坐在他们身后的太子，怪笑着问道。

“嗯……”太子漫不经心地将手中的青玉茶杯放到桌子上，一步一步朝女子走去。

“殿下，殿下，求求你，放过我吧……”那女子心中一惊，眼泪从眼角滑落，哭哭啼啼地朝太子哀求道，“求求你，放过我……”

“张大人，顾大人，”太子唇角勾起邪魅的弧度，“按住她。”

“是。”刚刚那精瘦的小老头还有那大腹便便的中年男子，立刻爬上床榻，伸手将女子按住。

太子慢条斯理地开始解衣袍，边解边道：“之前调教了那么长时间，现在终于可以开始享用了……果然忍耐的时间越长，到享用的时候，就越兴奋……”

“殿下……殿下……”那女子惊慌失措地看着他，声音几乎喊哑。

不过片刻，太子已经衣衫尽褪。他走到女子跟前，伸手握住她的脚，正准备扯开，突然听得小屋外传来凄厉的惨叫。

“什么情况？”太子皱起眉，看着地上的另外几个大臣，声音严厉道，“去给本宫看看，外面发生了什么事情。”

“是。”那几个大臣赶忙应了一声，打开房门。

一阵劲风袭来，几个大臣还没来得及看清楚屋外的状况，便觉得脖颈上传来一阵剧痛，然后直接晕了过去。

“什么人？！”太子心中一惊，长臂一伸，捞过挂在床榻上的衣袍，随意披上。然而，他还没看到走进屋内的人是谁，便感觉一阵晕眩，整个人不受控制地向后倒去。

不过片刻，小屋内的几人便全部晕了过去。女子满脸涕泪，惊恐万分地看着眼前的状况，又看了看面前的两个黑衣人，两眼一翻，晕了过去。

顾大人转身朝墨寒卿低声道：“殿下，他们已经被老臣打晕，至于那位女子，她……她自己吓晕了。”

“嗯。”墨寒卿缓缓扫过几个衣不蔽体的大臣，声音冷冷道，“将这里的情况记录下来，让几个大臣按了手印，明日整理好，送到本王府上来。”

“是。”顾大人恭恭敬敬地应了一声，迟疑道，“那这位女子……”

“你自己处理。”墨寒卿极为厌恶地扫了一眼床榻上的女子，转身便朝屋外走去。

他刚走到门边，便感觉一股微弱的气流划过，当下眼神一凛，一个翻身逮住了正准备往屋里偷看的叶七七。

叶七七完全没有想到，墨寒卿跟顾大人才刚刚进了屋子，一小会儿的工夫，竟然把事情全部解决了。她更加没有想到的是，自己刚刚靠近小屋门口，就被墨寒卿逮了个正着。

墨寒卿微微垂眸，盯着被自己擒住的黑衣人。那双眼睛水润清澈，眼神灵动，只要轻轻一瞥，他便知道眼前的人是叶七七。

墨寒卿眉毛微微蹙起，一只手扣着叶七七的手腕，另一只手径直伸了过去，扯掉她戴在脸上的黑色面罩，声音冷冷地问道："你怎么会在这儿？"

"呃……我……路过……"叶七七有些尴尬。

"路过？"墨寒卿微微挑眉，淡淡地看着她，问道，"我不是让你在三皇子府里吗？怎么，墨修竹呢？"

"他……呃……大概睡了吧，呵呵呵呵……"叶七七想到这会儿还趴在太子府外大树上的墨修竹，忍不住心虚地缩了缩脑袋。

"是吗？"墨寒卿盯着她，眸中绽出的光芒带着压迫感。

"是呀，属下这不是担心殿下的安危嘛，好歹我也是殿下的贴身护卫，时刻保护殿下的安全是属下的责任。"叶七七硬着头皮，大言不惭地道。

"呵。"墨寒卿冷笑了一声，依然没有说话。

叶七七觉得眼下这情形好像有点尴尬，于是伸长了脖子，朝小屋里努力张望道："殿下，里面什么情况，需不需要我出手帮您解决？"

"不用。"墨寒卿淡淡地应了一句，扣住她手腕的大手缓缓松开。

"已经解决了？"

"解决了。"

"我还是进去看看吧。"叶七七找了个借口就想离开他的视线。

墨寒卿侧身挡住屋门，视线冷冷地落在叶七七身上道："看什么看，里面没什么好看的，只有一堆没穿衣服的男人和一个没穿衣服的女人。你想看哪个？"

“啊？我才不要看没穿衣服的女人。”叶七七下意识回了一句。

墨寒卿眼眸微微眯了眯，一字一顿地问道：“你的意思是，想看一堆没穿衣服的男人？”

“怎么可能？”叶七七赶紧摇头，不穿衣服的男人，更不要看好不好！

墨寒卿意味深长地点了点头，眸中阴冷的光芒消失了不少：“你刚刚不是说，你是因为担心本王的安危才过来的吗？现在本王安然无恙，无名女尸的案子也已告破，你可以放心了。”

“案子破了？”叶七七愣了一下，看着墨寒卿乌黑深邃的眼眸，顿时来了精神道，“什么情况？怎么破的？真是太子杀了那些女子？那这次那个女子怎么样了，她还活着吗？”

墨寒卿盯着她许久，唇角忍不住勾了勾道：“这么多问题，我该从哪个开始回答才好？”

“你可以从你们进入太子府开始讲给我听呀！”叶七七满眼期望地看着他，一双小手拽住他的袖子，眼巴巴地问道。

“可以。不过要先回靖安王府。”墨寒卿点了点头，这太子府实在是个让人不舒服的地方。

“好！”叶七七立刻跟在墨寒卿身后，朝靖安王府的方向飞去。

夜风阵阵拂过，蛐蛐依然不停叫着。

趴在太子府外大树上不能动弹的墨修竹，看着太子府内明亮的灯光，忍不住在心里第三百八十二次慰问叶七七。

第八章　他吃醋了

次日。

顾大人一早便带着按好手印的罪状书来靖安王府求见墨寒卿。只是他进府的时候，身后跟着一个容貌清秀的女子。

墨寒卿坐在书桌后的椅子上，看着站在下面的顾大人和那名女子，不悦地道："这是怎么回事？"

"老臣叩见靖安王殿下。"

"民女叩见靖安王殿下。"

顾大人带着女子跪了下来。

"回殿下的话，这名女子便是昨日从太子府救出的，无名女尸案中，她是唯一的幸存者，是可以指证太子的人证。"顾大人跪在地上，严肃地看着墨寒卿，一边说一边从袍袖中取出卷轴，恭敬道，"这卷轴是老臣昨夜写下的太子罪状书，请殿下过目。"

墨寒卿淡淡地瞥了他一眼，朝身后的叶七七仰了仰下巴，声音清冷道："去，拿给本王看一看。"

"是。"叶七七点头应了，走到顾大人身边，接过他手中的卷轴，重新走回书桌旁，递给了墨寒卿。

墨寒卿摊开卷轴看了一遍，点头道："可以。"

"再加上昨晚我们在太子府藏书楼找到的那本书。"顾大人抬起头来，看着墨寒卿激动道，"这案子就破了！"

"案子破了，你也不用三天两头朝我这靖安王府跑了。"墨寒卿将手中的卷轴重新卷好，递给叶七七，示意她还给顾大人，声音冷冷道，"你先进宫，将这罪状书呈给皇上，若是皇上需要继续看物证、人证，你再来我这里取昨日那本书。"

顾大人恭恭敬敬地应了一声，站起身抖了抖衣袍，转头看着跪在身后的女子，迟疑了一下，朝墨寒卿道："那殿下……这位小莲姑娘……"

"自己带回去。"墨寒卿扫了一眼跪在地上的女子，淡淡道。

"这个……"顾大人有些尴尬地轻咳两声，朝墨寒卿弱弱道，"殿下，您知道老臣家中那位母老虎……平日里连丫鬟都不准出现在老臣面前，这……老臣要是突然带着一名女子回去……恐怕……府中会不得安生啊！"

墨寒卿抬起头来，瞥了他一眼，若无其事地道："哦，关本王何事？"

"老臣是想，殿下府上缺不缺丫鬟、婆子什么的，可不可以让这位姑娘住下来？毕竟……"顾大人顿了顿，没有往下说。

毕竟，醉仙楼是知道这姑娘底细的。

若是任由她流落在外，被醉仙楼的人看到，保不准有什么风言风语。

"不可以。"墨寒卿连看都没有看顾大人一眼，"本王最讨厌女人。"

倒是跪在顾大人身后的那名女子，听到墨寒卿的这句话，猛地抬起头，涕泪交加地道："殿下，求求你，就收留小女子吧。发生了那样的事，小女子实在无脸见人啊！殿下，您的救命之恩，小女子无以为报，只愿做牛做马报答您的恩情。"

墨寒卿缓缓地站起身来，一边朝书房外走，一边冷冷道："本王不喜欢同样的话说两遍。顾大人，你还是赶紧进宫比较好。"

“是，老臣这就进宫。”顾大人赶紧朝墨寒卿双手抱拳，行了个礼。

直到墨寒卿的身影消失在书房外，他才直起身子，看着依然跪在地上、不停流泪的女子道：“小莲姑娘，你先起来吧。实在不行，你先随我出去，我给你找间客栈住下来，等我将此事禀报完圣上，再回来安排你的去处。”

小莲跪在地上，不停用袍袖擦拭脸上的泪水，哽咽道：“小莲身上发生了这样的事情，还有什么脸出去见人？殿下若是不肯收我做丫鬟，我便一直跪在这里，跪到殿下同意为止……”

“哎，你……这是何必呢……”顾大人看着她固执的模样，忍不住叹了口气。

“小莲感谢顾大人的救命之恩。”小莲一边说着一边跪在地上给顾大人磕了个头，“小莲方才在来的路上已经听过顾夫人的事情，小莲不愿为难顾大人。”

“那你……这……”顾大人看着她，一脸无奈。

“小莲相信人心都是肉长的，只要小莲诚心诚意跪在这里恳求靖安王，相信靖安王一定会留小莲做丫鬟。”小莲一边说一边哭。

“这……随便你吧。”顾大人有些为难，只是见她如此坚决，便也不再说什么，只是又细细地叮嘱了她几句，才匆匆忙忙地赶着进宫。

另一边，叶七七跟在墨寒卿身后，出了书房，朝小院走去。路上，她忍不住道：“殿下，刚才那姑娘挺可怜的，您……”

“她可怜与我何干？”墨寒卿双手负于身后，转过头，看了叶七七一眼，声音冷冷道，“这世上可怜的人那么多，难道我还要一个一个地救不成？”

“呃……”叶七七一下子便被他堵得说不出话来。

“本王刚刚说过。”墨寒卿看着眼前的鹅卵石小路，淡淡道，“本王最讨厌女人。”

叶七七默默地在心里念叨着，殿下，你这么讨厌女人，以后真的会打一辈子光棍啊！

“还有，本王很讨厌太子，任何与太子有关的人与事，本王都不想看见，也不想听见。”墨寒卿径直朝前走去。

讨厌太子？叶七七看着他清瘦挺拔的背影，只觉心里满满的都是疑惑。

傍晚的时候，顾大人神色匆匆地又来到靖安王府。刚一见到墨寒卿，他便一阵长吁短叹。

“怎么？”墨寒卿瞥了他一眼，声音清冷道，“是不是皇上对此事并非很关心？”

“殿下，您怎么知道？”顾大人震惊地看着墨寒卿，愤慨道，“老臣今日去御书房，将昨晚写好的罪状书呈给圣上，圣上只是皱眉看了一下，并未说什么。”

“嗯，然后呢。”

“然后老臣禀明圣上，此事还有人证、物证，若是圣上需要，老臣可以随时呈递上去。”顾大人皱着眉，声音慷慨激昂，“谁知圣上拽着老臣，与老臣商讨刑部人员变动之事，却绝口不提此事。”

“呵，意料之中。”墨寒卿冷冷地笑了，没有一丝停顿地往书房走。

“殿下，这……太子做的可是伤天害理的事啊！”顾大人跟在墨寒卿身后，愤慨道，“好几条人命，天子犯法还与庶民同罪，何况他是太子。”

墨寒卿脚步顿了顿，转过身来，唇角勾起一抹意味不明的弧度，声音淡淡道：“哦？顾大人当真觉得如此？”

“自然是这样。”顾大人正气凛然地道。

“呵。”墨寒卿冷笑了一下，却是没说什么，继续朝书房而去。

“殿下，这可怎么办？”顾大人赶紧跟在他身后，愁眉苦脸地道。

“这事，皇上会处理，只是处理方法可能不是顾大人想要的那种。”墨寒卿沉默片刻，低声提醒道，“事关皇家颜面，还有诸多朝中重臣，圣上不可能一夕之间将他们全部除去。不着急，来日方长，慢慢来。”

夕阳的光辉洒入室内，书房正中央，一抹淡青色的瘦弱身影可怜地跪在那里。

墨寒卿皱眉看着跪在书房中的女子，不耐烦地道："她怎么还在这里？"

"回殿下的话，这女子一直跪在这里，我们怎么劝也劝不走。"守在书房门口的侍卫单膝下跪，恭恭敬敬地回答道。

"殿下？"小莲听到墨寒卿的声音，惊喜地转过头，下一秒又换上泫然欲泣的表情，哽咽道，"殿下，小莲实在是无处可去。求殿下可怜可怜小女子，收留小女子吧……"她一边说着，一边跪在地上，朝墨寒卿爬了过来。

墨寒卿皱着眉头退了一步，躲开她的手，喊了一声："小七。"

"属下在。"叶七七赶紧上前一步，恭恭敬敬地应了一声。

"给本王揍她。"墨寒卿看着跪在地上的女子，声音冷冷地命令道。

"啊？"叶七七愣了一下，疑惑地看向他。

"五十两。"墨寒卿薄唇轻启，一字一顿道。

"属下这就去！"叶七七两眼发光，二话不说转过身，拎起跪在地上的女子，直接一脚踹了过去。一道淡青色的身影划过书房院子，砰的一声砸在墙上。

顾大人目瞪口呆地看着，就算听说过靖安王府揍女人的传闻，也不由得被叶七七这一脚给镇住了。

"小莲姑娘！"顾大人惊呼一声，赶紧朝小莲奔去。眼前的女子脸色惨白，双眼紧闭，嘴角挂着一抹殷红的血丝，显然已经晕死过去。

墨寒卿抬眸，冷冷地问道："死了没？"

顾大人赶紧探了探小莲的鼻息，颤巍巍地回答："回殿下的话，没死，只是晕过去了。"

叶七七看看不远处的顾大人和小莲，又转头看看站在身后的墨寒卿，表情严肃认真地问道："殿下，还要继续揍吗？"

五十两啊五十两！她不能只出一脚就给解决了！她刚才踹小莲的时候，特地只用了三分力道，为的是不让小莲被自己一脚踢死。若是殿下还有需求，她可以继续帮他揍人！

"不用。"墨寒卿转过身，朝跪在书房门口的侍卫冷冷地吩咐道，

"去找人，把我书房里她跪过的地毯换掉。"

"是。"侍卫恭恭敬敬地应了一声，站起身，飞快地去了。

"我们走。"墨寒卿转头朝叶七七说了这么一句，抬脚朝来时路走去。

"呃……那个……殿下？"叶七七迟疑道。

"什么事？"墨寒卿脚步顿住，转过头，皱眉看向叶七七。

"那小莲姑娘……怎么办？"叶七七指了指倒在不远处墙根下的小莲，"是等她醒过来后，属下再揍一顿吗？"

墨寒卿沉默片刻，清冷地喊了一声："来人。把那个女人抬出去。"

"是。"那些侍卫异口同声地答道，便朝小莲走去。

"等等。"墨寒卿眼看他们已经走到小莲身边，突然又道，"把她丢到城外尼姑庵去，既然她说自己在京城中已无脸见人，那便下半生都与青灯古佛相伴好了。"

"是！"侍卫们整齐划一地又应了一声。

顾大人眼睁睁看着那些侍卫七手八脚地将小莲从地上抬起，像是抬麻袋一般，忍不住回过头，朝墨寒卿扯了扯嘴角道："殿下，她可是指控太子的人证啊！"

"嗯。"墨寒卿淡淡地瞥了顾大人一眼，袍袖轻甩，边走边道，"所以本王才没有杀她。"

"这……"顾大人顿时无语，将目光转向墨寒卿身后的叶七七。却见叶七七朝自己无奈地摊了摊手，跟在墨寒卿身后走了。

次日，宫中突然传出圣旨，太子墨修贤，品行无德，即日起废除太子之位，保留二皇子之位，若无召见，不得入宫。

与此同时，朝中好几位重臣也遭遇不同程度的贬职。

一时之间，京城内谣言四起。有说二皇子得罪了靖安王的，也有说那几位重臣私自挪用财物的，更有人说，二皇子和几位重臣是和近日来轰动京城的无名女尸案有关。

只是关于事情的真相，除了墨寒卿、顾大人、皇上，以及几位当事人，其他人却是无从得知了。不过，这一切传闻对叶七七来讲，没有一点意义。

今日休沐，朝中官员放假，墨寒卿见叶七七在王府中闲得无聊，便也放了她半天假，让她自己出去玩。叶七七兴高采烈地回了西厢房，随随便便收拾一番便出门了。

因着官员休沐，城中商铺连带着生意也好了起来。各家商贩大声吆喝着，向来往行人推荐自家商品。

叶七七慢悠悠地走在街上，恰好看到霓裳阁外挂着一件浅粉色绣小白花的对襟丝质长裙，微风吹来，裙摆如同花瓣在空中肆意飘舞。

那裙子真好看啊，她好久都没有穿回女装了。叶七七低头，看了一眼自己身上青白色的男式衣衫。她在靖安王府这么长时间，一直都是男装打扮，简直快要让她忘了自己是个女的。

反正今日放假，不如恢复半天女儿身好了。这么一想，叶七七立刻兴高采烈地朝霓裳阁走去。

一炷香的工夫后。

一个扎着双髻、乌黑长发飘散于背后、穿着浅粉色衣裙的少女，面带笑意地从霓裳阁中走出来。少女皮肤白皙，眼中尽是灵动之气，鼻子秀挺，红润的嘴唇仿佛新鲜的樱桃，在阳光下泛着点点光泽。

叶七七低头看了看身上的粉色裙子，只觉心情大好。她理了一下衣袍，一路欢蹦着朝城中的酒楼跑去。

“客官，您几位？打尖还是住店啊？”站在酒楼门口的小二眼看一个粉雕玉琢的少女走了过来，顿时堆起满脸的笑，点头哈腰地问道。

“一位。”叶七七笑眯眯地朝小二竖起一根手指道。

“呃……就您一位？”那小二有些微怔，不由自主地朝叶七七身后探看了一下。眼前这少女看起来不过十来岁，身上的衣服也很精美，应该是有钱人家的小孩，怎么会一个人出来呢?

“对啊。”叶七七一边点头，一边朝酒楼里张望，指着靠窗的一个位子欢快道，“我要坐那边。”

“好嘞！”小二笑眯眯地应了一声，朝叶七七摆了个里面请的手势，在前面带路道：“客官请随我过来。”叶七七点点头，跟在他身后过去了。

这个靠窗的位子，她之前偷偷从王府出来，也经常坐在这里。旁边就是酒楼说书人的台子，叶七七喜欢坐在那儿，听周围的人天南地北乱侃。

只是今日，她刚跟在小二身后走到靠窗的桌前，一道白色的身影便从另一个方向也走了过来。两人几乎同时坐在桌子的两边。

“这……”小二看着眼前的情形，一时不知道说什么才好。

叶七七抬起头，看着坐在对面的那人，怔了一下，讶异地道：“是你？”

白星阑手持折扇，看向面前娇俏可人的小姑娘，神情愣了一下，温柔地问道：“这位姑娘……认识在下？”

叶七七这才想起，自己现在女装打扮，白星阑认识的，应是那个在靖安王府中当护卫的墨小七才对。她赶紧摇了摇头，否认道：“不认识，我不认识你。”

“哦？”白星阑饶有兴致地打量眼前的小姑娘。她不过十来岁的样子，一张晶莹白嫩的小脸在浅粉色衣衫的衬托下，越发红润可爱，那双灵动清澈的眼睛不知为什么，看起来竟有些眼熟。

白星阑对着叶七七的脸端详许久，终于想起，这双眼睛他似乎在靖安王府中见过。当日那个小护卫，他就怀疑她是不是女扮男装，今日一见，看来眼前这小姑娘就是那个小护卫。

叶七七被他看得有些心虚，忍不住提高嗓音道：“看什么看，这个位子是我先坐的！”

“是吗？”白星阑朝着她微微一笑，不慌不忙道，“但我记得，刚才我二人应该是同时坐下来的。”

叶七七扯了扯嘴角，硬着头皮道：“不对，我刚才比你快了那么一点！”

白星阑笑了笑，盯着她黑白分明的大眼睛，温柔地道：“小姑娘，我好像在哪里见过你。”

叶七七顿时一惊，赶紧低下头，看着桌面，声音弱弱道：“怎么可能，今日可是我第一次来京城！”说完，叶七七又转头朝小二道，“去，先给我倒杯茶来。”

“哎……好，那客官，你就先同这位客人坐一起？”小二忙不迭应了一声，看着叶七七和白星阑的眼中却带了一丝疑惑。

“嗯，我们一起坐。”白星阑微微一笑，“把你们店里的几样招牌菜都端上来。”

“好嘞，客官您稍等，马上就来！”小二一听，顿时乐开了花，他朝着叶七七和白星阑躬了躬身子，便风一般转身去了。

叶七七转过头，直直地盯着眼前人，不高兴道：“干吗呀，这桌子明明是我先坐下来的，你为什么非要和我抢，旁边空桌子那么多，你随便坐一桌不行？”

“不行。”白星阑眼底里带着笑意，看着叶七七，声音温润道，“既是故人相见，那怎么也得寒暄两句，这家酒楼的炖猪肘味道不错，端上来后你可以尝尝。”

“炖猪肘！”叶七七两眼发光，下一秒，她便警惕地看着眼前人，声音里满满都是防备，“谁跟你是故人，我又不认识你。”

白星阑将手中的折扇收起来，转头看向窗外繁华的街道：“小七，你要是这么说，我可要伤心了。当日在靖安王府，咱们不是还握过手？”

“你……”叶七七心中一惊，猛地抬起头来朝他看去。

坐在她面前的男子，只是侧头去看窗外的风景。

午后的阳光照射进来，在他轮廓分明的侧脸上染出淡淡的光晕。

他眼眸微垂，似乎正看着街边某个商铺，长长的睫毛遮住眼底的光华。

“你在说什么，我不认识什么小七。”叶七七看着眼前的男子，心中生出不妙的感觉。

“是吗？”白星阑转过头，带着暖暖的笑意看住叶七七，手撑着下巴，缓缓道，“要不，我派人去靖安王府，把靖安王请过来，让他仔细辨认一下，你到底是不是他府上的小护卫？”

“不行。”叶七七吼出两个字。

“哦？”白星阑微微挑眉。

“呃……我们王爷今日休沐，他……他不在王府。”叶七七尴尬地笑了笑。

“这么说，你便承认自己是小七了？”白星阑笑眯眯地看着她。

叶七七怒视他三秒，不甘心地点了点头。

“呵。”白星阑笑了笑，没有继续追问。

“你到底是什么人？”叶七七不由得对他产生了一丝好奇。

白星阑拿起茶杯在手中晃了晃，笑眯眯地看着叶七七道：“我是个对你一见如故的人。”叶七七忍不住朝他翻了个白眼。

“客官，您点的菜来了！”正好此时，小二端着托盘，一阵风似的奔了过来。

不过片刻，桌上摆满了琳琅满目的菜肴。

白星阑看着叶七七，嘴角挂着一抹温润的笑，声音低沉地道：“来，试试吧，这些都是他们家的招牌菜，在京城很有名。”

叶七七垂眸看了看菜肴，卖相精致，香气扑鼻，可坐在自己对面的人似乎不是什么好惹的。

“怎么不吃？”白星阑看着她，拿起筷子，当着她的面将桌上那些菜挨个试了一遍，笑着道，“放心吧，这些都没有下毒。”

叶七七心里有些纠结，随后又想到，反正自己已经被他看出是靖安王府的，那冲着靖安王的面子，他应该也不会对自己怎么样。这么一想，叶七七拿起筷子，毫不客气地伸向桌子中央那盘炖猪肘。

白星阑便坐在她对面，笑眯眯地看着她大快朵颐的样子。

“你怎么不吃？”叶七七风卷残云一般将桌上的菜扫荡了一遍，这才发现，白星阑除了一开始动了动筷子，证明这菜没毒，基本上就没动过筷子了。

“我不是很饿。”白星阑看着叶七七，笑着道。

叶七七点点头，想了想，又朝他问道：“你家也是在朝为官的？”她记得她家殿下身边的那几个，不是家里是当官的，就是本身是皇子，不过看眼前的家伙，并不姓墨，所以应该不是皇子吧。

“不是。”白星阑笑着摇了摇头道，“我并不是墨国之人，只是四处云游，来到此处，恰好结识了靖安王而已。”

“哦。”叶七七继续点头。

白星阑顿了顿，原本微笑的脸浮现出一抹落寞：“我一直在找我的妹妹。”

“你妹妹？”叶七七有些不解地看着他。

“嗯。”白星阑点了点头道，“家妹幼时被陌生人掳走，一别十多年，家父与家母一直在寻找她的下落。”

“哦，这样啊。”叶七七同情地看着他道，“那你找到她了吗？”

“没有。”白星阑叹了一口气道，“初见你时，我便觉得你的眼睛与家父、家母很像，于是朝你多看了几眼，想着你会不会是女扮男装，后来与你握手，更加确定你是女孩子，所以今日你虽换回女装，容貌也变了，那双眼睛我却认得。”

叶七七了然地点头道：“原来如此，怪不得你一眼就看出我是小七呢！”

白星阑无奈地笑了笑道：“家妹若长大，应该也是你这般模样。只是上次握手的时候，我感觉你的骨龄似乎比家妹小上几岁。”

叶七七撑着下巴看着他，突然伸手拍了拍他的肩膀道：“别灰心，相信你肯定能找到你妹妹。对了，你妹妹叫什么名字啊？”

“没有名字。”白星阑摇了摇头道，“家妹被人掳走时尚在襁褓中，家父还未来得及给她起名。”

“那你想找到她，确实有点难度。”叶七七同情地说道。

“有点难，却也不难。”白星阑笑了笑，“若是让我看到，肯定一眼就能认出她来。”

叶七七忍不住羡慕地道：“她有你这样的哥哥，真好。”

白星阑看着她黑白分明的眼睛，唇角微勾，低声道：“若是羡慕，你也可以唤我哥哥，这些话我并未同旁人说过。许是因为你的眼睛与家父、家母很像，所以今日我才会告诉你这些。”

“唔……星阑哥？”叶七七歪着脑袋，迟疑地喊了一声。

“小七。”白星阑微微一笑。

靖安王府。

墨寒卿坐在书房里，将这几日堆积如山的折子全部处理完，一道黑影突然出现在他身边。

“属下参见殿下。”来人正是许久未曾出现的冷六。

“起来吧。”墨寒卿微微垂眸，看了一眼单膝跪在地上的人，声音凉凉地道。

“谢殿下。”冷六恭恭敬敬地应了一声，这才站起身子。

“说吧，什么事。”墨寒卿靠在椅子上，拿起桌上的茶杯，轻轻吹了两下，随口问道。

“回殿下的话……呃……七七小姐……还是没有找到。”冷六低着脑袋，声音中带着一丝沮丧。

“哦。”墨寒卿淡淡地应了一声，喝了一口茶水。

冷六疑惑地抬起头，看向自家主子。之前他每次回来禀报没有找到七七小姐，主子总是怒气冲天的样子，骂自己办事不力，今天怎么就回了一个哦字？

墨寒卿转头看着桌上一堆处理好的折子，不知为何，脑海里竟浮现出某人清亮的眸子。他清冷的声音突然在书房响了起来：“十二。”

“属下在。”又一道黑影出现在他身边。

“小七人呢？”

“回殿下的话，七七小姐去了城中的酒楼。”

城中的酒楼？墨寒卿唇角不禁勾起一抹浅浅的弧度。这家伙果然是个吃货，一得空子便直奔酒楼去了，此刻怕是正在大快朵颐呢！

冷六一脸惊恐地看着自家主子，忍不住伸手揉了揉眼睛。他看见了什么？主子在笑？

等等！七七小姐！冷六猛地转过头，用眼神询问跪在墨寒卿身边的十二：什么情况？七七小姐已经找到了？

十二同情地转头看了冷六一眼，继续低下头，等主子的吩咐。

“走，我们也去外面转转。”墨寒卿动作优雅地从椅子上站起来。

“主子是打算去酒楼找七七小姐？”十二跟在他身后，有些好奇地问道。

墨寒卿脚步微微顿了顿，神情薄凉地看着十二，冷冷道：“本王有说要去城中酒楼吗？”

“呃……”

“本王只是说要去街上转一转。”墨寒卿转过头，不慌不忙地朝王府外走去。

“是……”十二扯了扯嘴角，默默地跟在墨寒卿身后。

冷六迟疑了一下，便也跟在他二人身后去了。

时节已经入夏，京城中的女子大多换了轻纱薄裙，男子也个个手持折扇，优雅地在大街上踱步。

墨寒卿坐在马车中，漫不经心地看着道路两旁来往的路人，小贩们正使劲儿吆喝着。路过霓裳阁的时候，一件挂在店铺外的浅粉色衣裙吸引了墨寒卿的注意。那条裙子……颜色与样式都像极了当年在飞鹤山庄时叶七七喜欢穿的裙子。只是当年的叶七七还是个小不点，如今长高了不少。

“停车。”墨寒卿朝正在驾车的十二喊了一声。

“殿下？”十二赶紧勒马，转过头朝车厢看去。

墨寒卿坐在马车中，紧紧地盯着那条裙子，一动不动。

“殿下？”十二见车厢中半晌没有动静，又喊了一声。

“没什么，继续走吧。”墨寒卿回过神，放下窗帘。他刚才是怎么了，竟然想着要买裙子送给叶七七？就算真的买下来，他该以什么身份送给她？堂堂靖安王，竟然要给一个贴身护卫送裙子，还是男的？

马车在京城的街道上继续前进。

酒楼近在眼前，十二迟疑了一下，喊道：“殿下，前面就是酒楼了，不若让马儿停下来休息，吃个粮草，可以吗？”

车厢内的人久久没有回答，十二心中有些忐忑。

半晌，一道低沉清冷的声音响起：“那便过去吧。”

十二长长地舒了一口气，兴奋地应了一声：“好嘞！”然后将马车驶到酒楼旁。

墨寒卿缓缓地从马车上下来，站在酒楼前，抬头看了一眼牌匾，袍袖轻甩，径直朝楼里走去。

“客官，里面请，里面请，敢问客官——”站在门口的小二一看到墨寒卿，赶紧堆满笑容地迎了上去。

只是他话还没说完，墨寒卿便微微转头，眼神冰冷地扫了他一眼。小二后面的话卡在喉咙里。墨寒卿看了他一眼，朝楼上的包厢走去。

二楼尽头，一间包厢靠走廊边缘，坐在包厢里，正好可以将整个一楼大厅收于眼底。墨寒卿进了包厢，找了个视野最好的位子，优雅地坐了下来。十二停好马车也跟了上来，冷六站在墨寒卿身后。

一楼大厅里，靠窗户的桌前，一道娇小的粉色身影和一道挺拔的白色身影正相对而坐。那道粉色身影正好面朝他们这个包厢的窗户，而那道白色身影却是背对着他们。

冷六从窗户往下看的时候，怔了一下，随即转过头朝十二问道：“咦，那不是七七小姐吗？她身边的人是谁？”

十二摇了摇头，表示不知道，便将目光转向自家王爷。

墨寒卿姿态悠闲地坐在窗边，眼眸微微垂下，目光不偏不倚，正好落在叶七七的身上。她穿的浅粉色衣衫似乎跟他刚才在霓裳阁看到的那件差不多，她竟然恢复了女装跑出来？

墨寒卿感觉有些不太舒服。他默默地看着叶七七那张白皙粉嫩的小脸，以及眼睛里闪烁的璀璨耀眼的光芒。她似乎一边朝对面的人说着什么，一边咯咯地笑。

墨寒卿看着看着，眼神不自觉变得柔和。特别是当他看到她狼吞虎咽地吃东西，脸颊都沾上了一抹酱汁之后，他的嘴角更是不自觉地勾起一抹弧度。

然而下一秒，坐在她对面的那个白衣男子却从袍袖中掏出手帕来，动作轻柔地帮她擦拭脸颊。墨寒卿唇角上的弧度，瞬间便僵住了。

冷六和十二站在墨寒卿身边，突然觉得整个包厢内的气压降了下来，就连温度都低了好多。他俩不明所以地对看一眼，然后同时朝窗外的一楼大厅看去。那个男人是谁，擦完脸就算了，竟还捏了捏七七小姐的脸!

冷六神色僵硬地转过头，朝墨寒卿看了一眼。只见他家主子脸色已经黑得彻底，黑得一言难尽，墨玉般的眼眸中绽放出的杀意，竟让他和十二下意识后退了三步。

坐在一楼大厅里的白星阑，突然感到一股强烈的视线，带着浓浓的杀气，仿佛要将他的后背刺穿。他收回手，有些疑惑地四下里看了一圈，并未发现什么特别的人。难道是他的错觉?

叶七七抬头看着白星阑，满眼疑惑地问道："星阑哥，你在找什么?"

"没什么，刚刚好像有人……"白星阑声音顿了顿，笑着摇了摇头，"这么说，你是来京城找你爷爷的?"

"是呀。"叶七七点头，歪着脑袋道，"不过爷爷那么厉害，应该不会出什么事情的，我就是打探打探他的消息，好趁他回家之前，偷偷跑回去。"

"呵……你啊……"白星阑忍不住笑了笑，有些无奈地摇了摇头。

楼上包厢里，冷六看着神色阴冷的墨寒卿，用力地咽了一下口水，小声地问道："那个，主子……需要属下过去把那人揍一顿吗?"

墨寒卿转过头来，直直地盯着冷六，眼神里绽出的冷意直让人觉得彻骨寒凉。

包厢里的气氛一时有些凝结。

许久的沉默之后，墨寒卿突然站起身，朝门处走去。

"殿……殿下?"冷六忍不住喊了一声，硬着头皮道，"殿下是要下去吗?"

"回去。"墨寒卿阴冷的声音在包厢中响起，"去给本王备马车。"

"啊?那殿下放着七七小姐在这里不管了?"

墨寒卿忽地转过头，冷冷地看着他。此刻她是以女子的装扮出现在酒楼，而他认识的只有贴身护卫墨小七，若他出现在她面前，岂不是等于告诉她，自己从一开始就知道她是谁?

冷六被自家主子这么一瞪，赶紧低下头去，不说话了。

十二连忙缓和气氛道："殿下，属下这就去备马车。"他一边说着一边推开包厢门，正准备往外走，突然顿住脚步，声音中带着一丝疑惑道，"咦？那不是三皇子、慕容公子和叶公子吗？"

冷六连忙转过头，朝窗外看去。墨寒卿也看到了他们三个，秀气的眉毛微微蹙了一下，正想转身离开，却发现那三人竟朝叶七七所坐的那桌过去了。

"哎，这不是白公子吗？"走在最前面的墨修竹眼尖地看到一楼大厅靠窗位子的白星阑，连忙收起折扇跑了过去。

叶七七和白星阑听到声音，同时转过头来。

糟了！竟然遇到三皇子他们！叶七七心里一惊，下意识低下头，一双水润的眼眸有些紧张地盯着桌面，生怕自己一抬头就被认出来。

"三皇子。"白星阑看到墨修竹，微微一笑，连忙站起身，朝他双手抱拳行了个礼，声音温润道，"慕容公子，叶公子。"慕容鸿羽和叶承安也朝他回礼。

几个男子站在桌旁，衬托得叶七七十分突兀。墨修竹的眼睛转向叶七七，只见一个穿着粉色衣衫的女孩子正低着脑袋坐在那里，也不知道是害羞还是什么。

"这位是？"他有些疑惑地抬头看向白星阑。

"啊，这位是小——"白星阑刚想开口，便感觉自己的脚被某人狠狠地踩了一下。白星阑嘴角忍不住抽了抽。这一脚踩得可真狠啊！

"是什么？"墨修竹满眼疑惑地看着白星阑。

"是在下的妹妹。"白星阑面带微笑，不动声色道，"家妹比较害羞，还请三皇子不要介意。"

"哦……原来是白公子的妹妹啊。"墨修竹了然地点头，目光再次转向叶七七。

白星阑轻轻拍了拍叶七七的脑袋，声音温柔道："小夜，赶紧跟三皇子问好。"

小夜？小叶？叶七七下意识抬起头来，疑惑地看向白星阑，他怎么知道自己姓叶？

白星阑却是没再看她，满脸歉意地转头看向墨修竹道：“家妹姓白，名星夜，平日我们都唤她小夜，三皇子只管唤她小夜就好。”

叶七七心下了然，连忙抬起头来，有些腼腆地道：“民女白星夜，见过三皇子殿下。”

墨修竹看着眼前的少女，她不过十来岁的模样，脸颊有些圆润，明显没有长开，皮肤却是晶莹剔透，豆腐一样。她眼眸圆圆，长长的睫毛扑闪扑闪，仿佛一只无辜的小鹿，一不小心就撞进他的心底。

站在他身后的叶承安和慕容鸿羽在看到少女的模样时，也是一怔。假以时日，待她长大，不知要迷倒多少男子了。

墨修竹怔了片刻，回过神来，朝叶七七笑了笑道：“不必多礼。”

白星阑看着他们三人，有些疑惑地问道：“三皇子今日怎么想起来这城中的酒楼了？”墨修竹脸色一下子窘迫起来。

“哈哈哈，修竹前些日子……心理上和生理上受了一些小伤，我们今日是特地请他吃饭，抚慰一下他受伤的心灵。”叶承安跟白星阑也算比较熟悉了，当着他的面，自然口无遮拦。

“三皇子受伤了？”白星阑有些惊讶地看着墨修竹，声音中带着关切道，“伤在哪里，可要紧？是什么人如此胆大，竟然敢对三皇子出手？”

“哈哈哈哈……”叶承安肆无忌惮地笑了起来。

墨修竹的脸一阵红一阵白，转过头瞪了叶承安一眼，想要制止他，却又无可奈何。

“还能是谁，不就是咱们靖安王身边的小护卫。”叶承安一边笑一边朝着白星阑道，“那个叫小七的护卫，白公子上次在靖安王府中应该见过他吧，就是他，把咱们堂堂三皇子点了穴，让他趴在……府外的大树上，整整一夜。”

小七？白星阑转过头来，意味深长地看了一眼叶七七。这家伙还真是谁都敢惹啊！

叶七七皱眉听着叶承安的话，忍不住朝墨修竹看去。她不是告诉过他，两个时辰之后穴会自动解开，到时候他可以自行离去吗？

“嗯……这么做确实过分。”白星阑忍住笑意，一本正经地看着叶承安，点点头道，“怎么能点穴点一整夜呢。”

“哈哈哈……其实也不是一整夜。”叶承安一边笑一边道，“那穴两个时辰之后是会自动解开的，可惜……三皇子趴了那么久，腿麻了……”

叶七七抬起头来，一言难尽地看向墨修竹。

“那个……”叶承安好不容易止住笑，抬起头看着墨修竹，“既然大家遇到了，那就一起吃吧。楼上有个包厢，是我们以前经常来的，星阑兄、小夜姑娘也一起来吧！”

“啊？”叶七七抬头看了看叶承安，又转头看了一眼桌上的空碟，赶紧推脱道，“不用了吧，我们……我们刚吃完啊。”

“来嘛，就算不吃东西，大家也可以聊一聊啊。”叶承安笑嘻嘻地看着叶七七问道，“小夜姑娘今年多大？可曾婚配？可有意中人？”

叶七七看着叶承安热情的模样，忍不住扯了扯嘴角。

白星阑笑笑，伸手拦住叶承安，温润道：“叶公子，别吓着家妹。”

“哈哈哈，一看到漂亮小姑娘，就忍不住有点激动。”叶承安大笑几声，不由分说地推着白星阑朝着楼上边走边道：“来来来，星阑兄跟我们一起上去，这样你妹妹就不会继续推辞了。”

白星阑有些无奈地转头，看了一眼站在原地的叶七七。叶七七咬了咬嘴唇，看样子，她也只能跟着他们一起上去。

楼上的包厢。

十二还站在包厢门口，眼看叶承安推着白星阑从楼梯上过来，赶紧转过头朝墨寒卿问道：“主子，三皇子他们朝咱们这个包厢来了。”

墨寒卿站在原地，皱着眉头。这个包厢以前确实是他们四人常来的地方，眼下他们上来，他便不好出去了。只是冷六和十二还在这里，若是被叶七七看到……想到这里，他抬起头来，朝冷六和十二道：“你们两个赶紧离开。”

“啊？”冷六有些不解地看着自家主子。

倒是十二反应比较快，立即拽着冷六的胳膊，翻身便飞了出去。

冷六和十二的身影刚刚从包厢中消失，房门便被推开，叶承安的声音在门口响起：“来来来，就是这里了。”

他一边说着一边抬起头来，看到包厢中那个修长挺直的身影，怔了一下道：“寒卿？你怎么会在这儿？”

墨寒卿转过身，淡淡地瞥了他一眼，冷冷道：“今日休沐。”

叶承安像是突然想起来，连忙点头道：“对，我想起来了，我们家老头子今儿也没去上朝，不对啊，上午我还派人去靖安王府找你的，你们侍卫说你今日要处理公务，不方便出门啊。”

墨寒卿沉默了两秒后，声音淡淡道：“处理完了。”

“那正好！我们在楼下遇到白公子和他妹妹，”叶承安笑嘻嘻地指了指白星阑和跟在后面的叶七七道，“大家一起吃个饭，安慰一下修竹吧。”

墨寒卿抬起头，状似不经意地在叶七七身上瞥了瞥，冷冷地看了一眼白星阑，没有说话。

叶承安大概习惯了他这样，见他不说话，就当他是默认了。于是赶紧招呼其他人入座。

待所有人都坐下来，叶七七才发现，自己竟然被安排在了墨寒卿的边上。她左首是墨寒卿，右首是白星阑。

而白星阑的另一边则是叶承安。

叶七七赶紧站起来，脸上带着一抹微红，有些羞涩地看着桌子，声音弱弱道：“那个……要不我还是换个座位吧，听闻靖安王殿下不是很喜欢女子……”

“对！我怎么忘了呢！”叶承安一拍脑袋，赶紧站起来朝叶七七道，“那什么，要不你跟我换个位子……”他一边说着一边打算去拉叶七七的袖子。

没想到此时，墨寒卿淡淡地开口：“无妨。”

叶承安那只准备去拽叶七七袖子的手，堪堪僵在半空。半晌，他尴尬地笑了一声道：“既然寒卿都说无妨了，那小夜姑娘，你就坐他身边吧。”

叶七七站在原地，求救一般看向白星阑。白星阑朝她笑了笑，示意她不要紧张。

墨寒卿将叶七七和白星阑之间的互动尽收眼底，表面上却是不动声色地道："你们几个，今日怎么想起来这酒楼了？"

"哎，还不是因为修竹被你们家那个小护卫给欺负了。"叶承安对着墨寒卿灿烂一笑道，"寒卿，你可要帮修竹报仇啊。"

"哦？"墨寒卿目光若有似无地在叶七七身上扫过，挑了挑眉，朝叶承安声音清冷地问道，"修竹竟然打不过小七？"

"那不是废话嘛，小七可是打败了武状元的人啊！"叶承安抬头看着坐在墨寒卿另一边的墨修竹，嘿嘿一笑道，"修竹武功不行，真要说起来，咱们这里估计也就只有你能打败小七了。"

墨寒卿漫不经心地拿起桌上的茶杯，随意晃动着杯中的茶水，声音淡淡道："我？我还没跟她打过。"

"这还用打？"叶承安一拍大腿，"想当年，你不是去了一趟飞鹤山庄吗？"

"就是，不是说你去飞鹤山庄跟着叶珏大师学习武功的吗？叶珏大师是什么人啊！天下第一高手啊！你跟着天下第一高手学武功，那你自然不会差啊！"墨修竹坐在叶承安对面，连连点头。

他话音刚落，在座众人便感觉整个包厢里的空气一凛。

"我……我怎么突然觉得有些冷……"叶承安伸手摸了摸胳膊，声音哆嗦地朝其他两个小伙伴道。

"好像……是有点……"墨修竹点了点头，扯着嘴唇皱着一张脸，弱弱地说了一声。

慕容鸿羽转过头来，朝墨寒卿看过去。这么多年的经验告诉他，当发生这种情况时，只代表一件事，就是——有人心情极度不好！

果然，坐在首座上的墨寒卿，脸仿佛被千年寒冰冻住一般，眸中绽出的寒意几乎要将叶承安和墨修竹两人冻死。

白星阑抬头看了看面色不佳的墨寒卿，又看了看不说话的叶承安，忍不住奇怪道："然后呢？叶公子，你怎么不说话了？"

叶承安低下头，默默地拿起面前的茶杯，假装什么都没听到。

倒是叶七七听到刚才的那些话，整个人都怔住了。她不由自主地朝墨寒卿看去。他当年去过飞鹤山庄，跟自己的爷爷学过武功？那他……岂不就是当年那个骗自己的墨公子？

叶七七盯着墨寒卿，眼前他轮廓分明的侧脸和她记忆里的身影重叠。一样的脾气差，一样的不爱说话，一样的动不动就生气，一样的一言不合就叫自己的手下揍人……她眼前的靖安王、墨寒卿，就是当年那位墨公子？

墨寒卿眼眸微垂，浑身上下散发出的冷意都在昭示着他此刻的心情非常非常差——差到想杀人的地步。他上一秒才把冷六和十二弄走，就是为了防止叶七七看到他俩会认出他来，却没想到，下一秒，叶承安就说穿了当年他去过飞鹤山庄的事实。

他知道自己身边的叶七七正盯着他，他却不敢转过头去，甚至不知自己此刻应该用什么样的表情来面对叶七七。

白星阑看着这满屋子的人突然都不说话，顿时觉得他们有些古怪，可到底为什么古怪，他却不知道。

只是看着叶承安、墨修竹还有慕容鸿羽全低着头，连大气都不敢出，无奈之下，他只得转过头来，看了一眼身边的叶七七，随口问道："妹妹，你怎么盯着靖安王？"

叶七七回过神，眼底的怒意一闪而逝，笑着看向白星阑，天真无邪道："我在看靖安王殿下……长得真是俊美非凡。"

她这话一出口，墨修竹、叶承安还有慕容鸿羽三人不约而同地抬起头，朝她看了过去。这年头，敢当面说他们靖安王长得好看的女人，几乎已经绝迹。

就连白星阑的脸色都忍不住变了变，关于靖安王的传说，他还是知道的，当下便赶紧伸出手来，护住叶七七，眸中带着紧张与歉意："抱歉，家妹年纪尚小，口无遮拦，还望靖安王殿下莫怪。"

墨寒卿抬起头，深邃的眼眸中绽放出十足的冷意，就在众人以为他会发火的时候，他竟然声音清冷地说了一句："过奖。"

整个包厢内，又是一片沉寂。

墨修竹忍不住掏了掏耳朵，他刚刚没有听错吧？墨寒卿说了什么？他竟然说——过奖?

墨修竹惊恐地看向坐在对面的叶承安，毫无意外地从后者眼中也看见了满满的惊讶。

今日的靖安王是怎么了？竟然让一个女子坐在自己身边，还对着她说了一句过奖。慕容鸿羽神色复杂地看着坐在墨寒卿身边的叶七七。

就在这一片寂静中，传来小二喜气洋洋的声音道：“客官，上菜了！”小二一边说着，一边端着一个大托盘，一溜小跑地进来。

他走到墨寒卿身边，点头哈腰地朝他笑道：“客官，小的给您上菜，这是山药海参汤，每人一盅。”

墨寒卿目光淡淡地扫了小二一眼，微微让了让身子。坐在他身边的叶七七突然站起来，小脸上满是笑容：“来，我帮你端。”

“哎哟，客官，这可使不得，您坐，您坐。”小二一看眼前这么一个如花似玉、娇小可爱的女孩子竟然要帮自己端菜，赶紧客气道。

“没事，没事。”叶七七笑眯眯地一边说着，一边将小手飞快地朝小二托盘上的一小盅瓷碗伸去。

小二速度自然比不过练家子的叶七七，他还没反应过来，那一小盅瓷碗已经到了叶七七手中。

“这……多谢姑娘帮忙。”小二连声朝她道谢。

“不客气。”叶七七朝小二灿烂一笑，端着那盅瓷碗，朝墨寒卿声音温柔道，“殿下，您的汤。”她一边说着一边弯下腰去，眼看手中的那盅汤就要放到桌子上时，她竟然手腕一歪，汤毫无保留地全部洒在墨寒卿的身上。

墨寒卿只觉腿上一热，一只胖乎乎的海参还有几片白白的山药，就这么躺在他的衣袍上。

这一切发生得太突然，突然到其他人还没反应过来怎么回事，叶七七已经飞快地从袍袖中拿出一块丝质的手帕，用力擦着他衣袍上的汤汁道：“抱歉，殿下……我不是故意的，真的……就是那汤碗，有点烫……我……我一时没拿住……”叶七七一边说着，一边哽咽起来，那双黑白分明的大眼睛也慢慢地红了。

在座众人看到叶七七这副模样，顿时同情心泛滥，朝墨寒卿道：

“寒卿，你别怪她，她还是个小女孩。”

“殿下，家妹也是好心，还望殿下不要生气。”

“寒卿，你可千万别让你手下打她啊，这么可爱的小姑娘，打坏了可怎么办。”

墨寒卿冷着一张脸，咬牙切齿地看着叶七七无辜可怜的样子，根本无法忽略她一边给自己擦衣服，一边用力掐自己腿的那只手。

“殿下……对不起啊……”叶七七抬起头，可怜巴巴地看着他道。

良久的沉默之后，墨寒卿突然伸出手来，一把握住她的手腕，将她朝自己身边用力拉了一下。叶七七脚下一个踉跄，还没来得及稳住身子，便听到他一字一顿道：“叶、七、七。”

叶七七满眼震惊地转过头，看向墨寒卿那双乌黑深邃的眼眸。从她刚才见到他，到他喊出叶七七这三个字，前后不过一炷香的工夫，她以为他们这么多年没见，他可能早就忘记自己，却没想到……

叶七七有些慌乱地挣脱他的手，羞怯地低下头，声音弱弱道：“小夜……不知道公子在喊谁……小女子名叫白星夜。”

“呵。”墨寒卿冷笑一声，拽过她手中的帕子，自顾自低头，将衣袍上的汤汁擦拭干净，声音冷冷道，“既然星阑兄的妹妹已经给本王道过歉，那本王便买星阑兄一个面子，否则……”他声音顿了顿，“这是今日我那贴身护卫不在，若是小七在，本王绝不轻饶！”

“谢殿下。”叶七七低着头，乖巧地应了一声。

嘿嘿，墨公子，靖安王，你好像还不知道墨小七就是我吧！上次把你衣服弄碎的时候，忘了注意看你有没有戴那块长命锁了，这次把你衣服弄脏，正好回去可以看看那块锁是不是在你身上。

墨寒卿目光深沉地盯着叶七七，动作优雅地站起身，朝门外喊了一声：“冷六。”

“属下在。”一直躲在门外房梁上的冷六，自然知道主子的身份已经暴露，当下便直接大大方方地从房门走了进来，朝着他单膝下跪，恭敬地应了一声。

“备车，回府！”墨寒卿冷冷地吩咐一声，便直接朝包厢外去了。

“是。”冷六恭恭敬敬地应了一声，一个飞身便消失不见。

眼看墨寒卿消失在包厢门后，在座众人才长长地舒了一口气。

叶承安转过头，面带笑意地看着叶七七道：“小夜姑娘，别太在意，这家伙自小这脾气，特别是从飞鹤山庄回来以后，脾气变得比原来更坏了。”

“是吗？”叶七七朝叶承安笑了笑，天真无邪地看着他问道，“为什么呀？”

“谁知道呢。”叶承安无奈地摊了摊手道，“当年他去了飞鹤山庄，到底发生了什么事情也不肯告诉我们，只是回来之后，他便突然奋发图强、努力习武，当初墨国上下顶尖的高手都被招进皇宫，结果被他打得落花流水。”

“是啊。”墨修竹连连点头附和，“当时我跟寒卿还住在宫中，那段时间他的脾气可差了，看谁不爽就上去揍谁，整个宫里，除了皇上和太后，其他人看见他都绕着走。”

“好像也是从那时候开始，寒卿就变得特别讨厌女人。”

慕容鸿羽沉默片刻，朝叶七七补充了一句：“不过刚才小夜姑娘的举动真是吓了我们一大跳……”叶承安心有余悸般摸了摸胸口，“这要是按照他一贯的作风，估计这会儿你已经被抬出去了。”

叶七七忍不住扯了扯嘴角，微笑道：“是吗，靖安王殿下哪有你们说的那么吓人。”

“那是你没看过他以前的样子！”墨修竹摇头晃脑地道，“你是不知道，前些日子，寒卿刚刚破了一个案子，救下一个美人，结果美人只不过说了句愿意留在靖安王府当丫鬟，就直接被他揍得……都吐血了！哎哟……后来还让手下把那美人给抬到城郊的尼姑庵去了，你说说，是不是心狠手辣！一点都不怜香惜玉？”

“这个……”叶七七有些心虚地低下头，那个美人好像就是被她给揍吐血的……不过眼下，她还有更重要的事要做。

思及此，叶七七转过身，朝白星阑笑了笑，声音清脆道：“星阑哥，我突然想起有件重要的事，得先走了。你就跟这几位公子再聊会儿吧。”

“哎，怎么这么快就走了？”叶承安赶忙挽留道。

“实在是事情比较紧急。嗯……女孩子的事情……”叶七七低着头红着脸道。

叶承安他们顿时了然，不便多问，只让叶七七一路小心，注意安全。

从醉仙楼出来，叶七七小心翼翼地看了一眼后面，见没人跟着，这才七拐八绕地进了一条无人的小巷，飞快地将身上的外袍换回靖安王府的护卫衣衫，脚尖轻点，一路朝着靖安王府飞快地去了。

进了王府一路飞奔，叶七七冲进墨寒卿的院子，径直推开他的房门，气喘吁吁地大声道：“殿下，属下回来了！”

墨寒卿缓缓地转过头，看了一眼穿回男装的叶七七，眼中闪过一丝意味不明的光芒。

“回来了？”他不慌不忙地系着外袍衣带，声音凉凉道，“下午去哪儿了？”

“就……去街上转了转。”叶七七随便编了句话应付过去，乖乖走进屋中，朝墨寒卿身上看了一眼，惊呼道，“殿下，你这衣袍怎么了？”

“呵……没什么。”墨寒卿目光微垂，看着站在自己眼前的罪魁祸首，声音清冷道，“就是被一只小狗打翻了汤碗，弄脏了衣袍而已。”

小狗？你才是小狗！叶七七抬起头，一双清澈的眼眸里闪过怒意，满脸关切道：“属下这就去帮殿下拿换的衣物过来。”

“嗯。”墨寒卿懒懒地应了一声。

不过片刻，叶七七便抱着一摞整齐的衣袍走了过来。

墨寒卿将外袍脱掉，只着中衣站在房里，见叶七七将衣物拿过来，冷冷地道：“放那儿吧，本王自己换，你先出去。”

叶七七眼睛转了转，恭恭敬敬地走到墨寒卿跟前，认真道：“殿下，还是让属下帮您换吧。”

墨寒卿皱了皱眉，冷冷地看着她，没有说话。

“这些活儿，本来就该是贴身护卫做的。”叶七七理所当然地看着他，二话不说，放下手中的新衣袍便开始解他的中衣。

墨寒卿握住她纤细的手腕，寒着一张脸，一字一顿道："本王说过了，自己换。"

"殿下，别客气！"叶七七飞快地挣脱他的大手，反手扣住他的手掌，另一只手则快速攀上他的腰，边解腰带边认真地道，"这次属下绝对不会把殿下的衣袍给震碎。"

"你这是公然违抗本王的命令。"墨寒卿暗暗运起内力，将她扣在自己手掌的那只手给弹开。

"属下只是在做本职工作。"叶七七也是不服输，当下运起内力，和墨寒卿默默地对抗。

一来一去之间，只见墨寒卿的中衣、里衣一件一件地往地上飘落。不过片刻工夫，他上身的衣服便全部消失不见。他白皙修长的脖颈上，除了几缕落下的发丝，却是一片光洁，什么都没有。

没有？叶七七瞪大眼睛看着他的脖颈，怎么会没有？她当年送给他的那块长命锁，他竟然没有戴？

第三次！这已经是第三次，她用武力强行扒光自己的衣服了！墨寒卿深吸一口气，强忍住想要掐死她的冲动。

叶七七看了半天，忍不住用力揉了揉眼睛，还是什么都没有。她迟疑了一下，一只柔软的小手直接摸上他的胸口。手心传来温热的感觉，他皮肤很光滑，摸上去仿佛一匹上好的丝绸。

然而，墨寒卿的身体却是瞬间一僵。他看着某人放在自己胸口处的小手，脸上浮现一抹淡淡的红晕。墨寒卿目光微闪，修长的大手瞬间握住她纤细的手腕，清冷的声音带着暗哑："你干吗？！"

叶七七抬起头，眼眸里满是疑惑："殿下刚才不是说汤碗被狗打翻了吗，属下看看那狗有没有咬伤殿下。"

墨寒卿只觉一口气憋在那里，上不来也下不去，堵得分外难受。

"看完了？你可以出去了。"墨寒卿深吸一口气，努力让声音听起来平静些，朝她冷冷道。

"殿下需不需要属下帮您把中裤也解了？"叶七七低下头，目光落在他的腰间。说不定他的腰间有什么暗袋，那锁玉也许就藏在暗袋里？

墨寒卿看着她的目光又沉了沉："给本王出去！"

"可是……"叶七七抬起头，无辜地看着他道，"贴身护卫不就是做这些事情的？"

"十两，出去！"

"好嘞！"叶七七立马将手中的衣服朝架子上一扔，屁颠屁颠地出去了。

墨寒卿长长地舒了一口气，再低头看看满地的衣裳，深邃的眼眸中只留下难以捉摸的光泽。

叶七七出了房门，有些郁闷地看着院子中的花草。

她的长命锁不在他身上，那会在哪里呢？总不至于藏在这靖安王府中的某个地方吧……靖安王府这么大，她岂不是要找许久才能找到。

叶七七正觉得烦闷，忽然感到一股极其微弱的空气波动从眼前一闪而过。她立刻警惕地四下里看了看。院子里跟刚才一样平静，下午的阳光照耀在盛开的花瓣上，微风轻轻拂过，老榕树的叶子一晃一晃地摇动。

在这一片平静中，叶七七却嗅到一丝危险的气息。

"殿下！"她心中一惊，推开房门大呼一声。

几乎在同一时刻，十来个黑衣人破窗而入。墨寒卿身形笔挺地站在屋子里，穿着月白色衣袍，神情淡漠地看着黑衣人。

"殿下！"叶七七动作迅速地冲到他身边，没有一丝犹豫地挡在他身前。

墨寒卿看着她小小的身影，不知为什么，心中竟涌出一阵暖意。

"来者何人？"墨寒卿瞥了叶七七一眼，抬起头来，目光冷冷地从房间里的十几个黑衣人身上扫过，声音阴寒道。

"想要你命的人！"黑衣人的首领吼了一声，便朝手下招了招手道，"给我上！"

顷刻之间，十几个黑衣人拿着武器，朝墨寒卿一拥而上。

"殿下小心！"叶七七伸手拽住墨寒卿的胳膊，将他朝自己身后拉了一下，随手抄起身边桌上的酒壶，往面前的黑衣人砸去。

哐啷一声，酒壶砸在黑衣人的额头上，瞬间炸裂，与此同时，黑衣人的脑袋也被砸得开了花。

就在叶七七准备冲上去揍人时，墨寒卿突然反手握住她的手腕。

“殿下？”叶七七惊讶地喊了他一声。

墨寒卿目光深邃，唇角紧紧抿起，没有说话。

“殿下！”叶七七有些着急，眼看那些黑衣人的刀刃就快落到他二人身上。

房顶上突然射出无数飞镖，那些飞镖又快又狠，全数刺入黑衣人的身体，一朵又一朵血红色的鲜花伴随着飞镖的飞行弧度绽放。不过片刻，十几个黑衣人便倒在地上。只有黑衣人头领残存着一丝气息。

墨寒卿面无表情地扫了一眼地上的黑衣人，冷冷地喊了一句：“冷卫。”

“属下在。”七条黑色的身影从屋顶上跳下来。

叶七七吓了一跳。

六、七、八……十一、十二……她在心里默默数了一下，眼前这几人不就是当年在飞鹤山庄联手想要揍自己的冷六、冷七直到十二他们吗?

“把这些尸体全部处理了。”墨寒卿转过身，淡淡地吩咐了一句。

“是。”冷六他们异口同声地应了一句，然后便四下里散开，开始处理那些尸体了。

不过片刻，那些躺在地上的黑衣人尸体便消失不见，只余下那位黑衣人头领。

“殿下，这个人要怎么处理？”冷六带着其他冷卫处理完尸体后，恭恭敬敬地问道。

“老规矩，随便问问，问不出来，就杀。”墨寒卿冷冷地瞥了黑衣人头领一眼，走到太师椅上坐下。

叶七七从震惊中回过神，问道：“他们是冷卫？”

墨寒卿抬起眼眸注视了她几秒，唇角勾起一个弧度道：“是啊。”

“他们一直都在房间里？”叶七七忍不住追问道。

“嗯。”墨寒卿淡淡地应了一声。

“那……那……”叶七七结结巴巴道，“那刚才我扒你衣服，他们……他们……”

他们全部看见了？

冷六一愣，朝墨寒卿跪下来道：“属下刚才什么都没看到！”

“绝对没有看见小七扒王爷的衣服！”冷七跟着补充了一句。

“不仅什么都没看到，之前也什么都没看到！”冷八低着头，声音诚恳地道。

“对！绝对没有看到小七用内力震碎王爷的衣服！”冷九憋着笑意，发自肺腑地表白。

“嗯！我们啥都没看见！”冷十、十一和十二低着脑袋看着地面，特别特别诚心地道。

叶七七小脸瞬间红得跟熟透的苹果一样。

“行了。”墨寒卿冷脸看着他们，声音阴寒道，“去给本王问那个黑衣人头领问题。”

“是！”冷六他们同时应了一声，便将黑衣人头领拖去了院子。

惨叫声在院子里响起来。

大约一炷香的工夫过后，冷六寒着一张脸返了回来，朝墨寒卿单膝下跪道：“殿下，他什么都不肯说。”

“杀。”墨寒卿淡淡地瞥了他一眼，薄唇轻启，冷冷地吐出一个字。

“等等。”叶七七清脆的声音突然在屋子里响起。

冷六和墨寒卿同时转过头来，朝着她看过去。

“杀他之前，你们介意……我先揍他一顿吗？”叶七七朝着他俩笑了笑，咬牙切齿地问道。她现在真的非常非常想揍人！

呃……冷六用询问的眼神看了墨寒卿一眼。墨寒卿瞥了叶七七一眼，随口道：“可以。”他话音刚落，叶七七的身影便消失在房门。

墨寒卿不慌不忙地朝屋外走去。

冷六紧紧地跟上。

院子里，冷七、冷八直到十二他们正站在阴凉的大树下，一脸同情地看着躺在院子中央的人形物体。黑衣人头领已经鼻青脸肿、头破血流，只剩下一口气，却怎么也不肯说是谁派他来的。

冷六眼看叶七七坐在黑衣人的背上，小拳头左一拳右一拳，全部砸在他身上，耳边不停传来骨头断裂的声音，顿时觉得寒毛都竖了起来。

叶七七出了一口恶气后，拽着黑衣人的衣领，将他拎起来。这画面，怎么看怎么显得丧心病狂。更加丧心病狂的是，下一秒，叶七七抡圆了胳膊，一把将那黑衣人像扔沙袋一般扔了出去。只见一道黑色的影子迅速掠过，下一秒，黑衣人的身子便仿佛断线的风筝，直直撞在老榕树的树干上。

砰的一声巨响，听得冷六几个头皮阵阵发麻。几个冷卫转过头，你看看我，我看看你，不约而同将同情的目光投向站在一边的墨寒卿。要是以后殿下娶了七七小姐，这婚后生活……

然而让他们惊奇的是，在七七小姐这般猛揍之下，黑衣人虽然大口大口吐血，脸色却依旧红润，只是神情看起来万分痛苦。

“别……别打我了……我说……我说……”黑衣人眼看叶七七提起拳头又朝自己走了过来，瞬间吓哭了。他原本以为那小护卫是来救自己的，可是下一秒，她竟然把药丸塞入他口中，一股温热的力量游走于全身，断掉的骨头与筋脉竟然开始修复，连带着知觉感官也恢复了。

叶七七却是露出毛骨悚然的笑容，一字一顿道：“我不想听。”短短四个字，让那黑衣人万念俱灰。

话音刚落，她又朝他飞了过去，不由分说地开始下一轮狠揍。

墨寒卿似是沉吟片刻，朝不远处揍人揍得正开心的叶七七喊了一声：“墨小七。”

叶七七听到声音，顿时停下动作，抬起头，黑白分明的大眼睛里有一闪而逝的气愤，然后恭恭敬敬地应了一声：“殿下喊属下何事？”

她眼睛里的怒意，墨寒卿却是清清楚楚地看见了。墨寒卿无奈地扯了扯嘴角，轻轻眨了眨眼睛，道：“累不累？”

“不累！”叶七七气呼呼地回答道。

“哦……那你再打一会儿。”墨寒卿点了点头，漫不经心地双手抱胸，继续站在原地看好戏。

黑衣人咬碎了牙，眼泪在脸上奔涌。

又是一炷香过后。

叶七七头也不回地走到墨寒卿跟前，双手抱拳，恭敬地道："殿下，揍完了，可以杀了，要属下动手吗？"

听到这句话，黑衣人瞬间将脖子伸得老长，哭喊道："大哥！我真的愿意交代……我们……我们是阎罗殿的……是队长给我们布置的任务，让我们来……来杀靖安王的……有人……想要他的命……大哥……呜呜呜……求你给我个痛快吧……"

"呵……又是阎罗殿……"墨寒卿忍不住冷笑一声，大手一挥，道，"把他抬下去，关到地牢，看着他，别让他断气了。"

"是。"冷六恭恭敬敬地应了一声，便朝黑衣人走去。

等到冷六将黑衣人拖走，墨寒卿面无表情地看了一眼院子，道："行了，都散了吧。"

"是！"冷七他们异口同声地应了一句，脚尖一点，消失了。

叶七七站在原地。阎罗殿？这名字听起来怎么这么耳熟……

墨寒卿转过头，朝叶七七看了一眼，淡淡地喊了一声："小七？"

"殿下。"叶七七回过神，快步走到墨寒卿跟前，满眼疑惑地问，"殿下就这么算了？"

"不然呢？"

"既然已经知道是阎罗殿派人来杀你，那就应该找阎罗殿算账啊。"叶七七仰着小脸，看着墨寒卿，很认真地说道。

"呵。"墨寒卿低笑了一声，"这些年，阎罗殿对我的刺杀一直没有停过，每次他们派来的都是些身手不高的小喽啰。即便冷卫们活捉了那些喽啰，对他们严刑拷打，最终也只能知道是阎罗殿派来的。阎罗殿到底在何处，首领是谁，又是谁让阎罗殿来做这些事情的，那些人却是一概不知。"

这么多年都是阎罗殿在刺杀他？叶七七突然想起来，当年墨公子还在飞鹤山庄时，也有一拨黑衣人前来刺杀他，当时那群黑衣人的头儿似乎就说自己是阎罗殿的。她仔细思考了一会儿，又问："那殿下也不知道阎罗殿到底是怎么回事？"

墨寒卿盯着她清秀的小脸看了半天，答非所问地回了一句：“你是在为我担心？”

叶七七一怔，疑惑地看着他。

“阎罗殿是很神秘的杀手组织，江湖上一直都有关于它的传说。据说他们四处网罗武功高手，给他们重金，让他们为自己卖命。相应地，只要你出得起价钱，他们就会完成你的要求。”

叶七七点了点头，茫然地看着他道：“那阎罗殿也不是很厉害，这么多年都干不掉你。”

墨寒卿听到她这句话的时候，嘴角忍不住抽了抽，他好像从她的话里听到一点惋惜的意思？

“我手下的冷卫，武功都是在墨国排名前二十的人。”墨寒卿白了她一眼，声音淡淡道，“阎罗殿的人打不过他们，很正常。”

叶七七低着头嘟哝：“那看来这阎罗殿的人很弱啊……”

这话被躲在暗处的几个冷卫听到，他们忍不住默念着：七七小姐，你以为人人都跟你一样变态吗？！

叶七七站在原地没有动。微风吹过，她的衣袍动了动，细碎的阳光穿过树叶，斑驳地落在她身上，在她的发梢留下璀璨的光影。

墨寒卿突然觉得，她安静思考的样子，似乎很可爱。

“要不我再去审一审刚才那个黑衣人吧？”叶七七想了好一会儿，突然抬起头来，朝着墨寒卿问道。

她这么一抬头，毫无预兆地撞进他幽暗深邃的眼眸。他的眼睛闪烁着耀眼的光华，只映出她一个小小的身影。

叶七七只觉得心里咯噔一下，像是被他的眼眸吸引住，挪不开目光了。

“你去审他？”墨寒卿看着她良久，缓缓问道。

“是啊。”叶七七回过神，有些尴尬地挠了挠后脑勺，“那黑衣人好像特别怕我，我再去问问，说不定能问出什么其他东西呢。”

“嗯。”墨寒卿沉吟片刻，点点头道，“去吧。”

“属下这就去！”叶七七得到他的同意，立刻转身朝着地牢去了。

直到她的身影消失，墨寒卿才淡淡地喊了一声：“冷七、冷八。”

“属下在。”两道黑色的身影落在他的眼前。

“去，保护好她。”

“是。”冷七、冷八应了一声，飞快地去了。

第九章　他受伤了

半个时辰过后，叶七七黑着一张小脸从地牢回来。

她一进门，墨寒卿就看到她郁闷的神情，于是朝跟在她身后的冷七、冷八挑了挑眉，以眼神询问他们怎么回事。

冷七强憋着笑意，朝墨寒卿单膝下跪，恭敬地道："启禀殿下，那黑衣人在小七的审问下，确实交代了一些跟之前不一样的信息。"

"哦？"墨寒卿漫不经心地应了一声，目光却是依然落在叶七七写着"我很不高兴"几个大字的小脸上。

"他交代了自己是怎么接到任务的，还说了怎样才能找阎罗殿接下任务。"冷七言简意赅地讲了一遍。

墨寒卿点点头，淡淡地道："不错。"说完这句话，他目光又转向叶七七，朝着她仰了仰下巴，声音低沉地道，"那她怎么一脸不高兴的样子？"

"回殿下的话，可能因为黑衣人看到小七后……感觉特别恐惧……所以吓尿了……"

冷八话音刚落，房梁上便响起轻微的笑声。叶七七朝屋顶看了一眼，上面空空如也，什么人也没有。但她知道，几个冷卫肯定躲在房梁后，偷偷地在笑她。

“那黑衣人……如此怕她？”墨寒卿挑了挑眉，看向叶七七清秀的小脸，忍着一抹笑意，继续问，“这是件好事，为什么还不开心？”

冷七和冷八对看一眼，痛心疾首道：“回殿下的话……因为黑衣人……大小便失禁了……所以……地牢里……臭气熏天。”

墨寒卿总算明白某人为什么不高兴了。

叶七七郁闷地看了一眼身边的冷七和冷八，又看了一眼墨寒卿强忍笑意的脸，转身丢下一句“我去换衣服”，便急匆匆地离开了。

“殿下。”眼看叶七七消失在房门口，冷七转过头，恭恭敬敬地喊了他一声。

墨寒卿收起眼底微不可见的笑意，又恢复了平日清冷的表情。他沉吟片刻，跟眼前的冷七、冷八说：“既然已经知道如何找阎罗殿接下任务，那咱们倒是可以好好计划计划。”

“是。”冷七、冷八连忙低头，认真听着。

丞相府中，叶承安正疑惑地看着突然来访的墨寒卿。

“你说啥？你要我找人杀你？”叶承安听完墨寒卿的来意后，震惊地退了一大步。

“嗯。”墨寒卿走到八仙桌旁，动作优雅地坐下来，随手拿起桌上的茶壶给自己倒了一杯茶。

“不是……你……你没事吧？”叶承安走到墨寒卿面前，无语道，“咱俩又没多大仇，我为什么要找人杀你啊？”

墨寒卿端起茶杯，慢悠悠地啜了一口，冷冷地在叶承安身上瞥了一眼，“让你去，你就去，哪来那么多为什么。”

叶承安被他这句话噎着，不知该说什么才好。

墨寒卿不慌不忙地将茶喝完，看着叶承安，声音低沉道：“被阎罗殿追杀了这么多年，也是时候朝他们下手了。”

“阎罗殿？”叶承安愣了一下，随即像是明白了什么，“你的意思是，让我去找阎罗殿的人来杀你，然后你顺藤摸瓜，找到阎罗殿的大本营？”

墨寒卿轻轻点点头，看着叶承安道：“不愧是当朝丞相的儿子，脑子转得还是快。”

“行，我去。”叶承安想了想，一口应下，“不过这么多年，我们也一直在找阎罗殿的位置，却从来没有找到。这次就算找到接任务的人，也未必能抓到他们的头领。”

墨寒卿沉默片刻，将手中的茶杯缓缓放到桌子上道：“先试一试吧。”

“好。”叶承安点点头道，“我明天就去你说的地方，找阎罗殿的接头人。”

“嗯。”墨寒卿站起身，边走边道，“我先回去了。”

“我送你。”叶承安赶紧跟在他身后。

吱呀一声，房门打开，外面竟然站着一个瘦小的身影。墨寒卿怔了一下，不着痕迹地在叶七七身上看了一圈，声音淡淡地道：“你过来了？”

“为什么不等我？”叶七七抬起头，看着眼前人，声音中带着一丝自己都没察觉的担忧，“万一路上阎罗殿的杀手又来追杀你怎么办？”

墨寒卿唇角勾了勾，看着叶七七白皙清秀的小脸，道：“你刚刚不是还说阎罗殿的人身手不怎么样，这么多年都干不掉我吗？再说，他们刚派人来刺杀过我，不会这么快又来一拨的。”

叶七七瞪着黑白分明的大眼睛看着他，半晌没有说话。

叶承安站在一旁，颇有兴趣地看着他俩。

“走吧，回府。”墨寒卿眼底闪过一丝不易察觉的笑意，甩了甩袍袖，声音淡淡地道，“承安已经答应明天就去找阎罗殿的人下任务，咱们回去再商讨商讨细节。”

叶七七有些无语。那些冷卫，也不知在不在他身边。叶七七四下张望，最终咬了咬牙，跟在他身后，朝丞相府外走。

叶承安颇有兴趣地看了一会儿，一撩袍子，快步追上他俩，道：“正好今日没什么事情，要不晚上就去靖安王府蹭晚饭好了。”

墨寒卿转头淡淡地扫了他一眼，没有说话。

丞相府外，墨寒卿的马车就停在那里。

上车后，墨寒卿坐在主位上闭目养神。叶承安和叶七七坐在他两侧，四目相对，却没有人说话。

马车摇摇晃晃驶进一条安静的小巷。

叶七七原本正盯着叶承安的衣袍下摆研究上面的花纹，耳边忽地传来细微的哨声。她猛地抬起头，喊了一声“有情况”，便飞身出了车厢。

马车外的巷子两边，密密麻麻围着几十个黑衣人。冷六快速从马车上跳下来，朝车厢内大声喊道：“殿下，有埋伏！”

墨寒卿倏地睁开眼睛，转头看了看坐在身边的叶承安，袍袖一甩，便从车厢内飞了出去。

小巷已被黑衣人围得水泄不通。墨寒卿看着眼前的情景，唇角勾起一抹冷笑：“呵，看来这么多年，一直躲在幕后的那个人，是忍不住了啊。”

“殿下，小心！”冷六飞快地从腰间抽出佩剑，挡在墨寒卿身前，一边观察眼前的情形，一边低声道。

叶七七眨着水润的眼睛，看着黑压压的敌人，二话不说，脚尖一点，便朝他们飞了过去。

“给我杀！一个不留！”那帮黑衣人中有一人低低地吼了一声，然后便是一片刀光剑影。

墨寒卿的脸上生出寒意：“去，保护她。”

“可是殿下……”冷六回过头，脸上露出一丝惊愕。

“去。”墨寒卿眯了眯眼睛，声音里是毋庸置疑的霸气。

“是！”冷六连忙应了一声，便朝叶七七的方向飞去。

“什么情况……”叶承安慢吞吞地从车厢里钻出来，看到马车外的情形，顿时瞪大眼睛，倒吸一口冷气道，“又来刺杀啊？！”

墨寒卿冷冷地瞪了他一眼，道：“怕死就在车厢里蹲好。”

叶承安卷起袍袖，随手拿起冷六扔在车上的马鞭，抽向一个朝他俩扑来的黑衣人道：“好久没有打架了，难得这次来了这么多，让我也活动活动。”他一边说，一边甩着手中的马鞭，毫不留情地抽那些黑衣人的脸。

墨寒卿淡淡地扫了他一眼，转过头去，继续将目光投向人群中不断飞舞的叶七七。她在人群中来回蹿跳，随手夺了一个黑衣人的长剑，剑光所过之处，一片血红。冷六便跟在她身后，不断斩落想要从背后偷袭她的黑衣人。

一炷香的时间后，地面上黑衣人的尸体已是一大堆，叶七七眼前也只剩下十来个黑衣人。为首的那人脸色蜡黄，绿豆般的小眼睛四下转悠一圈，朝手下道："你们上，干掉这个臭小子，我去杀了那靖安王。"

叶七七脸色一冷，手中长剑舞得如同漫天飘洒的花瓣，十来个挡在她眼前的黑衣人血溅当场。

墨寒卿这才将目光转向朝自己飞来的黑衣人。

"寒卿，小心！"叶承安快速解决了眼前的两个黑衣人，便朝墨寒卿冲去。

"呵。"墨寒卿冷笑一声，侧身躲过那个黑衣人的攻击，随手抽起一把掉落在地的长剑，扔到叶承安手中，安安稳稳地站在他身后，看着他替自己去打那个黑衣人。

叶七七飞到墨寒卿身边，她衣袍上沾染了许多黑衣人的血迹，脸颊却很干净。她抬起头，朝墨寒卿看去，声音急促道："殿下，你没事吧？"

"嗯，没事。"墨寒卿低低地应了一声，眉目微动道，"解决得还挺快。"

"嗯！就剩叶公子跟前的那个了。"叶七七转头看了叶承安一眼，点点头道。

墨寒卿唇角勾了勾，优雅地从袍袖中拿出一块手帕，正准备递给叶七七，眼角余光突然瞥到一抹金属的反光正朝他二人快速飞来。

"小心！"叶七七也看到了那抹反光，刚开口提醒了一声，便感觉手腕被一只温热的大手紧紧攥住，下一秒，她便跌入一个温暖的怀抱中。紧接着，她耳边响起一声低沉的闷哼。她眼睁睁看着几支银光闪闪的飞镖尽数没入墨寒卿的后背。

"唔……"墨寒卿低低地哼了一声，月白色的衣袍绽放出几朵血红色的花。

“殿下！”叶七七失声叫出来，利落地拾起掉落在地的长剑，朝某个躺在一堆尸体中的黑衣人扔去。带着她内力的长剑迅速没入黑衣人的胸口。放暗器的黑衣人连哼都没哼一声，便死透了。

“寒卿！”解决了眼前那个黑衣人的叶承安，看到他们这边的情形时，赶紧飞了过来。

与他一起赶来的，还有刚刚解决完十几个黑衣人的冷六。

“殿下！”冷六赶紧扶住墨寒卿的身子，焦急地喊了他一声。

墨寒卿身子晃了晃，原本白皙俊秀的脸庞已是一片惨白。他薄唇轻启，朝身边众人道：“本王……没事。”暗黑色的鲜血从他唇角流了出来。

“这飞镖上有毒！”叶承安看着他嘴角的鲜血，皱着眉头道。

叶七七看着他墨玉般的眼眸，那里隐约带着一丝不易察觉的温柔。她咬了咬唇，一只白皙纤细的小手紧紧地扶住他的胳膊，转头朝冷六道：“快，赶紧扶他上马车，回王府。”

“好。”冷六回过神，和叶七七一起，扶着墨寒卿回到了马车上。

叶承安紧跟在他们身后，进了车厢。

叶七七让墨寒卿趴在马车内的软榻上，冷六便出去赶车了。

马车摇摇晃晃地行驶，墨寒卿月白色的衣袍后背已经被鲜血染红，不断渗出的鲜血中带着一丝暗红，仿佛妖娆的曼珠沙华大片大片开在他的背上。眼看那些血不断朝外流着，叶七七瞬间便红了双眼。

“你怎么这么笨，你自己躲开飞镖就好了！”叶七七一边用力扯着他背后的衣袍，一边吸了吸鼻子道，“我武功这么高，怎么可能连飞镖都躲不开。”

墨寒卿安静地趴在软榻上，半晌，才清冷地道：“没办法，身体自己动了。”

叶七七转过头，看了他一眼。他侧着脑袋趴在软榻上，神情看起来跟以前没什么不同，眉眼依然泛着清冷的光芒，吐出的语句也是没有一丝情绪波动，可是不知道为什么，他刚才的那句话却让她的心忍不住颤抖了一下。

叶七七低下头去，用力吸了吸鼻子，努力控制住情绪，然而她手下的那件衣袍，好像突然变得坚韧无比，任她怎么撕都撕不开。暗红的血不断往外渗。叶七七双手放在他的肩上，运起了内力。下一秒，片片月白色的布料便在车厢内飞散开来。

叶承安有些震惊地看着眼前的一幕。

原本趴在软榻上的墨寒卿，只觉整个后背一凉，紧接着便看见片片碎布自空中缓缓飘落。他惨白的俊脸变得铁青，猛地转过头，就看见那个罪魁祸首一脸专注地凝视着自己的后背。

“墨、小、七！”他咬牙切齿地喊出她的名字。

“嗯？”叶七七将头转向墨寒卿，目光依然停留在他后背的伤口上。

“我的衣服是跟你有仇吗？！你一次又一次用内力震碎本王的衣服！”墨寒卿铁青着脸，声音阴沉得仿佛从地狱中飘出来。

一次又一次？坐在车厢内的叶承安听到这句话，思绪飞到了天边。原来……寒卿跟他这个小护卫的感情已经深到这种地步了啊……叶承安看向叶七七的眼神，一下子变得复杂起来。

叶七七看着脸色铁青的某人，扯了扯唇角，声音弱弱道：“刚才你身上的血把衣袍都黏住了，脱不下来，我也是没办法才这样的。”她顿了顿，在墨寒卿即将发作前，赶紧补充道，“你可别让我赔你的衣服啊，你那衣服刚才就被飞镖给弄坏了，就算我不给你震碎，脱下来后，你也不会再穿了！”

墨寒卿看着她，被这句话堵得不知道说什么才好。

“看你吼我的声音这么大，想来这点毒对你来说应该不算什么吧。”叶七七看着他惨白的脸色，撇撇嘴道，“你要是不想让我帮你处理伤口，就回府后让大夫帮你处理呗。”

墨寒卿死死地瞪着她，唇瓣动了动，却是一句话都没有说出来。叶七七也不甘示弱地回瞪着他。

叶承安见状赶紧打哈哈道：“反正寒卿的衣服都脱了，总不能让他光着身子回府吧？小七，要不你还是帮寒卿处理一下吧。”

正在僵持的两个人，听到叶承安的话，情绪稍微缓和了一点。墨寒卿转过头看着车厢壁，不说话了。叶七七则用力白了他一眼，刚刚他挺身而出护住自己给她带来的感动瞬间荡然无存。

“那个……小七啊……”叶承安伸手指了指墨寒卿的后背，小声道，“那些飞镖都扎进去了，咱们……要不先把飞镖弄出来？”

叶七七这才看了一眼某人的后背，点点头道：“是得弄出来。”

“怎么弄呀？”叶承安顺着她的话问道。

“抠出来呗。”叶七七耸了耸肩，一脸轻松地朝叶承安道，“你腰上不是有把长剑吗，借我用一用。”

“这个？”叶承安低头，将佩在腰间的长剑解了下来，递给叶七七道，“这个怎么用啊？”

叶七七接过叶承安递来的长剑，右手轻轻一抽，便将长剑从剑鞘中抽了出来。她将剑鞘扔回给叶承安，上下打量了一番手中长剑，点头道：“这把剑看起来好像还不错。”

“那是自然，这可是我丞相府的传家之宝。”叶承安得意地点了点头，随即又像是反应过来什么，手指颤抖地指了指长剑，又指了指墨寒卿的后背道，“你该不会是想用这把长剑帮他把飞镖给抠出来吧？不是……你难道就不觉得这长剑用起来不顺手吗？”

“哪里不顺手了？”叶七七歪着脑袋，看着叶承安，嘴角勾起一抹坏坏的笑容道，“反正只要够锋利就行，你看，你这传家之宝，剑锋挺锋利的。”她一边说着，一边将那长剑在墨寒卿的后背比画了一下，“我在他的后背这么一切，就可以切开一道口子，再用剑刃这么一挖，嵌在他血肉里的飞镖不就出来了吗？”

叶承安听着她的描述，又看了看墨寒卿那血流不止的后背，忍不住打了个寒战道：“你这……得切好几道口子啊……”

“是啊，有几个飞镖就切几道口子。”叶七七点头，很认真地回答道。

“这……”叶承安看着她，眼角余光瞥到墨寒卿，只见某人听到这句话后，身子瞬间一僵。

叶承安尴尬地咳了几声，结结巴巴地朝叶七七问道：“那……那这长剑会不会太大了……你不觉得处理这样的小伤口，还是匕首用起来比较顺手？”

叶七七怔了一下，摊了摊手无奈道：“要是有匕首自然最好，可眼前没有匕首啊，哎，反正长剑也凑合。”

“别……别……这事儿千万不能凑合！”叶承安赶紧朝叶七七摆了摆手道，“你等下，我记得冷六一般都是随身携带匕首的，我给你去问一问。”他一边说着一边掀开车帘，忙不迭去跟冷六要匕首了。

不过片刻，叶承安便拿着一把锋利的匕首钻进了车厢。

“给你。”他将匕首递给叶七七，以迅雷不及掩耳之势将自己那把长剑从她手里夺了回来道，“那把匕首小，你用着顺手些。”

“哦。”叶七七老老实实地拿着匕首看了看，然后转过身，朝墨寒卿的后背比画了一下，自言自语道，“该从哪里下手呢……”

叶承安看着她拿匕首的姿势，像是拿着一把菜刀，正在打量砧板上的鱼肉。

叶承安迟疑了两秒，声音弱弱地道：“要是不行，咱们还是回府上让大夫帮忙弄出来吧？”

“哦……随便啊。”叶七七摊了摊手道，“等回府上也可以，不过我看以他这流血的速度，应该等不到回靖安王府，就要挂在路上了吧。”

“这……”叶承安顿时语塞。

一直没有开口的墨寒卿却在此时转过头来，看着叶承安，面无表情地淡淡道：“让她弄吧。”

“可是……”叶承安总觉得刚才叶七七说的方法……有点瘆人。

“回府了，大夫也是这样处理。”墨寒卿的声音没有一丝波动，“我信她。”

我信她。

不过简简单单三个字，却让叶七七的心又是一阵轻颤。她低头看着他轮廓分明的侧脸，那双墨玉般的眼眸微微垂下，似乎正看着车厢的地面，长而卷翘的睫毛遮住了他眼底的一片光华。

她用力咬了咬嘴唇，随手将匕首扔回给叶承安道：“真没意思。”

“啊……啊？”叶承安手忙脚乱地接住她扔过来的匕首，还没弄明白她的话是什么意思，便看到她双手平放于墨寒卿的后背上，暗红色的鲜血瞬间染红她纤细白皙的手指。

然而下一秒，几枚小巧尖锐的飞镖却从墨寒卿的后背飞了出来，噌噌噌！全数钉入马车的车顶。

“行了，弄出来了。”叶七七抽回双手，扯下自己的衣袍下摆，小心翼翼地擦拭他后背上的鲜血。

“这……这就好了？”叶承安抬头看看钉在车顶上的飞镖，又低头看看墨寒卿依然在流血的后背，目瞪口呆道。

“算好了。”叶七七将他后背上的鲜血擦拭了大半，看着他开始发黑的伤口，声音冷冷道，“只是这毒，还需要处理一下。”

“怎么处理？”叶承安赶紧问道。

“把毒吸出来。”叶七七转头，将擦拭过他伤口的衣袍下摆丢进叶承安的手里，“我来吧。”她柔软温热的手掌覆上了他的后背。

墨寒卿身子瞬间一僵，然后抬起头，看着傻站在一边的叶承安道：“你来。”

“我？”叶承安不敢置信地指着自己的鼻子，诧异地道。

叶七七也是迷茫地看着他，道：“殿下，这种事让叶公子来做似乎不太好吧，毕竟……我才是殿下的贴身护卫啊。”

“就是啊，就是啊。”叶承安连连点头道，“要不我去给你们找点水过来，反正过会儿还要清洗伤口。”他一边说着，一边逃也似的飞了出去。

整个车厢一下子便安静下来。

墨寒卿趴在软榻上，惨白的脸上隐约浮现出一抹浅浅的红晕。叶七七却是严肃地看着他的后背道：“殿下……可能会有点疼。”

“嗯。”墨寒卿低低地应了一声，脸上的那抹红晕越来越明显。

叶七七伸出白皙纤细的小手，轻轻攀上他的后背，掌心瞬间传来温热滑腻的触感。

不知到底是空气中的凉意还是她掌心的温度让墨寒卿轻轻颤抖了一下，他轻轻地道："要不……还是等回府再说吧……毕竟……"毕竟男女有别。

"啊？"叶七七微微愣了一下，道，"你刚刚不是还说信我的吗？"

"我……"墨寒卿顿了顿，声音里带着一丝不易察觉的难为情，"我是怕你……也中毒。"

"哦，那倒不会！"叶七七一脸无畏地道，"我可是百毒不侵的体质！好了，别叨叨了……再不快点，你的血就真的要流光了。"

"但你——"墨寒卿淡薄的嘴唇动了动，还想继续说点什么的时候，冷不丁便觉得后背传来柔软温热的触感。

她的唇瓣覆在他的伤口上，舌尖碰触到他伤口的皮肉时带来一抹微疼，却也夹杂着一丝浅浅的悸动。墨寒卿只觉心跳瞬间漏了一拍，紧接着，整个身子都不由自主地僵住了。

叶七七皱着眉头，认真地吸着伤口上的余毒，浓重的血腥味充斥着她的口腔，混合了毒粉的血液在口中有些发苦。她将口中的毒血吐掉，又吸下一口，直到舌尖的血液传来阵阵甜腥味，才长舒了一口气。

接下来，她又用同样的方式处理了别的伤口，到最后，他背上的伤口终于不再汩汩地流着暗红的血液。

"都处理好了。"叶七七长舒一口气，向后一瘫，在墨寒卿身边坐下来。她红润的嘴唇上覆了一层浅浅的血迹，让唇瓣看起来分外妖娆。

墨寒卿紧绷着身子趴在软榻上，直到她离开自己的后背，才慢慢地放松下来。然而，他的心跳依然疯狂地跳着。这样的感觉有一点奇怪，也有一点陌生。他低着头，惨白的脸颊因为布满红晕，看起来有了一些生气。

"叶公子怎么还不回来……"叶七七坐在旁边休息了一会儿，有些奇怪地朝墨寒卿问道，"他不是出去找水了吗，咱们现在好歹还在京城，找个水不至于这么久吧。"

"哎，水来了！"叶七七话音刚落，早已等候在外的叶承安便掀了车厢帘子，笑眯眯地钻了进来。

叶七七瞪大眼睛看着他，道："你一直在外面？"

"是啊。"叶承安很实诚地点了点头。

"那你干吗不进来？"叶七七满眼疑惑地问道。

"呃……那个，我不是怕进来打扰你嘛。"叶承安有些尴尬地笑了笑，赶紧将手中的两个水壶递给她道，"我找来的水。"

叶七七接过一个水壶，道："我先出去漱口，你帮他清洗一下伤口，过会儿我来帮他包扎。"

"好的，没问题！"叶承安连连点头应了下来。

眼看叶七七的身影消失在车帘外，他转过头，一脸意味深长地看着趴在软榻上的墨寒卿，不说话。

墨寒卿微微转头，淡淡地瞥了叶承安一眼，声音冷冷地道："还站在那儿干吗，过来帮我清洗伤口。"

叶承安端着水壶走到墨寒卿身边，清了清嗓子，道："尊敬的靖安王殿下。"

墨寒卿皱了皱眉。

"你是不是真的很喜欢你那个小护卫啊？"叶承安压低了声音，朝他挑了挑眉，小声问道。

"你在乱说什么？"墨寒卿眉头皱得更紧，冷冷地瞥了叶承安一眼，声音中的寒意几乎可以杀人，"是不是最近日子过得太舒心了？"

"寒卿。"叶承安从袍袖中拿出一块干净帕子，一边蘸了水，一边擦着他伤口周围的血迹，小声道，"咱们从小一起长大，这么多年，我还从没见你对谁这么上心过。你刚刚难道不是为了不让自己的小护卫受伤，才帮她挡住那几枚飞镖的？"

墨寒卿沉默了片刻，然后转过头去，声音中不带一丝感情道："不要乱说，我刚才只是……恰好站在那里而已。"

"哦……"叶承安阴阳怪气地应了一声，然后收回目光，看着他的伤口，一边用力擦一边凉凉地道，"刚才是谁说身子自己动了的？"

墨寒卿后背一僵，转过脸，咬牙切齿地道："你就不能轻点？"

"我没用力啊。"叶承安无辜地看着他，道，"你别转移话题，你刚刚明明就是刻意去救那个小护卫。"

墨寒卿瞪着一双幽深的眼眸看着他，唇角紧紧抿起，显然正极力克制自己的杀意。

“要我说……”叶承安贱兮兮地凑到他的耳边，小声道，“根本就是你心里有她。”

“滚！”墨寒卿冷冷地吼了一声。

正在马车外的车沿上漱口的叶七七突然听到车厢里传来一声吼，赶紧掀开车帘，走进去问：“怎么了，发生什么事了？”

叶承安摊了摊双手，慢悠悠地从墨寒卿趴着的软榻前站起身，顺手将擦血的帕子塞进叶七七手中，道：“没什么事，就是有人被说中了心事，恼羞成怒了呗。”

叶七七整个人还没反应过来，叶承安已经伸手拍拍她的肩膀，痛心疾首地道：“他让我滚，所以这擦血的活儿，还是交给你吧。”

“呃……”叶七七拿着那块帕子站在原地，一双黑白分明的眼睛在叶承安和墨寒卿两个人的身上来回瞟。

“我回丞相府了。”叶承安一边说着一边掀开车帘，“省得在这儿碍眼。”

“滚！”墨寒卿咬牙切齿。

“好嘞，拜拜了您哪！”叶承安朝着他俩挥挥手，正准备从马车上跳下去的时候，突然又回过头来，掀开车帘，朝车厢内的二人十分恶趣味地挤眉弄眼道，“你们放心，我是不会歧视你们的。”说完，他便忙不迭从马车上跳了下去。

“啊？”叶七七被他一连串奇怪的举动给弄得愣在原地。

墨寒卿则脸色铁青地趴在软榻上。要不是因为此刻他背上有伤，绝对会跳下车，直接手刃了那个家伙。

叶七七伸手挠了挠脑袋，半晌也没弄明白叶承安下车前说的那句话是什么意思，干脆也不去想了。她拿着帕子走到墨寒卿身边，默默蹲下来，仔细研究了一下他后背上的伤口，这才开始动作极轻地擦血。

墨寒卿则回想着刚才叶承安说的那些话。叶承安说自己喜欢上叶七七了？还说自己的心里有她？

她？叶七七？墨寒卿忍不住回过头来，朝正在认真擦拭自己后背伤口的叶七七看了一眼。明明是一张经过易容、极其清秀的脸，可是不知道为什么，他竟然觉得这张脸看起来特别顺眼。但也仅仅是顺眼而已，他可没有忘记当年在飞鹤山庄，这家伙都对自己做了什么。更何况这么多年过去，这家伙明显变得比以前更加凶残。

墨寒卿沉浸在自己的思绪里，直到叶七七帮他把后背包扎好了，才回过神。

“殿下？”叶七七那张白皙清秀的小脸在他眼前放大。

墨寒卿心中一惊，脑袋下意识朝后让了让，看着眼前的小脸，平稳了一下心情，声音冷冷地道：“叫本王何事？”

“殿下，我已经喊你好几声了，你都没有反应。”叶七七见他终于理自己了，便坐在他旁边，撑着下巴道，“马上要到靖安王府了。”

墨寒卿不动声色地应了一声，缓缓地从软榻上撑起身子，道：“知道了。”

叶七七抬头，看着他的伤口又渗出血来，赶紧上前按住他的肩膀道：“别乱动。”

她微凉的指尖触到他温热的皮肤，瞬间让他的心跳又漏了一拍：“我没事。”墨寒卿有些心烦意乱地挥掉她的手。

“可是你后背的伤……”叶七七依然有些担心。

“这么点小伤，没几天就好了。”墨寒卿端坐在软榻上，目光微垂，看着散落遍地的衣袍碎布，只觉心中更加烦躁，“五百两。”

“啊？”叶七七满眼疑惑地看着他。

“你又毁了本王一身的衣袍。”墨寒卿皱眉看着车厢内的衣物碎料，烦躁道，“你欠本王的账再加上五百两。”

叶七七一听这话立刻从座位上站了起来，不高兴地道：“喂，你这人怎么这样啊，我刚才就跟你说过了，你身上这衣袍，就算我不给你震碎，也被那几枚飞镖刺穿了啊，根本就不能再穿，你凭什么又给我加上五百两的欠款啊！”

“本王高兴。”墨寒卿冷冷地看了她一眼，不知道为什么，她脸上那气急败坏的神情，竟然让他的心情平复了许多。

“殿下，前面就到王府了。”恰好此时，冷六的声音响了起来。

叶七七转头看了一眼车帘，又看了一眼墨寒卿，一个箭步冲到他跟前。

“你干吗？”墨寒卿皱着眉毛，清冷地问道。

“是不是这五百两非赔不可？”叶七七死死地盯着他的脸。

“嗯。”墨寒卿淡漠地看着她，声音低沉地应了一声。

“你这身衣服，真的值五百两？”叶七七继续问道。

“呵。”墨寒卿扯了扯嘴角，冷笑了一声，明显不屑于回答她的这个问题。

“那我好歹也要赔得物有所值。”叶七七盯着他看了半晌，突然冒出这么一句话来。

“你什么意——”墨寒卿微怔，感觉一双小手突然放在了自己的腿上。

“你干吗——”他话还没完全出口，一片片被内力震碎的布料已经在车厢内四处飞舞，而他只觉得自己腿上有凉飕飕的感觉。

“哼！”叶七七震碎他的裤子之后，头也不回地掀了车帘，径直出去了。

“墨、小、七！”墨寒卿震怒的吼声从车厢中传了出来。

外面正在赶车的冷六吓得一哆嗦，连忙转头问：“殿下，怎么了？”回答他的，却是一片沉默。

良久之后，墨寒卿阴冷的声音传了出来：“冷六。”

“属下在。”冷六恭恭敬敬地应了一声。

“到王府了没？”

“回殿下的话，已经到了。”冷六眼看靖安王府的大门近在眼前，赶紧勒停了马车。

“回去给本王拿一身干净的衣袍来。”墨寒卿眼眸泛着寒冷的光芒，看着车厢里的碎布料，声音冷冷地道。

“是。”冷六应了一声，便将马车的缰绳交给门口的侍卫，连忙朝府里飞去。

片刻之后，冷六拿着干净衣袍赶了回来。

一炷香的工夫后，穿戴整齐的墨寒卿铁青着脸，从车厢内缓缓地走了出来。

“小七呢？”墨寒卿咬牙切齿地问道。

“七七小……呃……小七刚刚已经进府了，这会儿应该回院子了吧。”冷六有些不太确定地回答道。

墨寒卿眼眸微微眯了眯，朝靖安王府里走去。

“殿下，殿下……大夫已经在前厅候着了。”冷六赶紧跟在墨寒卿身后，一边追赶着他一边叨叨，“殿下，您身上的伤要紧，有些事情可以等伤好了再做！”

墨寒卿脚步顿了顿，转过头去，目光深邃地看着冷六，沉默片刻，低声问道：“是吗？”

收拾她的话，确实可以等伤好了再做。

“是啊，殿下！”冷六连连点头。

他们回府的时候，天色已经黑了下来。

府里的长廊上点起灯笼，阵阵夜风吹过，红色的灯笼在风中飘曳。

墨寒卿在前厅见了一下大夫，却没想到，大夫连连夸赞他背后的伤口处理得又好又及时。一提到这个，他便不由自主地回想起某人柔软的唇瓣落在后背上的触感。那种痛中夹杂着心悸的感觉……

墨寒卿沉默地看了一眼胡子花白的大夫，没有说话。等大夫帮他敷了药，重新包扎了伤口后，墨寒卿这才回到自己的院子里。

进房间时，他忍不住朝西厢房看了一眼。西厢房里一片漆黑，并没有点烛火。想来她已经睡下了吧！墨寒卿站在门口，凝视着她的房间许久，这才收回自己的目光，动作优雅地进了自己的房间。

第十章　欠债还钱

次日清晨。

今天是和叶承安约好去找阎罗殿下任务的日子，即便有伤在身，墨寒卿也还是早早地便起来了。只是，平日里一大清早就过来伺候自己更衣洗漱的那人，今日却没有出现。

墨寒卿微微蹙眉，动作僵硬地换了一身外袍，便朝叶七七的西厢房而去。

吱呀一声，他推开房门，却发现房间里干干净净、整整齐齐，空无一人。

“墨小七。”墨寒卿怔了一下，声音清冷地喊了一声。

回答他的却是一片寂静。

“墨小七？”墨寒卿心不由自主地往下一沉，迈开脚步走进屋里，来到床榻前发现被褥叠得整整齐齐，显然一夜没有动过。

人呢？她该不会是因为昨天那新加的五百两欠债，一怒之下走人了吧？墨寒卿像听到叶七七从飞鹤山庄消失那时一样，心慌起来。

“十二。”他突然喊了一声。

依然没有人回答他。

叶七七不在，十二也不在，那就说明十二是跟着叶七七一起出去的。还好，还好。只要有十二在，他便还有她的消息。

墨寒卿这才静下心来，再次环视了房间一眼，喊道："冷六。"

"属下在。"一道黑影突然落在他面前。

"十二人呢？"

"回殿下的话，昨天夜里十二跟着七七小姐去了丞相府。"冷六单膝跪地，低着头恭恭敬敬地回答道。

"他们又回丞相府了？"墨寒卿紧紧地皱起眉头，想了想道，"备车，去丞相府。"

"是。"冷六应了一声，赶紧出去了。

半个时辰后，当墨寒卿抵达丞相府，却被告知叶承安和一个护卫模样的少年昨夜便出发前往京城西郊的寒山寺了。

他们竟然去寒山寺了！墨寒卿皱着眉头，心中大概明白他们是去干什么。

"殿下，"冷六站在他身边，等了好一会儿也没见他说话，便低声问道，"咱们现在要赶去寒山寺吗？"

墨寒卿回过神来，淡淡地瞥了他一眼，转身朝马车走去，道："不用，我们回府。"

"是。"冷六恭恭敬敬地应了一声，等他上了马车，便驾车朝靖安王府的方向去了。

与此同时，叶七七和叶承安正站在寒山寺脚下，抬头打量着那座矗立于半山腰上的寺庙。

"那就是寒山寺？"叶七七用手挡在额上，仔细打量那座寺庙。

"理论上是的。"叶承安也顺着她的目光看了一眼，点点头道，"真是人不可貌相，海水不可斗量，那又小又破的寺庙平日里也是籍籍无名，竟然就是阎罗殿下任务的地方。"

"走吧。"叶七七收回目光，声音清脆道，"咱们上山。"

叶承安点点头，收起手中的折扇，跟在叶七七身后边走边问："过会儿怎么说，还记得吗？”

“记得。”

“咱们再复习一遍？”

“好。”叶承安轻咳两声，压低声音问道，“施主来此何事？”

“寺庙清净，自然是来礼佛。”叶七七看着叶承安，一本正经地回答道。

“施主可是有所求？”

“若无所求，何来此处？”叶七七按照之前黑衣人的说法回答道。

“施主何求？”

“放下屠刀，立地成佛。”叶七七文绉绉地说道。

“行！就这样！”叶承安一拍巴掌，朝叶七七点头道，“据说暗号就是这样的。”

叶七七扯了扯嘴角，只觉无语。

半个时辰后，他二人来到寒山寺门口。

寒山寺看起来十分寒碜，灰色的外墙有些破败，寺庙门口除了过路的地方，长满了杂草。

“这寺庙……”叶承安有些无语，要不是知道这里跟阎罗殿有关，他绝对以为它已经废弃了。

“进去吧。”叶七七看了一眼门口挂的写着“寒山寺”三个字的牌匾，率先朝里走去。

然而他俩刚走进寺庙，便有一个五大三粗的和尚走出来。和尚身上穿着一件破破烂烂的僧袍，看了他俩一眼，扯着嗓子问道：“你俩到俺们这寺庙旮旯干啥？”

叶承安怔了一下，这好像跟预想的不太一样，不过他还是双手抱拳，彬彬有礼道：“寺庙清净，自然是来礼佛。”

“哦。”和尚应了一声，转身打算朝庙里走。

叶承安看了一眼身边的叶七七，连忙追上和尚问道：“大师，你不再问两句？”

“问啥？”和尚停下脚步，转过头，疑惑地看着叶承安问道。

“呃……比如说……问我们来此处，可是有所求之类的？”叶承安十分委婉地提示道。

“来寺庙礼佛的，都是有所求的，你要是没啥求的，来俺们这寺庙干啥？”那和尚忍不住扯了扯嘴角，朝着叶承安翻了个白眼道。

“这……”叶承安额上忍不住滑落大颗大颗的汗水，这跟他们想象的好像不太一样啊。

“还有啥事儿，没事儿的话俺进去了啊。”

“有……”叶承安语气艰难地说了一个字，厚着脸皮又问，“大师，您就不问问我们所求何事……”

“你有啥事儿去跟佛祖说呗，你跟俺说，俺也不能帮你实现啊。”

和尚用看弱智的眼神看了一眼叶承安，伸手抹了一把鼻子，径直进庙去了。

“呃……”叶承安转过头，看了一眼站在身后的叶七七。

叶七七背着双手，挺着笔直的小腰板，四下打量了一下寺庙，笑了一下道：“他就是个普通的和尚。”

“什么意思？”叶承安有些不解地看着她道，“这里不就是阎罗殿接任务的地方吗，难道这里的人不是阎罗殿的？”

“不。”叶七七摇摇头道，“这里有阎罗殿的人，但那个和尚不是。他刚才走过来的时候，我仔细观察了一下，他的手心虽有长年练武留下的印记，但他几乎没什么内力，走路时脚步也有些虚浮，所以他的武功估计还没有昨天刺杀靖安王的黑衣人高。”

叶承安顿觉有些道理。只是……若那和尚不是阎罗殿的人……

这寺庙虽小，但也有十几号人，他们总不能见一个和尚就说一番刚才的话吧？

“走吧，咱们先进去看看。”叶七七看了一圈周围的环境，拽了拽叶承安的袖子，示意他往庙里走。

寺院里铺着青色的鹅卵石，从缝隙里长出一些杂草来。

叶七七和叶承安沿着鹅卵石小径走进大雄宝殿。许是因为今日不是烧香拜佛的好日子，原本有些空旷的大殿更显寂静。

叶七七走到足有两人高的佛像前，仰着脑袋看了一下，然后双手合十，闭上眼睛开始许愿。

叶承安有些奇怪地看了她一眼，看她许愿的样子十分虔诚，便也没有问话，只是四下打量着宝殿。空旷寂静的大殿，一缕缕阳光透过窗棂照射进来。

叶承安看了一圈，转过头，目光落在闭眼许愿的叶七七身上。一道浅浅的阳光正好照在她白皙清秀的脸蛋上，给她镀上一层白色的光晕。她闭上眼睛的时候，长而卷翘的睫毛轻轻地眨动，精致的侧脸有种不分性别的美。

叶承安盯着她好一会儿，惊觉自己竟对着一个小护卫看得走了神。他有些尴尬地摸了摸鼻子，然后转过头去。

怪不得寒卿会对这小护卫如此上心，这么看的话，果然是个标致的人儿啊！

就在他胡思乱想的时候，大殿中响起一道低沉的声音："施主来此何事？"

"寺庙清净，自然是来礼佛。"叶七七倏地睁开眼，看着眼前两人高的佛像，不慌不忙地回答道。

"施主可是有所求？"

"若无所求，何来此处？"

"施主何求？"

"放下屠刀，立地成佛。"叶七七瞪着那尊佛像，一字一顿地说道。

叶承安转过头来，看向她的眼神有些惊讶。

一个挺拔的身影缓缓地从佛像后走了出来。因为背光，所以看不清他的容貌，但那人带来的威压瞬间布满整个大殿。

直到那道身影走到叶七七面前，叶承安才看清楚他的模样。那是一个长得很平凡的男人，却有一双不怒自威的眼睛。他穿着褐色的僧袍，双手合十来到叶七七面前，微微低头看了她一会儿，道："施主要杀何人？"

叶七七镇定地站在他面前，笑道："自然是杀想杀之人。"

"留下银两和想杀之人的名字，施主便可回去等候消息。"那男人一脸孤傲地道。

“要是你们杀不掉我想杀的人呢？”叶七七眨着一双清澈的眼眸，淡定地问道。

“银两如数退还。”

“呵……”叶七七忍不住笑了出来，“怪不得有人这么多年一直坚持不懈地去杀我要杀的那人，原来他连一两银子都没花啊。”

“施主想杀靖安王？”男人皱了皱眉，低声问道。

“看来你们还知道自己不行的地方在哪儿啊。”叶七七冷笑一声，不屑道。

“杀那人，并非我们不行。”男人神色尴尬，声音低沉道，“而是那位要杀他的顾客，只要求我们不定期去骚扰他而已，现在，还没到杀他的时候。”

“哦？”叶七七微微挑眉，问道，“可是我要求现在就杀掉他呢？”

“这要看施主给出的价码是否超过那位顾客了。”

“是吗，可是连我都打不过的杀手，怎么可能杀掉他？”叶七七淡定地反问道。

“你？”那男人从鼻子里嗤了一声道，“不是我看不起你，老子一根小拇指就能捏死你。”

叶七七忍不住笑道：“要是你能打过我，那我立刻走人，并奉上黄金百两。要是你打不过我，你们就去找个打得过我的人来接任务！”

叶承安听了她的话，忍不住伸手拽了拽她的袖子，在她转过头来的时候，压低了声音问道：“我们哪有百两黄金给他？”

“我们没有啊。”叶七七一脸坦然地看着他道。

“那你……”叶承安扯了扯嘴角，有些无语地看着她，身上连钱都没有，还敢说出这种话来。

“没事，派咱们来的人有就行。”叶七七淡定地笑了笑。那个谁谁谁，随随便便一身衣服就价值五百两银子，百两黄金简直就是小菜一碟啊。

“你们两个，是打算一起上？”那男人眼看叶七七跟叶承安背过身小声地说着什么，忍不住哼了一声道，“不是我欺负你们，就算你们两个一起上，都未必是我的对手。你们可想好了，这百两黄金，我一出手，你们可要留下了。”

叶七七回过头，一双清澈的眼眸清冷地看着他道：“不，我一个人就可以。”

“呵，万一你被我打死，可千万别抵赖，不给我黄金。”那男人低头，神情骄傲地看了一眼叶七七的小身板。

“来吧。”叶七七勾了勾唇角，一只手拎起衣袍的下摆，转身朝大殿外走去。

男人站在原地，抱着一双胳膊，冷眼看着她走出去，这才脚尖一点，飞了出去。

叶承安慢悠悠地晃到大殿门口，斜倚在门栏上，看着站在院中的两人。

叶七七朝男人勾了勾手指，声音淡淡道：“来，让你先出手。”

“臭小子，这么不知天高地厚，我看你今日纯粹就是来找碴儿的！”男人大概从未受过这样的挑衅，当下便双拳握起，朝着叶七七冲了过去。他的拳头带着凌厉的杀气，出拳速度又极快，每一招都朝叶七七的命穴而去。

叶七七却只是轻松地双手背在身后，足尖轻点，优哉游哉地躲避他的攻击。

叶承安靠在门框上，看着院子里一褐一黑两道身影以极快的速度移动，只觉耳边有风声呼啸而过。

那男人明明看到那个瘦弱清秀的少年近在眼前，可是当他伸出手去，却无论如何抓不到她的衣摆。甚至每一次，当他的指尖几乎触及她的衣服时，她都能轻飘飘地从他指尖溜走。

如此几次之后，男人便开始暴怒。他低吼一声，从院子两边的架子上抓起一根长棍，挥舞着便朝叶七七劈头而去。叶七七冷眼看着他，在那根长棍即将打到眼前的时候，突然伸出一只手，轻轻松松地握住长棍另一端。

“你……”男人眼看长棍被叶七七握住，用力拽了拽，发现自己竟然没有办法将长棍抽回来。

叶七七抬起头，淡淡地看了他一眼，暗暗运起内力，一道强横的力量瞬间沿着长棍朝男人蹿去。

叶承安只听得噼里啪啦的声音，眼前的长棍如同开了花，从头到尾地裂开，紧接着下一秒，男人便仿佛被重物撞击一般，惨叫着朝后飞去。叶承安还没来得及看清男人是怎么飞出去的，眼前便有一道极快的黑影掠过。伴随砰的一下重物落地声，叶七七径直踩上男人的胸口。男人躺在地上，一口鲜血喷了出来。

叶七七低下头，满是嘲讽地看着他，唇角弯起好看的弧度：“这么弱，可是杀不了我想杀的那个人的。”

“你……”男人颤抖地指了指叶七七，无力地垂下手指。他觉得五脏六腑仿佛被绞碎，浑身上下每一块骨头都在叫嚣般疼痛。

“怎么，难道不是吗？”叶七七的脚在他的胸口稍微用力踝了踝，坏笑着道，“我才出了一招，你就这样子了，看来你们阎罗殿还真是弱得可以啊。”

男人满眼愤恨地瞪着他，原本打算开口，张口又是一口血喷出来。

“施主，手下留情啊。”就在叶七七打算再虐待他一会儿的时候，一道苍老的声音在他们身后响起。

叶七七怔了一下，转过头去，便看到一个穿着黄色僧袍的老和尚朝自己一步一步走来。

和尚走到叶七七面前，低头看了一眼躺在地上的男人，双手合十，道：“阿弥陀佛，施主，还请手下留情。”

“你是谁？”叶七七眨着眼眸看着眼前的老和尚，问道。

“老衲净观，乃是寒山寺的住持。”老和尚抬起头来，语气毫无波动。

“哦……”叶七七点点头，又奇怪道，“你跟他什么关系，难道你也是阎罗殿的人？”

老和尚沉默了片刻，却是没有立刻回答叶七七的问题，反问道：“施主看来并非诚心礼佛之人，不知施主来此到底是何目的？”

叶七七眼睛转了转，朝那老和尚笑嘻嘻道：“我想加入阎罗殿。”

什么！站在大殿门槛旁的叶承安听到她这句话，顿时瞪大了眼睛。

那老和尚却是皱了皱眉道：“加入阎罗殿？为何？”

“听说阎罗殿是江湖上最厉害的杀手组织，只要武功够高，就能加入，然后接任务、赚银两。”叶七七大言不惭地朝老和尚道，“我缺钱，所以想加入阎罗殿。”

“施主缺钱？”老和尚眨着眼睛，上下打量了一番叶七七，然后摇摇头道，“方才施主不是还说，若是输了，就给他黄金百两吗，怎么这会儿倒开始缺钱了？”

“实不相瞒，我身上真没有黄金百两。”叶七七笑嘻嘻地看着那老和尚道，“我就是笃定他赢不了我，才那么说的。老实说，我很穷，还欠了别人一千两银子呢。”

“哦？”那老和尚再次打量了一下叶七七，果然见她穿着普通的粗布衣服，跟旁边那位锦衣玉袍的公子没法比。

“真的。”叶七七诚恳地看着他。

“想加入阎罗殿……”那老和尚沉吟片刻，看着叶七七道，“不是老衲能够决定的事情。”

“那谁能决定？”叶七七一听老和尚的语气，顿觉有戏，连忙追问道。

“这……”老和尚迟疑了一下，转身从袍袖中掏出一块木质的令牌递到叶七七手中，道，“想进入阎罗殿，必须要通过杀手的考验，你且拿着这块令牌去找京城中一位姓谭的木匠，每月想要进入阎罗殿的杀手都是由他负责考验。”

叶七七接过他手中的令牌，低头仔细看了一下，只见褐色的令牌上工工整整地刻着一个净字。

“你只管去找那位姓谭的木匠，然后告诉他，是老衲推荐你去的。”净观和尚朝着叶七七双手合十，十分客气地说了一句。

“好！多谢！”叶七七得到令牌之后，也不多逗留，行了个礼，便示意叶承安跟着自己走了。

直到她和叶承安的身影消失，老和尚才长长地叹了一口气，转身看着躺在地上的男人，从袍袖中又拿出一颗药丸，塞到那男人的嘴中。

片刻之后，那人终于不吐血了。他用力喘息着，抬头朝老和尚问道：“师父，为何要推荐刚才那少年进入阎罗殿？他明明来意不善。”

老和尚摇摇头，满眼无奈道：“你功力尚浅，根本不是他的对手，即便是为师，也未必能够打赢他。”

“他当真如此厉害？”那男人愣了一下，不敢置信道。

老和尚又是一声长叹，却再没有看他，转身离开了。

从寒山寺出来，叶承安一把拽住叶七七的领子，无语地问道：“墨小七，你怎么回事？不是说好了来这里给阎罗殿的人下任务吗？你怎么又莫名其妙说要加入阎罗殿？”

叶七七抬起头，笑眯眯地看着他，道：“你不觉得这样更好？”

“哪里好了？”叶承安只觉得自己要抓狂。要是他回去以后跟墨寒卿说，他不但没有完成他给的任务，反而还把他的贴身护卫带出来，搞得她想去加入阎罗殿……不行……光是这么想想，他都觉得自己见不到明天的太阳了。

“不好，这样一点都不好。”叶承安严肃地道，“把刚才那个老和尚给你的木质令牌给我，那什么杀手的考验，你绝对不能去。”

“我只有加入了阎罗殿，才能找到幕后黑手。”叶七七一个闪身让到旁边，“而且我武功这么高，说不定还能打败阎罗殿的殿主，接手整个阎罗殿！”

叶承安忍不住扯了扯嘴角道：“做你的春秋大梦！赶紧把令牌给我！”

“不给！”叶七七朝他做了个鬼脸，飞快点了他的穴，自己一路飞奔下山了。

“小七！墨小七！你给我回来！”叶承安气急败坏地朝她吼道，然而回答他的，只有漫山遍野的风声。这一刻，他终于了解当初墨修竹被点穴趴在太子府外大树上的感受了。

叶七七几乎没有任何耽搁地飞奔回靖安王府，手里握着木质令牌，只觉心里各种兴奋激动。凭她的武功想要进入阎罗殿，绝对不是问题，更何况，要是她能够成功当上杀手，只要随随便便接点任务，就有足够的财力去偿还欠了某人的一千两银子。

当初从飞鹤山庄偷偷溜出来的时候，她身上虽带了一些银两，但一路上她就把银子花得差不多了。如今光靠在靖安王府当个小护卫，她得赚多少年才能凑齐那一千两啊！这么一想，叶七七顿时觉得，相比做护卫，还是做杀手更有前途。

到了她的西厢房，叶七七兴奋地推开房门，正准备收拾东西跑路，一道低沉清冷的声音响了起来："回来了？"

叶七七抬起头，发现墨寒卿就坐在椅子上，正表情淡然地看着自己。

"呃……回来了。"叶七七怔了一下，然后点点头，应了一声。

"怎么样，阎罗殿的人接任务了？"墨寒卿缓缓地从椅子前站起身，朝叶七七走了过来，边走边问道，"承安呢，他不是跟你一起去的？"

"呃……那个……"叶七七有些尴尬地轻咳了两声，低着头心虚地道，"叶公子先回丞相府了，他说要过一会儿才能过来跟你汇报情况。"

墨寒卿走到她面前，微微垂眸，淡淡地看着她毛茸茸的头顶，沉默片刻后继续道："那就说说情况吧。"

"呃……没什么情况，挺好的，他们……他们同意派人来杀你了。"叶七七小心翼翼地退了一步，拉开和墨寒卿之间的距离。

墨寒卿喊了一声："十二。"

"属下在。"一道黑影从叶七七的身后蹿了出来，落在墨寒卿面前。

"说吧，有人要去阎罗殿当杀手是怎么回事。"墨寒卿淡淡地瞥了叶七七一眼，面无表情地朝十二道，"说清楚了，别让她听不明白。"

叶七七看着突然出现的十二，愣了一下，随即瞪着墨寒卿道："你一直让十二跟着我？"

"呵。"

"我的一举一动你都知道？"叶七七震惊地问道。

"毕竟有人欠了我一千两。"墨寒卿一手撑着下巴，看着眼前的叶七七，缓缓道，“万一那人不想还债了怎么办？”

“我是那种欠债不还的人吗？”叶七七瞪着一双清澈的眼眸，怒视着他。

“知人知面不知心。”墨寒卿垂下眼帘，淡然地看向别处，声音中不带一丝温度。

“你——”叶七七死死地盯着他，又转头看了看单膝跪在地上的十二，恨得牙痒痒。她虽然武功比十二好很多，但论起藏匿气息的功夫，还是身为冷卫的十二更胜一筹。更何况，她从来不担心自己会被人跟踪，所以一路上就没注意过身后。

眼下，十二肯定是把寒山寺发生的一切都告诉墨寒卿了，所以他才会提前在自己的房间里等着她。

叶七七想了一圈，终于抬起头来，用豁出去的表情看着墨寒卿道：“反正不管怎么说，我都要去阎罗殿。当初答应留下来给你当护卫，只是因为欠了你的银两而已，眼下我找到了赚钱的办法，你给我一个月的时间，我肯定能够赚到足够的银子来还你。”

墨寒卿听着她的话，秀气的眉毛越皱越紧。她就那么不愿意当自己的护卫，宁可去做双手沾血的杀手，也不愿意留在他身边？

“不行。”墨寒卿想都没想，直接拒绝了她的要求。

“为什么？”

“本王需要一个贴身护卫。”墨寒卿淡淡地瞥了她一眼，随口回答道。

“你需要一个贴身护卫，那再去找一个就是了，为什么非得是我呢。”叶七七满眼不解地看着他问道，“再说，你让我去阎罗殿，我可以只用一个月就还你一千两，这样你就不需要等将近二十年，才从我的工钱里扣完这一千两啊，这样不是挺好吗？”

墨寒卿听着她的话，一时之间没有出声。确实，只要她把欠自己的一千两银子还上，自然还债时间越短越好。可是不知道为什么，一听到她打算离开自己，他的心，一下子就慌了。再想到她要去那个传说中的阎罗殿，一个杀人不眨眼的地方，他就更不愿意。

他原本是想把叶七七留在自己身边，然后想方设法捉弄她来报仇的，可是和她相处的这段日子，他竟然习惯了身边有她存在，也渐渐地开始关心她的安危。在飞鹤山庄时，他只盼能够尽早离开那里，离开对他来说宛如魔王、梦魇般的叶七七。可是现在，他心底竟然生出一丝不愿她离开的念头。

墨寒卿没有说话，叶七七也瞪着一双黑白分明的眼睛，看着他不作声。

良久之后，墨寒卿终于缓缓地抬起头，看到她那双清澈透明的眼眸，心底某个最柔软的角落便仿佛被什么狠狠撞击了一下，不过刹那间，一个念头出现在他的脑海：也许……他的心里真是有她的？

叶七七半晌也没见他说话，忍不住开口道："反正，我就是要去阎罗殿，就算不是为了赚钱，我也想看看，这么多年，到底是谁在幕后安排那么多杀手不停地杀你，而且，我也想看看，阎罗殿的殿主到底是怎样的一个人。"

"你想看幕后黑手？"墨寒卿怔了一下，看着叶七七那张白皙清秀的小脸。

"是啊。"叶七七点点头。能从八年前开始不停找人来杀墨寒卿，还坚持这么多年不罢休的人，到底是个怎样的变态？

墨寒卿却是意味深长地看着她。她想知道是谁在幕后对自己下手，那是不是意味着，其实她是关心他的安危的？这么一想，他顿时感到有些小小的喜悦。

沉默许久之后，墨寒卿点了点头，道："可以。"

"真的？"叶七七惊喜地看着他道，"殿下同意了？"

"嗯。"墨寒卿低低地应了一声，深深地注视着她，薄唇轻启："不过——"他顿了顿，才继续道，"我要跟你一起去。"

"殿下！"跪在地上的十二听到这句话，猛地抬起头来，满眼惊愕地看着他。

"想去阎罗殿可以。"墨寒卿仔细斟酌了一番，缓缓道，"前提是必须跟我一起去。"

“为……为啥啊？”叶七七忍不住抽了抽嘴角，大哥，你可是阎罗殿这么多年来一直在追杀的人啊！你是抽的哪门子风啊？

“因为你还欠我一千两。”墨寒卿十分淡定地看着她，面不改色心不跳地一字一顿道，“我得看着你。”

又是一千两！叶七七无语地看着他。难道真是越有钱的人越小气？

眼看叶七七看向自己的眼神越来越鄙夷，墨寒卿忍不住轻轻咳了两声，道：“不管怎么说，除非你让我一起去阎罗殿，否则免谈。”

叶七七被他噎住，半晌才小声抗议道：“可是……就算你是为了那一千两，也可以派冷卫跟着我，这样不就不用怕我跑掉了？”

“不行。”墨寒卿冷冷地道，“冷卫身手太差，到时候万一你想跑，他们根本打不过你。”

“……”

跪在地上的十二，还有躲在暗处的冷卫，听到这句话，顿时心中泪流成河。

“说得就像你能打过我一样。”叶七七撇了撇嘴，不太在意地说了一句。

墨寒卿目光深邃地看着她，却是没有回答。

叶七七站在原地，眼睛转了转，仔细思考片刻，朝着他点点头，道：“那好吧，我们一起去。”

“很好。”墨寒卿满意地点了点头，“你去收拾收拾东西，然后来我房里，帮我也收拾收拾。”

“是，属下遵命。”叶七七兴奋地应了一声。

墨寒卿再次意味深长地瞥了她一眼，走出她的房间。

叶七七将随身物品收拾好后，这才想起，她似乎光想着怎么赚钱了，她的长命锁还在靖安王府呢！看来她得趁着今晚，夜探王府！

思及此，叶七七赶紧出了西厢房，来到墨寒卿的房间门口，轻轻敲了敲门道：“殿下，属下来帮您收拾东西。”

“进来吧。”门内响起墨寒卿低沉清冷的声音。

叶七七推开房门走进去，只见墨寒卿正手持书卷，姿态悠闲地坐在美人榻上。

“殿下。”叶七七走到他跟前，双手抱拳，恭恭敬敬地行了个礼。

墨寒卿抬起头，淡淡地看了她一眼，道：“去给本王收拾一些不显眼的衣物就好。”

“是。”叶七七应了一声，心想正好可以看一看他的房间里有没有自己的那块长命锁，于是又道，“殿下除了衣物，还要带别的东西吗？比如书卷、玉佩什么的。”

“不用。”墨寒卿低头看着手中的书，随口道，“东西越少越好。”

“哦……好吧……”叶七七顿觉失望，这样她就只能翻看他的衣柜了。

不过，眼下她就算想要找什么，也逃不开他的视线，干脆等入夜之后再说吧。这么一想，叶七七豁然开朗，转身给他收拾东西去了。

只是打开他的衣柜，叶七七看着那一排排做工精良、刺绣精致、料子上好的衣服，扯了扯嘴角，回头问道：“殿下，您……觉得哪件衣物不太显眼啊？”

墨寒卿闻言抬起头，勾了勾唇角，道：“确实，本王这样的身份，没有哪件衣服是不显眼的。”

“呵呵……呵呵……”叶七七附和着干笑了几声，默默在心里念叨着，殿下真是自恋啊。

“冷六。”墨寒卿思忖片刻，突然喊了一声。

“属下在。”冷六出现在两人面前，恭恭敬敬地答道。

“去，给本王准备几件不显眼的衣物过来。”墨寒卿淡淡地吩咐了一声，挥了挥手，示意冷六可以出去。

“是，属下这就去。”冷六应了一声，转身飞了出去。

眼看这里没自己什么事，叶七七便也朝墨寒卿行了个礼道：“殿下，属下便回房休息了，明日一早，我们出发。”

墨寒卿淡淡地应了一声，抬起头来，目光落在叶七七瘦小单薄的身影上，沉默片刻之后，突然道：“墨小七。”

叶七七听到他的声音，满眼疑惑地看着他，奇怪地道：“殿下还有什么吩咐？”

“今天晚上，睡在我的房里。”墨寒卿丢下手中的书卷，从美人榻上站起身，走到叶七七面前，声音清冷道。

“啥？”叶七七听到这句话，整个人都愣住了。

睡在他的房里？睡哪儿？她目光在房间里转了一圈，最终落在纱幔后面的那张大床上。他该不会是……打算让自己跟他睡在同一张床上吧？那万一被他发现自己是女的怎么办？

叶七七干笑一声，弱弱地道：“这……殿下，不太好吧……那个，毕竟您身份尊贵，我……我这样的一个小护卫，怎么能跟您同处一室呢……”

“哦，为何不可？”墨寒卿抬起眼眸，目光淡淡地看着她问道。

“这……这……属下睡觉的时候，会磨牙还会打呼，属下怕吵着您。”叶七七硬着头皮随便扯了几个理由。

“无妨。”墨寒卿幽幽地看着她，声音清冷道，“本王不怕吵。”

“可是……那个，属下睡觉的时候不太老实，万一……一不小心踹到殿下您……这……这多不好啊。”叶七七有些局促不安地看着他，下意识退了一步道。

墨寒卿微微一怔，看着她脸颊上那抹淡淡的红晕，唇角下意识勾起一抹弧度，促狭地问道：“你是怕和我睡在同一张床上，会踹到我？”

“是，是啊。”叶七七连连点头。

墨寒卿忍不住低笑出声，道：“你以为，本王让你睡在本王的房间里，是和本王睡在同一张床上？”

叶七七看着他唇角的笑，迟疑了一下，低声道：“不然呢，你房间里就这么一张床啊，我睡哪儿？”

“那边。”墨寒卿修长的手指随便一指，轮廓分明的下巴朝美人榻的方向仰了仰。

叶七七看到那张窄窄的美人榻，怔了一下，扯了扯嘴角道：“那儿？”

“嗯。”墨寒卿收回手，淡淡地点了点头。

“凭什么我要睡在那儿啊！”叶七七有些不爽地看着他道。

“因为你矮。”墨寒卿表情淡然地看着她，声音低低道。

叶七七瞪着他，半晌才不乐意地道：“干吗非要我睡在你的房里，我回我自己的房间睡不就好了。”

“万一你夜里跑掉呢？”

“我是那种人？”

“是。”墨寒卿毫不犹豫地点点头，然后转过身，一边朝床榻走一边缓缓道，“还是说……其实你是想和本王睡在同一张床上？”

“怎么可能！”叶七七用力白了他一眼。

她咬着唇，站在房间中央，目光在那张美人榻上来回扫了两圈，无奈地叹了一口气道：“好吧……睡那儿就睡那儿。”要是能留在他的房间里，正好可以趁他睡着到处找一找，看自己的玉在哪里。

墨寒卿目光灼灼，没有答话。

是夜。

烛火熄灭，房内黑漆漆的，唯有皎洁的月光从窗户射进来，在地面洒下淡淡的白霜。叶七七躺在美人榻上，小心翼翼地注意墨寒卿的动静。

已经过去将近半个时辰，殿下的呼吸似乎也均匀起来。

他现在……应该睡着了吧？叶七七轻缓地翻了个身，侧着耳朵，又仔细听了一下墨寒卿的呼吸，这才悄悄掀了盖在身上的毯子，从美人榻上坐起来。借着窗外的月光，她蹑手蹑脚地下了美人榻，摸索着朝墨寒卿的床榻边走去。

他的呼吸声离自己越来越近，越来越近。

月光照不到他的床榻，她只能在黑暗中依稀辨别出他的轮廓。他躺在床上一动不动，似乎睡熟了。叶七七一下子雀跃起来。太好了，可以下手了。只是……这玉要从哪里开始找呢……下午她已经看过他的衣柜，里面除了一排排衣物，再无其他。

她咬着嘴唇，盯着床榻上墨寒卿的身影，突然想起来，以前山庄里的那些小丫鬟要是得了什么重要东西，都喜欢把它们放在自己的枕头下。

所以……她要不要先查看一下他的枕头？叶七七思考了一下，然后摇了摇头，不行，万一她现在查看他的枕头，把他弄醒了怎么办？还不如先看看其他地方，最后再来查看他的枕头。

主意已定，叶七七缩回手，转身朝房里其他地方摸了过去。就在她转身的刹那，一直躺在床上的某人缓缓睁开眼睛。暗夜中，他的眼眸宛如漆黑的宝石，闪烁着点点光泽。

墨寒卿悠然自得地躺在床榻上，目光深邃地盯着那个正在自己房间里四处忙乎的瘦小身影。她似乎正在找什么东西，小心翼翼的，不发出一点声响。

她在找什么呢？墨寒卿眼眸里浮现淡淡的疑惑。难道想找一些银子出来？应该不至于吧，她不是说要去阎罗殿当杀手赚钱还债的吗，照她的性格，不至于还没去阎罗殿玩个痛快就反悔。难道在找什么珍贵的书籍或是贵重的宝石？等等……墨寒卿怔了一下，虽说他这儿没什么贵重的宝石，却有一块重要的玉石，就是当年他离开飞鹤山庄的时候，叶七七送给自己的长命锁玉。难道……她是想找回那条项链？

呵……送给他的东西她还想拿回去？墨寒卿忍不住眯了眯眼睛，不动声色地看着叶七七在自己的房间里摸索了一圈，似乎什么都没找到。

叶七七蹙眉站在房间中央，四下打量着周围的家具。没有，什么都没有。

她翻遍房间的每一个角落，别说她的长命锁玉了，这里连一块像玉的石头都没有。叶七七有些郁闷，朝躺在床榻上的身影看去。该不会真的被他藏在枕头底下吧？

叶七七咬了咬嘴唇，摸黑来到墨寒卿的床榻前。他似乎还保持着刚才的姿势，呼吸也依然均匀。

叶七七迟疑了一下，朝枕头的方向伸出手。然而，就在她的手指碰触到软枕的一刹那，躺着没有动弹的墨寒卿突然翻了个身，下一秒，他的头不偏不倚地压在她的小手上。

糟了！难道殿下醒了？叶七七呼吸一滞，整个人不敢动弹。她小心翼翼地看着他，趴在他的床沿上观察了好一会儿，确定他真的只是翻个身，没有任何醒来的迹象。

可是……她的手被压住了啊！叶七七有些着急地看着某人。他的侧脸就枕在她的手背上，许是因为夜晚有些浅浅的凉意，连带着他的脸颊也有些凉。

他的呼吸绵长而均匀，一点一点喷洒在她的手背上，带给她痒痒的感觉。叶七七瞪着眼睛看了许久，不知道为什么，觉得心跳突然有些快。

叶七七咬了咬牙，看着被压住的手，小心翼翼地动了动，想要将手抽回来，可她刚挪了一点，墨寒卿便似被吵着一般，皱着眉，竟然又翻了一个身。啊！现在不只是手掌，就连手腕也被压住了！

“嗯……”寂静的房间中，他低沉的嗓音模模糊糊地传了过来。

叶七七动作一僵，转头看去，发现他依然闭着眼睛。啧，睡觉就睡觉吧，突然发出声音，是要吓死她啊！叶七七白了他一眼，手指继续朝枕头底部探去。

然而下一秒，墨寒卿脑袋竟然枕了过来。叶七七咬牙切齿地看着他熟睡的脸颊，心一横，快速将自己的手从枕头底下抽回。

看来今晚不适合探查，等他明早起床以后，她再看看吧。叶七七当机立断地撑起身子，却感觉仿佛被什么拽住。她转过头去，这才发现，自己的衣袍下摆竟被墨寒卿压住了。

真是……什么情况啊！她心里忍不住烦躁起来。这人睡觉也不老实！翻来翻去的，烦死人了！

她转过身，两只小手拽住衣袍下摆，小心翼翼地、一点一点地往外抽。眼看她的衣袍下摆快要抽出来，墨寒卿竟然胳膊一横，一个翻身搂住她的腰。

叶七七整个人都僵住了。完了完了完了！他该不会是醒了吧？她动作僵硬地转过头，朝躺在床榻上的某人看去。只见他侧趴在床榻上，一只胳膊横在自己腰间，双眼紧闭，依旧呼吸均匀。还好，还好，他还没醒。

叶七七屏住呼吸，小心翼翼地伸出手，将他搭在自己腰上的胳膊往旁边扯了扯。她拽住他的袖子，将他的胳膊拉离自己的腹部，缓缓朝胸口方向挪去。直到搭在胸口处的胳膊被挪走，叶七七才觉得呼吸畅通许多。她揉了揉被他砸得生疼的胸口，又看了看依然被压在身下的衣袍下摆，一咬牙，默默将自己的外袍脱了下来。

送给你送给你！我的外袍送给你了！叶七七一边恨恨地想着，一边甩开外袍。

好不容易平复了自己心情的墨寒卿，却在此刻又转过身来，长臂一伸，压住了她中衣的衣角。叶七七此刻真觉得欲哭无泪。

墨寒卿闭着眼睛听着耳边窸窸窣窣的声音，只觉心中满满的都是疑惑。他的胳膊稍稍抬起，朝叶七七的方向又捞了一把，这次竟然直接把她整个人捞进了怀里。

一个温暖宽阔的怀抱。

这下，两个人都僵住了。

墨寒卿只觉鼻息间萦绕着少女特有的馨香，仿佛二月的春风，又仿佛三月的桃花，带着融化人心的温柔将他包围。他终于忍不住睁开眼睛，朝趴在身上的那个人看去。

刚把中衣甩掉的叶七七，只穿了一件淡粉色的肚兜。而他的手掌正好搭在她光洁的背上，指腹触及的似乎是她肚兜的系带。

墨寒卿立刻闭上眼睛，白皙俊秀的脸颊布满红晕。叶七七小拳头左右开弓，用力砸着某人的胸口。可怜墨寒卿明明被砸得胸腔咚咚作响，却只能闭起眼睛，继续装睡。

叶七七默默鄙视了他一番，干脆趴在他身上，伸手朝他的枕头下探去。墨寒卿只觉身子一僵，她胸前微微的隆起隔着肚兜，紧紧贴着他的胸口，不留一丝缝隙。他几乎能够感到自己的心疯狂跳动。

心好累……她的手又被他给压住了……叶七七瞪着黑白分明的大眼睛，看着他的轮廓，忍不住一张嘴，朝他的肩膀咬了过去。同一时刻，墨寒卿稍微转了下头，唇瓣突然碰到一个软软、暖暖的东西。那一瞬，仿佛被一道细微的电流击中，他的心跳漏了一拍。从唇瓣上传来的酥麻感还没传遍全身，他就感到一阵剧痛。

“唔……”墨寒卿闷哼出声。

他的唇瓣很柔软也很温暖，带着特有的清冷气息，很是好闻。叶七七微怔片刻，下意识伸出舌头，舔了一下他的唇。墨寒卿身子一僵，再也忍不住，睁开眼睛，朝那张放大的脸看去。月色朦胧，光影模糊。她的脸挡住窗外的月光，他根本无法看清。

叶七七眨眨眼睛，心中一惊，赶紧松开牙齿，整个人飞快地朝后退去。她身后就是床榻边沿，她的动作幅度又实在太大，整个人不由自主地朝床下摔去。叶七七闭紧眼睛，等待想象中的疼痛来临。然而，一只温暖的手在此时拽住她。

叶七七睁开眼，一片黑暗中，她依稀辨别出某人模糊的轮廓。此刻，他正坐在床榻上，眼眸仿佛璀璨的黑宝石。叶七七下意识用一只手护住胸口。

片刻的沉默之后，他低沉清冷的声音响了起来："墨小七，你在干吗？"

"我……呵呵……"叶七七飞快地捡起散落的中衣，穿在身上，结结巴巴道，"我……打蚊子。"

"打蚊子需要脱衣服？"

叶七七暗暗地唾弃他，脸上却是赔笑道："打蚊子打热了，就脱了……呵呵呵……呵呵……这样凉快一点。"

"呵。"墨寒卿轻笑一声，点了点头，意有所指地说，"这么说，本王房间里似乎确实有只大蚊子在四处转悠。"

"是啊，是啊。"叶七七赶紧点头。

"那只大蚊子，似乎还咬了本王的嘴。"墨寒卿目光深深地注视着她，黑暗中，虽然看不到她脸上的表情，却能感觉到她语气里的慌乱。

叶七七听着他的话，迟疑了一下，尴尬地道："蚊子有没有咬殿下的嘴，属下哪里知道。"

"呵，确实。"墨寒卿顿了顿，继续道，"毕竟你又不是那只蚊子。"

叶七七一阵干笑，慌忙将身上的中衣系好，然后翻身下床，双手抱拳，道："打扰殿下睡觉了，属下这就回美人榻上躺着。"

墨寒卿淡淡地应了一声，没有再说什么。

叶七七动作麻利地回了那窄窄的美人榻，他应该没有发现自己是女孩子吧……她心里有些忐忑，想着乱七八糟的问题，在美人榻上翻来覆去，怎么也睡不着。

同样睡不着的，还有墨寒卿。她灵动的眼眸，秀挺的鼻梁，还有红润的唇瓣……想到这里，他忍不住轻轻触碰了一下自己的嘴唇。他的唇瓣上还有她刚刚咬过的牙印，那一瞬的疼痛感抵消不了她的舌尖碰到他时那惊心动魄的感觉。

墨寒卿翻了个身，仰面躺在枕头上，一双乌黑深邃的眼眸眨也不眨地看着床顶的纱幔。他好像，并不讨厌她的碰触，甚至有些喜欢她靠近自己……难道……他真的喜欢上她了？

不知过了多久，等他从回忆里回过神，耳边传来均匀的呼吸声。躺在美人榻上的那人，已经睡着了。

墨寒卿迟疑了一下，掀开身上的薄被下了床。他缓缓地走到美人榻旁，微微低头，看着睡得毫无形象可言的叶七七，忍不住无奈地摇了摇头。

虽已入夏，夜间还是有些凉，她就穿着中衣躺在美人榻上，身上连毯子都没盖。墨寒卿轻轻地叹一口气，转身打算去柜子里拿一条毯子过来给她盖上。然而他没走几步，便听得身后咚的一声闷响。他回过头去，竟然看到叶七七从美人榻上滚落到了地上。

她低低地嘟哝一声，竟然在地面翻了个身，继续睡了。墨寒卿有些无语。他走回叶七七身边，将她抱起来，动作轻柔地放到床上，然后拉过薄被给她盖好，这才走回柜子前，拿出一条毯子，重新回到床上。

“叶七七……”他转过头，目光深邃地看着躺在身边的那个小人儿，低低地喊了一声她的名字。

从未喜欢过任何女人、从未对任何女人动过情的他，突然发现，只是这样低低地念出她的名字，都能感到满心雀跃。

这样的感情，大概就是喜欢了吧。

次日清晨，当第一缕阳光透过窗子照进房间的时候，叶七七心满意足地伸了个懒腰，幽幽地醒过来。映入眼帘的，却是一张熟悉俊秀的脸庞。清冷的眉眼，挺直的鼻梁，还有微微抿着的嘴唇。

叶七七愣愣地看了许久，这才心中一惊。这家伙怎么会睡在自己身边？她一个翻身，连忙从床上坐起来。

“殿……殿下……”叶七七结结巴巴地喊了他一声，拼命回忆着昨晚的情景。她记得自己明明躺在了美人榻上啊，怎么一觉醒来，竟然睡在他身边了呢？

“嗯。”墨寒卿睁开眼，看着她惊慌失措的模样，只是淡淡地应了一声，然后掀了身上的毯子，动作优雅地下了床。

叶七七站在床边，看着他慢条斯理地拿过外袍穿上的样子，在心里酝酿了许久，才弱弱地问道：“殿下……我……怎么会睡在你身边啊？”

墨寒卿正在系腰带的手指顿了顿，沉默片刻，冷淡地说道：“我怎么知道。”

叶七七一怔，没想到他会这么回答。

“去把昨天收拾好的东西拿上，准备出发。”墨寒卿目光深沉地看着叶七七，她白皙清秀的小脸上尚有一丝红晕，表情也有些疑惑。他总不能告诉她，是自己把她抱到床上的吧……

“是，属下这就去。”叶七七朝他行了一礼，拽过自己的外袍，随随便便穿上便去拿东西。

出了房门，叶七七这才想起，哎呀，忘了看看枕头底下有没有锁玉了。叶七七有些懊恼，轻轻叹了口气，心中盘算着，等从阎罗殿回来以后再查看吧。

据寒山寺的住持说，负责杀手考验的那个姓谭的木匠就住在京城，所以叶七七和墨寒卿出门的时候没有乘坐马车，而是选择步行。

墨寒卿换上普通的粗布衣袍，让冷六帮他做了一些易容处理，看起来平凡许多，只是他高贵的气质无法遮掩，举手投足依然优雅无比。

叶七七走在墨寒卿身边，看起来像是他的小跟班。这一点让她有些郁闷。

从靖安王府出来，墨寒卿和叶七七在京城慢悠悠地走着。走了一段路后，叶七七忍不住转过头，看着墨寒卿道："殿下。"

"嗯。"墨寒卿低低地应了一声，目光深邃地看着她，"叫我兄长。"

他二人此次结伴去参加杀手考验，提前约好以兄弟相称。

"咳咳……兄长。"叶七七连忙改口道，"你有没有发现，咱们一路走来，有好几个姑娘都在回头看你啊？"

墨寒卿目光淡淡地环视一周，那些不断朝他这个方向看的姑娘赶紧将目光收了回去。

"没有。"他随口应了一声，继续往前走。

叶七七挠了挠后脑勺，对着姑娘们做了个鬼脸，继续跟上。

京城中的木匠铺子很多，好在姓谭的木匠只有一位。叶七七不过稍加打听，便找到谭木匠的住所。

她跟墨寒卿顺着狭窄的巷子走到尽头，终于看到一座红砖灰瓦的小院。院子里传来锯木头的声音。

一个头发花白的老者正穿着青灰色的麻布衣服，一只脚踩在地上，另一只脚踩在木头上，弓着背在锯木头。

"请问……"叶七七站在院子门口，看了一眼老者，"谭木匠是住在这里吗？"

锯木头的老者停下手中的动作，转过头来，上下打量着叶七七道："你们找他有什么事？"

"有人让我把这个带给他。"叶七七走进院子，从袍袖中拿出那块木质令牌。

老者接过她手中的令牌，瞄了一眼，收进袖子里，看着眼前的叶七七道："你想当杀手？"

"是。"叶七七点头，指着依然站在门口的墨寒卿道，"这位是我兄长，他也想进阎罗殿。"

老者顺着她手指的方向看了过去，只见大门处站着一个高大挺拔的男子，双手负于身后，腰背挺直，一双深邃的眼睛波光流转，却是宠辱不惊的样子。

“你兄长？”老者又转过头来上下打量了一番瘦弱的叶七七，声音中满是疑惑，“看起来不像。”

“呃……是堂兄。”叶七七有些尴尬地扯了扯嘴角。

“你兄长可以留下，你不行。”老者捞起刚刚丢在地上的锯子，重新走到木头前，“你回去吧。”

“为什么？”叶七七皱了皱眉，走到老者身边，随口道，“净观大师说，只要能通过杀手考验，就可以进入阎罗殿当一名杀手。眼下考验还没开始，你怎么让我回去？”

“太瘦小。”老者费力地锯着手下的木头，毫不在意地朝叶七七道，“留你下来当杀手也是死路一条。少年，我看你年纪尚小，还是回去再锻炼几年吧。这净观现在也是越来越不靠谱了，上个月推荐给我的人连最初级的考验都没通过，现在竟拿小孩来充数。”

叶七七默默地看着他手中的木头，忽地抬起手，一记手刀劈下去，木头瞬间断成两截。

老者有些惊讶地抬头。

叶七七骄傲地仰了仰下巴道：“怎么样，我可以留下来吗？”

那老者站直了身子，皱眉道：“力气倒是不小。”

“那是自然。”

“但我这木头刚刚已经锯了大半，就算换了旁人，也照样能把它劈断。”那老者有些不屑地看着叶七七道，“别以为你的这些小伎俩我看不出来。”

“你——”叶七七看着那老者，忍不住想朝他翻白眼。

老者捋着下巴上稀疏的花白胡子，沉吟了片刻，然后指着不远处一座一人高的柴堆道：“看见那边的柴堆了吗？”

“看见了。”叶七七点点头。

“天黑之前，你要是能把那些柴堆锯好，我就同意你去参加杀手考验。”老者将手中的锯子塞进叶七七的手里，冷漠道，“记得，要锯成跟地上这些木头一般大小的样子，长一点，或是短一点，我都不要你。”

这……她转过头去，又仔细打量了一下一人高的柴堆，那里堆着的木头，全都是刚刚砍下来的树干，要把它们全部锯成长木条？

叶七七扯了扯嘴角，冷笑一声，哼，你也太看不起我了！

站在院子门口的墨寒卿，眼睁睁看着叶七七扛着大锯子，走到柴堆前，紧接着，地面上的灰尘和碎木屑似乎被一阵强劲的内力吸引着，飞到了半空。

下一秒，叶七七大喝一声，手中的锯子在内力作用下，宛如一道白光在飞舞，令人眼花缭乱，而她身边的空地上却是不断落下切口整齐、长短一致的木条。

不过一炷香的工夫，院子角落的那座柴堆已经消失不见，取而代之的，是一堆摞得整整齐齐的木条。

墨寒卿忍不住扯了扯嘴角，这家伙这么彪悍？！他喜欢她……应该没什么问题吧？

将柴堆处理完后，叶七七随意将手中的锯子丢到地上。她拍了拍双手，转过头，朝站在院子门口的墨寒卿嘿嘿一笑，道："搞定。"

墨寒卿不动声色地应了一下，心中却是盘算着，若是以后两人成了亲，他到底打不打得过叶七七……

等等，成亲？墨寒卿心中一惊。昨天晚上他才想明白自己是喜欢叶七七的，怎么今天就想到成亲了？他一定是疯了！

叶七七走到院子中央的平房门口，用力敲了敲门，大声嚷嚷道："喂，我都劈好了！你出来看一下！"

老者呼啦一下将门拉开，满脸不耐烦："不是跟你说过，等把那堆木头全部锯……好……以……后……"他话还没说完，眼角余光便已瞥到院子角落里堆放整齐的细木条。

"那……那些全是你弄的？"老者张大嘴，指着那堆细木条，结结巴巴地问道，满是皱纹的脸上写满了不敢置信。

"是啊。"叶七七点点头，看着老者道，"怎么样，速度快吧？"

"你没有找你兄长帮忙？"老者呆了好一会儿，这才一脸狐疑地转过头去，目光落在依然站在院子门口的墨寒卿身上。那男子似乎一直站在原地。

“没有。”叶七七很干脆地朝着老者道，“我兄长从来不做这些粗活。”

“考验是在每个月的十五进行。”老者看着她兴高采烈的样子，有些无奈地摇摇头道，“考验前的两天，我们动身前往试炼场地。眼下距离动身的日子还有三天，你们暂且在我这小院住下来吧。”

“好。”叶七七满口应下来。

“那边的房间给你俩住。”老者随手指着平房旁一个小小的屋子道，“这三天，你俩想干什么就干什么，别来打扰我就行。”

叶七七顺着他手指的方向看去，那似乎是单间啊。

屋子看起来虽然又破又小，里面却收拾得很干净，只是放在屋子中央的那张床……看起来有点小。叶七七绕到床边左右打量了一番，朝墨寒卿道：“那个……这床看起来好像有点小……睡不下两个人吧？”

墨寒卿淡淡地瞥了她一眼，目光扫过房间中央的床，沉默片刻，声音清冷地道：“尚可。”

“可是……让殿下跟属下挤同一张床，恐怕不太好吧？”叶七七有些犹豫。

“无妨。”墨寒卿深深地注视着她，薄唇微动，“反正早晚要睡同一张床，晚睡不如早睡。”反正成亲以后，他们两个也是要天天睡在一起的。

“呃……啊？”叶七七满眼不解地看着他。

他们此番去参加杀手考验，若是两人都通过，加入了阎罗殿，那杀手的待遇肯定跟王府不能比，一人一间房什么的，肯定是不可能的，毕竟阎罗殿那么多杀手，搞不好十个八个人挤在一个房间里，到时候，她还不是要跟墨寒卿睡在同一张床上？

这么一想，叶七七顿时释怀：“嗯，殿下说得有道理。”

“呵。”墨寒卿淡淡地笑了一下，目光意味深长地看着她。

三天时间很快过去，转眼便到了二人参加考验的日子。

这天大清早，老者便带着叶七七和墨寒卿出发了。路上，老者的话并不是很多，只是看着他两个的时候，总是忍不住叹气。

终于，在他第十一次叹气的时候，叶七七忍不住道："谭老前辈，您为什么一直在叹气？"

老者又长长地叹了一口气，摇头道："老夫还记得几年前，每个月都要带一大批想要加入阎罗殿的人去参加试炼，转眼几年过去，想去阎罗殿的人是越来越少了。"

该不会因为阎罗殿在他那里折损的人太多，所以别人都不敢加入了吧？

墨寒卿抬起头，淡淡地瞥了老者一眼，随口道："现如今国泰民安，百姓安居乐业，有饭吃有活做，谁还愿意去过刀尖上舔血的生活。"

"说得也是。"老者长长地叹了一口气，点了点头，眼神里却是满满的不甘，"那你二人又为何要加入阎罗殿呢？"

"好奇。"叶七七想了想，朝老者道，"我就是想去看看阎罗殿的殿主到底是个怎样的人。"

"放肆，殿主岂是你想看就看的。"那老者用力瞪了叶七七一眼道。

叶七七耸了耸肩，不说话了。

老者看着墨寒卿，皱着眉头道："那你呢，看你的举止，应该是生在富贵人家。"

"她想去，我便陪她去。"墨寒卿头都没抬，声音凉凉道。

"罢了……现在的年轻人啊。"老者摇了摇头，继续朝前走去。

第二天傍晚，他们抵达了远离京城的小村庄，这座村庄紧挨着玉湖林，平日里甚少有人过来，然而此刻，村庄入口处却是站了许多人。

"想不到村子这么小，人还挺多的。"叶七七一边朝村子的入口处张望，一边对身边的墨寒卿说道。

"幼稚。"老者听了她的话，转过头白了她一眼，声音缓缓道，"这些人都是来参加阎罗殿杀手试炼的。"

"啊？"叶七七怔了一下，不解地看着他问道，"谭老前辈，您之前不是还说想要加入阎罗殿的人越来越少了吗，怎么这儿一下子冒出这么多人啊？”

“阎罗殿在各大主城设有分堂，我负责的便是京城这边的寒山分堂。”那老者瞪了叶七七一眼，给她讲解道，“前面村子里的那些人，是从其他各城各分堂赶过来的。”

“哦……”叶七七眨着黑白分明的眼睛，看了看人满为患的小村子，心中对阎罗殿的好奇又多了一分。

“走吧，老夫送你们到报名处，试炼就看你们自己的了。”老者敲了敲手中的拐杖，朝叶七七说了这么一句，便朝村庄入口走去。

叶七七和墨寒卿默默地跟在他身后。

到了村子门口，一个五大三粗的汉子老远看到他们三个，笑嘻嘻地迎上来，粗着嗓子喊道：“谭老堂主，这个月又送人过来啦？”

老者拄着拐杖，挺直身子，翻了个白眼道：“叫我谭堂主就行，叫什么老堂主，活得不耐烦了？”

“哈哈哈，是是是，谭堂主。”那汉子嘻嘻哈哈地改了口，道，“你们寒山分堂这个月有几个报名的啊？”

“喏。”老者用拐杖指了指身后的叶七七和墨寒卿道，“就他俩。”

汉子抬头看了叶七七一眼，又看了墨寒卿一眼，跟着叹了一口气道：“咱们五十多个分堂，有的分堂没有送人来，最多的也只送了四五人。”

“这个月一共有多少人报名？”老者皱了皱眉头，随口问道。

“加起来大概就九十多人吧。”那汉子琢磨了一下道，“这两个人就交给我了，谭堂主，辛苦你了。”

“行了。”老者朝着汉子挥了挥手，又转身朝叶七七和墨寒卿道，“你们两个跟着他走就行了，我回去了。”说完这句话，他便拄着拐杖离开了。

那汉子朝着叶七七和墨寒卿笑了笑，伸手比了个请的姿势道：“二位且跟我来，我先带你们去登记处报个名。”

“好。”叶七七看着老者的身影渐渐消失，点点头，和墨寒卿跟着他一起过去了。

登记处就设在村口，一张桌子，一张凳子，再有一个留着小胡子的男人坐在桌子后面。那留着小胡子的男人抬头看了他们一眼，懒洋洋地问道：“名字。”

叶七七愣了一下。这……她绝对不能说自己叫叶七七，毕竟墨寒卿还不知道自己的身份，但她也不能说自己叫墨小七，墨可是国姓。

“名字！”男人眼看叶七七愣在那里一句话都不说，忍不住皱了皱眉，加重声音朝着她又问了一句。

“呃……小七。”叶七七迟疑了一下，干脆去了姓，直接道。

“姓什么？”

“没姓。”叶七七有些心虚地回答道。

男人瞥了她一眼，大概像她这样随口报出名字的人太多，于是没有多问，只是低头在姓名簿上写下“小七”两个字，又转头朝着墨寒卿问道：“你叫什么啊？”

“我……”墨寒卿皱了皱眉，刚开口，袖子便被叶七七用力拽住。

下一秒，他听见叶七七声音清脆地朝着男人道：“这位……这位是我三哥，他……他叫小三！”

“哦……小三。”那男子提起笔，在“小七”后面写下“小三”两个字。

墨寒卿死死地瞪着她。为什么明明已经确定了自己对她的感情，他却还是忍不住有种掐死她的冲动呢……

那男子递了两块木头刻成的挂件给他俩，道：“这是你二人的号牌，小七是九十七号，小三是九十八号，明日你们便凭这两块号牌进入玉湖林参加试炼。”

“好。”叶七七赶忙接过号牌，点了点头。

“今日你们来得太晚，村里已经没有地方给你们住了。”那男子给完他俩号牌，便继续懒洋洋道，“你们自己在村子周围找住的地方吧。”

“哦……”叶七七应了一声，低头看了一眼手中的号牌，正准备回头问墨寒卿两人晚上住哪儿，便感到自己的领子被某人拽着，人被他直接拎了起来。

“呃……兄长？”叶七七抬起头来，满眼疑惑。

“三哥？小三？嗯？”墨寒卿死死地盯着叶七七。

“呃……呵呵呵……”叶七七顿感阵阵凉意朝自己袭来，忍不住缩了缩脖子，声音弱弱道，“这个……一时情急，随口说了出来……兄长……兄长不要在意，名字什么的，只是称呼而已……”

墨寒卿猛地松开拎着她衣领的手，径直走回登记处，扔了一锭银子到小胡子男人面前道：“给我把名字改了。”

那小胡子男人抬起头来，疑惑地看了一眼墨寒卿，随即飞快地收下银子，一改懒洋洋的模样，极尽谄媚地道：“公子想把名字改成什么？”

“就叫公子。”墨寒卿眼眸微垂，有些厌恶地看着小胡子男人，声音冷冷道。

“啊？”

“不行？”墨寒卿眯了眯眼睛，声音中隐隐带着杀意。

“行行行！公子想改成什么都行！”小胡子男人被墨寒卿这么一瞪，不由自主地抖了一下，立刻提起笔，将登记簿上的“小三”两个字划掉，重新写上“公子”二字。

墨寒卿满意地看了登记簿一眼，袍袖轻甩，优雅地离开了。他刚走没几步，便听得身后男人嘀咕：“小三这名字再不好听，好歹是你的名字啊，公子不就是个称呼吗？”

一片树叶划破长空，带着凌厉的气势擦过他的脸颊，钉入身后的树干。小胡子男人一下子便愣住了。他转过头去，只见那片叶子的前段已尽数没入树干，只剩尾端无力地垂下，在风中轻轻摇曳。好险，好险！要是树叶再偏一点，搞不好就射穿他的脑袋了。

叶七七眼看墨寒卿从登记处走了回来，赶忙迎上前去：“兄长，你名字改成什么了？”

墨寒卿微微垂眸，淡淡地瞥了她一眼，反问道：“晚上准备睡哪儿，你决定了吗？”

叶七七点点头，完全没有在意他突然转换话题的意图，而是一脸认真道：“我刚才四处查看了一下，这村口有棵大树，我们可以在树下将就过一夜。刚刚我还遇到好几个报名来晚的人，我们可以一起生火，这样就不用担心森林里的野兽了。”

墨寒卿听着她的话，皱了皱眉，声音凉凉道：“睡树下？”

叶七七兴奋道：“兄长，你不用担心会有蚊虫叮咬，我身上有种药粉，只要撒在衣袍上，便可以让那些蚊虫离你远远的。当然你要是还不放心，我们也可以睡在树干上。”

墨寒卿有些无语地看着她。他堂堂一个王爷，竟然沦落到以天为盖地为庐的地步？并且还要和一堆莫名其妙的人挤在一起睡觉？墨寒卿脸色顿时有些难看。

叶七七不解地看着他道：“兄长，你看起来好像不太开心？”

“找个房间睡。”墨寒卿瞪了她一眼，转身便朝村子里走。

“可是，村子里的房间都分完了啊……”叶七七赶紧跟在他身后解释道，“咱们总不能随便找个人，抢了他的房间吧？”

墨寒卿却是完全不管她在说什么，径直走到村子中最大的一间房子门口。

“兄长？”叶七七跟着他停下脚步，抬头看了一眼那间房，迟疑了一下，拽了拽他的袖子。

墨寒卿淡淡地瞥了她一眼，袍袖轻甩，走进房子，径自掏出一锭银子，丢在那户人家的桌子上道：“房子借我们住一晚。”

“好嘞，好嘞，没问题！”男人本有些生气，正准备质问他，却发现桌上突然多了一锭银子，于是他立刻捧起银子，什么都没问，拽起一家老小便麻溜地出去了。

临出门前，他还不忘叮嘱道：“晚饭就在锅里，刚做好的，你俩随便吃，就当在自己家一样，别客气！”

“呃……”叶七七看着眼前的一幕有些无语，“那人不是来当杀手的吗？”

“显然不是。”墨寒卿瞥了她一眼，径自走到桌旁坐下，随手倒了一杯茶道，“你没看他一家老小都在这里吗，应该是这村子里的居民。”

“哦……”叶七七有些迷茫地看着他，“那咱们今晚就住这儿了？”

“嗯。”墨寒卿淡淡地应了一声。

“好吧，我去看看有什么吃的。”叶七七对于住处并没有纠结，反正有地方住，就该考虑吃啥了。她一边说一边朝厨房奔去，不一会儿便端着饭菜走回房间。

墨寒卿皱着眉头看着饭菜半晌，良久轻轻地叹了一口气。算了，这伙食，好歹比当年在山贼窝里的好一点。

吃过晚饭，天色已经全黑了。

叶七七和墨寒卿分别洗漱一番，躺在床上准备睡觉。

村里的夜晚并不安静，蛐蛐在墙角里一声接一声地叫着，远处时不时传来猫头鹰的咕咕声，偶尔还有几声悠长的狼嚎。

墨寒卿安静地躺在床上，听了一会儿外面的声音，忍不住转过头，正打算跟叶七七说几句话，才发现这家伙竟然睡着了。

这……睡得也太快了吧？墨寒卿忍不住扯了扯唇角。

他目光灼灼地看着叶七七白皙清秀的脸，紧紧闭起的眼眸，还有睡梦中微微颤动的睫毛，视线不由自主地落在她微微张开的红唇上。

屋子里的烛火并没有熄灭。昏黄的火光下，她红润的唇瓣泛着莹润的光泽，看起来像是刚刚成熟的樱桃，散发着诱人的香气。那一瞬，他不由自主地回想起那天她柔软温暖的唇瓣碰触到自己嘴唇时的感觉。一抹浅浅的红晕悄悄爬上他的脸颊。

烛火渐渐熄灭。

墨寒卿躺在叶七七身边，怎么也睡不着。等到阎罗殿的事情解决，他是不是该找个机会告诉她，自己早就知道她是叶七七呢……

墨寒卿一边想着，一边翻了个身。

窗外月光皎洁，纸糊的窗户上映出两个黑色的身影。

墨寒卿皱了皱眉，转头看了一眼依然躺在床上呼呼大睡的叶七七，动作轻柔地拽过挂在床边衣架上的外袍，随手披在肩上，轻手轻脚地朝房门走去。

他贴着墙，警惕地听着门外的动静。

“那两人睡着了吗？”门外有人压低了声音问道。

“应该睡了，屋里的蜡烛已经灭了。”另一个声音听起来像是女人。

“为了以防万一，还是给他们上点药。”粗哑的男声低低地说，紧接着，一个竹筒便从房门的间隙伸了进来。

一缕淡淡的青烟从竹筒里冒出来。青烟带着一丝呛人的味道，墨寒卿只是闻到一点便知道门外的两人给他们吹的是迷烟。

呵，竟然用这种下三烂的手段。墨寒卿冷笑一声，动作迅速地从袍袖中掏出一块帕子，团成一团塞进竹管的一头。不出片刻，屋外的人便一阵猛咳。

“嘘……你声音轻点，咳得这么大声，也不怕屋里的两人听见！”压低了的女声有些焦急地朝身边人说道。

“我……”男人还没来得及把话说完，外面便响起砰的一声重物落地的声音。

“你怎么了？这种时候你怎么突然就晕了！”女声顿时有些慌张。

不过一小会儿，门外竟然传来打呼的声音。

“没用的东西，让你给他们下点迷烟，竟然把自己吹睡着了！”女声听起来有些愤怒，接着似乎松了一口气，“老娘嫁给你，就没过过几天好日子，眼下好不容易能发家致富，你个死鬼竟然半途而废！妈的，男人真是一点都靠不住！”

墨寒卿眯着眼睛，盯着那扇门没有动作。

下一秒，他二人的房门被轻轻地推开。紧接着，一个蒙着黑色面罩的胖女人，手中拿着一把明晃晃的大刀，鬼鬼祟祟地走了进来。

墨寒卿就站在她身后，目光幽深地看着她缓缓朝床边走去。

胖女人借着窗外的月色看了一眼蜷缩在床上、正安安稳稳睡觉的叶七七，忍不住冷笑了一声道：“小子，就你这样的警觉性，也想当杀手？与其以后死在别人手上，倒不如先死在老娘的刀下！”她一边说着一边举起手中大刀，眼看就要朝床上砍去。

然而下一秒，她动作却突然僵住。那把大刀被她举在头顶，仿佛被什么东西挡住一般，怎么砍都砍不下去。

“这……怎么回事……”胖女人握着大刀，心中嘀咕，又再次使劲，大刀却还是纹丝不动。

“就这样的身手，也想出来打劫？”一道低沉阴冷的男声在她身后响起。

胖女人心中一惊，下意识回头看了一眼，却看到一双阴鸷寒冷的眸子。他……他是什么时候站在自己身后的？

胖女人的眼睛对上墨寒卿的眸子，只觉一阵冰冷的杀意朝着自己袭来。而她手中那把锋利的大刀却被眼前的男子只用两根手指就轻易夹住。

这房间里竟然有人还没睡着？

“你……你是什么时候醒的？”那胖女人只觉得脖子后面一阵阵冒着冷汗，就连说话的声音都开始结巴。

“呵……连迷烟都没放完，你就敢进来？”墨寒卿冷笑一声，目光微沉，两根修长的手指微微用力，便听得嘎嘣一声脆响，那胖女人手中的大刀竟然直接断成了两截。

“你……你你……你别过来啊……”胖女人眼看墨寒卿如同鬼魅般朝自己缓缓走来，忍不住朝后退了两步。

“吵死了。”墨寒卿眸中闪过一道寒光，下一秒，他的指尖快速戳过她肩上的一处穴位，点了她的哑穴。

胖女人的声音被封住，什么都叫不出来了。

墨寒卿转头看了一眼倒在门外地上呼呼大睡的汉子，那人就是今日傍晚时分，他给了一锭银子，让他把房子借给他们住一晚上的屋主，照眼下这情形来看，这人应是见财眼红，心存歹意了。

“人心不足蛇吞象。”墨寒卿冷冷地瞥了他一眼，忽然喊了一声，“黑蟒，去。”一道黑影瞬间从他的袍袖钻了出来，飞快地朝倒在地上的汉子游了过去。

那胖女人瞪大了眼睛，有些不明所以地看着那道黑影，等到那黑影终于在自家相公的身边停下来后，她才看清，原来那道影子是条又粗又大的黑蟒。

此刻，蟒蛇正嘶嘶吐着芯子，死死地盯着她的相公。

“哈……哈……”那胖女人想开口喊救命，可是任凭她怎样用力，嘴里永远只能发出哈气的声音。

“若是晚上给你们钱，你们乖乖拿着走了，也就省了我这么多事。”墨寒卿淡淡地扫了一眼身边的胖女人，唇角勾起一抹血腥的微笑，朝着黑蟒幽幽道，“黑蟒，这是赏给你的晚餐。”

那黑蟒咝咝地吐了两下红芯子，嘴巴突然张开，不由分说便把躺在地上的汉子吞了。胖女人在心中凄厉地尖叫，撒腿就打算朝门外跑。

“还想跑？”墨寒卿转过头来，指尖飞快在她身上点了两下，肥胖的身体顿时停在原地。

等黑蟒将汉子吞完，原本只有手臂粗细的身体，瞬间圆润了许多。那胖女人看到眼前这一幕，终于忍不住两眼一翻，晕了过去。

墨寒卿看看它，又伸手指了指地上躺着的胖女人，朝它仰了仰下巴。那意思便是——这边地上还有一个呢。

黑蟒连忙摇了摇脑袋，它肚子里面已经有一个了，刚刚吃饱的满足感让它一点都不想动弹，此刻就想找个地方好好盘着，一边打盹一边等着腹中的食物全部消化掉。

墨寒卿皱了皱眉，看看黑蟒的肚子，沉吟两秒，缓步走到床边，看着躺在床上熟睡的叶七七，低低地开口喊了一声：“小青。”床上一片安静，没有任何回应。

“小青，出来吃饭。”墨寒卿缓缓地伸出手，隔着衣物轻轻拍了拍叶七七的胳膊。

下一秒，一条竹叶青飞快地绕上他的手臂，朝他露出两颗尖利的牙齿。墨寒卿看着眼前的竹叶青，唇角勾起浅浅的弧度。他朝已经晕倒在地的胖女人仰了仰下巴，优哉游哉地朝小青道：“给你准备的，晚餐。”

竹叶青蛇朝他吐了吐血红的芯子，脑袋歪了歪，朝躺在地上的胖女人看了一眼。

“去，吃吧。”墨寒卿声音淡淡地朝着它道。

小青迟疑了两秒，宛如一道绿色的闪电，朝地上躺着的胖女人飞了过去。只不过相较黑蟒，竹叶青的身体实在小了很多。它对着胖乎乎的女人研究了许久，又张了张嘴，然后悲催地发现，自己吃不下这个家伙啊……

一旁吃饱喝足已经快要打盹的黑蟒，突然看到色彩艳丽的竹叶青蛇，瞬间如同打了鸡血，挪着巨大的肚子，朝竹叶青游了过来。

“咝——”竹叶青朝黑蟒发出警告，同时露出尖锐的牙齿。

“咝咝——”黑蟒眼看躺在地上的胖女人让竹叶青无从下口，立刻紧紧缠绕住那胖女人，然后连拖带拽地将她朝房外挪去。

这么胖的女人，以你的体型，一天是吃不完的，跟着宝宝走，宝宝带你去一个隐蔽的地方，咱慢慢吃了她。

竹叶青眼睁睁看着黑蟒将那胖女人缓缓拖出房间，迟疑了一下，也飞快地跟上去了。

两条蛇一前一后消失在房门外。

墨寒卿等它俩消失才走到房门前，将门重新关上。房间里顿时恢复了寂静。而躺在床上的叶七七，根本不知道刚刚发生了什么。

第二天早上。

叶七七睡眼惺忪地打了个哈欠。她转过头，看了一眼依然沉睡的墨寒卿，抱着被子翻了个身。

墨寒卿。

原来墨公子的名字是这个。

叶七七眼睛微眨，看着眼前那张白皙俊秀的脸庞。他的轮廓看起来比八年前更加分明，气质也更加冷峻。只不过……性格也似乎更加恶劣了。

叶七七撇了撇嘴，等她拿到锁玉之后，看她怎么好好修理这家伙。她一边想着，一边下意识将手摸向袖子。咦……小青呢？该不会趁着自己睡着，偷偷溜出去玩了吧。

以前在山上，小青也经常在夜里偷偷出去觅食，只是去到靖安王府之后，叶七七警告了它好多次，不可以在王府里四处乱窜，小青这才乖乖地待着。只是眼下……

就在她思绪乱飞的时候，墨寒卿眼眸缓缓地睁开，仿佛有璀璨的光华在他眼中流转。叶七七怔了一下，却发现他眨也不眨地盯着自己。

“殿……兄长，你醒了啊。”叶七七赶紧扯着嘴笑了笑，打了声招呼。

“嗯。”墨寒卿低低地应了一声，撑着胳膊从床上坐起来。他环顾了一下四周，确定房内跟昨天临睡之前一样，没有什么异样，这才道，“准备准备，该起床去村口了。”

“好！”叶七七一个鲤鱼打挺便从床上翻了下来，随手套上外袍，“我去院子里打水。”

“嗯。”墨寒卿淡淡地点了点头。

叶七七出去后，他不慌不忙地下了床，随手扯过挂在床头的外袍，慢悠悠地穿了起来。

“殿下。”墨寒卿刚刚穿好外袍，还没来得及系带子，一道黑影突然落在他面前。

“冷二？”墨寒卿怔了一下，声音清冷地问道，“什么事？”

冷二单膝跪在墨寒卿面前，双手抱拳，恭恭敬敬道：“皇上似乎正在征集各位大臣家中的适龄女子，打算给殿下指婚。”

墨寒卿挑了挑眉头，看着冷二，冷笑了一声道：“这也不是什么新奇的消息，皇上不是隔几个月就想给本王指婚吗？”

“听说这次皇上看中了翰林大学士家的小姐。”冷二低着头，公事公办道，“而且皇后和皇太后似乎对那位小姐也赞不绝口，属下恐怕……这次殿下不是那么轻易能推托的。”

墨寒卿皱着眉，沉吟片刻，随口问道：“叫什么名字。”

“林雨柔。”

这名字他有点印象，之前叶承安老是在他耳边叨叨，说她是京城第一才女。

“怎么，这位林小姐不知道本王最讨厌女人吗？”墨寒卿微微眯了眯眼睛，冷冷道。

冷二迟疑了一下，硬着头皮道：“全京城的女子都知道殿下最讨厌女人，但那也抵挡不住那些女子对殿下的爱慕，更何况，这要是圣上指婚……就算殿下不愿意……”

墨寒卿勾了勾唇瓣：“等我忙完这边的事再说。下去吧。”

“属下告退。”冷二恭恭敬敬地应了一声，瞬间消失了。

墨寒卿站在原地思考了片刻，这才推开房门，朝院子走去。

天气晴朗，空中飘浮着几朵白云，清晨的阳光洒下金色的光辉，阵阵微风吹动，院子里飘来淡淡的花香。

叶七七站在院子中，拿着木头杯子正在漱口。墨寒卿斜倚在门框上，看着她的身影，突然觉得，要是以后能够这样时光静好地过下去，似乎也不错。

叶七七漱完口便打算回屋，只是一回头，便看到墨寒卿修长的身影。他穿一件青色的棉布长袍，似是阴雨前的天青色，映衬得皮肤更加白皙。

叶七七看着他，愣了一会儿，回过神来，朝他灿烂一笑道：“兄长，水在那边，我给你打好了。”

“嗯。”墨寒卿点了点头，淡淡地应了一声。

待他二人洗漱完毕，又用过早膳，叶七七有些奇怪地看着屋子道：“这户人家怎么还不回来？原本不是说借我们住一晚吗，怎么都这会儿了，一个人影都没有？”

“兴许是有什么事情耽搁了吧。”墨寒卿面无表情地回答道。

“大概吧。”叶七七随便感慨一下，很快将这件事情抛到脑后，她此刻关心的只有阎罗殿的杀手考验。

村口已经站了几十个人，看样子都是来参加考验的。

叶七七环顾了一下四周，发现今日清晨人数明显比昨日傍晚少很多。

“兄长，我记得昨日傍晚我们到这里的时候，见到了许多人。”叶七七有些不解地问道，“怎么现在少了这么多人？”

墨寒卿看了看周围，没有说话。他鼻息间依稀萦绕着淡淡的血腥味，那是没有处理干净的血液的味道。看来昨天夜里想要趁机打劫的，不止他们遇到的那一户啊。这个村子……估计每个月就靠杀人越货来过活吧。

“大概是突然不想当杀手了。”墨寒卿沉吟片刻，随便编了一个理由给叶七七。

“哦……”叶七七有些迷茫地点了点头。

“走吧。”墨寒卿淡淡地说了一声，突然伸出手，握住叶七七的手腕，牵着她往人群的方向走去。

叶七七愣了一下，目光不由自主地下垂，落在他紧握住自己手腕的那只大手上。他最近，似乎很喜欢这样握着自己往前走？可是她记得，冷六跟她说，殿下最讨厌别人碰他了啊。难道他不喜欢别人碰他，却喜欢自己碰别人？

叶七七脑子里乱七八糟的，一个没注意，便已经被他拽到人群最后方。

“现在时辰已经差不多了。”昨天坐在村口负责登记的小胡子男人站在大石头上，扯着嗓子朝众人喊，“今天是你们进入阎罗殿做杀手前，需要接受的第一回考验。大家都看到我身后的玉湖林了吧？”

小胡子男人伸手指了指身后的一大片森林，神色严肃地道：“在这玉湖林的正中央有个箱子，里面放着与你们昨天拿到的号牌一模一样的另一块号牌，每个人拿到与自己对应的号牌之后，便可以从玉湖林中返回。只给你们七天的时间，七天之内，我会在村口等着你们，能够从玉湖林中走出来的人，便是通过第一关考验的。”

小胡子男人话刚喊完，底下便纷纷议论起来。

“想不到第一关如此简单，不就是去森林里找个箱子吗？”

“话不能这么说，这玉湖林虽然看起来挺平静，但听村子里的人说，里面有不少凶禽猛兽呢，平日里就算是村民，也只敢在玉湖林的外围活动。”

“这林子里会有猛虎吗？”

“那可说不定……”

叶七七却是突然来了精神。进森林好啊！她从小已经打遍森林无敌手了啊！

这任务对于她和墨寒卿来说，不就是小菜一碟吗？！这么一想，叶七七立刻转过头，朝墨寒卿笑眯眯道：“兄长，没事，进了森林，你跟紧我，我罩着你。”

“嗯。”墨寒卿微微低头，目光在她白皙清秀的脸上扫了一圈，不动声色地应了一声。

心底这种莫名其妙冒出来的吃软饭的感觉，是怎么回事？他堂堂靖安王，已经沦落到需要别人来罩的地步了吗？可他心里还有一种说不出来的暗爽感觉，这又是怎么回事？难道他在不知不觉中已经认可了这种相处模式？

“好了，规则我已经讲完，现在，你们可以出发进入森林了。”小胡子男人站在石头上一声令下，那帮人便迫不及待地朝森林冲去。

萌妃七七

MENG
FEI
QIQI

忘记呼吸的猫 著

[下册]

青岛出版社
QINGDAO PUBLISHING HOUSE

第十一章　你喜欢谁

他二人走到森林边缘时，那些在他们前面进入森林的人早已消失不见。

玉湖林中看起来风平浪静，郁郁葱葱的参天大树在夏日灿烂的阳光中轻轻摇曳，一阵微风吹过，悦耳的鸟鸣从空中划过。

叶七七抬头打量着玉湖林外围，转头对墨寒卿道："殿下，这里看起来好像风景不错。"

"嗯。"墨寒卿点了点头，接着皱起眉头不悦地道，"不是说过了，在外面不要叫我殿下吗？"

"呃……之前叫习惯了。"叶七七赶紧说，跟着喊了一声，"兄长。"

墨寒卿瞥了她一眼，没有说话。

继续往森林里面走，光线变得越来越暗。那些参天大树上的藤蔓植物也越来越多。

才走了没几步，他们便看到前面一条手臂粗的绿色大蟒蛇正紧紧地卷住一个人，那人脸色惨白，正扯着嗓子尖叫。

那条大蟒蛇的旁边还站着好几个人，看起来应该是一起进来的，只是眼下，他们眼看自己的同伴被那绿色的大蟒蛇卷起来，却没有一个人敢上前救他。

“救我——求求你们，救救我！”那个被蟒蛇卷住的人正眼泪鼻涕一起往外流，他一边声嘶力竭地朝蟒蛇旁边的伙伴喊，一边拼命地挣扎，可他越是挣扎，蟒蛇卷得越紧。

“阿辰，不是我们不救你……实在是我们……我们也不敢动啊……”那些站在大蟒蛇身边的人个个腿抖得跟筛子一样，声音发抖地对自己的同伴道，“阿辰，你看看我们周围……全……全是蛇啊……”

叶七七停下脚步。她转头看了墨寒卿一眼，又看向那几人。周围的参天大树上，绿色的藤蔓竟然一条接一条动了起来。

咝——咝——

绿色的“藤蔓”发出令人毛骨悚然的声音。

“是蛇。”墨寒卿幽深的眼眸中闪过一道精光，他拽着叶七七的衣袖，压低声音说道。

叶七七连忙转过头来，四下打量着她和墨寒卿身边的植物。还好，还好，这些大树上都是真正的藤蔓植物，并不是什么大蟒蛇。

“少侠……少侠，救救我啊！”那个被蟒蛇紧紧卷住的人抬头看见站在不远处的叶七七和墨寒卿，赶紧扯着嗓子，声嘶力竭地朝他二人求救。

然而下一秒，只听得咔嚓几声，是骨头断掉的声音，刚才还在扯着嗓子号叫的人，瞬间便没了气息。

那几个站在大蟒蛇身边的人看到眼前这一幕，瞬间吓呆了。

“少……少侠……我们不想死啊……”那几人转过头来，一脸凄惨地看向叶七七。

叶七七皱了皱眉，脚尖轻点，飞到那几人身边，动作飞快地从袍袖中掏出一包药粉撒在他们身上。那些围在四周的蟒蛇闻到药粉的味道后，逃得无影无踪。

几个人终于瘫坐下来，声音发抖地朝叶七七道：“多……多谢少侠救命之恩……”

叶七七看了他们一眼，点了点头，又飞回墨寒卿身边。

“少……少侠。”突然，有一人朝着叶七七开口问道，“不知这一路，可否让我们与少侠一同前行……我们……不管怎么说，也是人多力量大啊……”

叶七七迟疑了一下，正准备开口，突然听到墨寒卿低沉清冷的声音在耳边响起：“不行。”

“为什么……”

“既是自己决定来当杀手，就自己面对这些问题。”墨寒卿冷着一张脸，朝着那几个人道，“否则的话，就算过了这一关，日后你们也会死在别人手上。”

几人听完这番话，对看一眼，闭眼长叹，道：“我们知道了，感谢少侠提点，过会儿我们就从这玉湖林中出去。”

墨寒卿冷冷地扫了他们一眼，拽着叶七七的手腕离开了。

“想不到，武功这么差的人也会来阎罗殿当杀手啊。”走了一段路，叶七七终于忍不住感慨道。

“嗯。”墨寒卿轻轻点了点头，难得耐心地朝着她道，“来当杀手的，很多都是有点功夫底子的人，他们想着来碰碰运气，要是运气好，通过了考验，以后接任务就可以拿到高额的赏金，要是运气不好，就葬身在这座森林里了。”

“那之前去刺杀你的那些人，估计都是碰运气通过试炼的，否则怎么会这么多年都不得手。”叶七七想了想，有些嫌弃地说道。

“哦……”墨寒卿拖长声音应了一声，眯着眼睛看着她问道，“我总觉得，这些年我没有被杀掉，你似乎很惋惜。”

“呵呵呵……怎么会呢。”叶七七有些尴尬地笑了笑，“我这是……就事论事。”

墨寒卿淡淡地瞥了她一眼，不说话了。

再继续往前，路变得越来越难走。原本一片平坦的草地渐渐地被一块又一块的沼泽地代替。叶七七和墨寒卿小心翼翼地绕过那些沼泽地，好不容易走到一片稍微开阔的地方时，又有两个人慌不择路地朝着他们这个方向跑了过来。那两人一边跑一边声嘶力竭地喊着："救命啊——救命——有……有狼群啊……"

又来了？！叶七七有些无语地停住脚步，眼看着两人跑过自己和墨寒卿的身边，下一秒，从草丛后蹿出十几只野狼。那些野狼身形矫健地飞奔着，不舍地盯着眼前的两个猎物。

嗷呜——声声狼号在叶七七的耳边响了起来。

那两人回过头，发现狼群被叶七七和墨寒卿吸引了注意力，便放慢了脚步，找了棵树藏起来。

十几头野狼大概追着两人跑了许久，此刻突然看到另外两个静止不动的人，便呼啦一下围了上来。嗷呜——领头的那只野狼扯着嗓子朝天空号叫了一声，然后眨着一双幽绿的眼眸，一步一步朝叶七七逼近。

躲在树干后面的两人顿时屏住呼吸，看着眼前的一幕。原本以为今天他们就要倒霉地葬身于狼腹，想不到竟遇到这么两个傻瓜。

那两人正暗暗庆幸，下一刻却震惊得嘴都合不上。只见个子较矮的那个少年毫不畏惧地朝领头狼冲了过去，然后一拳挥出，砸在狼鼻上。咻的一声，那领头狼的身子仿佛断了线的风筝，径直飞了出去。围在他们周围的群狼似乎愣了一下，紧接着号叫着朝那两个少年扑了过去。

叶七七挽起袖子，将墨寒卿往身后一拽，道："兄长，别怕，我保护你！"

墨寒卿挑了挑眉，还没来得及回应，眼前已经有野狼不断朝外面飞去。不过片刻，那些围在他们身边的野狼便全部被叶七七揍得趴了下来。

墨寒卿看着被打得七零八落的野狼，嗯，很好，他家娘子的武力值又提升了。

叶七七收拾完那些野狼，连忙飞回墨寒卿的身边，道："兄长，你受伤没？"

"没有。"墨寒卿微微垂眸，看着眼前的叶七七，沉吟了片刻，伸手握住她纤细的小手，低头认真看了看道，"你的手没事吧？"她白皙小巧的手背泛着微红。

"我没事，就是揍它们的时候太用力了。"叶七七朝他灿烂一笑，想将手从他的掌心抽回来，却发现，自己一时之间没能挣脱他的大手。

“兄长？”叶七七怔了一下，再次用力抽了一下，还是没有抽出来。

墨寒卿盯着她的手背片刻，用拇指指腹缓缓地抚过那片微红的区域，声音低沉道：“疼吗？”

“不疼啊。”叶七七有些愕然地看着他。

“嗯。”墨寒卿低低地应了一声，握着她的小手送到唇边，动作轻柔地帮她吹了吹。

殿殿殿殿……殿下？！叶七七瞬间全身僵硬。她此刻可是以一个男子的身份站在他面前！殿下他……竟然牵着一个男人的手，还特别温柔地吹了吹？叶七七觉得眼前这一幕实在太玄幻。她忍不住用另一只手用力地揉了揉眼睛，确定没有看错，才结结巴巴地问道：“殿下……你……你在干吗？”

墨寒卿抬起头，握着她的手终于松开，淡淡道：“帮你吹一下。”

“我……我知道你是在帮我吹一下……”叶七七目瞪口呆地看着他云淡风轻的样子，声音弱弱道，“我是想问，你为什么要帮我吹……”

“不为什么。”墨寒卿面无表情地瞥了她一眼。

叶七七愣愣地盯着墨寒卿许久，直到躲在大树后面的两个人走出来，对着他二人抱拳行礼，说“多谢二位相救”时，她才回过神来。

“不必客气。”墨寒卿依旧是一副不冷不热的模样，说完便拽着叶七七的手腕打算离开。

“二位……不知道……”那两个人中的一个赶忙追上来，话刚说了一半，墨寒卿便回头冷冷地瞪了他一眼道：“不行。”

“我……这……我还没说呢……”那人有些尴尬，“在下就是想问问二位如何称呼，日后也好报答二位。”

“报答就算了，只要不来麻烦我们就行。”墨寒卿目光阴冷地瞥了他一眼，拽着叶七七的手便直接飞走了。

“这……”那两个人眼看着他们的身影消失，脸上茫然。

叶七七被墨寒卿连拉带拽地飞了好远才终于落地。她脚尖刚一碰触地面，便忍不住朝墨寒卿翻了个白眼道：“你怎么对谁都那么凶啊？”

墨寒卿听到她的话，沉默片刻，目光深沉地看着她，一字一顿道："我并不喜欢与旁人亲近。"

"我知道。"叶七七点点头道，"但你也得让人家把话说完吧？"

"浪费时间。"墨寒卿淡淡道。

叶七七瞬间无语。

墨寒卿抬头看了一眼前面的路，又打量了一下周围的环境，大手再次握住她纤细的手腕道："走吧，去找些吃的。"

叶七七低下头来，目光落在他握着自己的那只手上，迟疑了一下，轻轻喊了一声："殿下。"

"嗯？"墨寒卿回过头，眼眸中带着一抹疑惑。

"那什么……你不是说你不喜欢与旁人亲近吗？"叶七七扯了扯嘴角，有些尴尬地笑了笑，下巴朝着他的大手示意道，"那这……"

"哦。"墨寒卿毫不在意道，"我喜欢的人例外。"

啥？！叶七七瞬间瞪大眼睛。他他他……他说……他喜欢的人例外？！那他牵着自己的手……是不是说明……他喜欢的人是自己？！不会吧！世人都说靖安王极度厌恶女人，这个事她知道，毕竟她也亲眼看见他是怎么对待女人的了，可是世人没说靖安王喜欢男人啊？！

叶七七僵在原地好半天，终于扯了扯嘴角，动作僵硬地抬起头来，看着墨寒卿那张清秀帅气的脸庞，怯怯地问道："那……那殿下你喜欢的人……是谁啊？"

墨寒卿沉默片刻，直直地看着她，没有说话。

他的目光越是深沉，叶七七的心跳越是不受控制。大哥，你可千万别说你喜欢的人就是你身边的小护卫啊！

叶七七瞪着一双黑白分明的眼睛，生怕自己听漏了什么。然后，她看到他的唇瓣微微动了动。叶七七赶紧竖起耳朵，紧张兮兮地看着他。

"你喜欢谁？"墨寒卿低沉好听的声音在她耳边响起。

"啊？"叶七七愣了一下，没想到他竟然会反问自己。

"你有喜欢的人吗？"墨寒卿默默地看着她，声音低低地问道。

"呃……我……"叶七七下意识摇了摇头，"我没有喜欢的人啊。"

“没有喜欢的人？”墨寒卿皱着一双好看的眉。什么叫没有喜欢的人？八年前是谁说喜欢他，还整天嚷嚷着要嫁给他？怎么这才过了几年，她就没有喜欢的人了？

“是啊……”叶七七心惊胆战地看着他。

墨寒卿移开目光，淡淡地道：“没有就没有吧，日后你若是有了喜欢的人，可以告诉我，我帮你参考一下。”

“谢……谢殿下。”叶七七看着他轮廓分明的侧脸，心里一紧张，顿时结巴起来。

墨寒卿转过头来，眼睛微眯，看着她。

“呃……谢兄长！”叶七七心中一凛，赶紧改口。

又是一阵沉默。良久，墨寒卿才缓缓地开口道：“去找点吃的吧，方才我们过来的路上，我看到右前方有一片果林，去那里看看。”

“好。”叶七七赶忙点头。只是……她低头，看着墨寒卿依然拽着自己的手腕，忍不住扯了扯嘴角。难道……殿下心里其实是在害怕？毕竟这是在森林里，冷卫们又不在他身边。可能他是心里有些没底，才会觉得这样牵着自己有点安全感？

思及此，叶七七反手握住墨寒卿的手腕。墨寒卿感觉到她的动作，微微低下头来，目光清冷地看向她。叶七七朝他灿烂一笑道：“兄长，别怕，我自小打遍森林无敌手，跟着我，你不用担心的。”

墨寒卿微微皱眉，有些不明所以地看着她。然而他不解的目光落在叶七七的眼里却变成了对她在森林中生活能力的质疑，当即，她便将自己的小细胳膊勾到他的肩上道：“不是骗你的，我跟你说，我……”

她话刚说了一半，突然想起墨寒卿还不知道自己是叶七七啊。她要是说自己从小就打断过老虎的爪子、打掉过黑熊的牙齿，那岂不是要露馅了？

墨寒卿满眼疑惑地看着她，问道：“你怎么了？”

“我……没什么。”叶七七干笑了一声，小手拍拍他的肩膀道，“总之你不要在意，在森林里面过几天，对我来说不过小事一桩。”墨寒卿有些无语。

“呵呵呵……咱们还是去找吃的吧。”叶七七继续干笑几声，松开搂着他肩膀的胳膊，脚尖轻点，朝他刚才说的方向过去。

一炷香的时间过去，叶七七站在一棵果树上，动作轻盈地在树枝间跳跃，看见又红又大的果子她便直接摘下来，丢给站在树下的墨寒卿。不过一会儿，地上便堆了一堆新鲜的果子。

墨寒卿看了一眼果子，抬起头，朝树上的叶七七喊道：“行了，这些果子够我们两个人吃了，你下来吧。”

“等下啊……”叶七七小手扶着果树树枝，瘦小的身影拼命朝最高处的树梢挪动：“我……我看见一个特别大特别红的果子，你等下啊，我摘掉就下来。”

墨寒卿皱着眉头看她，她娇小的身子几乎全部隐藏在茂密的树枝中，那一片绿色中，只隐隐露出她衣服的一角。

“还差一点点……就差一点点就能够到了……”叶七七踮起脚来，小手拼命朝最高处的果子够，只有在这种时候，她才会悔恨，为什么自己的个子这么矮……

“好了！我够到了！”叶七七脚尖又往前挪了挪，手指终于够到那个又大又红的果子，她刚把果子摘下来，还没来得及高兴，一转头，便看到旁边的树叶上趴着一只又肥又大的毛毛虫。那条毛毛虫通体翠绿，在光线的映衬下，还泛着一丝丝的蓝光，它肥硕的身子距离叶七七的眼睛只有一寸远，正直勾勾地盯着叶七七。

“啊——有毛毛虫！”叶七七一声尖叫，脚下一滑，整个人便直接从树枝上摔了下去。

“小心！”墨寒卿心中一惊，下意识朝着她掉落的方向冲了过去。

“啊啊啊——”叶七七尖叫着落入一个温暖的怀抱中。

墨寒卿双手抱着叶七七，快速地一个旋转，稳稳地落在地上。受到惊吓的叶七七，一只手还抱着那颗又大又红的果子，另一只手却是紧紧地拽着墨寒卿的衣袍，整颗脑袋都缩进了某人怀里。墨寒卿低头，看着她毛茸茸的脑袋，唇角忍不住勾起一抹浅浅的弧度。想不到，天不怕地不怕、打得过猛虎、掐得过蟒蛇的叶七七，竟然会怕毛毛虫。总算让他找到了一点她像女子的地方。

只不过……他抱着她的胳膊又收了收。八年前她从树上掉下来，整个人直接砸在他的身上，八年后她从树上掉下来，却是直接落进他的怀里。

叶七七原本以为自己会掉到地上，看着墨寒卿清秀的脸颊，她微微怔了片刻，这才反应过来，自己是被他接住了。

“谢谢兄长。”她脸一红，赶忙从墨寒卿怀里跳了出来，不好意思道。

“不用客气。”墨寒卿微微一笑，眸中却闪烁着促狭的光芒道，“想不到你会怕毛毛虫。”

“我……”叶七七扯了扯嘴角，想到之前还跟他拍胸口保证，在森林中要好好地罩着他，现在却被一只毛毛虫吓得从树上掉了下来，便赶紧解释道：“没有，我怎么可能怕毛毛虫，我……我是刚才够到果子之后，心中一喜，脚下一滑，才摔下来的。”

“哦……是吗？”墨寒卿有些意味深长地看着她，声音缓缓道，“可是我刚才……好像听到有人在叫——啊啊啊，有毛毛虫？”

“不是！绝对不是！”叶七七下意识否认道，“我……我刚才是在叫，啊——我脚滑了！那什么，你刚才听错了。”

墨寒卿恍然大悟一般点了点头，目光却是落在她的肩膀上。他秀气的眉毛微微蹙起，迟疑片刻，声音清浅道：“既然如此，我就直接告诉你。”

“告诉我什么？”叶七七抬起头来，满眼疑惑地看着他。

“其实刚才……那毛毛虫跟你一起掉下来了。”墨寒卿面无表情地看着她的肩膀，声音缓缓道，“这会儿，它就趴在你的肩膀上……”

“啊啊啊啊啊——”叶七七没等他把话说完，扯着嗓子又尖叫起来。

墨寒卿勾了勾唇角，眉眼间满满的都是笑意，他看着叶七七惊慌失措的样子，终于优哉游哉道：“我刚才说着玩的。”叶七七的尖叫声在这句话之后戛然而止。

“我记得，刚刚有个人说自己不怕毛毛虫。”墨寒卿深深注视着她，一字一顿道。

叶七七死死地看着他，小嘴微微动了动，却一个字都说不出来。找到了叶七七弱点的某人显然很高兴，连带着眉梢看起来都柔和了不少："没事，不用不好意思，每个人多多少少都有些弱点，比如说……"他话还没有说完，一颗又大又圆的果子被塞进他嘴里。

"唔……唔……"他眨了眨眼睛，看着神情无辜的叶七七。

"兄长，咱们都走了一个上午了，想必你又累又饿，来，这个最大的果子送给你了。"

叶七七将手中的果子又往墨寒卿的嘴里塞了一点，这才松开手，满意地看着他道："古人有云，食不言寝不语，兄长，你好好吃东西，别乱说话了。"

墨寒卿看着她，眸中带着无奈与笑意。他缓缓伸手，将某人塞进自己嘴里的那颗果子拿出来，正准备说点什么，叶七七已经手疾眼快地又塞了一颗果子到他嘴里："吃吧吃吧，很好吃的。"墨寒卿忍不住朝她翻了个白眼。

阳光洒在身上，感觉暖洋洋的，加上吃得饱饱的，叶七七忍不住伸了个懒腰，打了个哈欠。

"这树上有毛毛虫，你还敢在这里午睡？"墨寒卿目光深邃地看着她，声音淡淡道，"你就不怕睡着以后，掉下来一只毛毛虫在你衣服上？"

"我突然觉得不困了。"叶七七赶紧一个鲤鱼打挺从地上站了起来，离那棵果树稍微远了一点，干笑着道，"咱们还是继续赶路吧。"

"呵。"墨寒卿低低地一笑，慢悠悠地从树下站起身，缓缓走到她身边，"接下来往哪儿走？"

"啊？"叶七七微微一怔，往哪儿走？她怎么知道。

"你不认识路？"墨寒卿挑了挑眉，看着她问道。

"不认识啊，我又没来过。"叶七七理所当然地摊了摊双手。

一个说要在森林里罩着我的人，竟然不认识路？

不认路很奇怪吗？你认识路不就行了。

我也不认识。

叶七七和墨寒卿站在原地，大眼瞪小眼，互瞪了半晌。

末了，墨寒卿有些尴尬地轻咳一声道："我们……还是想想该往哪边走吧。"

"早知道刚才进森林的时候，就跟在其他人后面了。"叶七七叹了一口气道，"现在就剩下我们两人在这里，万一一直找不到正确的方向，咱俩岂不是要在森林里转悠好几天？"

"那倒不至于。"墨寒卿沉默片刻，环顾了一下四周道，"不行的话，咱们还是往回走一走，看看吧。"

叶七七垮下一张小脸道："都走了一个上午，真的走不动了啊。"

墨寒卿有些无语地看着她，半晌道："要我背你吗？"

啥啥啥啥啥？！叶七七一脸惊异地看着他。刚才她是不是幻听了？他说什么？殿下竟然说要背自己？

这……站在自己眼前的这个人，真的是那个一言不合就出手揍人的墨寒卿吗？叶七七满眼震惊地看着他，下意识伸出手，在他清秀的脸上碰了碰，声音颤抖道："你……你真的是墨寒卿吗？"

墨寒卿微微皱眉，眼底满是疑惑。

"殿下，你没事吧？"叶七七伸手碰了碰他的脸颊，又摸了摸他的额头。没有发烧啊……那他干吗突然说要背自己。

"你干吗？"墨寒卿皱着眉头，目光深沉地看着她。

叶七七再次古怪地看了他一眼，红润的小嘴张了张，却是一句话都没有说出来。不过，刚刚他那句话倒是给了自己灵感。在森林里走不动路了，该怎么办呢？答案是——找个坐骑。

叶七七打定主意后，抬起头，笑眯眯地看着他道："我想到办法了。"

墨寒卿疑惑地看着她，没有说话。

"走，我带你找坐骑去！"叶七七兴奋地拽住他的袖子，脚尖轻点，便朝丛林深处飞去。

一炷香的工夫后。

墨寒卿站在茂密的草丛，听着草丛里传来阵阵震耳欲聋的吼声，忍不住有些同情地看向那片草丛。

不过片刻，一只被揍得鼻青脸肿的黄色大老虎，步伐蹒跚地从草丛后走了出来。而身材瘦小的叶七七，正威风凛凛地跨坐在大老虎的身上。

“兄长，我跟它说好了，让它驮咱们去这森林的正中央。”叶七七扬起灿烂的笑脸，朝着墨寒卿道。

墨寒卿看看眼前没精打采还挂了彩的老虎，又看了看坐在它身上的叶七七，忍不住扯了扯嘴角。这家伙，又来这招了。

“兄长，快上来啊。”叶七七坐在大老虎身上，兴奋地朝着墨寒卿招手。

墨寒卿迟疑了一下，还是脚尖轻点，飞身坐在了叶七七的身后。只是他刚刚坐在老虎的身上，他二人便感觉这老虎的身子明显一沉。

“吼——”头上肿了一个大包的老虎，可怜兮兮地嗷了一嗓子。

“我感觉……”墨寒卿迟疑了一下，“它好像驮不动我们两人。”

“呃……”

“吼……”老虎又可怜兮兮地吼了一嗓子。

叶七七眼睛转了转，一个纵身从老虎背上跳下来，道：“那我把老虎让给你坐好了。”

“那你呢？”墨寒卿修长的手掌撑在老虎柔软的皮毛上，眼眸微垂，看着叶七七问道。

“我再找一个坐骑就好了，你等会儿啊。”叶七七说完这句话，脚尖一点，瞬间消失在墨寒卿的面前。

墨寒卿怔了一下，然后便反应过来。看来，又要有动物遭殃了……

片刻之后，叶七七雄赳赳气昂昂地坐在一只棕熊身上回来了。

“好了，兄长，我又找了一只棕熊来驮我，咱们走吧。”叶七七笑眯眯地朝着墨寒卿道。

墨寒卿低头，看了看身边那只棕熊被揍歪的嘴角，目光里一片同情。

而那只被揍的棕熊在看到鼻青眼肿、头顶上还有一个大包的老虎后，顿时觉得安慰了许多。算了，被人类当坐骑也不是什么羞耻的事，没看到就连丛林之王都被人类骑了吗……

从中午一直走到傍晚，叶七七也不知道他们到底走了多远的路，头顶上枝叶茂密，已经完全看不到天空了。唯有那些间隙中偶尔落下的橙色光线提醒他们，太阳快要落山了。

“天快黑了。”墨寒卿转过头来，朝叶七七低低地说了一声。

“嗯，咱们……是找个地方休息一下，还是继续赶路？”叶七七抬起头来，看着他问道。

“吼……”

“嗷……”

被他们当成坐骑的老虎和熊，同时哀嚎了一声。

休息一下吧！大哥！我俩都已经驮着你们走了一个下午了……肚子好饿……

墨寒卿看了一眼可怜兮兮的老虎和棕熊，沉吟了一下，声音清冷道：“找个地方休息一下吧，给它们弄点吃的。”

“吼吼——”

“嗷嗷——”

老虎和棕熊顿时来了精神，凭借本能朝附近可以休息的地方走去，连带着前进的速度都快了许多。

不多时，叶七七他们便来到一个山洞前。凭借自小在森林里作威作福的生存经验，叶七七迅速捡了一堆枯枝，点起篝火，然后找了些干净的叶子铺在山洞里。

休息的地方准备好后，接下来就是准备晚餐。眼看那只老虎和棕熊已经饿得眼冒金星，叶七七伸手拍拍它俩的脑袋道：“等着，我去给你们找吃的。”说完这句话，她便脚尖轻点飞走了。

临走之前，她还不忘叮嘱墨寒卿道：“看好它俩啊，别让它们跑了。”

墨寒卿转过头，有些无语地看着饿得趴在地上的老虎和棕熊，觉得根本不需要自己看着，它俩应该早就走不动了吧。

森林中，一缕缕橙红的光线最终消失不见，周围被黑暗笼罩，唯有山洞前的一簇篝火散发着昏黄的光芒。墨寒卿在原地等了一会儿，眼看天色完全暗下来，忍不住有些担心叶七七的安全。

然而他的担心还没有持续几秒，一个身上长满灰白色毛发的人，突然拨开草丛，朝他们这个方向走了过来。

“什么人？”墨寒卿目光一凛，皱着眉头看向那个人，声音冷冷地问道。

“兄长？”那个长满灰白色毛发的人突然声音清脆地喊了他一声。

墨寒卿怔了一下，然后低声问道：“小七？”

“嘿嘿，是我呀！”一片灰白的毛发中，突然露出一张灿烂的笑脸。

墨寒卿定睛一看，这才发现，原来叶七七身上挂满了被她打晕的兔子。

那些兔子有灰毛的，也有白毛的，绕着她的身子挂了一圈，就连她头上也顶了两只兔子。

“这么多兔子？”墨寒卿快步上前，接过她身上的兔子，疑惑道，“都是你刚才打到的？”

“是呀。”叶七七笑眯眯道，“正好找到一个兔子窝。”

“吼——”那只大老虎看到这么多兔子，两只眼睛顿时变成两颗爱心。

“给，你的。”叶七七二话不说，扔了五只兔子到它面前。

老虎赶忙扑上前去，甩着脑袋，三下五除二地开始吃兔子。

一旁的棕熊也眼巴巴地看着叶七七。

“你的。”叶七七扔了三只兔子给它。

“嗷——”棕熊长吼一声，为什么我的比老虎的少？！

“还有这个也是给你的。”叶七七朝着它灿烂一笑，顺手从身后的布袋中捞出几条鱼，丢到棕熊面前。

“嗷嗷——”棕熊高兴得连吼几声，欢快地抱着鱼，吭哧吭哧地吃了起来。

墨寒卿有些一言难尽地看着叶七七问道：“这些都是你找到的？”

“是呀！”叶七七一边点头，一边动作利落地把剩下的几只兔子给扒了皮，接着又从身后的布袋中找到一些奇奇怪怪的植物，捏碎了涂到兔子身上。

"这是什么？"墨寒卿走到叶七七身边蹲下。

她剥兔子皮的手法看起来很娴熟，剥完后，兔子还是一整只，皮毛看起来也是完整的。

"这是香料。"叶七七一边动作娴熟地捏着那些植物，一边将剥好皮的兔子涂均匀了，这才放到火上边烤边道，"不过这些植物叫什么名字我就不知道了，只是以前在森林里的时候，恰好试过一次，感觉味道还不错。"

墨寒卿低低地应了一声，随手拎了一条鱼过来，学着她的样子将那些植物捏碎涂到鱼的身上，然后放到火上烤。不过片刻，他们身边便飘起阵阵让人垂涎欲滴的香味。

那只老虎和棕熊趁着他俩剥皮涂香料的工夫，早已将叶七七分给它们的食物吃完，肚子填饱之后，两只动物便站起身，晃晃悠悠地走进山洞里，找了个舒适的角落窝着了。

山洞外面，只剩下墨寒卿和叶七七两人。墨寒卿微微转头，看着火光映衬下七七的小脸，那双水润的眼眸亮晶晶的，瞳仁里有一簇簇火焰在跳动，大概是因为刚才抓兔子的时候蹭到了一些泥土，她白皙粉嫩的脸颊上有一道又一道的灰痕。她这狼狈的样子，不知道为什么，让他联想到小时候，她从灶台上方的窗户爬出去时那一身的灰。

墨寒卿看着她，唇角勾起一抹浅浅的弧度。叶七七却是全神贯注地看着手里的兔子，时不时一边转动着树枝，一边往上面再撒点香料。只是烤着烤着，她突然嗅了嗅，咦……好像有什么东西烧焦了。她转过头，一眼便看到墨寒卿手中树枝上叉着的那条鱼，靠近火堆的那一面已经完全烤焦了。

"兄长！"叶七七赶紧拿过他手中的树枝，皱着眉头道，"你这鱼都烤焦了，你怎么也不翻一翻？"

墨寒卿回过神来，看向那条已经有一半被烤成黑炭的鱼，顿觉尴尬。他扯了扯嘴角，声音清冷道："第一次烤鱼，不熟练。"

第一次烤鱼？叶七七瞪着一双黑白分明的大眼睛，看着他半晌，终于无奈地叹了一口气。算了，谁让人家是靖安王呢，从小娇生惯养的王爷，不会烤东西也正常。

“这条鱼不要了。”叶七七将已经烤成黑炭的鱼扔进火堆，将自己手中已经烤得差不多的兔子递给墨寒卿道，“我这只兔子烤得差不多了，给你吃吧，我重烤一只。”说完这句话，她便动作利落地又剥了一只兔子。

墨寒卿低头看着她塞进自己手中的兔子，外皮已经烤成金黄色，还在嗞嗞冒着油，一阵阵肉香混合着香料的味道，让人忍不住食指大动。他再抬头看看叶七七，只见她已经麻溜地又用树枝叉好一只兔子，放到火上烤。

墨寒卿迟疑了一下，然后撕下一条冒着香气的兔子腿，送到叶七七跟前，声音淡淡道：“尝一尝。”

“啊？”叶七七正一只手转着火堆上的兔子，另一只手往上面撒香料，看着嘴边突然多出来的一条兔子腿，怔了片刻，然后低头咬了一口，脆脆的外皮连带着鲜嫩多汁的兔肉进到口中，顿时口齿生香。

叶七七嚼一嚼，然后将兔肉吞下，转头看着墨寒卿，眨眨眼睛道：“没毒的，放心吃吧。味道还不错。”

墨寒卿瞬间无语。她以为自己是在让她试毒？

“这是给你的。”他捺着性子，声音低沉地朝她道。

“给我的？”叶七七愣了一下，朝他露出一个灿烂的笑容道，“谢谢兄长啊，但是我现在没手拿……”她举起手上的兔子和香料，朝墨寒卿示意。

“我喂你。”墨寒卿目光淡淡地落在她身上，面不改色心不跳地朝着她道。

“呃……”叶七七听到他这句话，瞬间短路了。

他喂她？难道……殿下真的有那种癖好？叶七七直勾勾地看着墨寒卿许久，没有反应过来。墨寒卿忍不住皱了皱眉，声音中带着一丝不耐烦：“你不是说你现在没手拿吗，我帮你拿着，你自己吃。”

“啊……哦……好。”叶七七下意识点点头，低头在那条兔子腿上又咬了一口。

别乱想，别乱想！殿下只是因为自己不好拿，所以才好心帮忙，什么癖好啊，什么嗜好啊，啊呸！殿下怎么可能是那种人！叶七七一边用力嚼着兔肉，一边在心中拼命地坚定自己的想法。

不过片刻，叶七七便将兔子腿全部吃完，为了防止墨寒卿又撕下一条腿来喂自己，她赶紧笑眯眯地朝着他道："兄长，我已经没有刚才那么饿了，那什么，你快吃吧，这兔子肉凉了就不好吃了，我手上的这个也快好了，你别担心我。"

"嗯。"墨寒卿淡淡地瞥了她一眼，应了一声之后，开始慢条斯理地吃起手中的兔子来。

不多时，叶七七手中的那只兔子也烤好了，两个人围着篝火并排坐着，安安静静地吃着手里的东西。

这和谐的氛围还没维持多久，一个粗哑的男声便远远地传来："兄弟，我好像闻到了一股肉香味。"

"大哥，那边有火光，肯定有人在烤什么吃的。"另一个谄媚的声音紧跟着响了起来。

"走，过去看看，咱哥俩也走了一天了，要真是有人在烤东西吃，就抢了他们的食物！"

"好嘞，大哥！"

叶七七听到对话，忍不住转过头来，看了一眼坐在身边的墨寒卿。

墨寒卿抬起头，一双墨玉般的眼眸微微眯起，看向不远处的草丛。一高一矮两个身影，缓缓从草丛后走出来。一簇簇跳动的火光映在他二人的脸上，照映出两张凶神恶煞的面孔。

"我当是谁呢，原来是两个半大的臭小子。"个子高的男人睁着一双通红的眼睛，眼神中流露出一丝杀意，看着眼前的墨寒卿和叶七七。

"大哥，要不要杀了他们？我看他们旁边有不少吃的呢。"矮个子的男人滴溜溜地打量了一圈叶七七身边的兔子，搓着双手，毫不避讳地问道。

"嘿嘿嘿嘿……"高个子男人阴恻恻地笑着，伸手从腰后抽出一把长剑。

叶七七皱眉看着眼前的两人。在她吃晚餐的时候出来打扰她，真是讨厌。可是她手上的兔子还没烤好呢……怎么办？要是上去揍人的话，万一她的兔子烤焦了，那她又要等好久才能吃到啊……叶七七眼睛转了转，脑海中一道灵光闪过，朝身后的山洞吹了一个长长的口哨。

“大哥，那小子在干吗呢？”矮个子男人忍不住转过头来，朝高个子男人问道。

“管他干吗呢，上，杀了他们，这些兔子就是咱们的了，嘿嘿嘿……”高个子男人朝着矮个子男人一挥手，两人正准备冲叶七七和墨寒卿扑过去，只听得他们身后的山洞传来长长的咆哮声。

“吼——”

“嗷——”

伴随着咆哮，一只黄色的大老虎和一只壮硕的棕熊，缓缓地从山洞中走了出来。

“大大大……大哥！怎……怎么会有熊跟老……老虎？”矮个子男人看到从山洞中走出来的两只动物，发起抖来。

“啊啊啊啊——救命啊！”

两个男人眼看着两只凶兽朝自己扑了过来，赶紧转身就跑，一边跑着一边失声尖叫。

叶七七转过头，朝墨寒卿灿烂一笑道：“好了，解决了，兄长，咱们可以继续吃饭了。”

墨寒卿看着叶七七半晌，幽幽地开口道：“我突然发现……我好像没什么存在感。”

“啊？”叶七七满眼不解地看着他。

“所有的问题都被你解决了……就连打架，你都不用亲自动手……”墨寒卿长叹了一口气。

照这种情况，他要等到什么时候，才能在她面前表现出自己强大的一面……

“对啊，打架不用自己动手的感觉真好！”叶七七笑眯眯地看着墨寒卿，一脸认真道，“我终于明白你为什么总是让你手下的冷卫去揍人了，多方便啊，自己又不累。”

墨寒卿有些无语地看着她。他们现在不是在讨论打架用不用自己动手好吗？！

“对啊，我也可以找点帮手，这样，接下来的几天再遇到那些人，就不用自己动手了。”叶七七仿佛突然想起什么，一拍大腿道，“兄长你真厉害！”

等他们两人心满意足地吃完烤兔子，大老虎和棕熊也挺着圆滚滚的肚子回来了。叶七七拍了拍双手，从地上站起来。墨寒卿抬起头，满眼疑惑地看着她。

“兄长，你在这儿等一会儿，我去找帮手来，这样夜里就不用守夜了，明天也可以不用自己动手打人。”叶七七笑眯眯地说完这些话，还没等墨寒卿反应过来，便脚尖一点，又飞走了。

这一次，叶七七离开的时间有点长。

夜色中的森林漆黑一片，偶尔有几只萤火虫飞过，猫头鹰的咕咕声和虫鸣声此起彼伏。

这家伙去了这么久还没回来，该不会迷路了吧？墨寒卿站起身，看着叶七七消失的方向，正准备去找她，茂密的草丛再次被拨开。两条又粗又长的蟒蛇竟然站立着飘了过来。有了上一次的经验，墨寒卿这次一脸淡定地看向两条蟒蛇的身后。果然是那个又瘦又小的身影。

“小七……”墨寒卿看了她一眼，目光落在两条大蟒蛇上，无奈道，“这又是从哪儿弄来的？”

“嘿嘿，附近的蛇窝里找的。”叶七七走到墨寒卿身边，将两条蟒蛇放到地上，拍拍它俩的脑袋道，“去，到山洞口守着。”

“咝咝——”两条蟒蛇吐着芯子，点了点脑袋，蜿蜒地朝着山洞口游了过去。

“蛇窝里找的？”墨寒卿目光微垂，看着叶七七清秀的小脸，皱着眉头又问了一句。

“对啊，这两条可是我找到的最大的蟒蛇了。”叶七七一脸自豪地看着他回答道，“明儿咱俩一人抱一条，带着它们一起上路，保证路上没人敢招惹我们！”

抱着蟒蛇一起上路？墨寒卿忍不住想象了一下两个人分别坐在老虎和棕熊的身上，一人脖子上挂着一条蟒蛇的场景。这画面太美，简直不忍直视……

叶七七倒是没有注意墨寒卿一脸崩溃的表情，看着守在山洞口的两条蟒蛇，心中却是想起自己的小青，那家伙，也不知道跑哪儿找吃的去了，要是有它在的话……算了……小青体型太小了，起不到震慑的作用。

叶七七长长地打了个哈欠，朝山洞中走去。

玉湖林中的第一夜，就这么过去了。

第二日清晨，临出发的时候，墨寒卿站在草地上，眼睁睁看着叶七七怀里抱着一条又粗又长的大蟒蛇，还爬到棕熊的背上，坐在上面，朝自己笑嘻嘻地招手道：“兄长，你也赶紧坐到老虎身上啊。”

“哦。”墨寒卿迟疑着点了点头，正准备坐上大老虎的背，突然感觉有什么东西绊住了自己的脚。他一低头，便看到一条大蟒蛇绕在自己腿上，正眼巴巴地盯着自己，咝咝地吐着红芯子。

“兄长，别忘了抱上它啊。”叶七七伸手指了指地上的蟒蛇，朝他说道。

墨寒卿垂眸看着那条大蟒蛇半晌，薄唇轻启，淡淡道：“我可以拒绝吗？”

“为什么啊？”叶七七满眼不解地看着他。

因为不想！墨寒卿深吸一口气，抬头看着叶七七，声音清冷道：“我觉得你左手抱一条，右手抱一条，视觉冲击效果会更强烈，看起来也更加威风一些。”

“是吗？”叶七七迟疑了一下，朝地上那条蟒蛇招了招手道：“来我这儿。”

蟒蛇立刻松开墨寒卿的腿，咝咝地吐着芯子，朝叶七七游了过去。墨寒卿长舒一口气，再看了一眼已经被两条大蟒蛇挡住身影的叶七七，这才脚尖轻点，坐在老虎的身上。

第二天下午，他和叶七七已率先到达玉湖林的正中央。这片森林之所以叫玉湖林，便是因为森林中有一片巨大的湖泊。

湖水如碧玉，微风吹过，湖面上波光粼粼。叶七七看着眼前的一汪碧湖，一边感慨真美啊，一边一个翻身，从棕熊的身上下来了。

湖中央有座湖心岛，之前那人说的箱子，应该就在湖心岛上。

“兄长，咱们只要到达那边的湖心岛，应该就能拿到箱子了吧？”叶七七转过头来，朝着站在自己身边的墨寒卿问道。

“嗯。”墨寒卿看了一眼湖中央的那座小岛，点点头。

“那咱们过去吧！”叶七七顿时高兴起来，脚尖一点，便打算朝湖心飞去。

“等等。”墨寒卿看了一眼碧绿的湖面，连忙伸手拽住她的袍袖。

“怎么了？”叶七七满眼不解地看向他。

“你打算怎么过去？”墨寒卿皱着眉毛，看着她，低声问道。

“轻功飞过去啊。”叶七七一脸理所当然地看着他，又伸手指了指那座湖心岛道，“这距离不算太远，以我的轻功，踩着水面飞过去，完全没有问题。”

墨寒卿看了她一眼，乌黑深邃的眼眸中闪过一丝浅浅的光芒，他唇角微勾，声音低沉道：“是吗，那如果……这湖其实是这样的呢？”他一边说着，一边松开拽着叶七七袍袖的手，随手扯下一片树叶，用内力将树叶射了出去，一只飞在空中的鸟儿被树叶打中，啾啾叫着掉在地上。

墨寒卿不慌不忙地走上前去，捡起那只掉落在地的小鸟，然后随手一扔，便将它扔向湖面。原本平静的湖面突然哗啦啦一阵响，几十只鳄鱼扑腾着尾巴跳起来，争先恐后地张开嘴巴，朝那只小鸟扑了过去。那只啾啾叫的小鸟，不过眨眼便没了声音。

下一秒，湖面又恢复了平静，唯有圈圈荡漾的波纹昭示着刚刚发生过的事情。

叶七七顿时目瞪口呆。

墨寒卿转过头，声音凉凉地问道：“还打算踩着水面飞过去吗？”

叶七七用力咽了一下口水，摇摇头道：“不了。”

“很好。”墨寒卿满意地点点头。

“那现在怎么办？”叶七七抬起头，看着他问道。

墨寒卿沉吟了片刻，随口问道：“你打得过鳄鱼吗？”

“啊？”叶七七一愣，然后挠了挠脑袋道，“我也不知道啊，以前没有揍过鳄鱼。要不，我去试试？”她一边说着，一边就要朝湖里冲去。

墨寒卿连忙握住她的手腕，无语道：“我随便问问，这湖里最起码有上百条鳄鱼，别说你一个人，就算这只老虎加上这只熊，掉下去之后，估计也连渣都不剩。”

“我觉得从理论上来说，我应该能打过这些鳄鱼，一百条我也打得过。”叶七七歪着脑袋想了一下，十分认真地说道。

“除了暴力手段，我们也可以用别的方法解决。”墨寒卿满头黑线地看着她。

“对哦！”叶七七听他这么一说，顿时一拍手道，“兄长你真聪明！”

墨寒卿十分满意地看着她，声音缓缓道：“我们可以……”

“我身上还有毒药啊！咱们把这些鳄鱼都毒死不就好了？！”叶七七水润的眼眸里满满的都是兴奋之情。

墨寒卿忍不住捂住自己的眼睛，深吸几口气之后，抬起头来，看着她道：“你以为这湖里只有鳄鱼吗？”

“嗯？”

“湖里别的鱼怎么办？还有你下毒之后，附近的动物再想来这里喝水，怎么办？”墨寒卿皱着眉头，一脸不赞同地看着她。

叶七七想了想，点点头道：“有道理。”

“所以，我们可以……”墨寒卿的眉头终于稍微舒展了一点。

然而他话还没说完，叶七七却双手拽着他的袍袖，笑嘻嘻道：“兄长，我有一个更好的办法，要是不能把它们都毒死，那可以用迷药把它们全部迷晕啊！”

墨寒卿微微垂眸，这家伙的解决办法，真的都是简单粗暴……

墨寒卿扯了扯嘴角，沉吟片刻之后，有些无奈地看着她道：“这片湖这么大，你确定有足够的迷药吗？”

叶七七微怔了一下，点点头道：“没事，我能多做一点。”

墨寒卿满眼疑惑地看着她。

“兄长，你稍等片刻。”叶七七翻身坐到棕熊身上，揪着棕熊又圆又小的耳朵道，“走，我们去那边。”

棕熊驮着叶七七嗷了一嗓子，朝她指的方向过去了。

片刻之后，叶七七怀里抱着一大堆植物回来，就连棕熊的背上都摆满各种植物。叶七七将植物捧下来，放到湖边草地上，二话不说运起内力，瞬间便将那些植物全部碾成粉末。

“好了。”叶七七看着草地上堆成小土丘般的植物粉末，抬起头来朝墨寒卿道：“兄长，帮忙把这些全部倒到湖里吧。”

“这是……”墨寒卿皱着眉头，看着地上那一堆粉末，有些疑惑道。

“迷药。现做的！”叶七七爽快地回答。

叶七七用自己的衣袍兜起一大捧迷药，快步走到湖边，衣袍一抖，便将粉末撒进湖里。白绿色的粉末立刻融入湖水。

墨寒卿迟疑了一下，还是默默地将那些粉末撒进湖里。

大约一炷香的工夫后，原本平静的湖面突然翻起泡泡，紧接着，一条又一条鳄鱼，翻着白白的肚子，漂到了水面上。

片刻之后，湖面漂满了肚皮朝上的鳄鱼。又过了一会儿，一些深水处的鱼也全部翻着白肚皮漂了上来。墨寒卿看着眼前的这一幕，突然觉得他有些低估叶七七的彪悍程度了。

叶七七站在湖边，兴奋道：“好了，兄长，它们全部晕过去了，咱们可以直接踩着它们的肚子过去。”

“好。”墨寒卿艰难地点了点头，薄唇轻启，吐出一个字来。

他话音刚落，叶七七已经脚尖轻点，身形轻盈地踩着鳄鱼的白肚皮一路飞奔了过去。墨寒卿看着她瘦小的背影，忍不住轻轻地叹了一口气，认命地跟上。

湖心岛其实就是一座很小的岛，上面零零散散种着几棵树。叶七七跟墨寒卿在小岛上转悠了一圈，看到一个摆放在参天大树上的箱子。

“兄长，在那里。”叶七七拽拽墨寒卿的袍袖，伸手指了指树上的箱子，声音清脆道。

墨寒卿顺着她手指的方向看去，果然在一个巨大的蜂巢之上，有一只棕色的木箱。

“所以，咱们是不是得站在蜂巢上才行？”叶七七仰着脑袋看了半天，终于得出一个结论。

“嗯。”墨寒卿淡淡地应了一声。

在这座森林里，阎罗殿简直用尽了天时地利。

蜜蜂这种动物，就算武功再好的人也奈何不了，最多打死几十只，可是成百上千的蜜蜂跟在身后，除了跳进湖中躲避，再没有更好的办法。

可这样的话，那些参加试炼的人等于重新跳进了鳄鱼阵中。

墨寒卿低着头，认真地思索了好一会儿，发现自己竟然想不到一个好办法躲避蜜蜂。他转过头来，正准备问叶七七有没有办法，却发现她不知什么时候已经不在身边了。

“兄长！”树梢上传来叶七七清脆的声音。

墨寒卿抬起头，一眼便看到站在巨大蜂巢上的叶七七。墨寒卿嘴角抽了抽，这货什么时候上去的？然而奇怪的是，那些蜜蜂仿佛对她视而不见，任凭她踩在蜂巢上，兀自忙碌地飞着。

“接着！”叶七七从木箱子里翻出两块木牌，扔到树下，自己也紧跟着跳了下来。

“行了，拿到木牌了，咱们可以回去了！”叶七七满脸轻松地拍了拍双手，笑眯眯地朝着墨寒卿道。

墨寒卿低头看了看手上的木牌，上面刻着的数字，正好和他俩进入森林前，那个小胡子男人发给他们的木牌上的数字一模一样。他迟疑了片刻，终究还是忍不住道：“你不怕蜜蜂？”

“不怕啊。”叶七七一脸淡定地回答道，“我以前在山上的时候，经常去树上掏蜂蜜吃，第一次肯定会被蜜蜂蜇，不过后来，我爷……咳咳，我师父给我配置了一种香料，只要蜜蜂闻到那种香料，就会自动忽视我，所以……后来，你懂的。”

墨寒卿有些无语地看着她，想不到阎罗殿在森林中的最后一道防线，对于叶七七来说简直跟不存在一样。

“好了，兄长，咱们走吧！”叶七七伸手拽过墨寒卿的袖子，拉着他一路踩着鳄鱼的白肚皮又回到了湖对岸。

等在湖岸边的大老虎、棕熊还有两条大蟒蛇，趁叶七七他们去湖心岛的工夫，逮着湖里那些晕过去的鱼儿吃了个痛快。

此刻，它们看到叶七七和墨寒卿回来，赶紧从湖边站了起来，欢快地朝着他俩迎了过去。

叶七七笑眯眯地在它们几个的脑袋上挨个摸了一把，翻身坐到棕熊背上，揪揪它圆圆的耳朵道：“走吧，送我们出森林。”

“嗷——”棕熊吼了一嗓子，晃晃脑袋，便慢悠悠地走了。

墨寒卿默默地坐到大老虎的身上，跟在叶七七身后也走了。两条大蟒蛇依然盘在叶七七怀里，一边吐着芯子，一边看着风景。

墨寒卿沉默了许久，终于声音清冷地喊了一声：“小七。”

“嗯？”叶七七转过头来看着他。

“你怕蜘蛛吗？”

“不怕。”

“蜈蚣呢？”

“不怕。”

“蟑螂呢？”

“不怕。”

“……你就只怕毛毛虫？”

“是呀。”叶七七点点头，皱着眉头郁闷道，“还不是因为小时候你……呃……我是说，小时候我有一位兄长，他因为打不过我，就故意放了一只毛毛虫在我的头上捉弄我，从那之后，我就怕毛毛虫了。”

墨寒卿微微挑眉。这件事，她不说他都忘了。

墨寒卿看着她，目光清澈深邃。她害得自己讨厌了所有的女人，而他却只害她讨厌了毛毛虫。这么说起来，好像有点不公平啊……

出森林的时候，因为有老虎和棕熊驮着，他们少走了许多弯路，第三天清晨便已来到了森林边缘。叶七七翻身从棕熊的身上下来，伸手拍了拍它的脑袋道：“好了，我们到了，你回去吧。”

“嗷——”棕熊低吼了一嗓子，脑袋在叶七七的手心蹭来蹭去，一副依依不舍的样子。

那只大老虎也来到叶七七身边，用脑袋蹭了蹭她的衣袍。这两天，它们跟在叶七七身后，每天都有充足的食物，这种日子过起来实在太爽了。

“好了，好了。”叶七七笑眯眯地拍了拍老虎的脑袋道，“你们回森林去吧，以后有机会，我再来找你们玩。”

“吼——”大老虎嗷了一嗓子，便一步三回头地走了。

两条大蟒蛇也朝叶七七吐了吐芯子，蜿蜒地游走了。

叶七七这才转过头，朝墨寒卿笑眯眯道：“好了，兄长，咱们去交木牌吧。”

“嗯。”墨寒卿点头，淡淡地应了一声，便和她一起朝村子走去。

第十二章　她的身份

村子里，之前负责登记报名人员的小胡子男人正躺在一把竹椅上，叼着一根狗尾巴草，悠闲地晒着太阳。

突然，一道暗紫色的身影落在他的身边。

那小胡子男人赶紧吐掉口中的狗尾巴草，一个翻身从竹椅上站了起来，朝那暗紫色的身影行了个礼道："见过长老。"

暗紫色的身影朝他点了点头，随口问道："这个月情形如何？"

"回长老的话，这个月情况尚可。有九十七人前来报名，要加入阎罗殿，只是不知道，能通过第一关试炼的会有多少。"

"才九十七人？"长老皱了皱眉，目光冷冷地看着小胡子男人道，"这么点人，估计能通过第一关试炼的最多有二十几个。"

"大概如此吧。"那小胡子男人直起身子，叹了一口气道，"实在是这玉湖林中的情况太过艰险，咱们阎罗殿的试炼方法又太过……严苛，以前人多的时候，为了控制加入阎罗殿的人数，所以将试炼关卡设置得有些难，眼下，想要加入咱们阎罗殿的人少了，咱们的试炼关卡是不是该降低一些难度？"

“不用。”那暗紫色的身影瞥了小胡子男人一眼，随口道，“人少一点就少一点，殿下更注重咱们阎罗殿的杀手质量，否则就算来的人再多，去了靖安王府还是一样得死。”

“是，长老说得是。”那小胡子男人赶紧朝着他点了点头。

“你估摸着，还要几天才能有人出来？”

“回长老的话，按照以往的情形来估算，起码要到第六天才会有人从玉湖林中出来，当然，提前放弃出来的不算。”

“那还要等三天。”

“是。”

小胡子男人应了一声，正准备继续说点什么，眼角余光瞥见两个身影朝他们这边过来了。

那暗紫色的身影显然也注意到了，抬起头朝那两个身影看去。

叶七七和墨寒卿正步伐悠闲地朝村子这边走来。两人的衣袍一点破损都没有，面上也是干干净净的，神情更是没有一丝疲惫。

那暗紫色的身影忍不住皱了皱眉头。

小胡子男人也是一脸不屑：“又是两个中途退出的人。”

“打发了他们。”那暗紫色的身影随口说了一句，便纵身一跳，瞬间消失了。

小胡子男人恭恭敬敬地弯腰行礼，目送他离开之后，抬起头来，一脸高傲地看着叶七七和墨寒卿道：“哟，看你俩这情形，该不会是在森林最外围待了两天，忙不迭退出了吧？”

叶七七走到他面前，有些疑惑地看了他一眼，声音清脆道：“从森林出来后，是来这边吗？”

“是啊是啊。”那小胡子男人有些不耐烦地看着她道，“不过像你们这样，来不来这里也无所谓了，把木牌交出来，就可以走了。”

“哦……”叶七七点点头，转头看向墨寒卿。

墨寒卿伸手从袍袖中拿出从木箱子里得到的两块木牌，交到他的手上。

小胡子男人连看都没有看一眼，便挥了挥手道：“行了行了，你们可以走了。”

“去哪儿？”叶七七有些疑惑地问道。

“从哪儿来的就回哪儿去呗，我咋知道你要去哪儿？”那小胡子男人忍不住朝叶七七翻了个白眼道。

“不是还有第二关试炼吗？”

“什么第二关试炼啊，像你们这样，连第一关都过不了的人，参加什么第二关啊。”小胡子男人瞪了叶七七一眼道，“走吧走吧，别在我眼前晃悠了，看着都觉得烦。”

“喂，你们怎么这样啊，我们明明通过了第一关，凭什么不让我们参加第二关啊？”叶七七一听他这么说，顿时脾气也上来了，上前一步，拽住那小胡子男人的衣领，手臂稍一用力，就将他整个人提了起来，凶巴巴地问道。

“嘿，你想干吗，还想动手啊？”那小胡子男人打算借力朝叶七七的腹部踹去。

叶七七一个侧身躲过他的攻击，手腕一挥，朝地面一砸，那小胡子男人便摔了个狗吃屎。

“我警告你啊，别欺人太甚，从森林中央的湖心岛上拿出来的两块木牌，我们已经交到你的手上了，你要是不让我们参加第二关，信不信我现在就剁了你！”叶七七一抬脚便踩在小胡子男人的胸口，语气凶狠地恐吓道。

小胡子男人被叶七七这么一脚踩下去，只觉胸口发闷，他连咳了好几声，然后抬起头怒视着叶七七道：“什么过了第一关？证据呢，你们拿到木牌了吗？”

“木牌刚刚才递给你，你还问我们木牌呢？”叶七七瞪着眼睛看他，脚尖忍不住又用力踶了踶。

“喀喀……你……喀喀……”那小胡子男人干咳了几声，低头朝着手中的木牌仔细看去，只见那两块木牌虽然跟他们进去森林之前拿的木牌一样，形状却是明显不同。

这……这还真是森林里面那木箱子中的木牌？！小胡子男人有些吃

惊，再抬头看向叶七七的目光就变得有些复杂。

“怎么样，看清楚了吗？”叶七七双手叉腰，清秀的脸上写满张扬与不驯。

“喀喀……看清楚了……”

“哼。”叶七七低哼了一声，挪开自己的脚。

那小胡子男人赶紧从地上爬了起来，绕到竹椅后面，拿出本子翻了翻，低声道：“你们是……我找找……小七和小三公子……”

墨寒卿在听到小三公子的称呼时，忍不住皱了皱眉。

“恭喜你们啊，通过了试炼的第一关！”那小胡子男人一改之前的不屑态度，满脸堆笑地看着叶七七和墨寒卿道，“二位能不能跟我讲讲，你们是如何在短短三天之内就通过这第一关的，并且毫发无伤？”

“这有什么好讲的。”叶七七白了他一眼道，“这么简单的一关，要不是因为一开始我们在森林里迷路，应该两天就能出来了。”

“迷……迷路？”小胡子男人听到她这句话的时候，忍不住扯了扯嘴角。

这么些年，虽然通过第一关试炼的大有人在，可是每个人出来的时候都是狼狈不堪，就算是速度最快的，也花了五天左右，大多数人都要第六天甚至第七天才能从森林里出来，当然还有许多人却是葬身森林，出都出不来了。

眼下竟然有人能在三天之内就出来……

那小胡子男人再看向叶七七的时候，眼神里满满的都是惊喜与狂热。

“我们可以参加第二关考验了吗？”叶七七有些不耐烦地又问了一句。

“可以可以，当然可以。”小胡子男人连连点头。

“什么时候开始第二关的考验？”

“这个……要再等四天，等其他人从森林里出来之后再说。”小胡子男人搓了搓自己的双手，殷勤地说道。

“哦……那我先回村里休息几天。”叶七七点点头，便朝村子里走去。

小胡子男人眼看叶七七走了，连忙转过头来朝墨寒卿看去。

这位公子看起来文质彬彬的，像个书生，脾气一定比刚才那位好很多，不如从他身上套一点消息？

他这么想着，便转过头，一脸笑意地看着墨寒卿道：“这位公子……”

“嗯？”墨寒卿眯了眯眼睛，抬起头看向面前的小胡子男人。

“是这样的，这位公子我看你玉树临风，风流倜傥，英俊潇洒，气度不凡，那什么，我想跟你打听点事情。”小胡子男人搓了搓双手，谄媚地笑道。

墨寒卿微微一笑，清秀文雅的脸如沐春风，乌黑的眼眸微微垂下：“正好，关于我那名字的事情，也想跟你商量商量。”

“嘿嘿嘿，好商量，好商量，不管什么事情都好商量！”小胡子男人激动道，“那这位公子，快屋里请？”

墨寒卿扯了扯唇角，看向他的目光越发温和道：“不，屋内空间小，咱们还是到村子外面谈一谈比较好。”

小胡子男人愣了一下，连忙点头道：“公子喜欢在哪儿谈，咱们就在哪儿谈。公子，请。”

“请。”墨寒卿袍袖轻甩，一转身，动作优雅地朝着村子外面走去。

片刻之后。

村子外面响起杀猪般的叫声。

“啊——公子，我错了，我错了，你……你不是小三——”

“嗷——不要啊！公子，千万别打脸啊！”

“啊——公子，我不是故意的，不是故意的，那里……那里也不能打啊！我还要传宗接代啊！嗷——”

那一声声惨叫回荡在村口，伴随着阵阵微风，响彻云霄。

半个时辰之后。

在森林里憋了三天没有施展身手的墨寒卿，终于心满意足地收了手。他回头看了一眼已经被揍成猪头的小胡子男人，满意地拍了拍手，衣袂翻飞，动作优雅地回去了。

因为之前借住的那户人家，主人已经被黑蟒和小青吃掉，所以叶七七跟墨寒卿便直接住了进去。

在村里休息了三天，终于有人陆陆续续地从玉湖林中出来了。

那些出来的人，个个身上都挂了彩，神情也是疲惫不堪，他们默默将手中的木牌交给小胡子男人，对他肿成猪头的脸提不起任何疑问或兴趣，便直接回去休息了。

试炼的第七天早晨，消化完了那两人的小青和黑蟒，结伴回到了墨寒卿和叶七七的身边，只是它们各自钻回各自主人袍袖的时候，都没有引起对方主人的注意。

阎罗殿试炼的第一关，最终通过的只有二十三人。

小胡子男人从肿成一条缝的眼睛里看着那二十三人，声音沙哑地宣布，试炼第二关当天晚上便开始。

墨寒卿低头，突然握住叶七七的手腕。

“怎么了？”正在认真听着小胡子男人讲话的叶七七，满眼疑惑地看向他。

“你的手，什么时候伤的？”墨寒卿好看的眉头微微皱起，目光深沉地看着她白皙的小手，低声问道。

“这个？”叶七七毫不在意地说道，“这个是早上烧水的时候一不小心烫到的，没事的，我已经擦过药了，一点都不疼。”

墨寒卿抬头看看她的脸，又看看她手上那片红肿的痕迹，沉默片刻，突然问道：“药呢？”

“啊？”

“你擦在伤口上的药。”墨寒卿声音清冷地又说了一句。

“呃……在我袍袖里。”叶七七微怔了一下，然后从袍袖中掏出一个白玉瓶，在墨寒卿眼前晃了晃，声音轻快道，“这个药很有用的，擦几次就好了。”

墨寒卿松开握着她手腕的大手，接过瓶子，打开瓶塞闻了闻，点点头道：“确实不错。”

“对吧，我就说——”

叶七七话还没说完，墨寒卿已经从瓶子中倒出一些药洒在她的手背上，然后将瓶塞重新塞好，还给叶七七。

“兄长？”叶七七一脸迷茫地看着他。她早上已经擦过药了啊。

“你早上擦药都没有涂抹均匀。”墨寒卿低下头，动作温柔地蘸取她手背上的药，一圈一圈在伤处涂抹，“这边的红肿已经消了大半，另一边还是肿着。”

“这个……没事的……”

他的指尖在那片融化的药膏上一点一点地揉着。她的手背，被他碰触过的地方，有一点点痒，又有一点点异样的感觉。叶七七抬起头看向他清秀文雅的脸庞，虽然看不清他的神色，却能感受到他的温柔和专注。他淡薄的唇角微微抿起，那一瞬，她的心没来由地漏跳了一拍。

墨寒卿认真地给她涂好药才抬起头，看着她，声音淡淡道：“下次小心一点。”

“好。”叶七七抽回手，脸却不由自主地红了。

那小胡子男人还在村口的石头上站着，扯着嗓子朝底下的二十三人喊着：“你们都记住了，试炼的第二关是机关密道。今天晚上进去，明日天亮之前必须出来，否则就视为没有通过。现在都跟着我走，咱们前往机关密道所在地。”

天黑之前，通过第一关试炼的二十三人，全部站在机关密道的入口处。

入口就在离玉湖林不远的一处山上，从外面看，不过是个普通的山洞，洞口杂乱地长着些野草。

小胡子男人看着他们，再次叮嘱了一番，便伸手在山洞外面的藤蔓上用力拽了一下。

一阵轰隆隆的声响顿时从山洞内传了出来。

“好了，进去吧，这里只有一条路通往密道出口，我会在那里等你们。”小胡子男人说完这句话，意味深长地看了一眼叶七七和墨寒卿，然后摆了摆手，示意他们赶紧进去。

此刻天色渐渐暗了，山洞里光线更加昏暗，这么多人往山洞口一堵，基本看不清里面的情况。

叶七七看着那黑黝黝的山洞，朝墨寒卿小声道："兄长，我对机关不是很了解啊……"

墨寒卿微微垂眸，唇角勾起一抹浅浅的弧度，声音低沉道："进去之后，紧紧地跟着我就好。"

叶七七忍不住愣了一下。他这是……朝着自己笑了？不会吧，这家伙竟然还会对别人笑？叶七七用力揉了揉眼睛，再次朝墨寒卿看去，他的脸已经恢复成面无表情的样子。

刚刚果然看错了……叶七七嘀咕着，殿下这种死变态，才不可能对着别人轻易笑出来呢。

然而她腹诽还没结束，墨寒卿便已经伸出手，轻轻握住她的手腕。叶七七下意识抬起头来，目光惊诧地看着他。墨寒卿却是面不改色心不跳地清冷道："跟紧我，别走丢了。"

"哦。"叶七七僵硬地应了一声，目光却是落在他握住自己手腕的那只手上。似乎……从玉湖林回来之后的这几天，殿下特别喜欢有事没事就握着自己的手腕。而且，每次他握着自己手腕的样子，都让她有种其实他是想牵住自己手的错觉。

他俩？手牵手？叶七七用力地摇了摇头。两个大男人，牵什么手啊……

就在她胡思乱想的时候，身边一个满身伤痕的人，不知是脚下一滑还是故意，身子朝着她的方向撞了过来。墨寒卿握着她手腕的手稍一用力，便将她整个人拽到自己身后。那撞向她的人连忙稳住身子，朝叶七七说了几声对不起，便进了山洞。

墨寒卿皱着眉头，死死地盯着那个人的背影，转过头朝身后的叶七七问道："你没事吧？"

"没事。"叶七七稳住脚步，抬头朝他笑了笑道，"还好你拽了我一把。"

"嗯。"墨寒卿淡淡地应了一声，点了点头，在洞口又站了一会儿，等那些人全部进去后，这才和她缓缓地走了进去。

进了山洞，叶七七只觉眼前一片漆黑，根本什么都看不见。更加诡异的是，看不见东西也就算了，耳边竟然连声音都没有。

“兄长……”叶七七在这伸手不见五指的黑暗中，低低地喊了墨寒卿一声。要不是因为他的手还握着自己的手腕，她几乎要以为自己身边一个人都没有了。

“嗯。”墨寒卿低沉的声音在她耳边轻轻响起，让她莫名感觉安心。

“这里好黑，什么都看不见。”叶七七伸出另一只手，摸索着反握住墨寒卿的胳膊，“我们之前进来的那二十多人，怎么一点声音都没有呢？”

“等下。”墨寒卿握住她的手腕，示意她不要继续往前走，然后长臂一伸，将她整个人带到自己身边。

叶七七突然感觉被一个温暖的怀抱搂住，有些诧异地抬起头，想要看一下他的脸，然而眼前一片黑暗，什么都看不到。她微微动了动身子，想从他的怀中挣脱，却听到他低沉的声音响起：“别动。”

叶七七迟疑了一下，终究没有乱动。只是因为眼前一片黑暗，什么都看不清楚，她的其他感觉便特别敏锐。鼻息间是他身上特有的清冷味道，一丝丝、一缕缕缓缓地钻入呼吸之中，而她的身子被他的体温紧紧环绕住，她几乎能听到两人的衣服布料缓缓摩擦的声音。叶七七只觉心跳又开始不受控制，怎么回事，她这是怎么了……

就在她满心疑惑的时候，身后突然响起火折子摩擦的声音。下一秒，她眼前的黑暗消失了。墨寒卿点亮火折子，朝四周环顾了一番，除了叶七七那张清秀的小脸，周围依然是一片黑暗，什么都看不见，什么也听不见。

“这是……”墨寒卿皱着眉头打量了一番，“迷阵？”

“迷阵？”叶七七一怔，下意识想起八年前，他们在森林里掉落山崖时，遇到的那片白茫茫的雾。

“嗯。”墨寒卿点点头道，“有人在这机关密道里布了迷阵。”

叶七七心中不由自主地松了一口气。

迷阵这种东西，对于殿下来说，应该是小事一桩吧。

“跟紧我。”墨寒卿一只手举着火折子，另一只手握着叶七七的手腕，摸索着在迷阵中缓缓地行走。叶七七紧紧地跟在他身后。

他们走得十分小心。也不知在一片黑暗中走了多久，眼前忽然明亮起来。叶七七看着突然出现在面前的木门，怔了一下。

木门上插着两支燃烧的火把，火光照亮了周围的一切。叶七七回头看去，却发现自己身后只是一个三丈见方的空房间。难道……刚才她和墨寒卿就是在这空房间里转悠了半天？

“咱们……走出阵法了。”墨寒卿沉默地看着眼前的一切，缓缓地说道。

“咱俩刚才……就是在这个空房间里转悠的？”叶七七顿觉无语。

“大概是的。”墨寒卿微微点头，声音淡淡道。

叶七七忍不住翻了翻白眼，真是的，害她紧张半天。

“那眼下就是推开这扇门，继续往下走？”叶七七一边说着一边伸手朝面前的那扇门推去。

她的手刚刚碰到门，墨寒卿便低低地喊了一声：“小心！”

下一秒，她被他用力拽着拉向一边，而她原本站立的地面瞬间多了好几支利箭。

“不是跟你说了，这里是机关密道，你随便碰到什么东西，都有可能触发机关。”墨寒卿皱着眉道。

“抱歉。”叶七七看着地上那几支闪着寒光的利箭，忍不住伸手拍了拍胸口。

“跟在我身后，不要乱动。”墨寒卿将她拽到身后，目光深沉地看向木门。

木门上有几个奇怪的小坑，若是不注意看，根本就注意不到。墨寒卿沉吟片刻，从袍袖中拿出几枚飞镖，暗暗运起内力，将飞镖同时射向木门上的小坑。木门吱呀一声打开了。

叶七七有些惊奇地看着眼前这一幕，又探头朝木门后看了看，咂咂嘴道：“竟然还有迷宫，太变态了。”

墨寒卿淡淡地瞥了她一眼，还轮到你说别人变态？

“走吧。”他握着叶七七的手腕，朝前迈进道，“这迷宫里应该埋藏着不少机关，你小心一点，千万别随便乱碰东西。”

“好。”叶七七亦步亦趋地跟在他身后，只是刚走了两步，便感觉脚下好像踩到了什么凸起的东西。下一秒，她整个人不受控制地掉落下去。

墨寒卿只觉手中一空，等他回过头，她已经不在身后了。

“叶七七！”他心中一惊，下意识喊了她的名字。

地上的裂缝瞬间打开，又瞬间关闭。叶七七掉落地洞前，依稀听见头顶上有人在喊她的名字，只是那个声音转瞬即逝，让她无从分辨，那到底是真的有人在喊她，还是她的幻觉。只是那个声音听起来特别耳熟，跟殿下的声音几乎一模一样。

难道说……他早就知道自己是谁了？叶七七心中一惊，想要再次抬头往上看去，头顶上的洞已经关闭了。砰的一声，这一次，她的屁股和地面来了个结结实实的亲密接触。

“哎哟……好疼……”叶七七伸手揉了揉屁股，坐在地上缓了好一会儿才站起身。

她四下打量着周围的环境，发现这里也是一个迷宫。好在迷宫的墙壁上每隔几步点着一支火把，昏黄的灯火照亮了整个迷宫。叶七七有些手足无措地站在原地。刚才殿下告诉她，这迷宫里到处都是机关，万一她乱碰了什么，搞不好又有一堆利箭射向自己。

她迟疑了片刻，然后扯着嗓子大声喊道：“兄长？！”

“殿下？！”

“墨寒卿？！”

“公子？！”

回答她的，始终是一片寂静。

墨寒卿站在原地，看着叶七七消失的地面，拼命压下心中的慌乱与不安，仔细观察着地面上的纹路。

她一个人掉下去，会不会害怕？万一下面有奇怪的机关，她会不会受伤？如果地下一片黑暗，她会不会迷路？墨寒卿越想静下心来，这些问题越是在脑海里盘旋。他深吸一口气，努力冷静下来，然后迈开脚步，站在叶七七刚才站的地方。他的脚底是一块凸起，刚刚踩上去，身子便是一沉。

果然是这个机关！墨寒卿心中一喜，还没来得及保持平衡，整个人便掉进一个柔软的怀抱。叶七七下意识接住一个黑色的身影，鼻息间传来好闻的清冷味道。她定睛一看，落在怀中的竟然是墨寒卿。

四周一片安静，叶七七和墨寒卿大眼瞪小眼，看了许久，叶七七终于忍不住开口道："殿下，你还不下来吗？我快抱不动你了。"

墨寒卿立刻从叶七七的怀中跳了下来。他白皙俊秀的脸上，若隐若现地浮现出一抹红晕。

"殿下，你怎么也掉下来了？"叶七七看着他，眼中带着一丝疑惑道。

"我看了一下你踩到的机关。"墨寒卿微微低头，上下打量了她一番，确定她身上没有任何伤口，才不慌不忙地道。

"哦。"叶七七点点头，沉默片刻后又道，"我刚才掉下来的时候，你喊我什么？"

墨寒卿怔了一下，神色有些不自在，淡淡道："我刚才……喊你……墨小七。"

"哦？"叶七七凑近，死死地盯着他，又问了一遍，"真的吗？"

"当然是真的，不然还能喊你什么。"墨寒卿有些别扭地转过脸去，目光淡定地看向远处墙壁上的火把。

"你难道……不是喊我叶七七？"叶七七又往他身边凑了一点，压低了声音问道。

墨寒卿有些尴尬地轻咳了两声，努力让脸上的表情看起来自然一点道："叶七七是谁？"

叶七七直直地看着他，拖长了声音道："想不到公子如此健忘，不过短短八年的时间，就已经不记得叶七七是谁了。"

墨寒卿神色明显变了一下。他还没有开口说话，领子便被叶七七攥住，下一秒，她清秀的脸庞凑到自己眼前，一字一顿地问道："你刚才到底喊我什么？"

墨寒卿目光幽深地看着她，沉默半晌，终于声音清冷地缓缓道：“叶七七。”

叶七七猛地一张嘴，一口咬在他的肩膀上。墨寒卿忍不住闷哼一声。叶七七用力地咬了半晌，直到齿间传来淡淡的腥甜味，才松了口。墨寒卿低头看着她，脸上看不出任何情绪。

“你是从什么时候开始知道我就是叶七七的？”叶七七仰着脑袋，声音恨恨地问道。

墨寒卿轻轻地叹了一口气道：“从我在京城中第一次见到你的时候开始。”

第一次见到她的时候？叶七七愣了一下，那不就是她刚到京城参加擂台赛的时候？从那个时候开始，他就知道自己是叶七七了？

叶七七瞪着他许久：“那你在靖安王府中，莫名其妙说要我当你的贴身护卫，也是故意的？不是因为我打赢了武状元而看上了我的能力？”

墨寒卿轻轻点了点头道：“武状元的比赛一直都是鸿羽负责的。”

“墨寒卿！你故意耍我是不是？！”叶七七忍不住吼了一声，一只拳头飞快地朝着他俊秀的脸飞去。

墨寒卿还没来得及反驳，便感觉凌厉的拳风朝自己袭来。他下意识伸出手，接住叶七七的拳头，将她的手紧紧握住。叶七七用力挣了挣，竟然没有挣脱。她心中本就火大，想都没想，握紧另一只手，朝他的脸揍去。墨寒卿脑袋稍微偏了偏，她的拳头擦过他的耳郭，然后砰一声，砸进他身后的墙壁。他身后的墙壁传来石板碎裂的声音。

就在叶七七将拳头拔出来的瞬间，无数飞镖从天而降，冲他们射了过来。

“小心！”墨寒卿低喊一声，连忙搂住叶七七纤细的腰肢，脚尖轻点，几个转身便将她带离了刚才的位置。

“好险……”墨寒卿低下头来，满眼无奈地看着叶七七道，“不是跟你说了不要乱碰这里的东西，到处都是机关。”

“我刚才是准备揍你的，又没有准备打墙，你不要让开不就好了？！”叶七七瞪着一双黑白分明的眼睛，怒视着墨寒卿，声音清脆地说道。

就你刚才那力气，我要是不让开，现在脑袋已经开花了吧……

“我问你，你说你那身衣服价值五百两银子，是不是故意坑我的？”叶七七脑瓜飞快地转动着，然后想到他非要自己在靖安王府当护卫当十年的事情。

“这个……”墨寒卿的眼神闪烁起来。

当初……他刚见到她的时候，确实想着要找她报仇，也确实打算捉弄她来着……可是眼下……在他明白了自己的心意之后，他是真的希望她能一直留在自己身边。

“五百两之后又是五百两！”叶七七看着他闪烁不定的眼神，忍不住揪着他的领子愤怒道，“你就是故意想要坑我，对不对？”

“这个……你听我解释……”墨寒卿有些尴尬地看着她，盘算着到底先跟她告白还是先跟她道歉，叶七七已经二话不说，又挥舞拳头打了过来。

一道厚厚的石墙突然从迷宫上方掉落，朝二人中间砸下来。

“七七，小心！”墨寒卿赶紧大声提醒道。

他话音未落，掉落在他二人之间的那道石墙便发出碎裂的声音。下一秒，厚厚的石墙上出现了一道又一道裂缝。砰的一声，石墙就这么在他眼前碎成了一堆堆小石块。

墨寒卿看着那些小石块，忙赔着笑脸，低声道：“那什么，七七，我可以向你解释……”

“谁让你喊我七七了，你不是喜欢喊我墨小七吗？！”叶七七咬牙切齿地瞪着墨寒卿，手上已经套了一副黑铁打造的指环。

她将两只拳头捏得咔咔作响，脚尖一点，便朝着墨寒卿又飞了过来。

三十六计，走为上！墨寒卿赶紧一个转身，朝迷宫里面冲去。这机关再怎么危险，他尚且应付得来。可是处于狂躁状态的叶七七……那危险程度应该比平时的叶七七还要变态好几个级别吧。

墨寒卿心一横，快速在迷宫里逃窜。叶七七紧追不舍。他们两人所过之处，不断有网兜从空中罩下，有利箭一支支射来，有地面不停下陷，有火球一个接一个掉落。

一开始，墨寒卿还会担心地去看叶七七会不会被机关伤到，然而当他发现叶七七几乎神挡杀神，佛挡杀佛，一双拳头将所有掉落的机关全部砸烂，他深吸了一口气，专心往前跑了。

大约半个时辰后，墨寒卿终于跑遍整座迷宫，并且，无路可退。叶七七却是捏着手指，一步一步朝他逼近。墨寒卿眼看整座迷宫被叶七七砸成废墟，心中早已泪流满面，早知道会有今日，他当初第一眼看见叶七七的时候，就应该对她好一点……

他纠结了半天，无奈地朝她道："想揍我可以，能先把你手上的凶器摘下来吗？"

"不能。"叶七七十分干脆地拒绝了他。

"那咱们能不打脸吗？"墨寒卿的身子已经贴在迷宫另一头的墙壁上。

"不能。"

"叶七七。"墨寒卿看着她，很认真地喊了她一声。

"还有什么遗言，说吧。"叶七七捏着拳头，走到他跟前，怒视着他，一字一顿地问道。

墨寒卿目光深邃地看着她，薄唇轻启，声音中带着一丝浅浅的蛊惑："万一我被你打死了，怎么办？"

"不会的，我会给你留一口气，不用担心。"叶七七干脆利落地道。

"我的意思是——"墨寒卿声音突然变得很温柔，"如果我死了，谁来娶你呢？"

"不是跟你说了，会给你留一口——"叶七七皱着眉，突然反应过来什么，瞪大眼睛看着他问道，"你刚才说什么？"

"多谢娘子不杀之恩。"墨寒卿却是唇角微勾，双手抱拳朝叶七七行了个礼，然后闭上眼睛，一脸英勇就义的表情，"那么，还请娘子手下留情，给为夫留下一口气来娶你。"

他面色平静，眼眸微微闭起，长而卷翘的睫毛轻轻抖动，鼻梁挺直，淡薄的唇角勾起一个浅浅的弧度。他似乎安静地等着叶七七过来揍他。

叶七七整个人都愣住，站在原地，盯着他半晌，脸上浮现出浅浅的红晕，用力地推了墨寒卿的肩膀一把，愤愤道："你在乱说什么？！"

墨寒卿缓缓地睁开眼眸，微微一笑，笑容如同三月的春风："为夫刚才说的那些话，娘子应该听清楚了。"

"谁是你娘子了，你不要乱讲！"叶七七又羞又急，伸手又推了他一把。

墨寒卿突然握住她的手腕，认真地看着她道："八年之前，不是你说日后要与我成亲，做我的娘子吗？"

"我……"叶七七瞪着他，气愤道，"当年我记得你说过你不想娶我！"

墨寒卿沉默片刻，满眼无奈道："当时年少，不懂儿女情长为何物，还望娘子见谅。"

"谁是你娘子了！谁是你娘子了？！我还没有答应好不好！"叶七七听着他一口一个娘子，顿时红着脸跳着脚嚷嚷道。

"娘子为何不答应？"墨寒卿用可怜兮兮的神情看着她道，"当年在飞鹤山庄，娘子扒了为夫的衣服，还——"他一边说着，一边低头看了一眼，语气暧昧地停顿了一下，"难道娘子不准备对为夫负责？"

叶七七气急败坏地吼道："你也知道当时年少，那个时候我才五岁，根本不懂事好吗！扒了你的衣服又怎么样，难道你还要一个五岁的小姑娘对你负责？"

"当年娘子是五岁没错。"墨寒卿唇角微勾，目光中闪过一丝狡黠的光芒，"可是娘子今年十三岁了，自娘子下山以后，又用内力震碎了为夫的衣服无数次，难道看了为夫的身子，就不想对为夫负责吗？"

"什么震碎你的衣服无数次？我明明只震碎你的衣服两次而已！"叶七七忍不住扯着嗓子道。

"是四次。"墨寒卿很认真地纠正她道。

"就算是四次，又怎么样？我又没有看到什么！"

"感觉娘子的语气有些惋惜？"墨寒卿歪着脑袋，带着浅浅的笑意看着她道，"要不，我让娘子再把衣服震碎一次，这一次娘子仔仔细细地看一遍？”

“不、要！”

“娘子，俗话说得好，事不过三，娘子若只是震碎为夫的衣服一两次，为夫还可以理解为无意之举，可这都四次了，难道娘子真的不是因为想看为夫的身子，才这样做的吗？”

“我呸，你的身子有什么好看的！你是不是又想让我赔你五百两，这样我就欠你一千五百两了？”叶七七眼看他越来越不正经，直接抡起巴掌朝他的脸招呼了过去。

墨寒卿微微一笑，伸手将她的手握住，送到唇边，在她柔若无骨的手背上轻轻一吻道：“娘子怎么能这样揣测为夫的心思呢，将来若是娘子与我成亲，为夫的一切都是娘子的，再说什么五百两、一千两的事，就伤感情了。”

叶七七只觉手背一麻，他的唇瓣仿佛一片羽毛，轻轻滑过她的手背，莫名给她带来悸动的感觉。

“我可没答应要跟你成亲！”

“反正娘子已经见过为夫的身子，就得对为夫负责。”墨寒卿扯了扯嘴角，不慌不忙地朝着她道。

叶七七被他这句话堵着，半晌才红着脸大声吼道：“谁说的！之前我跟你还有顾大人一起去醉仙楼的时候，在每个房间都看到没穿衣服的男人，那些人都被我看过，难道我对他们每个人都要负责？！”

墨寒卿脸色顿时一变，将她的手放在他的胸口：“你虽然在醉仙楼看过那些男人……”墨寒卿眼中闪烁着意味不明的光芒，一字一顿道，“但是你没摸过他们，娘子碰过为夫了，就得对为夫负责。”

叶七七觉得一口老血要喷涌而出。

“娘子，男女授受不亲。”墨寒卿淡定地继续道，“为夫都牵过你的手了，必须对你负责。”

叶七七突然抬起头，朝他露出一个灿烂的笑容道：“公子是想对我负责吗？”

“是。”墨寒卿看着她脸上灿烂的笑容，认真地点头回答。

“那就先让我揍一顿，解了我的气再说！”叶七七上一秒还笑眯眯的，下一秒变得凶巴巴起来，她将手猛地抽了回来，抡起胳膊，朝墨寒卿揍去。

“娘子……娘子……你听我解释……我们有话好好说，君子动手不动口，不是，君子动口不动手，为夫当初并非故意要……唔……”墨寒卿这一次却是没有躲闪，生生挨下她好几记拳头，闷哼了一声，然后动也不动地任凭她在自己身上撒气。

叶七七留了几分力道，揍着揍着，觉得没意思起来。

墨寒卿温柔地看着她，见她终于停手，唇角微勾，笑着问道：“娘子出完气了？”

叶七七用力白了他一眼，低头看了一眼手上的黑铁指环，便将那指环摘了下来，放进袍袖里。

她又看了一眼他衣袍上隐隐渗出来的血迹，沉默了片刻，然后问道：“被我打得不疼吗？”

“打是亲，骂是爱。”墨寒卿一脸无赖地道，“娘子是在亲我，为夫怎么会疼呢？”

叶七七有些无语。

这人画风转变太快，实在懒得跟他废话，叶七七伸手拽过墨寒卿的领子，随便扯了扯，便将他的领子扯得松开。她踮起脚尖，朝他的领口里探了一眼，嗯，很好，他的胸口已经被打得血肉模糊了。

叶七七皱了皱眉，松开勾着他领口的手指，从袍袖中掏出一个白玉瓶子，扔到他的怀里道：“自己上药。”

“娘子还是关心为夫的。”墨寒卿接过她扔来的药瓶，笑眯眯地看了一眼。

“咱们现在还在机关密道内，我是怕你拖我的后腿好不好？！”叶七七忍不住又白了他一眼。

“好。”墨寒卿点点头。

叶七七转过头去，不理他了。

又等了半晌，她一直没听到身后传来上药的声音，便回过头去，满眼疑惑。

墨寒卿举着药瓶，一脸无奈道："胳膊疼……上不了药。"

"所以呢？"叶七七挑了挑眉。

"娘子帮忙。"墨寒卿淡定地朝她晃了晃手中的药。

叶七七深吸一口气，拼命克制住心中想要再揍他一顿的念头，接过他手中的药瓶，冷着一张小脸道："要我帮你上药可以，不准再叫我娘子了。"

"好。"墨寒卿十分爽快地答应了下来。

大概是他答应得太过爽快，叶七七抬起头，不太相信地看向他。

"怎么，是不是突然觉得，我若是不喊你娘子，心中有那么一点点失落？"墨寒卿勾起唇角，声音低低地问道。

"失落你个大头鬼！"叶七七白了他一眼，扯过他的领子，打开瓶塞，看都没看一眼，径直将一瓶药都倒在了他的身上。

撒落在伤口上的药粉融化的瞬间，带来一种刺骨的疼痛。

墨寒卿忍不住倒抽一口冷气，可怜兮兮地看着叶七七道："娘子……疼。"

"不是让你不要再喊我娘子了吗？！"叶七七瞪着他，凶巴巴道。

"七七，疼……"墨寒卿面不改色心不跳地朝着她又说了一句。

"疼能怎么办，难道还要我帮你吹一吹？"叶七七朝他挑了挑眉，随口问道。

"要。"墨寒卿点点头，一脸期待地看着她。

叶七七看着他幽深的眼眸，沉默了片刻，突然抬手，在他的胸口上又揍了一拳道："看来刚才那几下是太轻了。"

墨寒卿被她打得忍不住咳了出来，赶紧伸手握住叶七七的手腕，一脸正经地道："好了，我不疼了，一点都不疼了。"

叶七七抬起头来看着他，他的神色已经恢复成一贯的高冷，仿佛之前和她嬉皮笑脸的那个人根本不是他。

"变脸变得这么快。"叶七七嘀咕了一句，挣脱他的手掌道，"那药的药效很快的，这会儿你的伤口应该已经开始愈合，可以继续往前走了吗？”

墨寒卿盯着她半晌，点点头道：“可以。”

“那走吧。”叶七七一转身，便朝迷宫尽头的小门走去。

她刚刚迈了几步，便听到身后传来一个低沉的声音：“叶七七。”

她转过身去，看到墨寒卿依然站在原地没有动弹。

墨色的衣袍映衬着他挺拔的身形，他的脸上是从未有过的认真：“我刚才和你说的那些话，都是真的。若是你现在还不愿意我喊你娘子，我便唤你七七，八年前没有告诉你我的名字，真的很抱歉。”墨寒卿顿了顿，直视着她，唇角勾起一抹微笑道，“但也许……从八年前开始，我便在心里给你留下一个特别的位置了。”

叶七七看了他半晌，突然弯腰，脱下脚上的鞋子朝他砸了过去道：“不提名字的事还好，一提我就想起来，你竟然用公子两个字骗了我八年！这个账我还没跟你算呢！”

墨寒卿头一偏，伸手接过她扔来的鞋，哭笑不得地看着她道：“这是又生气了？”

“哼。”叶七七头一偏，极其傲娇地哼了一声。

“这件事情，是我不对。”墨寒卿握着她砸过来的鞋，缓缓走到她面前，声音淡淡道，“所以我要怎么做，你才肯原谅我？”

叶七七转过头来，上下打量了他半晌，声音清脆地问道：“我要你做什么，你都做？”

“嗯。”墨寒卿笑着点点头。

叶七七眼珠子转了转，双手抱胸，昂着小脑袋道：“既然这样，从今天开始，你就是我的侍卫，贴身侍卫墨小三。”

墨寒卿嘴角忍不住抽了抽：“贴身侍卫可以，但是这名字……咱们能不能再商量一下？”

“不能！你还想商量？！”叶七七挑眉看着他。

墨寒卿终究把到了嘴边的话给咽了下去。名字的事情，以后再商量也不迟。眼下最重要的，是赶紧通过这机关密道。

“还有别的事吗？”叶七七瞪着他，声音清脆地问道。

“没了。”墨寒卿轻轻地摇了摇头，算是同意了刚才那“丧权辱国”的提议。

“很好，那就走吧。”叶七七转身出了迷宫的门。

整个机关密道，除了一开始的阵法之外，其余部分是由九层迷宫组成。

叶七七一开始误打误撞掉到第二层，然后又毁了整个二层的迷宫，所以后面的那几层她几乎如法炮制，一路摧毁，将整个机关密道的九层迷宫毁了个八九不离十。

只是这一路过去，他们看到好多死于机关的人，都是在他们之前进来的参加试炼的人。

叶七七看着那些尸体道：“看来能进阎罗殿也不容易啊。”

“所以呢？”墨寒卿挑了挑眉，应了一句。

“所以，之前去你府上刺杀你的那些杀手，都是通过了这些考验的人啊。”叶七七咂咂嘴，一脸惋惜道，“可惜了啊，可惜……”

墨寒卿忍不住扯了扯嘴角，这是你第几次惋惜我没有被杀死了？！你就那么想你未来夫君死吗？！当然这最后一句话，墨寒卿没敢说出来。

不过这一路上，叶七七他们倒是救下了不少人。那些人都是在快要掉落机关的时候，被叶七七凑巧赶到救下的。有几个见识了叶七七的变态程度，于是二话不说地跟在叶七七的身后。所以，当叶七七和墨寒卿到达机关密道的出口时，身后浩浩荡荡跟了十几个人。

推开机关密道第九层迷宫的最后一道门，深蓝色的天空尽头，一抹浅浅的橙色正在缓缓地晕染开来。

躺在机关密道出口处打盹的小胡子男人，听到身后传来脚步声，顿时清醒过来。他一个翻身从躺椅上坐起，掀了身上的薄毯，顶着肿成猪头的脸，飞快地跑了过去。

出来的竟然有十几个人。小胡子男人一下子便愣住了。按照以往的经验，最多也就四五个，可是眼下，这十几个人……到底是怎么回事？

小胡子男人揉了揉眼睛：“你们……这是……全出来了？”小胡子男人迟疑了一下，声音弱弱地问道。

“你是不会数数了吗？”墨寒卿冷冷地瞥了他一眼，声音阴寒道，“我们已经通过第二关考验了，看不见吗？”

小胡子男人在墨寒卿瞥向自己的时候，不由自主地打了个寒战，赶紧脸上堆笑道：“看见了看见了，公子，您武功那么高强，能从机关密道里平安出来，在下真是为您高兴不已！只是……这以往能够通过机关密道的人，最多也就四五个，今日怎么……”

“还能怎么呀，只要通过就行了，难道加入阎罗殿的人变多了，你还不高兴吗？”叶七七没好气地呛了一句。

“高兴，高兴，怎么会不高兴呢。”小胡子男人赶紧点头，“通过考验的人可以在那处院落休息，待休息好了，便要迎接第三关的考验。”

叶七七顺着他手指的方向看去，这才发现，原来机关密道的出口竟是一处院落的后院，只是眼下她又困又累，也懒得多想，径直朝那院落飞去。

墨寒卿转头看了一眼小胡子男人，却发现他那肿成一条缝的眼眸中闪过一道精光。呵……看来这院落不是光让他们休息那么简单啊。墨寒卿心中冷笑一声，紧跟着叶七七飞了过去。

剩下的那十几个人，也是又累又困，无精打采地朝着院落走去，脸上一点通过考验的兴奋都没有。

小胡子男人等到那些人的身影全部消失在院落中，这才走向机关密道的出口。怎么回事，难道是机关失灵了？他打开机关密道的大门，呈现在眼前的，却是早已变成一片废墟的迷宫。哪个天杀的，竟然把他煞费苦心布置了好几个月的机关密道给毁得一干二净？！想当年，这机关密道初建的时候，他和几个关系要好的杀手朋友天天睡在机关密道里，日以继夜建造密道的每一层，这里的每一个机关、每一个按钮、每一支利箭都是他们亲手放上去的。密道建成的那天，他们几个大喝了一顿，庆祝完工。

后来，他那几个杀手朋友在任务中出了意外，一个接一个离开了他。他心灰意冷，便自愿前来守护机关密道，为阎罗殿挑选一批又一批的加入者。

这么多年过去……

每个月机关密道考验结束后，他都要花费好几日将那些机关恢复成原样，可是眼下，他的一片心血竟然变成了废墟！

小胡子男人的内心在咆哮。到底是哪个该死的家伙把他多年的心血毁了？！

不过这一切，叶七七都不知道。她一路飞到院落中，随便挑了一个房间，躺在大床上。疲累的感觉袭来，她眼睛一闭，直接昏睡过去。

跟在她身后进来的墨寒卿推开房门，走到床边，听到一阵均匀的呼吸声。他微微一怔，躺在床上的那个家伙，竟然已经睡熟了。

这家伙……入睡速度也太快了吧？他有些无奈地笑了笑，在她身边坐了下来，忍不住伸手捏了捏她软软的脸蛋。不知道为什么，在两人的身份互相暴露后，他觉得心中无比轻松。再也不用在她面前伪装自己，其实挺好的。

墨寒卿抬起头来，环顾了一下这屋子。通过第二关的考验，阎罗殿竟然还给睡觉休息的时间？世上哪有这么好的事情。

墨寒卿沉思片刻，斜倚在床头假寐。

小胡子男人从机关密道心痛欲绝地出来，守在院落门口的几个杀手立刻迎了上来。

“大人，那些人已经全部准备好，这次从机关密道内出来的人有些多……属下恐怕……人手不够啊。”一个杀手犹豫道。

“是啊，大人，咱们手中留下的任务活口只留了五个人，让这五人去杀那十几个人，好像杀不过来吧？”另一个杀手点头附和。

小胡子男人从悲痛中回过神，这才想起来，这试炼的第三关，便是考验杀手在极度疲劳下的警觉性。那些通过考验的人，若是只顾着休息，失去警觉，便只能命送最后一关。至于那些活口，就算他们将院落里所有的人都杀掉，最后也难逃一劫。可是眼下……有点麻烦了。

“大人，怎么办？”那几个杀手看着小胡子男人不说话，于是便又追问了一句。

“按照原计划办。”小胡子男人顶着一张猪头脸道，“让那五个人去杀其他人，你们几个去杀那两个总是在一起的公子。”

“我们？”几个杀手愣了一下，却也没有多说什么，只是点了点头，应了一声，然后便飞快地消失了。

太阳渐渐升起，阳光笼罩下的小小院落，呈现出宁静的氛围。

因为院落较小，所以房间数量也有限，这次从机关密道出来的人又比较多，那些通过第二关考验的人，基本都是两三人一起挤在一个房间里休息。

几道身影偷偷朝每一个房间靠近。

原本斜倚在床头假寐的墨寒卿，鼻子动了动。空气中有一股淡淡的血腥味。他倏地睁开眼睛，目光落向房间的窗子。窗外有极其细微的窸窸窣窣的声音，似乎有人过来了。墨寒卿低头，看了一眼还在熟睡的叶七七，沉吟片刻，轻手轻脚地走向窗边。

“大人说的那两位公子，应该就在这个房间里吧？”窗外有个人压低声音，朝另一个人问道。

“好像是的。”另一个人轻轻应了一声，停顿片刻，“只是不明白，为什么非要我们这么多人来杀他俩？那五个活口去应付其余十一人，真能应付过来吗？”

“别管这些了，只要是大人的命令，我们照做就是。”那人低低说了一声，没了声音。

墨寒卿站在窗户旁边，皱着眉头听窗外那几人的对话，在他们有所行动之前，先打开了窗子。

窗外，六个蒙面黑衣人正准备跳进窗户。

就在此时，他们面前的窗户打开了。一时之间，六个杀手都愣住了。和墨寒卿对视许久，他们回过神准备行动的时候，墨寒卿冷冷地道：“屋内有人在睡觉，要动手就去其他地方。”他话音刚落，便纵身朝院子飞去。

六个黑衣人面面相觑，他们迟疑片刻，便紧紧地跟上墨寒卿。

院子的草地上，墨寒卿正负手而立。他冰冷地看着六个紧随自己而来的黑衣人，皱着眉头低声道：“你们是阎罗殿的人？”

“废话少说，纳命来！解决完了你，屋子里还有一个人。”几个黑衣人懒得跟他寒暄，提起手中的大刀便朝他冲了过来。

墨寒卿眯了眯眼睛，屋子里的叶七七……他们还想去解决？呵……

他闪身躲过黑衣人的攻击，不紧不慢地从腰间抽出一把软剑，锋利的剑刃在璀璨的阳光下折射出冰冷的光芒。

“许久没有亲自动手了。”墨寒卿手执软剑，眸中绽放出阴冷的光芒，唇角微勾，声音淡淡道，“别浪费时间，你们一起上吧。”

那几个黑衣人对看了一眼，吼了一声上，便朝着墨寒卿冲了过去。他们还没靠近墨寒卿，便感觉自己仿佛被一股未知的力量给挡住了。地上的沙石混着落叶，以墨寒卿为中心旋转，他们几个就被那些飞转的沙石和落叶挡在离他三尺远的地方。

“这……好强大的内力……”其中一个黑衣人忍不住用手挡着眼前不停飞舞的沙石，低声感慨道。

“现在不是退缩的时候，兄弟们，上！”另一个黑衣人虽然也被墨寒卿强大的内力给震住，但很快便回过神。他朝其他几个杀手吼了一声，率先朝眼前飞舞的沙石冲去。

墨寒卿眼眸微眯，控制着内力，指挥那些沙石飞快朝几个黑衣人射去。不过顷刻之间，六个杀手便全部被沙石砸中。那些沙石在墨寒卿内力的作用下，以极快的速度穿过他们的身体。于是，上一秒还叫嚣着要杀掉他的人，下一秒便无声无息地倒在地上。

墨寒卿冷眼看着那些人的尸体，撤掉内力，半空的飞沙走石全部落回地面。他皱了皱眉头，动作优雅地将软剑重新收回腰间，撇撇嘴道：“真是不堪一击。”他转过身，甩甩袍袖，头也不回地走了。

房间内，叶七七还在熟睡着，完全不知刚刚有人以一己之力，解决了所有的麻烦，保全了她的美梦。

傍晚时分，叶七七心满意足地醒了过来。她伸了个懒腰，打着哈欠，缓缓睁开眼睛，一眼就看到墨寒卿正坐在自己身边看着她。叶七七一个鲤鱼打挺便从床上坐起来，挑了挑眉，看着他问道：“你在这里干吗？”

“休息。”墨寒卿见她醒了，便走到屋子中央的桌子旁边，随手拎起桌上的茶壶，给她倒了一杯水，递给她道，“醒了？喝点水吧。”

叶七七满眼狐疑地接过水杯，仰起头，一饮而尽。

“现在是什么时辰了？”

“申时。”墨寒卿见她一口气喝光茶杯中的水，便给她又倒了一杯。

“我睡到了下午？”叶七七一怔，连忙从床上跳下来，跑到窗边看了一眼，果然，外面是下午的光景，夕阳西斜。

“嗯。”墨寒卿点点头，走到她身后。

叶七七皱皱眉头道：“这院子里有点不大对劲。”

“怎么？”墨寒卿低头，随口问道。

“院子里静悄悄的，一点声音都没有，不太正常啊。”叶七七转过头，看着身后的墨寒卿认真道。

墨寒卿沉默片刻，声音淡淡道：“其他人都死了。”

“啊？”叶七七愣了一下，抬起头来，看着他深邃的眼眸，奇怪道，“怎么死的？”

“在你睡着之后。”墨寒卿转身走回房间中央，声音清冷道，“是试炼的第三关，有杀手来房间暗杀我们，其他人都被杀死了。”

“暗杀我们？”叶七七眼睛里写满问号，“我怎么不知道？”

“因为你睡着了。”

叶七七眨着眼睛，半晌像是明白了什么，惊讶道：“你的意思是，你一个人解决了来暗杀我们的杀手？”

“嗯。”墨寒卿一脸坦然地点了点头。

“来了几个人？”

“六个。”

“六个？！”叶七七瞪大眼睛看着他，忍不住咂嘴道，“你一个人解决了六个？真的？！”

墨寒卿挑了挑眉，声音淡淡道：“看样子，七七似乎并不很相信我的实力。”

叶七七赶紧收起惊讶的表情。不是她不太相信他的实力，而是……好像从小到大，她就没有见过他动手，一直以来都是他的冷卫代替他打人，后来她当了他的贴身护卫，就是她去揍人。时间长了，她都快忘掉他还会武功的事实。

“之前七七不是说要我做你的贴身护卫吗？”墨寒卿扯了扯嘴角，动作优雅地拿起桌上的茶壶，给自己倒了一杯茶道，“那么，对于我今日的表现，七七可还满意？”

叶七七看着他脸上那抹淡淡的笑容，一时之间不知道该说什么才好。这样的事实……她需要时间来消化一下。

片刻之后，叶七七抬起头看着墨寒卿道：“你现在武功很高？”

“尚可。”墨寒卿将茶慢悠悠地喝下去，淡淡道。

“那你打不打得过我？”叶七七突然来了精神。

“打不过。”墨寒卿迅速回答道。

“你还没有跟我打，怎么知道打不过？”叶七七皱了皱眉，奇怪地问道。

“身为夫君，打不过娘子，是一种必备技能。”墨寒卿朝着叶七七勾了勾唇角，声音清冷地说道。

又来了！叶七七有些头疼地看着他，这货自从在机关密道里被自己戳穿之后，似乎一下子就撕去了所有的伪装，娘子短娘子长喊个不停，着实让人火大。

“你——”叶七七正准备说点什么，房间大门却被人推开。

她和墨寒卿同时回过头去，一眼便看到小胡子男人正站在门外，用复杂的眼神上下打量着他俩。叶七七扯了扯嘴角。看他那眼神，该不会误以为她跟墨寒卿两个大男人是那种关系吧？

“什么事？”墨寒卿看着站在门口的小胡子男人，薄唇轻启，冷冷地问道。

“恭喜你们通过阎罗殿所有的试炼。”小胡子男人赶紧心虚地低下头，“明日，我便带你们去阎罗殿报到。”

“知道了。”墨寒卿淡淡地应了一声。

小胡子男人转身出去了，还特地给他二人把门关上。

“你不觉得……他好像误会了什么吗？”叶七七下巴朝门口仰了仰，声音清脆地问道。

“哦？误会什么了？”墨寒卿一脸兴味地看着她道。

叶七七盯着他许久，低声道：“没什么。”

墨寒卿笑了笑，没有继续追问。叶七七像是突然想起了什么，道：“他刚刚说，我们通过阎罗殿所有的试炼了？”

墨寒卿点点头道：“他还说明日就可以带我们去阎罗殿报到了。”

“那明日岂不是就可以看到阎罗殿的殿主了？！”叶七七顿时兴奋起来。

墨寒卿眯了眯眼睛，看着叶七七那张兴奋的小脸，声音淡淡道：“我怎么觉得……你对阎罗殿殿主的兴趣，似乎比对我的兴趣还要大呢？”

叶七七看了他一眼，压低了声音道：“你难道……不想把阎罗殿占为已有吗？”

墨寒卿微怔，看着她白皙的小脸，迟疑片刻：“你的意思是——”

“要是计划能成功，我可以封你为殿主夫人。”叶七七歪着脑袋想了想，满脸豪气道。

殿主夫人……墨寒卿扯了扯嘴角，怎么一下就想到了当年的压寨夫人……他沉吟片刻，诚恳地看着叶七七问道：“你知道殿主夫人是什么意思吗？”

“就是除了殿主之外，第二厉害的人。”叶七七用一种“你是白痴吗”的神情看着他。

果然还不知道压寨夫人是什么意思啊……墨寒卿唇角勾起一抹浅浅的笑，修长的手指在桌面轻轻地敲了两下，目光深邃地看着叶七七，声音缓缓道：“好，我答应当你的殿主夫人。”

“那就这么说定了！”叶七七一乐，已经开始思考怎样打败阎罗殿的殿主。

墨寒卿却是看着她半晌，突然道：“我们这样，算是和好了吗？”

“嗯？”叶七七抬起头来，看了他一眼，然后歪着脑袋想了想道，“算是吧。”

“那就好。”墨寒卿唇角勾了勾。

下一秒，叶七七却是朝着他伸出手道：“把我的长命锁玉还给我。”

“为什么？”墨寒卿愣了一下。

“当年我送给你，是担心你的安危，让你用它护身。眼下我就快成为阎罗殿的殿主，以后也就不会有人再追杀你，那你当然要把锁玉还给我了。”叶七七认真地说道。

“不行。”墨寒卿想都没想，直接拒绝。

叶七七瞪着他，气愤道：“我要回我自己的东西，你有什么资格拒绝我？！”

“送给别人的东西，哪有重新要回的道理。若是我送你桂花糕，被你吃掉，我再跟你要回来，你拿什么还给我？”

“食物是食物，大不了我再买一份给你。”叶七七不高兴道，“但那长命锁玉是我自小便戴在身上的，眼下它对你来说也没什么用处，为什么不把它还给我？”

墨寒卿皱着眉，思忖片刻，突然从袍袖中拿出一块玉佩，塞到叶七七的手中道：“这枚玉佩也是我从小戴到大的，见此玉佩者如见我本人，但凡我的手下，都要听令。”

叶七七愣了一下，只见那玉佩色泽温润，上面刻着祥云与盘龙，一看便知是皇室中人所特有的。

“你把这个给我干吗？”叶七七抬起头来，满眼疑惑地看着他。

“你那长命锁玉，它……呃……坏了。”墨寒卿语气顿了顿，声音淡淡地朝着她道。

“坏了？”

“嗯，送去修了。”墨寒卿点点头，面不改色心不跳，“等修好了我再还给你吧，在那之前，我先把我的玉佩抵押在你这里，如何？这玉佩象征着皇家的身份，对我来说是很重要的东西。”

叶七七握住玉佩，无奈地点头道：“那好吧，你的玉佩我先收下，等你把我的长命锁玉修好，我们再换回来。”

“好。”墨寒卿勾了勾唇角，爽快地应了下来。

第二日大清早，小胡子男人便来敲门，说是要启程去阎罗殿。

叶七七原本迷迷糊糊的脑子，听到这句话的时候瞬间清醒过来。她转头看了墨寒卿一眼，飞快地收拾了东西，跟在小胡子男人身后上路了。

从这处院落到阎罗殿所在地，赶车的话，大概需要一整天的时间。好在院落门口停着一辆马车。

上了马车，小胡子男人从兜里掏出两块黑色的布条，递到叶七七和墨寒卿的手上道："把眼睛蒙上。"

"啊？"叶七七抓着黑色布条，一脸不解地看着他。

"阎罗殿所在处是机密，不能告诉任何人。为了以防万一，你们必须把眼睛蒙住。通过了第三关考验的人，只有你们两个。赶紧的，把眼睛蒙上，我们出发了。"

车厢内安静了许久，她终于忍不住道："这个月通过考验的只有我们两个吗？"

小胡子男人抬起头来瞥了她一眼，道："是啊。其他人都没有通过第三关的考验。"

"每个月通过考验进入阎罗殿的人，这么少吗？"叶七七有些不解。

"呵，不然呢？你以为我们阎罗殿是阿猫阿狗都能进的吗？"小胡子男人一脸不屑道。

可是，你们之前派来刺杀殿下的人真的很弱啊！叶七七在心里默默抱怨着。

马车在平坦的道路上行驶了一段时间，道路开始颠簸起来，看样子是上了山路。

叶七七没多久便觉得昏昏欲睡。她伸手摸了摸自己身边，指尖摸到墨寒卿的手时，突然反手握住。墨寒卿怔了一下，隔着黑色布条想要看看叶七七的样子，却什么都看不到。

"怎么了？"墨寒卿薄唇轻启，声音低沉道。

"有点困……"叶七七握住他的手，攀上他的胳膊，头一歪，直接靠了上去。

"借我靠着睡一会儿。"叶七七长长地打了个哈欠，便闭上眼睛，在他的肩膀上找了个舒适的地方睡过去。

墨寒卿只觉得鼻息间传来她特有的馨香气息，不过片刻，她的呼吸就变得渐渐均匀。他有些无奈地笑了笑，这家伙怎么说睡就睡了，速度也太快了。

坐在他们对面的小胡子男人看着眼前的一幕，只觉得有些惊悚。两个大老爷们，一个搂着另一个的胳膊睡觉，另一个还对他露出一脸宠溺的笑容，我的妈呀！

他用那双肿得只剩下一条缝的小眼睛，在叶七七和墨寒卿的身上来回打量了一番，又想起昨日进他二人的房间之前，听到里面的人在喊另一个人娘子……他忍不住冒了满身的鸡皮疙瘩。

马车在山路上大约晃了一整天，终于在即将天黑的时候停了下来。

叶七七睡得不是特别踏实，所以马车一停下来，她立刻就醒了。

"到了，可以把眼睛上的布条拿掉了。"小胡子男人的声音在她耳边响起。

叶七七连忙伸手解开眼睛上的布条。

从马车上下来，叶七七便四下打量周围的环境，他们身后是万丈悬崖，从高处看去，一片苍茫云海，深不见底。她再抬头朝眼前一看，只见峭壁边有扇巨大的石门，门上刻着阎罗殿三个大字。

"行了，赶紧进去吧。"小胡子男人看了他俩一眼，率先走到阎罗殿大门前，对守在大门旁的黑衣人说了几句话，便招手示意两人赶紧跟上。

叶七七赶紧拽着墨寒卿的袖子跟上了小胡子男人。

等到他们进了阎罗殿才发现，原来峭壁旁的石门后竟然别有洞天。石门里是一片开阔的平地，身着黑色杀手服、脸上蒙着黑色面罩的杀手不时走来走去，大殿里还有不少穿着平常衣服的人在忙碌着什么。

小胡子男人带着叶七七和墨寒卿径直走到一个身穿青色长袍的男人面前，然后朝他双手抱拳行了个礼，低声道："这个月的新人我给您带到了。"

男人抬起头，平淡无奇的脸上，一双眼眸却是出奇锐利，目光在叶七七和墨寒卿的身上打量了一番，皱着眉头道："怎么还有这么小的少年？"

“别看这少年年纪小，武功却很是了得啊！”小胡子男人看了叶七七一眼，然后朝着低声说道。

“行了，行了，我知道了。”男人有些不耐烦地挥了挥手，朝着小胡子男人道，“我还有事情要忙，你先带他们去住的地方吧，明日早晨我再训练他们。”

“是。”小胡子男人应了一声，便对叶七七和墨寒卿招了招手，让他们跟着自己走了。

叶七七有些疑惑地看了一眼，又看了看在前面带路的小胡子男人，奇怪地道：“我们不去见殿主吗？”

小胡子一边往前走，一边转头看着叶七七问道：“见殿主干吗？”

“就是……新人进了阎罗殿之后……不用见一下殿主吗？”

“呵，你在开什么玩笑，我们殿主是那么容易见的？”小胡子男人冲着叶七七翻了个白眼道，“殿主日理万机，哪有空来见你们这些新人？再说，有些进了阎罗殿的人，刚出了几次任务就死了，这种小喽啰，不需要殿主浪费时间在他们身上。”

叶七七听着他的话，忍不住皱眉。见不到殿主，她就不能打败殿主，不能打败殿主，她就不能把阎罗殿占为己有。

叶七七赶紧伸手拽住小胡子男人的袖子，道：“那要怎样才能见到殿主呢？”

“你想见殿主？”小胡子男人神情一下子警惕起来，“见殿主干吗？”

“呃……我听说阎罗殿殿主英俊潇洒，俊美非凡，魄力十足。”叶七七眨眨眼睛，看着小胡子男人，一脸诚恳地道，“我对殿主的敬仰有如滔滔江水绵延不绝，所以，我特别特别想见一下殿主。”

那小胡子男人听到这番话，神色顿时一言难尽起来。他目光在墨寒卿的脸上来来回回扫了好几遍，又在叶七七的身上怪异地盯了许久，然后摇摇头道：“反正你要是想见殿主，没那么容易。”

叶七七顿时感觉有戏，继续追问道：“那要怎样做，才能见到殿主呢？”

“咱们阎罗殿的杀手也是分等级的。”小胡子男人实在架不住叶七七的热情，只得边走边给她讲解道，“你看这殿中来来往往的杀手，等级最低的就是手腕上系着白色腕带的，这些人都是加入阎罗殿时间最短、武功最差的，后面依次是红橙黄绿青蓝紫，黑色腕带的杀手等级最高。”

“嗯，然后呢？”叶七七眼巴巴地看着他，等他讲解下去。

“要见殿主，只有达到黑色腕带等级的杀手才可以。”小胡子男人道。

“那我呢？”

“你刚加入阎罗殿，所以目前是白色腕带。”

“那我怎样才能达到黑色腕带级别？”

“接任务，完成的杀手任务越多，等级越高。”小胡子男人伸手摸了摸两撇胡子，一脸理所当然地看着叶七七道。

“从白色腕带到黑色腕带，大概要完成多少任务？”

“我给你算算啊……”小胡子男人掰着手指抬头看天，叽里呱啦地算了半天道，“差不多完成三百个任务，就能达到黑色腕带的等级。”

“三百个任务？！”叶七七瞬间瞪大了眼睛。

就算她一天接一个任务，那也得三百天才能接完，岂不是一年之后才能见到殿主？

“行了，你们的住处到了。”小胡子男人指着眼前的一栋小竹楼道，“这里是杀手新人住的地方，这栋楼上有很多房间，至于你们到底住哪个房间，就要听这里的负责人安排了。我就送你们到这儿，自己过去吧。”

“多谢。”叶七七点点头。

小胡子男人摆摆手，便转身离开了。等到他彻底消失，叶七七才转过头看着墨寒卿。墨寒卿看着她水润的眼眸，唇角勾了勾道：“怎么，不想进去？”

“进去干吗呀，咱们都已经到阎罗殿了，不如四处逛逛。”叶七七凑到他身边，压低了声音道，“我觉得阎罗殿殿主肯定就住在这里。”

“所以呢？”墨寒卿微微挑眉。

“所以咱们去找到他，灭了他，抢了他的阎罗殿！”叶七七做了个手起刀落的姿势道。

“哦，好主意。”墨寒卿淡淡地点了点头，看着她兴奋的小脸，声音清冷道，“但好歹也要等到天黑以后再行动吧，难道你打算大摇大摆地在阎罗殿里面转悠？”

叶七七一怔，伸手挠了挠脑袋道：“有道理，那还是等天黑吧。”

“眼下先去看看我们的房间在哪儿。”墨寒卿瞥了她一眼，拽着她的手腕便朝那栋小竹楼边走边道，“我方才见这阎罗殿里的杀手都是穿着统一服装的，咱们换上跟他们一样的衣服，到时候就算被发现，也可以说自己迷路了。”

“好。”叶七七表示十二分赞成。

眼前这栋小竹楼的负责人住在一层，是个头发花白的老头子。他只是看了叶七七和墨寒卿一眼，便拿起一串钥匙，径直朝竹楼里蹒跚走去。

二楼最里间，老头用钥匙打开房门，接着便将钥匙递给叶七七。叶七七赶紧接过钥匙，说了声谢谢。老头抬起头，用一双浑浊的眼睛上下打量着她。

“那个，我们两人睡在同一个房里吗？”叶七七见他完全没有打开第二间房的意思，便低声问道。

“怎么，你还想住单间？”那老头声音沙哑地朝着叶七七说了一句。

“我就是……问问。”叶七七有些尴尬地笑了一下。

老头瞪了她一眼，二话不说，直接转身走了。叶七七无奈地叹了口气，看来又要跟殿下住在一起了。

“怎么，娘子看起来不是很高兴？”墨寒卿看着叶七七垂头丧气的样子，唇角勾了勾。

“谁是你娘子了？！”叶七七白了他一眼，推开房门走了进去。

这间房布置得十分简单，除了门口一个衣柜、一张桌子之外，只剩下靠窗的两张床。叶七七走到衣柜前，拉开柜门，果然看到里面放着两套阎罗殿的衣服。她将衣服拿出来，随手扔了一套给墨寒卿道：“给你，换上吧。”

墨寒卿接过衣服，便放到其中一张床上，然后站在床边，开始解自己的衣袍。叶七七拿着另一套衣服，一回头，便看到他已经将身上的外袍脱掉，正打算脱里面的中衣。

“你干吗？！”叶七七忍不住提高了嗓音问道。

“换衣服啊。”墨寒卿动作停了下来，抬起头，无辜地看着她。

“可我还在这里啊！”叶七七伸手指了指自己的鼻子。

墨寒卿眨眨眼睛，盯着她恍然大悟般说：“哦……你是不是觉得这样不太好？”叶七七点点头。

“没事的，我不介意。”墨寒卿淡薄的唇角勾了勾，露出一个浅浅的笑容，便继续低头解衣带。

她回过神，赶紧上前一步，按住他的手道：“你不介意什么啊你不介意！”

“我不介意你看我更衣。”墨寒卿往她按住自己的小手上瞥了一眼，淡定道。

“可是我介意啊！”叶七七忍不住又白了他一眼道，“你以前不是总说什么男女授受不亲的吗，你这当着我的面换衣服，是不是有些太伤风化？”

太伤风化？墨寒卿深深地注视着她。你一个用内力震碎我衣服无数次、看了我无数次裸体的女人，跟我说太伤风化？

叶七七尴尬地轻咳两声，结结巴巴道：“那个……不是因为之前我是女扮男装吗，为了不被你发现，只能硬着头皮帮你换衣服啊……我也是形势所迫，不得已而为之。”

“你现在不也女扮男装吗？”

“可你现在已经知道我是女的了。”

“那又怎样？”

“你是男的啊。”

“那又怎样？”

“你不能当着我的面换衣服啊。”

“那又怎样？”

“那……那……男女授受不亲啊！”叶七七被他堵得实在没话说，只得搬出他以前总是挂在嘴边的话。

墨寒卿难得地沉默了。就在叶七七以为自己的话起了作用时，墨寒卿竟露出一个好看的笑容道："确实，男女授受不亲，但是娘子不一样，娘子看夫君更衣，天经地义。"他说完这番话，继续低头解衣带。

叶七七如同五雷轰顶，傻站在原地，愣了半晌。谁来告诉她，殿下到底怎么了。原来那个天下唯我独尊的人，怎么一去不复返了呢……

第十三章　夜闯大殿

天色已黑。

换好衣服的叶七七和墨寒卿动作迅速地朝竹楼外飞去。

阎罗殿华灯初上，一盏盏灯笼在夜色中绽放出昏黄的光芒。

叶七七在一棵又一棵的高树上纵身跳过，眼睛眨也不眨地打量着地面的情况。巡逻的杀手们每隔一段时间便会路过，所以她跟墨寒卿只能加倍小心。

看着灯火通明的阎罗殿，叶七七转过头，朝墨寒卿问道：“殿下，你觉得殿主应该住在哪里？”

墨寒卿眯着眼睛细细打量了一番，朝整个阎罗殿最灯火辉煌的地方指了指道：“应该是那里。”那一处不仅是整个阎罗殿最明亮的地方，也是巡逻杀手最多的地方。

叶七七顺着他手指的方向看过去，点点头道：“我也觉得是那边，走，过去看看。”她话音刚落，脚尖便点了一下树枝，朝着那边飞了过去。

墨寒卿动作飞快地跟上。

两个人动作熟练地躲过巡逻的杀手，沿着墙脚缓缓地朝阎罗殿的中心大殿摸了过去。

到了殿门前，叶七七左右巡视一番，确定没人之后，一个闪身便进去了。

大殿里面空空荡荡，一个人都没有，金色的纱幔垂落在地面，四周点着数不尽的烛火，一阵阵悦耳的琴声在整个大殿内悠扬地飘着。

叶七七回过头，有些诧异地看向身后的墨寒卿，压低声音道："这里看起来不太像是有人居住的地方。"

"嗯。"墨寒卿也在四下打量着周围的环境，轻轻地点了点头，握着叶七七的手腕，小心翼翼地沿着墙壁一边走一边低声道，"但如果这里一个人都没有的话，又何必安排那么多杀手护卫。"

"说得也是。"叶七七点点头。

她眼前明明是一片空旷的大殿，往前走的时候，脑袋却砰的一声，在空气中撞上一个硬邦邦的东西。叶七七摸摸额头，看着大殿，满心疑惑。

墨寒卿皱了皱眉，握着她的手腕将她拽到自己身后，然后伸出手，在空气中摸了摸，指尖触到一片冰冷坚硬的东西。

"是镜子。"墨寒卿微怔了一下，诧异地道，"你看到的空荡荡的大殿，不过是这一整面镜子照出的景象而已。"

"镜子？"叶七七愣住，奇怪道，"是镜子的话，为什么照不出我俩的身影呢？"

她话音刚落，琴声突然就停了下来，紧接着一个极其细微的笑声传了过来。那笑声听起来很是悦耳，仿佛山涧的泉水叮叮咚咚，又仿佛风吹过树梢，吹落一地的桃花瓣。

叶七七愣了一下。这大殿里有人？

"是谁在外面？"

一道悦耳的声音响了起来，紧接着她眼前空旷的大殿突然凭空出现了一扇门。直到门打开，她才发现，原来眼前的景象，真的是一面照不出人影的镜子呈现出来的。叶七七忍不住回头看了墨寒卿一眼，却在他的眼眸里看到一丝惊讶。

进去吗？叶七七迟疑了一下，用口型朝墨寒卿问道。

墨寒卿微微皱眉，在大殿中央那扇打开的门上看了片刻，轻轻地点了点头。

叶七七回过头，迈开脚步，朝那扇门走去。一进门，她便感觉自己仿佛跟外面那个灯火通明的世界隔绝了。

门内是一片轻纱罗帐，有淡淡的熏香味飘浮在空气中。屋内的装饰看起来十分奢华，夜明珠、黄金、白玉以及各色宝石就那么随意堆放在各个角落。房间正中央是一张很大的软榻，软榻上垂落着乳白色的纱帐，一阵微风吹过，依稀可以看见纱帐内的人影。叶七七看着眼前的一切，每一步都走得十分小心。

纱帐内的人影晃了晃，紧接着，又一阵笑声传了过来："这里面没有镜子，你不必走得如此小心翼翼。"

叶七七顿时有些窘迫。

"你们是谁？为什么进来此处？"那道悦耳的声音自纱帐内响起。那声音听起来如此温柔，没有一点敌意。

"我们……是来拜见殿主的……"叶七七眼睛转了转道，"你知道他在哪儿吗？"

"你们想见殿主？"

一只白皙的纤纤素手轻轻拨开纱帐，叶七七看着纱帐后的人影，顿时愣住了。她只觉得自己从未见过如此美丽的人。那张白皙莹润的脸上，一双剪水秋瞳带着浅浅笑意，水光盈盈地看着她，长长的睫毛微微垂下，精致翘挺的鼻子，还有红润的唇瓣勾出一个好看的弧度。

叶七七看着她，愣了一会儿回过神来，朝她点了点头道："对。"

"为什么想见殿主？"美人儿看着叶七七，在她的手腕上扫了一眼，笑意盈盈道，"你们是新来的杀手吧，要达到黑色腕带级别才可以见殿主哦。"

"你是谁？"叶七七皱眉看着她，满眼不解地问道。

"我……"那个美人儿听到叶七七的话，原本笑意盈盈的脸颊突然露出浅浅的忧伤，"我能出现在这里，自然是殿主的人……我……"话说到一半，她已是泫然欲泣的神情。

叶七七却懂了：“你是被阎罗殿的人掳到这里的吧？是不是因为殿主看上了你的美色？”

“唉……”那美人儿叹了一口气，摇摇头不说话。

叶七七看着她漂亮的脸蛋，心中的豪气突然被激起：“你告诉我殿主在哪里，我把你从他手上救出来！”

“你……”那美人儿抬起头，带着一丝疑惑看着她道，“可是殿主他很厉害的……”

“我也很厉害的，你放心，我肯定会把你从这里救出去！”叶七七看着眼前美人儿那张漂亮的脸蛋，只觉得她实在太可怜了。

“好。”美人儿听到她这句话，终于朝她露出一个灿烂的笑容。那笑容如朝阳，如晚霞，如天边的云朵。

“你叫什么名字？”美人儿眨着一双水光盈盈的眼眸，看着叶七七，声音温柔地问道。

“我叫小七。”叶七七朝她笑了笑，声音清脆地回答道。

“小七公子。”美人儿从软榻上站起身，朝她盈盈一拜，软声细语道，“我叫宫媚，宫殿的宫，妩媚的媚，公子可以唤我媚儿。”

“媚儿姑娘。”叶七七连忙双手抱拳，朝她回了一礼。

“敢问公子今年多大？”宫媚浅浅一笑，低声问道。

“我今年十三。”

“公子已经十三了？”宫媚有些惊讶地看着她，掩嘴轻笑道，“我看公子身形瘦小，还以为公子也就十岁左右呢。”

叶七七看着她，有些不好意思地笑了笑。

“媚儿十七岁。”宫媚微笑地看着她道。

“哦……那你跟我三哥一样大。”叶七七点点头。

“你三哥？”宫媚看向站在叶七七身后的那个人。那人面容白皙清秀，气质文雅，与其说是个杀手，不如说是个书生。只是那人的眼睛……深邃、冰冷，仿佛不带一丝感情。

宫媚朝着墨寒卿笑了笑，然后目光转回叶七七的身上道：“那倒是巧了，媚儿虽然年长公子四岁，但若小七公子能把媚儿从这里救出去，媚儿愿以身相许。”

叶七七怔了一下，然后伸手指了指自己的鼻子，一脸不敢置信地道：“以身相许？我？”

“自然是小七公子了。”宫媚看着她的样子，忍不住笑了笑。

“我……这个……不太好吧……”叶七七顿时结巴起来。虽然眼前的人儿确实很美，可她自己也是个女人啊，她要是个男人的话……这么美的姑娘，不要白不要啊！可是话说回来，一般姑娘家不是都会看上殿下吗，这个美人儿怎么反而看上自己了？

“为何不好？”宫媚的表情一下子变得忧伤起来，她用袖子掩着脸颊，低声叹道，“可是公子嫌弃媚儿已被那阎罗殿殿主占了身子？”

“不是不是不是……”叶七七赶紧摆手。

“那公子是嫌弃媚儿不够漂亮？”宫媚从袖子中抬起头来，幽怨地看向叶七七。

“不是……”叶七七顿时有些郁闷，“那什么，我……我年岁还小，怕耽误了媚儿姑娘，要不，姑娘你看看我三哥如何？”叶七七一边说着，一边用手指了指站在身后的墨寒卿。

叶七七话音刚落，便感觉身后一凉，连带着周身的气压都骤降了许多。她迟疑了一下，回过头去看了一眼，只见墨寒卿幽深的眼眸正绽放着阴冷的光芒，仿佛利箭射向自己。

叶七七有些尴尬地朝他笑了笑，心中却是在默默念叨着，看你每天娘子娘子不停地喊，不就是想讨个娘子回家吗，眼下这么漂亮的一个人儿送给你，你干吗用那种杀死人不偿命的眼神瞪着我？

宫媚顺着叶七七的目光朝墨寒卿看了一眼，还没来得及开口说话，墨寒卿便已阴寒着一张脸，声音冰冷道：“我最讨厌女人。”

“你看。”宫媚收回目光，一脸无奈地看着叶七七道，“小七公子，你三哥讨厌女人，再说我也不喜欢你三哥，我就喜欢你。”

叶七七听了她的话，忍不住扯了扯嘴角。姐姐……你才认识我多久，怎么就喜欢我了……阎罗殿的殿主不是长得英俊潇洒，风流倜傥，玉树临风吗？

宫媚见叶七七许久不说话，眸中顿时浮现氤氲的水汽：“公子，其实是不想救我出去吗？刚才只是想问我关于殿主的消息吗……”

“不是……我……我确实是想救你出去的，但是……那什么，我……我自小便有婚约在身。”叶七七结结巴巴地解释道，“那什么，我已经有夫人了。”

嗯……压寨夫人和殿主夫人，我都有了，真的！

“公子有夫人了？”宫媚眨着一双水汪汪的眼眸，看着叶七七。

“嗯！”叶七七用力点点头。

“那我给公子当小妾吧？”宫媚用袖子擦了擦眼泪，一脸期望地看向她。

“这……”叶七七顿时一个头变成两个大。

姑娘，你到底看上我什么了啊？我既不英俊潇洒，也不高大挺拔，年纪还比你小四岁，没权没势，没钱没位，你为啥放着好好的殿主夫人不当，非要给我当小妾啊……

宫媚看着她的眼睛，眼泪不由自主地又浮了上来道：“公子你不知道……殿主他……他每日对我都惨无人道地……媚儿自知，除了一副皮囊，再无其他一技之长，就只是想寻个好人家，安安稳稳地过下半辈子……”

“那我把你救出去之后，再给你找个好人家吧？”叶七七想了想，用商量的语气道。

“公子果然是嫌弃媚儿……”

眼看宫媚又要哭出来，叶七七只得硬着头皮道：“那不然，我回去跟我夫人商量一下再说？”

“好。”宫媚可怜兮兮地点点头，眼睛红红地看着她。

“那媚儿姑娘能告诉我们如何才能见到殿主吗？”叶七七见她终于点头答应了，顿觉松了一口气。

宫媚伸手擦了擦眼角的泪珠，吸了吸鼻子，朝叶七七道：“这阎罗殿中，每月三十号都会举行一场比试。”

“低等级的杀手可以向高等级的杀手挑战，若是应了，杀手等级就可提升一级，同时，也可接赏金更加丰厚的任务。”宫媚看着叶七七，软声细语地说，“小七公子可以每月三十号去向高自己一个等级的杀手挑战，只要打赢，就可向上一级，这样大概连赢七个月，公子就可以变成黑色腕带的杀手了。”

“七……七个月？！”叶七七忍不住扯了扯嘴角，这时间也太长了吧，“难道不能直接向黑色腕带的杀手挑战吗？”

“不能。”宫媚摇了摇头道，“若是人人都直接向黑色腕带的杀手挑战，那黑色腕带级别的杀手就只能每天疲于应战，哪还有精力去完成任务。”

叶七七皱着眉头，一时不知道该说些什么才好。

相较接三百个任务来升到黑色腕带级别的杀手，显然直接挑战上一等级的杀手更快一些，可是不能越级挑战，就有点麻烦了。

“公子是想直接挑战黑色腕带等级的杀手吗？”宫媚见叶七七不说话，迟疑了一下，声音软软地道。

“嗯。”叶七七抬起头，看着宫媚认真道，“你放心，既然答应要把你从这里救出去，我肯定不会让你等上七个月。”

“公子……”宫媚一脸感动地看着叶七七，“只是，阎罗殿中的黑色腕带级别杀手武功都很高强，他们中的大部分人都是自小便被作为杀手培养的，想要打败他们怕不容易。”

叶七七笑了笑道：“这个嘛，媚儿姑娘不用担心。”

宫媚看着她，迟疑了片刻，从袍袖中掏出一块金色的牌子递给叶七七道：“这块令牌，公子收着。”

叶七七愣了一下，接过她手中的令牌，低头看了一眼，只见上面刻着一个宫字。

“这是殿主赠予我的令牌。”宫媚看着叶七七，声音温柔道，“他说我若有什么需求，只管拿着令牌去命令阎罗殿里的杀手，公子，你便拿着这令牌去参加这个月的比试吧，就说是我让你去的。”

“这个……可以吗？”叶七七拿着令牌，迟疑地看着她。

“没事的。”宫媚笑道，“这样的令牌我有很多，平日也会拿给别的杀手，让他们帮我跑跑腿。”

“那殿主……似乎对媚儿姑娘挺好的？”叶七七有些不解地看着她。

“他对我再好又有何用，还不是将我同金丝雀一般囚禁在这富丽堂皇的笼子中。”宫媚长叹了一口气，声音淡淡道，“媚儿只愿能离开此处，天下之大，有一处自在的容身之所便好。”

“如此……多谢媚儿姑娘。”叶七七将那令牌收入袍袖中，双手抱拳，认真道。

“公子不必客气。”宫媚笑了笑，缓步从软榻上走了下来。

叶七七发现，她竟然比自己还要高出许多。只是，这么近距离地看着她，她脸上的皮肤更加白皙如凝脂。

“还请公子受媚儿一拜。”宫媚站在叶七七前，朝她盈盈一拜道，“希望公子能早日打败阎罗殿殿主，救媚儿于水深火热之中。”

“姑娘多礼了。”叶七七赶紧扶着她的手腕，让她站起来。

宫媚笑盈盈地看着叶七七，正准备说些什么的时候，身后传来一阵叮叮当当的铃铛声，她神色一变，连忙推着叶七七的胳膊道：“公子快走，殿主要回来了。”

叶七七也是心中一惊，连忙转身拽着墨寒卿的胳膊，从这屋子里出去了。

“公子保重！”宫媚站在门口，深情款款地看了她一眼，便将那扇门重新掩上。

叶七七眼前之景，恢复成灯火通明的大殿模样。只是她心中知道，那空旷的大殿，不过是镜子映出的景象而已。

“走吧。”她伸手拽拽站在自己身边的墨寒卿的袖子，低声道。

“嗯。”墨寒卿淡淡地应了一声，脚尖轻点，跟在她身后飞出了大殿。

“殿下，刚才那位姑娘的话可信吗？”夜色中，叶七七迎着晚风一边朝着他们的住处飞去，一边问道。

“……我总觉得那姑娘有些奇怪。”墨寒卿皱着眉头，只觉得大殿之中的那位姑娘有些怪异，却又说不出到底哪里不对劲。

“不管怎么说，我们找到了快速成为黑色腕带杀手的办法。”叶七七沉吟了片刻，叹了一口气道，“先成为黑色腕带级别的杀手再说吧，总得先见着殿主才行。”

“嗯。”墨寒卿点点头。

一大一小两道黑色身影，迅速消失在夜色里。

大殿的房间里。

宫媚回过头来，看着身后另一扇门缓缓打开，一个穿着玄青色勾翠竹金线长袍的男人慢慢走了进来。她伸手整理了一下自己的衣服，然后不慌不忙地迎了过去。

“殿主。”那穿着玄青色长袍的男人在看到眼前一袭水红色衣衫的女子时，朝她双手抱拳行了个礼。

“二皇子来了。”宫媚朝他淡淡地笑了笑，回了个礼，便懒洋洋地走回房间中央的软榻上坐了下来。她声音突然变得低沉，脸上那楚楚可怜的表情也瞬间消失，取而代之的，是一种无关性别的美。

“二皇子大驾光临，可是为了靖安王的事？”宫媚，准确说是宫魅，用一只修长的手撑着额头，斜卧在软榻上，一脸慵懒地看着二皇子道。

二皇子看着他的模样，忍不住皱起眉，却还是捺着性子朝他问道：“不知殿主到底打算什么时候杀了靖安王？”

“急什么？”宫魅懒洋洋地看着二皇子，声音低沉道，“都这么多年了，我还以为二皇子的耐心已经被磨出来了呢。”

“你也知道这么多年了！”二皇子看着宫魅的样子，忍不住觉得火大，“从上一任殿主掌管阎罗殿的时候，我便来你们这里，让你们帮我杀掉靖安王，然而前一任殿主手上的杀手能力不够，好几年都没有杀掉他，但至少，前一任殿主每次派出去的杀手还都是蓝色腕带以上的级别，可是到你这儿呢？”二皇子顿了顿，朝宫魅气冲冲地继续道，“自从你接手了阎罗殿，派去杀靖安王的竟然只剩下白色和红色腕带级别的，别以为我不知道这两个颜色意味着什么，这都是杀手里面能力最差的！”

宫魅悠闲地斜卧在软榻上，看着二皇子，优哉游哉道："是啊，不然呢？要我把手上最精英的杀手送去靖安王府送死？靖安王的那些手下是什么身手你也是知道的。墨国排名前二十的高手都在他那里，我总不能把我阎罗殿所有黑色级别的杀手都派过去，然后被他杀个精光吧？"

"你！"二皇子听着他的话，顿觉气极，"反正不管怎么说，你们既然答应帮我杀掉靖安王，就得赶紧杀了他！"

"我是答应了。"宫魅懒洋洋地朝二皇子道，"但我没答应你到底什么时候杀掉他，二皇子，你看，我这阎罗殿现如今也是一月不如一月了，外面国泰民安，愿意来阎罗殿当杀手的人也是越来越少，这个月听说只有两个人通过杀手考验，你说我每次派人去靖安王府都是十几个十几个地往外派，可惜从来没有一个人回来，我这阎罗殿也是入不敷出啊……"

二皇子看着他绝色的脸庞，气得一甩袖子道："我不管你这阎罗殿处境如何艰难，我只要求你们给我尽快杀掉靖安王，记住，我能让阎罗殿在这江湖上立起来，也能让阎罗殿从这世界上消失！"

宫魅听到二皇子的这些话，脸上的笑容顿时敛了起来，他眯了眯眼睛，坐直身子，伸手掸了掸水红色衣袍上的褶皱，站起身来，朝着二皇子一边走，一边声音冷冷道："怎么，二皇子这是在威胁我？俗话说，买卖不成仁义在，二皇子该不会这么快就要翻脸吧？"

二皇子死死地看着他，语气凶狠道："这么快？都这么多年了，原先我还在太子之位上，这一次要不是靖安王从中作梗，我怎么可能被父皇卸了太子之位？！"

"二皇子这是在怪我？"宫魅缓缓地走到二皇子跟前，手中不知何时多了一把锋利的匕首，他把匕首抵在二皇子的脖子上，"可惜，我能杀了靖安王，也能杀了你。"

"你……你要干什么？！"二皇子只感觉一个冰凉的东西抵在自己的脖子上，目光惊慌地看着宫魅，结结巴巴地问道。

"我想干什么？"宫魅看着他，绝色面容上扯出一个浅浅的笑容，"我想干什么，二皇子不是看得很明白了吗？恕在下提醒一下，您现在是在我这阎罗殿中，身边连一个侍卫都没有，我若是想要取你性命，简直易如反掌。”

“你……你放肆！”二皇子俊秀的脸瞬间一丝血色都没有，“你敢在阎罗殿杀了我？你就不怕皇上追查下来？”

“呵呵呵……”宫魅听了他的话，忍不住大声笑了出来。

“我？我有什么好怕的。”宫魅神色一下子变得危险，他靠近了二皇子，声音冷冷地朝着他道，“大不了，我就不当阎罗殿的殿主，又有什么关系？你以为我乐意天天在这悬崖峭壁上听那些手下汇报鸡毛蒜皮的小事？若是二皇子真有那本事，让阎罗殿从这世界上消失，我倒是该感激二皇子才对。”

二皇子听到他的这番话，只觉额头上的冷汗一个劲儿朝外冒。

他怎么就忘了，这宫魅跟之前的阎罗殿殿主是完全不一样的人呢。

“你……你想要什么……”二皇子身子不由自主地开始颤抖，“咱们……有什么事情可以好好商量。”

“呵。”宫魅低低地笑了一声，把匕首从二皇子的脖子上移开，声音凉凉道，“我想要什么，二皇子不是知道吗，既然我们阎罗殿答应帮你杀掉靖安王，那么除非阎罗殿从这个世界上消失，否则的话，答应你的事情，肯定会做到。”他顿了顿，将匕首收回自己的袍袖之中，再伸手在二皇子略微有些褶皱的衣服上掸了掸道，“只是在下刚刚接手阎罗殿，也就两三年的工夫，对于殿内事务还不是很熟悉，希望二皇子不要太过着急才好。”

二皇子动作僵硬地任凭他在自己的衣袍上拂来拂去，心中却是忍不住暗骂：你还对殿内的事务不熟悉？！你自己也知道已经接手阎罗殿两三年了！刚开始的时候，念在你是刚接手，我确实没怎么催过你，可是眼下……你怎么好意思还说这些话？！

宫魅看着二皇子那有些扭曲的表情，朝着他柔柔一笑，声音又变成之前温柔动听的女声道：“哎呀……二皇子这是怎么了？怎么来了我这殿内，还一直站着呢？快，快请坐。”他一边笑着一边拽着他的袍袖，带着他款款走到桌子旁边，伸出双手将他按在了椅子上。

这个死变态！二皇子忍不住在心中又狠狠地骂了一句。

宫魅却是自顾给他倒了一杯茶水，便坐在他身边不说话了。

二皇子看着坐在自己面前的天仙般的美人儿，却是一点欣赏的心思都没有。他抬头看了宫魅一眼，强装镇定道："既然殿主已经答应肯定会帮本宫杀掉靖安王，那本宫就不继续叨扰了，还望殿主莫要食言才好。"

"二皇子这就要走了吗？"宫魅白皙莹润的脸上露出一抹惊讶的神情，仿佛真的一点都不希望他这么快就走。

"本宫还有些事情。"二皇子在心中暗骂了一句虚伪，然后站起身，朝他双手抱拳行了个礼，便头也不回地离开了。

宫魅站在原地，眼看二皇子的身影消失在房间里，这才恢复了冷冰冰的神情。他走到房间里的琴架旁，随手拨弄了几下琴弦，悠扬婉转的声音便倾泻出来。

啧……真是一点弹琴的兴致都没有了呢……宫魅百无聊赖地看着眼前的琴架，想到刚才来自己殿中的两个人，唇角忍不住勾起一抹浅浅的弧度。好不容易来了两个有趣的人，却被二皇子给打扰了，真是烦人。不过……刚刚那个女扮男装的小姑娘，反应倒是有趣。

宫魅拖着长长的衣袍后摆在房间里来回走了两趟，便悄无声息地出了大殿。

叶七七和墨寒卿回到房间后，天色已经晚了。

反正离这个月的三十号也没有几天，叶七七托着下巴坐在床榻上，看着月光，思考着到时候该怎么去找黑色腕带级别的杀手挑战。

墨寒卿就坐在她对面，深深地注视着她，半晌才声音淡淡地道："你在想什么？"

叶七七回过神来，看了他一眼，然后歪着脑袋道："殿下，到了三十号，你应该也要跟我一起挑战黑色腕带级别的杀手吧？"

"嗯。"墨寒卿点点头。

"殿下，你的身手……可以吗？"叶七七一脸担心地看着他。她是真的真的对墨寒卿的身手一点信心都没有啊！小的时候，他在自己手上连两招都过不了，长大以后，又没见他动过手……到时候，万一他挑战黑色腕带级别的杀手失败怎么办?

“还可以。”墨寒卿满头黑线道，“我的武功在你眼里就那么差吗?”

“也不是特别差了……”叶七七有些心虚地看了他一眼，小声道，“不过没关系的，殿下，你不要有心理负担，到时候实在不行，就我一个人去见阎罗殿殿主，反正他肯定是打不过我的，等我打败了他，抢了阎罗殿，你就是殿主夫人了，还当什么白色腕带级别的杀手，就算到时候你想弄个彩虹色的都没问题!”

墨寒卿满头黑线地看着她，唇角扯了扯，半天憋出五个字来：“我谢谢你啊。”

“不用客气。”叶七七一脸豪迈地看着他。

墨寒卿白了她一眼，不想再跟她说话。

第二天一大早，卫长老便带着叶七七他们去了阎罗殿一处比较偏远的院落。

院落里零零散散地站了一些人，手上都绑着白色腕带，看起来应该是等级比较低的杀手。

叶七七有些好奇地看着，伸手扯了扯墨寒卿的袖子，小声道：“他带咱们来这里干吗?”

墨寒卿环顾了一下四周，沉吟片刻，低声道：“大概是带我们来洗脑的。”

“洗脑?”叶七七满眼疑惑地看着他。

“不论身手如何，加入阎罗殿的原因是什么，加入者既然已经成为阎罗殿的人，那首先就要对阎罗殿忠心。”墨寒卿耐心地给她解释道，“所以，他们肯定不会让咱们一来就接任务，肯定要先让我们对阎罗殿产生认同感和拥护感。”

“原来这样啊……”叶七七点点头，拍拍他的肩膀道，“兄长，你懂得真多。”

墨寒卿笑了笑，摇摇头低声道：“这没什么的，你若是在皇宫里待久了，也会明白这些，不过是为君之道、帝王之术而已。”

他的话音刚落，一直走在他们前面的卫长老便停住了脚步。他转过头来，看了一眼叶七七和墨寒卿，示意他们只需在此处等着就好，然后便匆匆离开了。

又过了片刻，果然有另外一名长老赶了过来。他将院子里的这些人集合到一起后，便开始和颜悦色地给他们讲阎罗殿的历史和辉煌成就，顺便又给他们勾勒了一下在阎罗殿当杀手的美好前途，以及对阎罗殿保持忠心的重要性。

叶七七坐在下面，听得饶有兴趣。墨寒卿却是面无表情。

几天的时间很快就过去，转眼到了三十号。

阎罗殿的广场上聚集了很多人。先是白色等级的杀手挑战红色等级的杀手，然后是红色挑战橙色，最后才是紫色挑战黑色。

叶七七和墨寒卿两人一大早赶到了比赛场地，只是这广场上，看挑战的人很多，真正去挑战的却没几个。

叶七七有些疑惑地看着墨寒卿问道："兄长，为何没什么人上去挑战呢？"

"你以为挑战过了就是换个腕带颜色这么简单吗？"墨寒卿瞥了她一眼，一脸淡然道，"每升一个级别，虽然赏金高了，但是任务的危险性也相对增加了，那就意味着他们更容易丢失自己的性命。"

"哦……怪不得呢。"叶七七点点头，一脸恍然大悟。

一位白胡子长老看了一眼周围的人群，高声宣布道："下面是挑战黑色腕带级别的杀手，有人要来吗？"

"我！我要来！"他话音刚落，一道清脆的声音便应道。

那白胡子长老顺着声音看去，只见一个穿着黑色杀手服，手腕上系着白色腕带的少年正站在人群里，兴冲冲地朝自己招手。他的眉头皱了皱，目光从叶七七身上挪开，然后问了一句："有没有人要挑战黑色腕带级别的杀手？"

"我呀！我呀！我要挑战呀！"叶七七站在人群里，朝白胡子长老使劲地挥手，扯着嗓子喊道。

那白胡子长老终于忍不住朝叶七七呵斥道："哪里来的毛头小子在

这儿胡闹？你难道不知道挑战黑色腕带级别杀手的人必须是紫色级别的才行吗？”

“我知道呀，可是——”叶七七刚准备说自己身上有令牌。

那白胡子长老不等叶七七把话说完，便瞪眼睛道：“知道你还瞎举什么手，成心来捣乱的是不是？就你这小胳膊小腿儿的，别说挑战黑色级别的杀手，就算你想挑战红色级别的杀手，估计都悬，还在那儿乱喊什么？”

“我——”

“我什么我？我的话你听不懂是不是？再乱嚷嚷，我就让人打断你的腿，把你扔到阎罗殿外的悬崖去！”白胡子长老有些不耐烦地看了叶七七一眼，又开始朝着下面大声喊道，“今日是否没人挑战黑色级别的杀手？”

叶七七站在人群里，瞪着那白胡子老头好半晌，终究是气不过。她伸手从自己的袍袖中掏出那块金色的令牌，二话不说，朝那白胡子长老砸了过去。白胡子长老站在台上，突然觉得一道黑影朝自己飞了过来。他身手利落地一个翻身，接住令牌，愤怒道：“是谁在朝我砸东西？！”

“我！”叶七七站在人群里，朝着他大声吼道。

“反了你！一个白色腕带级别的杀手，还想用东西砸长老？！”那白胡子长老气得胡子都翘了起来，他一只手指着叶七七，另一只手还握着那块令牌，歇斯底里道，“来人啊，给我把他绑起来！”

眼看四周瞬间就有无数道黑色身影朝叶七七飞来，墨寒卿一把拽住叶七七的胳膊，脚尖点地，动作利落地飞了起来。

“臭小子还有帮手？！”那白胡子长老看着墨寒卿和叶七七两个人的身影突然蹿到了半空中，顿时更加气愤。

“死老头，你倒是看看你手上的东西！”叶七七在半空一个后空翻，稳稳当当地落在了白胡子长老的身边。

“你！”那白胡子长老简直要被她气得吐血。

只是听她这么一说，白胡子长老便下意识低头看了一下刚才砸向自己的东西，不看还好，一看之下他大惊失色，抬头看着叶七七问道：“你这东西，从哪里来的？！”

“宫媚，你认识吧？就是她让我来的！”叶七七白了他一眼，双手抱胸得意道。

“宫……宫魅？！”那白胡子长老在听到这个名字的时候，一双眼睛瞬间瞪得老圆，“放肆，你怎可直呼他的名讳！”

“呃……那反正就是她让我来的！”叶七七愣了一下，原本以为宫媚就是阎罗殿殿主的宠妾，没想到她在殿中竟然这么有威信。

那白胡子长老低头看看令牌，又抬头看看叶七七，神色间隐隐有些激动：“好，既然是他让你来的，那么我便允许你破例挑战黑色腕带级别的杀手！但你要记住，这可不是点到为止的挑战，若是你在挑战过程中受了什么伤，甚至是被直接打死，可不要怨我。”

“不怨你，绝对不怨你！”叶七七见他终于同意自己参加挑战，顿时松了一口气。

那白胡子长老点点头，拿着令牌转身朝站在身边的长老嘀咕了一阵。

叶七七站在下面，看着两位长老的神色，不知道他们到底在激动什么。

片刻之后，那白胡子长老走回挑战赛场的中央，朝着下面大声喊道：“下面，是由——”他刚说了几个字便停住了，皱着眉头低下头来看着叶七七问道，“少年，你叫什么名字？”

“小七。”叶七七赶紧应了一声。

“好。”白胡子长老点了点头，继续大声宣布道，“下面，是由白色腕带级别的杀手小七，挑战黑色腕带级别的杀手临风。”

他的话音刚落，一名身材健硕的男子便缓缓地走到挑战赛场的中央。

叶七七看了一眼那男子，只见他身高八尺，肌肉壮硕，斜眉入鬓，眼神凌厉，鼻子以下则被黑色的面罩遮住。

那名叫临风的男子站在场地中央，朝叶七七伸手道：“请。”

叶七七赶紧脚尖一点，轻飘飘地落在他面前。待站稳之后，叶七七才发现，自己竟然还没到他的肩膀。

底下围观的那些杀手纷纷议论——

“不是吧，那新来的杀手，看起来好像是个小孩子，站在临风大哥面前，就跟小鸡仔一样。”

“就是，你看看那小子的腿，估计还没我的胳膊粗呢。”

“他该不会脑子有病吧，不然一个白色腕带级别的杀手干吗要去挑战黑色级别的杀手啊。”

“我看估计是有病，他也不想想，黑色腕带级别的杀手，那都是出了多少任务换来的荣誉啊，每一个都是血里来血里去的，那是用命换来的黑色腕带。”

“哈哈，我赌十两，那傻小子十招之内必败无疑！”

“我赌二十两！”

“我赌三十两！”

台下那些观战的杀手们看到如此力量悬殊的情景，无一例外地赌了叶七七输。

“我赌五百两。”一道低沉清冷的声音突然在他们身后响起，“赌那个少年会赢。”

上一秒还议论纷纷的人群，听到这句话后，瞬间便安静了下来。

众人回头看去，只见一个清秀白净的黑衣杀手站在他们身后，面无表情地说道。

他们上下打量了墨寒卿一番，在看到他手腕上的白色腕带之后，忍不住嗤笑道：“你也是新来的杀手吧，该不会跟那个傻小子是朋友吧？哎……朋友义气确实是不错，但也要看场合，明知你朋友没有胜算，你也要赌他赢？”

“你们都赌临风赢的话，没人赌小七赢，最后谁也赢不了钱。”墨寒卿淡淡瞥了他们一眼，声音不冷不热道，“现在有人赌另外一个人赢，你们不是应该高兴才对吗？”

人群里不知是谁喊了一声：“我赌一百两，临风大哥赢！”

这一声喊出来，其他杀手顿时跟炸了锅一样，赌注也跟着纷纷往上提。毕竟，谁占的份额大，谁最后从那五百两里分到的钱就多。

墨寒卿看着他们踊跃下注的模样，眼眸微垂，嘴角勾出一抹不易察觉的弧度来。

挑战赛场上，叶七七仰起头来看着站在自己面前的临风，然后朝他双手抱拳道："在下小七。"

临风低头看了一眼面前瘦弱的少年，不屑地笑了一声道："小七是吧，过会儿可别被我打得满地找牙，到处乱哭。"

叶七七眨眨眼睛，看着他眼眸中寒冷的光芒，还有他浑身上下散发出来的杀气，忍不住在心里评价道：不错不错，这个杀手看起来比之前去刺杀殿下的那些厉害多了。总算遇到个可以过几招，而不是直接一脚踹飞的人了。

只是她的沉默无声，在临风看来却是怯场。

临风双手抱胸，站在叶七七前，满眼不屑道："怎么，害怕了？要是害怕的话，还可以赶紧下去，否则我怕你连小命都保不住。"

"不怕，不怕。"叶七七笑眯眯地摇了摇头道，"请吧。"

"哼，不知好歹的家伙。"临风瞥了她一眼之后，突然从背后抽出一把长剑，招式凌厉地朝叶七七刺了过去。

来了！

叶七七眯了眯眼睛，看着朝自己飞速而来的临风，身形一个翻转，便躲过他的攻击。紧接着她一个旋身，随手拿过场地边的一把大刀，挥舞着便朝临风迎了上去。

"哟，这小鬼身手还挺快的！"

"身手快有什么用，我轻功还好呢，眼下是比武功比打架，那小鬼，我看也只有躲闪的份。"

"谁说的，那小鬼不是迎上去了吗？"

"迎上去找死啊？"

周围观战的人看着挑战场中央叶七七和临风之间的打斗，你一言我一语地发表评价。只有墨寒卿静静地站在场地边上，深深地注视着叶七七的一举一动。

跟叶七七对打的临风，心中却是越来越惊讶。想不到眼前的少年虽然看起来十分瘦小，身法却是一点都不含糊，即便在他如此凌厉的攻势下，也依然游刃有余地应付着。能在他的手下过这么多招，这少年已经比那些被他刺杀的人厉害很多了。想到这里，临风的眼神也越发认真起来。

只是拿着大刀跟临风过招的叶七七，却是忍不住打了个哈欠。果然只是看起来比之前那些杀手强了一些，真正过起招来，还是太弱了啊。他的步伐每一步都有破绽，剑法每一招都像是慢动作。叶七七百无聊赖地转头看了一眼台下，却发现墨寒卿正目光深邃地注视着自己。他的眼睛漆黑又明亮，那么专注，仿佛整个世界就只有她一个人存在。

察觉到叶七七看向自己的目光，墨寒卿笑了笑，用口型朝她道：加油。

叶七七心中一跳，整个人像是来了精神，原本只是简单应付，瞬间加快了攻速。这……这是怎么回事？！

临风满眼惊讶地看着眼前瘦弱的少年，刚刚两人明明打得不相上下，怎么突然之间这少年就跟换了一个人一样？！他的招式越来越快，快得他几乎要来不及接招了。

就在临风心中震惊的时候，手腕上突然传来一阵剧痛，紧接着，他整个手掌仿佛被震麻，继而手指一松，哐啷一声，手中的长剑竟然被打飞在地上。

下一秒，叶七七手中的那把大刀已经架在了他的脖子上。

挑战场上的画面在这一瞬间定格。周围观战的杀手们看着眼前的这一幕，都愣住了。这……这怎么可能！他们的临风大哥，竟然被那个白色腕带的新人杀手给打败了？！

站在旁边的白胡子长老也愣住了，半晌才回过神来，轻咳了一声，大声道：“小七挑战黑色腕带级别杀手成功！”

叶七七朝眼前的临风仰了仰下巴，得意地笑了一下，将架在他脖子上的大刀收起来，道：“承让。”

临风震惊地看着她，一时之间竟然没有任何反应。

白胡子长老神色复杂地看了一眼叶七七，伸手从身后的木盒里拿出一条黑色腕带，递给她道：“从今日开始，你便是黑色腕带级别的杀手了。”

“多谢长老。”叶七七笑眯眯地朝着他道。

墨寒卿看着叶七七笑容灿烂的小脸，唇角勾了勾，不慌不忙地朝周围那些人道：“我赢了。不好意思，刚才的赌注全部归我。”他一边说着，一边动作飞快地将摆在台上的赌注收了起来。

那些杀手还没来得及抗议，银子便全部没了。

墨寒卿收好银子，不慌不忙地站在原地，围在他身边的那些人却是咬牙切齿地看着他。

“他不过一个白色腕带级别的杀手，我们有什么好怕的，把他打一顿，再把银子抢回来。”

“说得有道理，不过也不能现在动手，毕竟长老们都在这里呢。”

“那就等挑战结束之后，咱们再一起揍他！”

几个输得比较多的杀手心有不甘地看着墨寒卿，凑在一起低声议论着。

白胡子长老将黑色腕带递给叶七七，轻咳了两声，朝下面继续问道：“还有人要挑战黑色腕带级别的杀手吗？”

议论的声音瞬间停了下来。

一片安静之中，一道低沉清冷的声音响起来：“还有我。”

那白胡子长老顺着声音看过去，只见一个长相清秀、举止文雅的翩翩公子站在一帮杀手中间，跟刚刚那个小七一样，手腕上系着白色腕带。

白胡子长老皱了皱眉，声音有些不悦道：“怎么又是一个白色级别的杀手？”

墨寒卿面无表情地看着他，缓步走到台上，站在叶七七身边道：“我们两个是一起的。”

“你俩一起的？”那白胡子长老犹豫了一下，回头又看了看身后的另外两位长老，为难道，“行吧，那就勉强让你挑战一下，规矩跟刚才一样。”

“好。”墨寒卿不动声色地点点头。

不过片刻，另外一位黑色腕带级别的杀手便走上挑战台。

叶七七下去之前，迟疑地拽了拽墨寒卿的袖子，低声问道：“兄长，你没问题吗？”

墨寒卿目光微垂，看着她担心的神色，唇角微勾，凑在她耳边问道：“怎么，娘子是在担心为夫吗？”

叶七七听完这句话，白了他一眼，挥挥袖子，正准备大步走下去，墨寒卿突然拽住她的手腕。

“干吗？”叶七七转过头，一双黑白分明的眼睛直直地看着他。

墨寒卿不慌不忙地从袍袖中掏出刚才赢来的那些银子，递到叶七七的手中，低声道：“娘子，收好。”

“这是什么？”叶七七有些疑惑地低头看了一眼，发现手里被他塞进一个钱袋，沉甸甸的。

“这是为夫刚才给娘子赚来的家用。”墨寒卿淡淡一笑，拍拍她的肩膀道，“时间匆忙，也没来得及数。娘子下去数一数一共赚了多少。”

叶七七觉得这家伙真是越来越无耻了，朝他晃了晃手中的钱袋，直接下去了。

观战台周围的那些杀手，眼睁睁看着墨寒卿将钱袋交给叶七七，心中泪流满面。这家伙竟然把钱袋交给了那个刚刚晋升为黑色腕带级别的杀手，让他们还怎么去抢！他们这帮连黄色腕带都打不过的杀手，拿什么去跟黑色腕带级别的杀手拼？！

墨寒卿一脸淡定地站在挑战台上，朝下面扫了一眼，将那些杀手悲愤的表情尽收眼底。

叶七七下了台，却是乖乖地找了个角落，打开钱袋，开始数里面的银两。

三十、四十、五十……二百、三百、五百……一千三、一千五、一千七……

叶七七吭哧吭哧地数着，好一会儿才将那袋银子数好。这钱袋里面竟然装了两千三百八十二两银子！要是扣除她欠墨寒卿的那一千两，还有一千三百八十二两！不对，她才不欠墨寒卿银子呢！之前那几件衣服，他就是故意坑自己的！

然而，掂着手中沉甸甸的钱袋，叶七七心下疑惑。这家伙刚才在台下究竟干了什么？怎么一会儿就赚了这么多银子！

她还没来得及思考这些银子的出处，身边的杀手们又炸了锅。她抬起头来，朝挑战场看去，只见刚才上场的黑色腕带级别的杀手，已经被墨寒卿打得趴在台上。啥？！这是怎么回事？！

站在挑战场中央的白胡子长老，神色看起来有些复杂。想不到这个文质彬彬的年轻人，在几招之内就打败了黑色腕带级别的杀手。今天出现的两个新人，实在出乎他的意料。

墨寒卿站在挑战场上，朝白胡子长老淡淡地瞥了一眼，声音冷冷道："长老，可以宣布挑战结果了。"

"我宣布，这位公子也成功晋升黑色腕带级别的杀手……"那白胡子长老一边说着，一边从身后的木盒中又拿出一条黑色腕带，交给墨寒卿。

墨寒卿接过，点了点头，脚尖轻点，直接从挑战场上飞了下去，稳稳地落在叶七七身边。

叶七七看着突然落在自己身边的墨寒卿，一时之间竟然没有反应过来。

"如何？"墨寒卿握着那条黑色腕带，朝叶七七勾了勾唇角，淡淡问道。

"你……"叶七七迟疑了一下，回过神来，看着他，忍不住问道，"你是怎么打败那个杀手的？我不过就是低头数了个钱，你怎么就赢了？"

墨寒卿看着她眼中的震惊之色，笑了一下，却是转过头去，不回答她的问题。

站在挑战场上的白胡子长老看着依然趴在地上没有起来的黑色腕带级别杀手，顿时觉得脸上有些挂不住。他招手喊来另外几个杀手，将那杀手抬下去，又冷着一张脸，朝台下继续问道："还有没有人挑战黑色腕带级别的杀手？"

围在挑战场两边的杀手们你看看我，我看看你，眼里竟然闪烁着跃跃欲试的光芒。

眼下，那个文质彬彬的年轻人也赢了。这是不是代表着，其实黑色腕带级别的杀手对于他们来说，并没有那么高不可攀?

然而，几个红色腕带级别的杀手刚刚上场挑战没多久，就被黑色腕带级别的杀手给打趴下了。

看着那些趴下的人，白胡子长老心里终于平衡了许多。

几轮过后，当他继续问有没有人要挑战时，终于没人举手了。白胡子长老很满意地看着眼前的情景，大声宣布，今日的挑战赛到此为止。

叶七七赶紧拽着墨寒卿的袖子，上前一步，挡住白胡子长老的去路。

“是你？”那白胡子长老抬头看了叶七七一眼，皱了皱眉道，“还有什么事情吗？你已经晋升黑色腕带级别杀手，明日自然会有人给你安排相应的赏金任务。”

叶七七看着他，迟疑了一下，声音清脆道：“我现在已经是黑色腕带级别了，可以见殿主了吗？”

白胡子长老的神色顿时变得有些复杂：“你要见殿主？”

“嗯。”叶七七点点头。

“殿主可不是你想见就能见的。”白胡子长老看她一脸迷茫，叹了一口气，解释道，“别说是你，就算是我们这些长老，没有殿主的召见，平时也根本见不到他。”

“啊？”叶七七愣住了。还要等殿主召见？可是殿主根本就不认识自己，谈何召见？

“再说，你都有这块令牌了，还找我问殿主干吗？”那白胡子长老朝叶七七瞪了一眼，将之前那块令牌塞回她的手中，便头也不回地走了。

啥意思？叶七七满眼疑惑地看着白胡子长老渐渐走远的身影，再低头看看手中的令牌，顿时恍然大悟！她现在已经是黑色腕带级别的杀手了，那就说明她已经拥有见殿主的资格。而宫媚是殿主的小妾啊！她只要守着宫媚，不就可以见到殿主了？！

她伸手扯了扯墨寒卿的袍袖，兴奋道：“走，兄长，咱们现在就去找宫媚！”

这一次，他们再去阎罗殿中央的那座大殿，是光明正大去的。首先，他们手腕上系着黑色腕带，表明他们拥有见殿主的资格；其次，叶七七手中拿着的令牌，让她没有遭遇任何人的阻挠。

进了大殿之后，他们眼前依然是灯火通明的景象。

叶七七伸手敲了敲那面镜子，低声问道：“媚儿姑娘，你在吗？”

吱呀一声，空无一人的大殿中央突然打开一道门。叶七七看着那面镜子门，回头朝墨寒卿笑了一下，便拽着他的袍袖欢快地奔了过去。

房内珠光宝气，宫魅笑意盈盈地坐在软榻上，看着快步走进来的叶七七和墨寒卿，缓缓地站起身，朝他们福了福身子，温柔道：“小七公子，果然厉害。”

叶七七有些不好意思地看着她，然后挠了挠后脑勺，清脆道：“媚儿姑娘，我已经成为黑色腕带级别的杀手了，可是长老说，若是殿主没有特意召见，平时我们也是看不到殿主的，这可怎么办啊？”

宫魅眼中闪过一道不易察觉的光芒，唇角带笑地看着叶七七，声音软软地问道：“公子是真心想要救我离开这里吗？”

“那是自然！”叶七七用力地点点头。

不仅要救你离开，还要抢了阎罗殿呢。

“其实……”宫魅微微顿了顿，朝叶七七诚恳地道，“其实这阎罗殿有一个规矩，不仅可以挑战黑色腕带级别的杀手，也可以挑战殿主。只要赢了殿主，就可以当选为下一任的殿主。”

“还可以这样？”叶七七一脸惊讶地看着他。

“嗯。”宫魅轻轻点头道，“我们现任殿主就是这样打败了上一任殿主。”

“可是，我要怎么挑战他呢？”

“有两个办法。”宫魅看着叶七七道。

“哪两个办法？”

“第一，你在这里等着殿主过来，然后直接向他挑战，赢了他，这阎罗殿就归你了。”

“那还有一个办法呢？”

“让殿主直接让位给你。”宫魅很认真地看着叶七七说道。

“呃……这个估计不太可能。”叶七七扯了扯嘴角，无奈地看着宫魅道。

这阎罗殿的殿主又不是傻子，好好的殿主之位，他干吗要让给别人？

“可是依我看……第二种办法的可能性倒是大一点。”宫魅朝着叶七七柔柔地笑了笑。

“啊？”叶七七满眼疑惑地看着他。

“你稍等一会儿。”宫魅伸手在房间里的某处按了一下。

不过片刻，十二位穿着黑色衣袍的长者便匆匆赶来。叶七七看了一眼，发现十二人里不仅有今日主持比赛的三位长老，还有一开始接待他们的。

“属下参见殿主。”十二个人进了房间，齐刷刷地朝宫魅跪了下来。

殿主？！叶七七抬起头来，一脸惊讶地看着眼前的宫魅。

“都起来吧。”宫魅依旧笑意盈盈的模样。

十二名黑袍长老听到他的话，缓缓地站起来，抬头朝宫魅看去。其中一个看起来年纪特别大的长老，往前两步，双手抱拳，恭恭敬敬地问道：“不知殿主此次急召我等过来，有何要事？”

“哦，也没什么特别重要的事情。”宫魅笑眯眯地看着那位长老，纤纤素手拎起自己的裙摆，缓缓地走到房间中央的软榻前，声音平和地道，“就是我不太想继续当阎罗殿的殿主了，打算把殿主的位子让给小七公子。”

什么？！十二位黑袍长老全部抬起头，震惊地看着他。

宫魅的表情却是十分温和，平静得仿佛在说今天天气很好，阳光很灿烂。

“殿……殿主！你要三思啊！”年纪特别大的长老顿时慌了神，“这殿主之位不是儿戏，岂是您说想让位就让位的？！”

“就是啊，殿主，这短短不到三年的时间，您都嚷嚷着不想当殿主好多次了，您这两天是不是又心情不好？”向来面无表情的那位长老也着急起来。

宫魅依然保持着温柔的笑容，看着那位年纪特别大的长老道：“周长老，当初这殿主是你们硬要架我上去的，我原本就不想当什么阎罗殿的殿主。”

“那是因为殿主您赢了前任殿主啊！”周长老苦口婆心地道。

“还不是因为你们前任殿主看我长得漂亮，硬要掳我过来，结果我一失手就把他给杀了……”宫魅有些无奈地看着周长老。

“不管怎么说，前任殿主死在您的手上，您得为阎罗殿上上下下老老小小负责啊。”周长老看着宫魅，坚持自己的意见。

“我负责了啊，这不是给你们找了个新殿主吗？”宫魅一边说着，一边将叶七七推到了十二位长老的面前。

叶七七愣了一下，有些尴尬地笑了笑，低低地说了一声：“你们好。”

“哼。”十二位长老中没去主持挑战赛的九位，看到叶七七那又瘦又小、弱不禁风的身子骨，异口同声地哼了一句。

叶七七明明白白从他们的眼神里看到了鄙视两个字。

倒是主持挑战赛的三位长老皱着眉头，上上下下、仔仔细细、认认真真地打量着叶七七。

“殿主莫要用这小小少年糊弄我。”周长老不屑地瞥了叶七七一眼，转过头来，乞求地看着宫魅道，“这少年看起来不过十来岁。且不说他心智是否成熟，光是这瘦弱的样子，我们几个长老只用小手指就能把他给捻死。”

“哦，那周长老的意思是，只要小七能打败你们，就能当殿主了？”宫魅仿佛找到了周长老话里的漏洞，眼中一道精光闪过，问道。

“哼。”周长老不屑地看了叶七七一眼。

叶七七伸手摸了摸鼻子，看着眼前的那些人，突然转头朝宫魅皱眉道：“等一下，你不是阎罗殿殿主的小妾吗，怎么突然变成殿主了？”

宫魅闻言，神情倒是没什么变化，朝叶七七浅浅一笑，声音温柔地道：“对啊，前任阎罗殿殿主原本是打算掳我回来做小妾的，谁知道我失手把他给打死了，这帮长老便非要我当这个殿主了。”

“呃……”这样也行？叶七七脑门上滑过一道道黑线。这阎罗殿果然不靠谱啊……

“不好意思，之前骗了你们。”宫魅满脸歉意地看着叶七七，水光盈盈的眼中是满满的难过，“我得先确定你们有足够的实力才行。”

“没事没事，我们也没什么损失……”叶七七赶紧摆了摆手，表示并没有怪罪她。

墨寒卿却是皱着眉，目光锐利地站在一边看着宫魅。

“眼下，你可能要打败那十二位长老，才能得到他们的同意。”宫魅看着叶七七道，“他们就是太固执，觉得这阎罗殿的殿主，一定是有足够能力的人来坐才可以。”

叶七七想了想，点点头，然后转过身来，朝站在自己身后的那十二位长老双手抱拳，道：“既然各位长老不相信我的实力，那么咱们便直接动手吧。”

“哼！可莫要说我们以大欺小，以多欺少！”周长老看着叶七七猖狂的表情，心中对她更加不屑。

话音刚落，连他在内的十二位长老摆好阵仗，准备对付叶七七。

叶七七扯了扯嘴角，看着眼前的十二位长老。嘴上说着别怪他们，动作倒是挺利落的。

“承让。”叶七七朝他们双手抱拳，脚尖轻点，飞快地冲了过去。

好快！这少年的速度，竟然快得让他们看不清楚！十二位长老在叶七七身形微动的那一瞬，心中皆是震惊。然而他们还没来得及多想，便觉得一股凌厉的掌风朝自己袭来。砰砰砰几声，十二位长老的胸口都硬生生地挨了叶七七一拳。十二位长老好不容易收住向后退的步伐，正准备联手对付叶七七，他们身上的黑袍竟然同时一松，全部掉了下来。

什么情况？！十二位长老一惊之下，低头看去，只见他们系在腰间的腰封竟然全部不知所终。

“嘿嘿，承让了！”叶七七一个后空翻，稳稳落地，手中拿着十二位长老的腰封，笑嘻嘻地朝着他们说了一句。

十二位长老顿时老脸一红，同时用手裹好自己的衣袍，死死地看着叶七七。

宫魅看到眼前的情形，忍不住扑哧一声笑了出来，然后声音软软地朝十二位长老道："如何，这下对小七没有意见了吧？"

"可是……"周长老还想垂死挣扎一下，"这少年年纪也太小了吧？"

"小七今年十三岁。"宫魅转头看了一眼叶七七，笑着道，"三年前，我打败前任殿主的时候，也不过十四岁。"

"她十三岁？！"周长老愣了一下，满眼惊讶地看着叶七七道，"看起来不像啊，这少年的身形，看起来至多十岁吧。"

"周长老不要以貌取人。"宫魅笑了笑，转头看着另外十一位长老道，"我想其他长老应该也没意见了吧？"

十一位长老同时将目光投向周长老，见他没有再说什么，便也不说话了。

"那从今天开始，阎罗殿的殿主就是小七了。"宫魅伸手拍拍叶七七的肩膀，笑意盈盈地道，"小七殿主，以后这阎罗殿就归你管了。"

呃……啊？叶七七懵懂地看着宫魅。谁能来告诉她，现在是个什么情况？！她千辛万苦进了阎罗殿，打败了黑色腕带级别的杀手，努力见到了阎罗殿的殿主，然而还没开战，这殿主之位怎么就落到她身上了？

"你们——"宫魅转过头来，看着十二位衣衫不整的长老，声音温柔却坚定地道，"还不过来参见新殿主？！"

"参见殿主……"十二位长老不情不愿地看着叶七七，有气无力地说了一句。

"呃……不……不用客气。"叶七七随意摆了摆手，整个人还处于放空的状态。

"关于阎罗殿的发展还有前途，你们就跟小七好好讨论讨论吧。"宫魅十分满意地看着眼前的一切，笑眯眯地道。

"那殿主你呢？"周长老抬起头来，不甘心地看着宫魅问道。

"我？我会好好辅佐新任殿主，直到她能完全管理好阎罗殿。"宫魅十分淡定地说道。

"那就好……"周长老总算是松了一口气。

宫魅笑意盈盈地看了他一眼，然后伸手推了推叶七七的胳膊，道：

“小七殿主，你喜欢阎罗殿这个名字吗？要是不喜欢，可以换。”

“可以吗？”叶七七转过头随口问道。

“可以的。”宫魅点点头。

“不……”周长老正准备说不能随便换名字，宫魅突然一记眼刀飞了过去。

周长老赶紧闭上嘴巴，生怕自己一反对，宫魅连辅佐新殿主都不愿意了。

“哦……那就叫孔雀殿吧！这个名字好听！”

孔雀殿？！墨寒卿忍不住扯了扯嘴角。他怎么想到了八年前的孔雀帮呢……这货就这么喜欢孔雀吗？

那十二位长老也是张大了嘴看着叶七七，震惊得说不出话来。阎罗殿变成孔雀殿？！原本威风凛凛的杀手组织，这么一改，怎么感觉一下子变得软弱了许多呢……

“对！然后杀手级别也改一改吧！”叶七七眼睛眨了眨，拍手道，“什么白色腕带级别杀手、红色腕带级别杀手，名字实在是太长了，以后统一改成白羽杀手、红羽杀手、黑羽杀手好了。”

“哈？”这次轮到那十二位长老一脸懵懂了。

“就是用孔雀羽毛的颜色来作为新的杀手级别的标准。”叶七七看着那十二位长老，还以为他们不明白，“然后，我觉得吧，关于——”

“等等，等等……”周长老回过神来，看着叶七七滔滔不绝的样子，赶紧打断她的话，“那什么，关于阎罗……咯咯，孔雀殿的制度问题，咱们可以过两天再讨论，要不咱们还是先讨论讨论殿主夫人的事情？”

周长老说这番话的意思，是想把叶七七的注意力转移一下，不然让她这么说下去，这阎罗殿指不定变成什么样子呢！

至于讨论殿主夫人，呵，这家伙看起来还很年幼，看他刚才面对宫魅的样子，就知道肯定是被宫魅的美色所迷惑，若是能让宫魅当殿主夫人，那这阎罗殿也不算落到别人手里。

“哦！对，殿主夫人！”叶七七一拍大腿，转身拽过墨寒卿的袖子，将他拉到几位长老的面前，兴冲冲地道，“这就是我的殿主夫人。”

整个房间瞬间安静下来。十二位长老和宫魅满眼震惊地看着眼前面无表情的墨寒卿，半天说不出话来。

“不是……殿主，他……这……他是男的啊。”周长老震惊过后，终于回过神，结结巴巴地朝着叶七七挤出几个字。

“我知道啊！”叶七七用“你是白痴”的眼神看着周长老。

“可是这……殿主夫人怎么能是男的呢……”周长老见叶七七回答得那么坦然，一时之间也不知道怎么规劝才好。难道……这少年小小年纪，就有那种嗜好？

“殿主夫人为什么不能是男的？”叶七七满眼疑惑地看着周长老，又转头看了一眼墨寒卿，继续道，“这孔雀殿不是殿主地位最高，殿主夫人排第二吗？”

“话是这么说没错，可是……”可是你们两个男的怎么生儿育女，传递香火，生育后代啊？周长老在内心咆哮。

“那不就行了，从此以后，他就是你们的殿主夫人。好了，这个问题解决了，咱们继续下一个问题——”

“等等……等等……”周长老双手捧着心口，朝叶七七无力地喊了一声。

“嗯？怎么了？”叶七七抬起头来，满眼疑惑地看着他。

“关于殿主夫人的事……殿主能否再考虑一下？”周长老痛心疾首地朝着叶七七问道。

“不用考虑了，就是他了。”叶七七摆摆手，淡定地说道。

可是……这……周长老一脸为难地转过头来，朝墨寒卿看了过去。眼前这位公子看起来文质彬彬、气质儒雅，想来应是读过诗书的人，一般读书人都明辨是非、身正影直，这种不符合礼教的事情，应该是不会支持的吧……

墨寒卿察觉到周长老的目光，一双乌黑深邃的眼眸微微抬起，朝他的方向看了过去。周长老立刻打起精神，满怀希望地看着墨寒卿，问：“这位公子，关于殿主夫人一事……不知您有何看法？”

墨寒卿微微一笑，唇角勾起一个浅浅的弧度，幽深的目光带着淡淡的温柔落在叶七七的身上，宠溺地道：“一切都听她的。”

啥？！周长老听到他的这句话，只觉自己的一颗心一点一点地冷却，接着又一丝裂纹一丝裂纹地碎掉。

一切都听她的？叶七七转过头，下意识看向墨寒卿。然后，她的目光和他的目光撞了个正着。他眼眸深处有点点温柔的光芒在闪烁，俊秀的脸上带着若隐若现的笑意。他看起来好像心情不错，是因为对她的这个安排感到满意吗？但她记得当年在孔雀帮的时候，他好像不是很乐意当压寨夫人……也许这么多年过去了，他终于认清了自己和她之间的实力差距？

不管那么多了，叶七七摇摇头，看着周长老道：“反正殿主夫人就这么定了。”

“可是……可是……”周长老郁闷地道，“那……我们前殿主怎么办……”

“什么怎么办？”叶七七顺着他的目光朝宫魅看了过去。

宫媚见众人看向自己，柔柔地笑了笑：“没关系，之前我跟新任已经说好了，我做她的小妾。”他话音刚落，整个大殿又是一片安静。

周长老这次震惊得连下巴都合不上了。他瞪大眼睛看着自家前殿主，半晌，才声音颤抖地道：“殿……殿主，您说什么？”

“我说，我当小七公子的小妾就好了。”宫魅朝周长老温柔地笑了笑，声音柔软而坚定地重复了一遍。

墨寒卿脸色瞬间黑了下来。他转过头，冰冷地在宫魅身上瞥了一眼，思考着等从这里离开，便让冷卫把这祸水给好好地收拾一顿。

“这个……不太好吧……”叶七七看着宫魅，一脸为难。

“公子，可否借一步说话？”宫魅看着叶七七，小声问道。

叶七七迟疑了一下，转头看了墨寒卿一眼，点点头，被宫魅拽着袖子走去旁边。

“公子，我并非有意想要破坏你和你……呃……夫人之间的感情。”宫魅十分可怜地看着叶七七道，“但你也看到了，那些长老是不会轻易放我走的。这阎罗殿，我并不想继续待下去，只想离开，然后天涯海角四处流浪。”

“那你……直接走不就好了？”叶七七满眼疑惑地看着宫魅，“反正那些长老也打不过你。”

“呃……我……我……”宫魅愣了一下，显然没想到叶七七会这样反问，“我这……总得有个走的理由啊。”

“跟着我就有理由了？”叶七七不解。

“我要是做了公子的小妾，公子出去不就得把我带上了吗？”宫魅朝她尴尬地笑了笑，胡乱编了一句。

“那我要是不离开这里呢？”

宫魅顿时一个头变成两个大，最后实在想不出理由，只好两眼一眨，拼命挤出几滴眼泪，可怜兮兮地道：“反正我就是要当你的小妾，就算有名无实也行！”

叶七七眼睁睁看着一个美如天仙的人儿在自己眼前哭得伤心欲绝，迟疑了一下，只好点头道：“那好吧，不过我把你带出阎罗殿后，你就不要再跟着我了。”

“行，没问题。”宫媚眼角的泪光瞬间消失。

这件事情就这么定了，十二位长老一时之间难以消化这个事实。

再后来，江湖上便开始传闻四起。

有人说，阎罗殿被一个武功盖世的少年一夜之间全部屠灭，由此导致阎罗殿一夕之间人间蒸发。

也有人说，阎罗殿并没有消失，只是改名为孔雀殿，金盆洗手，不再杀人，而是开始接情报买卖方面的任务。

还有人说，新任孔雀殿的殿主是个少年，他的殿主夫人是个清秀儒雅的公子，而他的小妾却是个绝色天仙。

第十四章　从未忘记

不过这些传闻，叶七七并不知道。眼下，她正坐在马车上，看着车窗外的风景，长叹一口气，感慨道：“终于可以回京城了。”

坐在她身边的墨寒卿抬起头，看着已经换回普通护卫装的叶七七，声音清冷地道：“原本想着顺藤摸瓜找到阎罗殿的幕后主使人，没想到，你竟然成了阎罗殿的殿主。”

“是孔雀殿！”叶七七转过头来，很认真地纠正他。

“嗯，孔雀殿……”墨寒卿有些无奈地点点头，应了一声。

“不过，还是殿下你想得周到，让阎罗殿的杀手们洗心革面，不做杀人交易，只负责情报收集。”叶七七随手将马车车窗的窗帘重新遮住，笑眯眯地看着墨寒卿道，“你都不知道，我去宣布这个消息的时候那些杀手有多高兴。”

“那是自然。”墨寒卿目光深邃地看着她，唇角微勾道，“毕竟现在是太平盛世，谁不想安安稳稳地过日子呢？那些杀手就算赚再多的钱，没有命去享受，也是白赚。更何况，新来的人那么少，每次出任务却不停有杀手牺牲，长此以往，肯定人数越来越少，还不如早点转行。”

“嗯嗯！”叶七七高兴地点头，反正乐得做个甩手掌柜。

“只是——”墨寒卿沉默了片刻，朝马车后面瞥了一眼，皱着眉头道，“不是说好了从孔雀殿出来后，就让她不要再跟着我们了吗，她怎么还跟着？”

“嗯？你说宫媚啊。”叶七七眨眨眼睛，“原本从孔雀殿出来的时候，她是准备跟我们道别的，只是她说自己要去京城，我看咱们正好同路，就让她一起走了。”

墨寒卿思索了许久，淡淡地道：“既是如此，便顺路带她一程好了，只是……我总觉得这个宫媚有些怪异。”

“哪里怪异了？”

“具体我也说不上来，但我总觉得，她这么轻易就将阎罗殿交出来，有些不合常理。”墨寒卿迟疑了一下，声音低沉道，“更何况，以她的武功，即便不想在阎罗殿待下去，也完全没必要等你来救她，之前你也听那些长老说了，若是殿主不主动召见他们，他们平日里是见不到殿主的，这也说明，宫媚在阎罗殿其实是很自由的。”

“嗯……有道理。”叶七七点了点头道，“听你这么一说，我也觉得她有点奇怪。”

“眼下走一步看一步吧。”墨寒卿见她敛起了笑容，想了想，还是转移了话题。

“好。”叶七七点头。

车厢里安静了片刻，墨寒卿抬起头，目光落在她清秀的小脸上，迟疑着问：“你……回京城之后，还住在我府上吗？”

叶七七一怔，看着他不太确定的表情，笑着道：“当然啦！不然我住哪儿？”

墨寒卿似是松了一口气，随即转头看向别处，淡淡地道：“那就好，现在你已经不是我的贴身护卫了，我还以为你打算离开靖安王府。”

“离开靖安王府？为什么？”叶七七愣了一下，直直地盯着墨寒卿道，“你难道忘了，现在轮到你来当我的贴身护卫了，墨小三？！”

墨寒卿原本淡然的表情瞬间变了。

“干吗，看你的样子是想反悔？”叶七七眯起了眼睛，凑近他，压低声音问道。

“不是……”墨寒卿艰难地开口道，“之前我骗了你，是我不对，给你当贴身护卫，我也愿意……但是……这名字能不能不叫墨小三？”

“为什么？”叶七七眨眨眼睛，看着他道。

为什么？因为这逗人的名字，完全不符合我高冷的形象啊！

墨寒卿一脸无奈地看着她。

“你不喜欢墨小三这个名字？”

“嗯。”

“哦……那好吧。”叶七七点点头，竟然答应了。

“可以不叫我墨小三了？”墨寒卿有些惊讶地看着她，似乎完全没有想到她答应得这么爽快。

“可以啊。”叶七七一脸坦然地看着他。

“好。”墨寒卿唇角勾了勾，一颗悬着的心终于放了下来。

叶七七看了他一眼，转过头，掀开车窗窗帘，朝外面看去。

车厢里恢复安静。

片刻之后，叶七七似是不经意地问了一句：“殿下，你喜欢什么颜色？”

“黑色。”墨寒卿微怔，随即很快地回答道。

“那你喜欢什么花？”

“君子兰。”

“喜欢什么季节？”

“冬天。”

“喜欢什么数字？”

“九。”

“哦。”叶七七点点头。

墨寒卿有些疑惑地看着她道：“你问这些干吗？”

叶七七朝他露出灿烂的笑容，声音清脆地问道：“那墨小黑、墨小兰、墨小冬、墨小九，你喜欢哪个名字？”

墨寒卿嘴角忍不住抽了抽。这都是些什么啊？！

叶七七见他半晌没有反应，伸手推了推他的胳膊，道：“你到底喜欢哪个啊？”

“这些名字……都是用来干吗的？”墨寒卿沉默了两秒，声音低沉地问。

“是我贴身护卫的专用名啊！”叶七七笑眯眯地回答道，“快说，你喜欢哪个？”

“叫墨寒卿不行吗？”

“不行啊，要是以后咱俩一起出去，我支使你的时候，老是喊你墨寒卿，别人不就都知道你是靖安王了？”叶七七一脸认真地看着他道，“堂堂靖安王给我当一个小小的护卫，别人会笑话你的。”

为什么我觉得，如果别人知道我堂堂靖安王被你叫成墨小黑、墨小兰、墨小冬、墨小九，会笑话得更厉害呢……墨寒卿无语望苍天。

大概墨寒卿的表情太过悲怆，叶七七怔了一下，歪着脑袋问：“殿下，是不是这些名字你都不喜欢？”

墨寒卿默默地看着她，眼神里只传达着一个信息：这不是废话吗？

“哦，没关系啊，我并不是只有这么几个选项给你。”叶七七了然地笑了笑，眼眸中闪烁着璀璨的光芒，“像什么黑君啊、九兰啊、冬子啊，我觉得也不错，你喜欢哪个？”

墨寒卿唇角艰难地扯了扯。黑君、九兰、冬子是什么东西……

“反正你喜欢的那几样事物，拼拼凑凑可以组合出好多不同的名字呢。”叶七七见他还是一脸嫌弃，干脆掰着手指一个一个地数道，“黑子、黑兰、黑九，色君、色子、色兰，还有冬黑、冬色……”

“停停停！”墨寒卿终于听不下去，连忙伸手制止了叶七七，无奈地看着她道，“我选墨小九。”

“墨小九？”叶七七眼睛转了转，“墨小九挺好的，跟我的墨小七像是一个系列。”

墨寒卿扯了扯唇角，完全不想发表任何评价。

“小九，小九？”叶七七推了推他的胳膊，提高音量喊了一声。

墨寒卿目光坚定地看着窗外，一脸老僧入定的表情。

冷六和十二接到墨寒卿放出的信号弹后不久，便一路朝他们的方向赶。眼下，他们终于看到了两辆马车。

“十二，前面那两辆马车，是不是咱们殿下的？”冷六有些迟疑地问。

“那两辆吗？”十二看着正朝他们这个方向缓缓行来的马车，声音中带着一丝不确定，“我也不知道啊，要真是殿下跟小七，那应该只有一辆马车才对，难道他俩坐在两辆马车上？”

“可这马车上有阎罗殿的标记，应该是从阎罗殿出来的啊。”冷六看着车辕上刻着的阎罗殿标记，小声道。

“那要不咱们过去看一看？也有可能是阎罗殿自己出门办事的马车。”十二想了想，低声道。

“好。”冷六应了一声，脚尖轻点，身形轻盈地朝两辆马车悄无声息地靠了过去。

远远地，快要靠近马车了，他和十二便听到从车内传出的声音。

“啊……真舒服……”

“哎，你怎么停了啊，不要停啊，继续啊……”

“嗯……就是那里，再用点力，啊……好舒服……”

冷六听到这些声音，忍不住回头看了一眼自己身边的十二。十二也是下意识回过头看冷六。两人的眼神里传递着共同的信息：那声音听起来好像是墨小七的？冷六和十二同时红了脸，不敢继续往前靠。

片刻之后，墨寒卿低沉清冷的声音也从马车中传了出来，语调听起来有些压抑，似乎正在极力隐忍着什么。

“可以了吗？我快累死了……”

“都这么长时间了，你还不满意吗？”

“你这前前后后非要这么多次，有完没完啊……”

冷六看向十二的眼神顿时变得怪异起来。这两个人，该不会是在马车之中做那种事吧？想不到小七看起来如此瘦小，身板那么弱不禁风，精力却如此旺盛！

“这才多长时间，你就喊累了，体力也太差了吧……”

“哎呀……再坚持一会儿，就一会儿……好不好……”

“嗯……对，就是这样……啊，用点力……”

叶七七断断续续的话语落入冷六和十二的耳中。

“怎么办，看样子马车里的确是殿下和小七。”冷六转过头，为难地看着十二问道。

“什么怎么办？”

“就是……殿下让咱们尽快来接驾啊……可是眼下这情形，好像咱俩进去不太合适。”冷六咂巴咂巴嘴，朝十二挤眉弄眼道。

“这情形咱们显然不能进去啊。”十二和冷六在大路两边的树枝上一边跳跃，一边点头道，“要不，咱们等他们办完事了再进去？”

“也行。”冷六想了想，同意这个提议。

车厢内，墨寒卿修长的手落在叶七七的肩膀上，一边给她用力捏着，一边忍不住朝她翻了个白眼。

“好吧，好吧，看你这么辛苦，就让你休息一会儿好了。”叶七七强忍住笑意，转头朝着墨寒卿挥挥手道，“就休息一会儿啊，过会儿咱们再继续！”

还要继续？墨寒卿抬起眼眸，无奈地看了她一眼。

嘿嘿！叶七七对他灿烂一笑。

跟在马车外的冷六和十二听到这句话，却是愣了一下。还要继续？他俩对看了一眼，不会吧……

“咋办？”冷六顿时没了主意。

“要不……再等等？”十二迟疑了一下，无奈地道。

“那再等等吧。”冷六也是没办法了。

果然，马车里的声音才停了不一会儿，叶七七的声音又响了起来。

冷六和十二就这么跟着马车飞了一路，从中午直飞到日落，马车里的动静终于彻底停歇。

“殿下有没有体力我不知道，我只知道咱俩要是再不上马车，就该直接累瘫在路上了。”冷六翻了个白眼，打算直接朝马车冲过去。

“等等。”十二赶忙伸手扯住他的衣袍。

“怎么了？”冷六转过头来，一脸疑惑地看着他。

“咱不能直接冲进去啊！”十二一脸“你是白痴吗”的神情看着冷六，道，“你没听那动静，他俩刚办完事吗？万一你现在冲进去，咱殿下没穿衣服怎么办？”

冷六听他这么一说，顿时恍然大悟。他伸手拍拍十二的肩膀，点头道：“兄弟，还是你想得周到。”

“咱得先在外面通报一声。”十二一边说着一边脚尖轻点，身形稳稳地落在车架上。

冷六见状，赶忙跟上。

原本正在赶车的人，眼看着突然从半空飘下来两个人，顿时吓了一跳，道：“你们是什么人？！”

冷六白了他一眼，单膝下跪，大声道：“公子，属下来了。”

正在马车内闭目养神的墨寒卿听到这个声音，睁开眼睛低声道：“冷六？”

“是属下。”冷六铿锵有力地应了一声，“还有十二也来了。”

“哦。”墨寒卿应了一声，“进来吧。”

“是。”冷六站起身，跟十二两个掀开车帘，弯腰走了进去。

车厢内一片整洁。

叶七七正斜靠在马车壁上，头一点一点的，似乎快要睡着。墨寒卿端坐在她对面，衣衫完好地闭目养神。

冷六有些疑惑地回头看了一眼十二。难道他俩收拾得这么快？

十二眼底也是满满的疑惑。

“此处距离京城不远了。”墨寒卿突然道，“今日一大早我便放出信号弹，你二人怎么用了一整天才赶到这里？”

“这个……”冷六悻悻地摸了摸鼻子，心说我们其实中午就到了，这不是为了不打扰你俩的二人世界吗？

“回殿下的话，”跪在冷六旁边的十二十分耿直地道，“其实我二人中午的时候就已经找到殿下的马车了。”

“那你们怎么——”墨寒卿看着他俩，眉毛微微蹙起。

“那个，我们两个在马车外面听到了些那什么的声音……”十二有些羞涩地低下头去，“怕打扰殿下和小七……”他话音刚落，车厢内顿时一片寂静。

叶七七看着跪在地上的十二，满眼疑惑地道：“打扰我俩什么？”

“就是，那个……”十二满脸通红地道。

叶七七一脸不解地转头看向墨寒卿。墨寒卿脸上也是一片迷茫。

冷六和十二对看一眼，以为他俩这是不好意思，于是打着哈哈过去了。

“对了，殿下，”冷六在车厢内休息了一会儿，一拍脑袋，朝墨寒卿赶紧跪了下来，“来之前，皇上特地命人来找过我们，说是等殿下您一回来，就让您去宫里给太后请安。”

“直接过去？”墨寒卿眉毛皱了皱，目光深邃地看着冷六问道，“是宫内出了什么急事吗？”

“回殿下的话，最近宫中并未发生大事。”冷六低着头，恭恭敬敬地回答道。

“那皇上怎么会突然急着见我？”

“也许是……那个事？”冷六迟疑了一下，朝墨寒卿压低了声音道。

“什么？”

“就是……那个啊……”冷六转头看了一眼正眨着眼睛认真听他们说话的叶七七，心中不禁有些着急。

“说！”墨寒卿声音冷冷地命令道。

“就是……就是皇上说要给你选妃的事啊！”冷六一急，朝墨寒卿说道。

选妃？墨寒卿愣了一下。他似乎想起来了，之前确实有冷卫来通知他。

“选妃？”叶七七疑惑地看着墨寒卿，“选妃是什么意思？”

墨寒卿沉默片刻，淡淡地道：“没什么，不是什么大事。”

“殿下，怎么不是大事呢！这可是人生大事啊！”冷六看他一脸淡定，忍不住有些着急。

按说他们殿下今年也十七岁了，别的皇子在十七岁的时候，不说准王妃，就算侍妾也有不少了。可不知道为什么，他们殿下偏偏对女人不感兴趣，岂止不感兴趣，简直就是极度讨厌。

自小七出现以来，他们才明白，原来他们殿下喜欢的竟是男人。好在没几天，他们便知道小七就是叶七七了。否则，皇上肯定不会同意他们殿下娶个男人回去啊！冷六一边想着，一边看向叶七七。

叶七七被冷六看得有些不自在，便朝冷六问道："冷六，选妃是什么意思？"

"选妃就是——"

冷六刚打算回答，就听得墨寒卿冰冷的声音响起："不许说。"

冷六赶紧低下头，乖乖将嘴巴闭起来。

叶七七转头看了墨寒卿一眼，又看了看跪在地上的冷六，眼睛转了转，伸手戳了戳墨寒卿的胳膊，道："你，不许说话。"

墨寒卿微怔，垂眸看着叶七七认真的小脸，刚准备开口，叶七七便将柔软的小手捂在他的嘴上："都跟你说了，不许说话。"他的唇瓣碰触到她的手心，软软的，暖暖的，带着她特有的香甜气息。

墨寒卿迟疑了一下，沉默着点了点头。

叶七七十分满意地朝跪在地上的冷六道："好了，冷六，你们殿下现在不能说话了，你说吧，选妃到底是什么意思。"

冷六抬起头来，眼睁睁看着自家王爷被叶七七捂住嘴，忍不住抽了抽嘴角。看来殿下对小七是真的宠爱，连被她捂嘴这样的事都能容忍。

就在冷六犹豫的时候，叶七七转过头，朝他身边的十二仰了仰下巴道："十二，你说。"

"哦，选妃就是皇上想给咱们殿下找个王妃，通俗点说，就是给王爷找个娘子。"十二倒是一点心理负担都没有，笑嘻嘻地给叶七七解释。

"找娘子？"叶七七转过头，看着墨寒卿，松开手，装作不在意地道，"这是好事啊，这样你以后就不用跟在我身后'娘子、娘子'地叫了。"

啥？！他们殿下竟然跟在小七的身后，“娘子、娘子”地叫？冷六跟十二一脸震惊地看着自家殿下。

墨寒卿却是皱眉看着叶七七，声音阴冷地道：“你刚才说什么？”

叶七七抬起头，看着他突然变冷的表情，迟疑了一下，重复道：“这是好事啊，你不是一直都想要找个娘子吗？”

墨寒卿不说话，眸中却是绽出冰冷的光芒。冷六和十二只觉整个车厢里的气压下降了许多。他俩对看了一眼，忍不住伸手搓了搓胳膊。

“好事？”墨寒卿死死地盯着叶七七，缓缓地道，“你觉得这是一件好事？”

“嗯。”叶七七想了想，再次点点头。

墨寒卿冷笑一声，看着叶七七白皙粉嫩的小脸，声音冰冷地道：“你是不是想着，等我选到王妃，你就可以离开靖安王府了？”

叶七七一愣，下意识地道：“为什么啊？就算你不选王妃，我也可以离开靖安王府啊！”

墨寒卿听到她这句话，一双眼睛不由得眯了眯：“你要离开靖安王府？”

“那是自然。”叶七七点点头道。

“小七，说话要三思。”冷六眼看自家王爷的心情越来越不“美丽”，赶紧轻咳两声，对叶七七提醒道。

墨寒卿转头看了一眼还站在车厢里的冷六和十二，声音阴寒地道：“你们两个还站在这儿干吗？出去。”

冷六和十二被他这么一瞪，赶紧缩了缩脖子，乖乖地掀了车帘出去了。

墨寒卿幽深的眼眸中泛着冰冷的光芒，继续看着叶七七，声音冷冷地问：“为什么要离开靖安王府？”

“靖安王府又不是我家。”叶七七有些奇怪地看了他一眼，道，“我总不能一辈子住在靖安王府吧？再说，现在我又不欠你钱，不需要继续在靖安王府给你当护卫，虽说之前我让你当我的护卫，但那也是因为我气你之前一直骗我，想要捉弄你一下，你也不能一辈子都当我的护卫吧？我还得去找爷爷，我爷爷好长时间没回飞鹤山庄了。”

“找你爷爷？”墨寒卿皱着眉头，从她的话中抓到一个信息。

“是啊！”叶七七点点头，道，“本来我这次下山，就是因为爷爷好久没有回去了，我偷偷地从飞鹤山庄跑出来，是想找找爷爷的下落。”

墨寒卿半晌没有开口说话。末了，他目光深邃地看着叶七七，薄唇轻启：“所以，你这次下山不是来找我的？”

“这个……”叶七七眨了眨眼睛，一脸无辜地看着他。

“难道不是来找我要回你的长命锁玉？”墨寒卿沉默片刻，又问了一句。

“嗯……那是因为我发现你骗我你叫公子，觉得很生气，所以才想要回来。”叶七七想了想，还是很诚实地告诉了他。

墨寒卿直直地盯着她，半晌没有说话。

车厢内的气氛有些压抑。

叶七七被他看得浑身不自在，加上此刻实在太过安静，她犹豫了一下，开始努力找话题：“那个……殿下你为什么不说话了？”

“说什么？”墨寒卿眼眸轻眨，淡淡地瞥了她一眼，语气生硬地问。

“随便……说说呗。”叶七七说着说着，便觉得自己莫名其妙地有些底气不足。

墨寒卿冷冷地应了一声，转头看着车窗外面，心里却是乱麻一般。

八年前，从他离开飞鹤山庄开始，他便不由自主地关注一切有关叶七七的消息。后来，他习惯了每天都能听到她的消息。

她打翻了叶珏大师珍藏多年的花瓶，气得叶珏大师拿着扫帚满山庄地追着她打；她趁山庄里的人睡着之后，想要爬墙出去玩，却被侍卫前前后后给堵了个密不透风；她偷拿侍女的胭脂水粉，然后把自己的小脸画得跟鬼一样，偏偏还在夜里出来逛，害得年纪小的侍女以为山庄闹了鬼……

每一天，她做的事情都一字不漏地传到他耳朵里。直到不久前，冷卫突然来报，说叶七七在飞鹤山庄失踪了。一开始，他有些不以为意，然而后面长达半个月，他都没有听到她的消息，不知道为什么，他越来越急躁，心一下子就空了。他不停派冷卫出去寻找叶七七的下落，却不停得到让他失望的消息。直到武状元擂台赛那天，当他在擂台上看到一抹相似的身影，一颗心仿佛安稳下来。

可是眼下，他突然想起来，对他来说，叶七七是他关注了八年的人。但对叶七七来说，他却是消失了八年的人。如此长的时间，足够她从孩童长成少女，那么她的心里……是不是还跟当年一样，喜欢着自己，想要当自己的娘子呢?

这一瞬，墨寒卿莫名觉得心慌。她……还喜欢他吗?

良久的沉默之后，叶七七突然道："殿下。"

"嗯？"墨寒卿从思绪中回过神，低低地应了一声，目光转向叶七七。

"快到靖安王府了。"叶七七眨眨眼睛，声音清脆地道。

"嗯。"

"那个，你不是还要去宫里吗？"

墨寒卿淡淡地应了一声，意味不明地看着她道："你对选妃的事情，有什么看法？"

叶七七歪着脑袋想了想，随口道："这个要看殿下喜欢什么类型的姑娘啊！"

墨寒卿听着她的话，只觉心里更加闷得慌。

"殿下，殿下？"叶七七伸手戳了戳他的胳膊。

"我喜欢温柔体贴的，琴棋书画样样精通。"墨寒卿白了她一眼，没好气地回答道。

叶七七点点头道："那你就按这个标准找呗。"

墨寒卿只觉一口老血堵在心口，差点就要喷出来。她这话的意思，就是一点不在乎自己娶谁为妃吗?

"叶七七。"墨寒卿沉默了许久，终于幽幽地喊了她一声。

"嗯？"

"这么多天你跟我在一起，我们两个一起吃一起睡，难道你……"墨寒卿的声音硬生生地停在此处，顿了顿，然后深吸一口气，平静地道，"难道你就一点都不在乎自己的名声吗？"

叶七七想了想，摆摆手朝墨寒卿笑眯眯道：“哎呀，江湖儿女不必在意小节，再说小时候咱们不就在森林里一起吃一起睡了，没事的，没事的。”

墨寒卿觉得彻底无语了。

“殿下，靖安王府到了。”此时，冷六的声音突然从马车外面传了过来。

“嗯。”墨寒卿淡淡地应了一声，看着叶七七道，“你先回去吧，我还要去一趟皇宫。”

“好。”叶七七点点头，便动作利落地下了车。

她下车之后，马车晃晃悠悠地继续往前行驶。叶七七看着马车渐渐消失的影子，伸手用力捶了一把靖安王府门口的石狮子。

皇上给你选妃了不起啊？！前段时间还屁颠屁颠地说喜欢自己，这会儿就赶着去看未来的王妃了？！叶七七越想越气愤，内力便也不由自主地顺着掌心传到了石狮子上。只听得哗啦几声，靖安王府门口的石狮子，竟然直接碎掉了。

宫魅从后面那辆马车上款款下来，一眼便看到可怜的石狮子碎成了渣渣。他眨眨眼睛，笑眯眯地走上前去，轻声问：“小七公子，这石狮子怎么了？”

叶七七有些尴尬地看着一摊碎石子，扯了扯嘴角，道：“没怎么，我就伸手扶了一下，它就自己碎掉了。”

“哦，是吗？”宫魅意味深长地看着她。

守在靖安王府大门口的几个侍卫，也是拿叶七七没有办法。谁不知道这是他们殿下身边的大红人啊！他们得罪谁也不能得罪小七啊！

“那个……”叶七七尴尬地咳了两声，转头看着侍卫，硬着头皮道，“你们去找几个人来，把这堆碎石子打扫一下，然后，然后这石狮子是哪儿来的？”

“从滨州运过来的。”一个侍卫回答道。

“那京城里有卖的吗？”

“没有。”

好吧，叶七七挠了挠自己的脑袋，看着靖安王府门口剩下的那只孤零零的石狮子，干脆手一抬，直接将它也震碎了。

“小七！你这……这……”门口的侍卫震惊地看着叶七七。

“就剩一只站在这儿，不太好。”叶七七声音清脆地道，“现在都没了，你们去京城随便哪家石匠那儿重新购两只回来吧。”

“可是……”那些侍卫还有些犹豫，叶七七却摆了摆手，径直朝府里走。

宫魅想了想，站在原地没有动，开口喊住她：“小七公子。”

“嗯？”叶七七回过头来，看着依然站在大门口的宫魅。

“既然已经到了京城，那我就不多打扰了。”宫魅福了福身，笑盈盈地道，“公子原来是靖安王府的人，之前阎罗殿对靖安王多有得罪，还望公子有空的时候，跟靖安王解释一下。”

“哦，那个啊。”叶七七这才想起来，宫魅竟然一路跟着他们来到靖安王府门口，想来他也该猜到墨寒卿的身份了，“没事，反正你派来杀他的刺客水平都不怎么样，还害你损失了那么多人。而且，现在阎罗殿不是也归我们了吗？”

“是。”宫魅笑了笑，直起身，朝叶七七摆摆手道，“那我先行一步，等我身边的事情处理完了，再回来找公子。”

“好。”叶七七点点头，刚打算问他要去哪儿，便看到眼前一道红色影子晃过，宫魅已经不见了身影。

跑这么快？叶七七看着空无一人的大门口，耸了耸肩，转身径直进了王府。

走过长廊，绕过假山，叶七七熟门熟路地来到墨寒卿的院子。好长时间没有住在王府里了，这院子却是打扫得干干净净。

眼下她只想赶紧回自己的房间，躺在她的小床上，舒舒服服地睡上一觉。她一边想着，一边朝自己的西厢房走去。然而，她刚推开西厢房的门，便见里面一排浅青色的身影齐刷刷地跪下来道：“小小姐，您回来了！”

叶七七愣在门口，一时不敢迈脚进去。半晌，她才回过神，看着眼前的丫鬟，扯了扯嘴角，道：“离云，离月？你们怎么会在靖安王府里？”

离云闻言站起身，看向叶七七，上下打量了半天，佯装嗔怒道：“小小姐这次下山可是够久了，害得我们一通乱找。”

叶七七伸手摸了摸脸。那易容的东西还贴在上面啊！她们是怎么认出自己来的？

“之前山庄里的侍卫说，有人在京城看到一个穿着粉色衣衫的小女娃，后来便没了身影。”离云看叶七七一脸疑惑，便朝她解释道，“侍卫们顺着那条线索，一路查到了靖安王府。”

叶七七有些无奈地撇了撇嘴，走进房间，直接躺到自己的床榻上，舒了一口气道：“我先声明啊，我才不要回山庄。好不容易才溜出来，我还要找爷爷呢！”

“叶珏大师吗？”离云朝着叶七七笑了笑，从袍袖中掏出一封信，递给她道，“前不久，山庄里刚刚收到他的来信。”

“爷爷的信？”叶七七一个翻身从床上坐了起来，赶忙接过离云手中的信件，拆开读了起来。

半晌之后，叶七七抬起头，看着离云问道：“爷爷说要去夜国北部，找什么天山雪莲？”

“嗯。”离云点点头。

“夜国好远啊，在咱们墨国的北边吧？”叶七七皱着眉思考了一下。

“对，叶珏大师这一去，起码好几个月才能回来，在那之前，还请小小姐跟随我们返回飞鹤山庄。”离云朝叶七七福了福身子，声音温柔道。

“为什么啊？”叶七七将信叠好放起来，朝离云做了个鬼脸道，“眼下可以肯定爷爷没有危险，而我又好不容易下山，总得让我在京城里玩一段时间吧？”

“可是……”离云皱了皱眉，看着叶七七道，“叶珏大师说过，小小姐十四岁之前是不可以下山的。”

“那我现在已经下来了啊。”叶七七朝着离云无赖道，“不行啊，我还欠靖安王好多银子呢，不还给他，他不会放我走的。”

“小小姐欠靖安王多少银子？”离云不解地问道。

“好多好多。”叶七七眼睛转了转，随便伸了五根手指出来道，“最起码五千两吧。”

离云皱了皱眉：“小小姐怎么会欠靖安王殿下这么多银子？”

“哦，因为我弄坏了他几套衣服吧。”叶七七大言不惭地回答道。

“这笔银子，我们飞鹤山庄会替小小姐偿还的。”离云沉默片刻道，“所以，小小姐不必担心银子的事，眼下可以跟我们回飞鹤山庄了吧？”

叶七七用力摇摇头，一双小细胳膊死死地抱着床上的被子，可怜兮兮地看着离云道：“好离云，你就让我在山下多玩一段时间吧。你看我武功这么厉害，没有人能伤我的，更何况我现在还在靖安王府，殿下那么厉害，根本没人敢惹他。”

“小小姐以为自己说不回去，我们就拿你没办法了吗？”离云朝叶七七笑了笑，声音软软地问道，“难道小小姐从进门开始到现在，就没有一种越来越疲惫、越来越想睡觉的感觉？”

“我……”叶七七愣了一下，刚准备问她做了什么，便觉得一阵困意铺天盖地朝自己袭来。下一秒她眼前一黑，整个人都失去了意识。

离云笑眯眯地看着晕过去的叶七七，伸手朝身边的人拍了拍，立刻便有好几个人上前，小心翼翼地将叶七七扛起来，然后出门。

一直躲在暗处负责保护叶七七的十二，看到眼前一幕的时候，迟疑了一下，转身朝着皇宫飞去。

皇宫。

墨寒卿风尘仆仆地赶到御书房，皇上已经坐在里面等了他好长时间。

“臣弟参见皇兄。”墨寒卿站在御书房的书桌前，朝皇上双手抱拳，行了个礼道。

“寒卿，回来啦。”皇上笑眯眯地看着墨寒卿，声音低沉道，“这是去哪儿了，消失了这么长时间。”

墨寒卿抬起头，淡淡道：“只是出了一趟远门。”

“累不累？”

“尚可。”

“回来就好，休息休息，等有时间就去给太后请安，太后很是想念你。”皇上见他不愿意多说，便也没有多问。

“是。”墨寒卿点头应了一声。

“皇兄这次喊你进宫，是有事想跟你商量。”皇上一只手放在书桌上，另一只手撑着自己的下巴，看着墨寒卿笑道，“你今年也已经十七了，该是成亲的时候了。朕前些日子帮你看了一下，在朝诸位大臣中，林大学士家的女儿最得朕意，那姑娘知书达理，琴棋书画样样精通，模样长得也俊俏。寒卿，你意下如何啊？”

墨寒卿皱了皱眉，看向皇上，声音淡淡道：“回皇兄的话，臣弟不喜欢她。”

“为何？”皇上愣了一下，不解道，“你这还没见到她呢。”

“不为何，臣弟就是讨厌女人。”墨寒卿平视书桌，声音凉凉道。

“讨厌女人？”皇上怔了一下，随后便想起京城中流传的靖安王好男风且有断袖之癖的传言。

皇上迟疑一下，有些尴尬地轻咳两声，试探道：“难道……寒卿对每个女人都很讨厌？”

墨寒卿皱了皱眉，沉默片刻，淡淡道：“差不多吧。”

“但是朕保证，这个林大学士的女儿跟别的女人不一样！”皇上有些着急。

“臣弟没有见过她，谈何喜欢？”墨寒卿不太愿意继续说下去。

他现在跟叶七七的感情处于剪不断理还乱的阶段，那什么林大学士家的女儿，就不要再出来添乱了。

“好好好，那咱们不提她。”皇上眼珠转了转，“但是……今年你总得选妃了吧？太后追着朕问这件事已经许久了，要不，咱先挑选一下，琴棋书画样样精通的好姑娘多的是，朕下令让那些大臣把家里符合条件的姑娘都送进来参选好不好？”

墨寒卿有些无语地看着他。

“呃……朕总得给太后一个交代，你说是不？”皇上看着墨寒卿的眼睛，有些尴尬地扯了扯嘴角道，“最多到时候你自己去跟太后说，就说你一个都看不上。”

墨寒卿没有说话，半晌之后，突然道：“条件还要再加一个。”

“哪一个？”皇上听他这么一说，顿时两眼放光。

“武功要好。”墨寒卿淡淡道。

“啊？”皇上一下子愣住了。

向来只听说选妃要身材好、容貌好、家世好、品德好、才艺好，从来没有听说要武功好，这又不是选武状元……

“就这样吧。”墨寒卿心中已经有了一个主意，抬头看着皇上，声音低沉地问道，“皇兄还有别的事情吗？”

“基本没了。”

“那臣弟就先告退了。”墨寒卿行了个礼，转身离开了。

这边，他刚出御书房的门，那边十二便急匆匆迎上来道：“殿下，殿下！”

“什么事？这么慌慌张张的。”墨寒卿眉毛微微蹙起，目光淡淡地看向十二。

“是……是……”十二上气不接下气地朝墨寒卿道，“七七小姐她……刚才下车，先是把靖安王府门口的两座石狮子给砸碎了……”

“碎了就碎了，再买两座就是，有什么好大惊小怪的。”墨寒卿蹙眉，有些不悦道。

“然后……然后七七小姐进了王府，在西厢房里遇到飞鹤山庄的人……”

“飞鹤山庄的人？”墨寒卿一怔，下意识问道，“然后呢？”

“然后……七七小姐好像被飞鹤山庄的人下了迷药，晕过去了，再然后……就被飞鹤山庄的人给抬走了。”十二好不容易喘过气，朝墨寒卿道。

被飞鹤山庄的人抬走了？墨寒卿心中一惊，立刻朝皇宫外赶。十二紧紧地跟在墨寒卿身后。

出了皇宫之后，墨寒卿便上了马车，十二赶紧接过车夫手中的马鞭，驱车朝靖安王府而去。

墨寒卿坐在马车内，心中却是前所未有的慌乱。飞鹤山庄的人来靖安王府，就是为了找叶七七吧？之前有听冷卫说过，叶珏大师给叶七七定了规矩，十四岁之前不可以下山。虽然不知道是为什么，但叶七七此次回去，直到她年满十四岁，都不能下山。然而她前不久刚过了十三岁生日，也就是说，离她下山还有一年之久。

会有……将近一年的时间看不到她吗？墨寒卿心里突然浮现空落落的感觉，比八年之前他离开飞鹤山庄的时候还要强烈许多。

大概因为这段时间他每天都和叶七七在一起。习惯看她在他身边神采飞扬的样子，要是现在，她突然不在他身边……墨寒卿不敢继续想下去。

他掀开车帘，催促道："十二，快点。"

"是，殿下！"十二恭恭敬敬地应了一声，快速挥舞马鞭，马儿吃痛，慌忙撒开蹄子跑起来。

如此一路赶到靖安王府门口，马车尚未停稳，墨寒卿便已掀了车帘走出来。

"殿下。"十二连忙跳下马车，伸手扶住他。

墨寒卿淡淡地瞥了他一眼，动作利落地从马车上跳下，打算往王府里赶。

"殿下！"守在靖安王府门口的侍卫一看到墨寒卿回来，连忙迎了上来，其中一个侍卫刚打算跟墨寒卿说小七震碎了王府门口的石狮子，墨寒卿便挥了挥手，匆匆从他们中间穿了过去。

墨寒卿一路冲到西厢房门口，只见大门敞开，房间里空空荡荡的，一个人都没有。十二跟在墨寒卿身后，低声道："殿下，她们已经将七七小姐带走了。"

墨寒卿微微皱眉，像是想起了什么，朝十二问道："宫媚呢？"

"回殿下的话，宫媚姑娘在王府门口就跟七七小姐告别了，说自己还有别的事要办。"

墨寒卿蹙眉。竟然走了？之前看宫媚非要跟着叶七七从阎罗殿回来，还以为会纠缠叶七七一段时间。不过还好宫媚离开了，若是被她知道叶七七是飞鹤山庄的人……

墨寒卿沉默了片刻，冷声问："飞鹤山庄的人把七七带到哪儿去了？"

"回殿下，属下刚才在屋子外面听到她们说，要先在京城中的客栈休息一下再离开，毕竟七七小姐现在晕过去了，她们带着她，也不太方便赶路。"十二赶紧回答道。

墨寒卿眼神一下子冰冷起来。十二只不知所以地抬起头，看着自家殿下一张黑得可怕的俊脸。

"殿……殿下？"十二迟疑着喊了他一声。

"你知道她们把七七带去城中的客栈，就不知道直接将马车驾过去？！"墨寒卿声音阴寒地道。

"这……这不是殿下您说的，要先回王府吗？"十二心中一凛，硬着头皮小声回答。

"自己去领二十大板！"墨寒卿瞪了他一眼，脚尖轻点，径直朝客栈飞去。

京城，客栈。

叶七七终于从昏迷中幽幽醒来。她迷迷糊糊地睁开眼睛，盯着床顶好一会儿，这才想起，自己是被离云她们给带出来了。叶七七连忙一个翻身从床上坐起来，一抬头就看到离云正坐在床边，一双眼睛炯炯有神。

"呃……离云……"叶七七看着她，弱弱地喊了一声。

"小小姐，"离云端坐在床边，看着叶七七，严肃认真地道，"你知不知道你这次偷偷下山，害得山庄出动了多少人四处找你？"

"我……"叶七七缩了缩脑袋，小心翼翼地看着她。

"你从山庄出来，根本没带多少银子，身上的衣服也没几件，一想到你什么都不知道，我们就心急如焚。"离云瞪着叶七七，双手抱胸，一字一顿地教训她道，"要是在外面被坏人骗走了怎么办？要是你出了什么意外，让我们怎么跟叶珏大师交代？"

"我这不是什么事都没有吗……"叶七七低着脑袋道。

"那是因为您遇到了靖安王殿下！"离云看着她，提高了声音道，

"这世上坏人多的是，万一遇到了，纵使你武功再高也没用！"

"我知道了，知道了……"叶七七立刻将脑袋点得小鸡啄米一样。

"你知不知道除了我们，还有别的……"离云话说了一半，突然打住，瞪着叶七七半晌，硬邦邦地道，"反正，小小姐得立刻跟我们回飞鹤山庄。"

"真的不能再在京城里玩了吗？"叶七七跟霜打的茄子一般蔫了下来。

"不能！"离云回答得很干脆。

叶七七叹了一口气，低头看了一眼身上的衣服，这才发现，原来在她睡着的时候，离云已经给她换回自己常在山庄里穿的粉色衣裙。

"小小姐，庄主说过，等你年满十四岁就可以下山。"离云心中也有些不忍，"还有一年，你再熬一熬，就过去了。"

叶七七小手撑着下巴坐在床上，看着地面，想着之前在马车上冷六和十二说的那些话。皇上好像给墨寒卿选了个什么大学士的女儿，看样子过不了多久，他们就要成亲了，等一年之后她从山上下来，他俩的孩子也快出生了吧……

那个骗子……之前还在她身边转来转去，喊她娘子，一转身就要去娶别人！叶七七想着想着，小嘴便不高兴地嘟了起来。

"小小姐……"离云还想说点什么，突然房间窗户被一阵强风吹开，窗棂打得砰砰作响。紧接着，一道身影从窗户飞了进来。

"谁？！"离云心中一惊，伸手抓起放在床边的长剑。

叶七七抬头看去，这一看，倒是让她愣住了。墨……寒卿？他怎么会找到这里来？

离云也看到了墨寒卿，脑海里紧绷的弦松了下来。她长舒一口气，放下手中长剑，朝墨寒卿福了福身子，行了个礼，道："见过靖安王殿下。"

墨寒卿先在叶七七身上看了一圈。她坐在床榻上，脸上已经洗去易容，露出原本白皙粉嫩的皮肤。一双水润的眼眸黑白分明，忽闪忽闪地直盯着自己，瞳仁又黑又大，莫名就让他心跳漏了一拍。

她红润的小嘴像是刚摘的新鲜樱桃。那身浅粉色的衣衫，更是映得她娇俏如花。这样的叶七七看起来似乎有些陌生，却又隐隐透露着熟悉感。

墨寒卿不动声色地将目光从叶七七身上收回，看向离云，轻轻点了点头，道："不必多礼。"

离云直起身子，笑道："这段时间，我们小小姐在靖安王府给殿下添了不少麻烦。"

"尚可。"墨寒卿淡淡地道。

"听小小姐说，她还欠靖安王殿下五千两银子。"离云有些不好意思地看着墨寒卿，"我们此次出来寻找小小姐，身上并没有带那么多银子，所以，等回到山庄，我会派人将银两给殿下送过来。"

五千两？墨寒卿挑了挑眉，朝叶七七看了过去。叶七七坐在床榻上，可怜兮兮地看着墨寒卿。只一个眼神交接，墨寒卿便已知道她不想离开京城了。他沉默片刻，朝离云道："五千两对于飞鹤山庄来说确实不算什么，只是——"

"只是什么？"离云抬起头来，看着他道。

"贵山庄的七七小姐回府之前，震碎了我靖安王府门口的两座石狮子。"墨寒卿淡淡地看向离云，面无表情地道，"那两座石狮子是用汉白玉雕刻而成，当年请的是滨州最好的工匠，纵然如此，也花了将近五年才完成，价值——"

他顿了顿，唇角勾起一抹好看的弧度："五十万两。"

啥？！五十万两？！叶七七嘴角忍不住抽了抽，她随便抬了抬手，竟然毁了五十万两？！想想她一个月的工钱才五两……一五得五，二五一十……叶七七掰着手指算了半天，也没算出五十万两到底要她工作多少年才能还清。

"五十万两？"离云皱了皱眉头。眼下庄主不在山庄，她纵然有权动用一部分钱财，但是……五十万两可不是小数目。

"我靖安王府门口的两座石狮子，是当年皇上登基的时候，滨州知府送来的贺礼之一。"墨寒卿眼神冷冷地看着离云，声音凉凉地道，"若是不信，可以随便在京城中找个人问问。五十万两，还是我看在当年飞鹤山庄对本王有恩的情况下给出的最低赔偿价了。若是换了旁人……呵……”

这……离云顿时为难起来。她知道靖安王是墨国所有皇亲国戚中最得皇上恩宠的一个，其受宠程度甚至超过好几位皇子，就连前任太子也比不上他。所以，靖安王府门口的两座石狮子，确实可能是皇上登基时别人送来的贺礼。

这要是贺礼，那肯定价值不止五十万两。毕竟光是皇上御赐这一盛宠，就已是无价了。可是她们小小姐，竟然一巴掌就给人家把狮子震碎了？！

离云转过头，眼睛中冒着熊熊怒火。叶七七缩了缩脑袋，低头看着床上的被子。要是有人告诉她，那两座石狮子那么值钱，她说什么也不会把它们震碎……

“那……不知靖安王可否通融一下……”离云有些尴尬地看着墨寒卿，声音低低地道，“毕竟现在，我们庄主不在山庄，五十万两也不是小数目，我不过一介丫鬟，一时之间拿不出这么多银两来赔偿殿下……”

“拿不出银两？”墨寒卿看着离云，声音凉凉地道，“那便把叶七七留下，等你们什么时候拿得出这笔钱了，再什么时候把她带走。”

“可是小小姐，她——”离云有些为难。

“放心，她在我靖安王府安全得很。”墨寒卿面无表情地看着离云，道，“一如当年我在你们飞鹤山庄一般安全。”

“可是……”离云张了张嘴，还想再说点什么，却发现竟然找不到任何反驳的理由。弄坏了别人的东西就要赔偿，这是天经地义的。对方好歹是靖安王，她总不能当着他的面，把小小姐强行带走。

离云纠结地站在原地，半天也没想出一个好办法。墨寒卿淡淡地看着她，随口问：“怎么，飞鹤山庄是不相信我墨寒卿的为人，还是不相信我靖安王府的实力？”

“不是。”离云下意识抬起头，看着墨寒卿冰冷的眼眸，咬了咬嘴唇，道：“只是，我们小小姐平时就比较爱惹祸，若是让她在靖安王府，只怕……会给殿下带来许多麻烦。”

墨寒卿冷笑了一声，目光凉凉地看着离云道：“无妨，我不怕麻烦。”

离云被他一句话堵住，再不好说些什么，只得点了点头，道：“如此，便麻烦靖安王殿下了，我这就回山庄给庄主写信汇报情况。”

墨寒卿唇角不经意地勾了勾，转过头看着坐在床榻上的叶七七，声音淡淡地道：“那么，人我可以带走了吗？”

离云恨铁不成钢地看向叶七七，无奈地点了点头。叶七七被离云这么一瞪，顿时有点心虚。

墨寒卿却是径直朝离云双手抱拳，说了声：“告辞。”然后便转身示意叶七七跟上自己。

临出门时，离云迟疑了一下，还是忍不住喊了一声：“殿下。”

墨寒卿脚步顿了一下，淡淡地看向离云。

“请一定要保护好小小姐。”离云不放心地叮嘱了他一句道，“我会尽快接小小姐回山庄。”

“知道了。”墨寒卿垂下眼眸，看了一眼站在自己身边的叶七七，便带着她离开了。

出了京城中客栈的大门，叶七七深深地呼吸了一口外面的空气。

已经是盛夏时节，空气中飘浮着甜甜的西瓜味。知了在树上不停地叫着，街道上行人来来往往，彰显着京城的繁荣。

“啊！太好了，终于不用回山庄了！”叶七七忍不住感慨了一声。

墨寒卿低头在她淡粉色的衣衫上瞥了一眼，又不经意瞥过她精致的小脸，沉默片刻之后，声音淡淡地道：“你还是比较适合这一身。”

“嗯？什么？”叶七七回过头，眼眸忽闪忽闪地看着他。

“没什么。”墨寒卿挪开自己的目光，看向街道的尽头。

“对了，那两座石狮子真的值五十万两银子吗？”叶七七突然心疼起来，这五十万两该不会又变成她的债务了吧？

“不是。”墨寒卿随口应了一句。

“哦，那就好。”叶七七总算松了一口气。

“那两座石狮子其实价值八十万两。”墨寒卿淡淡地补了一句。

“八八八……八十万两？！”叶七七整个人都惊住了。

墨寒卿轻轻点了点头道："刚才不是说过了，看在当年飞鹤山庄保护本王的面子上，本王只说了五十万两。"

叶七七低下头，伸出白皙纤细的小手，口中又开始念念有词："一五得五，二五一十，三五一十五……"

墨寒卿目光微垂，看着她嘀咕的模样，忍不住问了一句："你在干吗？"

叶七七抬起头，看着墨寒卿俊秀的脸庞，欲哭无泪地道："你该不会是想让我偿还八十万两吧？我事先声明，我可没有那么多钱，也不卖身，就我那五两一个月的月俸，还到下下下辈子我也还不起你。"

墨寒卿唇角微勾，看起来心情极好。他沉吟片刻，低声道："不想偿还这八十万两也可以，你得帮我一个忙。"

"什么忙？"

"皇上要给本王选妃。"墨寒卿看着她，面无表情道，"你也去参加。"

叶七七一惊，下意识朝后跳了一步，道："为啥我也要去？"

"因为本王讨厌女人。"墨寒卿眯起眼睛，看着叶七七，声音淡淡地道。

"那我也是女人啊！"叶七七微怔，双手叉腰看着他，不服气地道。

"哦……"墨寒卿的目光在她一马平川的胸口扫了一眼，随便应了一声。

叶七七顺着他的目光低头看去，然后双手抱胸，愤怒地道："看什么看？！"

"确实没什么可看的。"墨寒卿摊了摊手，目光深邃地注视着她，"要么去参加选妃，要么偿还本王八十万两银子，你自己选。"

叶七七咬着嘴角，一双眼睛水汪汪地看着他。墨寒卿也不说话，就这么站在原地，和她对视着。

半晌，叶七七终于妥协："好吧，我去参加就是了，不过以什么身份去？靖安王府的小护卫吗？"

"身份的问题，我来解决。"墨寒卿满意地勾起唇角，声音凉凉地道，“你只要去参加选妃，然后打败那些官家小姐就好。”

“打败她们？”叶七七一怔，随口问道，“选妃都有什么要求？”

“哦……琴棋书画。”墨寒卿顿了顿，低头看着叶七七问道，“你有哪一项……是比较擅长的？”

叶七七眨眨眼睛看着他，红润的小嘴扯了扯，反问：“你觉得呢？”

“那看来一样都不擅长。”墨寒卿叹了一口气，心中想着，看来要让皇上帮忙，将武试放在最前面啊，不然，还没开始，叶七七就要被淘汰掉了。

“喂，你也不能这么说我吧？”叶七七不高兴地看着他。

从小到大，在山庄里，她爷爷没少找人教她琴棋书画。只是……高手的朋友一般也都是高手，所以什么天下第一琴师啊、天下第一书法家啊、天下第一棋王啊，她全部都见过！不仅见过，那帮老头子的胡子，她还一个个地扯过呢！只是……相对琴棋书画来说，她的天赋都在武学上。

“那你说说，琴棋书画里面，你最擅长哪一样？”墨寒卿却是根本不知道叶七七还会这么多东西，毕竟当年他在飞鹤山庄的时候，只看到叶七七怎么想着出去玩。

“我……我什么都会啊。”叶七七迟疑了一下，有些心虚地回答道。

墨寒卿看了她一眼，无奈地摇摇头，道：“先跟我回去吧，其他事情咱们再从长计议。”

叶七七点点头，四下张望，奇怪地道：“咦，你的马车呢？”

墨寒卿怔了一下，尴尬地摸了摸自己的鼻子，竟然没有回答她。

叶七七看了一圈之后，没看到他的马车，便伸手拽了拽他的袖子，道：“你是怎么过来的？”

墨寒卿轻咳一声，装作毫不在意地道：“轻功飞过来的。”

轻功飞过来的？叶七七愣住了。他是因为回到靖安王府后，发现她被飞鹤山庄的人带走，所以用轻功飞过来的吗？那是不是说明……其实他心里还是很在意自己呢……

“走吧。”墨寒卿看了她一眼，扯了扯自己被她抓住的袖子，低声道。

第十五章　一鸣惊人

回到靖安王府，墨寒卿只跟她说让她好好休息，便又出去了。他这一去，直到晚上才回来。叶七七因为太累，还没等到他回来，便早早地睡了过去。

墨寒卿站在她的床榻前，看着她睡熟的粉嫩小脸，安静地凝视片刻，这才回了自己房间。

第二日清晨，叶七七还抱着被子做美梦，就听到院子里有人在大声地喊："寒卿！寒卿！我来了！你说的那个妹子在哪儿呢？！寒卿，你出来啊！"

叶七七皱着眉头，嘟哝着又翻了个身。她从床上坐起来，换好衣服，刚一推开门，就看到院子里整整齐齐地站着三个人。

叶七七愣了一下，看着眼前的那三个人，迟疑着道："三皇子，叶公子，慕容公子？你们……站在这儿干吗啊？"

"你认识我们？"墨修竹惊讶地看着叶七七，奇怪地道。

"……我为什么不认识你们？"叶七七扯了扯嘴角，有些无语地看着他。

“这姑娘……好像在哪儿见过啊。”叶承安一双眼睛直直地盯着叶七七，皱着眉头低声道。

慕容鸿羽却是目光锐利地上下打量着叶七七，有些疑惑地道：“你难道……就是墨小七？”

什么？！墨小七？！墨修竹和叶承安同时转过头来，一脸震惊地看着慕容鸿羽。

“鸿羽兄，你没搞错吧？那个墨小七不是个少年吗？”叶承安不敢相信地看着叶七七道，“而且，我记得那个少年相貌平凡，充其量有点清秀而已，可眼前这小姑娘……虽然年纪小了点，但假以时日，肯定是个大美人儿啊！”

墨修竹摇着手里的扇子，颇为赞同地点了点头。

“应该没错。”慕容鸿羽肯定地道，“习武之人，走路的步伐与姿势都有自身特点，受内力的强弱所影响，又反作用于自身内力。这位姑娘方才开门的一瞬，我便感觉到她身上雄厚的内力，跟之前墨小七的内力相差无几。”慕容鸿羽顿了顿，继续道，“更何况之前，墨小七便是住在这屋里的。”

墨修竹和叶承安听了他的话，再次转过头看着叶七七。

半晌，墨修竹扯了扯嘴角道：“你的意思是……这看起来也就十来岁的小姑娘，武功比我们都要厉害？”

“嗯。”慕容鸿羽淡淡地点了点头。

“这……什么情况啊。”叶承安看着眼前的叶七七，再次扯开嗓子朝着四周吼道，“墨寒卿！墨寒卿你人呢？你那贴身护卫墨小七不是个男的吗？怎么一夜之间就变成女人了？”

叶七七有些无语地看着他。

“别叫了，大清早的就在我这院子里乱叫，烦死了。”一道清冷的声音自院门口传了过来。

叶七七转过头，一眼就看到了墨寒卿。阳光自他背后照耀过来，在他身前投下一道长长的影子。因为背光，她看不清他的神色，只是从他的语气来听，他这会儿心情不太好。

“寒卿？！”叶承安惊喜地回过头看着他，快步走上前，“你不是说，今天要让我认一个妹妹吗？人呢？”

墨寒卿淡淡地瞥了他一眼，迈步走到叶七七身边，仰了仰下巴，道：“就是她，叶七七。”

“我？”叶七七惊讶地伸手指了指自己的鼻子。

“她？”叶承安看着叶七七愣住了。

“她不是之前那个墨小七吗？”墨修竹忍不住问道。

“嗯。”墨寒卿面色不善地点了点头。

“她……她是女的？”墨修竹愣了半天，看着叶七七，不敢置信地问道。

“嗯。”墨寒卿再次点了点头。

“那她还给你当贴身护卫……你们两个……你和她……”叶承安神色复杂地看着眼前的两个人。一男一女，还贴身护卫……

墨寒卿抬头，目光凉凉地瞥了他一眼，淡淡地道：“这几天，你只要把她带回丞相府，给她找个地方住就行。今日上朝的时候，我已经跟丞相大人说过这件事了。”

“她在你们靖安王府不是好好的，为什么突然要送去我们丞相府？”叶承安不解地看着墨寒卿问道。

叶七七也疑惑地转过头，看着墨寒卿道：“你要把我送去丞相府？为什么？”

墨寒卿沉默片刻，然后朝叶承安缓缓道：“过几天，皇上要给本王选妃。”

院子里瞬间一片安静。

叶承安盯着他半晌，点点头道：“选就选，这跟墨小七去我们丞相府有什么关系？”

墨寒卿一脸无语地看着他：“她去了丞相府，就是叶丞相的养女，到时候也得去参加选妃。”

“哦。”叶承安点点头，表示这次终于听懂了。

两秒后，他惊得跳了起来，指着叶七七道：“她？！她去参加选妃？！她不是你的……你的……”

墨修竹眨眨眼睛，看看墨寒卿又看看叶七七，迟疑了一下，然后道：“寒卿，你的意思是……你……喜欢她？”

他话音刚落，墨寒卿脸上便浮现出一抹浅浅的红晕。

“那你要是喜欢她，直接让父皇赐婚不就得了，反正父皇那么喜欢你，还一直担心你找不到王妃，眼下你主动去说，他肯定一百二十个点头同意啊。”墨修竹依然一脸不解，完全不明白他为何多此一举，非让叶七七去参加什么选妃。

墨寒卿半晌也没说一个字。他的目光幽幽地落在叶七七娇小的身影上。眼下……他并不确定叶七七也喜欢他……若是在她不愿意的情况下，要皇上强行赐婚，依她的性子，不知道要闹出什么事来。所以现在，只能坑蒙拐骗，走一步是一步了。

墨寒卿轻咳一声，抬起头看着墨修竹，道：“你们知道本王最讨厌女人，所以此次让叶七七去参加选妃，就是让她打败那些官家小姐，这样本王就不需要从她们中间选一个人来做王妃了。”

“可你这选妃也不是比武啊。”慕容鸿羽皱着眉头，一脸怀疑道，“那些官家小姐，平日里都是吟诗作对、抚琴弄画的。”

一提到这个，墨寒卿神色更加阴冷。他今日下朝之后，特地去御书房找了皇上，想要跟他商量一下，将比武放在第一场比试中，这样叶七七好歹能多战胜一些人。然而不巧的是，太后恰好也去了御书房，想要跟皇上商量给他选妃的事情。太后一听他的这个提议，连连摇头说不好，还说女孩子家的，打打杀杀成何体统，更何况那些官家小姐能有几个会武功的，这不是给那些大臣难堪吗？

原本皇上快要点头同意，被太后这么一说，立刻迟疑起来，最终只答应墨寒卿将比武放在最后一场。这样一来，叶七七必须在前面几场选拔中，通过琴棋书画一系列的考验，打败所有人，成为他的王妃……

墨寒卿一想到这件事情，就觉得自己有些头疼。万一叶七七在第一场甄选中就被刷下来，怎么办？看皇上和太后的意思，这次选妃，若是他不同意让最终通过的女子成为王妃，看在诸位大臣的面子上，他起码也要立她为侧妃。纵然他再不喜欢侧妃，再不去碰她，可名义上，那名女子也算自己的王妃……到时候，叶七七会不会因为这个，而和自己越来越远?

“寒卿……寒卿……”叶承安见他阴着一张俊脸，半天没有说话，便又喊了他几声。

墨寒卿回过神，目光落在身边的叶七七身上，伸手拍了拍她的肩膀，将她推到叶承安面前道：“选妃开始前的这段时间，你就住在丞相府里，我已经请了京城中有名的夫子，让他们去丞相府给你补一补琴棋书画的知识。”

叶七七扯了扯嘴角，道：“你不是说只要我去参加选妃就行了吗，为什么还要补那些知识?”

“你以为只要参加就行了吗？”墨寒卿眯了眯眼睛，心情十分不好，“你要是拿不到第一名，照样得偿还本王八十万两银子！”

禽兽！叶七七忍不住在心里狠狠地骂了一声。她怎么就这么倒霉，她怎么就这么管不住自己的手呢！以后在这靖安王府，她一定小心翼翼地行走，万一碰倒了什么架子、花瓶，搞不好又是上百万的债务。算了，去丞相府就去丞相府吧，不在这靖安王府也好，免得莫名其妙又多出好多债。

叶七七思考了一番，低头认命道：“行吧，那就去。”

“嗯，去吧。”墨寒卿面无表情地站在原地道。

叶七七转头，看了他一眼，迟疑道：“那什么……殿下？”

“嗯?”

“去之前我能不能先用个早膳?”叶七七伸手摸摸自己的肚子，她都快饿晕了。

墨寒卿无语地看着她，刚准备开口，叶七七便摆摆手，道：“算了，算了，我现在就去丞相府吧。叶公子，咱们走，快走！”她一边说一边拽住叶承安的袖子，不由分说地将他拖了出去。

原本叶承安还想反抗两下，奈何叶七七力气实在太大，完全不给他挣扎的余地。

“呵呵呵……寒卿，再见啊……”叶承安尴尬地朝墨寒卿挥了挥手，郁闷地被拖走了。

墨修竹和慕容鸿羽对看了一眼，同时朝墨寒卿抱拳，道："告辞。"

京城最好的酒楼。

叶承安、墨修竹、慕容鸿羽坐在叶七七身边，眼睁睁看着她左手一个包子、右手一块糕点，大口大口地吃着早膳。

"那个……"叶承安看她吃了一会儿，终于清了清嗓子道，"小七你……跟我们寒卿是什么关系啊？"

叶七七抬起头来，口齿不清地问道："什么什么关系？"

"就是你俩……"叶承安迟疑着小声道，"你不是他的贴身护卫吗，怎么突然就要去参加选妃了呢？"

"哦，这个啊。"叶七七将嘴里的食物努力咽下，可怜兮兮地看着叶承安道，"之前当殿下的护卫时我欠了他一些钱，嗯……虽然后来还清了，但是昨天我一不小心震碎了他靖安王府门口的两座石狮子，他说那两座石狮子价值八十万两，要是我参加选妃，他就不要我还那八十万两了。"

"八十万两？！"叶承安听了这个数，差点没从椅子上跳起来。

"嗯，怎么？"叶七七看着他的反应，奇怪道，"难道那两座石狮子不值八十万两？"

叶承安连忙整理好表情，一本正经地道："怎么会呢，那两座石狮子可是皇上登基的时候，滨州知府送来的，汉白玉造，动用了好多工匠，差不多……也值这个价吧。"

"我就说吧，我哪有八十万两来还他啊。"叶七七叹了一口气，无奈道，"只能去参加选妃了啊。"

"哦……是这样啊……"叶承安一边点头，一边看了一眼自己的小伙伴。

要是叶七七知道，当年滨州知府进贡了上百座石狮子，他们每位皇子，甚至几位朝廷重臣府邸门口都有放，不知道会不会抓狂……

当然，这些话叶承安是肯定不会对叶七七说的，若是被墨寒卿知道他一时多嘴，那他会连自己怎么死的都不知道。

墨修竹看着慕容鸿羽，敲了敲手中扇子，感慨道："黑啊，太黑了……"

"嗯。"慕容鸿羽十分赞同地点点头。

叶七七满眼疑惑地看着他俩，道："什么东西太黑了？"

"我是说鸿羽今日穿得这身衣袍，实在太黑了。"墨修竹转过头，笑眯眯地说道。

叶七七看看他，又看看慕容鸿羽，总觉得他的话不对劲，可又说不出到底哪里不对劲。

"对了，七七，"墨修竹想了想，"我以后就叫你七七吧？七七，你对琴棋书画有比较擅长的吗？"

叶七七皱着眉头想了想，无辜地摇了摇头，道："没有，我最擅长武功。"

墨修竹有些无语。

叶承安看了看另外的两个小伙伴，又看向叶七七道："好了，好了，快吃，吃好了跟哥哥回丞相府，一大堆课业等着你呢。"

"我……能拒绝吗？"叶七七扯了扯嘴角，感觉未来几天可能过得非常苦。

"可以啊。"叶承安点点头。

"真的？"

"你还寒卿八十万两就好了。"叶承安非常不厚道地朝叶七七露出灿烂的笑容。

禽兽的朋友，果然都是禽兽！叶七七看着他笑得异常欠扁的脸，在心中默默地念叨了一句。

几天时间很快过去，转眼到了墨寒卿选妃的日子。

一大清早，墨寒卿、墨修竹和慕容鸿羽，便赶去了丞相府。

院子里，叶七七正坐在石桌旁，认真听对面的夫子讲课，而叶承安便站在她身后监督她。

听到脚步声，叶承安转过头，一眼看到一同进院子的几个小伙伴。

走在最前面的墨寒卿，满眼期待地朝叶七七看去，朝叶承安道："怎么样了？"

"这个……"叶承安为难地看着墨寒卿，在叶七七身上瞟了两眼，又在夫子身上瞟了两眼，压低了声音道，"不容乐观。"

"什么意思？"墨寒卿眉毛紧紧皱起，听到这句话，心中顿时凉了一大截。

"今儿上午是最后一节诗词课，直到现在，夫子教她的诗词，她还不能完整背出来。"叶承安叹了一口气道，"吟诗作对什么的，估计是没什么希望了。"

墨寒卿蹙着眉，沉默片刻，道："吟诗作对不行，那别的呢？反正那些官家小姐也不是样样都会的。"

叶承安伸手指了指叶七七对面的夫子，满脸无奈道："这是唯一一位不嫌弃叶七七的夫子了，其他夫子教了她两节课，都跑了……"

整个院子里的人，听到叶承安的这句话，瞬间沉默。

墨寒卿扯了扯嘴角，看着叶承安，不甘心道："那些夫子为什么跑了？"

"具体原因我也不是很清楚。"叶承安伸手挠了挠脑袋道，"我去问那些夫子的时候，那些夫子看起来好像很是慌张，连连冲我摆手，然后就逃跑了。"

墨寒卿将目光转向正在听夫子讲课的叶七七，心中却是琢磨着，难道那些夫子都被叶七七恐吓威胁过了？

"既然夫子都跑了，你就不能给她再找几个吗？"墨寒卿皱着眉，心中有些不高兴。

"我倒是想啊。"叶承安一脸无辜地看着墨寒卿，摊了摊双手道，"可你之前请的已经是这京城里数一数二的夫子了，其他夫子大多也都出自这几位门下，不知道为什么，我再去请其他夫子的时候，他们说什么也不愿意来我这丞相府。"

墨寒卿听着他的话，眉头皱得越来越紧。

"眼下就剩这位教诗文的夫子了。"叶承安朝叶七七的方向仰了仰下巴，低声道。

墨寒卿顺着他的目光看过去，只见那位夫子摇头晃脑地给叶七七讲了一堆东西，大概问了她一个问题，叶七七低着脑袋思考了一会儿，迟疑着说了几句。

夫子连连点头。

叶七七见夫子点头，表情也变得高兴起来，紧接着似乎也问了夫子什么问题。

墨寒卿和叶承安眼睁睁看着夫子脑门上的汗越来越多，下一秒便收拾了桌上的东西，对叶七七双手抱拳，说了一声告辞，就转身要走。

叶承安愣了，赶忙伸手拦住夫子的去路，面带微笑道："陈夫子，怎么这么快就走了？这课……才刚刚开始没多久啊。"

"在下，教不了七七小姐……"陈夫子一脸尴尬，满头汗水地看了叶承安一眼，想要从他身边走过。

"为什么教不了啊？"叶承安赶紧伸手扯住夫子的袍袖，紧张道，"是不是舍妹太过愚笨，回答不上夫子的问题？"

"不是不是……"夫子满脸通红，连连摇头，只是低着头，一门心思想走。

叶承安见拦不住，只得将夫子放走。

墨修竹和慕容鸿羽看着夫子的身影消失在丞相府，又转过头去，看着叶七七。

叶七七一脸纳闷地坐在石桌旁，满眼无辜地看着他们。

"这下好了，最后一位夫子也跑了。"叶承安摇了摇头，朝墨寒卿叹了一口气。

墨寒卿站在原地，沉默片刻，然后朝叶七七缓缓走去。叶七七抬起头，眨眨眼睛看向他。

"那位夫子……怎么走了？"墨寒卿迟疑了一下，压下心中的不安，低声问道。

"我也不知道。"叶七七无辜地看着他道，"他就问了一下我叫什么，以前有没有学过诗文，师从何人，我回答了，他就跑了。"

“你怎么回答的？”墨寒卿皱眉问道。

“我如实回答的啊。”叶七七很老实地道。

“然后他就跑了？”

叶七七点点头，想了想又补充道：“前几位夫子也是这样的。”

墨寒卿有些无语。

恰好此时，门外匆匆进来一个侍卫，跑到叶承安面前，单膝下跪，朝他双手抱拳道：“公子，时辰快到了，宫里来的马车已经在府外候着，咱们……是不是该动身了？”

叶承安闻言，转头看向墨寒卿。后者的脸色，实在不怎么好看。

“寒卿？”叶承安迟疑了一下，低低地喊了他一声。

墨寒卿冷冷地应了一声，深吸一口气，朝叶七七低低地道：“叶七七。”

“嗯？”

“没什么。”墨寒卿收回目光，淡淡地道，“记住，你要打败所有人，否则……”

叶七七满头黑线：“我知道，我知道，八十万两嘛！我肯定会尽力。”

墨寒卿点点头，袍袖一甩，径直朝丞相府大门走去。墨修竹、慕容鸿羽赶紧跟在他身后。

叶承安看了叶七七一眼，叹了口气，伸手拍拍她的肩膀，道：“七七，别紧张，尽力而为。”

“好。”叶七七点点头，不明白他们为什么跟上刑场一样。

半个时辰之后，皇宫门口停着一排排马车。

宫里的嬷嬷站在宫门口，等着各家小姐下车。

叶七七从马车中钻出来，抬头看了看，正是上午，太阳在蔚蓝的天空中散发着璀璨的光芒。一个又一个漂亮的姑娘莲步轻移，从马车上姿势优雅地下来。

相比而言，叶七七把车帘一掀，直接从车上跳下的动作就显得格外豪放。

叶承安几个坐了另一辆马车来。

今日的选妃大典，最重要的是给靖安王选妃，也会邀请诸位皇子前来观看，定下王妃人选后，其他姑娘若是有被看上的，也可被赐婚于皇子。

是以，叶承安和慕容鸿羽便蹭着墨修竹的光，也一起过来了。

墨修竹伸手掀开车帘，朝外看了一眼，然后皱眉道："那些姑娘怎么一个个都打扮得花枝招展，这么一看，咱们小七有点朴素了。"

"哪儿？"叶承安推开墨修竹，坐到车窗旁也往外看了一眼。

宫门口的那些姑娘，金钗玉钿翡翠步摇几乎插了满满一头，每个人脸上都涂了胭脂水粉，描着红唇，更有爱美之人在眉心以朱砂点出一朵梅花。

再看看她们戴着的耳环、项链、珠链、手链，那些翡翠玉石、金银珍珠，样样珠光宝气，在阳光的照射下几乎闪瞎人眼。

叶承安咂巴咂巴嘴，看了一会儿，转过头对墨寒卿道："看看外面那些姑娘打扮得有多隆重，就知道你在她们心中的分量有多重。"

墨寒卿淡淡地瞥了他一眼，又顺着他的目光看了看头上只插着一支珠钗的叶七七，随口问道："怎么，你们丞相府穷到这地步了，连套像样的首饰都拿不出来？"

"我呸！你可别冤枉好人！"叶承安反应激烈地道，"我娘可是把府里最好的首饰拿出来给叶七七挑了，结果她倒好，一件都不想戴，就她头上那支珠钗，还是我娘好说歹说她才同意戴上去的。"

"哦。"墨寒卿随口应了一句道，"我不过随便说说，你这么激动干吗？"他目光从叶七七的身上收了回来，声音淡淡道，"这样挺好的。"

选妃大典是在甘泉宫举行的。

此次入宫的各位官家小姐，共有二十三位，都是精挑细选过的。年龄不过十三到十六岁之间，但叶七七是个子最为矮小的一个。所以，在这二十三人的队伍里，她的轿辇在最前面。

一路行至甘泉宫，所有姑娘便从轿辇上下来，在嬷嬷的搀扶下，有序地走进甘泉宫的殿门。

甘泉宫内，首位上坐着皇上和太后，其次是皇后和贵妃，再往后就是众位皇子了。

叶七七低着头，跟在嬷嬷身后进了殿，悄悄抬头看了一眼四周，竟然看到好几位这些天从丞相府落荒而逃的夫子。

那些夫子，该不会是来当评委的吧？叶七七嘴角抽了抽，他们几个一见自己就跑，过会儿才艺比试的时候，会不会看不上她的表演啊？

就在她胡思乱想的时候，走在她前面的嬷嬷恭恭敬敬地朝皇上、太后跪了下来，道：“参见皇上、太后。”

跟在她身后的一众姑娘也跪了下来，齐声喊：“参见皇上、太后。”

叶七七赶紧跟在后面，装模作样地喊了几句。

“皇上万岁，万万岁，太后千岁，千千岁。”那老嬷嬷中气十足地又喊了一声。

“皇上万岁，万万岁，太后千岁，千千岁。”姑娘们跟着喊了一遍。

“起来吧。”皇上笑呵呵地摆了摆手道，“诸位不必拘束，今日是为朕的皇弟靖安王选妃，你们可要好好表现。”

“是。”底下的姑娘们柔声细语地应道。

“苏公公，靖安王怎么还没来？”坐在皇上身边的太后，一脸担心地朝旁边的太监问了一声。

“回太后娘娘的话，方才侍卫来报，说是三皇子的马车已经入宫了，靖安王应该是跟三皇子殿下一同过来的。”苏公公赶紧弯着腰朝太后说道。

“哦，那就好。”太后点了点头，她今日最担心的，是这个小儿子不出现在选妃大典上。

皇上转头看了太后一眼，笑笑地道：“太后不必担心，靖安王肯定会来。”

“嗯。”太后低低地应了一声，一双眼睛却是不住地朝大殿门口张望。

果然，不一会儿门口便传来通报：“三皇子殿下驾到——靖安王殿下驾到——”

叶七七顺着声音回头看去，只见墨寒卿、墨修竹、叶承安、慕容鸿羽四人缓缓走来。进了大殿，他们朝皇上、太后一一行过礼，这才回到自己的位子上坐下。

墨寒卿就坐在太后身边。

皇上笑眯眯地看着他们，沉声道：“行了，既然人都到齐了，那么选妃大典便开始吧。”

“是。”苏公公弯腰应了一声，然后转过身，朝殿中诸位姑娘大声道：“选妃大典现在开始，第一项才艺展示为，诗词表演。”

他话音刚落，便有内监抬来一张张小书桌，一一搁置于诸位姑娘身前。

紧接着，内监们又鱼贯而入，搬来二十三张蒲垫，置于诸位姑娘的身后。

苏公公站在大殿上，笑看着殿中的各位重臣之女道：“诸位姑娘，请坐吧。”

“是。”其他姑娘颇有礼貌地福了福身子，这才款款坐了下来。

叶七七怔了一下，赶紧有样学样地福了福身子，规规矩矩地在蒲垫上坐下。

墨寒卿目光一直落在叶七七的身上。他默默地看着她有些笨拙地行礼的样子，心中便忍不住柔软起来。

“皇上，都准备好了，请出题吧。”苏公公见各家小姐已经坐下来，便转过身去，朝皇上弯了弯腰，笑眯眯道。

皇上点了点头，在大殿中扫了一圈，清了清嗓子道：“现如今正是盛夏时节，御花园的池塘中荷花开得正盛，诸位就以荷花为题，作一首诗吧。”

“是。”坐在蒲垫上的姑娘们听到皇上的话，起身又行了礼，这才重新坐下。

叶七七有些无语。

不过片刻，已经有好几位姑娘拿起毛笔，开始在纸上写起来。

墨寒卿将目光转向叶七七，却见她安坐于书桌前，只是低着脑袋盯着面前的白纸，也不知道在想些什么。

墨修竹、叶承安、慕容鸿羽的关注点自然也是叶七七。叶承安忍不住朝慕容鸿羽压低了声音道："七七……不至于连一首关于荷花的诗都写不出来吧？"

"不知道。"慕容鸿羽沉默片刻，摇摇头，"其实关于荷花的诗，我知道的也不多。"

"你是自小习武的啊！"叶承安沮丧地道，"叶七七也是自小习武的，照这样子看，她该不会真的一首都不会吧？难道她第一局就要被刷掉？"

一炷香的时间过去，已经有好几位姑娘写完了。眼看写完的人越来越多，叶七七还是没有拿笔的意思，墨寒卿忍不住皱起眉头。这家伙想干吗？该不会第一场比试就要交空白答卷上去吧？她好歹写点什么，他坐在太后身边，也能为她说几句。她若是什么都不写，他就是有心保她，也无能为力啊！

就在墨寒卿心急如焚的时候，叶七七突然从沉思中回过神，拿起书桌上的墨条，随意在砚台中研磨了几下，便提起笔，在纸上飞快地写着。

看到她终于动笔，墨寒卿、墨修竹、叶承安和慕容鸿羽四人终于松了一口气。

只是……墨寒卿皱着眉头，心里忍不住咯噔一下。她该不会在纸上乱画吧？他仔细在脑海里搜寻，却怎么也找不到叶七七会写字的记忆。

不过片刻，叶七七便写完了。她动作潇洒地将毛笔丢在书桌上，把纸递给站在身边的内监，笑嘻嘻地道："写好了。"

内监弯了弯腰，双手接过叶七七递来的纸，又躬身过去献给苏公公。因为叶七七是最后一个写完的，所以她的那张纸，就被放到了最后。

苏公公收完纸，在殿中扫视一圈，笑着道："诸位姑娘都写完了吧？"

"是。"殿中的姑娘异口同声地应了一句。

"那咱们便开始点评吧。这第一位，是林大学士的女儿，林雨柔的作品。”苏公公笑眯眯地念道，“金桨木兰船，戏采江南莲。莲香隔浦渡，荷叶满江鲜。”

“嗯，写得好！”皇上听着苏公公念完，忍不住拍手夸奖，“不愧是大学士的女儿，好作品，才女、才女啊！”

“小女子不敢当。”站在殿中的林雨柔朝皇上恭恭敬敬地行了个礼，微笑道。

“雨柔不必谦虚。”皇上笑眯眯地看着她，道，“京城之中，你的才名早有传闻，今日一见，果然不虚此名。”

“谢皇上夸奖。”林雨柔面带微笑，款款地行礼。

“皇上？”苏公公弯着腰站在旁边，低低地喊了一声。

“嗯，赐金柳叶一枚。”皇上笑着点点头，沉声道。

“是。”苏公公应了一声，朝后面一招手，立刻有一名内监托着案板过来。

苏公公拿起其中的一枚金柳叶，递给另一位内监，那名内监立刻将柳叶送到林雨柔面前。

“柳”同声于“留”，皇上赐金柳叶的意思，便是将她留下来。林雨柔拿着金柳叶，嘴角浮起浅浅的笑容，再次朝皇上行礼，低柔地道了一声谢。

“下一个，顺天府刘府尹之女，刘月香。”苏公公拿起下一张纸，递给身边的内监，继续念，“江南可采莲，莲叶何田田。鱼戏莲叶间，鱼戏莲叶东，鱼戏莲叶西，鱼戏莲叶南，鱼戏莲叶北。”

皇上听着这诗，忍不住笑道：“这是汉乐府，虽然简单点，却是胜在字写得不错，赐金柳叶吧。”

“是。”苏公公笑着应了一声，又赐了一枚金柳叶给刘月香。

后面的那些女子，大多都在默写古诗，只要与荷花有关，字又写得不错，基本上都被皇上赐了金柳叶。只有那么几个，实在写得惨不忍睹，皇上看了之后，轻轻地摇头叹气，苏公公便也大概明白这意思了。

随着苏公公手中的纸张越来越少，墨寒卿也越来越紧张。他的一颗心几乎快要跳到嗓子眼。

"最后一个，叶丞相之女，叶七七。"苏公公手中终于只剩最后一张纸，他看了一眼那名字，大声念道。

"哦？叶丞相的女儿？"皇上听到这句话，微微怔了一下，目光带着疑惑，看向坐在不远处的叶承安，奇怪地道，"之前从未听说叶丞相有女儿。承安，这是怎么回事？"

"回皇上的话。"叶承安赶忙从座位上站起来，恭恭敬敬地道，"七七是丞相府的养女，多年来养在深闺，不为人知，不过虽是养女，却颇得爹娘喜爱。"

"哦……养女。"皇上点了点头，目光落在叶七七身上，意味深长地说了一句。

叶承安也不知道他这感慨是什么意思，只是见皇上不说，他也不好继续说什么。

"皇上？"苏公公等了好一会儿，见皇上并没有继续问什么，便低低地喊了一声。

"哦，念吧。"皇上笑了一下，朝苏公公道。

"是。"苏公公应了一声，然后转过身，看着那名内监手上的纸，大声念道："香荷碧水动风凉，水动风凉夏日长。长日夏凉风动水，凉风动水碧荷香。"

皇上听着叶七七的诗，怔了一下，下意识抬头朝那名内监看去。只见白纸上龙飞凤舞、行云流水般写着四句诗。那字与寻常女儿家有些不同。寻常女儿家的字大多小巧秀气，纸上那些字却是一笔而下，力透纸背，苍劲有力。观之若脱缰骏马绝尘而去，又如蛟龙飞天流转腾挪。

皇上只觉眼前一亮，忍不住赞叹道："好字！好字！"

"皇上，这诗写得颇有新意。"一直坐在席位上没有开口的太傅突然赞叹道，"您没发现，这是一首回文诗吗？"

"回文诗？"皇上愣了一下，再次朝叶七七那首诗看去。

"香荷碧水动风凉，水动风凉夏日长。长日夏凉风动水，凉风动水碧荷香。"皇上将那首诗又念了一遍，拍手道，"妙哉！妙哉！来人啊，赐金柳叶。"

“是。”站在苏公公身边的那名内监，立刻将一枚金柳叶送到叶七七面前。

“多谢皇上赏赐。”叶七七笑眯眯地接过金柳叶，朝他行了个礼。

“这小姑娘不错。”一直坐在皇上身边没有开口的太后看着玲珑可人的叶七七，忍不住对墨寒卿道，“虽是叶丞相的养女，但这才气，丝毫不输给林大学士的女儿啊！”

墨寒卿有些震惊地看着叶七七，一时之间竟忘了回太后的话。其实从第一眼看到叶七七的字开始，他整个人便愣住了。她的字写得实在太好，依稀有当今天下第一书法家的影子。而她那首回文诗，更是让他刮目相看。

“小姑娘，”皇上看着娇俏可爱的叶七七，忍不住好奇地道，“你这书法……是师从何家啊？”

叶七七脸上顿时浮现一抹浅浅的红晕。她的书法，自是师从当今天下第一书法家秦观，只是……秦观那老头子，天天嫌弃她写得难看，说她的字没有意境，没有思想，没有情怀，没有灵魂，还让她以后出去不要乱报他的名号，免得毁了他的名声。

叶七七有些郁闷地咬了咬嘴唇。哼，不让她报名号，她还不想说自己是跟着他学的呢！

“那个……我……就是照着字帖临摹的。”叶七七红着脸，小声道。

“照着字帖临摹的？”皇上愣了一下，怪不得这字迹隐隐透露出秦观大师的影子呢！姑娘小小年纪便能将字练得这么好，日后必定有所成就。

“那你这诗词，是师从何人啊？”

“诗词是跟着我张远之爷爷学的。”叶七七抬起头，声音清脆地道。

张远之？！叶承安顿时怔住，那不是传说中的诗圣吗？！

“张远之？你认识张远之？”皇上惊讶地看着叶七七。

叶七七看着坐在大殿上的皇上，迟疑了一下，摇了摇头，道：“我……不认识他……”

“你不认识他？你刚才不是喊他爷爷吗？”皇上有些疑惑地看着她。

“也不能说不认识……”叶七七结结巴巴地道，“他……他不是写诗写得挺好的吗，我……那个，我看过他的诗集，呃……所以，就是看他的诗集时，我问过爹爹，爹爹说，他是张远之爷爷。”

“哦……原来是这样……”皇上不免有些失望。听说诗圣张远之已淡出江湖很久，现如今他的诗作极为难求。若是这小姑娘真的认识张远之，说不定还能代他求得一篇佳作。

墨寒卿目光落在叶七七身上，带着一抹淡淡的温柔。原来他喜欢的叶七七，除了武功厉害，文采也如此出色。

“挺好的，挺好的。”皇上不住地点头。

第一轮诗词环节过去，直接淘汰了八个。二十三人中，只留下十五人。

苏公公宣布：“第二轮比试，各位姑娘看一下面前的笔墨纸砚，请以‘梦’为主题，画一幅水墨画，时间以一炷香为准。”

水墨画？是要她们把梦画出来，还是要她们把画画得如梦一般？这题目也太虚无缥缈了吧？

各家姑娘思索片刻，只得提起笔，硬着头皮开始画。

墨寒卿的目光一直停在叶七七身上。她垂着毛茸茸的脑袋，跟刚才写诗时一样，似乎是在想着什么，良久之后才提起笔，开始作画。

怪不得京城里的夫子们一听叶七七师从何人，全部落荒而逃。此刻，墨寒卿在心中仔细斟酌了一下，当今天下排名第一的画家似乎是陶勉，估计叶七七的画就是跟他学的了。

一炷香的时间转眼过去。

苏公公扯着嗓子喊了一声：“时间到——”

那些官家小姐只得无奈地放下手中的毛笔。苏公公笑眯眯地看着她们，然后朝她们身边的内监道：“行了，将各位姑娘的画都呈上来吧。”

“是。”内监们应了一声，双手捧起书桌上的画作递给苏公公。

“皇上。”苏公公捧着一摞画，转过身看向皇上，等候他的意旨。

“就……先从她开始看吧。”皇上伸手指了指叶七七，眼里带着一丝期待的光芒。

“是。”苏公公应了一声，挑出叶七七的那张，展示给众人看。

米色宣纸上，圆日挂在空中，浓淡不一的云彩将圆日半遮住。天空下方是金戈铁马，呼啸奔腾，两军交战，刀剑相向，迎风的旗帜在将士们头顶上飘扬，温热的鲜血在将士们脚下肆意挥洒。

皇上一时没有说话，只觉眼前浮现出年轻时他带军出征，在战场上抛头颅洒热血的画面。

整个大殿中的人看到叶七七的画作时，都不由自主地安静了。不过是个女娃，长得娇小玲珑，为何画作却带着气吞山河的磅礴气势?

苏公公等了半天也没听到皇上说一句话，忍不住小声提醒："皇上……皇上?"

"嗯。"皇上回过神来，目光复杂地看着叶七七。

"这是……你的梦?"皇上迟疑片刻，朝叶七七道。

"对啊。"叶七七点点头道，"昨儿晚上刚做的梦，还是新鲜热乎的呢!"

"噗……"坐在皇上身边的太后忍不住笑出声。

其他夫子也低下头，一个劲儿抖着肩膀。

皇上觉得有些尴尬。他原本以为她会很有深度地说些关于大好山河、保家卫国的话，没想到她竟然这么耿直，说这是她昨儿晚上刚做的梦，还新鲜热乎着。她以为这是刚出炉的肉包子吗?

叶七七站在大殿之中，眨巴着大眼睛，一点都不避讳。

皇上点点头，一只手摩挲着下巴道："嗯，很好，画得很好，很有意境，山河壮丽，家国兴亡，自在我心，赐金柳叶!"

"是。"苏公公笑眯眯地应了一声，摆了摆手，一名内监走上前去，递给叶七七一枚金柳叶。

"谢皇上。"叶七七笑眯眯地接过金柳叶，得意地转过头，朝墨寒卿眨了眨眼睛。

墨寒卿坐在太后身边，忽然看到她朝自己的方向看过来，唇角不自觉勾起一抹浅浅的弧度。他的七七，还真是出乎他的意料……

太后顺着叶七七的目光看向坐在身边的小儿子，看到他唇角那抹淡淡的笑意时，忍不住愣了一下。她那向来面无表情的小儿子，竟然也会露出这么温柔的笑容?

太后心思微转，瞬间明白了墨寒卿对叶七七的感情。这敢情好，原本她还担心这个小儿子不喜欢女人，眼下既是对叶丞相家的养女有意思，那她也乐见其成。不过，叶七七毕竟只是养女，如果是叶丞相的亲生女儿就好了。太后心中又是欢喜又是忧愁，一时不知怎么办才好。

看过叶七七的画作，便轮到看其他姑娘的了。只是她们所画的内容，大多是花草竹子，也有人画了月夜星空、银汉迢迢，还有少女执扇扑蝶，但与叶七七的相比，都显得太过平凡、太过小家子气。

皇上和太后随意看了几幅，赏赐了一些金柳叶，又从剩下的十五人里淘汰了五人。

墨修竹、叶承安、慕容鸿羽不敢置信地看着叶七七，这家伙竟然连过两关。既然她这么彪悍，那第三关对她来讲，应该也没什么问题了。

这第三关，考的便是乐器。

京城女子多习古筝，所以大殿之上早已备了一张古筝。

身为官家的女儿，有学琵琶或扬琴的，也有学笛子或箫的，是以这些常见乐器也都排列在旁。

皇上看着殿中剩下的十人，满意地点点头，道：“诸位能够坚持到现在，说明已是京城十分优秀的姑娘。今儿选妃大典的最后一项便是琴艺比赛，各位只须弹奏自己最拿手的曲子，朕与诸位夫子心中自有评判。”

皇上说完，见殿中众人并无异议，便和蔼地问道：“那么，谁先来?”

站在大殿之中的十位姑娘，没有一人应答。

林雨柔转头看了看站在不远处的叶七七，之前两轮比试中，她的风采全部被叶七七给盖了过去，这是从未有过的事情。若是在最后一项上不能赢了叶七七，估计到明天，这京城第一才女的名号就要花落别家了。

林雨柔咬了咬牙，往前迈了一步，朝皇上恭恭敬敬地行了个礼，声音温婉地道：“还是让臣女先来吧。”

“雨柔?”皇上看着自告奋勇站出来的林雨柔，点了点头，道，“好，那便由雨柔先来。”他顿了顿，对大殿之中的诸位重臣之女道，

“雨柔的琴艺可是名动京城，据说当年曾得天下第一琴师指点，今日你们既然有幸得听，可要好好学习才是。”

“是。”姑娘们恭恭敬敬地行了个礼。

林雨柔得到过蔡浩轩爷爷的指点？叶七七朝她看了一眼，要知道，蔡浩轩爷爷的脾气可是出了名的差，可是偏偏一个脾气那么差的人，却弹得一手好曲子。

感受到叶七七的目光，林雨柔转过头看了她一眼，然后眼神轻蔑地仰了仰下巴。这最后可是我最拿手的，今日便让你好好见识见识。

苏公公依然一脸笑眯眯的神情看着林雨柔，朝着她伸手做了一个“请”的姿势道：“林小姐，这边请。”

“好。”林雨柔点点头，走到古筝前坐好，然后双手微抬，轻轻地放在琴弦上。

刚刚那一轮，叶七七以金戈铁马的山河图赢得胜利，由此看来皇上喜欢大气的曲目。林雨柔安静片刻，滑动手指，一曲《十面埋伏》自她的指尖倾泻而出。

《十面埋伏》主要刻画了“得胜之师”的威武雄壮，全曲气势恢宏，充斥着金戈铁马的肃杀之声。

然而这首曲子的演奏难度十分高，纵然是得到过天下第一琴师指点的林雨柔，也不免弹错几个地方。好在那些细节若是不仔细倾听，是很难发现问题的。总的来说，林雨柔的弹奏技巧趋于完美。

皇上坐在大殿上，一边听着她弹奏，一边连连点头。可也不知道为什么，这曲子听起来有些不太对劲。

林雨柔弹奏完后，双手静置于琴弦上，将尚在颤动的琴弦归于静止，这才款款站起身，朝皇上盈盈一拜，道：“臣女演奏完毕。”

“好！好！”皇上点点头，轻轻地拍了拍手，赞了一句，便让苏公公拿了一片金柳叶赐予她。

林雨柔接过金柳叶，颇为得意地看了叶七七一眼。

这首《十面埋伏》她可是苦练了好久，虽然刚才弹错了几个音，但已经是她演奏得最好的一次。

剩下的几个人，有的演奏得差，也有的演奏得好。

轮到叶七七的时候，皇上以及诸位夫子看向她的眼神中莫名带了一丝期待。

墨寒卿看着她，心中有雀跃的情绪，不知道她又会带给自己怎样的惊喜。

叶七七走上前，朝着大殿之上的皇上、太后福了福身子，然后走到那架古筝前，坐好。她微微低头，目光落在那架古筝的琴弦上，双手平放于膝上，安静片刻，突然抬起头，迅速拨弄琴弦。如同流水般的乐声，瞬间倾泻出来。

大殿中的人，听到这曲子都愣住了。这不是刚才京城第一才女弹奏的《十面埋伏》吗？此刻，当叶七七也演奏这首曲目，他们终于知道方才奇怪的地方是哪里了，是节奏！林雨柔的演奏有些温暾，好像厮杀呐喊的战场上站着一个老太太，端着一碗粥，一边晒太阳一边看打仗，特别不和谐。可叶七七的演奏速度极快，仿佛瀑布自高处宣泄而下，一落千里，不带停顿，又仿佛千军万马，挥舞着旗帜，军心奋起，冲向对方。在如此强烈的对比下，林雨柔的演奏便破绽百出。

皇上和众夫子一边听一边不住地点头。而墨寒卿看向叶七七的眼眸中，也绽出璀璨的光芒。

只有林雨柔站在大殿中，身子仿佛落叶，不住地颤抖。怎么可能？！叶七七怎么可能也弹奏这首曲目？！而且还弹得比她好？！

林雨柔脸色惨白地看着坐在古筝前认真演奏的叶七七。她不过十一二岁的样子，就算练琴，练习时间也不可能比她长。这么多年，她每日每夜苦练琴棋书画，为的就是将来有一天，能在某个皇子的选妃大典上大放异彩，为自己、为她的家族获得至高无上的荣誉。

叶七七的一曲《十面埋伏》很快便弹奏结束。在一片喝彩声中，林雨柔脸色越发苍白，身子也摇摇欲坠。

“太出色了！”皇上连连拍手道，“这叶丞相家的养女，真是让朕刮目相看啊！”

“是呀！”太后也笑着附和，“怪不得刚才承安那孩子说叶丞相非常宠爱七七呢！我要是有个这样的女儿，管她是不是亲生的，我也宠爱啊！”

皇上点点头，转过头朝太后低声道：“这小姑娘不错，就是不知道……寒卿的意思怎么样。”

太后顺着皇上的话，转头看了一眼正认真看着叶七七的墨寒卿，笑着抿了抿嘴，没有说话。

“苏公公，赐叶七七金柳叶一枚。”皇上拍完手后，便朝苏公公满脸笑容地吩咐道。

“是。”苏公公笑眯眯地亲自拿起一片金柳叶，递到叶七七的手上，“恭喜七七姑娘。”

“谢皇上赏赐，多谢苏公公。”叶七七欢快地拿起苏公公递过的金柳叶，仔细收起来。

琴艺比试结束，又淘汰了五位姑娘。

大殿中只剩下五个人了。皇上看着眼前的五位姑娘，轻咳一声，威严地道：“恭喜你们通过全部考验，只是在选妃大典之前，靖安王特地来找过朕，说要亲自设置一道关卡，给所有通过的姑娘。若是你们有人能通过最后一道，那便可当之无愧地成为靖安王妃。”

还有比试？五位姑娘除了叶七七之外，皆是满眼的疑惑。

皇上看了墨寒卿一眼，声音低低地道：“寒卿，你这最后一关现在可以开始了吗？”

“嗯。”墨寒卿淡淡地应了一声，动作优雅地从椅子上站了起来。

他目光凉凉地扫了一眼站在大殿中的五位姑娘，面无表情地朝她们比了一个请的姿势道：“诸位随我来。”说完，他便缓缓走下阶梯，朝大殿外走去。

殿中众人你看看我，我看看你，满眼的疑惑。

大殿外宽敞的院子里，墨寒卿长身而立，目光微抬，看着走出殿门的众人，眉毛微微皱了皱，冷冷地问：“刚才选出来的那五个人呢？”

堵在大殿门口的众人赶忙让出一条道，叶七七和林雨柔还有另外三个姑娘，这才自众人身后走出来。

皇上看着站在院子中央的墨寒卿，正午的阳光透过树叶洒在他身上，投出一片斑驳的光影。他负手站于院中，一言不发地看着五个姑娘，眼底有一抹浅浅的流光。

“寒卿？”皇上见他迟迟不开口，便喊了他一句，“你设置的最后一关到底是比试什么？”

“回皇兄的话。”墨寒卿微微一笑，淡然地道，“之前不是已经跟皇兄说过了吗，这最后一关要比试的，便是武力。”

“这……不知皇叔为什么要比试武力？”最小的一个皇子见周围人满眼疑惑，便朝墨寒卿问道。

“本王——”墨寒卿语气顿了顿，淡然道，“需要保护。”

哈？院子中的众人在听到他的这个回答之后，皆是一脸疑惑。他们没有听错吧？那个传说中杀伐决断、骁勇善战、在战场上令敌人闻风丧胆不战而退的靖安王，眼下竟告诉他们，要选一个武力好的妃子来保护自己？

皇上忍不住扯了扯嘴角，无语地看着他。太后也有些尴尬，轻咳了一声，不知说些什么才好。

“既是如此，便请靖安王殿下出题吧。”林雨柔宠辱不惊地看着墨寒卿，声音温婉地道。

所谓的武力，自然因为靖安王殿下经常带兵打仗，所以希望和自己的王妃有些共同语言吧。那么这考试，应该也是问与武学、兵书相关的问题。

呵……这一类问题啊！林雨柔淡淡地瞥了叶七七一眼，她自小博览群书，对于兵法也颇有研究，若真是考查这方面的知识，她有绝对的自信赢过叶七七。

毕竟会琴棋书画的女子比比皆是，但熟读兵书的，却没有几个。一想到这里，林雨柔失落的情绪消失得无影无踪。

墨寒卿淡淡地瞥了林雨柔一眼，双手轻轻地拍了拍。立刻便有五个彪形大汉从院子外面走了进来，一言不发地在墨寒卿身后站好。

“寒卿，这是？”皇上忍不住皱了皱眉头，看着那五人，心中明白过来，这不是靖安王府的死士吗？

以往靖安王带兵上阵，身边经常带着死士，这些死士随他出生入死，并且绝对服从他一个人的命令。

墨寒卿唇角微勾，露出一抹浅浅的笑容："这便是本王设置的最后一关。"他一边说着一边转过身，指了指站在自己身后的五名死士，"这五个人，都是跟随本王出生入死过的，今日这选妃大典的最后一关，在场的五位姑娘，每人挑选一位死士和他对打，只要打得过，本王便当场立她为妃。"

要打败靖安王府的死士？！站在大殿门口的五位姑娘，除了叶七七，所有人的脸色瞬间变得惨白。开什么玩笑，她们不过是手无缚鸡之力的弱女子，别说是和死士对打，就算和普通小厮对打，也不可能获胜。

皇上脸色也不由自主地变了变，皱着眉头看着一脸淡然地站在院子中的某人，声音不悦地道："寒卿，不可胡闹。"

"臣弟并未胡闹。"墨寒卿眼眸微抬，看着皇上，"皇兄之前既然答应了臣弟，这最后一关由臣弟来设置，那便不可反悔。"

"你这——"皇上瞪了瞪眼睛。

敢情这小子就是不想选妃，所以才找了这么个法子来拒绝所有臣女。皇上脸色顿时不好看起来。

"本王今日话就搁在这儿了。"墨寒卿目光淡淡地扫了一遍院子里的所有人，冷笑一声，声音低沉地道，"要想成为我靖安王府的王妃，就必须打败靖安王府的死士，否则，免谈。"

"寒卿……"太后皱了皱眉，打算再劝他几句。

墨寒卿却是面无表情地站在庭院中间，没有一丝动摇。

太后忧心地转过头，看了一眼五人中间个子最为娇小的叶七七。眼下，她那小儿子竟然要让这么一个可爱的小女娃去跟那壮硕得跟山一样的死士对打。这不是成心让她找不着儿媳妇吗？太后忍不住长长地叹了一口气。

皇上也是一脸忧愁，他其实挺看好林雨柔，不过叶七七的表现也不错，这两个小姑娘随便哪个嫁给靖安王都挺好，可是眼下……估计一个也嫁不成了。

墨寒卿看着众人，见他们都不说话，便声音冷冷地道：“都没意见了吧？那便开始吧，谁先来？”他一边说着，一边往五位姑娘看去。

林雨柔脸色白了白，下意识后退了一步。其他三个女孩子，已经委屈得眼泪在眼眶里打转。

“寒卿，”皇上看着几个女孩快要哭出来的神情，忍不住喊了他一声道，“你这……也太过刁难，要不，咱们还是换个题目吧？”

墨寒卿沉默片刻，继续声音阴冷地道：“若是不敢来，可以自动选择放弃。”

他话音刚落，除了林雨柔和叶七七之外的三名女子便连连点头，表示放弃。

皇上也颇为无奈，充满期望地朝林雨柔和叶七七看去。林雨柔感觉到皇上的目光，轻轻地咬了咬唇瓣。眼下只剩下她和叶七七两人了，那个叫叶七七的家伙，看起来比她还弱不禁风，要真跟几个死士对上，说不定对方一拳挥下去，她就被揍得爬不起来。

思及此，林雨柔强迫自己镇定下来，往前一步，轻声道：“臣女……愿意尝试。”

皇上听她这么说，顿时颇感欣慰。

林雨柔对皇上笑了笑，款款走到墨寒卿身后的一名死士前，朝他福了福身子，声音柔弱地道：“壮士，请吧。”她抬起头，朝那名死士露出一个甜美的笑容。

当着这么多人的面，这些死士应该不至于真的对一名弱女子出手，最多比画比画吧。

站在墨寒卿身后的那名死士低下头，朝林雨柔双手抱拳道：“林姑娘，请！”说完，他便走到旁边的空地上，双手背在身后，看着林雨柔。

林雨柔见他表情没什么变化，迟疑了一下，便咬着嘴唇，跟着他走到旁边。

“林姑娘，请先出招。”那名死士看着她，声音毫无波澜。

林雨柔一咬牙，便朝那名死士直直地挥出拳头。然而她的拳头还没靠近那名死士的身体，一阵剧痛便从她的手腕处传来。那名死士竟毫不客气地握住她的手腕，接着一个用力，将她的胳膊扭到了身后。那一瞬，林雨柔疼得眼泪都快出来了。

“林姑娘，得罪了。”那名死士将林雨柔制服后，很快松开她，冷淡地道。

林雨柔握着被掐得生疼的手腕，满眼幽怨地看着他。那名死士看了她一眼，却是转过头，看向别处。

“呃……好！雨柔虽然没有打过寒卿的这位死士，但好歹也做出了尝试。”站在一边的皇上赶紧拍手叫好，“只是……寒卿啊，你真不考虑将这比试稍微放宽一点吗？”

墨寒卿转头，淡然地看了皇上一眼，朝叶七七的方向仰了仰下巴，道：“那不是还有一位姑娘没有放弃吗？”

“她……”皇上看了一眼叶七七。那穿着一身淡粉色衣衫的娇小女孩，正眨着一双无辜的大眼睛看向他俩。

“寒卿，七七还是小孩子，你别太为难人家。”太后看不下去了，她对漂亮可爱又有才华的叶七七是真心喜欢，更何况这孩子一直乖乖地站在那儿，话也不多，多招人疼。

“呵……”墨寒卿淡淡地笑了一下，高傲地看着叶七七，“她可以选择放弃，本王又没有逼迫她。”

叶七七眨眨眼睛，看着长身而立的墨寒卿，忍不住在心中狠狠地唾弃他。呸！什么叫你没有强迫我？！还好意思说我可以选择放弃！我要是放弃，那八十万两银子怎么办？！

“那个……我可以试一试。”叶七七眼看院子中所有人都看着自己，便在心里狠狠地骂了墨寒卿，声音清脆地道。

“七七，别太勉强。”太后有点舍不得叶七七。

“没事，就试一试嘛。”叶七七朝太后露出一个灿烂的笑容，然后走到墨寒卿的身边，朝站在他身后的死士双手抱拳，“请。”

剩下的四名死士，同时低下头，看着身高尚不及他们胸口的叶七七，忍不住扯了扯嘴角。这……谁上啊？这小女娃也太小了吧……万一力道没控制好，闹出人命可怎么是好。

一时之间，那四名死士竟然没有一个动弹。墨寒卿皱了皱眉，转过头来，一眼便看到身后四人为难的神色。

“怎么？”墨寒卿挑了挑眉，声音冷冷地问。

“这个……”其中一名死士有些为难地看着自家王爷，“这小女娃也太瘦小了吧……”

“是吗？”墨寒卿淡淡地应了一句，然后转过头看了看叶七七，又看了看四个人道，“你们四个，一起打她。”

“啊？”四名死士全部愣住了。

众人听到墨寒卿的这句话，也全部愣住。他们刚刚，没有听错吧？这……这简直太丧心病狂了……

皇上满眼震惊地看着墨寒卿，好一会儿才回过神，连忙道：“不可，不可，这可是叶丞相的宝贝女儿，万一你给他揍坏了，我这朝堂上以后可没有安稳日子了。”

墨寒卿瞥了皇上一眼，沉默片刻，随手指了一下四人中的一个，道：“那就你去吧，其他人站在原地。”

“是！”没被指到的三名死士松了一口气。

被指到的死士，表情却是比上战场还要悲壮。他朝叶七七双手抱拳，无奈地说了一声：“叶小姐，请。”然后便跟刚才那名死士一样，走到院子旁的空地上。

叶七七点点头，乖乖地跟在他身后。

整个院子里一片寂静。所有人看着空地上一大一小两个身影，忍不住暗暗地为叶七七捏了一把汗。

“叶小姐，请先出招。”那名死士颇有礼貌地说了一句，便在心里想着，过会儿自己下手可要轻点，万一弄断了叶丞相家大小姐的胳膊，他可要吃不了兜着走了。

“好。”叶七七笑眯眯地点了点头，紧接着神色一凛，右手握拳，飞快地朝那名死士挥去。

她刚一出手，那名死士心中便一惊，好浓重的杀气！几乎是下意识地，他偏了偏头，躲过叶七七的一拳。然而还没等他反应过来，叶七七下一拳已经跟上。她出拳速度极快，并且接踵而来，让他几乎没有喘息的时间。

那名死士一边躲，一边不住心惊，他出入战场这么久，从未遇到过如此强劲的对手，他一直以为自家王爷身法已经很变态，却没想到，今日能遇到一个更变态的。更重要的是，对方竟然是个年纪轻轻、看起来人畜无害的小姑娘。

原本等着看叶七七笑话的林雨柔，一颗心却是不停下坠。她只看到一道黑色的身影和一道粉色的身影纠缠在一起。

叶七七竟然会武功？！皇上和太后忍不住对看一眼，再次将目光落在叶七七的身上。

院子中的叶七七，一边游刃有余地对付着死士，一边忍不住打了个哈欠。虽说是死士，可这武功，还不如冷六和十二呢……

好饿，今日一大早就进宫参加什么破选妃大典，她都没吃多少东西，眼下得赶紧解决这名死士，好用午膳去。思及此，叶七七硬生生在半空停了下来，紧接着一个回旋踢，一脚踢在那名死士的腹部。砰的一声，死士还没弄明白怎么回事，已经不受控制地朝院子外飞去。

叶七七在半空飞舞了两圈，稳稳地落地，与此同时，那名被踢飞的死士也撞在院墙上，只是稍微停顿了一下，便顺着墙面滑落下来。

院中众人再次震惊了。

叶七七朝不远处那名瘫在墙根处的死士双手抱拳，声音清脆地道：“承让了。”

那死士吐出一口血。

好像刚才踢得有点重了啊！叶七七扯了扯嘴角，缩缩脑袋，赶紧不去看他。

好半晌，皇上的声音才从人群中传了出来：“这……这……”

咕噜噜，又一声响从叶七七的肚子里发出。她抬起头，直直地看着皇上，有些不好意思地开口道：“那个……皇上，我比试完了。”

皇上终于回过神，目光在叶七七的身上转了两圈，又在不远处瘫倒在墙脚下的死士身上转了两圈，这才找回自己的声音：“朕宣布，这一关，叶七七获胜。”

皇上话音一落，周围顿时响起掌声，紧接着，一声又一声的恭喜不绝于耳。

“恭喜靖安王，贺喜靖安王，终于找到心目中理想的王妃啊！”

“恭喜，恭喜，靖安王终于找到能够保护自己的人！”

“是啊，是啊，这是天大的喜事啊！”

围在皇上周围的那些夫子一看皇上不停朝他们使眼色，赶紧对墨寒卿连连恭喜，仿佛生怕他又弄出什么新的关卡来逃避选妃。

墨寒卿站在院子中央，若是仔细观察，能够在他清澈的眼眸中发现一点浅浅的笑意，只是那抹笑意非常淡，几乎看不出来。

“寒卿，你也老大不小了，看看老三，虽然他跟你一样大，也没立正妃，但妾室都有好几个了。你这孩子眼下终于找到符合要求的姑娘，可要好好待人家才是。”太后生怕墨寒卿反悔，赶紧出来搭话。

墨寒卿依然没有说话。

叶七七看看这个，又看看那个，神色间露出一抹疑惑。

“来，七七，过来。”太后见叶七七俏生生地站在院子里，也不说话，只是眨着一双圆溜溜的大眼睛，看看这个，又看看那个，忍不住心生疼惜。

叶七七眨眨眼，迈开脚步，走到太后身边。

“好孩子，今年多大？”太后伸手拽住叶七七的小手，笑眯眯地问道。

“回太后的话，七七今年十三岁。”叶七七声音清脆地回答道。

“才十三岁？”太后微怔，继而笑着道，“好，小姑娘年纪轻轻便琴棋书画样样精通，武功这么好，将来肯定是个有出息的。”

“呃……太后过奖……”叶七七有些不好意思地挠了挠自己的后脑勺。她不过跟着爷爷的朋友们学了点皮毛，那几个老头子可是对自己嫌弃得要死。

“小姑娘还挺谦虚。”太后看着叶七七俏生生的模样，越看越喜欢，又对墨寒卿招了招手道，“寒卿，过来。”

“是。”墨寒卿淡淡地应了一声，袍袖轻甩，走到太后身边。

太后伸手，拉起墨寒卿的手，又拽过叶七七的手，将两人的手重叠在一起，然后拍了拍他俩的手背，道：“眼下你可算找到中意的王妃了，这以后啊，你们可要好好的。”

哎？哎哎？叶七七眼睛眨了眨，疑惑地看向两人交叠的手。他的手修长白皙，正好将她的一只小手全部覆盖。

墨寒卿微微垂眸，握住她柔若无骨的小手，声音淡淡地道：“儿臣知道了。”

“嗯，不错，不错。”太后见墨寒卿并没有反对，也没有反抗，便牵住叶七七的手，乐得合不拢嘴。

站在一旁的皇上看到这一幕，也笑眯眯地道：“难得有寒卿不讨厌的姑娘，我还以为他打算一辈子打光棍呢！”

“什么叫不讨厌啊！我看寒卿对七七这丫头喜欢得紧呢！”太后纠正道。

“是，是，喜欢得紧。”皇上连连点头。

“依本宫看，赶紧给他俩择日成婚吧？”太后心急地道。

啥？！等等！叶七七忍不住反掐了墨寒卿一把。什么情况，不是说让她来参加选妃就不用偿还八十万两银子了吗？！怎么转眼的工夫，就开始讨论成婚？

墨寒卿连眉毛都不皱一下，假装沉吟片刻，然后淡淡道：“皇兄，母后……七七今年才十三岁……”

他这话一出口，顿时将太后的一腔热情给浇灭了。也是啊，小姑娘才十三岁，尚未及笄，就算成婚，她也抱不了孙子啊！

“这……”太后一脸为难地转头看向皇上。

皇上一怔，笑着道：“那好办，咱们可以先定亲，等七七及笄，再挑个良辰吉日成婚！”

“好好好！那便这样定了。”太后一边笑，一边褪下手腕上的翡翠镯子戴到叶七七的手腕上，“这镯子，先当是母后送你的见面礼，待回头，母后让宫里的人好好挑选一些聘礼，送到丞相府上去。”

“我……那个……这个……”叶七七心中着急起来。这……这事情的发展，不在她的预料之中啊。

“多谢母后。”相较叶七七的抓耳挠腮，墨寒卿就镇定多了。他唇角微勾，淡淡地笑了笑道，“儿臣会好好爱护王妃。”

“好，好，那就好。”太后看着眼前的两个人，越看越觉得般配。

咕噜噜，又一阵响从叶七七的肚子发出。太后愣了一下，看向叶七七，只见她白皙粉嫩的小脸上满是窘迫。

“七七，饿了吧？”太后忍住笑意，拽着叶七七的小手对皇上道，“本宫先带七七回我宫里吃点东西，今日这选妃大典，总算出了一个让本宫满意的结果。”

“是，太后去吧。”皇上连连点头。

太后跟皇上又说了两句话，便拽着叶七七的小手走了。墨寒卿站在原地，目送她们离开，这才转过头，声音淡淡地道：“皇兄。”

“嗯？”

“选妃大典的结果出来了，皇兄不打算昭告众人吗？”墨寒卿状似不经意地提醒道。

“对对对！”皇上一怔，连忙点头朝着苏公公道，“去让宗嗣府拟旨，昭告天下，靖安王妃为叶丞相家养女，叶七七。”

“是。”苏公公笑眯眯地弯了弯腰，领了旨意便连忙去了。

林雨柔不甘心地站在原地，觉得自己今日来参加这选妃大典就是个笑话。叶七七，你给我记着！

墨寒卿陪皇上用过午膳，便去了太后的宫里找叶七七。叶七七正坐在太后的美人榻前，不停吃着案桌上的食物，小脸圆嘟嘟的。她拼命将食物都咽下去，一时之间也不知道说些什么才好，幸好此时有宫女递过来一杯水，她连忙接住喝了。

墨寒卿清冷低沉的声音在她头顶上响起：“吃饱了？”

“嗯，饱了。”叶七七点点头，想了想又补充了一句，“太后娘娘宫中的食物真好吃。”

“喜欢吃，就经常过来。”太后乐得合不拢嘴，伸手拽着叶七七的胳膊，拍了拍她的小手道，“怎么还叫太后娘娘呢，叫母后。”

叶七七听她这么一说，顿时憋红了一张小脸。

“母后，”墨寒卿看着她窘迫的样子，淡淡地道，“别吓着七七。”

太后有些嗔怪地看了墨寒卿一眼，又看着叶七七，笑眯眯地诱拐道：“七七啊，母后这宫中的东西是不是很好吃？”

“嗯。”叶七七红着脸，点了点头。

“母后这儿还有更好吃的，你想不想吃？”太后一边说着，一边朝正端着盘子打算往屋里走的宫女使了个眼色，让她先别进来。

那宫女赶紧停住脚步，站在屋子门口的帘子后面。

“什么好吃的？”叶七七迟疑了一下，问道。其实她灵敏的小鼻子已经嗅到一股食物的香气，那味道甜甜的，酸酸的，勾得她忍不住流口水。

“这好吃的只有母后的宫中有，出了这宫门，别处可是寻不到的。”太后笑眯眯地看着叶七七，“七七，想不想吃？”

叶七七用力咽了一下口水，点点头，道：“想吃。”

“那你叫一声母后。”太后慈祥地朝叶七七说道，仿佛是用糖诱拐小孩子的人贩子。

叶七七有些纠结。她悄悄地抬起头来，看了一眼站在自己身旁的墨寒卿，却发现他目光似乎正看着屋子外面，在沉思着什么，估计是没有注意她跟太后之间的对话。

叶七七咬了咬唇，她要是叫了母后，是不是就得嫁给墨寒卿了？

“七七，你想想，要是做了我的女儿，以后你出去，告诉别人，你母后就是太后娘娘，你皇兄就是当朝皇上，是不是很威风？”太后眼看叶七七有些动摇，赶紧继续忽悠，“到时候看谁敢欺负你。”

唔……有点道理……叶七七听着太后的话，迟疑地点了点头。

“那，还不赶快叫声母后？”太后满眼喜色地催促道。

“母后。”叶七七脆生生地叫了一句。

太后乐得合不拢嘴：“好，好，乖孩子。春桃啊，快，把刚做好的点心端上来给我们七七。”

“是。”门帘后的宫女柔声细气地应了一声，端着盘子走进来。

她将盘子轻轻地放到案桌上，笑着给叶七七讲：“七七小姐，这是我们太后娘娘宫中独有的点心，形状像梅花的，是用糯米粉掺了当季的新鲜草莓做出来的，叫傲雪寒梅；形状像小黄猫的，是用南国运来的杧果和面粉做出来的，还有……”宫女一边给叶七七讲解，一边用精致的小碟将一个个形状可爱的糕点放在她面前。

叶七七忍不住食指大动，拈起一块小兔形状的一口咬了下去。

“怎么样，好吃吗？”太后笑眯眯地看着七七道。

浓浓的奶香瞬间在叶七七的口腔中蔓延开来，那香甜的牛奶味混合着椰果特有的浓郁香气，让叶七七忍不住落泪。

墨寒卿挑了挑眉，随意拈起一块甜点，放到嘴里尝了尝。甜腻腻的，有什么好吃的。墨寒卿皱了皱眉，一脸嫌弃，将咬了一口的糕点又扔回桌上。

叶七七抬起头，怒视着墨寒卿，含混不清地道：“你干吗吃我的糕点？！”

“随便尝尝。”墨寒卿眼眸微垂，看着某人吃得小脸鼓起来的模样，忍不住想捏捏她肉嘟嘟的脸颊。

“那你为什么尝了一口就扔掉？”叶七七瞪着他。他刚刚咬过的那只小黄猫，少了脑袋，可怜兮兮地被丢在盘子里。

“不好吃。”墨寒卿神色淡然地说了一句，末了，又补充一句，“太甜。”说完，他又朝梅花状的糕点伸出手。

“你别碰我的点心！”叶七七赶忙伸出胳膊，护住眼前的食物，鼓着圆圆的小脸道，“这些都是甜的。”

墨寒卿收回手，状似不经意地瞥了太后一眼，轻叹一口气，道：“果然女儿就是比儿子受宠一些。”

太后笑眯眯地看着墨寒卿，顺着他的话道：“这是当然的，儿媳妇就是半个女儿，眼下本宫好不容易有了女儿，自然要对她好一些。”

叶七七正好拿着另一块点心往嘴里送，听到太后的话，一个没留神便呛住了。

“七七，这是怎么了，怎么今日吃点心总是容易呛住？”太后给她顺了顺后背道，“别着急，慢慢吃，母后这儿点心多的是，没人跟你抢，就是寒卿那个臭小子，也不行。”

“不是……我……咳咳……”叶七七一边咳嗽一边朝太后摆了摆手。

墨寒卿看了叶七七一眼：“母后，今日这选妃大典已经折腾了一个上午，想来母后也乏了，儿臣与七七就不继续叨扰了，母后早些歇息，明日儿臣再带七七来请安。”

“也是。”太后立刻顺着墨寒卿的话道，“你这不说还好，一说母后确实是有些乏了。你们也早些回去歇息吧，母后得去午睡片刻。”她一边说着，一边打了个哈欠，仿佛真的很困。

“那儿臣便告退了。”墨寒卿行了个礼，轻轻拍了拍叶七七的脑袋，声音低低道，“走了，还发什么呆。”

“啊？哦。”叶七七回过神，总觉得哪里不对劲。

“快跟母后再见。”墨寒卿在她的头顶催促道。

“母后再见。”叶七七依着他的话，清脆地说了一声。

“哎，好好，七七有空多来看看母后啊！”太后笑眯眯地看着叶七七，朝着她摆了摆手。

叶七七眨眨眼睛，目光落在还没吃完的那些点心上，她才刚吃了没几个啊，怎么墨寒卿一来，她就得走了呢?

“怎么了？”墨寒卿见她依然站在原地不动，便顺着她的目光朝桌子上的点心看去，当下便心中明了，“春桃，给七七把那些点心都打包送到靖安王府。”

“是。”春桃朝墨寒卿福了福身子，乖巧地应了一声，然后退出房间，去拿打包的食盒。

“现在可以走了？”墨寒卿有些好笑地看着叶七七，伸手拽了拽她的胳膊。

“唔……可以了。”叶七七点点头，朝太后又挥了挥手，道了一声再见，这才跟着墨寒卿走了。

第十六章　以退为进

与此同时，二皇子府里，一排黑衣人跪在地上，低着头大气都不敢出。

“混账东西！养你们有什么用？！”二皇子脸色阴沉地坐在椅子上，目光冰冷地看着跪在面前的一排黑衣人，破口大骂，“什么叫阎罗殿不接本宫的单子？！宫魅呢？！宫魅人呢？！”

“回……回殿下的话，宫魅他……不知所终。”黑衣人首领缩了缩脖子，结结巴巴道。

“他不知所终？！他不知所终，阎罗殿不是还在那儿吗？！”二皇子眯了眯眼睛，一脚踹在他的肩膀上，大吼道，“阎罗殿那些长老呢，都死了？！就算殿主不在，长老也该继续安排暗杀的事情！”

“这……”那被二皇子踹翻在地的黑衣人，赶紧一个翻身重新跪好，迟疑道，“阎罗殿的长老说，他们……他们阎罗殿已经改名为孔雀殿，再也不干那些杀人的勾当了。”

“孔雀殿？！”二皇子愣了一下，眉毛皱了皱，全身的戾气仿佛突然收敛起来，“新任殿主是谁？叫什么名字？”

“这……属下没打听到。”那黑衣人首领下意识后退了两步，看着地面道，“只是听说，新任孔雀殿殿主是个十来岁的少年，那少年打败了原来的阎罗殿殿主宫魅，抢了他的阎罗殿，并强迫殿中众人不许再做杀手。”

“不做杀手？”二皇子重复了一遍，追问道，“那现在的孔雀殿做什么？”

“听说，做一些收集情报的事。”那黑衣人首领屏住呼吸，小声道。

“收集情报……”二皇子皱了皱眉，沉默片刻，甩了甩袍袖，声音阴冷地道，“我不管你用什么方法，限你十天之内给我查清楚，那新任的孔雀殿殿主到底是谁，叫什么名字，现住何处，听到没有？！”

“是，是，属下明白了。”黑衣人首领连声应道。

“滚吧！”二皇子不爽地朝着他道。

“是。属下告退！”黑衣人首领连忙起身出去。

黑衣人首领一出去，剩下的那些黑衣人更加大气都不敢出。

二皇子重新坐回椅子中，眯着眼睛看着门外的风景，表情阴沉，不发一言。

今日上午，父皇在宫中为靖安王举行了一场选妃大典，呵，还真是讽刺，当初他还是太子的时候，甄选太子妃的架势都没有区区一个靖安王选王妃的架势大，父皇啊父皇，你偏心也太厉害了吧？

那靖安王不过是你的弟弟，我才是你的亲儿子！而你竟然因为靖安王几句话，撤了本宫的太子之位！

眼下，新任太子的人选还没落定，靖安王又娶了叶丞相的养女，这大半个朝堂都快落在他的手上了！

二皇子越想，脸色阴沉得越厉害。

靖安王，靖安王，自小到大，父皇的目光就始终落在他身上！他们这些皇子，没有一个有靖安王受宠！

跪在地上的那些黑衣人只觉气压越来越低，个个屏住呼吸，连大气都不敢出。

“还跪在这里干什么？！”二皇子回过神，看到眼前跪了一排人，忍不住吼道，“阎罗殿的人不接本宫的任务，你们也想罢工是不是？！养你们有什么用？！还不如养群畜生！去，给本宫刺杀靖安王！杀不掉他，你们提头来见！”

“是！”那些黑衣人连忙应了一声，飞快地从房间内消失了。

二皇子死死地握住椅子把手。

靖安王！你就是本宫眼中的一根刺，不把你拔掉，本宫誓不罢休！

叶七七坐在回丞相府的马车上，看着坐在对面正闭目养神的墨寒卿，沉默许久，终于低低地喊了他一声：“殿下？”

墨寒卿听到她的声音，缓缓地睁开眼睛，看向她。

他眼眸清澈幽深，眼底有光华流转。

叶七七怔了一下，不高兴地朝着他问道：“不是说，只要我去参加选妃，打败那些重臣之女，你就可以免了那八十万两银子的债务？”

墨寒卿轻轻地点了点头：“是啊，眼下你已经得了选妃大典的头筹，那八十万两银子的债务，我自然不会再向你索要。”

“可是……”叶七七皱了皱眉头，声音闷闷道，“我被立为你的王妃又是怎么回事？”

墨寒卿唇角勾起一抹浅浅的弧度道：“你既然夺了第一名，按照皇兄的意思，我自然是要立你为妃的。”

“可你之前没有说啊！”叶七七气鼓鼓地看着他，他明明只说打败其他人就好，并没有说她会成为他的王妃啊！

“哦，我以为你懂。”墨寒卿目光幽深地看着她，声音淡淡地道，“毕竟在选妃大典上得到第一名意味着什么，就连五岁的小孩子也知道。”

“你——”叶七七听了他的话，顿时气不打一处来，“你要是早点说明白，我就不去参加那什么选妃大典了！”

“哦，本王说得很明白。”墨寒卿微微一笑，优哉游哉地看着她道，“第一，你去参加选妃大典；第二，你必须打败所有人；第三，赢了之后，八十万两银子的债务一笔勾销。怎么，有哪处细节说得不明白吗？”

“你……你没说得了第一名之后还要嫁给你！”叶七七瞪着他，气呼呼地道。

“哦……”墨寒卿淡淡地应了一声，脸颊突然凑近她，“你觉得你去参加的是什么？”

“选妃大典。”叶七七怔了一下，下意识回答道。

“选妃大典是什么意思，还要我把四个字拆开，一个一个给你解释吗？”墨寒卿直直地看着叶七七那双清澈的眼睛，声音中带着蛊惑。

“可是……”叶七七白皙的小脸浮上一抹淡淡的红晕。她咬了咬嘴唇，目光转向别处，憋着气道，“反正我不要嫁给你。”

墨寒卿盯着她，半晌没有说话。车厢内的气氛有些僵硬。

许久之后，墨寒卿的声音才缓缓响起：“为什么？”

“什么？”叶七七转过头来，满是迷茫地看着他。

“为什么不要嫁给我？”墨寒卿眯着眼睛，身子朝叶七七又靠近了一些，近到两人的鼻子都快碰到一起，他才声音低低地问。

叶七七眨眨眼睛，终于忍不住把他的俊脸推得离自己远了一点，闷声道：“因为你一直都在骗我。”

“嗯？”墨寒卿有些不解地看着她，脸颊上还残留着她手上的温度。

“从我小时候在山庄见到你的时候起，你就一直在骗我。”叶七七直直地看着墨寒卿，“先是骗我你的名字就叫公子，后来又骗我要在山庄住一个月，结果明明一个月没到，你就走了。

“再后来，我下山来到京城，你明明一开始已经认出我，却还是隐瞒自己的身份，骗我做你的护卫，又骗我参加选妃大典，等我得了第一名，就让我做你的王妃。

“我虽然以前没有下过山，对外面的世界一无所知，但是我爷爷说过，骗人是不对的。”

叶七七眨着漂亮的眼睛，很认真地道。

“嗯。”墨寒卿一时之间竟然无法反驳。

两人就这么大眼瞪小眼，对看了许久之后，墨寒卿轻轻地叹了一口气，问：“你当真不愿意做我的王妃？”

“不愿意！”叶七七气呼呼地道。

“那你想干吗？”

“我要离开靖安王府，去找我爷爷。”

“你爷爷不是去夜国找天山雪莲了吗？”墨寒卿微微蹙眉，看着她道，“更何况，我答应飞鹤山庄的人要保护你，在她们接你回去之前，你都不能离开靖安王府。”

“你……反正你就是一直坑我……”叶七七眼看说不过墨寒卿，一双眼睛微微泛红。

“你，别哭啊。”墨寒卿顿时慌了手脚，道，“你就这么不喜欢我？”

叶七七红着眼睛看着墨寒卿。其实对于喜欢和不喜欢，她还没有明显的感觉，只是觉得心心念念了八年的墨公子，原来一直在骗她，这种事情让人伤心。

墨寒卿看着她豆大的眼泪啪嗒啪嗒直往下掉，叹了一口气，道：“你若是……真的不喜欢我，那等以后你有了喜欢的人，我便与你退婚，可好？”

“可以退婚吗？”叶七七眨眨眼睛，又一颗眼泪掉了出来。她的注意力被“退婚”两个字吸引了。

墨寒卿无奈地点点头，轻轻抚了抚她毛茸茸的头顶，道：“不过，在你发现自己有喜欢的人之前，先暂时帮我顶着靖安王妃的头衔吧，免得皇上三天两头又给我选妃。”

“唔……好吧。”叶七七歪着脑袋想了想，点了点头，既然可以退婚，那她以后也不必嫁给墨寒卿。

叶七七吸了吸鼻子，眨着水汪汪的眼睛看着他。墨寒卿正准备再说点什么，只听得马匹突然发出嘶鸣。紧接着，马车如同撞到什么般急停下来。

叶七七一时没有反应过来，身体往前猛冲过去，坐在她身边的墨寒卿赶紧揽住她的肩，用自己的身体护着她，两人朝车厢的墙壁撞去。砰的一声，墨寒卿后背撞在车厢内的木板上，而叶七七柔软的身子撞在他温热的怀抱里。

“七七，没事吧？”墨寒卿顾不得后背上传来的疼痛，赶忙低头朝怀里的叶七七看去，声音焦急地问。

“唔……没事……”叶七七脑袋正好撞在他结实的胸膛上，除了眼前一阵发花，没什么特别的感受。

墨寒卿双手扶着她的肩，将她上下打量了一番，确认她真的没事，这才抱着她，翻身起来，掀开车帘，声音不悦地问：“怎么回事？！”

他话音还未落下，一柄长剑已经挑破车帘，朝他二人刺来。墨寒卿心中一惊，抱着叶七七一个转身，飞快地抽出软剑。叶七七心中明了，看来又遇到刺杀了。

“快放我下来。”叶七七稍一用力，便挣脱墨寒卿的怀抱，接着脚尖轻点，从车窗飞了出去。

马车外，车夫胸口插着几支飞镖，已经断气，马车周围围着十几个黑衣人。墨寒卿看着眼前的黑衣人，眉头微皱，声音低沉地道：“来者何人？”

“自然是要你命的人！”

“殿下，小心！”

大概是当墨寒卿的贴身护卫时间太长，叶七七几乎条件反射般将墨寒卿朝自己身后一拽，然后直直地冲着那些黑衣人飞了过去。

心情不好的叶七七，面对这些黑衣人的时候几乎毫不手下留情。那些黑衣人还没发觉怎么回事，已经被叶七七一个接一个打断了肋骨。不过片刻，地上便是一片惨叫声。上一秒还威风凛凛的黑衣人，下一秒全部抱着肚子躺在地上，痛苦地喊叫。

“说！你们是什么人？”叶七七毫不客气地一脚踩在其中一个黑衣人的胸口上，只听得脚下传来咔嚓一声，那黑衣人的肋骨估计断了。

“我们……我们……”那黑衣人抬起头来，目光凶狠地瞪着叶七七，嘴角突然冒出一股黑色的血液。

“等等！”叶七七见状，赶忙伸手去掐那黑衣人的脸颊，然而终究还是慢了一步。

墨寒卿脚步轻抬，走到叶七七身边，探头看了一眼躺在地上已经死去的黑衣人，眉头微皱道：“是服毒自杀。”

叶七七皱了皱眉，再看看四周躺着的黑衣人，个个面色发青，全部死了。

“都服毒自杀了？”叶七七在其他黑衣人身上随意踢了两下。

“嗯。”墨寒卿面色淡然地看着这些人。

这次来刺杀他的这帮黑衣人，在叶七七的手下，连一炷香的时间都没有活过去。果然……小姑娘心情不好的时候，千万不能随便惹她……

“会是谁派来的呢？”叶七七看着地上的那些尸体，迟疑了一下，朝着墨寒卿道，“阎罗殿现在已经在我们手上了，那些杀手也全部改行去收集情报，怎么还会有人来暗杀你呢？”

墨寒卿微微垂眸，看着叶七七那张白皙粉嫩的小脸，声音清冷道：“咱们不过是收服了一个阎罗殿，杀手组织可不是只有阎罗殿，更何况想要杀我的那人，应该也暗中培养了一些死士。”

“那看看这些人身上有没有特殊的印记。”叶七七想了想，蹲下身开始动手翻地上那些黑衣人的衣袍。

墨寒卿忍不住满头黑线地看着她，伸手拦住她的动作道：“你干吗？”

“看看他们身上有没有什么标记啊，比如说隶属于哪个组织之类的。”叶七七抬起头来，迷惑地看着墨寒卿回答道。

“这些人在出任务之前，会把身上的标记都清除掉。”墨寒卿伸手将蹲在地上的叶七七拽起来道，“不用翻了，翻不到什么的。”

“可是……”叶七七有些不甘心地看着那些人的尸体，明明已经解决了阎罗殿，本以为可以安心地过一段日子，没想到竟然还会有人来暗杀。

“我大概知道幕后指使人是谁。”墨寒卿轻轻搂了搂叶七七的肩膀，“只是现在还需要寻找一些确凿的证据，走吧，我们先回丞相府。”

叶七七听着他的话，猛地抬起头来，看着他问道：“你知道是谁？”

“嗯。”

“那你为什么……”叶七七话说到一半，突然又不说了。

对啊，他知道是谁又有什么用呢，难道他也派人去暗杀那个人吗？能干出暗杀这种事情的，肯定是卑鄙小人。虽然墨寒卿这家伙总是骗自己，但以她对他的了解，他是个行事光明磊落的人。这事从他当年当着她的面，让自己的手下来揍她就看出来了。

“怎么，你是在担心我吗？”墨寒卿低头看向叶七七，唇角微勾，声音低沉地问道。

“才不是。”叶七七冲着他做了个鬼脸，“我就是突然想起来，你小时候还让十二打我来着。”

“这……”墨寒卿神情顿时尴尬起来。

“这笔账咱们留着以后算。”叶七七哼了一声，然后拽着他的袖子道，“赶紧的，回丞相府吧。”

“嗯。”墨寒卿低低地应了一声，任由她拽着自己的袖子走了。

丞相府中，叶丞相和叶承安两人正蹲在院子里，一样一样地清点宫中送来的礼物。听到有脚步声过来，叶承安连忙回头看了一眼，只见叶七七和墨寒卿两人一前一后地走了进来。

“哎哟，你们两个这是上哪儿了啊？”叶承安撑着膝盖从地上站起来，抱怨道，“我从宫中回来都大半天了，你们两个才回来，该不会趁大家不在，偷偷约会去了吧？”

“你才去约会了！”叶七七没好气地瞪了他一眼道。

“七七，你这样跟哥哥说话就不对了。”叶承安走到叶七七身边，正准备继续撺掇两句，突然闻到她衣服上淡淡的血腥味。叶承安皱了皱眉头，原本调侃的语气一下子变得严肃起来，“你受伤了？”

“没有啊。”叶七七疑惑地看着他，随口答了一句。

“那你身上怎么会有血腥味？”叶承安凑近叶七七，在她身上闻了一圈，又凑到墨寒卿身边闻了一圈。

叶丞相连忙站了起来，跑到叶七七面前，担心地道：“怎么了？七七受伤了？”

“没有，爹爹，你别担心，哥哥他乱说的。”叶七七赶紧安慰他。

这段日子她住在丞相府，叶丞相是真的把她当女儿，有什么好吃的好用的好穿的，都是尽着她先供应。这样的待遇，一度让叶承安怀疑自己是不是叶丞相的亲生儿子。

“那你们这是……”叶丞相皱了皱眉，不解地看着叶七七和墨寒卿。靠得近了，他也闻到两人身上的血腥味。

“例行事项而已。”墨寒卿淡淡地瞥了叶承安一眼，随口道。

例行事项？叶承安怔了一下，立刻反应过来，皱着眉头看着墨寒卿问道：“又有人来刺杀你了？”

墨寒卿伸手拂了拂袍袖，拍了拍叶七七的肩膀，道：“去，让府里的丫鬟给你放些水，泡个澡。今儿你折腾了一上午，刚才又打败了那么多黑衣人，好好去休息一下。”

叶承安看着墨寒卿那张俊美的脸庞，扯了扯嘴角，道：“刚才又打败了那么多黑衣人？你这话什么意思，难道那些来暗杀你的黑衣人全部都是我们家七七解决的？”

墨寒卿一脸不悦地看着他。

“不是，我的意思是，刚才那些暗杀你的黑衣人，都是你们家七七解决的？”叶承安连忙改口道。

“嗯。”墨寒卿满意地点了点头。

“我还以为你说要找个武功高强的王妃保护自己，是说着玩的，原来是真的？！”叶承安顿时鄙视地看着他道，“七七那么瘦小一个小姑娘，你竟然忍心让她去跟那些黑衣人杀手对打？！”

墨寒卿沉默片刻，摇了摇头道：“不忍心。”

“不忍心，你还——”

“我也觉得那些黑衣人和七七对打，实在太可怜了，连一炷香的时间都没熬过去，就全部死了。”墨寒卿轻轻地叹了一口气，声音中满是惋惜。

“你……”叶承安看着他嘴角隐约浮现的弧度，忍不住伸着手指，颤抖了半天。

墨寒卿拨开他的手指，淡淡地道：“有这个工夫不如想想办法，把幕后黑手揪出来。”

“说到这个，我想起来了！”叶承安一拍大腿，“刚刚你们靖安王府的人才来这儿找过你，好像有非常重要的事要向你禀报。”

“谁？”墨寒卿皱了皱眉道。

“冷六。”叶承安想了想，肯定地道。

“我先回王府。”墨寒卿袍袖轻甩，边朝外走边对叶承安道，“七七暂时住在你们府里。”

“你就这么走了啊？这些……这些聘礼怎么办啊？”叶承安忍不住提高了嗓门，指着堆了满满一院子的礼物吼道。

“让叶七七帮你清点。”墨寒卿的声音远远地飘过来，紧接着，人便不见了身影。

靖安王府内，墨寒卿刚一回到府中，冷六便出现在他眼前，单膝下跪道：“殿下，您回来了。”

墨寒卿淡淡地应了一声，边朝书房走边道：“有什么话，去书房说。”

“是。”冷六恭恭敬敬地应了一声，连忙跟上。

进了书房，墨寒卿让冷六将书房的门关好，这才在椅子上坐下，直直地看着他，声音清冷地问道：“说吧，什么事这么急？”

“回殿下的话。”冷六连忙单膝下跪，朝他双手抱拳道，“孔雀殿那边长老来了消息，说是前几天，有人去了一趟孔雀殿，想商讨关于继续刺杀靖安王的事情。”

这段日子，冷六带着另外几个冷卫来回奔波于孔雀殿和靖安王府之间，一方面是为了将变动之后的孔雀殿安抚好，另一方面是为了方便了解孔雀殿的消息。

“哦？”墨寒卿秀气的眉毛挑了挑。

“殿下之前的猜测没错。”冷六抬起头看着墨寒卿，表情严肃道，“这么多年以来，一直想要刺杀殿下的人，确实是二皇子。”

“嗯。”墨寒卿面不改色地点了点头。

“只是，因为二皇子是与阎罗殿前前任殿主定下的刺杀靖安王的交易，所以前任殿主宫魅，并没有留下什么资料。”冷六迟疑一下，朝墨寒卿继续道，“也就是说，我们现在只知道派人前来刺杀殿下的是二皇子，却找不到他与阎罗殿交易的证据。”

“嗯。”墨寒卿低低应了一声，用白皙修长的手指轻轻摩挲着下巴，不知道在想些什么。

“不过，我们的人倒是有新消息。”冷六两眼放光。

“哦？什么消息？”墨寒卿漫不经心地问道。

“是这样的……”冷六上前几步，附在墨寒卿耳边低低地说了几句。

“你说的都是真的？！”墨寒卿漫不经心的表情消失不见，取而代之的是满眼的震惊。

“是真的。”冷六点点头道，“北辰国向来崇尚武力，二皇子跟那边的人勾搭，想要让他们扶持自己重新上位也不是没有可能。更何况，北辰国的来使就快到了，到时候，我们可以多注意他们的动向。”

墨寒卿点点头，眼中一道精光闪过：“不过既然二皇子已经跟北辰国勾搭上了，那他府中定然留着些证据。今夜你带几个人去一趟二皇子的府邸，探一探究竟。”

“是。”冷六应了一声，却是站在原地没有动弹。

墨寒卿低着头沉思片刻，再抬起头来，发现他还站在那儿，便问道：“怎么了，还有什么事吗？”

“那个……”冷六迟疑了一下，有些不好意思地掏出一个木盒，双手递给墨寒卿道，“兄弟们知道殿下今日立了王妃，所以凑钱准备了一点礼物，不是什么特别贵重的东西，就是表达一下心意。”

墨寒卿看着眼前精致小巧的木盒，唇角微勾，伸手接了过来道：“多谢。”

“那个……殿下要是没其他事情，属下先告退了。”冷六冷峻的脸上浮现出浅浅的红晕。

墨寒卿点点头，正准备打开盒子，冷六突然道：“殿下，这礼物是送给您和七七小姐的，您不能一个人拆。”

墨寒卿修长的手指一下顿住。他抬起头，看着冷六，迟疑一下，点点头，晃了晃手中的木盒，道："好，那本王等七七回来跟她一起拆。"

"属下告退了！"冷六松了一口气，转身飞走了。

什么礼物这么神秘，还不让他拆？墨寒卿目光落在木盒上，轻轻晃了晃，里面的东西并不重，但也不很轻，摇起来似乎没什么响声。罢了，还是等叶七七回来之后跟她一起拆吧。他一边想着，一边将木盒拿在手中，回了自己的房间。

只不过，他前脚刚进房间，便听得西厢房的房门砰一声响了一下。墨寒卿转头看了一眼西厢房，原本紧闭的大门，这会儿却是打开的。他迟疑了一下，拿着木盒，朝西厢房走去。

站在西厢房门口，墨寒卿目光淡然地朝房内看了一眼，果然看到某个娇小的身影。

"叶七七。"墨寒卿站在门口，淡淡地喊了她一声。

叶七七正准备拿桌上的茶壶倒水，听到墨寒卿喊她，便转头看了他一眼。

"怎么这么快就回来了？"墨寒卿迈入她房中，眼中带着一丝疑惑。

"别提了。"叶七七快速拿起茶壶倒了一杯水，又给墨寒卿倒了一杯，递给他道，"刚才在丞相府，皇上送来的礼物还没清点完，太后娘娘又送了一大堆礼物来，丞相府的院子都被塞满了，几个人在那儿清点，忙不过来，我就找个机会跑了。"

墨寒卿忍不住挑了挑眉毛。

寻常女子面对那么多金银珠宝、锦衣华服，恐怕扑上去还来不及，她倒好，竟然跑了。

"怎么，那些礼物你不喜欢吗？"墨寒卿一只手拿着冷六送来的木盒，一只手端着叶七七给他倒的水，随口问了一句。

"唔，也不是不喜欢，就是……可能我更喜欢好吃的。"叶七七一口气将手中的水喝掉，想了想，补充一句道，"还有武器，厉害的武器。"

"武器？"墨寒卿疑惑地看着她。

"对啊，我可喜欢收集兵器了。"

一提到武器，叶七七顿时来了精神，将手中的茶杯放回桌上，然后在椅子上坐下来，兴高采烈地道：“我原来住在飞鹤山庄的时候，每次爷爷从山下回来，都会给我带些厉害的兵器，像什么千年寒铁软剑、御龙刀、火凤剑，每把武器都有一个传说呢！”

这些不都是失传已久的兵器吗？墨寒卿有些惊讶地看着叶七七，想不到全都在飞鹤山庄。墨寒卿忍不住失笑，摇了摇头，他的这个小王妃还真是与众不同。

“对了，你来找我有什么事？”叶七七后知后觉地看着墨寒卿，满眼疑惑地问道。

“也没什么。”墨寒卿目光温柔地看着她，“只不过我刚进房门，就听到你这边有动静，顺便过来看看。”

叶七七点点头，目光落在墨寒卿怀中的木盒上，奇怪道：“殿下，你怀里一直抱着的是什么？我看你从进门开始到现在都没放下来。”

墨寒卿微怔，低头看了一眼怀中的盒子，这才想起来，道：“这是……冷六他们送我们的礼物。”

“冷六他们送的礼物？”叶七七快步走到墨寒卿跟前，拿过木盒看了一圈，奇怪道，“他为什么要送我们礼物？”

“他们……已经听说了你今日在选妃大典上的表现，为了庆祝你成为靖安王妃，一起凑钱买了礼物给我们。”墨寒卿声音温柔道。

庆祝她成为靖安王妃？叶七七扯了扯嘴角，将那木盒又塞回墨寒卿怀里道：“那你还是先收着吧。”

“怎么了？”墨寒卿看着木盒，笑了笑道，“难道你现在不是我的靖安王妃？”

“我只是顶了个名号而已。”叶七七嘟了嘟嘴道。

“顶个名号也算啊。”墨寒卿晃了晃手中的木盒，声音中满满的都是诱惑，“难道你就不想知道冷卫送你的是什么礼物？毕竟他们是我墨国身手前二十的人，也许会送什么你喜欢的兵器呢！”

兵器？！叶七七一听到这两个字，顿时两眼放光。她朝墨寒卿手中的盒子又瞥了几眼。可那是冷卫送给靖安王妃的礼物，她拆了不太好吧……

“不想看吗？”墨寒卿看着叶七七一脸纠结的模样，唇角微勾，笑着道，“二十个人凑钱买的，肯定是稀世珍宝。”

叶七七一咬牙，道：“看就看吧！”

“乖。”墨寒卿将木盒递还给叶七七，声音中满含笑意，“拆开看看吧。”

叶七七低头，拿着木盒琢磨了一下，稍一用力，便将木盒打开了。盒子里安安静静地躺着一本深蓝色封皮的书。书上只有两个字——孤本。

叶七七伸手将书拿出来，疑惑地道：“冷卫竟然送了一本书给我们！难道是什么武功秘籍？”

墨寒卿凑过去，探头看了一眼，也有些不解地道：“翻开看看吧。”

叶七七点点头，随手将那空木盒放到桌上，翻开那本书的第一页。

“世间万物，皆有阴阳，阴中有阳，阳中有阴，可采阴补阳，也可采阳补阴，熟读此书，则可延年益寿，阴阳调和……”叶七七看着第一页上面写的那些字，慢慢地将它们读了出来。

墨寒卿听着她的话，一双好看的眉毛忍不住微微皱起。这该不会……是那什么书吧……

“一声娇喘情已乱，两条玉臂上我肩，红唇微启粉臀摇，银牙轻咬雪乳胀，霓裳褪尽罗裙解……”叶七七随手翻了一页，满眼疑惑地将诗句念了出来，然而后面的还没念完，书却已经被墨寒卿劈手抢了。

“你干吗？”叶七七疑惑地抬起头，看向墨寒卿，却看到他清秀俊美的脸上浮现出淡淡的红晕。

“别看了。”墨寒卿伸手拦住她，声音中带着窘迫，“不是什么好东西。”

叶七七眨着一双大眼睛，满眼不解地看着他。墨寒卿脸上的红晕越来越明显。

这帮家伙，竟然买了一本艳词孤本！方才叶七七随手翻阅的时候，他似乎还看到一些少儿不宜的图画……这些家伙，脑子里到底都是什么？！

“你干吗不给我看！刚才不是还说，这是冷六送给我们两人的礼物吗？”叶七七有些不服气，趁着他不注意，劈手将书又抢了回来。

“叶七七，你！”墨寒卿一愣，察觉手中一空，连忙想要将那本书拿回来。

“不给，就是不给！”叶七七朝墨寒卿做了一个鬼脸，然后一转身，朝房间外飞去。

“叶七七，你给我站住！”墨寒卿气急败坏地追了出去。

她本来飞行速度就快，身形又十分娇小，等墨寒卿追出去的时候，已经不见她的身影。墨寒卿站在西厢房门口，看着空无一人的院子，忍不住咬了咬牙。

一炷香的时间过后，叶七七小脸满是红晕地跑了回来。她径直推开墨寒卿的房门，如同一阵风冲了进去，接着二话不说，将书塞回墨寒卿的怀里，然后转身走了。

原本斜卧在美人榻上拿着一本竹简在看的墨寒卿，只感觉房间里匆匆吹来一阵风，紧接着又匆匆吹走一阵风。风过之后，写着孤本两个大字的书，正躺在自己怀里。

墨寒卿愣了一下，随即反应过来，是叶七七来过了。他放下竹简，拿起那本书，随手翻了翻，却一眼就看到里面被墨汁肆意涂满的页面。

这是……他快速翻了几页，只见有的地方写着流氓，有的地方画着王八，还有的地方干脆乱七八糟地打着叉叉。看来这本书的内容惹得某人恼羞成怒了。

墨寒卿淡薄的唇角勾了勾，随手将书丢在一旁，无奈地摇了摇头。

过了没一会儿，叶七七竟然跑了回来，小脸上残留着浅浅的红晕。

“怎么了？”墨寒卿看着气呼呼冲进自己房中的叶七七，挑了挑眉，随口问道。

“你刚才说，这书是冷六他们送的？”叶七七仰着小脸，瞪着一双圆溜溜的眼睛看着他。

墨寒卿怔了一下，随即点点头，道：“是啊。”

“冷六呢？”叶七七又追问道。

“他出任务去了。”墨寒卿斜倚在美人榻上，目光淡然地看着她道。

叶七七咬唇站在原地半晌，问道：“那他什么时候回来？”

“快的话应该明天早上吧。”墨寒卿缓缓直起身子，看向叶七七，

“你找他有什么事情？”

“有事。”叶七七简洁地答了一句，便转身朝门外边走边道，“等他回来，告诉我一声。”

“嗯。”墨寒卿点了点头。

叶七七走了几步，脚步突然顿住，回过头，神色有些别扭地看着墨寒卿，支支吾吾了半晌，才弱弱地朝着他道：“刚刚那本书的内容……你看过了吗？”

墨寒卿微怔，眸中闪烁着说不清道不明的光芒。他迟疑了片刻，摇摇头道：“刚才你把书还给我的时候，我翻了一下，里面的内容……好像都被你涂抹掉了。”

“哼，那种书建议你最好不要看！”叶七七气呼呼地朝墨寒卿做了个鬼脸。

“我就是想看，现在也看不了了啊！”墨寒卿有些好笑地看着她，无奈地道。

“我走了！”叶七七丢下三个字，径直出了房门。

墨寒卿看着那道浅粉色的身影消失在屋外，忍不住又笑着摇了摇头，果然还是个小孩子啊。

一夜过去。

第二日，天刚蒙蒙亮的时候，冷六便带着消息回了靖安王府。他快速在王府屋檐上跳跃，最终落在墨寒卿的房门前。

“冷八、冷八……”冷六朝屋檐低低地喊了一声。

一颗脑袋从屋檐上露了出来。

“殿下起了吗？”冷六朝趴在屋檐上的冷八低声道。

“还没。”冷八极低地回了一声，“殿下原本以为你昨夜能回来，等你到很晚才睡。”

“那我还是不打扰殿下休息了……”冷六迟疑着低声道。

就在他转身要走的时候，一道低沉而略带沙哑的声音在房内响了起来：“是冷六吗？进来吧。”

“是！”冷六怔了一下，随即恭恭敬敬地应了一声，推开房门轻轻走了进去。

房间内尚且昏暗，床榻上依稀可以看见人影。冷六有些犹豫。昨日他送了殿下和七七小姐一本那什么的书，也不知两人有没有看着看着就干柴烈火起来。

墨寒卿早在他和冷八说话的时候已经醒了，此刻披着外衣斜倚在床头，看着冷六突然停了下来，眉头微蹙，声音淡淡地道："站在那儿干吗？"

"那什么……殿下是一个人吗？"冷六憋了半天，终于憋出这么一句话来。

"不是。"墨寒卿随口道。

"那属下过去会不会不太方便？"冷六憋红了脸，结结巴巴地道。

墨寒卿抬起头，一只白皙修长的手轻轻撩开床幔，冷冷地看着冷六道："这房间里只有你和我，你有什么不方便过来的？"

冷六微怔。七七小姐呢？

冷六忍不住抬起头来，朝床幔后面仔细看了过去。

墨寒卿等了一会儿，见冷六丝毫没有动弹，秀气的眉毛蹙了起来，冷冷地道："你还站在那儿干吗？本王叫你过来，你没听见吗？！"

冷六回过神来，赶紧应了一声，跑到墨寒卿的床榻前，单膝下跪，道："殿下请吩咐。"

墨寒卿淡淡地瞥了他一眼，慢条斯理地从床榻上坐起来，拿过挂在床头的衣服，一件一件穿着，问道："昨夜去二皇子府，可有探得什么消息？"

冷六抬起头，认真地看着墨寒卿道："属下在二皇子府监视了一夜，上半夜的时候，二皇子只是找了一些歌女来府中唱歌助兴，一个人喝了不少酒。"

"嗯。"墨寒卿漫不经心地应了一声。

"下半夜，二皇子府中来了一个人。"冷六压低声音，朝墨寒卿道，"只是那人易了容，属下也看不出他是谁，但听口音，很像北辰国那边的人。"

“北辰国。”墨寒卿低低地重复着，“我们墨国跟北辰国向来井水不犯河水，不过现在看来，这井下是波涛汹涌，那河水大概也要漫过河堤了。”

“属下看到北辰国的人给了二皇子一封书信，只是不知道信上写着什么。”冷六继续道，“二皇子看过书信，便将信烧了。”

“烧掉了？”

“是。”冷六恭恭敬敬地应了一声，“一点痕迹都没有留下。”

“可有找到其他东西？”墨寒卿一边说一边从床榻上起来，冷六连忙迎上前去，帮他将外袍穿好。

“属下待二皇子睡着后，在他的书房翻了一圈，找到几封二皇子之前与北辰国皇室来往的书信。”

墨寒卿微微点头：“那书信的内容你可看了？”

“属下扫了一眼，原来早在三年前，二皇子便偷偷地帮北辰国皇子入了我们墨国边境，只是那位皇子后来隐姓埋名，彻底失踪，二皇子也没找着他。”冷六皱着眉道。

“呵，看来这位北辰国皇子倒是挺聪明，若是被二皇子知道他在墨国的行踪，难免不受威胁。”墨寒卿冷笑了一声，沉默片刻，低声道，“你且把那些书信的位置摸清楚，日后自有大用。”

“是。”冷六恭恭敬敬地应了一声。

“最近你就待在二皇子府，一有动静，立刻向本王汇报。”

“是。”

“行了，你出去吧。”墨寒卿与冷六说完，走到窗边，伸手刚一推开窗户，就看到西厢房那边，叶七七毛茸茸的小脑袋探了出来。

两人目光交会的一瞬，墨寒卿怔了一下，随即便朝叶七七微微一笑，道：“起这么早。”

叶七七看着墨寒卿，第一句话却是：“冷六呢，回来了？”

墨寒卿嘴角笑容僵了僵，有些无奈地看着她道：“这一大清早，你就问你夫君另外一个男人，真的好吗？”

“少废话，冷六到底回来没有？我不是跟你说过，他一回来就立刻告诉我的？！”叶七七翻了个白眼，没好气地说道。

“回来了，刚回来。”墨寒卿站在窗口，笑眯眯地看着叶七七，转头喊了一声正准备出门的冷六道，“冷六，七七找你。”

“找我？”冷六疑惑地看着他，伸手指了指自己的鼻子，奇怪地道。

墨寒卿眼底闪过一丝不易察觉的光芒，朝冷六点点头，声音淡淡地道：“她大概是有什么急事。”

“属下这就去。”冷六一听自家殿下这么说，赶忙朝叶七七的西厢房奔去。

“七七小姐，你——”冷六刚刚奔到西厢房门口，才说了几个字，西厢房的房门便唰的一下被人从里面拉开。叶七七双手叉腰，站在门口怒视着冷六。

“呃……七七小姐，听说你找我？”冷六被叶七七这股气势一震，下意识缩了缩脖子问道。

“对，找你有事！”叶七七一边说着一边朝冷六冲了过来，二话不说拎着他的领子，便朝靖安王府外飞去。

“七七小姐！七七小姐？！”冷六还没反应过来，一股强大的内力便迎面而来，紧接着他脚下一空，整个人被叶七七拎到半空，“七七小姐，咱们有话好好说！你这是要带我上哪儿去啊？！七七小姐！王爷——殿下——救命啊！”冷六的惨叫声回荡在靖安王府中，下一秒，已经不见了身影。

墨寒卿眼看着冷六被叶七七拎着消失在天空中，无奈地摇了摇头。冷六，你自求多福吧……

半个时辰后，冷六鼻青脸肿地回了靖安王府。

十二和十一正好出任务回来，一抬头发现前面那人颇像冷六，便加快脚步跑上前去，拍了一下冷六的肩膀，道：“怎么样，礼物送了吗？”

冷六幽幽地回过头来，一双眼睛被揍得高高肿起，原本清秀的脸颊也到处是青紫色的瘀痕，最惨的是，嘴角还挂着鲜血。

十二和十一看到冷六这副模样，下意识同时后退了一步。

“冷六，你这是怎么了？”十二震惊地看着冷六。

“怎么了，冷六，是不是你昨天夜探二皇子府，被他的侍卫发现了？”十一看着眼前他这副悲惨的模样，便条件反射地以为他被围殴了。

冷六表情木然地摇了摇头。

“怎么了，怎么了？！”十二看冷六竟然没开口就哭了，赶紧撸起袖子道，“兄弟，谁欺负你了？告诉哥几个，帮你报仇去！”

“真的？”冷六终于声音弱弱地问道。

他这不开口还好，一开口，十二和十一才发现原来他嗓子也哑了。

“真的！”十二用力点了点头道，“谁把我们小六欺负成这样，太过分了！兄弟别怕，要是对方人多的话，哥儿几个组团帮你报仇，咱把冷一到二十都喊上！”

“那你先把他们给我喊来。”冷六可怜兮兮地看着十二道。

一阵暖暖的夏风吹过，他身上黑色的冷卫衣服，瞬间被吹起几片破布条。

“连衣服都被打烂了？！”十二这才发现，原来冷六身上的衣服也被撕得一条一条，破拖把一样。

“兄弟帮不帮哥报仇？”冷六说着说着，快要哭出来了。

“帮！绝对帮！”十二和十一连连点头道，“敢欺负到咱们靖安王府的冷卫身上来，看来是活得不耐烦了。你等着，我这就联系冷一到二十，让他们赶快回来！”他的话刚说完，便从袍袖中掏出一枚信号弹。

这是冷卫之间用来联系的信号弹。绿色信号弹表示事情不太紧急，黄色信号弹表示事情有点紧急，红色信号弹表示事情非常紧急，而这枚紫色信号弹则表示，赶紧回来！

果然，十二那枚紫色信号弹放出去没多久，散布于京城各处的冷卫便急匆匆地赶了回来。除了几个还在孔雀殿里交接事务的没回来，剩余的十三人全部到齐了。

十三人赶到的时候，冷六正坐在凉亭中的石凳上，十二和十一站在他前面，挡住他的身影。

冷一皱了皱眉，看着十二和十一，声音浑厚地道：“怎么回事，突然发信号弹召集我们回来？”

“是殿下有什么新吩咐吗？”冷三紧跟着问了一句。

“不是。”十二一脸严肃地看着面前的十三个人，深吸了一口气，抬头挺胸道，“兄弟们，现在到了为我们冷卫的名誉而战斗的时刻。”

匆匆赶来的十三个冷卫一脸问号地看着十二。

“咱们冷卫一起生活一起成长，不分彼此，你中有我，我中有你，还记得小时候，无论哪个冷卫受了欺负，其他冷卫都会站出来替他报仇，所以……”十二站在凉亭中，看着眼前的十三个人，慷慨激昂地说着。

“讲重点。”冷二不耐烦地瞪了十二一眼，催促他道。

“重点就是……”十二和十一同时让开，坐在凉亭石凳上的冷六就这么暴露在众人面前。

凉亭外站着的十三个冷卫盯着坐在亭中的冷六看了许久，终于有人弱弱地道：“这人谁啊？”

他话音刚落，便有人接了一句道：“看这衣服，好像也是咱们冷卫的人。”

“这脸肿得，连亲妈都不认识了，我们哪儿能看出来啊……”

“但这体型看起来有点像冷九啊。”

“我呸，老子不是在这儿吗？”冷九站在十三个人中间，吼了一声。

其他人听到他的吼声，同时转过头看了他一眼，接着又转回头，继续研究冷六道：“那会是谁被打成这副狗样啊，咱冷卫身手啥时候这么差了……”

十二和十一满头黑线地看着眼前的十三个人，终于忍不住咳了几声道：“兄弟们，这是冷六啊！”

“冷六？”冷一愣了一下，再次将目光落在冷六身上，上上下下、左左右右、前前后后地研究了半天，终于确定眼前这位就是冷六。

“真是小六？”其他人也是愣住了。

“咱小六怎么被打成这副狗样了？”

“就是，说起身手来，咱们冷卫好歹也是墨国排名前二十的人，谁能把小六打成这样？！”

“看这样子，估计被围殴了。”

“也可能是被下了迷药，然后围殴的。”

冷六表情呆滞地看着眼前的十几个小伙伴，心中又是一阵酸楚涌了上来。为什么……为什么七七小姐要对他下此狠手……难道因为她不喜欢他们送的那份礼物吗？可是不喜欢的话，咱可以好好说啊，何必非要动手呢……

十几个冷卫讨论了半天，突然发现整个事件的主角——冷六，一直没有出声，于是一个个转过头去。不看不打紧，一看，竟然发现冷六哭了。一瞬间，那帮大老爷们全部手足无措。

“六子，六子，你哭什么啊，有什么难处跟哥儿几个说啊，哥儿几个给你报仇去！”

“就是啊小六，谁打了你，你跟哥说，哥给你削了他！”

“哎哟，六子你别哭啊，你这从小到大也没怎么哭过，今儿突然一哭，哥儿几个都不知道如何安慰你了。”

十几个冷卫绕在冷六身边，叽叽喳喳地安慰他。

“我不是在哭自己……”冷六抬起头，睁着一双肿得快要看不见的眼睛，对眼前的十几个好兄弟吸了吸鼻子，声音沙哑道。

“那你哭什么？”

“我是在哭你们……”冷六缓缓地转过头，朝花园入口看了过去。

“哭我们什么？”十几个冷卫顺着他的目光看去，只见花园入口处，一个浅粉色的娇小身影正朝他们以极快的速度冲过来。

待到那抹身影近了，他们才看清楚，原来是他们家殿下刚选的王妃，也就是他们集体送贺礼的人——叶七七。

“属下参见王妃。”十几个冷卫见到叶七七的时候，齐刷刷朝她单膝下跪，双手抱拳大声喊道。

叶七七站在他们面前，一双大眼睛转了转，声音清脆地问道：“人都在这儿了？”

“回王妃的话，除了几个还在孔雀殿交接事务的，其他所有人都在这儿了。”冷六突然从石凳上站起身，朝叶七七单膝下跪恭恭敬敬道。

“哦，好吧。”叶七七点点头，目光转向那些冷卫，笑眯眯道，“我听冷六说了，你们冷卫一起凑钱买了份礼物送给我和殿下。”

十几个冷卫听到叶七七的话，齐刷刷地抬起头看向她。

“小小意思，不成敬意。”冷一作为这帮冷卫的首领，立刻双手抱拳朝叶七七认真道。

“是吗？！”叶七七脸上的笑容越发灿烂，“真是太谢谢你们了！”

“王妃不必客气。”冷一一板一眼地回答道。

冷六在旁边忍不住闭上了眼睛。他们不知道，一场残酷的暴风雨正等着他们!

叶七七一边笑着一边转头看向旁边的冷六，故作惊讶地问道：“哎呀，冷六，你这脸上是怎么回事？”

“我……那个……自己摔的……”冷六眼看叶七七朝自己的方向走来，心有余悸地朝后挪了几步。

“摔的啊？疼不疼啊？怎么眼睛都摔肿了呢？”叶七七笑眯眯地凑到冷六跟前问道。

“不疼不疼，一点都不疼。”冷六一颗脑袋摇得跟拨浪鼓一样。

“冷六，你——”站在冷六旁边的十二疑惑地看着他，刚准备询问，就听到叶七七清脆的声音在身边响起，“哎，本来还想找冷六陪我练一练武功的，现在他都摔成这样了，要不你们陪我练一练吧？”

十几个冷卫听到叶七七的话，顿时你看看我，我看看你，满眼迷茫。

“怎么，不愿意吗？”叶七七眯起了一双漂亮的眼眸。

这表情，这动作……看起来怎么那么像他们家殿下啊？！最重要的是，一旦他们殿下做出这样的表情，就意味着他心情非常非常不好。

瞬间，所有冷卫下意识点点头道：“愿意，愿意，非常愿意。”

“很好，那就跟我过来吧。”叶七七满意地看着他们，朝他们勾了勾手指，示意他们跟着自己走。

又是一个时辰过后。

靖安王府中，一排鼻青眼肿的冷卫耷拉着脑袋走过。来来回回巡视王府的侍卫忍不住朝他们投去好奇的目光，却没有一个人敢上前询问到底发生了什么。

只是听负责殿下院落安全的守卫说，好像是王妃不太高兴，就亲自出手教训了冷卫。至于王妃为什么不高兴，就不得而知了。

可既然王妃能以一己之力，单挑十几个冷卫，只能说明一件事——以后惹谁都不能惹王妃。

墨寒卿正好得了宫中的消息，说是皇上紧急召见他，不过他刚出院子，就看到一排垂头丧气、鼻青眼肿的冷卫从长廊中走过。

“冷一？冷四？”墨寒卿认出走在最前面的两人，微微皱眉，看着跟在他俩身后的十几个冷卫，疑惑地道，“你们这是……怎么了？”

十几个冷卫顿时将脑袋埋得更低了。开什么玩笑，绝对不能让自家殿下看到他们现在这副样子，不然冷卫的脸面还往哪儿搁！说到底，都是冷六和十二情报有误，说什么殿下和王妃已经发生关系了，狗屁！他们要是早知道殿下和七七小姐到现在还是纯洁的男女关系，说什么也不会送那本小黄书的！

众冷卫在心里狠狠地唾骂着冷六和十二，将脑袋垂得更低了。

墨寒卿看着他们这副模样，也大概知道是谁揍了他们。看来，某人的火气确实挺大啊，幸好自己昨天没有惹她！

墨寒卿想着想着，忍不住轻笑了一声，拍拍冷一和冷四的肩膀，说了声好好休息，便背着双手出了靖安王府。

啥？！十几个冷卫全部僵在了原地。他们刚刚没有听错吧？向来冷漠少言的殿下，竟然跟他们说，好好休息？

皇宫中，御书房。

皇上正坐在书桌后，拿着毛笔在批阅奏折，突然听得门外有人来报，说靖安王已经到了。

“让他进来吧。”皇上搁下毛笔，朝来报的人道。

“是。”那小太监应了一声，连忙出去请墨寒卿进来。

不过片刻，墨寒卿便大步走进御书房。

“皇兄。”墨寒卿站在御书房内，朝坐在书桌后的皇上行了个礼，声音低沉道，“不知皇兄急召臣弟是为何事？”

“寒卿啊。”皇上叹了一口气，随手拿起桌上的一本折子递给他道，“你自己看吧。”

站在皇上身边的苏公公，赶忙接过皇上手中的折子，转而递给墨寒卿。

墨寒卿接过折子，随手翻开，快速扫了几眼，抬头惊讶道：“北辰国的使者三天后就要来了？”

“是啊。”皇上皱了皱眉，声音有些不悦，“按理说，别国使臣前来拜访，至少要提前一个月告知，可北辰国莫名其妙递了一张折子，说三日后来我墨国拜访，这不等于人都走到家门口了，才想起来告诉你，我来你家玩了！真是一点礼数都不讲。”

墨寒卿秀气的眉毛微微蹙起，突然想起今日冷六汇报的事。

不知这二者之间有何联系。

“如此不讲礼数，只说明一件事。”墨寒卿将折子合上，递给苏公公，声音淡淡道。

“什么事？”

“来者不善，善者不来。”墨寒卿看着皇上，一字一顿道。

“你的意思是……”皇上有些迟疑地看着他。

墨寒卿却是站在原地，目光幽深地看着皇上。

“唉……看来平静了这么多年，北辰那边终于忍不住了。”皇上长长地叹了一口气。

“天下之势，合久必分，分久必合。他们若是诚心来我墨国拜访，那我们便好好招待；若是想找我们麻烦，那也不必惧怕。”墨寒卿低沉坚定地说道。

“也罢。”皇上摇了摇头道，“船到桥头自然直，我们暂且按兵不动，看看他们此次来我墨国的目的究竟是什么。”

“正是如此。”墨寒卿赞同地点点头。

“对了，此次接待北辰国使团的任务，本该由太子操办，眼下太子被废，新太子还未确定，要不……寒卿，接待任务就由你负责？”皇上深邃的眼眸闪烁着一丝希冀。

墨寒卿怔了一下，沉默片刻，声音低低地道："皇兄还没想好新任太子的人选吗？"

"最近一直在忙你的选妃大典，没时间。"皇上坦然地看着他。

"那臣弟倒是可以帮皇兄推荐一位皇子。"墨寒卿毫不避讳地看着皇上道，"臣弟以为，三皇子墨修竹现如今已长大成人，且为人和善、胸怀宽广，负责接待北辰国使团再合适不过。"

"寒卿，你——"皇上眼看着他如此明显地推托，有些头疼，"修竹还小，毕竟是个孩子。"

"修竹与臣弟同岁。"墨寒卿淡然地看着皇上道。

"可是——"

"正好此段时间臣弟身体不适，即便勉强打起精神接待北辰国使团，最终也是不尽如人意。"墨寒卿一边说着一边恰到好处地打了个喷嚏。

皇上顿时紧张起来："寒卿你真的生病了？要不要宣太医过来看看？"

"不用，多谢皇兄关心。"墨寒卿吸了吸鼻子，声音淡淡道，"臣弟静养几天便可。"

"那好吧……"皇上无奈地叹了一口气道，"那朕便让修竹负责此次事宜吧。"

"嗯。"墨寒卿淡淡地点了点头。

第十七章　他生病了

从宫中出来，墨寒卿径直坐上马车。

也不知是因为昨夜吹风受了凉还是怎么，原本他只是随口说了句身体不适，没想到上了马车，竟然真的一个喷嚏接着一个喷嚏地打起来。

“殿下……您……没事吧？”正在赶车的车夫迟疑着转过头，隔着门帘，朝马车里问了一句。

“无妨。”墨寒卿淡淡地应了一声，才发现自己声音听起来有些沙哑。

等到回了靖安王府，从马车上下来后，墨寒卿只觉昏昏沉沉的，浑身的力气像是被人抽走，乏力得不行。

“来人。”墨寒卿低低地喊了一声，立刻有好几个侍卫围了上来。

“扶我回房间，顺便喊个大夫。”墨寒卿面无表情地吩咐了一句。

“是。”几个侍卫赶紧上前扶住墨寒卿，其中一人飞快地跑去找大夫。

将墨寒卿扶回房内，几个侍卫你看看我，我看看你，迟疑了一下，终于有人问：“咱们，要不要喊王妃娘娘过来看看？”

“应该要的。”另一个侍卫点点头，立刻转身出去找叶七七。

好在叶七七很快便赶了过来。

“殿下生病了？”叶七七走进房间，疑惑地问了一声。

“是，刚才出门的时候已经不太有精神，没想到回来的时候状态更差。”一名侍卫赶紧恭恭敬敬地朝叶七七汇报道。

“那请大夫了吗？”叶七七走到墨寒卿的床榻前，见他双目紧闭躺在床榻上，白皙俊秀的脸上浮出一抹不太正常的红晕。

她迟疑了一下，伸手轻轻覆在他的额头上。掌心一片滚烫。叶七七心中一惊，刚想收回手，一只修长的大手便紧紧地握住她的手。他的手心跟他的额头一样，都是一片滚烫。她迟疑了一下，想要将手抽出来。然而，她刚轻轻动了一下，立刻便被他攥得更紧。

“叶七七……”墨寒卿低沉沙哑的声音响起。

“嗯？”叶七七一怔，赶紧朝他看去。

只见他眼底的光芒有一丝黯淡，双唇轻轻地动了动，低低地说了一句：“别乱动……”然后又闭上了眼睛。

叶七七怔怔地看着他，许是因为她的手微凉，他才紧紧地攥着不放吧？

就在她瞎想的时候，那名叫陈锋的侍卫拽着大夫冲了进来道：“大夫来了，大夫来了。”屋子里的侍卫赶紧让出一条道来。

花白胡子的大夫走到床榻前，捋了捋胡子，瞥了一眼蹲在床榻旁的叶七七，忍不住皱了皱眉，道：“这位小姑娘，能否让一让？你这样挡在靖安王殿下的床前，老夫也没办法把脉。”

叶七七转过头，一脸无奈地看着大夫，道：“我也想给你让开，可这家伙不松手，我有什么办法。”

大夫这才注意到，墨寒卿一直紧紧攥着她的手：“这……”

大夫迟疑了一下，只得在叶七七身边蹲下身子，道：“小姑娘，麻烦你把殿下的手腕再往床边拽一拽，我好把脉。”

墨寒卿睡在床榻靠里的位置，叶七七的手又被他紧紧攥住，所以她稍微花了些力气，才把他的胳膊往床边拽了拽。

大夫赶忙上前，探出两根手指，搭在墨寒卿的手腕上。

叶七七眨眨眼睛，看着大夫道："大夫，他怎么样了？"

大夫闭目静思片刻，然后睁开眼睛，缓缓道："殿下近些日子经常奔波，受了劳累，又忧思在心，所以感染了风寒，虽有发热征兆，但不是很严重，待老夫开几个方子，只要照着药方服用几天，自然痊愈。"

"那就好。"叶七七听了连连点头。

"还有，服用药方的这段时间，殿下的饮食要清淡，注意保暖。现在最好用冷水浸了帕子，敷于额头。"大夫想了想，又叮嘱道。

"好。"叶七七默默地记在心里。

"还有，今日夜里最好有人守着殿下，若是他额上的帕子变得温热，便重新浸入冷水，凉了之后再敷到额头上。"大夫站起身，走到桌旁坐下，从药箱中拿出纸和笔，开始写药方。

屋里的侍卫听了，连忙打了一盆冷水过来。

叶七七用另一只手从袍袖中掏出一块手帕，放到冷水里浸湿了，敷到墨寒卿的额头上。大概因为帕子的凉意驱散了发热带来的难受，墨寒卿握着叶七七的手，稍微松了一下。

不过片刻，大夫便将药方写好，递给站在身边的侍卫，让他去抓药。

大夫又皱眉看了一眼站了满满一屋的侍卫，连连摇头，道："都散了，都散了，这么多人站在房间里，不利于殿下养病，只留一人看着就好。"

那帮侍卫你看看我，我看看你，一起将目光转向叶七七道："那就有劳王妃了。"

"你们……"叶七七看着匆匆离去的侍卫，忍不住扯了扯嘴角。

这种情况……只留她一个人在这里，真的好吗？！

叶七七郁闷片刻，突然喊道："冷六！冷六！"

"七七小姐。"一道黑影落在叶七七身边。

"那个……去，先给殿下倒一杯水来。"叶七七伸手指了指放在桌子上的茶壶和茶杯，小声吩咐道。

"是。"冷六应了一声，眯着肿得快看不见的眼睛朝桌子走去。大概他眼睛肿得太厉害，看不清楚眼前，走到桌边的时候，还被凳子绊了一下。

叶七七有些无语地看着他。

冷六努力从眼睛缝里看着桌上的东西，然后伸手拿起茶壶和茶杯，目测了一下二者之间的距离，便开始倒水。哗啦啦啦，茶壶里的水没有一滴倒在茶杯里，全部洒在桌子上。

叶七七忍不住蒙住自己的眼睛，不忍看眼前这一幕。

冷六连忙将茶壶和茶杯放下，转身打算去拿抹布来擦桌子，谁知一不小心又被凳子给绊倒了。

叶七七觉得心累，深吸一口气，朝冷六低低喊了一声："冷六？"

"七七小姐！"冷六扶着凳子站好，赶紧朝叶七七双手抱拳，应了一声。

"你这是……都看不见了？"叶七七有些迟疑地问道。

冷六愣了一下，赶紧摇头道："没有没有，属下还看得见。"

"那你怎么……"

"就是……眼睛肿得厉害，看东西的时候，距离把握不准。"冷六有些尴尬地道。

"七七小姐，咱们能商量件事儿吗？"冷六见叶七七不说话，试探着问了一句。

"什么？"

"下次打属下的时候，能不能不打脸？"冷六小心翼翼地看着叶七七，弱弱地道，"不不不，七七小姐要实在想打脸，也行，就是……咱能不能不打眼睛……"

叶七七满头黑线地看着他，半晌，点点头道："可以。"

"好嘞，那属下先去找块抹布来。"冷六见她答应，赶紧起身朝房间外面走。

"等等。"叶七七突然喊住他。

"七七小姐还有什么吩咐？"

"其他冷卫呢？"

“他们……也都不同程度……不太好判断东西之间的距离……”冷六迟疑了一下，十分婉转地说道。

叶七七顿觉郁闷，早知道这样，她就下手轻点了。

“行了，我知道了，你回去好好休息吧。”叶七七挥了挥手，算是放过冷六一马。

“属下告退。”冷六面上一喜，连忙双手抱拳说了一声，转身走了。

偌大房间里，只剩她和墨寒卿。

叶七七叹了一口气，转过头，朝躺在床上的墨寒卿看去。大概因为发热，他白皙的脸上有抹浅浅的红晕，眼眸紧紧地闭着，鼻梁挺直，唇角微微抿起，秀气的眉毛也皱着。

叶七七迟疑了一下，在他耳边低低地唤了一声：“殿下？”没反应。

“墨寒卿？”叶七七轻轻戳了一下他的肩膀。

“嗯……”墨寒卿闭着眼睛，低低地应了一声。

叶七七一怔，靠近他，满眼疑惑道：“你没睡着啊？”

“没有……”墨寒卿轻轻地叹了一口气，紧闭的眼睛缓缓睁开，目光幽深地看着叶七七，声音微弱，“头疼。”

叶七七摸了摸他额上的帕子，刚才凉冰冰的帕子已经变得温热。

“你等一下，我给你换一块帕子。”叶七七抽了抽自己的手，想要将手腕从他手心抽走。

奈何他握得有点紧，她根本就抽不出来。

“殿下……”叶七七有些无奈地看着他，小声道，“我得帮你换帕子。”

墨寒卿低低地应了一声，一双深邃的眼眸微微抬起，看着俯在自己身边的叶七七，沉默了片刻，低声问道：“你刚刚喊我什么？”

“殿下。”

“在这之前。”墨寒卿直直地看着她。

叶七七愣了一下，歪着脑袋想了想，有些不太确定地道：“墨寒卿？”

她声音软软糯糯，喊他名字的时候，好像一朵刚刚绽放的桃花，在微风中轻轻颤动。

“嗯……”墨寒卿握着她手腕的手终于松开。

叶七七松了一口气，赶忙拿过帕子放进盆里，弄湿之后，又将水挤得半干，重新叠好放到他的额头上。

“七七。”墨寒卿视线一直追随着她的动作，等她将帕子放好，他又低低地喊了她一声。

“嗯？”叶七七一双小手撑着下巴，趴在床边歪着脑袋看他，像一只可爱的小狗。

“我很喜欢……你喊我的名字。”墨寒卿闭了闭眼睛，低沉沙哑地说。

“啊？”叶七七愣住了。

“要是八年前，我告诉你我真正的名字，是不是现在你就不会这么生气了？”墨寒卿一边说着一边转过头来，目光中闪过一丝黯淡的光芒，朝她问道。

“呃……这个……”叶七七迟疑了一下，没有回答。

“我记得你八年前总是嚷嚷要嫁给我。”墨寒卿低低地叹了一口气，“要是当年我没有骗你，现在你是不是就心甘情愿地做我的王妃了？”

叶七七眨着一双大眼睛，没有说话。

他看着她的时候，眼睛带着一种未知的引力，仿佛要将她的魂魄都吸进去。

“我……”叶七七迟疑了一下，正准备开口，门外突然传来一个侍卫的声音：“启禀殿下，药已经熬好，需要现在端进去吗？”

墨寒卿几不可见地皱了皱眉。

“端进来吧。”叶七七回过神，朝门外大声道。

“是。”侍卫低低地应了一声，然后推开房门，端着一碗药走进来。

“殿下，王妃。”侍卫端着药走到床前，恭恭敬敬地朝两人弯腰行礼。

叶七七朝他点点头道：“行了，给我吧。”

“是。”侍卫小心翼翼地将手中的药碗递给叶七七，然后行了个礼，便转身出去了。出去之前，还特地帮他们将房门关起来。

叶七七端着药碗，朝着墨寒卿嘴边送了送道："喏，吃药吧。"

一股刺鼻的中药味萦绕在墨寒卿的鼻息之间。他微微皱了皱眉，将脸转向床榻里侧："不要。"

"为什么？"叶七七挑了挑眉道，"你不吃药，病不会好的。"

"不就是一点伤风感冒。"墨寒卿淡淡地道，"躺着休息一夜就好了。"

"可你还在发热。"叶七七见他一直不把头转过来，便将药碗放到床榻旁的柜子上，然后伸出手，将他的脑袋掰向自己，认真道，"不吃药，病是不会好的。"

墨寒卿眼眸微垂，看着叶七七一脸认真的模样："不吃。"

"为什么？"叶七七有些不解地看着他。

"难吃。"

叶七七无语，眨着一双大眼睛盯着他半天，终于促狭地问道："殿下你……怕苦？"

墨寒卿身子一僵，下一秒，却是默默地转过头，继续看着床榻里侧的墙，不回答。

"不说话就是默认了。"叶七七忍不住笑出声来。

"不是。"墨寒卿听到她这句话，转过头，淡淡地看着她道："就是不喜欢而已。"

"不喜欢总是有原因的。"叶七七依然笑得一脸灿烂，"像我，不喜欢吃生姜，是因为它又辣又难吃。殿下你说不喜欢吃药，还不是因为觉得药难喝。"

墨寒卿默默地看着她，竟然没有反驳。

半晌，他低低地问道："很好笑吗？"

简简单单四个字，止住了叶七七灿烂的笑容。

"也不是很好笑。"叶七七强迫自己换上严肃认真的表情，重新端起柜子上的药，递到墨寒卿嘴边道，"赶紧喝药吧，冷了就不好了。"

"不喝。"墨寒卿偏了偏头，一脸嫌弃地看着那碗药。

叶七七眯了眯眼睛，声音中带着一丝危险道：“你要是不喝，我可就采取强迫手段了啊！”要知道，当年她不肯喝药，她爷爷可是有一百种方法让她乖乖把药喝了的。

墨寒卿沉默片刻，忽然转过来，直直地盯着她问：“什么强迫手段？”

“就是用武力胁迫你喝药！”叶七七朝他挥了挥小拳头，很认真地说道。

墨寒卿皱了皱眉，目光在她白皙粉嫩的小脸上停留片刻，转过头看着床榻里侧的墙道：“不喝。”

“这可是你逼我的啊！”叶七七见状，将手中的药碗朝身后柜子上一放，然后卷起袖子，朝墨寒卿冲了过去。

然而，她的小手刚刚伸到墨寒卿面前，手腕就被他出其不意地握住了。

叶七七微怔，下意识挣了挣，竟然发现挣脱不了他的束缚。

“你……你干吗？”叶七七用力挣扎几下，无果，便瞪着一双圆溜溜的眼睛气呼呼地问道。

“你用武力强迫我喝药……”墨寒卿直直地看着她，“那我只能用武力拒绝喝药。”

叶七七忍不住眯了眯眼睛，声音清脆地道：“你以为你打得过我？”

“可以试试。”墨寒卿一手握住她的手腕，表情淡然地道。

“别开玩笑了，你就算清醒的时候都打不过我，更何况生病的时候。”叶七七看着他，跪坐在床榻上道。

墨寒卿却只是默默地看着她，不说话。叶七七咬了咬牙，暗暗地运起内力，想要挣脱他的束缚。然而下一秒，她惊讶地发现，从他的掌心也传出一股雄厚的内力，竟能跟她的内力相抗衡。这么多年，她从来没有遇到过能以内力跟自己相抗的人。

“你……”叶七七有些惊讶地看向墨寒卿。她清楚地记得，小时候，他明明在自己手下连两招都过不去！

墨寒卿只是默默地看着她。叶七七暗暗加大内力，想要试探他真正的实力。却不想，她内力增加，他内力也相应地增加。床幔如同被狂风吹过，簌簌作响。

叶七七干脆一个翻身，伸出脚，想朝墨寒卿踢去。察觉到她的意图，墨寒卿微微眯了眯眼睛，动作利落地翻身，没等叶七七的脚落在自己身上，便已将她整个人压在身下。这下，叶七七彻底动不了了。

“你……”叶七七暗暗运起的内力，一下子都撤掉了。她郁闷地抬头看着覆在自己身上的墨寒卿。

他额上的帕子因为刚才一连串动作掉落下来，脸上的红晕也越来越明显，双唇微微张着，大概因为消耗了一些内力，气息有些急促。

“我什么？”墨寒卿微微喘息着问道。

“你的内力，什么时候变得如此强大了？”叶七七瞪着一双水润的眼眸，声音中满是惊讶。

墨寒卿听到她的话，微微笑了一下，声音低低地道：“很早之前。”

叶七七皱着眉头。她记得她下山以后还跟他过过招，那时候他明明打不过自己啊！

“那你为什么……”

“我说过，打不过娘子是为夫必备的技能。”墨寒卿似乎看出来她想问什么，唇角微勾，缓缓地道。

叶七七顿时有些无语。

“这样不算，刚才是你先握住我的手腕，让我无法动弹，咱们起来，去院子里重新打一场。”叶七七抬头看着压在她身上的墨寒卿，不服气地道。

墨寒卿勾了勾唇角，笑着摇了摇头：“不去，我还在生病。”

“你还知道你生病了啊，还不赶紧把药喝了。”

“不喝。”墨寒卿压了她半天，看她终于不再挣扎，身上的力气仿佛全部耗光。

他翻身躺到床榻上，修长的手臂顺势一捞，便将叶七七搂在怀里。叶七七还没来得及反应，脸颊便已靠在他的胸膛上。他的胸膛因为发热，温度有些高，隔着薄薄的衣料，传递到她的脸上，莫名让她脸颊的温度也有些高。这样的姿势让她觉得别扭，叶七七迟疑了一下，又开始挣扎。

“别乱动。”墨寒卿低沉沙哑的声音从她的头顶传来，“就这样让我抱一会儿。”他声音带着疲惫，让叶七七的心微微地颤了一下，挣扎片刻之后，她便乖乖不动了。

房间里一片安静，几乎能听到两个人的呼吸声。墨寒卿搂着叶七七娇小柔软的身子，闭着眼睛休息了一会儿。

“你什么时候才会愿意做我的王妃？”

“你快点吃药。”

两个人的声音同时响起，墨寒卿和叶七七一下子都愣住了。

“我把药吃掉的话，你是不是就答应做我的王妃了？”墨寒卿回过神，低低地笑了一声，朝着叶七七问道。

“你想得美！”叶七七忍不住翻了个白眼道，“你爱吃不吃，反正生病难受的又不是我。”

叶七七说完这句话，墨寒卿半天没有发出声音。她有些疑惑地抬起头，却看到他正带着笑意，温柔地看着自己。

“你看我干吗？”

“七七，其实你……”墨寒卿顿了顿，语气中带着难以掩饰的笑意，“还是在意我的，对吗？”

“谁在意你了？”叶七七被他看得心中一慌，趁他不注意，一个翻身，从床榻上坐了起来。

“你干吗？”墨寒卿手疾眼快地握住她的手腕，接着一用力，便将叶七七又拽了回来。

“我……”叶七七脑袋直接摔在软枕上，虽然不疼，却也有些头晕眼花。她瞪着一双眼眸，看着眼前的墨寒卿，好半天才看清他的轮廓。

墨寒卿却是有些愣住了。眼前的女孩子，白皙粉嫩的脸颊带着一抹浅浅的红晕，双眸灵动，正看着自己。她的小鼻翼一鼓一鼓，看起来可爱极了，最重要的是，那张红润的小嘴在烛光下泛着淡淡的光泽，仿佛刚刚长熟的樱桃，新鲜又可口，散发着诱人的香气。

墨寒卿眼中的光芒暗了暗，下一秒，他的唇瓣印上她柔软的嘴唇。刹那间，有如黑夜中突然闪起一道光芒，又仿佛晴空下鸟儿划过云层，纵然一闪即逝，却留下难以磨灭的印象。

不过是个一触即离的吻，墨寒卿的心脏却仿佛波涛汹涌的海浪一下又一下拍打着海岸，剧烈跳动起来。

等叶七七回过神，发现墨寒卿原本微红的脸颊，此刻更红了。仿佛熟透的果子，鲜艳欲滴。她没来得及追究刚刚唇瓣上那柔软的碰触是怎么回事，关心地问道："你怎么了？怎么脸比刚才还红了？"

"我……没什么。"墨寒卿听到她这句话，下意识松开了握住她手腕的手。

两个人沉默片刻，墨寒卿突然道："你把药拿给我吧。"

"啊？"叶七七微怔，满眼疑惑地看着他，刚才誓死不喝药的人，怎么一眨眼的工夫就主动要求吃药了？

她转身端起柜子上的药，递给他道："给你。"

墨寒卿接过药碗，稍微晃了两下，然后一抬头，把一碗药一口气喝了下去。喝完之后，他面无表情地将药碗递还给叶七七。

叶七七眨巴眨巴眼睛，盯着他清秀帅气的脸，小声问道："苦吗？"

墨寒卿转过头道："你想知道？"

"呃……我就随便问问……"叶七七见他面色不善的样子，赶紧回了一句。

"你试一试不就知道了。"墨寒卿却是目光直直地看着她，语气淡淡道。

"怎么试——"叶七七话还没说完，胳膊便被墨寒卿拽住，紧接着，他清秀帅气的俊脸凑到她面前，在她尚未反应过来时，再次轻轻吻住她的唇。

一股中药的苦味混合着他身上清冷的气息，扑面而来。叶七七整个人都愣住了。唇瓣上温暖柔软的触感，跟刚刚那一触即离的感觉一模一样，唯一不同的便是，这一次她的鼻息间多了一丝淡淡的苦味，然而这样混合起来的气息却不让她讨厌，反而有种心跳加速的感觉。

她的唇瓣实在太过柔软，香甜的气息又实在诱人，墨寒卿眼睛轻轻眨了眨，迟疑了一下，撬开她的唇瓣，朝她口中探去。当他的舌尖碰触到她柔软滑腻的舌尖时，仿佛有道电流击中彼此。叶七七只觉心脏扑通扑通直跳，几乎要跳出胸腔。

墨寒卿眼眸深了深，她的味道实在太过甜美，让他忍不住想要探求更多，只是……眼下，他还在生病发热，万一传染给她……墨寒卿犹豫片刻，便离开她的唇瓣，只是离开之前，还依依不舍地轻啄了一下。

“你！”叶七七愣了片刻，回过神来，正准备一巴掌朝墨寒卿扇过去，门外的侍卫突然通报，说三皇子来了。

墨寒卿下意识接住叶七七甩过来的巴掌，和她对视两秒后，赶忙躺下来，顺手捞过刚刚掉落在床上的帕子，敷在额头上，又调整了一下姿势，这才朝门外的侍卫道：“请他进来吧。”

“是。”侍卫应了一声，一路小跑地去院子门口回报墨修竹。

叶七七却是眼睛眨也不眨地盯着墨寒卿，研究了半天问道：“我说，你是真的生病了吗？”

墨寒卿沉默片刻，转过头来，眼眸中的光芒重新黯淡：“怎么，难道为夫看起来不像是生病吗？”

“你刚才那动作……太过利落了……”叶七七扯了扯嘴角，狐疑地看着他。

墨寒卿突然伸出一只手，轻轻抚着自己的额头道：“头疼……”

叶七七翻了翻白眼，原本还有些怀疑他是不是装病，此刻看他的样子，直接在心里下了结论——这货就是在装病！

她就说嘛，好好一个人，进宫之前还活蹦乱跳，怎么回来就病恹恹的。

就在叶七七胡思乱想的时候，房门吱呀一声被推开，三皇子墨修竹手里摇着一把扇子，大摇大摆地走了进来。

墨修竹先耸了耸鼻子，闻到房里飘着的中药味后，走到床榻前，朝躺在床上的墨寒卿看了一眼，笑眯眯道：“寒卿，生病了啊？”

墨寒卿缓缓睁开眼睛，朝墨修竹瞥了一眼，声音不冷不热道：“叫皇叔。”

“呃……皇叔。”墨修竹脸上的笑容一下子僵住，尴尬地摸了摸鼻子，悻悻道，“你还真生病了啊？”

“呵……不然呢？”墨寒卿冷冷地瞥了他一眼，随口问道。

“我还以为你是不想接待北辰国使臣，故意说自己生病，好把事情都推给我呢。”墨修竹在床边坐了下来道，“真病了？严重吗？”他一边说着，一边伸出手，朝墨寒卿敷着帕子的额头探去。

“把你的手拿得离我远点。”墨寒卿目光冷冷地注视着他伸过来的手，语气阴寒地说道。

“呃……”墨修竹的手一下子僵在半空。他有些尴尬地转过头，朝叶七七笑了一下，弱弱地问道：“那什么，我皇叔怎么样了？”

叶七七看了墨修竹一眼，又低头白了墨寒卿一眼，声音清脆道：“暂时死不了。”

“哦，那就是没什么事。”墨修竹点点头，然后安静地坐在那里，不说话了。

房间里寂静得有些诡异。

良久的沉默之后，墨寒卿淡淡地道：“你来就是为了看我有没有生病？”

“啊？啊……是啊。”墨修竹应了一声。

“那你现在看完了，可以走了？”墨寒卿看着墨修竹，心底很是不满。

“不是吧，皇叔，我这进来连一炷香的时间都没有，凳子还没坐热乎呢，你就要赶我走了？”墨修竹一脸郁闷地看着墨寒卿道，“再说我这也是关心你啊，听说你生病，我急急忙忙连衣服都来不及换，就赶来看你了。”

“我现在需要静养，无关人等请出去。”墨寒卿没好气地朝着他道，“你要是没什么事，就赶紧回去着手安排北辰国使臣来访的接待事宜吧。”

“我现在就是在愁这个事。”墨修竹一听到“北辰国”三个字，便长长地叹了一口气。

“怎么？”墨寒卿微微挑眉，目光幽深地看着他。

“那北辰国向来崇尚武力，听闻他们国内每年都会举办一次比武大赛，获胜的人就能得到北辰国至高无上的荣誉。”墨修竹一脸郁闷地看着墨寒卿道，“这次也不知道那北辰国的皇帝抽了什么风，非让使臣把历年的比武大赛冠军给带了过来，说是要跟我们墨国的高手切磋切磋。”

“所以呢？”

“所以我现在很愁，你说他们身为别国使臣，安安静静地来我们墨国，吃吃宴席，看看表演，再到城郊猎场狩个猎多好，这一套流程安排下来，总归出不了什么差错。”墨修竹皱着眉，苦着脸看着墨寒卿道，“可那北辰国使臣希望我们墨国也派一些高手，跟他们来一场高手与高手之间的切磋比赛。”

“切磋比赛？”叶七七疑惑地看着墨修竹问道，“他们来了多少人？”

“二十人。”

“那你也把咱们墨国每年的武状元都拉出来，跟他们切磋不就好了？”叶七七有些不解地看着墨修竹问道。

墨修竹重重地叹了一口气道：“关键就是，咱们国家的武状元并非墨国武功最好的，武状元的选拔，除了武功，还有关于排兵布阵的考试，也就是说，所谓武状元都是熟读兵书、通晓兵法，同时武功最好的人。”

叶七七点头道：“你的意思就是，咱们墨国有些武功很好的人，因为不懂兵法，所以没有去参加武状元的选拔？”

“对，就是这个意思。”墨修竹在叶七七脸上瞥了一眼，又转向躺在床榻上的墨寒卿，继续叹气道，“所以我才郁闷。你想，那北辰国本就崇尚武力，全民皆兵，他们那个比武大赛又不问身家出处，不管是否通晓兵法，只要武功厉害就行，所以每年选出的都是北辰国的武功高手，这要是直接派咱们墨国历年的武状元去跟他们切磋，估计咱们国家的脸都会丢光。”

“那你再想别的办法不就好了。”叶七七摊了摊手，不就是找些武功好的人去打架吗，多简单的事，他们靖安王的那些冷卫，不是号称墨国武功排名前二十的高手吗？虽然这些高手……呃……都被自己一个一个给揍过了……

“我这不就是来找皇叔想办法了？！”墨修竹听她这么一说，顿时眼睛一亮。总算把话题引到正道上去了！

“那什么，皇叔啊，听说你手下的冷卫每一个都是高手，那什么……要不咱俩商量商量，把你那些冷卫借给侄子我用一用啊？”墨修竹满怀期望地看着躺在床榻上的墨寒卿道。

“冷卫？”墨寒卿低低地重复了一下这两个字。

“对啊，对啊！”墨修竹脑袋点得如同小鸡啄米。

“呵，我倒是想把冷卫借给你。”墨寒卿转过头，意味深长地看了一眼坐在身边的叶七七，“只是可惜……他们大概不能代表咱们墨国出场了。”

“为什么？”墨修竹有些愕然地看着墨寒卿道，“只要你同意，让那些冷卫去跟北辰国的二十个比武冠军切磋，咱们墨国妥妥的没问题啊。”

“哦……关于这个……”墨寒卿嘴角突然勾起一抹顽劣的弧度，声音低沉道，“正好我那些冷卫最近放了假，都在府中呢，你见一见他们，就会明白我为什么这么说了。”

墨修竹眨眨眼睛，依然一脸不解。倒是叶七七，听到墨寒卿的话，身子不由自主地一僵。那些冷卫……现在的样子，实在惨不忍睹。

“不是，这些都不是问题！”墨修竹眼看墨寒卿并没有拒绝，便长长地松了一口气道，“这事儿吧，只要你同意，一切都好说！”

“嗯，我同意。”墨寒卿看着他，十分淡然地点了点头。

“那就好，那就好！”墨修竹整个人变得神采飞扬，“那什么，要不先让冷卫们过来，你跟他们吩咐一下？我直接去找他们的话，他们不会听我的。”

墨寒卿很爽快地应了一声，然后转过头，朝坐在自己身边的叶七七挑了挑眉道：“七七，劳烦你去喊一下冷卫，让他们现在就到我房里来。”

“你……你确定？”叶七七看着躺在床上的墨寒卿，总觉得他眉眼间有丝幸灾乐祸的痕迹。

“嗯。”

叶七七迟疑片刻，翻身便从床榻上下来，脚尖轻点，径直飞出房间，朝冷卫居住的院子飞去。

片刻之后，叶七七回来了。她推开房门的时候，墨修竹下意识转过头，朝她的方向看了一眼。然后，他整个人都震惊了。跟在叶七七身后走进房间的十几个冷卫，每人都鼻青眼肿，简直是没有最惨，只有更惨。要不是他们身上还穿着靖安王府冷卫的统一服装，他简直要怀疑叶七七是不是从哪儿找了十几个猪头过来。

“这这这……什么情况？！”墨修竹从凳子上站起来，直直地看着十几个冷卫，声音里满是惊讶。

“那个……”叶七七有些不好意思地轻咳两声，然后低下头，用小得几乎听不见的声音道，“我揍的。”

“你揍的？！”墨修竹快步走到十几个冷卫面前，心痛地看着他们，用几乎快要哭出来的声音控诉道，“你为什么要揍他们啊……你把他们揍成这样，他们还怎么代表咱们墨国去跟北辰国的人比试啊！再说，你什么时候揍不好，非得挑这个时候……”

叶七七听着他的话，忍不住扯了扯嘴角：“你什么意思，我揍人还要经过你的同意？”

“不是……我不是这个意思……”墨修竹一脸悲催，嘴唇动了动，哭着道，“你这不是坑我吗？！你们夫妻两个是联手来坑我吗？！”

房间里顿时一片寂静。

十几个冷卫眼看站在面前的三皇子崩溃得快要哭出来，忍不住抽了抽嘴角。他们不就是被七七小姐揍了吗，多大点事啊，虽然看起来惨了点，但七七小姐下手的时候好歹留了几分力道，这些不过是皮外伤罢了，过个十天半个月，他们的脸就能恢复正常了。再说，男子汉大丈夫，又不要那花容月貌，有什么好伤心的。

然而，这些冷卫却完全不懂墨修竹心中的绝望。他今日来靖安王府之前，已经做好被拒绝的心理准备，毕竟他高冷孤傲的皇叔不可能轻易把自己的贴身护卫借给别人。

然而，不过短短一炷香的工夫，他就发现，眼前以为的“湖泊”不过海市蜃楼，都是幻象。那种看到希望又绝望的感觉，最让人备受打击。

墨修竹眼神哀怨地看着十几个冷卫，不说话了。冷卫们被他看得瘆得慌，个个不由自主地将目光转向别处。

“冷卫们都在这儿了，你想让他们去，就直接跟他们说吧。”墨寒卿躺在床榻上，看着墨修竹的表情变化，心中只觉舒畅无比。让你跑来打扰本王和七七的二人世界，让你过来打断本王的好事，呵呵呵，报应来了吧？

去？让这些鼻青眼肿的冷卫去哪儿啊？墨修竹根本无法想象，到了北辰国使臣来访的那天，他拉着二十个猪头般的冷卫站在迎宾台上，笑眯眯地迎接他们来访。别的不说，他要真弄出一个这样的欢迎团，估计北辰国使臣连马车都不用下，就直接和他们干架了。

墨修竹想着想着，目光便不由自主地落在叶七七的身上。等等！没了那二十个冷卫，还有一个叶七七啊！叶七七是什么人，能徒手修理二十个冷卫的人啊！能一脚踹飞靖安王府死士的人啊！

这么一想，墨修竹赶紧朝叶七七堆起满脸的笑容，谄媚地喊了一声：“小七啊！”

“干吗？”叶七七顿时浑身一抖，回过头看了墨修竹一眼。

“你看，平日里我待你不薄吧？以前你女扮男装的时候，我对你就跟待自己的亲兄弟一样，现在，你的亲兄弟有难，难道你打算袖手旁观吗？”墨修竹恳切地看着叶七七。

“嗯，打算。”叶七七点点头，直接用三个字堵住墨修竹后面的话。

果然，不是一家人，不进一家门！这么禽兽的皇叔配上这么禽兽的皇婶，简直天下无敌！

墨修竹瞪着眼睛，直直地看着叶七七，用力咬着唇，闷闷地腹诽着。

“自己的问题，自己解决去。”墨寒卿躺在床榻上，淡淡地瞥了墨修竹一眼道，“眼下新太子还没确定，这次正好是你在皇上面前表现的机会。”

“谁要当太子！我当个三皇子，每天吃香的喝辣的，不是也很好吗？”墨修竹有些郁闷。

“哦，若是二皇子重新当上太子，得知皇上曾经打算立你为太子，你觉得，你以后还能吃香的喝辣的吗？”墨寒卿一双眼眸眯了眯，声音凉凉的，仿佛刀子朝他的心窝戳去。

墨修竹神情瞬间僵住。半晌，他收起手中折扇，用力敲了一下手心，咬牙切齿道：“好，算你狠，自己解决就自己解决。”说完，他便头也不回地出去了。

叶七七站在原地，有些无语地看着他的背影，又转头看了一眼屋子里的那些冷卫，摆摆手道：“没事了，没事了，你们都回去休息吧。”

“是！”十几个冷卫恭恭敬敬地应了一声，一个跟着一个出去了。

叶七七将房门关上，重新走回墨寒卿的床榻前。

两个人对视片刻，叶七七终于问道：“你的武功什么时候变得这么好了？内力似乎也有很大的提升。”

墨寒卿盖着薄被躺在床榻上，额上敷着浸了凉水的帕子，沉默良久后，他突然朝她低声道：“七七，我想吃点东西。”

叶七七满眼疑惑地看着他，随口道：“想吃东西就起来吃。你想吃什么，我让厨房的人给你弄去。”

“大夫说本王要吃清淡一些。”墨寒卿大言不惭地道。

叶七七嘴角忍不住抽了抽，满头黑线地看着他道：“你不是装病吗？”

“没有啊。”墨寒卿坦然地看着她道，“我是真的生病了……”

“骗人！”叶七七瞪着他，伸出小手，指着他的鼻子道，“你刚刚躺回床上的动作明明很利落干净。”

墨寒卿微微皱了皱眉，声音淡淡道：“我只是想让修竹快点离开。”

“快点离开干吗？怕他发现你是装病吗？”叶七七挑了挑眉，追问道。

“不是。”墨寒卿抬起眼眸看着叶七七，声音淡淡道，“我真的不是装病。”

“证明？！”叶七七双手叉腰看着他。

墨寒卿目光闪了闪，转过头去，看着床榻里侧的墙壁，声音中带着淡淡的别扭："我如果没有生病，刚才就不必担心传染给你了。"

"什么？"叶七七听着他没头没尾的一句话，有些无法理解。

半晌之后，墨寒卿才低低地补充了一句："刚才吻你的时候。"

叶七七听到这句话，脸变得通红。

墨寒卿缓缓地转回头，幽深的眸中闪烁着捉摸不定的光芒，道："如果我没有生病，刚才绝对不会只轻轻亲你一下。"

叶七七觉得自己的脸此刻很烫很烫。他说这句话的时候，她脑海里不由自主地掠过刚刚两人舌尖互相碰触的惊心动魄感觉。

"所以……所以……你……那什么，你想要吃什么？"叶七七涨红了小脸道。

"清粥小菜。"墨寒卿目光幽深地看着她，声音淡淡道。

"我……我……我这就去厨房让他们给你弄。"叶七七一边说着，一边往房间外走，动作迅速，简直就是落荒而逃。

墨寒卿看着她的背影，忍不住勾起嘴角。他的小王妃，刚刚似乎是害羞呢。那是不是说明，她的心里也是有他的呢。

大约半个时辰过后，叶七七端着一碗清粥和几碟小菜，回到墨寒卿的房间。

她坐在床榻边，将托盘放到床边柜子上，然后拿了两个软枕，让墨寒卿靠坐在床头，这才端起粥碗递给他道："刚熬好的清粥，趁热吃吧。"

墨寒卿眼眸微垂，在那碗清粥上扫了一眼，然后直视着叶七七，面无表情地道："你喂我。"

"为什么？！"叶七七忍不住扯了扯嘴角。

"生病，发热，浑身乏力，手腕没劲，拿不动碗。"墨寒卿面不改色心不跳地朝叶七七一字一顿道。

叶七七瞪着一双眼睛看着墨寒卿，用力地咬了咬牙。刚才到底是谁动用内力，强制将她压在床榻上，让她根本无力挣脱的？！现在又是谁这么不要脸，说自己拿不动一碗粥？！叶七七恨不得将手中的粥泼到墨寒卿脸上去。

“其实如果不是因为生病发热，我的武功会更好一点。”墨寒卿看着叶七七咬牙切齿的模样，突然一勾唇角，声音低沉道。

“嗯？”叶七七猛地抬起头看着他，眼底写满疑惑。

“想不想知道为什么？”墨寒卿微微一笑，淡然地看着她道。

“想。”叶七七点点头。她这个人没什么特别爱好，自小武学天分却极高，随着年岁增长，就连叶珏大师和她对打也开始感觉吃力。而像刚才那样，她几乎毫无还手之力的情景，已经好几年没有出现过了。所以，她现在迫切希望能把墨寒卿拽到外面的院子里，和他酣畅淋漓地打上一架，看看他的武功是不是真的深不可测。

“喂我。”墨寒卿平视着叶七七，坦然命令道。

叶七七沉默片刻，无语地低下头，拿起勺子，舀了一勺清粥，送到墨寒卿嘴边。

“烫吗？”墨寒卿微微皱眉，低头看了一眼送到嘴边的那勺粥，有些嫌弃地问道。

叶七七愣了一下，低头将勺子上的粥一口吃掉，摇摇头道：“还行吧，不是很烫。”

墨寒卿看着她，嘴角抽了抽。

“你要是嫌烫，我可以给你吹一吹。”她赶紧又舀了一勺粥，放在嘴边吹了吹，这才送到墨寒卿唇边。

某人薄唇轻启，动作优雅地将一勺粥吃掉，点点头道：“尚可。”

叶七七忍不住翻了个白眼。要不是看在你是个病号的分上，宝宝早就揍你了好吗！她一边在心底暗暗地腹诽着，一边一勺又一勺飞快地将粥全部喂他吃掉。

“吃饱了？”叶七七看着快速吃完一碗粥的墨寒卿，随口问道。

墨寒卿点了点头，轻轻撑住额头，眼眸闭了闭道：“还是有点头晕。”

“头晕你就躺着休息呗。”叶七七将空碗放到柜子上，端着托盘打开房门，把托盘交给门口的侍卫，这才转身朝他道。

“可我有点渴。”墨寒卿眸中光芒微闪，视线追随着叶七七的身影，淡淡道。

叶七七深吸一口气道："要喝水？"

"嗯。"墨寒卿点了点头。

"你等下，我给你倒。"叶七七拿起茶壶倒了一杯水，再次走到墨寒卿面前道，"喝吧。"

墨寒卿坐在床榻上，直直地看着她道："头晕，拿不动水杯。"

叶七七握着水杯的手指紧了又紧，终究还是无奈地在他身边坐下，端着水杯，凑到他嘴边喂他喝。

墨寒卿就着她递过来的杯子，喝了几口水后，便摇摇头，示意不想喝了。

叶七七收回手，顺手将水杯放在柜子上。

"好了，现在你饭也吃了，水也喝了，该休息了吧？"她转过头看着眼前的某人，声音清脆地道。

"嗯。"这一次墨寒卿竟然乖乖地应了一声，没有再提别的要求。

"那你躺下吧。"叶七七伸手将他背后的两个软枕抽走，让他躺下来。

墨寒卿照着她的话做了。

"那你休息吧，我回房了。"叶七七帮他把薄被盖上，便打算转身离开。

"叶七七。"墨寒卿突然喊了一声。

"嗯？"叶七七疑惑地看向他。

"你不留下来陪我吗？"他目光深邃地看着她，声音中带着一丝蛊惑的意味。

叶七七抽了抽嘴角道："你都休息了，我还留在这里干吗？我又不是你的贴身护卫。"

"可是我——"墨寒卿眼睛眨也不眨地看着她，顿了顿，道，"怕黑。"

……

房间里死一般寂静。

“你怕黑？！”叶七七挑了挑眉头，无语地看着他。

“嗯。”墨寒卿大言不惭地点点头，“特别怕。”

“我说，你就是想撒娇也该有个限度吧？”叶七七忍不住眯起眼睛看着墨寒卿，愤愤道，“你堂堂靖安王，传说在战场上杀敌无数、让对方闻风丧胆，现在跟我说你怕黑？你当我还是三岁的小孩子？”

墨寒卿淡然地看着她，脸上一丝窘迫的神情都没有：“这两者之间并没有特定的联系，我虽杀敌无数，但只能说明我不晕血，不能说明不怕黑。”

“你看，我这王府一到夜晚，院子里黑漆漆一片，除了虫鸣就是呼呼的风声，我一个人在房间里……”墨寒卿顿了顿，淡淡道，“害怕。”

叶七七忍不住朝他吼道：“你在靖安王府过了这么多年，以前怎么没听说你怕黑？”

“以前我也怕黑，只是你不知道。”墨寒卿面不改色心不跳地朝着叶七七道。

叶七七突然发现，面对某人的厚颜无耻，自己不知道接什么话才好。

“七七……”墨寒卿目光幽深地看着她，又低低地喊了她一声。

“嗯。”

“陪我。”

“拒绝。”

“可是刚才大夫说，夜里我的体热可能会反复，要有人一直看着。”墨寒卿没办法，只得搬出刚才大夫说的话。

“还有冷卫。”叶七七十分机智地道，“他们正好都在府中休息，我帮你把他们喊过来。”

“不用。”墨寒卿想都没想道，“现在这种情况，我看见他们肿得跟猪头一样的脸，会影响心情，进而影响康复的速度。”

叶七七扯了扯嘴角，忍不住同情起冷卫来。

“更何况，若是因为夜里无人看护，使得我病情反复，就没人和你切磋武功了。”最后一句话，墨寒卿直指叶七七的要害。

“好吧，那我在这儿陪着你。”叶七七一咬牙，只得答应下来。

墨寒卿见她终于点头答应，唇角勾起一抹好看的弧度。

几日之后，叶承安和慕容鸿羽突然来到靖安王府。

彼时，墨寒卿正悠然自得地坐在床榻上，享受叶七七亲自喂他喝水吃饭的待遇。

叶承安和慕容鸿羽推门进了他的房间。叶承安皱了皱眉头道："之前就听修竹说你病了，这都好几天过去了，你怎么还没好啊？"

墨寒卿抬起头，淡淡地扫了一眼叶承安和慕容鸿羽，声音凉凉道："俗话说，病来如山倒，病去如抽丝。我这伤风感冒虽然不是什么大病，但也要好好养着，才能彻底恢复。"

叶承安有些无语地看着他，又转头看了看坐在床边的叶七七，忍不住感慨道："果然有夫人就是好啊，像我们这种人，生了病都没人伺候。"

夫人？叶七七听到这个词，忍不住抬起头朝叶承安看了一眼。

叶承安伸出胳膊，顶了顶站在身后的慕容鸿羽，朝他挤眉弄眼道："鸿羽，你说是吧？"

"嗯。"慕容鸿羽很给面子地点了点头。

墨寒卿冷冷地瞥了他俩一眼，懒得理他们。

"哎，听说我们七七这几天一直衣不解带地照顾你，真是让人羡慕，我也好想有个夫人啊！"叶承安却是完全无视墨寒卿不屑的表情，继续感慨。

"等等。"一直坐在旁边没有说话的叶七七道，"你刚刚说夫人？"

"是啊，怎么了？"叶承安转过头，有些疑惑地看着叶七七。

"夫人是什么意思？"叶七七眯起一双漂亮的眼睛，朝墨寒卿看去。

只见某人神色一凛，不自觉乱瞟起来。

"夫人就是娘子的意思。"叶承安好笑地看着叶七七道，"不是吧，妹子，你连这个都不知道？"

"夫人就是娘子？"叶七七将目光转向站在叶承安身后的慕容鸿羽，询问道。

"嗯。"慕容鸿羽很认真地点了点头。

叶七七立刻朝墨寒卿看去。她脑海里不由自主浮现出八年前，她当着孔雀帮一众土匪的面，宣布墨寒卿是自己的压寨夫人时，某人那难看的神色。原来他一早知道压寨夫人是什么意思，却故意曲解。还有，后来她当着孔雀殿那些长老的面，宣布他是自己的殿主夫人时，那帮长老那诡异的眼神，她终于明白是怎么回事了。

“墨寒卿！”叶七七忍不住朝他大吼一声，随手拿起床上的软枕砸了过去。

墨寒卿赶紧伸手接住软枕，正准备解释几句，叶七七已经一把抄起床上的被子、枕头，不由分说地砸了过去。

一阵乱扔后，叶七七丢下被埋在被褥和软枕中的墨寒卿，气呼呼地出门了。

站在床榻边的叶承安和慕容鸿羽目瞪口呆地看着眼前的一幕，半晌都没有说话。

良久的沉默之后，叶承安用力地咽了一下口水，僵硬地转头朝慕容鸿羽道：“我……我突然一点都不羡慕寒卿有夫人了。”

“我也是。”慕容鸿羽点点头，补了一句。

墨寒卿将砸在身上的被褥、软枕全部拨开，看着叶承安，眼神里满满的都是杀气。

“那个什么，既然你的病还没有好，我们就不打扰你休息了。”叶承安接触到墨寒卿的眼神，不由自主地打了个冷战。

完了，完了，虽然不知他刚才哪句话说错了，但可以肯定的是，这场七七和寒卿之间的战争，绝对是他挑起来的。这种时候不赶紧走，难道要留在这里，等某人将自己毁尸灭迹吗？

叶承安说完那句话，拽着慕容鸿羽的袖子就打算朝门外跑。

“给我站住。”墨寒卿斜倚在床榻上，看着叶承安，声音凉凉道。

叶承安一下子便停住了。

他动作僵硬地回过头，朝墨寒卿扯出一个笑容道：“还……还有什么事吗？”

墨寒卿死死地盯着他许久，就在叶承安以为下一秒他会冲过来掐死自己的时候，某人终于淡淡问道："北辰国使臣来访我墨国的事，修竹接待得怎么样了？"

叶承安干咳了两声，走回墨寒卿身边，一脸惆怅地坐了下来道："其实我今日来，主要就是想跟你说这件事。"

墨寒卿见他神情严肃起来，便微微皱了皱眉头道："怎么了？"

"前天，那北辰国使臣刚到墨国，修竹便着手安排这些人的住处，当天晚上还在宫里举办了宴席为他们接风。"叶承安看着墨寒卿，声音中满满的都是为修竹打抱不平道，"谁知道北辰国使臣这么没眼力见儿，当着所有人的面喊修竹为二皇子，还说听说二皇子前段日子被撤了太子之位，希望他不要将此事放在心上。"

墨寒卿听着叶承安的话，眉毛越皱越紧。

"当时，除了皇上和几位皇子之外，还有不少朝廷重臣在场，听到那北辰国使臣的话，大家神色都不是很好。"叶承安继续道，"好在修竹也不同他们计较，只笑呵呵地说他们认错了，自己不是二皇子而是三皇子。结果那北辰国使臣一脸惊讶地问，一般接待别国使臣的都是太子，难道皇上打算立三皇子为太子？"叶承安越说越气愤，"当时宫中气氛就有些僵硬，皇上也不悦地开口，说这是墨国的国事，北辰国使臣无权干涉。那北辰国使臣就打着幌子说自己喝醉了，还要皇上不要怪罪于他。"

墨寒卿沉默了片刻，突然道："看来这次北辰国使臣是来者不善啊。"

"原本我还以为这是一次友好的交流呢，现在看来，他们确实是来找碴儿的。"叶承安点点头，赞同道，"那北辰国使臣在京城休息了不过一天，既不赏花也不品茶，更不去打猎，直嚷要在宫中办擂台，非让修竹去给他找什么墨国武林高手，说要切磋切磋。依我看，他们就是来显摆的。"

"然后呢？"墨寒卿抬头看了一眼叶承安和慕容鸿羽，平日里他们两个和墨修竹向来都是形影不离的，眼下只有他们来他这靖安王府，估计墨修竹这几日忙得不轻。

"然后，修竹也是没办法。"叶承安叹了一口气道，"他身为皇子，我们身为朝廷命官，上哪儿认识什么武林高手？没办法，只能找了历年的武状元来跟北辰国那些什么比武大赛冠军切磋。”他顿了顿，愤愤道，“说是切磋，那些北辰国的人可是一点情面都不留，这才两天下来，咱们就有好几个武状元被打伤了。再说了，咱们那些武状元平日里都是学行军打仗、排兵布阵的，自身武功肯定不如那些专门练武的厉害。这几日，几乎每场比赛都是咱们墨国人输，我看皇上的脸色已经难看得不能再难看了。”

慕容鸿羽站在叶承安的身后，忍不住补充了一句道：“那些人我都看过，武功确实很好，和我不相上下，其中还有几个武功超过我的。”

“武功超过你？”墨寒卿朝慕容鸿羽看了一眼，随即点点头道，“北辰国向来崇尚武力，几乎到了全民习武的地步，所以国内武功厉害的人很多，能有几个人武功超过你，确实不稀奇。”

“所以……”叶承安迟疑了一下，“修竹让我来问问，这都好几天过去了，你那些冷卫脸上的伤好了没，能不能去支援他一下？”

墨寒卿沉默片刻，点点头道：“可以，不过眼下我身边只剩冷六和十二两个，其他冷卫都去出任务了。”

“就两个人？”叶承安有些失望，“对方可是有二十个高手啊。”

“没关系。”墨寒卿淡薄的唇瓣微微勾起，朝叶承安淡淡一笑道，“我们可是还有一个高手中的高手。”

“谁？”叶承安一下子就来了精神。

“七七。”墨寒卿淡定道。

叶承安眼里升腾起来的希望瞬间破灭了。

“七七那丫头我当然知道她是高手。”叶承安有些无语地看着墨寒卿道，“可是上次修竹来求她帮忙的时候，她已经拒绝过了。”

“没关系，我可以帮修竹劝一劝七七。”墨寒卿随口道。

“真的？！”叶承安不敢置信地看着他道，“可是刚才……七七她好像对你……”实施了家庭暴力啊！最后几个字，叶承安愣是没敢说出口。

墨寒卿嘴角的笑意瞬间收起来。他目光阴冷地盯着叶承安半天，缓缓吐出两个字：“出去。”

“马上就走！”叶承安赶紧拽上慕容鸿羽，一刻不敢多留，直接跑了出去。

等两个人身影消失，墨寒卿沉吟片刻，掀开身上的薄被，从床上下来。其实，他的伤风感冒早在第二天就已经痊愈，不过被叶七七照顾的感觉真是很好，所以后面几天，他干脆赖在床上，假装尚未痊愈，继续享受七七对他的好。

眼下，他得去哄一哄他的小王妃了。墨寒卿伸手推开房门，夏日的微风拂过脸庞，带来青草的香甜气息。他抬头看了一眼不远处的西厢房，想了想，走了过去。

到了西厢房门口，他轻轻敲了两下门。屋子里没有任何声音，也没有人回应他。

墨寒卿迟疑了一下，低低地喊道：“七七，开门，是我。”

屋子里面依旧一片安静。

墨寒卿皱了皱眉，伸手推开房门走进去。屋子里一个人都没有，房间内的东西摆放得整整齐齐。墨寒卿愣了一下，这才想起，这几日叶七七都是睡在自己房中的，想来她的屋子应该有好几天没有住人了。

看着眼前的情景，墨寒卿沉吟片刻，低低地喊了一声：“十二。”

一道黑影落在他的面前道：“属下在。”

“七七呢？”

“回殿下的话，七七小姐刚才从您的房间出去后，便直接朝王府大门跑了，属下已经让冷六跟着七七小姐。”十二单膝跪在墨寒卿面前，恭恭敬敬地道。

“那她现在在哪儿？”墨寒卿微微蹙眉，看着十二问道。

十二微微一怔，抬起头看着墨寒卿道：“我用信号弹联系冷六，看他现在在哪里。”

“快去。”

“是。”

十二应了一声，站起身来，飞快地走到房外，从怀中掏出一枚绿色信号弹，点燃了放到半空。

不过片刻，另一枚绿色信号弹出现在距离王府不远的地方。

十二纵身跳到院子中的大树上，仔细辨认那枚信号弹燃起的方向，然后飞身下树，回到房内，回道："殿下，七七小姐此刻在城中酒楼。"

城中酒楼？墨寒卿微微蹙眉，她去那里干吗？不过他也只是疑惑了片刻，便点点头道："知道了，本王这就去找她。"

"是。"十二应了一声，便又消失了。

然而，此时此刻——

叶七七挑了靠窗的位子，点了一大桌菜，正气愤地大快朵颐。

墨寒卿这个家伙！原来小时候骗了自己这么多！什么名字就叫公子，压寨夫人就是第二厉害的人，呸！自己怎么就那么傻，不管他说什么都信呢？！亏她这几天这么好心地照顾他，陪他吃那些一点味道都没有的食物……

叶七七一边啃着手中的鸡腿，一边愤愤想着，咬牙切齿地在心里"慰问"墨寒卿，将手中的鸡腿假想成墨寒卿的胳膊，重重地一口咬了下去。

"小二，再给我拿一坛酒来！"叶七七吃着吃着，突然朝店里的小二大吼了一声。

"客官，这……不太好吧？"那店小二有些迟疑地看着叶七七。眼前这小姑娘看起来十来岁的样子，应该是哪户有钱人家的小孩。小孩子喝酒……这个……

"有什么不太好的。"叶七七瞪了小二一眼，随手从袍袖中掏出一锭银子，啪的一声扣在桌子上道，"去给我拿酒来！"

"是是是，小的这就去！"小二看到那锭银子，顿时两眼发光，连忙拿过银子，放在嘴里咬了一下，然后收起来，屁颠屁颠地去给叶七七拿酒。

叶七七白了小二一眼，低下头，继续大口大口地吃面前的东西。

在她没注意的地方坐着三个男人，看到叶七七随手丢出一锭银子，他们眼睛一亮，然后便凑在一起窃窃私语。

不一会儿，小二拎着一坛上好的女儿红跑了回来。他将女儿红放到叶七七的桌上，然后点头哈腰笑眯眯道："客官，您要的酒，这可是我们店里最好的女儿红。”

“嗯，放这儿吧。”叶七七将鸡腿啃完，瞥了一眼桌上的酒，随手接过小二递来的酒碗，倒了满满一碗。她端着酒碗，正准备往嘴边送，小二突然伸手挡住。

“干吗？”叶七七抬起头，皱眉看着挡住自己的小二。

“客官……这……我们店里这酒，酒劲很强，您……您不能一下子喝这么多啊。”小二焦急地看着叶七七，结结巴巴地解释道。

他们店中酿制的女儿红虽比不上宫中的佳酿，但放眼整个京城，绝对没有哪一家酒楼的酒比得上他家。店里的其他客人点了这酒，都是用小杯抿着喝的，哪像这个小丫头，倒了满满一碗，打算直接干了。

“要你管！”叶七七瞪了他一眼道，“酒钱都给你了，你管我怎么喝！”

“可是这……”小二见她不听劝，忍不住有些着急。

叶七七却是不管他，端着一碗酒，一口气全部喝了下去。

这家酒楼酿制的女儿红，果然名不虚传。一碗下去，口齿生香，温热的感觉顺着喉咙蔓延到胃里，再慢慢散布全身。叶七七只觉浑身上下每一个毛孔都舒畅极了。

小二目瞪口呆地站在一边，眼看叶七七将满满一碗酒都喝了下去。

“你还站在这儿干吗？”叶七七抬起头，看小二依然站在自己身边，忍不住皱着眉头问道。

“没……没什么，客官您、您请慢用……”小二尴尬地说了一句，见她没什么特别的反应，赶紧转身离开了。

叶七七有些奇怪地看着小二离去的身影，继续吃东西。等她将所有东西全部吃完，又将一坛女儿红全部喝掉，才心满意足地摸了摸自己的小肚子。啊！终于饱了！

她眨眨眼睛，咦，怎么眼前的东西看起来有好几个呢？叶七七用力晃了晃脑袋，又伸手拍了拍脑袋，这才晃晃悠悠地从酒楼中走出去。

她刚走出酒楼，那三个男人便立刻站了起来，互相使了个眼色，跟了上去。

大街上人来人往，熙熙攘攘，街道两边的小贩大声吆喝着。

叶七七走在大街上，只觉周围的东西仿佛长了腿，不停地绕着她转。

走过这条大街又转了个弯，叶七七走到一条相对安静的小巷，眼前突然冒出三个人来。那三个人看着叶七七，嘿嘿一笑，迅速分散开，两个人堵住巷子前面的路，一个人堵住叶七七身后的退路。

叶七七皱眉看着这三个人，舌头有些打结地问：“你们……干吗……挡着我……的路？”

“嘿嘿，还能干吗，自然是劫财了。”堵在叶七七前面的两个人朝她露出奸诈的笑容，搓了搓手道，“小丫头，赶紧把身上的钱都交出来，主动上缴，叔叔们还能放了你，若是胆敢抵抗，你的小命就没了。”那人一边说着，一边抽出一把明晃晃的匕首。

叶七七眨眨眼睛，盯着他手中的匕首许久，总觉得那把匕首有三四片刀刃。

“大哥，别这么凶，看把人家小姑娘给吓得愣住了。”站在拿匕首的男子身边的男人猥琐地笑了一下，朝叶七七道，“小姑娘，乖，只要你把身上的钱都交出来，我们就放你走。”

叶七七伸手揉了揉脑袋，只觉有点头晕。她忍不住朝眼前的两个人白了一眼，道：“神经病，让开。”

“啧，这小姑娘，你可别敬酒不吃吃罚酒啊！”拿着匕首的男人朝她晃了晃手中明晃晃的刀刃，凶狠地道。

“烦死了。”叶七七瞥了眼前的两个人一眼，袍袖一甩，一道绿色的影子飞快地朝眼前两人蹿去。

站在叶七七面前的两人还没反应过来怎么回事，便觉得脖子一阵剧痛，紧接着，双腿一软，直接倒在了地上。那道绿色的影子迅速钻回叶七七的袍袖中。

站在叶七七身后的那人眼看两个同伴莫名其妙倒在地上，却不知发生了什么，忍不住抽出长剑，战战兢兢地问：“你你……你对他们做了什么？”

叶七七回过头，朝他淡淡地瞥了一眼，径直往前走。

"喂，你……你别走啊！"那人晃着手中的长剑，跟在叶七七身后走了两步，正好走到两名同伴身边。他蹲下身子，摇了摇同伴的身体，又探了一下他们的鼻息，心中一惊。他那两个同伴，竟然已经死了？！

那人连忙站起身，一边朝巷子外跑，一边歇斯底里地喊："杀人了——不得了了！杀人了啊——！"

刚好从酒楼中出来的墨寒卿听到这句话，忍不住皱了皱眉。他顺着声音传来的方向看去，却见是个穿着北辰国服饰的男子。那是……北辰国来访使臣之一吗？

周围的人被那男子的声音所吸引，纷纷朝窄小的巷子围去，果然见巷子里躺着两个人的尸体，并且那两个人的脸已经开始泛黑，明显是中毒的样子。

墨寒卿脚尖轻点，飞身上了房梁，看了一眼尸体，只见他们脖子上有两个极不起眼的小洞。看那样子，应该是被蛇咬的。这么说，是叶七七养的那只小青咬的？

墨寒卿朝巷子前头奔去。这条小巷走到头是条死路，不过旁边却有一个拐弯。墨寒卿沿着巷子飞了没多久，就看到了摇摇晃晃的叶七七。

她怎么了？！墨寒卿心中一惊，赶忙加快脚步，飞到她身后，刚准备喊她一声，就看到叶七七整个人直挺挺地朝后面倒下。他连忙伸手接住叶七七软绵绵的身子，上下打量她是不是哪里受了伤。然而，这家伙浑身完好无损，只有浓郁的酒香从她身上散发出来。

墨寒卿微微皱眉，靠近叶七七白皙粉嫩的小脸，轻轻地嗅了一下，果然，这家伙是喝醉了吧……他哭笑不得地看着躺在怀中已然晕过去的叶七七。他要是没有及时赶到，她是不是准备睡在地上了？

墨寒卿叹了口气，双臂收紧，抱着叶七七，从巷子上方的屋顶上，一路朝靖安王府飞去。

第十八章　天下第一

叶七七这一醉，直接睡到第二天早上。她睁开眼睛的时候，觉得眼前景物还在微微晃动。

叶七七盯着床幔许久，这才后知后觉地想起来，不对，她昨天不是在酒楼里喝酒吗？喝完之后，她好像出了酒楼，然后……路上似乎遇到几个打劫的人，再然后……后面的事情她怎么记不清了呢……

就在她努力回想一切时，一道低沉清冷的声音在她头顶上响起：“你醒了？”

叶七七一怔，下意识朝头顶看去，只见墨寒卿披着一件外袍，拿着一本书，正斜倚在床头，目光幽深地盯着自己。

叶七七心中一惊，一个翻身便从床榻上坐起来，瞪着一双眼睛，结结巴巴地道：“你……你怎么会在这里？”

“我不在自己的房间里，该在哪里？”墨寒卿唇角微勾，优哉游哉地道。

叶七七环顾四周，发现自己果然睡在墨寒卿的床榻上。

“说吧，昨天喝了多少酒？”墨寒卿斜倚在床头上，目光幽深地注视着她，声音凉凉地问道。

“呃……你怎么知道我喝酒了？”叶七七愣住，随后想起自己是睡在他的房间里，那昨天难道是他把自己弄回来的？

“你身上的酒味，隔着两条街我都能闻到，你说我是怎么知道你喝酒的。”墨寒卿一只手撑着下巴，长发散落在被枕上，语气带着调侃道。

叶七七沉默片刻，翻了个白眼道：“我喝多少酒，才不要你管。”

“哦……不要我管？”墨寒卿嘴角的那抹笑意瞬间消失，凑到叶七七面前，紧紧地盯着她，一字一顿道，“我若是不管你，你现在还睡在那巷子的泥地上呢！你知道像那种狭窄又无人通行的小巷，夜里会有多少老鼠、蟑螂爬过吗？你知道要是你一直睡在那里，说不定耳朵已经被老鼠啃掉了吗？你知道——”

“停！别说了！”叶七七听着他的话，一张小脸瞬间惨白。

墨寒卿盯着她半晌，然后直起身子，道：“你要是觉得我之前骗了你，大可以找我对质，骂我或者打我，我都接受，但你不要随随便便跑到王府外面，更不要随随便便一个人喝那么多酒。这里不是山庄，京城里每隔一段时间就有人失踪，你想知道那些失踪的人后来都上哪儿了吗？”

“我——”叶七七看着墨寒卿一脸严肃的样子，不知为什么，竟莫名其妙觉得心虚。

“那些人有的被卖去别处的青楼，有的被打断了四肢去别的城池乞讨，还有一些至今都没有下落。”墨寒卿声音中满满的都是寒意，“我所负责的刑部，那些无法结案的失踪人口，从开国到现在数不胜数，你要我去拿些卷宗回来，给你看看？”

“那个……我……”叶七七低着脑袋，心虚得不敢抬头看他。

为什么呀？为什么呀？明明是他先骗自己的，还骗了自己那么久，为什么到头来被训的人却是她……

“殿下，三皇子来了！”就在叶七七满心郁闷的时候，侍卫突然通报了一声。

墨寒卿沉默片刻，朝门外沉声道：“请他进来吧。”

“是。”侍卫应了一声，便赶去请墨修竹了。

片刻之后，一道暗灰色的身影破门而入，速度极快地冲到墨寒卿的床前，声音中满是悲凉：“皇叔！快点支援我一下啊！”

墨寒卿和叶七七同时转过头，朝来人看去。墨修竹也在看清床上的两个身影后，石化在原地。

片刻的寂静后，墨修竹看着衣衫不整的墨寒卿，猛地回过神。他涨红了脸，赶紧挪开目光，四下里乱瞟，不知道该看何处。

“那个……那个……皇叔不好意思啊，我我我……我不知道你跟皇婶……那什么，我还是先出去吧……”墨修竹语无伦次地说了几句话，便抬起脚飞快地冲了出去。

墨寒卿眼眸微垂，看了叶七七一眼，掀了身上的薄被，低声道：“起床吧，修竹还在外面等着。”

“哦……哦。”叶七七下意识应了一声，有些懵懂地跟在他身后起床。

一番梳洗过后，墨寒卿神清气爽地拉开房门，看着站在门外满脸通红的墨修竹，面无表情道：“进来吧。”

墨修竹抬头看了他一眼，乖乖地跟在他身后进去。

房里，叶七七正坐在椅子上，手里捧着一杯水在喝。

墨寒卿自然而然地走到她身边的一张椅子上坐下，对墨修竹道：“说吧，什么事。”

墨修竹欲哭无泪地看着他道：“还不是北辰国的那些人，非要弄什么比武切磋，眼下咱们墨国的武状元已经连输好几场，我父皇的脸色是越来越难看。皇叔，你赶紧把冷卫借给我吧！这要是再输下去，我觉得父皇会让我一辈子都不能进宫门。”

“北辰国的人这么厉害吗？”叶七七坐在旁边，听着墨修竹的话，忍不住问道。

“是啊。”墨修竹点点头，哭丧着脸道，“关键那些人还特别嘴贱，每次比赛完了，都说我墨国无人，堂堂武状元连他们北辰国的小孩子都比不上，还说我们的武林高手都是垃圾中的垃圾，让他们从蹲马步重新练起。”

“他们竟然当着我皇兄的面这样说？”墨寒卿皱着眉，声音中隐隐带着一丝不悦道。

“对，一点情面都不留。皇叔，你这几天是没去宫里看，那些北辰国的人说话可损了。”墨修竹连连点头。

墨寒卿转过头，朝叶七七淡淡地扫了一眼，问道：“那些人哪来的底气这么说？”

“他们中间有几个说自己是天下第一高手的徒弟。”墨修竹细细回想了一下，然后迟疑着道，“说自己是天下第一高手北修的徒弟！”

“他们乱讲！天下第一高手明明是我爷爷！”叶七七听到这句话终于忍不住了，声音清脆地朝着墨修竹道，“我爷爷叶珏才是天下第一高手！”

“这……叶珏大师不是已经好多年没在江湖上露面了吗……”墨修竹有些为难地看着叶七七道，“最近这几年，北辰国冒出好几个自称天下第一高手的人，彼此争得不可开交，最近刚刚争出结果来，说那个叫北修的，成了新的天下第一高手。要说北修，确实有两把刷子，他教出来的徒弟已经好几年都是北辰国比武大赛的冠军了。”墨修竹一边说着一边叹气道，“这下可好，他们踩到咱们头上来了。”

墨寒卿面无表情地听着，末了皱眉道：“今日宫中还有比试吗？”

“有。”墨修竹点点头道，“可是之前咱们已经连输六场了……”

“去看看。”墨寒卿站起身，随手将茶杯搁在桌上。

“我也去！”叶七七见状连忙道。

皇宫。

比试场地设在长源殿后的空地上，今日的比试尚未开始，所以空地四周的看台上观众稀稀拉拉的，没有几个人。倒是有不少宫中侍卫走来走去，做着比试前的准备工作。

叶七七换了一身男装跟在墨寒卿和墨修竹身后，四下打量着。距离比赛场地不远的一面墙上，贴着一张记录比赛情况的纸。叶七七想了想，便朝那面墙飞去。

待飞得近了，她才看清楚，原来之前比试的那六场，全都是墨国这边的人输。她觉得，亲眼看着墨国上场比赛的人员名单下面全部画着叉叉，那震撼效果……还是与众不同的。

长源殿后院入口处，突然传来一阵骚动。

“姜石，今日跟你对阵的是谁啊？”一个声音远远地传了过来。

“好像叫什么杨之也吧……”另一个声音满满的都是不屑，“老子没怎么看，管他对手是谁，还不都被老子妥妥地揍趴！”

“哈哈哈哈，说得是，咱们这几天比试下来，那些墨国所谓的高手，还不是不堪一击。”

“什么高手，老子根本不放在眼里。就咱们北辰国街头的那些浑小子，武功都比他们强。这些所谓的高手，简直弱得令人发指。”

正在场地周围忙碌的侍卫们听到这番对话，忍不住抬起头怒视着他们。

然而，那几个北辰国的人毫不在意，大摇大摆地走了过来。

“我们北辰国天下第一高手的徒弟就是厉害，哈哈，简直打遍天下无敌手啊！”其中一人看到周围侍卫愤怒的目光，不但没有收敛，反而扯着嗓子说出更狂妄的话。

叶七七眯着一双眼眸看着走过来的那几个五大三粗的汉子，步伐虚浮，内力一般，重心不稳，气息不调，就这样还好意思说自己打遍天下无敌手？

那个叫什么北修的人，看起来也不怎么样。

教出来的徒弟不过如此。

那几个北辰国的人进了比试场地后，四下里打探了一圈，更加肆无忌惮地扯着嗓子道：“哎哟哟，比赛快要开始了，怎么这比试场地里都没几个人啊，该不会因为之前输得太难看，都不敢派人来了吧？”

“哎，你这话怎么说的，人家堂堂墨国，怎么可能不敢派人来？但是这观众嘛，估计不会来几个，天天看着自己国家的人输，要是换了我，我也看不下去啊！”

“哈哈哈哈……”几个人大声笑了出来。

墨寒卿皱了皱眉，转头看了墨修竹一眼，不悦道："北辰国的就是这几个？那使臣呢，怎么不跟着？"

"那北辰国使臣只在第一场比试的时候露了个面，后来一直推说自己初来乍到，水土不服，想在屋子里歇着。"墨修竹想了想道，"现在看来，说不定这几人故意趁着使臣不在，给我们难堪。"

墨寒卿冷笑了一声道："也有可能，这本来就在他们的计划之中。"

"那咱们现在怎么办？"墨修竹皱着眉头问道。

"静观其变。"墨寒卿淡淡地扫了那几个人一眼，转身朝看台走去。

过了没多久，墨国其他人也陆陆续续来齐了。

皇上走进长源殿，阴沉着一张脸，即便隔了老远，都能感觉到那压抑的气场。

墨寒卿抬头朝皇上看了一眼，又看了眼身边面如死灰的墨修竹，忍不住勾起嘴角笑了笑道："看来修竹这几天不好过啊。"

"皇叔……"墨修竹幽怨地看着他，低低地喊了一声。

皇上走到看台前，意外发现墨寒卿竟然坐在看台上。原本一脸阴沉的皇上，瞬间两眼一亮，撩起龙袍便朝墨寒卿走去。

北辰国的几位远远地朝着皇上行礼，大声道："拜见圣上。"

皇上脚步顿了顿，转头看向那几位，眉头微不可见地皱了皱，换上慈祥的表情道："平身吧。"

"谢皇上。"几个人站起身，佯装不解地看着皇上问道，"不知今日是贵国的哪位高手与我等比试？这比试早早地开始，我们也好早早地回去休息。"当着皇上的面，那几人不敢太放肆，但言语中的讽刺意味却是显而易见。

墨寒卿眯了眯眼睛，轻轻推了推叶七七的胳膊道："你去。"

"我？"叶七七转过头，满眼疑惑地看着墨寒卿。

墨寒卿淡淡地点了点头，道："去告诉他们，谁才是真正的天下第一。"

叶七七听到他的话，随即抬起头来，朝北辰国的人看去。

敢抢她爷爷天下第一高手的名号，那她倒要看看，这些人的实力究竟如何。这么一想，叶七七便点点头道：“好，我去。”她说完这句话，脚尖轻点，径直朝北辰国的那几人飞去。

皇上跟那几人正僵持着，见叶七七的身影突然落下，有那么一瞬间的惊讶。

那几个人也是愣了一下，满眼疑惑地看着突然落在自己眼前的瘦小少年。

待皇上看清叶七七的模样，心中更是惊讶，忍不住转头看了一眼墨寒卿，却在对方的眼神里读到一抹淡定自若。

“在下听说，你们北辰国这次派来墨国的，都是天下第一高手的徒弟。”叶七七站在那几人面前，不卑不亢地道，“在下小七，自幼习武，平日也没什么特别的爱好，就是喜欢找高手切磋，不知各位愿不愿意指导一下？”

“你？”北辰国的几个人看着瘦了吧唧的叶七七，忍不住抽了抽嘴角。这从是哪儿冒出来的傻小子？这几天是没来皇宫看比赛？

那个叫姜石的轻蔑地看了叶七七一眼，不屑地道：“就凭你？小子，你断奶了没？你以为我们几个是你爹，跟你打架都让着你？”

“哈哈哈哈……”姜石这话一说出口，站在他身后的几人便不怀好意地笑了出来。

叶七七装作听不懂的模样，道：“我自小就是爷爷带大的，从没见过我爹长什么模样。你要是觉得像我爹，回头我找我爷爷问问，你是不是他儿子。”

她话刚说完，原本还在狂笑的几个北辰国的人一下子都停住了。

“臭小子，找揍是不是？谁是你爷爷的儿子？”姜石眼睛里冒出火来，死瞪着叶七七，大声道。

“我也不知道呀。”叶七七依然一脸无辜地看着他。

一直站在旁边的皇上，此时恰到好处地咳了一声，原本处于对峙状态的叶七七和姜石便同时转过头，朝他看了过去。

皇上一只手放在身前，另一只手背在身后，正了正脸色，朝北辰国的那几个人道：“这位……是朕皇弟的内眷，小孩子平日里被宠多了，还请北辰诸位英雄好汉莫要将她的话放在心上。”

这小孩，竟然是皇亲国戚？几个北辰国的人再次打量叶七七。

既是皇亲国戚，那刚才姜石那些话似乎有些不妥。平日里他们再怎么嘲笑墨国的武状元，也不过故意给对方难看，但若嘲笑皇亲国戚，到时候墨国皇帝治他们一个大不敬的罪名，他们也无法反驳。

思及此，姜石和那几个北辰国的人神色变了变，语气终于稍微客气了一点：“少年，你年纪还小，若是想与我等比试，可以再练几年，否则在比试中受了伤，贵国皇上可是要怪罪我们的。”

叶七七转过头，眨眨眼睛，看着皇上道：“皇兄，以他们的水平，我觉得想要伤到我，有些难度。”

皇上听了她的话，佯装愤怒道：“小七，不得无礼，这几位可是天下第一高手北修的徒弟。”

“天下第一高手？”叶七七疑惑地看着那几个人道，“天下第一高手不是叶珏大师吗，什么时候变成了名不见经传的北修？”

“少年，你在胡说什么？！”那姜石听到叶七七这句话，终于忍不住道，“我北修师父武功高强，打遍天下无敌手，多年从未败过。你所说的叶珏大师，早已退隐江湖，再说他年事已高，谁知道他是否仍活在世上，这第一高手的名号总不能一直由他占着吧？长江后浪推前浪，这前浪死在沙滩上的事情多了去了。”

你竟然敢说我叶珏爷爷死了？！

叶七七瞪着一双大眼睛，怒视着眼前的几人，冷笑一声道：“照你的说法，那岂不是人人都能自称天下第一高手？要知道，我也是我们墨国的第一高手。”

“少年，你是靠着皇亲国戚的身份才得到这第一高手的名号吧？”姜石一脸不屑地看着叶七七道，“在你们墨国你可以随便说，反正没人会反驳，但到了我们北辰国，你这样子……是会被人打的。”

“那不如我们切磋切磋？”叶七七冷冷一笑，小手忍不住用力地握了握，今日还不知道是谁打谁呢！

“切磋可以，只是咱们丑话说在前头，要是把你这细皮嫩肉的小身板伤到了，你可别找你皇兄告状！”姜石一脸骄傲地看着叶七七，不屑地哼了一声。

“这个不用你担心！我皇兄不是那么小气的人。”叶七七瞥了他一眼，脚尖轻点，径直飞到场地中央的比武台上，朝姜石勾了勾手指道，“来啊。”

姜石看着叶七七，随手将外袍扔给身后的几人，朝叶七七飞了过去。

“请！”

“请！”

叶七七和姜石面对面站在比武台上，同时双手抱拳，朝对方说了一声。

比武台周围的人看到两个身影飞上台，一时之间都有些愣住。今日比武不是还没开始吗，怎么北辰国的人已经站在比武台上了？更何况，站在他对面的那个身影十分瘦小，就是个孩子，难道这北辰国的人要跟他们墨国的小孩子比试？

“干什么干什么，对着一个孩子出手，你好意思吗？”

“就是，那孩子还没到你肩膀，你想怎么样啊？！”

“不是说你们北辰国的喜欢找高手切磋吗，怎么现在高手不在，就想欺负小孩了？”

比武台周围的人，一个接一个朝姜石大声喊道。

原本打算出手的姜石，脚步一下子顿住。他皱眉看了一眼围观群众，不悦地道：“你们胡说什么？！明明是这个臭小子挑衅我的，你们以为我乐意跟这种乳臭未干的小子切磋？就算赢了，你们也会说我以大欺小、胜之不武！”

他这话一吼出来，人群顿时安静了许多。是那少年主动找姜石切磋的？那些人的目光一下子落在叶七七身上。

叶七七转过头，朝比武台周围的人灿烂一笑道：“别担心啊，我武功高着呢。今日便让他见识见识，什么才是天下第一。”

这个……少年，你这谜一般的自信是从哪里来的？所有人眼中同时流露一言难尽的情绪。

叶七七笑了笑，朝姜石继续道："请吧。"

"还是你先请！"姜石硬憋着一口气，朝叶七七道，"我先动手的话，那帮人又说我胜之不武！"

"嘿嘿，那我就不客气了。"叶七七笑了笑，紧接着脚尖轻点，朝姜石飞了过去。

好快！这少年的速度好快！姜石心中一惊，只觉叶七七话音刚落，下一秒，人影已经蹿到自己面前。

一股强劲的拳风迎面而来，姜石下意识伸手挡住叶七七的攻击。然而，她的拳头落在他的手腕上，那力道却是震得他腕骨生疼，仿佛被千斤重的鼎砸到，几乎要裂开。姜石忍不住倒吸一口冷气，再看向叶七七的时候，已经将眼底的不屑抹去。

叶七七见他挡住那一拳，唇角勾起一抹好看的弧度，看来北辰国的人武功确实比墨国的好一些。这么想着，她的招式更加凌厉，力道也从原来的试探变成毫不客气的攻击。

姜石接下叶七七的第一拳，还没来得及喘息，第二拳便紧跟着来了，之后是一个回旋飞腿，她身形晃了晃，竟然一下子从他眼前绕到他背后。

比武场空地上，一阵阵内力引发的狂风呼啸着吹过，地面上的落叶疯狂地飞转。台上的身影迅速移动，快得几乎让人看不清。就在所有人睁大眼睛，努力想要辨认台上的两个身影时，周遭的一切瞬间静止下来。那些在空中疯狂飞转的落叶仿佛一下子失去力气，掉落在地面。

而比武台上，一个瘦小的身影站在那里，另一个高大的身影却是跪在她面前。

叶七七笑了一声，看着面如死灰的姜石，拍拍双手，道："武功确实挺好，比我之前对打的那些人好多了，可惜，你还是打不过我！"

"你……"姜石抬起头来，看着站在自己面前的叶七七，阳光勾勒出她瘦小的轮廓，因为背光，他看不清楚她脸上的神色，但她浑身上下散发的气势，却让人不容小觑，"你……到底是什么人？！"他声音有些颤抖地问。刚才那一瞬，就在他跪下来的那一瞬，他几乎以为自己今日就要死在她的手上。

到底是什么人，才能让他产生这么强烈的恐惧感？！这种恐惧感甚至超越了他和师父北修对阵时的敬佩感，直到现在，他的两只手还在颤抖，他的腿还在发软，人也根本就站不起来。

“我？”叶七七低头看着他，小脸上露出一个灿烂的笑容，“之前不是说了，我是天下第一高手啊。”

“你……”姜石看着她，竟然没有反驳。

站在比武场外的另外几个北辰国的人眼看比武场上的形势不对劲，急忙冲了上来，一边一个将姜石架起来，上下打量他一番，问道：“怎么了，受伤了？”

姜石一时之间竟然说不出话，即便被自己的同伴扶着，腿还是软的，人也不由自主地想要下跪。

“姜石！姜石？！你怎么了？”扶着姜石的几个人察觉到他的不对劲，当即搭手于他的经脉，细细诊断了一番，却发现他浑身上下并无经脉受损，也没有受到任何伤害，可他害怕成这样，到底为何？

叶七七看着眼前的姜石，眼神隐隐有些不屑。她这次可没有暴力地直接把他踹飞，不过是在他面前展示了一下自己速度有多快，内力有多深不可测，下手有多狠，又假装出了一个杀招，他竟然直接跪了……这心理承受能力也太弱了吧？

“喂！你到底对他做了什么？！”北辰国的几人见姜石说不出话，便凶神恶煞地朝着叶七七吼道，“小小年纪这么不怀好意，你刚刚跟我们姜石对阵的时候，是不是用了下三烂的迷药，才让他浑身无力的？”

“臭小子，不要以为这是你们墨国，我们就不敢反抗，比武场上讲究的是公平公正，你这么做，好意思吗？”

“就是！还是说，这是你们墨国皇上默许你做的？该不会因为你们连输六场，所以气急败坏、狗急跳墙了吧？”

眼看那几人越说越离谱，皇上的脸色也越来越难看。

墨寒卿坐的地方离他们有些距离，然而凭借内力，他还是听清了那几人说的话。他秀气的眉毛紧紧皱起，沉默了两秒，便脚尖轻点，纵身一跃，跳到他们面前。

几个北辰国的人眼看又从天上落下来一道黑影，便下意识朝后退了一步。

“你们刚才说什么？”墨寒卿阴冷地盯着眼前的几个人，低沉的声音里满满的都是杀意，他伸手揽过叶七七瘦削的肩膀，将她朝自己怀里带了带，眯着眼睛道，“谁用了下三烂的手段？”

“我们……”几个人原本还想继续争辩，然而墨寒卿突然出现在他们面前，带来一股强大的压迫感，那种让人望而生寒、冷到心底的感觉，比墨国皇上的气场更让人畏惧。

北辰国的几个人忍不住咽了一下口水，鼓起勇气道：“你……你是谁啊？你有什么资格站在这里替他讲话？”

“我是谁？”墨寒卿低低地重复了一遍，唇角突然勾起一抹冰冷的弧度，“看来贵国使臣来访我国之前，没有跟你们讲清楚墨国皇室中人的关系，如此糊里糊涂就来拜访墨国，你们这样做，真的好吗？”

“我们——”几个人被墨寒卿堵得一时语塞。

皇上见状，一直黑着的脸色终于好了一点。他上前一步，朝北辰国的几个人声音威严道：“这位是靖安王，也就是朕的皇弟。”

“靖安王？！”北辰国的几个人听到这三个字，脸上顿时写满了震惊。

靖安王的名号他们自然听说过。传说靖安王在战场上杀敌无数、威震四方，曾有几场战役，原本交战双方处于胶着状态，然而靖安王一出现，局势便一边倒了。后来，只要战场上出现靖安王，敌人大多望风而逃。是以当今天下，墨国兵力并非最强盛的，地位却是不可动摇。

只是传说中的靖安王杀伐果断、凶神恶煞，他们怎么也无法将之跟眼前这个清秀俊美的少年联系在一起。

墨寒卿冷冷一笑，看着眼前的几个人，声音里带着寒意道：“方才听到各位说内人用了下三烂的手段？”

“没有，没有，怎么可能。”北辰国的几个人听到这句话，想都没想，直接摇头否认。

下一秒，他们却是集体愣住。内人？他们不由得朝叶七七再次看过去，这个……瘦小的少年是靖安王的内人？想不到堂堂靖安王竟有那种嗜好，有那种嗜好也就算了，竟还当着他们皇上的面承认……

前段日子不是传说靖安王刚刚立妃吗，听说之前靖安王一直不愿立妃，对女人也不感兴趣，这新王妃还是皇上强迫他立的，原来……是因为他喜欢男人啊……

叶七七看那几人的神情就知道他们肯定想歪了，不过她也懒得纠正。

倒是皇上刚刚平缓过来的神色又黑了起来："刚才朕已经同他们说过，七七是你的内眷，看来他们没听明白。"

皇上这话一出口，周围顿时一片寂静。

内眷？内人？北辰国的几个人再次将惊讶的目光转向叶七七。之前他们还以为这矮小的少年可能是哪个皇亲国戚的远亲，没想到是靖安王新立的王妃。也就是说……这少年其实是女孩子？！姜石竟然输在一个女孩子手上？这……这怎么可能！

"北辰国使臣此次来访，我墨国是极为欢迎的。"皇上看着那几个人震惊的神色，继续沉声道，"纵然你们要求比武，我们也只是象征性地派出武状元来与你们比试。要知道，武状元并非我墨国武功最好之人，他们是熟读兵书、知晓领兵打仗的谋将，至于武功，在我墨国的排名兴许连前一百都没有。你们之前赢了那几场，也无须太过高兴，要是派出我们的高手与你们比试，估计……"

皇上的话到这里便顿住了。

北辰国的几个人神色变了变，怒道："你们莫要欺人太甚，我们有要求你们照顾我们的面子吗？你们大可派出厉害的高手来与我们对决，谁稀罕你们给的面子？"

"真是敬酒不吃吃罚酒。"墨寒卿揽着叶七七的肩，看着眼前的几人，唇角勾了勾，声音阴冷道，"既然你们自己找没趣，我们便也不客气。内人方才已经说过，她便是这天下第一的高手，你们若是有谁能够打败她，我墨国立刻奉上黄金千两。"

黄金千两？！叶七七一脸震惊地转过头看着墨寒卿。那是多少钱啊！她之前为了区区八十万两银子，就已经折腰去替墨寒卿卖命了，眼下，他竟然说有黄金千两？！那换算过来，得是多少白银啊！

几个北辰国的人听到墨寒卿的这句话，顿时两眼发光。黄金千两啊！那可是他们一辈子，不，两辈子、三辈子也赚不到的钱！眼下，只要他们打败这个瘦小娇弱的姑娘，千两黄金便唾手可得！

一时之间，北辰国的几个人摩拳擦掌、跃跃欲试。他们觉得，刚才姜石输掉同叶七七的对战，只不过是个意外。毕竟刚才风沙四起，谁也没有看清比武台上到底发生了什么。

“好！既然靖安王这么说，那我们就不客气了。”那几人中的一个，朝墨寒卿双手抱拳道，“眼下，就由我第一个与王妃切磋，若是伤了王妃，还请靖安王莫要怪罪。”

“呵。”墨寒卿听着他的话，唇角勾起一抹淡淡的冷笑，眼中尽是不屑的光芒。

他轻轻地拍了拍叶七七的肩膀，道：“去吧，我给你加油。”

叶七七点点头，正准备上去跟那人比试，脚步突然停了下来，转过头看着墨寒卿，眼巴巴地问道：“那要是我赢了，那黄金千两就归我了？”

墨寒卿不由得愣了一下，随即噗的一声笑出来，深邃的眼中流转着璀璨的光芒，伸手摸了摸她的脑袋道：“别闹，靖安王府的全部家当不都是你的吗？”

“我……”叶七七心中顿时泪流满面。嘴上说都是她的，可她连一个铜板都没有见到过！

“去吧。”墨寒卿将她揽在怀中，在她光洁的额头上轻轻吻了一下，“加油。”

叶七七只觉鼻息间有股熟悉清冷的气息，紧接着额头上是抹柔软温热的触觉，阳光照耀在她的身上，四周飘浮着甜甜的花香，那一瞬，周围的一切都静止了。

“去吧。”墨寒卿看着她呆住的模样，唇角的弧度越来越明显，他轻轻地推了一下叶七七的肩膀道，“发什么呆？”

叶七七动作僵硬地点点头，转身朝着比武台走去。

额头上依然残留着他吻她的气息，而她的一颗小心脏也不受控制地狂跳着。

叶七七走到比武台上，不知为什么，四周的景色好像变美了一些。

“请。”站在叶七七对面的那人见叶七七一脸茫然，忍不住在心里嗤笑了一下。果然刚才还是靠了什么见不得人的手段才赢的，眼下又要打一场，她整个人都吓傻了吧？他今日就让她见识见识，什么才是真正的天下第一。

叶七七眨眨眼睛，回过神，看着眼前那人，忍不住扯了扯嘴角。是不是刚才她下手太轻，所以没有给其他人造成震慑？这人是用什么眼神在看她啊……

“请吧。”叶七七朝那人说了一句，连内力都懒得调用，直接一巴掌朝那人的胸口拍去。

“你……”那人还没来得及反应，便感觉胸口传来剧烈的疼痛，紧接着，他的身体便不受控制地朝后面飞去。

围在比武场周围的人，眼睁睁看着一道弧线划破天空，然后一个身体落在长源殿后院的地上，一时之间全部愣住了。

那被叶七七一巴掌拍飞的人，连句话都没来得及说，直接晕死过去。

长源殿的后院顿时一片安静。

片刻之后，另外几个北辰国的人终于反应过来，连忙跑到那人身边，又是探鼻息又是掐人中又是掐虎口，半晌也没把那人弄醒。

“你、你究竟对他做了什么？！”北辰国的几个人终于愤怒了，站起身来，扯着嗓子朝着叶七七大声吼道。

“我？我没做什么啊。”叶七七一脸无辜地看着他们，眨眨眼睛，摊了摊双手道，“你们都看到了，我就打了他一巴掌，他晕过去了。他身子这么弱，我也没想到，再说，我以为他是天下第一高手的徒弟，多多少少武功能好点，没想到啊没想到。”

“你！”那几个人顿时气极。

“大家都看见了，我真的只打了他一巴掌。”叶七七转头看了一眼比武台四周的人，声音清脆地说道。

观众们此刻终于回过神，忙不迭点头道：“是是是，看见了，我们靖安王妃真的只用了一巴掌就把那人打倒了。”

“没想到，北辰国的人真是不堪一击啊。”

“就是就是，早知道他们这么弱，就让我们王妃手下留情一点了。”

“说得是，好歹让着他们几招，别这么快就解决了，这让人家北辰国的脸面往哪儿放啊。”

北辰国的几个人，神色一下子变得极为难看。

“我不相信，你怎么可能一巴掌就把他拍飞？他可是北辰国高手排行榜里排名第九的人！”另一个北辰国的人朝着叶七七大声嚷嚷道，“你不过是侥幸获胜，要么就是用了什么手段！说不定你身上藏了什么暗器呢，我们要搜身！”

搜身？！叶七七瞪大眼睛看着他，你没毛病吧？打不过人家就要搜身，难道还要我啥都不穿地跟你打？！

墨寒卿脸色一下子变得难看起来，眼眸微微眯起，看着眼前的那人，纵身一跃，跳到叶七七身边，声音阴冷地问道：“谁敢搜身？”

“她——”刚才还嚷得很大声的那个人，一看墨寒卿过来了，顿时没了声。

墨寒卿眼中绽放出冰冷的光芒，在那人身上盯了好一会儿，然后冷笑一声，缓缓问道：“你们凭什么搜她的身，你们有什么资格搜身？”

“她……她一巴掌就把我们的高手给打飞了，我不相信！”那人被墨寒卿瞪了一眼，梗着脖子狡辩道，“我不信天下还有武功如此高强的人，就算是当年的叶珏大师，也不可能直接一巴掌把他给打飞！更何况她年纪如此小，习武是何等辛苦的事，我们一路走来，又怎么可能不知道。”

墨寒卿听着他的话，淡淡地瞥了他一眼：“天才之所以是天才，就因为凡人根本无法理解天才的世界。”

“你——”

“更何况，你们大可以去检查自己的同伴，看他有没有受伤，也可以去请大夫，看他有没有被下迷药，但若想搜身——”墨寒卿话说到这里，顿了顿，一双眼睛微微眯起，阴冷地看着那几个人，一字一顿道，“没门。”

“她……她也许有什么无色无味的毒药，或者伤人不留痕的暗器！”那几个人被墨寒卿说得一时语塞。

“哦？”墨寒卿微微挑眉，唇角勾起一抹森冷的弧度，看着那人道，“无色无味不留痕迹的暗器？你说的是空气吗？”

围观群众听到这句话，个个低下头，捂着嘴偷偷笑了出来。

“我们墨国行事向来光明磊落。”一直没有开口的皇上此刻突然道，“你们怀疑朕的弟媳在比武场上使用暗器，便是怀疑朕。当初说要找墨国高手比试的是你们，朕为了不打击你们，尽量安排拿得出门面又口碑不错的武状元与你们比试，现如今，不过是王妃出手，就让你们吓得以为她深藏暗器，难道你们之前说的天下第一高手的徒弟，都是说着玩的吗？还是说，你们故意找我们墨国的麻烦？”

“这……”那几人脸色变了变，一时之间说不出话来。

叶七七站在原地看他们半晌道：“你们要是怀疑，可以一起跟我打。反正我打一个也是打，打两个也是打，打你们几个还是打。”

“你……你别太嚣张！”

“怎么，不敢打？”叶七七挑眉，看着那几人，声音清脆地问道。

“谁说我们不敢，我们是怕被你们说以多欺少。”那几个北辰国的人恨得牙痒痒，毕竟莫名其妙就损失了两大高手，这口气换了谁也咽不下去。

“那就来吧。”叶七七瞥了他们一眼，正准备走向比武台的中央，手腕突然被墨寒卿拽住。

叶七七回过头，满眼疑惑地看向墨寒卿。

“加油。”墨寒卿朝她温柔一笑，唇角勾起的弧度，仿佛三月里的春风般温暖。

“嗯。”叶七七看着他嘴角的笑容，心跳又不自觉地加速。奇怪，她到底怎么了？他不过朝着自己笑了一下，她怎么觉得脸上发烫呢？

“七七……”墨寒卿温柔地喊了她一声。

“干吗？”叶七七抬起头，下一秒，他柔软的唇落在她的脸上。

“不干吗，就是给你加油。”墨寒卿直起身子，一双眼眸绽放出璀璨的光芒。

观众们忍不住伸手捂住自己的眼睛。哎哟，非礼勿视，非礼勿视，他们刚才什么都没有看到。

叶七七有些呆滞地摸了摸脸蛋，刚才被他亲过的地方微微发烫。他今天……当众亲了自己两次，这样算不算占她便宜？所以，一个女孩子如果被占了便宜，该怎么办？

叶七七突然想起以前在山上时爷爷跟她说，以德报德，以怨报怨，别人怎样对你，你就怎样对别人。他要是对你好，你就对他好；他要是欺负你打你，你就加倍欺负回去打回去。

嗯……眼下她被占了便宜，也要占回去才对！这么一想，叶七七突然拽住墨寒卿的衣领，手腕稍一用力，便将他拉至自己面前，然后踮起脚尖，在他白皙如玉的脸颊上重重亲了一口。

亲完墨寒卿的脸，叶七七松开手，转身大步朝比武场中央走去，独留墨寒卿和一众观众站在那里风中凌乱。

墨寒卿目光幽深注视着叶七七的身影，指尖轻轻碰触了一下被她亲过的脸颊，小家伙竟然主动亲他，那是不是代表……她已经喜欢上自己了呢？思及此，他唇角勾起一个好看的弧度，眼神也越发柔和。

比武场上，北辰国的几个人已经站在那里等着叶七七。叶七七径直走到他们中间，目光在他们身上扫了一圈，声音清脆地道："开始吧，你们先来。"

几个人转过头去，你看看我，我看看你，当下便毫不客气地同时朝叶七七出手。

这边比武场上打得正激烈，那边北辰国的一个随从却是匆匆跑去子安殿，一见到北辰国使臣，便单膝下跪，朝着他气喘吁吁道："方大人，不好了，墨国皇上不知从哪儿找来一个高手，刚刚在比武场上已经打败了咱们北辰国的两位高手，现在，剩下的几个高手正一起在场上和她对打。"

"嗯？"北辰国使臣方英杰是个年过半百的老头子，生得浓眉大眼、方庭阔耳，眼神中透露出一抹狡诈的光芒，"高手？这墨国哪有什么高手？"方英杰不屑地看着那随从，手中端着茶杯，在椅子上缓缓坐下道，

“再说，咱们北辰国这么多人同时打他一个，还怕打不赢？”

“方大人，那比武场上的形势……看起来，真是咱们这边打不过啊！”那随从抬起头来，一脸焦急地看着他道。

“什么？”方英杰怔了一下，不可思议地看着他道，“此话当真？”

“当真。”那随从连连点头。

“走，去看看。”方英杰放下手中的茶杯，站起身，皱眉道。

“是。”随从连忙从地上站起来，带着他朝长源殿的比武场急匆匆地去了。

方英杰带着几个随从匆匆赶到比武场的时候，叶七七正好将几个高手全部解决掉。

比武场正中央的地面上，横七竖八地躺着几个高手，个个蜷缩着身子，痛苦地喊叫着。

“这……这是……”方英杰震惊地看着眼前的一幕，不由自主地打量叶七七。

那站在比武场中央的少年，就是打败所有高手的人？不太像啊……那少年看起来瘦弱不堪，又十分矮小，这场上的高手哪个不比他高出足足一个头？！可他们北辰国的高手，竟然全部败在他手下？

苏公公站在皇上身边，眼角余光瞥到方英杰，连忙附耳对皇上低低道：“皇上，北辰国使臣来了。”

皇上转过头，便看见方英杰正一脸震惊地站在比武场边。

“方使臣。”皇上微微一笑，双手背在身后，优哉游哉地踱着步子朝方英杰走过去。

“拜见皇上！”方英杰连忙双手抱拳，朝他行了个礼道。

“方使臣不必多礼。”皇上笑呵呵地朝他摆了摆手道，“最近几日的比赛，方使臣都没有观看，不知休息了几天，方使臣身子可好些了？”

“多谢皇上关心，在下好多了。”方英杰朝皇上又拜了拜，目光转向比武场中瘦小的身影，“不知那位是？”

“哦，这是我们墨国第一高手。”皇上顺着他的目光朝叶七七看了一眼，然后笑了笑，对不远处的叶七七招了招手道，“七七，过来。”

“嗯？”叶七七听到声音，一回头，便看到皇上身边站着一个陌生老头子，那老头子身后还跟着几个随从。

墨寒卿站在原地没有动弹，看了看方使臣，便用目光追随着叶七七的身影。

叶七七脚尖轻点，径直从比武场上飞到皇上身边，眨眨眼睛问道：“皇上，喊我什么事？”

“来，七七，我给你介绍一下。”皇上笑眯眯地看着叶七七，伸手指了指站在身边的方英杰道，“这位便是自北辰国来访墨国的方使臣。”

叶七七点点头，声音清脆地应了一声：“见过方使臣。”

“这位就是朕的弟媳，靖安王王妃，叶七七。”皇上转过头去，朝着方英杰说道。

靖安王王妃？方英杰愣了一下，眼前这少年是女孩子？他怔了一秒钟，立刻双手抱拳，朝着叶七七朗声道：“北辰国使臣方英杰，见过王妃。”

“在下叶七七。”

“想不到王妃年纪轻轻，武功便已如此高强。”方使臣不着痕迹地在叶七七身上打量了一番，佯装客气道，“不知王妃师从何处？”

叶七七看着方使臣，觉得有些不舒服，含糊其词地道：“我……跟着我爷爷学的。”

“不知王妃的爷爷是？”方使臣继续追问道。

就在叶七七考虑该怎么糊弄过去的时候，一直站在方使臣身后的随从突然啊了一声。方使臣皱了皱眉，回过头，看着自己的随从，怒斥道：“啊什么啊？”

“属下该死！”随从赶忙跪了下来，却是盯着叶七七的脸，结结巴巴道，“属下……属下是觉得王妃看起来有些眼熟，想了半天才想起在哪里见过王妃。”

方英杰皱了皱眉，看了一眼叶七七，声音不悦地道：“王妃是何等高贵的人，岂是你想见就能见的，不得乱说。”

“属下没有胡说！”那随从着急起来，“属下前些日子真的在城中酒楼见过王妃，当时王妃一个人点了好多菜。”

方英杰眉毛挑了挑，面带笑意地看着叶七七：“王妃可是去过那城中酒楼？”

“好像是有这么回事。”叶七七微微一怔，点点头道，“前几天，确实去了。”

“看来墨国的城中酒楼味道不错，连王妃都大驾光临。待在下有空，一定要去见识见识。”方英杰皮笑肉不笑地道。

叶七七觉得这话没办法接下去，便站在那里不说话了。

“可是……”那随从上下打量着叶七七，有些迟疑，似是怕说出什么话被人怪罪。

“可是什么？”方英杰看着那随从，皱眉道，“有话直说，不要吞吞吐吐丢我们北辰国的面子。”

“可是……”那随从被方英杰这么一说，浑身一抖，结结巴巴道，“当时、当时属下和另外两个好友也在酒楼里吃饭，因为看到王妃点了满满一坛女儿红，又都喝下去了，担心她一个人出去会有危险，便想着跟在王妃身后，暗中保护她，谁知道，我们跟着王妃走到一条巷子里的时候，王妃不分青红皂白将属下两个好友杀死了……”

叶七七听着他的话，只觉一片茫然。她什么时候在小巷子里杀过人？别开玩笑，她最多也就杀杀那些追杀墨寒卿的黑衣人。

然而方英杰听到这样的话，脸色瞬间变了变，怒斥道：“不得胡说，王妃怎么可能杀你那两个好友？”

“属下、属下说的都是真的。”那随从缩了缩脑袋，带着哭腔道，“属下与王妃素不相识，完全没有必要冤枉王妃，再说当日，王妃穿着浅粉色的衣衫，有很多人看到王妃从酒楼中走出来，去了那条小巷。”

墨寒卿忍不住皱了皱眉头，那日他去找叶七七的时候，确实看到巷口地面上躺了两个人，当时他只顾着寻找叶七七，找到她之后又见她喝醉睡了过去，连忙将她带回王府，后来倒是忘了问当日到底发生了什么。

皇上听完随从的话，也皱了皱眉，转过头看了看叶七七，想了想，道：“七七，你当日可是真的去过酒楼？”

“去过啊。”叶七七点点头，“只是后来我喝醉了，不记得发生的事，再醒来的时候，就已经在靖安王府里。”

“寒卿？当时你也在吗？”皇上顿时将目光转向了墨寒卿。

墨寒卿点了点头，朝叶七七他们走去，声音淡淡道：“当日臣弟与七七因为有些误会，所以拌了几句嘴，七七一气之下便跑去酒楼点了一桌的菜，又喝了满满一坛酒，臣弟找到她的时候，她已经晕过去了。”

“那她……”皇上迟疑了一下，却没有问出口。

“臣弟去找七七的路上，确实路过这位随从所说的小巷。”墨寒卿朝那人看了一眼，眼神冰冷，不带一丝温度，“当时巷口确实躺着两个人，已经死了。”

“那……”皇上听他这么一说，顿时紧张起来，难不成那两人真是叶七七杀的？

这可是北辰国来访使臣的随从，随随便便就这么杀了，到时可是要引起两国纷争的。

“但臣弟当日注意了一下，那两人的死因是脖子上有两个被毒蛇咬过的小洞，应是中了蛇毒而死。”墨寒卿面无表情地继续道，“既是被毒蛇咬死，为什么要说是本王的王妃杀害的？”

“这……”那随从愣了一下，没想到当日靖安王竟也经过那条小巷，他迟疑了两秒，还是硬着头皮继续道，“属下……并没有撒谎，那两个人……确实是被王妃杀的。”

“呵。”墨寒卿冷冷一笑，声音阴寒道，“办案讲的是证据，不是你说你们的人是王妃杀的就是王妃杀的。本王问你，那两个人的尸体现在何处？”

“在……在子安殿的后院停放着，等我们回北辰国，要将他们带回去下葬。”那随从看着墨寒卿，不明白他为何这么问。

“既然尸体还在，这件事情就好办了。”墨寒卿唇角微微勾了勾，转过身朝着皇上道，“大理寺的仵作今日有人当值，臣弟可以将那仵作宣来，让他检查死因，看到底是被毒蛇咬了，中蛇毒身亡呢，还是被本王的王妃打死的。”

“这……”那随从犹豫起来。

其实，当日他并没有仔细检查两个同伴到底是怎么死的，只是粗略探了下鼻息，见他们没有呼吸，才大喊杀人了，后来将尸体带回后，他也没有认真看过。

墨寒卿看着他犹豫的神色，冷声道：“我再问你一句，可是亲眼看到本王的王妃动手杀人了？”

“这……这……当时王妃背对着属下，挡住了另外两个同伴的身影，属下只看到王妃挥了挥手，属下的两个同伴就倒下了，这……这肯定是王妃出的手啊！”那随从抬起头，一脸笃定地朝着众人道。

“哦？”墨寒卿听到他的话，眼睛眯了眯道，“当时王妃背对着你？”

“是。”

“她的身影挡住了你那两个同伴的身影？”

“是。”

“照你这么说，当日的情形应该是你们将王妃包围起来。”墨寒卿阴着一张脸看着那名随从道，“你那两个好友站在王妃前面，你站在王妃后面，是不是？你们将本王的王妃包围起来，是想对她做什么？！”

“我……这……”那随从一下子傻了眼，刚才只是随口一说，没想到靖安王竟然抓住了这个点，“我刚刚说错了，是我那两个朋友站在我面前，挡住了王妃的身影，所以……所以……属下没有看到王妃对我那两个朋友做了什么。”

“哦？没看到？”墨寒卿冷冷一笑道，“你刚刚不是还说，你亲眼看到本王的王妃杀了你那两个朋友，怎么一转眼，就什么都没看到了？”

“我……这……我……”那随从急得汗从额头上流了下来。

他原本只是想找王妃的麻烦，可没想到，竟是把自己给绕进去了。

方使臣看着随从汗水不停往下落的样子，心中有些明白了，除了暗暗地骂一声不争气，也只能赔着笑朝墨寒卿道：“靖安王莫要生气。我这随从这两天因为一下子失去了两名好友，所以有些神神道道的，经常语无伦次，还请靖安王莫要怪罪。”

“呵，他神神道道语无伦次，本王不管，但是诬蔑本王的王妃，这件事情必须得查清楚。”墨寒卿看着方使臣打算两三句话就将这件事糊弄过去，声音冷冷道，“首先，本王要对王妃的名誉负责；其次，来者是客，北辰使臣的随从莫名其妙死在我墨国的京城，于情于理，我们都得给你们一个解释。方使臣，你说是不是？”

“这……是……是……”方使臣愣了一下，忙赔笑道，“但这死去的两人，不过是两个随从而已，他们身份卑微，一条贱命，就不劳靖安王亲自查办了。”

“我有说是为了你的随从才查这个案子吗？”墨寒卿冷笑一声，目光阴冷地看着那方使臣，一字一顿道，“本王方才说过，要对王妃的名誉负责。眼下有人诬蔑本王的王妃，你以为本王会轻易放过他？”

“这……这……”方使臣一时之间不知道该接什么才好。

“来人啊，宣仵作过来。”皇上见状，连忙适时地喊了一声。

“是。”苏公公应了一声，连忙派人去大理寺请仵作过来。

皇上转过头，朝方使臣慈祥地笑了笑道：“方使臣，这事你怎么不早点告诉朕呢？你的随从在京城中遇害，是朕的不是，朕一定会查明原因，给你一个满意的解释。”

“这……”方使臣看着皇上，一句话憋在嘴里说不出来。

半晌，他低下头去，朝跪在地上的随从狠狠地瞪了一眼，叫你自作聪明，叫你擅作主张！

不过片刻，大理寺仵作便匆匆赶来。

墨寒卿看了方使臣一眼，没有多说什么，带着人朝子安殿走去。

检查尸体的过程中，众人远远地看着，耐心地等候。

大约一炷香的工夫过后，两名仵作检查完毕。

“如何？”墨寒卿站在叶七七身边，看着跪在地上的仵作，声音冷冷地问道。

“回殿下的话，方才属下已经检查过，那两具尸体已发生轻微腐烂，死亡时间大约是四天前，尸体上并没有打斗痕迹，只是脖颈处各有两个很小的圆洞，结合尸体面部发黑的情况来看，这两人应是被毒蛇咬过，然后毒发身亡。”

墨寒卿听着他的话，轻轻地点了点头，转头去看身边的方使臣和他的随从，问道：“你们可听明白了？”

“是，听明白了。”方使臣伸手擦了一把额上的汗水，连连点头道。

“既然你那位随从的好友是被毒蛇咬死的，那他方才为什么要说是被本王的王妃杀死的？”墨寒卿幽深的眼眸中有寒芒闪现，连带着周遭的空气也降低了好几度。

“这……他……他是精神错乱了。”方使臣一边擦汗一边心虚地说道。

“呵，是吗？”墨寒卿目光转向躲在方使臣身后的随从，眼神冰冷，就这么看着他，不说话。

随从被墨寒卿看得心中发毛，忍不住低下头看着地面，不敢抬头看他。

“说，当日到底发生了什么？”墨寒卿冷冽的声音缓缓飘出，“不要以为你们进了小巷就没人知道当日的事情，京城人来人往，总有人看到你们当日做的事。”

“我……靖安王、靖安王饶命啊……”那随从被墨寒卿这么一恐吓，登时吓得腿一软，跪了下来道，“当日、当日属下与另外两个好友，只是看王妃在酒楼中出手大方，所以……所以就想找王妃借点银子用用……真的，只是借一点……属下并没有恶意的，靖安王你……你要明察啊……”

“呵，借银子用用？”墨寒卿声音低缓地重复了一遍他的话，唇角勾起一抹浅浅的弧度道，“照你这么说，当日你们是准备抢劫王妃了？”

“是……是……啊，不是不是不是！”那人连忙摇头，额头上的汗水一滴又一滴不停往地上落，“靖安王饶命啊，靖安王饶命啊，属下当日真的只是一时糊涂……殿下，饶命啊……”

墨寒卿冷眼看着随从跪在地上一下又一下地磕头，眼中绽放出杀意。

“混账东西，出去吃饭也不带上你的狗眼，到处惹是生非！”那方英杰一看自己的随从又语无伦次起来，生怕他再说些不该说的话，“怎么，当随从赚的银子还不够吗，还想去找王妃借钱？王妃是何等高贵的人，岂是你这般小人物可以随便打扰的！”

“是是！”那随从一看自家主子为自己说话，顿时松了一口气，连忙点头称是。

墨寒卿冷笑一声道：“眼下恐怕不是向王妃借钱这么一点小事吧？他口口声声说，本王的王妃当着他的面杀了两个人，幸好尸体尚未埋葬，若是已经入土，仵作无法检验伤口，那这事儿，本王的王妃是不是就跳进黄河也洗不清了？”

“这……怎么可能呢，清者自清。”方使臣有些尴尬地看着墨寒卿，擦了一把额头上的汗水，讷讷地道。

“是吗，清者自清我不知道，我倒是知道眼下有个人一见面就往本王的王妃身上泼脏水。”墨寒卿眼神冰冷地看着那名随从，声音阴寒道，“说，是谁指使你这么做的？知不知道你今日说的这些话，足够挑起两国之间的战争？”

“小的该死，小的该死，真的没人指使小的啊……”那随从跪在地上，一个劲儿朝着墨寒卿磕头。

方英杰脸色一下子难看起来：“靖安王何出此言？他最近几日因伤心过度，有些精神失常、语无伦次而已，他……”

“是吗？”墨寒卿抬眸，目光冷冷地看向方英杰道，“若真是如此，方使臣便不该带着这样的人来面见皇上。难道就不怕他乱说什么，惊扰了圣驾？还是说……其实方使臣是故意这样做的？”

“我……不是……”方英杰被墨寒卿一句话堵住，一时半会儿说不出话来。

半晌，他一巴掌打在跪在地上的随从脸上，怒斥道：“混蛋奴才，看看你惹的好事，竟敢诬蔑墨国靖安王妃，你们几个把他拖下去，乱棍打死！”

站在方英杰身后的另外几名随从，一时没有反应过来。

“还愣着干吗，还不快去！”方英杰用力跺脚，朝身后几个人大声吼道。

“是！”几个随从这才回过神，连忙上前，将跪在地上的那人拽了起来，架着他朝子安殿外拖去。

“方大人，方大人，属下真的没有胡说啊！就是那靖安王妃，她杀了属下的两位好友！方大人！方大人饶命啊！属下不是故意的，属下只是想帮帮你……唔……”那随从一句话还没说完，架着他的人已经一记手刀砍在他脖子上，直接将他砍晕过去。

方使臣转过头来，朝墨寒卿双手抱拳道：“还请靖安王殿下不要跟精神失常的人计较。”

墨寒卿淡淡地瞥了他一眼，声音冷漠道：“是不是精神失常方使臣心中清楚，不过本王的王妃既然已经洗清了嫌疑，那本王现在是不是可以带她走了？”

“这是自然，自然。”方使臣一边用袖子擦额头上的汗水，一边朝墨寒卿连连点头。

“呵。”墨寒卿唇角勾起浅浅的笑容，朝站在皇上身边的叶七七招了招手道，“七七，过来。”

叶七七愣了一下，走到墨寒卿身边。

“若是没有其他事情，本王便偕王妃告辞了。”墨寒卿自然而然地揽过叶七七的肩膀，朝在场众人道，“毕竟，今日本王的王妃力败北辰国诸多高手，几场比试下来，身子也有些乏了，后来又被那不长眼的随从肆意诬蔑，本王现在要带她回去休息了。”

“行，回去吧。”皇上点点头，朝他挥了挥手道，“注意安全便是。”

“臣弟告退。”墨寒卿双手抱拳，朝皇上行了个礼，便揽着叶七七的肩膀，堂而皇之地转身离开。

子安殿殿前，独留下皇上、方使臣和一众随从、护卫。

皇上目送墨寒卿离开，转过头，笑呵呵地朝方英杰道：“方使臣既然身子已经好些了，那晚上不如就留在朕这边用晚膳吧。”

“这……”方英杰迟疑了一下，推托道，“今日时间已经不早，想必皇上看了一天的比试，也有些劳累，不若早些歇息，在下明日再来叨扰皇上。”

皇上意味深长地看着他，半晌轻轻点头道："也罢，那咱们便明日再聚。"

说完，皇上便朝身边的苏公公道："走吧。"

"是。皇上起驾回宫——"苏公公喊了一声，便带着一众侍卫跟在皇上身后走了。

"恭送皇上。"方英杰站在皇上身后，眼睁睁看着他的身影消失，这才抬起头，眼底一片阴鸷。

第十九章　醋意大发

回靖安王府的马车上，叶七七安静地坐着没有说话，墨寒卿盯着她片刻，声音低沉地道："叶七七，你是不是傻？"

"啊？"叶七七抬起头，满眼疑惑地看着他，"我哪里傻了？"

"刚才那样的情况，你竟然一句反驳都没有。"墨寒卿皱着眉头道，"你自己说是不是傻？"

"我……我就是觉得……"叶七七缩了缩脑袋，小声道，"那两个人可能真的是被小青咬死的，要是小青咬死了他们，算在我的头上也是应该的。"

"我说的不是这件事。"墨寒卿有些无语地看着她道。

叶七七一怔，眨着一双大眼睛，看着他问道："那是什么事？"

"之前在比武场上的时候，那几个北辰国的人说要搜你的身，你为什么不反驳？"墨寒卿目光幽深地注视着她，声音低沉。

"那个啊。"叶七七恍然大悟地道，"反正我身上又没带什么暗器，光明磊落的，干吗怕他们搜身。"一句话把墨寒卿给噎住了。

"光明磊落，不怕搜身？"他眯了眯眼睛，看着叶七七的小脸，咬牙切齿地问道。

“是啊。”叶七七点点头，拍了拍胸口道，“我凭的是真功夫真本事，一个人打他们几个都不在话下，根本不需要用什么暗器，他们就算搜身，也搜不到什么，放心吧！”

你一个小姑娘，对搜身这样的事情非但不感到不好意思，反而说自己光明磊落不怕搜？！

墨寒卿咬了咬牙，坐到叶七七的身边，靠近她，薄唇轻启道：“我看你是根本不明白搜身的意思。”

“谁说我不明白。”叶七七眼看他俊美的脸庞近在咫尺，忍不住朝后缩了缩脑袋，小声道，“我怎么可能不知道搜身是什么意思？关键是我不怕搜身，谁来搜身我都不怕，反正我身上没有暗器。”

“这不是谁去搜身的问题……”墨寒卿低沉阴冷的声音幽幽地飘了出来。

“那是什么问题？”叶七七看着他，用力地咽了一下口水。

墨寒卿盯着她半晌，没有说话。

末了，他将手搭在她的肩膀上，声音缓缓道：“你就这么光明磊落？”

“啊？”叶七七反应过来后，点了点头道，“是啊，真的没有暗器。”

“那我搜一下？”墨寒卿半眯着一双眼睛看着她，声音低低地问道。

“呃……啊？”

“既然这么光明磊落，那应该不怕我搜吧？”墨寒卿俊美的脸朝她又凑近了一点，低声问道。

叶七七只觉得他身上特有的清冷气息充斥在鼻息间，眼看他一点点靠近，她那颗小心脏又开始不听话地狂跳起来。

“嗯？”墨寒卿看着她。

“呃……不怕……”叶七七有那么一瞬间的失神，顺着墨寒卿刚才的话，僵硬地点点头，声音弱弱道。

“哦，那我不客气了。”墨寒卿淡淡地应了一声，一只白皙修长的大手便缓缓放到她细腻的脖颈上。

她脖颈上的皮肤温热又细腻，光滑得像上好的绸缎。

叶七七身子一僵，看着墨寒卿，语无伦次道：“不是……不是说搜身吗，你……你摸我脖子干吗？”

“从领口开始搜。”墨寒卿一脸淡定地看着她，手指顺着她滑腻的脖颈不慌不忙地来到了衣服领子。

“领子……有什么好搜的……”叶七七浑身僵硬地坐在马车里，只觉他的指尖仿佛火炭，滑过的地方仿佛被点燃。

“以前有人将暗器缝在领口褶皱里，在比试过程中，顺手从领口取下暗器，然后朝对方丢去。”墨寒卿面不改色心不跳地解释道，“所以，我先看看领子。”

“哦……”叶七七动作僵硬地点点头。

他的手指在领口转悠了一圈，沿着衣襟缓缓下滑，眼看就要滑到胸口，叶七七一把揪住自己的衣服，警惕地问道：“你干吗？”

“我看看你怀里有没有藏暗器。”墨寒卿看着她紧张的神色，唇角勾起一抹浅浅的弧度道，“怎么，你难道不知道常有人把暗器藏在衣襟里？”

“我……”叶七七迟疑了一下，这个她倒是真的看到过，只是……搜身真的要这么搜?

“嗯？”墨寒卿微微挑眉，目光淡然地看着她。

“我知道……”叶七七有些无奈地道。

“嗯，那就好。”墨寒卿点点头，修长的手指落在她的胸口，隔着薄薄的衣料，掌心传来微微隆起的柔软触感。

叶七七一张小脸顿时红得跟什么似的。下一秒，她飞快地打掉墨寒卿的手，道：“不要乱摸。”

“我这是在搜身。”墨寒卿挑了挑眉，面无表情地看着她，语气严肃道，“现在你知道搜身是什么意思了？你是不是还光明磊落不怕搜身？”

叶七七红着脸，嘴唇动了动，终究一个字都没有说出来。墨寒卿淡淡地瞥了她一眼，起身回到自己的位置上坐好，一言不发地盯着她。叶七七在他的注视下，脸蛋越来越红，越来越红，最后忍不住低下头去，不看他。

“害羞了？”墨寒卿见她只用头顶对着自己，沉默片刻之后，淡淡地问道。

“没有……”叶七七声音跟蚊子哼哼一般，几乎听不见。

“嗯。”墨寒卿盯着她，淡淡地应了一声，便不说话了。

外面有知了在树上不停地叫着，声音缓缓地钻入叶七七的耳朵，让她本就烦乱的心更加烦乱。于一片烦躁之中，叶七七突然想起来，自己为什么要让他搜身啊？她抬起头，朝墨寒卿看去，他此刻侧着头，正看向车窗外。

璀璨的阳光从车窗照射进来，落在他轮廓分明的侧脸上，在他白皙的脸颊上留下一片斑驳的光影。他眼眸微垂，目光不知落在何处，唇角微微抿着，似乎是在思考什么。

叶七七盯了他一会儿，便将目光转走了。她一定是得了什么病，不然怎么总是莫名其妙地心跳加速？

马车快到靖安王府门口的时候，远远地，一个熟悉的声音传了过来：“殿下！殿下！快帮帮老臣啊！”

叶七七微微一怔。这声音是？她掀开车帘，朝马车外看去，只见顾大人正拎着衣袍下摆，一脸快要哭出来的表情，朝着马车奔来。

吁的一声，车夫拉紧马车的缰绳，将马车停了下来。

顾大人扑到马车前，扑通一声双膝下跪，大声道：“殿下，殿下，最近又出了一桩大案子，老臣已经两日两夜没有合眼，可依然没有任何头绪。求殿下救救老臣，帮帮老臣的忙啊。”

墨寒卿微微蹙眉，掀开车帘，缓缓走了出来，居高临下地看着顾大人道：“站起来说。”

“是。”顾大人应了一声，连忙站了起来。

他一站起来，叶七七才发现，一段时间不见，顾大人竟然憔悴了好多，原本已经花白的头发和胡子，现在似乎白得更加厉害。他神情焦虑，黑眼圈堂而皇之地挂在脸上。

“发生什么事了？”墨寒卿看着顾大人头发也有些乱糟糟的样子，皱了皱眉，低声问道。

“回殿下的话，前天京城衙门的衙役来报说，在城郊的小河里捞到一些奇怪的东西。”顾大人直起身道，“当日，几名城郊的村妇结伴去小河边洗衣服，结果洗着洗着，河里突然漂过来一个白花花的东西，几个村妇觉得好奇，便将那东西打捞上来，谁知这一看才发现，竟然是只人手……”

“人手？”墨寒卿微微皱眉。

“是，几个村妇发现捞上来人手后，立马报了官，衙门的人在小河里打捞了一整天，最终只捞出些残缺不全的肢体。”顾大人神情憔悴地朝着墨寒卿道，“可是最近京城里又没有人口失踪，所以，我们就是想确认死者的身份都难啊。”

“仵作怎么说？”墨寒卿沉吟片刻道。

“仵作说，从目前发现的那些肢体来看，死者应是一名女性。”顾大人叹了一口气，摇摇头道，“从骨龄判断，大约十七八岁的样子。”

墨寒卿听着顾大人的话，一时之间没有开口。

“因为发现尸块的地点是在城郊的村庄附近，那地方虽然偏僻，却是进京的必经之路，最近几天已经有风言风语出现在京城中了，估计过不了几天圣上就要知道了，到时候……老臣要是还没破案……老臣……老臣……”顾大人说着说着就要哭出来。

墨寒卿挥挥手，声音低沉道：“本王知道了，待本王将王妃送回去后，便与你一同去看看。”

“我也要去。”叶七七一听墨寒卿这么说，赶紧拽了拽他的袖子道。

“你？”墨寒卿微微垂眸，看着叶七七那张白皙粉嫩的小脸，迟疑了一下，声音温柔道，“你今日跟北辰国的高手打了好几场，不累吗？早点回去休息吧。”

“不累。”叶七七摇摇头道，“那几个人其实武功不怎么样，我打他们也就是几招之内的事，根本没有消耗体力。现在时间尚早，回去也没什么事做，不如跟着你去看看。”

顾大人抬起头来，惊讶地看着她道：“王妃也要去吗？那……那尸块虽说残缺不齐，看不出生前的样子，但有些惨不忍睹，老臣怕……污了王妃的视听啊。”

叶七七眨眨眼睛看着顾大人，笑了笑道：“顾大人，你要是这么说就见外了，当初京城那几具无名女尸的案子还是我跟着你一起破的，那时候你怎么就不怕污了我的视听呢？”

顾大人怔了一下，眼神疑惑地看着叶七七，又看了看墨寒卿，迟疑着道：“当初……王妃也在？”不会吧，他怎么不记得当初有个这么清秀可爱的小姑娘跟着自己一起破案呢？他只记得殿下身边带着个瘦小又不起眼的少年啊！

等等……这么一说……顾大人再次打量叶七七，从身形上看，小姑娘确实和当初那瘦弱的少年护卫有些相像，他依稀记得那少年好像是叫小七？那他们靖安王的新王妃……名字好像叫叶七七？

叶七七？小七？顾大人震惊地看着叶七七，声音颤抖着道：“你……你就是当时那个瘦小的少年护卫。”

“对呀，我就是小七。”叶七七笑眯眯地看着顾大人，点了点头。

怪不得！怪不得！顾大人目光不停在叶七七和墨寒卿的脸上来回地瞟，怪不得当初那个少年不论怎样惹靖安王，靖安王都不会生气，原来……原来如此啊！

“你确定要去？”墨寒卿低头看着叶七七，迟疑地低声问道。

叶七七点点头，一转身又跳上马车道：“快，我们走吧。”

墨寒卿看着她，无奈地摇了摇头，袍袖轻甩，一点脚尖，也跳上了马车。顾大人连忙跟在墨寒卿的身后爬上马车。

马车驶到城郊后，在顾大人的指引下，停在一座四合院门口。

顾大人见马车停了下来，连忙跳下车，对墨寒卿和叶七七道：“就在这里了。”

“嗯，进去吧。”墨寒卿抬头看了一眼四合院，点点头道。

一进院子，叶七七便闻到一股难闻的尸臭味，后院的大树下放置着石台，那股臭味就是从台子那边飘过来的。

顾大人见状，连忙从袍袖中掏出两块帕子，递给墨寒卿和叶七七道：“殿下、王妃，最近气温比较高，尸体捞上来之后腐烂得有些快。你们还是先把口鼻捂住吧。”

“好。”叶七七伸手接过顾大人手中的帕子，动作利落地将它系在脸上。

墨寒卿却是没有接，转头冲叶七七瞥了一眼，微微挑了挑眉。

叶七七见他一直盯着自己，便眨眨眼睛道：“你自己系啊，我现在不是你的护卫，难道还要我帮你？”

“你现在虽然不是本王的护卫，但是本王的王妃。”墨寒卿目光幽深地看着她道，“娘子帮夫君，天经地义。”

“你……”叶七七原本想反驳，可一看顾大人正站在旁边，眼睛眨都不眨地盯着他们两个，只得随便找了个借口道，“你个子太高了，我够不着。”

言下之意是，你总不至于像上次那样，让我当着顾大人的面跳到你身上，帮你系帕子吧？

“哦，那倒不用。”墨寒卿一眼看穿她在想什么，唇角微勾，微微俯下身，目光直直地盯着叶七七道，“我可以弯腰。”

无耻！叶七七在心中暗骂了一句，只得转身拿过顾大人手中的另一块帕子，凑到墨寒卿跟前给他系好。

系好帕子，墨寒卿直起身子，眼带笑意地看着叶七七，低声道：“多谢娘子。”

“呵呵呵呵呵……”叶七七干笑了几声，连忙扯着他的袍袖，往石台子那边走去。

待到走得近了，他们才发现，原来摆放在石台子上的只是些残缺不全的肢体，从形状上看，大致是胳膊、手、脚还有腿。只是因为尸体已经放置了好几天，又在河水里泡过，所以有些发白，部分骨头露了出来，肢体上的肉也被河里的鱼儿啃得乱七八糟，几乎看不到完好的表面。

这……实在是惨不忍睹……叶七七只觉胃里一阵阵翻滚。

墨寒卿眼眸微眯，盯着那些尸块，突然朝顾大人道：“看起来好像都是四肢，躯干和头颅呢？”

“回殿下的话，躯干和头颅还没有找到。”顾大人赶忙朝他恭恭敬敬地回答道，“衙役们已经在河里打捞了两天，然而除了这些残缺不齐的四肢，什么都没有找到。”

“河边呢？”墨寒卿沉吟片刻，继续问道，“河岸两边有没有仔细查看过？”

“这……”顾大人微微一怔，然后摇摇头道，“没有，属下这就叫人去查看！”

“嗯。”墨寒卿点点头，目光落在那些零碎的四肢上，“这些尸块，虽然表皮都被鱼啃坏了，但依然可以看出横切面很整齐，所以应是被杀以后分尸的，既然找了这么多天，河里只找到四肢，那说明抛尸地点并不只有一处。”

“那如果凶手真的想分开地点抛尸，不一定非要扔在小河附近。”叶七七看着墨寒卿，一脸疑惑道，“城郊扔一点，城北荒山扔一点，再扔一点到别的地方，不是也可以吗？”

墨寒卿怔了一下，目光转向叶七七白皙粉嫩的小脸，点点头道：“有道理。”

“呃……”

“不管怎么说，先在河岸两边找找吧。”墨寒卿沉吟片刻，然后朝顾大人继续道，“毕竟从河里找到的尸块数量不算少，如果真是四处抛尸，河里应该只有一点点。”

“好。”顾大人应了一声，急匆匆地去了。

墨寒卿站在石台前，盯着那些尸块，不知在想什么。

叶七七打量了一圈，觉得没什么线索，干脆在院子里的凳子上坐下来。

半个时辰之后，顾大人又急匆匆地赶了过来，朝着墨寒卿气喘吁吁道：“殿下，殿下，真的在河岸边挖到了别的尸块。”

“是吗？”墨寒卿抬头看了顾大人一眼，又看了一眼院子里的叶七七，声音低沉道，“走，去现场看看。”

“是。”顾大人应了一声，连忙带着墨寒卿和叶七七出去了。

这处四合院离小河并不远，顾大人带着叶七七和墨寒卿走了片刻，便走到了河边。

远远地，几个衙役挥舞着铁锹，在河岸上游一点的地方用力挖着。

顾大人指了一下那边，朝墨寒卿道：“方才听了殿下的吩咐，老臣便让衙役们绕着河岸走了几圈，接着有人发现，那边，就是上游靠近河岸的地方，有一处草地的泥土有点松动，明显被人翻过，所以他们便拿了铁锹去挖土，果然才挖了一会儿，就感觉埋着什么东西，老臣便连忙回来告诉殿下，这会儿他们还在挖呢。”

顾大人跟在墨寒卿身边，一边说着，一边带着他二人往上游走。

走得近了，叶七七才发现，河岸边上的青草地已经被铁锹挖得乱七八糟，土里隐约露出一个黑色的包袱，阵阵恶臭从包袱里散发出来。

几个衙役看到墨寒卿过来，赶忙抬头朝着他行礼道：“见过靖安王殿下。”

“嗯。”墨寒卿淡淡地应了一声，摆了摆手道：“不必多礼，挖出来了吗？”

“回殿下的话，快要挖出来了。”几个衙役连拉带拽地将埋在土里的黑色包袱弄了出来。那是个约莫半人高的大包袱，用黑色的布一层又一层包裹着。

墨寒卿皱眉看着那包袱，沉默片刻，冷冷地命令道：“打开看一看。”

“是。”那几个衙役连忙上前，小心翼翼地将包袱外面的黑布解开。

等到完全解开后，在场众人看着眼前的情景，忍不住一阵阵反胃。黑布里包裹着腐烂的尸体，简直惨不忍睹。

叶七七看着这些东西，一个没忍住，干呕了一声。墨寒卿回过头，目光落在叶七七身上，伸手将她揽进怀里，把她的脑袋按在胸口，不让她看那些东西：“要是觉得不舒服，就回刚才那院子休息一下，这些不适合女儿家看。”

“不要。”叶七七靠在墨寒卿怀里，闷闷地说了一声道，“我不要一个人回去。”

“嗯。”墨寒卿也没坚持，只是转头瞥了顾大人一眼，然后声音冷冷道，“把这些尸块找人搬回去，然后让仵作过来验一下。”

“是。”顾大人连忙应了一声，指挥衙役将尸块往四合院运。

院子里，叶七七远远地看着那些仵作检验运回来的尸块，那一阵阵的恶臭就飘荡在她的鼻子前。她沉默了许久，终于转过头来朝墨寒卿问道：“你说，到底是谁这么变态，杀了人也就算了，竟然还把别人的尸体剁成碎块，到处乱扔，这也太残忍了吧？”

墨寒卿微微垂眸，唇角勾起浅浅的弧度道：“这样就残忍了吗？那你真应该去刑部翻一翻卷宗，比这个残忍十倍百倍的案子，多的是。”

“啊？”叶七七微怔。

“人心最是黑暗。”墨寒卿看着她，淡淡地吐出这几个字，便将目光转向旁边，不说话了。

人心……最是黑暗？叶七七迷茫地看着他，不是很能理解。

又等了一会儿，两个仵作终于检验完毕，脱下手套，快步走到墨寒卿和叶七七面前，单膝下跪，恭敬道：“启禀殿下、王妃，方才从河边运回来的那些尸块，经过检验可以确定，是从一具成年男子身上切割下来的。”

“成年男子？”叶七七愣了一下，疑惑地看着那两个仵作，“之前从河里找回来的尸块，你们不是说，应是一个十七八岁的姑娘身上的吗？”

“是。”仵作点点头，“但刚刚搬回来的尸块，从骨骼形态判断，应是一名二十岁左右的男子。虽然腐烂程度和之前河里的尸块差不多，但明显不属于同一具尸体。”

墨寒卿听着仵作的话，微微蹙眉，半晌没有说话。

“而且……从尸体的伤口来判断，用来切割它们的工具应是一样的。”仵作继续道，“再加上这两具尸体的死亡时间差不多，所以可以推断，他二人应是同时遇害的。”

“两个人……”墨寒卿皱着眉头，低低地重复了一声。

“现在最关键的是，这两具尸体都只找到了一部分躯体。”那仵作迟疑了一下，然后缓缓道，“要确认死者的身份，还是要找到两具尸体的头颅才行。”

墨寒卿摇摇头道：“短时间内肯定是找不到的，河里扔了一部分尸体，河岸埋了一部分尸体，并且两个地方找到的尸体都只是一部分，这就说明抛尸地点还有很多。京城这么大，想在短时间内将整个京城翻个遍，去寻找其余尸块，不太现实。”

“那……”那两名仵作听了墨寒卿的话，忍不住对看了一眼。

“其实还有一点，今日我们检查那具女尸的时候，发现她左腿的脚踝处曾经骨折，骨头应是后来长好的，看起来有轻微的错位。”

“左脚骨折过？”墨寒卿抬起头，看着两名仵作道。

“是，也有可能是小时候崴过脚。”那两名仵作点了点头，应了一声。

“好，本王知道了。你们先回去吧。”墨寒卿沉默片刻，抬起头来，“其他事情，我跟顾大人再商量商量。”

“是。”两名仵作回答了一声，便起身离开了。

顾大人一直站在墨寒卿身后，见那两名仵作离开，立马绕到墨寒卿面前，扑通一声直接跪下来道：“殿下，殿下，你可要帮帮老臣啊！这案子……这案子要是破不了，老臣就不能告老还乡、全身而退了啊！”

“嗯。”墨寒卿淡淡地点了点头，看着顾大人，声音冷冷道，“顾大人先起来吧，此刻天色已经不早，我们还是先回京城，路上再商量怎么办吧。”

“好……”顾大人一把鼻涕一把泪地从地上站起来，跟在墨寒卿身后出去了。

回京城的马车上，墨寒卿朝顾大人道：“明日一早，你便派衙门里的人去挨家挨户探访，看看有没有人口失踪，特别要问有没有谁家的女子小时候崴伤过左脚。”

“是。”顾大人毫不犹豫地应了下来。

叶七七看看墨寒卿又看看顾大人，在心中重重地叹了一口气，今日这案子，看起来比上次复杂多了。

马车先将顾大人送回他的府邸，然后才朝靖安王府驶去。

快要抵达靖安王府门口的时候，车夫突然转过头，沉声道：“殿下，王府门口好像站着一个人。”

“谁？”墨寒卿抬起头，隔着车帘低低地问了一句。

“看起来……”那车夫迟疑了一下，恭恭敬敬地回答道，“好像是林大学士的女儿。”

林大学士的女儿？叶七七一愣，眼前浮现出林雨柔的模样。

“她？”墨寒卿一双好看的眉毛微微蹙起，掀开车帘朝前面看去。果然，站在靖安王府门口的人正是林雨柔。

大概听到马车缓缓驶来的声音，林雨柔下意识回过头，一眼便看到车帘后的墨寒卿。下一秒，林雨柔满眼是泪地朝他们跑了过来。

车夫赶紧将马车停住。林雨柔跑到马车前，仰起头，一双眼睛水汪汪的，看着墨寒卿啜泣道：“靖安王殿下，我……我有件事想同你说……”

墨寒卿皱眉看了她一眼，下意识转过头去看着叶七七。叶七七脸上一片平静。

“有什么事，直接说吧。”墨寒卿有些失望地将目光从叶七七的脸上收了回来，连带着语气也变得不高兴起来。

“这……这事情不太方便在这里说……”林雨柔眸里噙着泪光，四下环顾了一圈道。

“不方便说就别说了。”墨寒卿对林雨柔一点耐心都没有，不知为什么，心里一阵阵烦躁，“你还有别的事吗，要是没有，就别挡着我的路了。”

林雨柔用力咬了咬嘴唇，听着墨寒卿那毫不客气的话，难过地道：“我……真的有很重要的事情要和你说。只是这个地方真的不方便，不知殿下能不能单独听我讲？”

“不能。”墨寒卿看了她一眼，“你应该知道，我最讨厌女人，任何和女人单独相处的时间，对我来说都是煎熬。”

“可是……”林雨柔有些不甘心地朝墨寒卿身后的叶七七看了一眼。

墨寒卿顺着她的目光朝叶七七看去，原本不耐烦的神情瞬间变得温柔起来："王妃除外。"

林雨柔死死地咬着嘴唇，盯了叶七七好半天，才勉强控制住嫉妒得发狂的内心。

"既然靖安王不方便借一步说话，那……那雨柔只能在这里说了。"林雨柔迟疑片刻，终究还是朝着墨寒卿道，"求殿下救救我的姐姐，我姐姐她……失踪了……"

墨寒卿怔了一下，不耐烦道："你姐姐失踪了，你去报官就行，来找我有什么用？难道要我去帮你找你姐姐？"

"不是的，这……这件事情，不能报官……"林雨柔连忙摇头，一副欲言又止的样子。

"那你告诉你父母，让他们帮你找。"墨寒卿态度恶劣地朝着林雨柔道，"总之，找我是没有用的。"

"可是……"林雨柔好不容易止住的泪水一下子又涌了出来，"殿下请听我说完，前些日子，我姐姐突然神秘兮兮地找到我，说她有了一个喜欢的人，可是对方家境清贫，之前她和父母提过一次，父母不同意他们在一起，母亲为了拆散他们，便叫人打了那男子一顿，然后便开始张罗着给姐姐定亲。姐姐喜欢那个男子喜欢得紧，就跟我说，想要跟他私奔，我……我就帮姐姐在父母面前扯了个谎，说是要同姐姐结伴去城郊的上方寺礼佛，大约要在寺里住上几天。"

林雨柔说着说着，又哭了起来道："可是现在，姐姐失踪了，我怎么也找不到她。"

墨寒卿有些无语地听着她的话，半晌才声音阴沉地问道："你不是说，你帮你姐姐和那个男子私奔了吗？既然他们已经私奔，那你自然是找不到他们的。"

"不是的，不是这样的。"林雨柔赶忙用袖子擦了擦眼泪，抬起头朝墨寒卿哽咽道，"前几天，就是北辰国使臣进京的那天，京城里正好人多眼杂，我便带着姐姐坐马车出了城，到了城外，她便跟喜欢的男子会合，说三个人一起先去上方寺，然后计划去哪里私奔。

"我当时本来打算跟姐姐一起过去，可是突然想起，之前出门的时候走得太急，装盘缠的包裹还丢在家里，姐姐担心自己回去会出不来，便让我回去取，她和那个男子先行一步，我们在上方寺会合。”

林雨柔一边擦眼泪一边继续道：“可等我回家拿了盘缠，再去上方寺的时候，寺里的和尚说，姐姐根本就没有过去。我想着，也许他俩路上耽搁了，便又等了等。谁知这一等便等了两天，我姐姐和那个男子再也没有出现过。”

墨寒卿听着她的话，皱了皱眉头道：“也许他们私奔去了别的地方呢？”

“不可能的，临出门前我跟姐姐收拾的盘缠，就是我后来回府去取的那一个，姐姐身上没有盘缠，是不可能去别的地方的。”林雨柔有些焦急地道，“因为姐姐是私奔，所以这事儿不能报官，也不能告诉我父母……”

“那你找我有什么用？”墨寒卿冷冷地看着她问道。

“因为……因为……”林雨柔忍不住有些心虚，“因为殿下是掌管刑部的……”

然而另外一句话，却是卡在她的喉咙里。因为殿下是我喜欢的人啊……

墨寒卿有些无语地看着她，清冷地道：“我虽掌管刑部，但刑部的案子并不是我负责，你若真要找你姐姐，便直接去找顾大人。顾大人的为人本王是了解的，他不会到处乱说。”

“可是……”林雨柔见墨寒卿不愿意帮自己，又着急起来，一着急，豆大的眼泪便啪嗒啪嗒地往下掉。

叶七七听了林雨柔的话，脑海中一道灵光闪过，伸手推开墨寒卿的肩膀，眨着一双大眼睛，看着站在马车下面的林雨柔，声音清脆地问道：“你刚刚说，你姐姐是什么时候失踪的？”

“就是北辰国使臣进京的那一天。”林雨柔愣了一下，“算一算，大概有四五天了吧。”

“你姐姐多大了？”

“家姐年方十七。”

“那你姐姐喜欢的那个男人，多大了？”

“他……”林雨柔迟疑了一下，不太确定道，“我也不是很清楚，但听家姐之前有跟我提过一次，说他比姐姐大四岁，就是因为家境清贫，所以一直没有娶妻。”

“大四岁？那就是二十一岁？”叶七七转头，朝墨寒卿看了一眼。

墨寒卿一双幽深的眼眸微微眯了眯，该不会是……

“那你姐姐小时候崴过脚吗？”叶七七问出最后一个关键问题。

林雨柔愣住，仔细回想了一下，点点头道：“家姐十二岁的时候崴过一次脚，那时正是冬天，下雪路滑，家姐崴了脚后，在家里休息了三个月才能下地走路。”

叶七七听着她的话，伸手扯了扯墨寒卿的袍袖。

墨寒卿原本有些不耐的神色，渐渐变得严肃起来。

失踪四五天，一个女子和一个男子，年龄也对得上，女子脚也受过伤……

“你姐姐当时崴的是哪只脚？”墨寒卿皱着眉头问道。

“这……我真的不记得了。”林雨柔想了想，摇了摇头，“殿下，殿下可是见过我姐姐？”

墨寒卿沉吟片刻，然后抬起头，目光深沉地看着林雨柔道：“现在还不好说……只是眼下天色已晚，林姑娘还是先回府上将事情告知父母吧，你姐姐……很可能已经遇害了。”

“什么？！”林雨柔一下子瘫坐在地。

墨寒卿转头朝靖安王府门口的侍卫道：“你们派个人护送林姑娘回府，路上注意她的安全。”

“是。”侍卫应了一声，便有一人上前，想将坐在地上的林雨柔搀扶起来。

“我……我没事……”林雨柔呆呆地坐在地上，看着前方半晌，踉踉跄跄地爬起来，走到墨寒卿面前，一脸悲怆道，“殿下……说的是真的吗？家姐她……”

墨寒卿沉默了片刻，然后低低地嗯了一声。

林雨柔犹如霜打的茄子，站在原地不动了。

“送林姑娘回去吧。”墨寒卿朝站在一旁有些不知所措的侍卫说了一句，然后便拉着叶七七下了马车，朝王府里走去。

“殿下、殿下……”林雨柔回过神，连忙拎起裙摆追上他，红着一双眼睛问道，“我能……问问殿下是如何断定家姐已经遇害的吗？”

墨寒卿站在原地，一时半会儿没有说话，末了，他转过头去，朝身边的叶七七声音温柔道：“你先回去休息吧。”

“嗯。”叶七七点点头，又抬眼看了看林雨柔，径直朝靖安王府里走去。

墨寒卿注视着叶七七离去的身影，转过头来，目光淡淡地扫了林雨柔一眼，声音平静道：“林姑娘若是有空，可否跟本王去一趟顾大人府上？”

“顾大人？”林雨柔微怔，然后喃喃问道，“是大理寺的那个顾大人吗？”

“嗯。”墨寒卿点点头。

“他……”林雨柔嘴唇动了动，点点头道，“好，去吧。”

“那便上车吧。”墨寒卿淡淡地瞥了她一眼，转身又上了马车。

“嗯。”林雨柔心中一喜，连忙跟在墨寒卿身后进了车厢。

原本已经进了靖安王府的叶七七忽然记起锁玉的事，便想着再问问墨寒卿。然而，她刚走到靖安王府门口，便看到墨寒卿背对着她，朝林雨柔说了几句话，直接上了马车。林雨柔满是悲伤的脸顿时露出喜悦的表情，紧跟在墨寒卿的身后上了马车。车夫拉着缰绳掉了个头，便朝来时路又行了过去。

因为刚才墨寒卿是背对着她的，所以叶七七看不清楚他的神色。

他……和林雨柔说话的时候，眼神也会那么温柔吗？他刚刚和她说了什么呢，为什么让自己先回府，他却和林雨柔一起走了呢？叶七七咬着嘴唇，站在王府门口，心里涌上说不清道不明的情绪。

“王妃、王妃？”守在靖安王府门口的侍卫，眼看叶七七的手又放在新运来的石狮子上，且渐渐握紧成拳，赶紧出声喊她。

“嗯？”叶七七回过神来，朝几个侍卫看去。

“喀喀……那个……王妃你心情还好吗？”那几个侍卫互相看了一眼，其中一人小心翼翼地问了一句。

“嗯……我……还挺好的。”叶七七怔了一下，点点头道。

“那……那什么，能请您将手从这石狮子上挪开吗？”侍卫赔着笑脸，小心翼翼地看着她道，“这石狮子是刚运过来的，站在大门口还没两天呢。”

“哦。”叶七七应了一声，直接将手从石狮子身上拿走了。

那几个侍卫顿时松了口气，朝叶七七笑了笑，不再说话了。

叶七七站在那里等了一会儿，原本以为他们还有什么话对自己说的，没想到这样就没了。那他们喊自己干吗？

叶七七有些疑惑地看了两座狮子一眼，脑海中突然闪过一个想法，他们……该不会是怕自己又把这两座石狮子给震碎吧……这么一想，她顿时满头黑线。

那几个侍卫眼见着叶七七的脸色又不好起来，立刻紧张地盯着她。叶七七就这么站在大门口，跟那几个侍卫大眼瞪小眼，互瞪了一会儿，无奈地摇摇头，转身回了王府。

墨寒卿这个家伙……竟然自己出去，不带她……叶七七抬头看了一眼天空，天色有些暗了，也不知这家伙什么时候才回来……等等，她管他什么时候回来干吗，真是莫名其妙。

叶七七一边想着，一边朝自己的西厢房而去，只是走着走着，心里那种奇怪的感觉却是越来越强烈。啊啊啊啊……还是觉得好不爽，他竟然自己出去……不对，他竟然跟林雨柔一起出去……

叶七七咬牙切齿地回了自己的房间。

天色越来越暗，屋子里没有点灯，漆黑一片。叶七七走进屋里，在椅子上坐了好一会儿，眼睁睁看着天光一点一点变暗，最后消失不见，这才回过神来，她干吗要傻坐在这里？她累了一整天，该躺回床上好好休息啊。

这么一想，她便动作利落地站起身，朝床榻走去。大概实在太困，叶七七脑袋刚挨到枕头上没多久，便直接睡了过去。

等她一觉醒来，外面天色已经全暗了，一颗颗星星在天空中闪烁。

叶七七撑着身体坐起来，看了一眼黑漆漆的屋子，然后掀了被子，走到桌子旁，拿起火折子，将屋子里的烛火点燃。

也不知现在是什么时辰，她拿着烛台，推开房门，朝外面院子看了一眼。院子里面静悄悄的，只有蛐蛐一声接一声地叫着。

她又转头朝墨寒卿的屋子看去。他屋子里漆黑一片，什么光影都没有。

他这是……已经睡了？叶七七迟疑了一下，终究还是按捺不住心中的好奇，端着烛台，朝墨寒卿的房间缓缓走去。

走到房间门口，叶七七伸手推了一下他的房门，这才发现，房门竟然没有锁上，她不过轻轻一推，门吱呀一声便开了。

“殿下……殿下？”叶七七小声地在门外喊了几句，见房间里没有任何反应，犹豫地走了进去。

烛火照亮了整间屋子，里面空空荡荡，一个人都没有，床榻上的被子叠得整整齐齐，就连床幔也用带子系好了束在床头。

他还没回来？叶七七怔了一下，傍晚时分的那种奇怪感觉又浮了上来。说不出是心慌还是担心，总之，她就是觉得心里空荡荡的，莫名有些不安。

叶七七咬着唇，在墨寒卿的屋子里站了好一会儿，突然觉得自己有些傻。她干吗在乎他回不回来啊！她只不过是他名义上的王妃罢了。

叶七七转身便打算出去。只是刚刚走到大门口，她便看见一个清瘦挺拔的身影走了进来。

烛火摇曳下，墨寒卿帅气的脸庞出现在她的头顶。他眼中带着一丝惊讶，声音低沉温柔地道：“七七？你还没睡吗？是在等我？”

“才不是。”叶七七被他这么一说，忍不住红了脸。怎么回事，她刚刚进他的屋子不过片刻工夫，他便回来了。那岂不是要让他误会自己一直在等他？

“不是吗？”墨寒卿眼中有一丝疑惑，“那你怎么会在我的屋子里？”

“我……”叶七七朝他翻了个白眼道，“我之前回自己的屋子里睡了一会儿，刚刚醒过来，所以看看你回来没有。”

墨寒卿淡淡地应了一声，眸中闪烁着意味深长的光芒，看着她道：“刚醒过来就想我了？”

“不是……”

“没有想我？”

“嗯。”

“没有想我，那就是打算直接来见我了？”墨寒卿满眼笑意地看着叶七七，大手径直握住她纤细的手腕，边走边道，“我现在回来了，你可以仔细地看看我了。”

“谁要看你了。”叶七七用力挣脱他的手腕，没好气地朝着他道，“我就是来问问，你打算什么时候把我的锁玉还给我。”

“锁玉？”墨寒卿微怔，眸中的光芒闪了闪，微微一笑道，“不是说过，等修好了就还给你吗？”

“那到底什么时候能修好啊？”叶七七瞪着眼睛，嘟着嘴巴问道。

“嗯……应该快了吧……”墨寒卿声音微微顿了顿，有些敷衍地回答道。

“什么叫应该快了，你都修了好久了，要是修不好就还给我，我自己拿回去让爷爷找人帮我修。”

“嗯，那我明天再找人催一催。”墨寒卿眼看叶七七有些不高兴，连忙搂着她的肩膀，将她朝自己怀里带了带，声音温柔地哄道。

“明天就要还给我！”

“嗯，尽量。”

“明天，就是要明天。”叶七七伸手推了推他的胸，将脑袋从他怀里探出来，瞪着他道。

“你明天就要锁玉干吗？”墨寒卿垂眸看着怀里的叶七七，见她就像一只奓了毛的小狮子，忍不住挑眉问道。

“拿锁玉回山庄。”

“之前不是答应过我，要在靖安王府住下来吗？”墨寒卿蹙了蹙眉，声音中带了一丝不悦。

“你管我住不住在靖安王府，你有你的林雨柔陪着就好了。”叶七七终究还是憋不住，朝墨寒卿大声吼了出来。

这一句吼完，整个屋子里一片寂静。

而刚刚吼完的叶七七，却是彻底傻了。她……她刚刚都说了些什么啊……

墨寒卿用怪异的眼神看着眼前的叶七七。她皮肤白皙光滑，眼睛黑白分明，翘挺的小鼻子周围浮现了一抹显而易见的红晕，红润的小嘴因为不高兴而微微嘟起，神色惊慌，仿佛一只兔子。可是不知为什么，他竟然觉得这样的她看起来十分可爱。

叶七七有些慌乱地看着他。他该不会从自己刚才那句话里听出什么奇怪的意思吧？她……她真是不知道那样的话为什么会脱口而出……

然而，墨寒卿只是目光深邃地盯着她，一直不说话。

“你……你看什么看？”叶七七被他盯得心里发毛，再加上心虚，顿时结巴起来。

“七七……”墨寒卿眼睛轻轻眨了眨，长而卷翘的睫毛扑闪了一下，鼻尖顶着她的鼻尖，一字一顿认真地道，“你傍晚的时候，看到我跟林雨柔上了同一辆马车？”

“呃……嗯……”叶七七迟疑了一下，低低地应了一声。

“所以你……现在是在吃醋吗？”墨寒卿直视着她道。

“怎……怎么可能！”叶七七心中一惊，下意识就想往后退。

墨寒卿手疾眼快地握住她的手腕，让她根本无处可退，然后突然将她整个人搂进怀里，声音带着一丝笑意，俯身在她耳边问道：“那你莫名其妙地乱发什么脾气？”

“我哪有发脾气？！”叶七七嘴硬道。

“嗯，你没有。”墨寒卿双手捧住叶七七白皙粉嫩的小脸，认真地看着她，“但是，我很开心。”

“你有什么好开心的？”叶七七忍不住朝他白了一眼，没好气道。

“嗯，确实没什么好开心的，但我就是很开心。”墨寒卿眼中是隐藏不住的笑意，烛光下，她脸上的红晕显而易见，神色间的不自在，给她平添了一抹羞涩。

暖暖的夜风吹过，她身上甜甜的味道将他环绕起来。

墨寒卿突然想起那回自己生病，她柔软的唇瓣触到自己嘴唇上的感觉，在这一秒让他无比怀念。

叶七七就这么被墨寒卿搂在怀中，听到他说的那句话，倏地抬起头来，看到他眼中闪烁的璀璨光芒，觉得灵魂仿佛被吸进他的眼睛。

在她恍神的那一秒，柔软的触感从唇瓣上传来，带着墨寒卿身上熟悉清冷的味道，占领了她的鼻息。

“唔……你……”叶七七顿时瞪大了眼睛，心中满满的都是诧异。她伸手推了推他的胸膛，想要将他从自己面前推开，然而他有力的胳膊环着她纤细的腰身，根本不给她动弹的机会。

他长长的睫毛轻轻眨动，仿佛蝴蝶的翅膀，在她脸上轻轻扫过。叶七七只觉心脏又开始不受控制地狂跳。他温暖柔软的唇瓣碰触到她红润的嘴唇，不过片刻之间，她竟然觉得眼前有漫山遍野的桃花盛开。

墨寒卿带着一丝温柔的笑意看着眼前的叶七七，没有看漏她眼中一闪而过的错愕。她柔软的唇瓣比记忆中的更加真实。她娇小的身子软软地依偎在他怀中，好像世上最珍贵的宝贝。

迟疑片刻后，墨寒卿轻轻探出舌尖，在她柔软的唇瓣上不经意地扫过。叶七七只觉一道电流瞬间击中自己，疯狂跳动的心脏现在就要从胸腔中蹦出来。墨寒卿紧紧地搂住叶七七，她的唇瓣如此柔软甜美，让他忍不住想要进一步品尝。叶七七只觉脑袋晕乎乎的，思维一片空白。

他滑腻柔软的舌在她嘴唇上缓缓游走，每向前探进一点，便让叶七七的脑袋迷糊一些。她从来没有想过，只是如此简单的唇瓣相触，便能带来如此多的悸动。明明她小时候也强吻过他的……明明之前也不小心碰过他的唇瓣……

“七七……”他低沉清冷的声音从唇齿间逸出来，仿佛魔咒，将她疯狂跳动的心一点点束缚起来，那一瞬间，她突然发现，原来如此简单的名字从他嘴里念出来，也会如此动听。

“殿……殿下……”叶七七迟疑了一下，小声喊了他。

墨寒卿动作微顿，看着叶七七迷茫的眼睛，眉毛几不可见地蹙了蹙，伸出白皙修长的手指，轻轻覆在她的脸颊上，用指尖摩挲着她的皮肤，声音低沉蛊惑地道：“不要喊我殿下。”

“公子？”叶七七一只小手紧紧地拽着他的袖子，犹豫了一下，小声喊道。

墨寒卿将唇瓣从她的嘴唇上挪开，又在她粉嫩的脸颊上轻轻啄了一下，摇摇头道：“也不要叫我公子。”

叶七七微怔，疑惑地看着他，迟疑着问道：“那我喊你什么？”

“喊我的名字。”墨寒卿深邃的眼中闪烁着璀璨的星芒，缓缓道，“乖。”

“墨……寒卿？”叶七七眨眨眼睛，唇瓣已经从额头落到她的脸颊。

墨寒卿沉默片刻，手指勾起她的下巴，似笑非笑道：“难道你不能只喊我名字的后两个字吗？”

“寒卿？”叶七七迟疑着，低低地唤了一声。

墨寒卿看着她乖巧的样子，微微低头，唇重又覆在她的唇上，呓语道：“再喊我一声……”

“寒卿……”叶七七心中奇怪，他干吗非要让自己一个劲儿喊他的名字？

他勾起她的下巴，迟疑了一下，加深了这个吻。叶七七一只手端着烛台，另一只手忍不住抓紧了他的衣袍，整个人软绵绵地依偎在他怀里，浑身上下一丝力气都没有。她尽可能仰起头，承受他温柔的亲吻。

那一瞬，就连夜风都变得温柔起来。月光透过雕花窗棂照进屋子，仿佛细碎的宝石，散发着温润的光泽。那一片清辉落在两人交叠的衣袍上，为他们披上一层淡淡的光晕。

当他的舌尖碰触到她小巧舌尖的刹那，叶七七只觉大脑一片空白，周围的一切都离自己好远好远，连屋子外面不停叫着的蛐蛐声都消失了。

如此绵长温柔的吻，让叶七七觉得时间静止在了这一刻。许久之后，墨寒卿终于依依不舍地放开她，看着她脸上淡淡的红晕。一时之间，两个人都没有说话。

墨寒卿看了一眼某人举着的烛火，噗的一声笑出来，接过那烛台，另一只手轻轻揉了揉她的脑袋，促狭地问道："累不累，一直举着？"

叶七七眨着水润的眼眸看着他，半晌没有说话。

"怎么，傻了？"墨寒卿伸手在她眼前晃了晃，满眼笑意地问道。

"你才傻了……"叶七七回过神，红着一张小脸，推开他的手，没好气道，"离我远一点。"

"为什么？"墨寒卿不解地看着她。

"你身上，有一股脂粉香味。"叶七七一脸嫌弃地看着他，不高兴道。

墨寒卿微怔，低头在衣袖上轻轻嗅了嗅，迷茫道："没有啊。"

"有有有，就是有！"叶七七朝墨寒卿大声嚷嚷道，"你自己闻不到罢了。"

墨寒卿看着她，忍不住笑道："真的吃醋了啊？"

"才没有！"

"别生气。"墨寒卿将她搂进怀里道，"林雨柔刚上马车没多久就被我赶下去了，最后是冷卫送她到顾大人府上的。"

"你——"叶七七原本还想说他两句，此刻突然听到他这么说，忍不住愣了一下，抬起头来看着他问道，"你把她赶下马车了？为什么？"

"她太啰唆。"墨寒卿在她粉嫩的脸颊上又轻轻地啄了一口道，"而且，我怕我靖安王府门口的两座新狮子又要碎掉。"

叶七七满眼问号。墨寒卿只是看着她，但笑不语。

片刻之后，叶七七才回过神。思及此，她顿时恼羞成怒，握拳朝墨寒卿的身上打去："狮子、狮子，你们一个个眼里只有那两座石狮子，砸不了狮子，难道我还不能砸你吗？"

墨寒卿哭笑不得地看着叶七七，她的粉拳砸在自己身上倒不是很疼，只是某人奓毛的样子，实在可爱得很。

"好了，别吃醋了。"墨寒卿伸手握住她的小拳头，笑意吟吟地看着她道，“林雨柔真的没有在我马车上待多久，所以，我的衣服上绝对没有任何脂粉味。”

“你衣服上有没有脂粉味关我什么事！”叶七七见他还提这件事，忍不住又朝他怒吼道。

“嗯，好，不关你的事。”墨寒卿笑着摸了摸她毛茸茸的脑袋道，“这会儿夜已深了，你是打算继续睡觉，还是陪我一会儿？”

叶七七朝他做了个鬼脸道：“我才不要陪你，我要回去睡觉了。”

“哦……你不想知道林雨柔在顾大人府上说了些什么吗？”墨寒卿见她转身要走，赶忙握住她的手腕，微微一笑道。

“不想！”叶七七没好气地吐出两个字来。

“可是我想说。”墨寒卿眨眨眼睛，幽深的眼眸里满含笑意，声音促狭道，“我怕我不说，今天晚上有人睡不着。”

叶七七看着他的脸半晌，愣是被他气得一句话都没说出来。

“好了，不和你闹了。”墨寒卿逗了叶七七一会儿，正色道，“方才在顾大人府上，林雨柔说那天她送姐姐出城的时候，遇到了二皇子。”

“二皇子？”叶七七微怔，原本正用力捏着墨寒卿的小手也松了下来。

“嗯。”墨寒卿点点头道，“那天上午，北辰国使臣进京，在宫内用过接风宴，下午便回了自己的住处，一直没有出来。”

“当天下午，林雨柔送她姐姐出京，路上遇到二皇子和另外一个不认识的男子在一起，虽然二皇子已乔装打扮，但林雨柔还是一眼认出了他，只是想到二皇子一直口碑不好，她们姐妹也没有上去打招呼。”

“只是后来，林雨柔发现忘带盘缠，打算折回去拿，正好遇到二皇子和那个陌生男子出了城门。”墨寒卿说到这里顿了顿，道，“再后来，等她拿了盘缠回来找她姐姐的时候，她姐姐就失踪了。”

“这么说，二皇子有很大嫌疑。”叶七七忍不住咋舌道，“这家伙怎么越来越变态了。”

“嗯，理论上是这样，但我们没有证据。”墨寒卿轻轻地叹了一口气道，“现在连尸体都凑不全，这一切只能是推断。”

“那我们去二皇子府上探一探不就好了？”叶七七想了想道。

“不。”墨寒卿摇摇头道，“他肯定不会把林雨柔的姐姐和那个男人带回自己的府邸，还有，跟他在一起的那个陌生男子……我怀疑，就是方使臣。”

“方使臣？”叶七七愣了一下，看着墨寒卿问道，“为什么会是他？”

“林雨柔身为林大学士的女儿，但凡京城中出名一点的公子她都认得，和二皇子走得近的，必定是有一定身份地位的人，然而那天出现在二皇子身边的这个人，林雨柔却没有见过……”墨寒卿摩挲着下巴道，“你说，这是为什么？”

“因为……这个人之前没有在京城出现过？”叶七七歪着脑袋想了想。

墨寒卿点点头道：“之前冷六有去二皇子府中侦察，发现他与北辰国的书信来往非常密切，所以，这个方使臣很可能跟二皇子相熟。”

“那我们现在该怎么办？”叶七七听着他的话，觉得这次的案子复杂好多。

一旦牵扯上别国使者，为了两国的利益往来……也许这案子会被搁置。

“没关系，我们一步一步照步骤来。”墨寒卿眯了眯眼睛，唇角勾起一抹浅浅的弧度，不慌不忙道。

第二十章　新的计划

第二日一大早，林大学士便哭着去衙门报官，说自家大女儿失踪了。

与此同时，传说京郊发现了一具被肢解过的残缺不全的女尸。衙役带着林大学士去看了那具残缺不全的女尸，凭借尸体的一些细小特征，林大学士当场便确认被害者就是自己的大女儿。

当天上朝的时候，林大学士在朝堂上痛哭流涕，满朝文武皆为之动容。

据说，皇上听到这般恶劣的杀害方式，勃然大怒，当场要求刑部尚书陈大人、大理寺卿顾大人，必须在半月之内找到凶手，否则革职查办。

一时之间，京城内谣言四起，关于杀人凶手的揣测纷纷不绝。

顾大人这几天被皇上催得急了，嘴巴周围长了一圈水泡，一开口便火辣辣地疼。好在动用了全城的守备士兵之力，他们终于找到被肢解的其他部分的尸体。然而，让顾大人震惊的是，除了林雨柔姐姐和那男子的尸体外，他们还找到许多分埋在各处的残缺不全的白骨。所有这些被找到的尸体，无一例外没有头颅，找不到头骨。

墨寒卿坐在书房的书桌后面，听着顾大人战战兢兢的回报，忍不住皱起眉头。除了林大学士的大女儿和那个男子的尸体，竟然还有这么多无头的尸体？究竟有多少人死在那人手上？！

“殿下、殿下……”顾大人跪在地上，神情憔悴地看着墨寒卿，悲痛道，“这么多无头尸体，老臣要查到何年何月才能全部结案啊！这下子，老臣当真不能安然告老还乡了……”

墨寒卿淡淡地应了一声，手托下巴，沉吟片刻：“上次让你去查的东西，查到了吗？”

“啊？”顾大人抬起头，稍稍愣了一下，随即便回过神来，连连点头道，“老臣派人去查过了，那用来包裹尸块的黑布是京城中常见的布料，不少布庄都有售。”

“是吗？”墨寒卿目光深沉地看着顾大人，随口问道，“顾大人可曾将那布料与各布庄的布料做过对比？是否当真一模一样？”

“啊？”顾大人有些不解地看着他。

墨寒卿冷冷一笑，道：“即便都是黑色布料，但印染的深浅、纹路的疏密、花纹的走势还是有很大差别，顾大人是否将那些布料全部比对过？”

“这……”顾大人听着他的话，额头上冒出一颗颗冷汗。

这些事……他还真的没有仔细做过。

“冷六。”墨寒卿淡淡地扫了他一眼，知道这些事情他肯定没有做过，便开口喊了一声。

“属下在。”一道黑色的身影出现在墨寒卿的书房。

“本王安排你去做的事情，怎么样了？”墨寒卿坐在书桌后面，直视着冷六道。

冷六单膝跪在地上，双手抱拳，朝墨寒卿恭恭敬敬道：“属下去查过，京城中共有二十四家布庄，其中十三家在出售这种黑色布料。属下将十三家布庄的黑色布料都买了一些回来，与之前那用来包裹尸块的黑色布料做了比对，从布料的柔软程度、印染颜色、纹路走势来看，只有两家布庄卖的布料和那黑色布料完全吻合。”

“哦？”墨寒卿微微挑了挑眉，看向跪在地上的冷六，声音淡淡道，

“哪两家布庄？”

“其中一家是京城第一布庄，织云阁，另一家是这两天刚刚开业的布庄，云锦阁。”冷六顿了顿，“因为尸体是前些日子就发现的，所以昨天刚开业的云锦阁，肯定不会在开业前就出售布料，那么依属下所见，这黑色布料只有织云阁才有。”

“嗯。”墨寒卿十分满意地点点头，朝一边的顾大人瞥了一眼，声音淡淡道，“去问过织云阁的人了吗？这些黑色布料都售给谁了？”

“回殿下的话，属下已经问过织云阁的老板，他将最近一年有关黑色布料的出售情况账本找给了属下。”冷六一边说着，一边从怀中掏出一个账本，双手呈给墨寒卿道，“账本在这里。”

“拿过来。”墨寒卿淡淡道。

“是。”冷六站起身，将账本送到墨寒卿面前的书桌上。

墨寒卿接过那账本，随手翻了翻，里面记载的黑色布料的出售情况非常简单。

这布料看起来款式平常，因为做工和印染工艺都很好，所以卖得并不便宜。这一年当中，也只有二皇子和六皇子府上各自分批采购了一些，大约用来给护卫做衣服。

“二皇子和六皇子啊。”墨寒卿唇角微微勾了勾，修长的手指从那本账册上轻轻抚过。

“难道……又是二皇子所为？”顾大人听到墨寒卿的话，怔了一下，突然想起前不久二皇子犯下的事情。

“这事没有绝对的证据，不好下定论。”墨寒卿沉吟片刻，修长的手指敲了敲桌子道，“他可以将责任全部推在他们府上的侍卫身上。”

“可是那些尸体都没有头颅，简直就是死无对证啊。”顾大人长叹了一口气，摇摇头，无奈道。

“过去的尸体肯定是死无对证了。”墨寒卿唇角勾了勾，优哉游哉道，“不过将来的，倒是说不定。”

“什么意思？”顾大人抬起头，满眼疑惑地看着他。

“从京城各处挖出来的骸骨，经过仵作的检测，确定几乎都是女子。”墨寒卿眼中闪过一丝精光，低声道，“知道了这一点，咱们就可以对症下药了。”

顾大人一时没有反应过来，有些迷茫地看着他。

墨寒卿沉默不语。

片刻之后，顾大人脑海中灵光一闪，恍然大悟道：“殿下……殿下的意思是，咱们可以找个女子故意接近二皇子，然后一路追踪，再在恰当的时机直接抓捕？”

“嗯。”墨寒卿点点头，淡淡地瞥了他一眼道，“你还不算太笨。”

“可是，要上哪儿去找这么个女子呢？”顾大人迟疑了一下，看着墨寒卿问道，“殿下你身边……好像也没有什么女性护卫吧？”

墨寒卿沉默片刻，然后抬起头，看着顾大人，声音缓缓道：“顾大人家中不是有个小女儿？”

“哈？！”顾大人被他这句话惊得往后一跳，连连摆手道，“那不行，那不行，小女一点武功都不会，又相貌平平，就算让她接近二皇子，二皇子也不会看上她的。”

“哦？是吗？”墨寒卿一只手撑着下巴，微微眯起眼睛，看着顾大人。

顾大人被他看得心里发慌，额头上的汗水也一滴接一滴地流了下来。

正好这时候，书房外传来叶七七清脆的声音：“你们殿下呢？”

“回王妃的话，殿下正在书房跟顾大人商量事情。”守在书房门口的侍卫朝叶七七恭恭敬敬地答道。

“哦，那我进去看看。”叶七七应了一声，吱呀一声推开书房门。

只见一颗毛茸茸的脑袋探进书房。

叶七七眨眨眼睛，看着墨寒卿和顾大人，笑眯眯地打了声招呼：“殿下，顾大人。”

“见过王妃。”顾大人看到叶七七，赶忙双手抱拳，弯腰行了个礼道。

“顾大人客气了。”叶七七朝他摆了摆手，笑眯眯道。

“七七。”墨寒卿看到叶七七走进来，目光顿时温柔起来。

“你们在讨论什么？是不是案子有进展了？”叶七七径直走到墨寒卿身边，俯身朝放在他面前的账册看了一眼，伸手拿起来，翻了翻道，“这是什么？”

“回王妃的话，这是冷六今日收集的记载有黑色布料出售情况的账册。”顾大人朝叶七七行了个礼，恭恭敬敬道，“眼下，老臣和殿下怀疑此次案子与二皇子有关，正考虑找一个女子接近二皇子，再伺机而动。”

“哎？找到人了吗？”叶七七拿着账册，好奇地看着顾大人道。

顾大人摇摇头，叹了一口气道：“哪有那么容易找，那女子最好武功高强、容貌美丽，老臣跟殿下正为这个事发愁呢。”

叶七七眨眨眼睛，看了一眼身边的墨寒卿，来了兴致：“找我啊，找我啊，我可以去啊。”

“真的？”

“不行。”

顾大人和墨寒卿几乎同时朝叶七七道。

“为什么不行？”叶七七看着身边的墨寒卿，随手将账册重新放回他面前道，“你看，我武功这么厉害，谁都打不过我，然后我长得也很漂亮啊，我去是不是最好？”

“不行就是不行。”墨寒卿皱着眉毛，冷着脸道。

“为什么不行，你是嫌我武功不够好，还是嫌我不够漂亮？”

“有危险。”墨寒卿目光淡淡地看着她道。

“可是我武功高啊。”叶七七坦然地看着他道，“连北辰国的高手们都打不过我，你还担心我在二皇子府中会受到威胁？”

墨寒卿蹙了蹙眉，正准备说点什么的时候，一直站在旁边的顾大人突然道：“殿下，老臣以为，王妃确实是最佳人选。首先，王妃的武功很高强，放眼整个墨国，几乎没有一个人打得过她；其次，王妃长得很美，只须稍加打扮，肯定会引起二皇子的注意；最后，咱们一直都派人跟着王妃，一路上对她多加保护，想来也没什么危险。”

“看吧，看吧，顾大人都这么说。”叶七七兴奋地看着墨寒卿道，“让我去吧，让我去吧，我天天蹲在这靖安王府中，很无聊的。我要是一无聊，就会想办法逃出去，你说，你的护卫拦得住我吗？”

墨寒卿满头黑线地看着她，淡薄的嘴唇微微动了动，竟然一个字都没有说出来。

“这么好玩的事情，反正我就是要去！”叶七七见墨寒卿半晌不说话，干脆双手抱胸，朝着他一嘟嘴，直接开始撒娇。

墨寒卿看着她，没有接话。

叶七七盯着他半晌，见他还是不答应，一张小脸顿时垮了下来。

“我不管，反正我就是要去！”叶七七拽着墨寒卿的袖子，用力地摇着。

墨寒卿被她磨得实在没办法，只得无奈道：“我知道了，我知道了。”

“同意我去了？”叶七七凑到他面前，眨眨眼睛，看着他俊秀的脸庞，高兴地问道。

墨寒卿迟疑了一下，只得点点头道：“同意是同意，到时候必须听我的。”

“好！”叶七七连忙爽快地应了下来。

次日。

易容后的叶七七跟在墨寒卿身后，躲在京城中的一个小茶馆的窗后，看着街道上来来往往的行人，疑惑道：“二皇子真的会从这里经过？”

墨寒卿点点头道：“他每日上午都要去宫中给皇上请安，从宫中出来后，这条路是他回府的必经之路。”

“那他怎么还不出现？”叶七七抬头看了一眼太阳，这时辰都快中午了，他们在这儿守了一个上午，连他的影子都没有见到。

墨寒卿微微蹙眉，沉吟片刻，低声道：“再等等吧。”

“哦。”叶七七点点头，百无聊赖地拿起茶杯，放到嘴边又喝了一口。

两人又等了片刻，冷六的声音突然从屋顶上传来：“殿下，二皇子的马车来了。”

墨寒卿转头看了叶七七一眼，低声道："准备好了吗？"

"好了！"叶七七粉嫩的小脸上满满的都是兴奋之色。

她摩拳擦掌地站起来，深吸一口气，便朝茶馆外走去。

墨寒卿看了她一眼，突然拽住她的手腕。

"嗯？"叶七七回过头，有些疑惑地看着他。

"注意安全。"墨寒卿不放心地叮嘱道。

"知道啦。"叶七七朝他做了个鬼脸，便出了茶馆。

墨寒卿坐在茶馆内，从窗户看出去。只见叶七七走出茶馆，四下望了一圈，然后站到茶馆窗户正对面的街上。

远远地，二皇子的马车朝这边缓缓驶来。叶七七站在人群中，也看到了二皇子的马车。她眨眨眼睛，计算着马车过来的时间和速度，等车快到面前的时候，突然从人群中冲了出去。

伴随着一声嘶鸣，两匹马的前蹄抬了起来，然后重重落回地面。马蹄和叶七七的衣角之间，只差几毫米的距离。

"你有病啊！长没长眼睛！"车夫好不容易将马车停下来，立刻便对摔倒在地的叶七七破口大骂道，"想死是不是，也不看看这马车里坐的是谁，是你惹得起的吗？！万一冲撞了我们殿下，你就算有一百条小命，都不够赔的！"

"对……对不起，我不是故意的，是刚刚……不知道谁推了我一把……"叶七七抬起头，一双眼睛水汪汪地看着马车夫，可怜兮兮地道。

因为易了容，所以叶七七精致可爱的小脸越发显得娇俏玲珑，一双水润漆黑的眼眸仿佛上好的黑曜石，闪烁着璀璨的光芒，翘挺的小鼻子下是一张红润的嘴巴，刚好遮住眉毛的齐刘海更加显得脸小，再加上她穿着鲜红色的衣裙，让她看起来像是可爱的年画娃娃。

马车夫看到叶七七的脸，微微怔了一下。他活这么大，还从来没有见过如此精致漂亮的小女孩。

"那个……罢了，罢了，你受伤没有？下次过马路的时候注意点。"车夫语气瞬间软了下来。

"我……我好像脚崴了……"叶七七看着车夫，声音弱弱地说道。

“这……”那车夫有些迟疑。他倒是想下车去看看那小姑娘有没有事，可这二皇子还在车上呢，要是耽搁太久……

他还没有想完，身后的车厢内便传来一个低沉的声音：“怎么回事？”伴随着那道声音，一只漂亮的手掀开马车的车帘，紧接着，二皇子俊美的脸从车厢中探了出来，“发生什么——”他话还没有说完，目光便被坐在地上的叶七七吸引了过去。

二皇子原本不耐烦的脸瞬间挂上温润的笑容：“怎么了？这位小姑娘怎么摔倒了？”他一边说着，一边从车厢中走出来，紧接着脚尖轻点，飞落在叶七七身边，眼眸微垂，然后朝她伸出一只手，“你没事吧？”

“我……我没事……”叶七七眨眨眼睛，看着自己面前的那只手，然后低下头，小手撑着地面，摇摇晃晃地站了起来，假装羞涩道，“多谢公子关心。”

二皇子见她并没有扶着自己的手站起来，愣了一下，随即笑着道：“不必客气，原本就是我们的马车行驶过快，一不小心才撞到你。这位姑娘……你……脚没事吧？”

叶七七假装想要走几步，却脚下一崴道：“脚腕好疼……”

“肯定是刚才受伤了。”二皇子一脸关切地道，“在下的府邸就在前面不远处。姑娘若是不嫌弃，可以跟在下一起回府，让大夫帮忙看一下伤情。”

“啊……那太麻烦你了……”叶七七微微惊讶，然后连连摆手，朝二皇子道。

“不麻烦，原本就是我们不对。”二皇子依然笑得温润如玉的样子，直直地盯着叶七七的小脸，声音中满是歉意道，“让姑娘受伤，在下心中实在过意不去，还请姑娘不要推辞……”

“那……好吧……”叶七七假装迟疑了一下，便点点头答应了，心中却是一阵窃笑。

“那姑娘便随在下上车吧。”二皇子见叶七七点头答应，便扶着叶七七的胳膊上了马车。

“谢谢公子。”叶七七朝着二皇子灿烂一笑。

坐在茶馆中的墨寒卿看到眼前这一幕，一双秀气的眉毛皱了皱，深邃的眼眸中绽放出寒冷的光芒。

二皇子扶着叶七七上了马车，正准备也跟着上去，突然觉得周身一片冰冷。他疑惑地环顾了一下，没有发现什么异常，便摇了摇头，径直上了马车。

叶七七上了马车才发现，原来车厢里还坐着一个人。那人看起来好像年纪很大的样子，头发和胡子都花白了，默默地坐在车厢里，看到叶七七上来，脸上也没有任何表情。叶七七盯着他，只觉得他的样子似乎有点眼熟。

二皇子跟在叶七七的身后进了马车，一眼便看到叶七七正盯着那人，正仔细打量。他朝叶七七笑了笑，道："这位是在下的客人，他年岁已高，听力、视力都不太好，还请姑娘不要介意。"

"嗯，没事。"叶七七笑了笑，在那人对面坐了下来，心中却是嘀咕着，这人恐怕就是那个北辰国的使臣方英杰吧，看他的样子，应该是易容过的，跟二皇子坐在车厢里，肯定是在商量什么勾当。

二皇子忙坐到她身边，面带微笑地问道："不知姑娘芳名？今年多大？家住哪里？"

"我叫柳依依，今年……呃……十一岁，我家……我家住在离京城很远的小村子里。"叶七七愣了一下，随即将之前与墨寒卿商量好的信息告诉了二皇子。

"你家不在京城？"二皇子有些惊讶地看着叶七七，然后转头看了一眼坐在对面的方使臣，眼神交会之际，均有狡诈阴险的光芒闪过两人的眼睛。

"嗯，我是来京城寻亲的。"叶七七没有错过这个细节，只是装作什么都没看见，继续道，"京城太大了，转了一圈，发现自己迷路了。"

"既然姑娘迷了路，不如先在在下的府邸住下来，将要寻找的人告知在下，在下派人去帮姑娘找找，如何？"二皇子十分关切地道。

"这个……实在是太麻烦公子了……"叶七七连连摆手，有些不好意思地说道。

“无妨，能帮依依是在下的荣幸。”二皇子浅浅一笑，俊美的脸上一派温和。

“那就多谢公子了。”叶七七站起身朝二皇子福了福，羞涩地问道，“不知公子尊姓大名，待日后，依依一定……”

她话还没有说完，就听得外面赶车的车夫大声道：“殿下，二皇子府到了。”

“嗯。”二皇子淡淡地应了一声，转过头，看到叶七七惊慌失措地看着他：“你……你……你是二皇子？”

“嗯？”二皇子微微一笑，声音温润道，“怎么了？”

“不是……就是，嗯……没想到……二皇子殿下竟会如此亲切……”叶七七小脸上满满的都是红晕，有些羞涩地看着二皇子，结结巴巴道。

二皇子怔了一下，随即便爽朗地大笑起来。

“依依真是可爱。”二皇子边笑边对叶七七道，“既然到了，我们便下车吧。”

“嗯。”叶七七轻轻地应了一声，红着小脸，低着头不敢看他。

二皇子看到她这副模样，忍不住又笑了笑，便掀开马车的车帘钻了出去。

方使臣一路上都没说话，临下车之前，默默地看了叶七七一眼，紧跟在二皇子身后下去了。

叶七七脸上的笑容瞬间消失。好恶心……她为什么要对二皇子做出那种娇羞的表情……叶七七伸手挠了挠后脑勺，叹了一口气，有点后悔出这个任务了……对着二皇子，还不如对着面无表情的墨寒卿。

“依依，依依？是不是不方便下车？”车厢外面，二皇子的声音突然响了起来。

“不是，我……我来了。”叶七七赶忙应了一声，重新换上娇羞的表情去掀车帘。

马车外面，二皇子正面带微笑地看着她，朝她伸出一只手道：“来，依依，本王扶你下来。”

“谢……谢谢二皇子……”叶七七目光微垂，看着伸在面前的那只手，迟疑了一下，然后佯装不好意思道，“那个……小女子身份卑微，不敢劳烦二皇子。小女子还是……自己下来吧……”

叶七七一边说着，一边扶着车辕缓缓地蹲下身子，慢慢地从马车上挪下来。

二皇子见状，连忙上前扶住她的胳膊，蹙眉道：“依依姑娘何须如此见外，本王并不在意身份差别。”

“那……多谢二皇子……”叶七七被他扶着的身体一僵，小声说道。

“不必如此多礼。”二皇子朝叶七七笑了笑，做了个请的姿势道，“依依请随本王过来。”

“好。”叶七七点点头，转头看了一眼身后长长的街道，便跟在二皇子身后进了二皇子府。

到了府中，叶七七上下打量着。

这二皇子府跟靖安王府完全是两个风格。靖安王府内几乎没什么装饰，府内有侍卫来往巡逻，训练有素，给人肃穆的感觉。而这二皇子府，刚迈进大门，一股浓浓的奢华之风便迎面而来。宝石珠玉的装饰随处可见，就连花瓶上都雕刻着繁复的花纹。

花园中，牡丹、月季、睡莲开得正好，一片繁盛。叶七七从香得令人头晕的花丛中走过，开始怀念靖安王府那只有一片草地和大树的花园。果然，没有对比就没有伤害……

叶七七跟在二皇子身后走了一段路，二皇子突然停住脚步。

“依依姑娘，”他指着眼前一个看起来极为奢华的院落，笑道，“若是不嫌弃，就请先在这个院子里歇息一下，本王还有要事与这位客人商量，当然，方才进府的时候，本王已经派人宣过府中大夫了，大夫过会儿就来为姑娘诊治脚伤。”

“多谢殿下。”叶七七连忙朝二皇子福了福身子道。

“姑娘不必客气。”二皇子友善地笑了笑，伸手指了一下站在院落门口的丫鬟们道，“你们，过来扶这位姑娘去房间里休息。”

“是。”门口的一众丫鬟异口同声地答了一句，便有人过来扶叶七七，引着她往院子里面走。

叶七七迟疑了一下，还是跟着丫鬟先去了院子。

房间里，叶七七刚休息了一会儿，便有一名大夫挎着药箱急匆匆地赶来。

“拜见姑娘。”那大夫一进屋，朝叶七七行了个礼，捋了捋胡子道，“殿下让老夫来看看姑娘的脚伤，不知姑娘此刻是否方便？”

“哦……我……那个，我的脚已经不怎么疼了。”叶七七坐在椅子上，有些尴尬地看着大夫道，“劳二皇子殿下费心了。”

“殿下不放心姑娘，让老夫来看一看，还请姑娘不要推脱，否则老夫也不好跟殿下交代。”大夫见叶七七有些抗拒，苦口婆心地劝道。

“哦……好吧……”叶七七想了想，只得任由大夫替自己查看脚踝。

“姑娘的脚踝并无大碍，可能方才不小心扭到了，老夫开点简单的活络筋血的药，姑娘服下便好。”大夫查看过叶七七的脚踝，十分认真地道。

“谢谢大夫！”叶七七点点头，客气地说道。

“老夫这就找人抓药。”大夫丢下这么一句便告辞了。

待大夫走了后，叶七七才松了一口气，只是看着满屋子的丫鬟们，忍不住有些头疼：“那个，你们要是没什么事的话，就先出去吧，我想休息一下。”

“姑娘，要不要我们帮你铺床？”

“姑娘，我来帮你更衣吧。”

“姑娘，需要我们在旁边为您扇扇子吗？”

几个丫鬟听到叶七七的话，反而问出各种问题。

“不要。”

“不用。”

“不需要，谢谢。”

叶七七打开大门，笑眯眯地看着她们道：“我就想一个人在屋子里睡一会儿，你们要是有别的事情，就先去忙吧。”

“这……”丫鬟们顿时面面相觑。

叶七七依然笑意盈盈地站在门口。丫鬟们迟疑了一下，只得朝叶七七福了福身子，便一个接一个出去了。

好不容易把整个屋子里的人都给清理了，叶七七长舒一口气，走回桌子旁坐下，随手拿起茶壶给自己倒了一杯水，一口气喝掉，这才仔细打量着整个房间。

这房间看起来也是珠光宝气的样子，装饰极尽奢华，处处彰显着主人的富贵。

叶七七打量了一圈，觉得没什么意思。她对这些闪闪发光的东西并不是很感兴趣，与其让她看一屋子的宝石，不如让她看一屋子的兵器。

就在她意兴阑珊的时候，窗户突然动了动，紧接着，一道身影翻了进来。

“谁？！”叶七七心中一惊，连忙站起身，朝窗户那边看去。

那身影的速度却是极快，不过片刻，已经飞到叶七七身后。紧接着，她落入一个宽阔结实的怀抱中，熟悉的清冷气息在鼻息间蔓延开来。叶七七提着的心瞬间放了下来。她看着墨寒卿，忍不住翻了个白眼，道：“你干吗有门不走，非要从窗户进来？”

“嗯。”墨寒卿双臂环在叶七七纤细的腰肢上，低头在她毛茸茸的头顶上轻轻吻了一下，“你房间门口守了很多人。”

“什么？”叶七七微微一怔。

“刚刚从你房间出去的那些丫鬟，全站在房门口。”墨寒卿轻轻捏了捏她柔软的脸颊道，“看样子，应该是怕你逃掉吧。”

“我干吗要逃？”叶七七有些无语。

墨寒卿一边漫不经心地应了一声，一边牵起她的手，淡淡道：“之前他扶过的，是哪个胳膊？”

“什么？”叶七七怔了一下，没听明白他在讲什么。

“扶你下车的时候。”墨寒卿握着她的右手，低声问道，“是这只胳膊吗？”

“啊？哦……好像是吧。”叶七七回过神，点了点头。

“嗯。”墨寒卿执起她的手，稍一低头，温热的唇便落在她白皙的手背上。

叶七七一下愣住了，低头看着他轮廓分明的侧脸，他根根分明的睫毛，柔软温热的触感就这么从手背传递过来。叶七七的小心脏怦怦直跳。

“你……你干吗？”她紧张得连说话都结巴起来。

墨寒卿牵着她的手，细碎轻柔的吻一个接一个落在她的手背、胳膊，最后，他在她瘦削的肩上落下一个吻，这才罢休。

“不干吗。”墨寒卿抬起头来，看着她白皙修长的脖颈，迟疑了一下，又低头轻轻地啄了一下。

叶七七只觉脖子上传来痒痒的感觉。她忍不住缩了缩脑袋，伸手将墨寒卿推开，道：“你……你好好的，干吗一进来就抱着我亲？”

“没有。”墨寒卿抬起头，目光幽深地看着她，声音低沉地道，“我只是看你胳膊上落了一些灰，帮你吹掉而已。”

叶七七瞪着他。她的胳膊上有灰？他只是帮她吹掉而已？！兄弟！有人是这样吹灰的吗？！

墨寒卿依然面不改色心不跳的样子，看着她道：“刚才，你脖子上也沾了一点灰。”叶七七翻了个白眼，觉得实在无力还击。

两个人就这么互相看着，沉默了片刻，她终于问道：“你怎么跟到二皇子府来了？不是说好让冷六和十二保护我的吗？”

墨寒卿点点头，很认真地看着她道：“他俩就在屋顶上蹲着呢！”

叶七七扶额，深吸一口气，努力控制住自己的情绪道：“那你呢？你怎么会在这里？”

“我不放心他俩。”墨寒卿表情淡然地说道。

此刻趴在屋顶上的冷六和十二，听到墨寒卿的这句话，瞬间泪奔。难道这墨国，还有比他俩更厉害的人？好吧，排在前面的冷一到冷五除外……可是这二皇子府中，哪有他们打不过的侍卫！冷六和十二在心中愤慨地抗议了一下，只得继续趴在屋顶上，看着自家主子。

“呃……那个你……”她正准备再说点什么，门外的丫鬟突然道：“二皇子吉祥。”

二皇子的声音在门外响起，似乎夹杂了一丝不悦：“你们怎么都站在门口，依依呢？”

“回殿下的话，依依姑娘说要在屋子里睡一会儿，便让我们出来了。”一名丫鬟轻声细语地道。

“睡了？”二皇子迟疑了一下，接着问道，“睡了多久？”

“回殿下的话，没多久，我们也是刚刚出来。”那丫鬟继续恭恭敬敬地回答道。

“哦，知道了。”二皇子点点头道，“你们先下去吧。”

“是。”丫鬟们朝二皇子福了福身，便一个接一个有序地走了。

二皇子若有所思地在房门口看了一会儿，抬起手来，轻轻地敲了敲，声音低沉道：“依依，依依你已经睡了吗？”

屋子里面，叶七七惊慌失措地看着站在自己身后的墨寒卿，拽着他的袖子，将他整个人朝屋里的屏风后面推。

“你……你先躲在这儿，别出来啊，别被发现了！”叶七七压低了声音，朝屏风后的墨寒卿叮嘱道，这才应道，“刚打算睡下，那个……殿下有什么事情吗？”

门吱呀一声被推开，二皇子一撩衣袍，笑容满面地走了进来。

他看着站在床榻边的叶七七，声音温润道：“本王是不是打扰依依休息了？”

“呃……没有，没有。”叶七七下意识朝屏风那边瞥了一眼，确认墨寒卿没有露出痕迹来，这才笑道，“只是这几日一直赶路，有些劳累。”

二皇子十分自然地在桌旁坐下来，随手倒了一杯水，看着叶七七道：“本王看你如此年幼，想来路上吃了不少苦。”

“还好吧。”叶七七理了理衣袍，走到二皇子对面坐下来，“二皇子来找依依，是有什么事吗？”

二皇子笑了笑，答非所问道：“刚刚府中的大夫来过了？”

“嗯，来过了。”叶七七微怔，点点头道，“说没什么大碍，只须开点药，我服下去就好。”

“那便好。”二皇子点点头，“本王有件事想问依依，却不知当问不当问，生怕唐突了姑娘。”

叶七七眨眨眼睛，在二皇子俊美的脸上看了一会儿，疑惑道：“殿下有什么问题，只管问就是。”

“本王想问问……”二皇子目光微垂，看着手中的茶杯，语气顿了顿，装作不在意的样子道，“依依家中可曾婚配？”

“啊？”叶七七听到他的问题，整个人都愣住了。

“看依依的装扮，想来是大户人家出来的。”二皇子忍不住笑了笑，“一般大户人家的女儿，都会早早找好婚配的人家。”

“呃……我……”叶七七迟疑了一下，朝屏风那边瞥了瞥，摇摇头道，“没有，还没有婚配。”

“真的？！”二皇子脸上闪过一丝惊喜，放下茶杯，往前倾了倾身子，认真地看着叶七七问道，“若是本王跟依依说，想要娶你为妻，不知依依可愿答应？”

二皇子你怎么不按剧本演啊？说好的变态杀人狂呢？说好的碎尸案凶手呢？你这会儿莫名其妙地说要娶妻，是怎么回事？

叶七七瞪大了眼睛，看着眼前的二皇子。他的眉眼与墨寒卿有点相似，但气质截然不同。若说墨寒卿像极寒之地的冰山，那二皇子便仿佛春日里的繁花。他眉眼带笑，表情温润，声音也特别温柔。

叶七七看了一会儿，心想若是寻常女子，恐怕就答应了吧？毕竟眼前这人身份尊贵，长相俊美，又如此温柔……只是……一想到之前京城的无名女尸案，还有最近发现的那些血腥碎尸案，叶七七便不由自主地打了个寒战。这该是多么变态的人，才能做出如此残暴的事。

“依依，依依？”二皇子见叶七七半晌没有回应，便伸出手在她眼前晃了晃，见她回过神来，笑着道，“本王知道突然跟你说这样的事情，确实唐突，只是……”他顿了顿，认真地看着叶七七道，“本王看见你的第一眼，就有种心动的感觉，说来本王都觉得好笑，不过是看了你一眼，连你的姓名、年龄、家住何处都不知道，可本王就是想，这辈子若是能与你在一起便好了。”

“呃……我……”叶七七面对二皇子的深情告白，一时不知该说些什么。

二皇子说完那番话，突然觉得房间内的温度骤降。仿佛有一道阴冷的目光，从某个角落注视着他。二皇子怔了怔，下意识环顾了一下房间。

叶七七看着他的动作，心中一惊，连忙道："殿下，怎么了？"

"你……觉不觉你的房间里，好像变得有点冷？"二皇子环顾了一圈，却没发现任何可疑的东西。

"没有啊。"叶七七连忙摇摇头道，"怎么了？"

"没什么。"二皇子收回目光，迟疑道。

"那个……这会儿外面正是夏天。"叶七七连忙打着哈哈道，"二皇子方才在外面走了好一会儿，突然进了我这屋子，觉得没有外面热也是正常的。"

"嗯，说得也是。"二皇子想了想，然后点点头道，"依依果然是个体贴的好姑娘。"

"呵呵呵……"叶七七尴尬地笑了笑，这下真的不知该接些什么了。

二皇子见她不说话，也沉默了。许久之后，他看着叶七七道："依依姑娘，本王确实对你一见钟情，只是不知道姑娘……是怎么想本王的？"

"这个……那个……我……"叶七七惊慌起来，"我……我觉得殿下您、您挺好的，嗯……对我这样一个弱女子尽心尽力予以帮助，那个……小女子对殿下感激不尽。"

"哦？是吗？"二皇子忍不住笑道，"既然感激不尽，那就以身相许吧，可好？"

"哈？"叶七七震惊地看着他。

二皇子看着她傻傻的表情，笑道："依依，怎么傻了？"

"不是……那个……我……"叶七七有些慌乱地攥着衣角，脑海中闪过一万种回绝的办法后，不好意思道，"婚姻大事，乃父母之命，媒妁之言，依依尚且年幼，不敢私自决定。"

二皇子看着她羞涩的侧脸，沉吟片刻，点点头道："依依说得是，是本王心急了，只是不知依依家在何处，家中有何人，父母可有何特殊爱好。若是本王想要上门提亲，该为二老准备些什么才好？"

叶七七盯着二皇子，扯了扯嘴角，声音弱弱地问道："你……殿下……你……认真的？"

二皇子听着她的话，忍不住笑道："自然是认真的，难道本王还逗你玩不成？"

叶七七用力咽了一下口水。

"殿下，殿下。"好在此时，门外响起侍卫匆匆忙忙的声音。

"何事？"二皇子微微蹙眉，朝门外问了一声。

"殿下，有贵客求见。"那侍卫迟疑了一下，沉声道。

贵客？二皇子蹙了蹙眉，能在他府中称得上贵客的，也只有那位了……

"知道了，本王马上去见他。"二皇子应了一声，便转过头来，一脸歉意地朝叶七七笑了笑道，"抱歉，依依，府中有贵客来访，本王暂时不能陪你。"

"没事，没事，殿下你要是有事，就先去忙吧。"叶七七赶忙朝二皇子摆摆手道，"待到事情都忙完了，再来找我也不迟。"

"依依真是懂事。"二皇子一脸赞赏地看着她，缓缓站起身，目光温润地看着她道，"那本王先走了。"

"殿下慢走。"叶七七朝他福了福身子，笑眯眯道。

二皇子点了点头，转身离开了。叶七七送他到门口，眼看他的身影消失在院子外，这才赶忙将门关上，松了一口气。

墨寒卿阴沉着一张脸，从屏风后缓缓走了出来。叶七七抬头看了他一眼，忍不住道："怎么回事啊，这家伙不按常理出牌，他不是应该看上本宝宝的美色，然后想方设法和那个方使臣一起下药或凌虐我吗？这突如其来的求婚是什么情况？"

墨寒卿沉默着走到她身边，看了她一眼，低沉地道："不曾婚配，嗯？"

"呃……"叶七七表情一下子僵住了。

"你身为靖安王妃，却跟二皇子说你不曾婚配？"墨寒卿走到她身后，手指轻轻地绕起她的一缕长发，在指头上把玩着。

"我……"叶七七莫名其妙有些心虚，抬起头来，一本正经地看着墨寒卿道，"不然呢，我说什么？难道要告诉他已经许配给别人了，那个人就是你皇叔，哦，对了，你皇叔你认识吗？就是那个靖安王，我就是靖安王妃哦。”

墨寒卿听到她的话，手指顿了顿。叶七七白了他一眼，道：“原本我们昨天也没练习过，那个二皇子到底在想什么呢。”

墨寒卿沉默片刻，摇摇头道：“不知道，我又不是他。”

“废话。”叶七七转身朝屋子里面走，然而刚走了两步，脑袋上便传来疼痛感。她回头看了一眼，却发现自己的一缕头发正缠绕在墨寒卿的手指上。

“你干吗玩我的头发？”叶七七瞪了他一眼，走回他身边，将缠绕在他指上的头发取了下来，然后回到桌旁坐下。

“想事情。”墨寒卿看着空空如也的指尖，那里还残留着她发梢的一丝顺滑感。

“什么事？”叶七七抬起头，满眼疑惑地看着他道。

“刚刚那侍卫说有贵客求见。”墨寒卿沉默片刻，然后缓缓走到叶七七身边坐下，低声道，“不知会是哪位贵客。”

“那么好奇，你去看看不就知道了。”叶七七随口说道。

“嗯，过会儿去。”墨寒卿点点头，应了一声。

叶七七拿起茶杯喝了一口茶，发现他一直盯着自己：“你干吗一直盯着我？”

“刚才他问你有没有婚配的时候，你应该说已经婚配。”墨寒卿盯着她半天，突然道。

叶七七微怔，随即摊摊手道：“别开玩笑了，万一他追问婚配给谁，该怎么办？现编自己的身世来得及，现编你的身世，我还没你那么厚的脸皮。”

墨寒卿蹙了蹙眉道：“什么意思？”

“就是像你那样，说谎面不改色心不跳呗。”叶七七朝他做了个鬼脸道。

“我什么时候跟你说过谎？”

“你刚才进来的时候，逮着我的手背和胳膊就亲，还说是帮我吹灰，你自己说是不是在说谎。”叶七七翻了个白眼。

“那个啊……”墨寒卿沉吟片刻，摇摇头道，“不算。不过既然娘子说为夫说谎，那为夫便说谎了吧。”墨寒卿抬起头，目光幽深地看着她，唇角勾起一抹浅浅的弧度道，“娘子是否要惩罚为夫？”

“啊？”叶七七愣了一下。

“不要？”墨寒卿伸手扯过她的胳膊，稍一用力，便将她整个人拽进怀里。

下一秒，他微微低头，唇瓣轻轻贴上她红润的嘴唇，喃喃道：“那为夫惩罚一下你说谎好了……”

“不是，我……唔……”叶七七眼睁睁看着他俊秀的脸庞朝着自己压来，紧接着，她的唇瓣上便传来一阵温热柔软的触感。她原本想要抗议，谁知才刚刚张开嘴，他滑腻的舌便顺势滑入她口中，绕着她小巧的舌尖，耐心缓慢地吮了起来。

触电般的感觉，从舌尖扩散到全身。叶七七的手腕被他紧紧握住，固定在她身后。这样的姿势，她几乎动弹不得。而他清冷的气息环绕在她周围，自己仿佛被他占领了。

怎么回事……叶七七有些晕乎乎的。

这是一个温柔悠长的吻。良久之后，墨寒卿才微微喘息着从她口中离开。他眼眸一片幽暗，低头看着叶七七满是红晕的小脸，沉默了两秒，低声道：“忘了惩罚你了。”

“啊？”叶七七一怔，还没反应过来怎么回事，唇瓣上突然传来一阵疼痛感。

这……这家伙竟然用力咬了一下她的唇？！她伸手捂着自己的嘴唇，愤怒地看着他。

“疼吗？”墨寒卿看着她瞬间红了的眼眶，心中软了。他伸出手，想要看看她嘴唇上的伤，却被她一巴掌拍掉了。

“干吗咬我？！”叶七七怒视着他，气呼呼地问道。

“说谎是不对的。”墨寒卿见她还有力气发脾气，便放下心来。

“那你之前也说谎了。”

墨寒卿优哉游哉地点点头，道："我承认，所以，你也来惩罚我吧？"

"我才不要！"叶七七看着他唇角浅浅的一抹笑意，小脸一红。谁要用那种方式去惩罚他！

"好了，好了，你快点走吧，那个二皇子说不准什么时候就又回来了。"叶七七瞪了他一会儿，突然道，"你老是待在这房间里，害得我都心惊肉跳的。"

墨寒卿淡淡地应了一声，伸手揽过她的肩，在她额头上轻轻地印下一个吻，然后低声道："我去看一下二皇子府的贵客是谁，你在房间里乖乖地待着，不要随便乱走。"

"知道了。"叶七七有些闷闷地回答道。

墨寒卿笑了笑，低头又看了她一眼，这才脚尖轻点，从进来时的那扇窗户飞了出去。

待到他离开，叶七七赶紧跑到窗前，将窗子关好，又回到床榻前，看着床上铺着的柔软被褥，长长地伸了个懒腰。

既来之，则安之。反正现在人已经在二皇子府中了，那她接下来只要安静地看着二皇子怎么唱戏就好。

这么一想，叶七七便随手将外袍解开，挂在床头的衣架上，一个翻身便朝那张看起来很柔软的大床扑了过去。然而，她的身子刚刚落到床面，便听得身下咔嚓一声。紧接着，床面以迅雷不及掩耳之势翻转了一下。叶七七只觉一阵强烈的失重感朝自己袭来，下一秒，她的身子便开始不断下落。

怎么回事？！叶七七心中一惊，赶忙运起内力，想在下落过程中碰到些什么东西，以便作为支点稳住自己的身体。然而，那张床的下面似乎空荡荡一片，什么都没有。叶七七只能蜷缩起身体，这样便能少受点伤。

好在她只下落了一小会儿，便掉在一个极为柔软的垫子上。叶七七赶忙手脚并用地从垫子上爬起来，然后睁大眼睛，四下打量。这里看起来像是一个地下室。正中央，也就是她站着的这个位置，放着一张很厚很大的垫子，似乎是为了确保从上面掉下来的人的安全。

叶七七抬头看了一眼，发现头顶黑漆漆一片，依稀可以看到一个巨大的黑洞。她刚刚就是从那里掉下来的。四周的墙壁也一片光滑，唯有正前方的墙面上镶嵌着一道门。

叶七七小心翼翼地走到那扇门前，看着门两边的火把，伸手轻轻地推了推门把。门吱呀一声打开了。出现在她眼前的，是一条长长的通道。通道两边的墙壁上，镶嵌着许多价值不菲的夜明珠，那条通道在夜明珠的照耀下，显得万分璀璨。

叶七七想了想，决定往前走看看。

这个房间应该是专门给那些被二皇子带回来的姑娘住的，所以在她之前，肯定有许多姑娘掉下来过了。只是不知道，她们在这条通道的尽头，会看到怎样的景象。

叶七七咬了咬嘴唇，迈开步子，朝光芒璀璨的通道走去。周围寂静无声，长长的通道里，安静得几乎能听到她自己的心跳声。

叶七七沿着通道走了好一会儿，眼前终于又出现了一道门。那道门看起来十分华丽。门两边也镶嵌着偌大的夜明珠，比她之前在通道里看到的还要大上许多。门上则镶满各式各样的珠宝。

啧……这地下室的装饰，看起来怎么比刚才房间里的还要奢华。叶七七对着那扇门看了一会儿，忍不住咂了咂舌。

不过她既然已经到了这里，是不是应该推开门进去看看呢？叶七七迟疑了一下，轻轻推动眼前那扇满是珠宝的门。门被打开的瞬间，强烈而刺眼的光芒照进昏暗的地下通道。已经习惯了黑暗的叶七七，忍不住伸手挡住了眼睛。

“恭迎王妃娘娘。”门后，有整齐划一的声音朝叶七七异口同声道。

好不容易适应了眼前光线的叶七七，这才看到，原来门后是偌大的屋子，里面堆满了夜明珠和珠宝，那些金银宝石在夜明珠的照耀下闪闪发光，而穿着一模一样衣服的丫鬟们就站在那些珠宝前，满脸笑意地对叶七七福了福身子。

谁是王妃娘娘？叶七七下意识回头看了一眼，她身后也没人啊。

“王妃娘娘，”丫鬟中的一个笑意盈盈地迎了上来，软声细语地道，

“我们已经在此恭候您多时了。”

“恭候我？”叶七七回过神来，满眼疑惑地看着眼前的丫鬟，忍不住伸手指了指自己。

“是呀。”那丫鬟脸圆圆的，眼睛又黑又大，看起来十分招人喜欢，对叶七七笑了笑，道，“以前二皇子吩咐过，能来到这个地方的，肯定会是他未来的王妃。奴婢们在这里等候许久，终于等到了王妃娘娘。”

啥？叶七七满眼不解地看着那些丫鬟，完全搞不清楚眼前的状况。

“王妃娘娘请随奴婢来。”那丫鬟朝叶七七笑了笑，轻轻地拽着她的袍袖，示意她跟着自己往里走。

叶七七迟疑了一下，终究还是跟在她身后进了奢华的房间。

“王妃娘娘。”其余的丫鬟立刻围了过来。

每个人手中都拿着一件华丽的衣衫，脸上堆满笑容道：“王妃娘娘，今日好好打扮一下，我们殿下肯定会很开心。”

“打扮？打扮什么？”叶七七懵懂地看着眼前的丫鬟。这好像……跟她之前想象的场景有点不同啊。她原本以为掉下来后，会看到什么恐怖的刑室，或是一些施虐的工具，甚至也做好了会看到白骨的心理准备，结果现在拥上来一群丫鬟，说要给她打扮？

“自然是打扮成王妃的样子。”几个丫鬟看着叶七七震惊的模样，忍不住笑了笑道，“王妃娘娘，您看看喜欢哪件衣服？”

丫鬟们一字排开，单膝跪在地上，一人手里托着一件华丽的衣袍，呈给叶七七。叶七七有些无语。

“王妃娘娘是不喜欢这些衣袍吗？”一开始的那个丫鬟见叶七七只是皱着眉头看着那些衣袍，便轻声细语地问道。

“不是……为什么……你们要说我是王妃？”叶七七想了想，觉得还是应该把这件事情弄明白。

那丫鬟听到叶七七这么问，顿时轻捂着嘴角笑了笑道：“因为殿下说过，上面那间房间，只有王妃才可以住，所以，从那间房间掉下来的肯定是王妃。”

叶七七听着这个回答，忍不住扯了扯嘴角：“难道之前没有别的人掉下来过吗？”

丫鬟听到叶七七这么问，微微怔了一下，一脸嗔怪地看着叶七七道：“王妃娘娘莫要乱说，我们殿下岂是那种见一个爱一个的人？这地下暗道设在这里已经许久，从来没有女子掉下来过，我们这些丫鬟每日里也没什么事情，只是打扫这间房屋，等待王妃的到来。”

“是吗……”

“是的，王妃娘娘您看看，这件衣服如何？这可是上好的桑蚕丝做成的，穿上以后，冬暖夏凉。”丫鬟拿起一件华美的衣袍，对叶七七笑眯眯道，“上面镶嵌的珠宝玉石，都是南国进贡的，每一颗都是殿下亲自挑选的呢。”

“呃……挺好，挺好……”叶七七敷衍着点点头，总觉得在这二皇子府中的行程不在她的预料之中。

“那王妃娘娘今晚便穿这件吧。”那丫鬟轻笑着将那件衣袍拿了过来，放在手里，然后牵着叶七七的袍袖，朝屋子后面边走边道，“王妃娘娘，来这边沐浴吧。这地下宫殿的浴池，可是殿下煞费苦心才挖到了温泉水引流而来。”

叶七七被那丫鬟拽着，绕过这间屋子，又来到后面的温泉池。

偌大的宫殿里，一眼望去，全是蔚蓝的泉水，清澈的水面有团团雾气氤氲开来。

“王妃娘娘，请在这里沐浴吧。”那丫鬟转身对叶七七福了福身子，“需要奴婢帮您更衣吗？”

“呃……不用，不用。”叶七七连连摆手，有些尴尬地笑了笑道，“我……我自己来就好，那什么，你先出去吧。”

“是。”那丫鬟见叶七七拒绝，倒也不坚持，只是笑着应了一声，便将手中的华美衣袍挂在温泉池边的衣架上。做完这些，她又福了福身子，这才退了出去。

叶七七看着眼前一片氤氲的温泉水，脑子里满满的都是问号。难道二皇子真的对自己一见钟情，打算让她做他的王妃？不会吧……他不是个变态吗？他不是最喜欢玩弄女人吗？

叶七七想破了脑袋也没想明白。算了，既然不知道那家伙的目的，便走一步算一步吧。

叶七七摇摇头，蹲下身子，手放到温泉池里探了探，水温合适，温暖得让人忍不住闭上眼睛。不如，先泡个温泉好了。

叶七七这么一想，便利落地迈进温泉池中。为了以防万一，她并没有将身上的衣袍脱去。虽然衣服浸了热水黏在身上不是特别舒服，但身体被热乎乎的温泉水包围着，身上的疲惫缓解了不少。叶七七长长地舒了一口气，靠着温泉池的池壁坐下来。

泉水让她忍不住打瞌睡，叶七七迷迷糊糊地打了个哈欠，脑袋止不住地往下点。

与此同时，墨寒卿快速穿梭在二皇子府中。刚刚他去二皇子府的会客厅转了一圈，却没有发现任何人的身影，就连二皇子都没有看到。随即他便明白过来，所谓的贵宾肯定不是能够光明正大见人的客人。既然这样，那他也不必在二皇子府中继续转悠了。毕竟这样的客人，肯定会被带到极为隐秘的地方，而这种地方，若不是二皇子的亲信，是肯定找不到的。

墨寒卿想明白之后，便反身朝叶七七所在的房间飞奔而去。只是他刚刚抵达房间的院子，就觉得这里跟刚刚有些不太一样。之前被叶七七赶出来的那些丫鬟连影子都没有了。

墨寒卿蹙了蹙眉，一个闪身来到房间的窗户前，动作迅速地翻了进去。里面空空如也，除了叶七七的外袍还挂在衣架上，屋子里连个人影都没有。

"七七，七七？"墨寒卿心中一惊，唤着她的名字。

然而，屋里回答他的却是一片寂静。

"叶七七？"墨寒卿快步在房间内转了一圈，却根本没有看到那个娇小的身影。怎么回事，他不过出去了片刻，叶七七就消失了？

墨寒卿站在房间中央，沉吟片刻，阴沉着俊脸喊："冷六。"

"殿下。"一道黑影瞬间出现在墨寒卿的面前。

"叶七七呢？"墨寒卿看着跪在地上的冷六，声音阴冷地问道。

"回殿下的话，七七小姐自从进了这个房间，一直都没有出去过。"

冷六抬起头，双手抱拳，毕恭毕敬地回答。

墨寒卿眯了眯眼眸，目光寒冷地看着冷六问道："是吗，那她人呢？"

"七七小姐她……应该还在屋子里……"冷六一怔，不明白自家主子为什么要问这样的话。

他抬头环顾了一下四周，这才发现，房间里竟然没有她的身影。

"这……这……"冷六顿时蒙了，"殿下，属下一直都在屋顶关注着屋里的动静，之前七七小姐说她要休息一会儿，睡个觉，便将那些丫鬟全部赶出去了，属下便守在这儿，其间没有一个人来过，二皇子更是不曾来找过七七小姐。"

墨寒卿听着冷六的话，沉默了片刻，声音冷冷地问道："她屋子外面的那些丫鬟，是什么时候离开的？"

"这……"冷六微微皱眉，低着头思考了片刻道，"就在七七小姐说要睡觉后不久，那些丫鬟在屋子外面站了一会儿，便一个接一个地离开了，其间也没有人来传唤过那些丫鬟，属下还以为她们是有其他事情要做才走的。"

墨寒卿站在原地，眉头紧锁，许久没有开口。

"殿下？"冷六等了半天，抬头朝他看去。

"给本王去找！"墨寒卿阴冷地道，"就算把二皇子府给翻过来，也要把叶七七给本王找出来。"

"是！"冷六忍不住一个哆嗦。

他家主子脸上什么表情都没有，可不知道为什么，浑身散发的气势却让人几乎无法喘息。

即便主子从前在战场上杀敌，也没有显露过如此逼人的寒气。

叶七七迷迷糊糊地泡在温泉里，似乎做了许多梦，却能听到周围潺潺的水声。

"王妃娘娘，王妃娘娘。"温泉池外传来一个丫鬟的声音，"您沐浴好了吗？要不要奴婢进来伺候您更衣？"

“嗯……好了。”叶七七一个激灵，彻底从迷糊状态里醒了过来。

她站起身，看了一眼身上湿漉漉的衣服，又看了一眼挂在池边的那件华美衣袍，迟疑了一下，低声道：“我换一下衣服，马上就出来。”

“是。”温泉池外的丫鬟，声音柔柔地应了一声。

叶七七缓缓朝岸边走去，不知道是不是泡的时间有点长，她总觉得头晕乎乎的。

上了岸，她慢条斯理地将身上的衣服脱掉，又伸手扯过干净的衣服慢慢地穿上。待到将衣服全部穿完，她已经有些喘不过气，手也抖得厉害，浑身一阵阵发软，恨不得此刻就找一张柔软的床榻，直接躺下来。

“王妃娘娘，您换好衣服了吗？”外面的丫鬟大概等了太久，忍不住又问了一句。

“嗯……换好了。”叶七七深吸一口气，晃了晃脑袋，晕乎乎地朝门外走去。

她伸手推开温泉池宫殿的门，外面清新的空气充斥在鼻息间。叶七七觉得晕沉的脑袋一下子清醒不少。看来刚才还是泡得有些久。

“王妃娘娘！您穿这一身真的好美！”站在门外的丫鬟们一个个惊呼出声。

那袭大红色的衣袍穿在叶七七身上，衬着她白皙粉嫩的小脸，显得脸蛋更加红润。她的眼睛又大又黑，眼中的光芒比衣袍上的宝石还要璀璨。

只是……那些丫鬟盯着叶七七的脸，眼底写满疑惑。刚刚王妃娘娘进温泉池前，好像长得不是这个样子？她进去之前虽然很美，但还没有美到让人惊心动魄的地步，可是这会儿……怎么回事？王妃娘娘好似换了一张脸。

叶七七被她们盯得有些不自在，以为自己脸上沾了什么脏东西。她下意识伸手摸了摸自己的脸颊，心中顿时一凉。完了！刚才泡温泉的时候，她大概打瞌睡的时间有些长，温泉的热气扑在她脸上，将之前涂抹的易容颜料化去不少。再加上她刚才从池子里起身时，觉得有些头晕，还特意洗了把脸。她怎么就忘了自己脸上还易着容呢？！叶七七的一颗心因为惊慌失措而剧烈跳动。

几个丫鬟只是盯着叶七七，随即笑道："看来我们殿下修建的温泉池，真的有美容养颜的功效呢。咱们王妃娘娘才刚刚进去泡了一小会儿，出来就变成绝世美女了。"

"是呀，是呀！"其他几个丫鬟笑着附和。